Weitere Werke der Autorin:

- „Liebe und andere Fettnäpfchen"
- „Das Handy in der Hummersuppe oder Ein harter Job für die Liebe"
- „Amor's Five: Himmelreich mit kleinen Fehlern"
- „Die Liebe ist (k)ein Basketballspiel – Band 1: Jump Ball"
- „Die Liebe ist (k)ein Basketballspiel – Band 2: Overtime"
- „Die Liebe ist (k)ein Basketballspiel – Sonderedition: Jump Ball & Overtime"
- „Klappe, Action und Liebe"
- „Eine Schildkröte macht noch keine Liebe"
- „Du. Für immer."
- „Mit Ski, Charme und Pinguin."

Lektorat:
Susanne Pavlovic und Simona Turini, www.textehexe.com
Korrektorat und Buchsatz:
Stefan Stern, www.wortdienstleister.de
Coverdesign:
Josephin Wontorra, www.grafikdesign-neuruppin.de

Emma Wagner
Bachstraße 14
69121 Heidelberg

email@emma-wagner.de
www.emma-wagner.de

Besucht mich auf Facebook
www.facebook.com/AutorinEmmaWagner
oder Instagram
autorin.emma.wagner

Wir. Für immer.

Emma Wagner

Kapitel 1

Sommer 2016

Vom Gehweg aus beobachtet mich eine ältere Frau. Sie hat einen schwarzen Pudel dabei, der an der Leine zerrt, doch die Frau rührt sich keinen Millimeter vom Fleck, schirmt lediglich ihre Augen gegen die Morgensonne ab, um mich besser im Blick zu haben. Vermutlich fragt sie sich, weshalb ich jetzt schon eine halbe Ewigkeit vor dieser Tür stehe, ohne mich zu rühren. Die gleiche Frage stelle ich mir auch.

»Sie müssten da sein«, ruft sie jetzt hilfsbereit herüber. »Ich hab sie vorhin vom Einkaufen zurückkommen gesehen.«

Ich nicke ihr mit verkrampftem Lächeln zu.

»Die Klingel ist links der Tür«, ergänzt sie nach einer Weile und beugt sich neugierig über den Gartenzaun.

»Danke«, sage ich und hoffe, dass sie sich jetzt endlich weiter ihrem Spaziergang widmet, doch sie lässt mich nicht aus den Augen. Vielleicht hält sie mich für eine Einbrecherin. Notgedrungen betätige ich also die Klingel.

Als ich im Inneren des Hauses Geräusche vernehme und sich der Schemen eines näherkommenden Menschen hinter dem Türglas abzeichnet, bin ich kurz davor, auf dem Absatz kehrtzumachen und davonzulaufen.

Doch da öffnet sich schon die Tür, ein Mann mit Brille erscheint, vermutlich ebenso wie ich um die dreißig, mit rötlich-blonden Haaren, Dreitagebart und einer Statur wie ein Bär. »Ja, bitte?«

Ich öffne und schließe meinen Mund, komme mir vor wie ein Fisch auf dem Trockenen. Meine so sorgsam zurechtgelegten Worte haben sich in Luft aufgelöst. Schließlich frage ich, obwohl die Antwort auf dem Klingelschild zu lesen ist: »Wohnt hier eine Anahit Koben?«

Er nickt und öffnet eine Tür zu seiner Rechten: »Schatz? Hier ist jemand für dich.«

»Bin in der Küche«, tönt es vom Ende des Flures. »Einen Moment noch.«

»Worum geht es denn?«, wendet sich der Mann wieder mir zu.

»Das ist, wie soll ich sagen, eine … sehr persönliche Angelegenheit.« Die Unsicherheit muss mir wohl ins Gesicht geschrieben stehen.

Mein Gegenüber runzelt die Stirn, doch bevor er antworten kann, betritt eine junge Frau in einem bunten Malerkittel den Flur, balanciert in der einen Hand eine Schüssel mit zwei Granatäpfeln, in der anderen einen Porzellankrug und, unter dem Arm eingeklemmt, einen Strauß Wiesenblumen. »Mal schauen, ob heute ein besserer Tag für ein Stillleben ist«, sagt sie. Ihre linke Wange ziert ein gelber Fleck, auf ihrer Stirn hingegen bilden Rot- und Blautöne faszinierende Muster.

Auch ihr Mann bemerkt es und versucht ebenso sanft wie vergeblich, die bereits eingetrocknete Farbe vom Gesicht zu wischen.

Mein Herz verkrampft sich angesichts dieser liebevollen Geste und ich sehe beiseite.

»Sie wollen mich sprechen?«, ertönt die Stimme der jungen Frau erneut.

Ich nicke. »Ich brauche Ihre Hilfe, um etwas zu Ende zu bringen.« Ich ziehe meine Umhängetasche nach vorn und hole mein Manuskript heraus. »Ich möchte Sie bitten, das hier zu lesen. Es ist nur der Anfang, nur die Rohfassung, doch ich hoffe, dass Sie mir helfen können, es fertigzustellen. Wenn Sie aber nicht wollen, dass es jemand anderes zu Gesicht bekommt, werde ich mich daran halten.«

»Ich verstehe nicht ganz.« Verwirrt sieht sie zwischen dem Papierstapel in meiner Hand und mir hin und her.

Ihr Mann hingegen tritt beiseite und deutet höflich den Flur entlang. »Vielleicht wollen Sie erst einmal hereinkommen?«

Ich danke und folge den beiden, dabei erhasche ich einen

Blick in ein helles Maleratelier mit großen Fenstern und Glaseinlass im Dach.

Das Wohnzimmer ist genauso bunt wie der Malerkittel der Frau. Auf den ersten Blick scheint nichts zusammenzupassen: lindgrüne Übergardinen, ein orange-gelb karierter Couchteppich, gepunktete Schirmlampen mit glattem Rand und einfarbige mit Troddeln. Ein blau-weiß gestreiftes Sofa im Landhausstil und ein Ohrensessel im Retro-Look. Und überall an den Wänden hängen und lehnen Bilder. Eine einzige Farbexplosion.

Der Mann hat meinen überraschten Gesichtsausdruck bemerkt und schmunzelt. »Zuerst glaubt man, das Herz würde einem gleich stehenbleiben, nicht wahr? Aber keine Sorge, nach und nach gewöhnt man sich dran. Vermutlich eine natürliche Schutzreaktion des Körpers.« Er zwinkert seiner Frau zu und sie verdreht lächelnd in gespielter Resignation die Augen. Aus jeder Geste, jedem Lächeln der beiden spricht eine solch liebevolle Innigkeit, dass sich mir die Kehle zusammenschnürt.

Doch was vorbei ist, ist vorbei. Ich muss mich auf die Zukunft konzentrieren.

Ich atme tief durch.

»Ich bin übrigens Oliver Hohenstetter«, stellt sich der Mann vor und streckt mir die Hand entgegen.

Ich schüttle sie. »Sophie Wegener.«

»Anahit«, stellt sich nun auch seine Frau vor, und ergänzt: »Aber alle nennen mich Anna. Setz dich doch.« Sie stellt Schüssel und Krug neben einer Blumenvase auf dem Couchtisch ab und lässt sich mir gegenüber auf das Sofa fallen. »Was soll ich denn lesen, und warum?«

Ich versinke förmlich in der weichen Polsterung des Ohrensessels, kämpfe mich wieder nach oben und sage: »Die erste Frage ist etwas schwierig zu beantworten. Die zweite …« Ich streiche mir verlegen das Haar hinter das Ohr. »Tja, ich fürchte, die zweite auch.«

Oliver mustert mich skeptisch.

»Ich bin nicht verrückt«, beeile ich mich zu betonen. »Auch wenn ich mich gerade so anhöre. Ich weiß nur nicht recht, wie ich das alles erklären und wo ich anfangen soll.« Ich halte inne. »Darf ich dir eine sehr persönliche Frage stellen?« Ich lege mein Manuskript auf den Couchtisch. Es hat kein Deckblatt und noch keinen Titel, gleich auf der ersten Seite beginnt der Text.

Die neugierigen Blicke der beiden verfangen sich darin, dann sagt Anna: »Du kannst mich gerne fragen, aber bist du sicher, dass du hier richtig bist? Ich kenne keine Liana.«

Ich räuspere mich umständlich. »Ich verspreche dir, dass du gleich verstehen wirst, warum ich frage, aber … Wie war deine Mutter?«

Anna fährt zusammen. »Meine Mutter? Siran Koben?«

Ich nicke. Jetzt gibt es kein Zurück mehr. »Wie hat sie auf dich gewirkt?«, ergänze ich. »War … sie glücklich?«

Entgeisterte Stille folgt meinen Worten und ich könnte es ihnen nicht verdenken, wenn sie mich jetzt rausschmeißen würden, meine Frage kam ganz anders heraus als geplant.

Anna wechselt einen Blick mit ihrem Mann, und schließlich zuckt er leicht mit den Achseln, als wolle er sagen: Es ist deine Entscheidung, ob du antworten willst.

Sie holt tief Luft. »Meine Mutter ist vor vielen Jahren verschwunden. Alle meine Nachforschungen dazu oder zu ihrer Vergangenheit blieben leider erfolglos.« Fahrig gleiten ihre Hände über ihren Malerkittel, verharren an einer ausgefransten Stelle und zupfen daran herum. »Meine Mutter war … ruhelos. Ja, der Ausdruck trifft es ganz gut. Und irgendwie getrieben. Wunderschön war sie. Und stolz. Sie konnte sehr abweisend sein. Aber auch … sehr liebevoll.« Sie sieht beiseite, doch ich bemerke, dass ihre Augen glänzen.

»Und das Verhältnis deiner Mutter zu ihrem Mann?«

»Zu meinem Vater?« Anna runzelt die Stirn. »War kompliziert«, sagt sie knapp. Dann steht sie plötzlich auf. »Was soll das alles?«, fragt sie unwillig und bückt sich nach der Schüssel. »Ich habe zu tun. Worum geht es in dem Manuskript?«

Ich hole tief Luft. »Um deine Mutter.«

Sie gibt einen verblüfften Laut von sich, die Schüssel rutscht ihr ab, wird von Oliver im letzten Moment aufgefangen, doch einer der Granatäpfel rollt heraus und stößt mit lautem Scheppern den Krug gegen die Blumenvase. Einen Augenblick lang rotiert er auf seiner …

… holzartigen, dicken Schale, dann hat der Verkäufer ihn sich schon vom Tisch geschnappt und zurück auf den Haufen gelegt. »Tut mir leid. Ich wollte Sie nicht mit meinem Obst erschlagen.«

»Kein Problem, nichts passiert«, beruhige ich ihn, und während Jana sich nach den auf dem Boden herumkullernden Granatäpfeln bückt, renne ich meinerseits den Exemplaren hinterher, die sich auf den Weg Richtung Straße gemacht haben.

Die ist zum Glück fast frei, nur ein dunkelgrünes Jaguar Cabriolet nähert sich, bremst aber ab. Dankend hebe ich die Hand, trete auf die Straße und sammle die Früchte eilig in meine geschürzte Bluse.

Dann jedoch durchfährt mich glühend heiß der Schreck, als ich feststelle, dass der Wagen gar nicht hält, im Gegenteil: Der Fahrer gibt plötzlich Gas. »Scheiße!«

Ein Sprung, der mir bei Olympia sicherlich Gold eingebracht hätte, rettet mich, und erneut kullern Granatäpfel durch die Gegend. Mit kreischenden Bremsen kommt das Auto schließlich doch zum Stehen – einen Meter hinter der Stelle, an der ich gerade eben noch gestanden habe. Die Fahrertür wird aufgerissen, und ein Kerl im silbergrauen Anzug mit Sonnenbrille und zurückgegelten blonden Haaren springt aus dem Auto. »Hast du sie noch alle?«, brüllt er.

»*Ich? Sie* hätten mich doch beinahe überfahren!«

»Weil du mir vors Auto gerannt bist!« Zornig deutet er auf seine Motorhaube. »Bist du lebensmüde oder was?!«

»Ich hör wohl nicht recht?!« Meine Stimme überschlägt sich fast. »Sie haben doch gebremst! Warum zum Kuckuck geben Sie dann plötzlich Gas?! Haben Sie keine Augen im Kopf?«

»Gebremst? Ich? Keine Ahnung, vielleicht. Aber doch nicht

deinetwegen! Ich hab nach der richtigen Straße gesucht. Aus diesem bekloppten Einbahnstraßensystem hier gibt es ja kein Entkommen! Du kannst doch nicht einfach so auf die Straße rennen!«

»Bin ich ja auch nicht! Sie haben gebremst! Meinen Sie etwa, ich könnte Gedanken lesen? Woher soll ich das denn wissen, wo Sie hingucken, wenn Sie so eine dämliche Sonnenbrille tragen? Außerdem haben Sie gefälligst auf den Verkehr zu achten, und dazu gehören auch Fußgänger!«

»*Ich? Du* bist doch dazu selbst nicht in der Lage!«

»Hören Sie gefälligst auf, mich zu duzen!« Inzwischen zittere ich am ganzen Körper und kann gar nicht sagen, ob durch den Schock oder wegen meiner Empörung.

»Ich duze, *wen* ich will und *wann* ich will!«, herrscht er mich an und stapft aufgebracht zur Fahrerseite zurück und steigt ein. »Dämliche Pute!«

»Ich hör wohl nicht recht?! Sie Horn- … *Du* Hornochse!«

Er schlägt die Autotür zu, gibt Gas, braust davon und ich bleibe zitternd vor Wut – ja, jetzt ist ganz eindeutig Wut der Grund – zurück.

Erst der Anblick der auf der Straße verteilten Früchte sorgt dafür, dass ich meine Emotionen wieder einigermaßen in den Griff bekomme, doch es ist zu spät: Ein Lastwagen röhrt heran und einen Augenblick später ist nur noch Granatapfelmatsch übrig.

»Na großartig!«

Auf dem Weg zurück zu meiner besten Freundin und dem Obstverkäufer weichen mir alle Entgegenkommenden hastig aus, denn ich schimpfe wie ein Rohrspatz.

»Sophie?«, fragt Jana besorgt. »Alles okay?«

»Nein! Sonst würde ich mich ja wohl kaum so aufregen!« Verärgert puste ich gegen meinen Pony. »Mich hätte grad um ein Haar so ein Vollidiot überfahren.«

»Herr im Himmel«, ruft der Verkäufer erschrocken aus. »Das tut mir furchtbar leid.«

»Ach was, Sie können doch nichts dafür«, beschwichtige ich,

doch er hat schon zwei Plastiktüten von einer Rolle abgerissen und stopft jetzt Granatäpfel hinein. »Bitte sehr!«, sagt er und hält Jana und mir je eine Tüte hin. »Als kleines Dankeschön.«

Verlegen versuche ich abzuwehren, bis schließlich Jana kurzerhand die Tüten ergreift und mich weiterzieht. Etwas überstürzt verabschiede ich mich vom Verkäufer.

»Wir müssen uns beeilen«, mahnt Jana. »Meine Schicht fängt gleich an und ich will nicht, dass deine Mutter sauer auf mich ist. Oder Anton, dieser Eierkopf.«

»Was hast du nur immer für ein Problem mit ihm?«, frage ich, lege aber trotzdem einen Zahn zu.

»Ich mag ihn einfach nicht und Punkt. So, und was wolltest du mir vorhin erzählen?«, nimmt Jana den Faden wieder an der Stelle auf, an der ihn das Granatapfeldrama unterbrochen hatte.

Ich winke ab, denn ich bin gerade absolut nicht in der Stimmung für diese Art von Verkündung.

»Na komm schon!«, bohrt Jana weiter nach. »Du kannst mich doch nicht erst so neugierig machen und dann im Regen stehen lassen.«

Ich ahne, dass ich jetzt für den Rest des Tages ihren Fragen ausgesetzt sein werde. Also, was soll's. »Ich bin verlobt«, murmle ich ohne viel Begeisterung. Die ist mir nämlich bei dem Beinahe-Unfall zusammen mit den Granatäpfeln abhandengekommen.

»Verlobt?!« Jana reißt meine rechte Hand in die Höhe, dreht und wendet sie. „Wo ist der Ring? Hast du ihn zu Hause gelassen?“

»Nein«, sage ich etwas verkniffen. »Das hier ist er.« Ich deute mit dem linken Zeigefinger auf den schmalen silberfarbenen Reif an meiner Rechten, der in der Tat neben den restlichen vier Ringen vollkommen untergeht.

»Oh. Der ist … schön. So …« Sie räuspert sich, sucht nach Worten. »… schlicht.«

Ich ziehe die Hand zurück. »Man muss schließlich nicht protzen, nur um der Welt irgendetwas zu beweisen. Ein schmuckloser Ring zur Verlobung reicht vollkommen.«

Jana mustert mich von der Seite. »Das ist Ralfs Meinung.«

»Und meine!«, behaupte ich, doch ich wirke wohl wenig überzeugend, denn Jana zieht bedeutsam die Augenbraue hoch.

Ich weiche ihrem Blick aus, gehe einen Schritt schneller. »Wusstest du eigentlich, dass die Geschmacksrichtung grüner Gummibärchen bis 2007 Erdbeere war?«

»Nun sei doch nicht beleidigt, ich wollte dir nicht auf den Schlips treten«, ruft sie und eilt mir nach.

Ich bin tatsächlich beleidigt, doch nicht ihretwegen, sondern wegen dieses vermaledeiten Rings.

Jana hat mich eingeholt. »Woher hätte ich denn wissen sollen, dass das da der Verlobungsring ist?«, verteidigt sie sich. »Man sollte doch meinen, dass ein Verlobungsring einen Stein hat. Es muss ja kein fetter Klunker sein, der dich mit seinem Gewicht nach unten zieht, aber ein Stein*chen* hätte doch wohl drin sein müssen, oder? Wenigstens ein winzig kleines Steinchen!«

»Jana! Ralf denkt eben pragmatisch!«

»He, was guckst du mich so böse an? Ich war es nicht, die dir den Antrag gemacht hat. Apropos Antrag. Wie war's denn? Erzähl schon! War er mit dir beim Italiener? Oder im Schlossgarten? Oder hat er dich mit einem Picknick überrascht? Oder mit einer Bootsfahrt?« Vor Begeisterung hat sich ihre Stimme nach oben geschraubt.

»Na ja, nicht ganz«, gebe ich etwas verlegen zurück. »Wir saßen vor dem Fernseher.«

»Oh. Aber er ist dabei auf die Knie gegangen, ja?«

»Äh. Nein. Er saß neben mir.«

»Mit einer …« Sie hält inne und ich sehe förmlich das Kopfkino hinter ihrer Stirn auf Hochtouren laufen, » … Rose in der einen und einem Champagnerglas in der anderen Hand?«

»Zählt auch eine Dose Sprite?«, frage ich etwas hilflos.

Jana atmet tief durch. »Aber er hat dir sicher gesagt, wie unfassbar über die Maßen er dich liebt und dass er ohne dich nicht leben kann!«

Ich sehe in ihr erwartungsvolles Gesicht, setze zu einer

Antwort an, suche nach den richtigen Worten, und schließe den Mund wieder, ohne einen Ton von mir gegeben zu haben. Stattdessen nicke ich lediglich. Eigentlich hat Ralf eher so etwas gesagt wie ›Ich finde, wir sollten heiraten. Wir werfen gerade echt viel Geld unnötig zum Fenster raus. Denk doch mal an die Steuer. Da ist es echt von Vorteil, verheiratet zu sein.‹ Doch aus irgendeinem Grund kann ich ihr das einfach nicht erzählen. »So ähnlich«, murmle ich stattdessen.

Zum Glück klingelt mein Handy und unterbindet weitere Nachfragen. Eilig nehme ich den Anruf an.

»Sophie?«, quäkt es aus dem Hörer.

»Hey, Mama, tut mir leid, dass ich so spät dran bin. Ich –«

»Weiß sie es schon?«, unterbricht mich Jana aufgeregt und ich schüttle den Kopf.

»Dann erzähl ihr von der Sache!«

»Pssst. Nicht jetzt.«

»Welche Sache?«, fragt meine Mutter besorgt.

»Nichts, gar nichts«, gebe ich zurück und funkle Jana an.

»Wieso willst du ihr nicht davon erzählen?«, fragt die betont unschuldig. »Ich denke, du freust dich und bist total zufrieden damit, wie es gelaufen ist.«

»Sophie? Was ist los? Was willst du mir nicht erzählen? Ist was passiert?« Jetzt klingt sie ängstlich und ich hätte Jana am liebsten einen Tritt vors Schienbein verpasst. Sie scheint meine Absicht zu ahnen und springt mit einem Grinsen beiseite.

»Ach, nichts Wichtiges«, versuche ich, meine Mutter zu beschwichtigen. »Ich meine, es ist schon wichtig, aber es hat Zeit.«

»Wieso? Wenn es wichtig ist, raus damit! Sofort!«

Jana sieht mich bedeutungsvoll an.

Ich räuspere mich: »Ich habe einen Heiratsantrag bekommen.«

Stille am anderen Ende.

Dann fragt meine Mutter: »Von wem?«

»Von Ryan Gosling«, gebe ich sarkastisch zurück und ergänze dann vorsichtshalber: »Von Ralf, natürlich! Von wem sonst?« Nicht dass ich ernsthaft davon ausgehen würde, jemals einen Heiratsantrag von Ryan Gosling zu erhalten – dafür müsste er sich schließlich erst einmal scheiden lassen – aber oft genug von ihm geschwärmt habe ich ja, und meiner Mutter traue ich zu, daran zu glauben. Ich stehe einfach auf diesen Typ mit seinem jungenhaften Lächeln, den lichtblauen Augen und blonden Haaren. Ralf hat schwarze Haare und graue Augen. Doch das ist ja nicht seine Schuld. Es kann ja nicht jeder Ryan Gosling sein. Leider.

»Du hast ihn doch nicht etwa angenommen?«, reißt meine Mutter mich aus meinen gedanklichen Schwärmereien.

»Was? Doch! Natürlich habe ich ihn angenommen.«

»Aber warum?«

Na prima, aus genau diesem Grund habe ich ihr später und in Ruhe davon erzählen wollen. »Verdammt noch mal! Könnte sich hier mal bitte irgendjemand für mich freuen? Warum wohl nimmt man einen Heiratsantrag an?«

»Geld, Absicherung, Schwangerschaft, Ärger …«, wirft Jana nachdenklich ein, während aus dem Handy gleichzeitig die fassungslose Stimme meiner Mutter tönt: »Du bist schwanger?!«

»Nein, bin ich nicht!«

»Wollt ihr etwa wegziehen?«

»Was? Warum sollten wir? Es …« Ich halte inne, als mir Janas Worte ins Bewusstsein dringen. Irritiert wende ich mich ihr zu: »Wieso bitte sollte ich jemanden heiraten, über den ich mich ärgere?«

»Ich meinte doch: Du könntest Ralf heiraten, um jemand anderen zu ärgern.« Sie deutet demonstrativ auf das Telefon. »Wobei ich dir auch die andere Variante zutraue, und … oh … ich bin schon still.« Sie duckt sich unter meinem wütenden Blick weg.

»Und wenn er plötzlich eine Stelle in Australien kriegt?«, piepst es aus dem Hörer.

Ich rolle mit den Augen. »Auch wenn wir unverheiratet sind, könnte ich ihm nach Australien folgen.«

»Ich glaube nicht, dass das mit dem Visum dann so einfach

wäre. Aber wenn du erst verheiratet bist … und schwanger … Was soll ich nur ohne dich tun?«

»Mama, bitte! Weder bin ich schwanger noch ziehe ich weg. Ich lasse dich nicht allein. Hör doch endlich mit diesem Blödsinn auf. Und überhaupt – müssen wir das auf offener Straße diskutieren? Ich bin schon auf dem Weg ins Café. Ich wurde aufgehalten.«

»Ich leider auch«, tönt es hektisch zurück, als sie sich offenbar an den eigentlichen Grund für ihren Anruf erinnert. »Hier gab es einen Wasserrohrbruch oder so. Die Straße ist gesperrt und es staut sich alles. *Du* musst das Gespräch führen.«

»Was? Das geht nicht. Ich sollte dich doch nur an der Theke ersetzen, ich hab doch keine Ahnung von –«

»Du machst das schon. Ich glaub an dich! Halte ihn einfach nur hin, bis ich da bin. Ich tue, was ich kann, um rechtzeitig dazuzustoßen. Emmanouel Khatchadourian ist sein Name, merk dir das bitte.«

»Was? Das kann ich doch nicht mal aussprechen, geschweige denn, mir merken!«

»Kriegst du schon hin. Oh, ich muss Schluss machen, die Feuerwehr will durch. Denk dran, Schatz: Wir brauchen das Geld! Vergraule ihn um Gottes willen nicht!« Sie legt auf.

Verdutzt starre ich Jana an. »Ich muss das Gespräch mit diesem Unternehmer allein führen.«

»Oh. Dann sollten wir uns wohl beeilen.«

Ich sehe auf meine Uhr. »Mist!«

Zeitgleich rennen wir los.

»Ist ja schön, dass sie … an mich glaubt«, schnaufe ich. »Das macht nur leider nicht wett, dass ich nicht … den blassesten Schimmer von dem ganzen Kram habe. Oh Gott, ich verwechsle doch sogar … die ganzen Steuern ständig miteinander.«

»Es gibt … wirklich niemanden«, stimmt Jana mir keuchend zu, »der weniger geeignet wäre, … für geschäftliche … Verhandlungen als dich.«

»Danke … für die Blumen«, schnaufe ich, ohne allerdings ernsthaft beleidigt zu sein. Schließlich stimmt es, und wer könnte das besser beurteilen als Jana, die seit einer halben Ewigkeit im Café meiner Mutter kellnert. »Weil das alles … mich nicht interessiert, das weißt du … Ich kann … mein Leben nicht … zwischen Sahnetorten und Abrechnungen … fristen.«

»Sag das nicht … zum zehnten Mal *mir* … sag das … deiner Mutter!«

»Als ob das so … leicht wäre!« Ich hetze um die Hausecke und bleibe so abrupt stehen, dass Jana in mich hineinrennt.

»Was ist?«, fragt sie erschrocken.

Ich bin zu aufgebracht, um zu antworten, denn auf der anderen Straßenseite kommt uns ein dunkelgrünes Cabrio entgegen, offenbar auf der Suche nach einer Parklücke. Nein, nicht *ein* dunkelgrünes Cabrio, sondern das des arroganten blonden Typen. Der mustert gerade die uns gegenüberliegende Straßenseite. Die Sonnenbrille hat er sich ins Haar geschoben. Jetzt wird er fündig, allerdings auf unserer Seite, wendet den Wagen und parkt schwungvoll ein.

»Oh, là, là«, sagt Jana und ich habe den Verdacht, dass sie nicht seine Fahrkünste meint.

»Bist du wohl still«, zische ich.

»Aber das ist doch wirklich mal ein heißer –«

»Vollidiot!«, unterbreche ich sie. »Das ist der Typ, der mich beinahe überfahren hätte!«

»Der? Aber dafür sieht er doch viel zu gut aus.«

Perplex wende ich mich ihr zu. »Was hat das denn damit zu tun? Das ist ja wohl die dämlichste Bemerkung seit Erfindung der Sprache. Und … davon abgesehen sieht er auch überhaupt nicht gut aus.«

»Du hast gezögert.«

»Jana!«

»Ist ja schon gut, ich mein ja nur. Ich steh halt auf diese stahlblauen Augen, das weißt du doch.«

Ich wage einen weiteren Blick zu ihm. Er ist ausgestiegen und ich muss Jana insgeheim zustimmen. Verflixt noch mal – warum ist mir dieser sexy Dreitagebart bei unserer letzten Begegnung gar nicht aufgefallen? Und diese unfassbar lässige

Art, sich ans Auto zu lehnen, während er seine Sonnenbrille in der Brusttasche verstaut? Wieso muss ich plötzlich an James Bond denken?

Spontan setzt vor meinem inneren Auge Kopfkino ein: Wir beide in einer Cocktailbar, ich im kurzen Schwarzen, er im Smoking, wie er mir einen Drink reicht und mir dabei tief in die Augen sieht und …

Stopp!

Kurzes Schwarzes … Dass ich nicht lache. Ich besitze ja nicht mal ein langes Schwarzes! Und lässig irgendwo herumlehnen konnte er bei unserer letzten Begegnung schon deshalb nicht, weil er mich da gerade beinahe über den Haufen gefahren und mich anschließend beschimpft hat. Sexy Äußeres hin oder her – der Mann ist ein Idiot.

Ich will mich abwenden und zwischen den Mülltonnen zum Hintereingang des Cafés schleichen, doch in diesem Moment entdeckt mich der Typ.

Ungläubiges Erstaunen zeichnet sich in seinem Gesicht ab, nur einen Atemzug später jedoch funkeln mich seine Augen – die zu meinem Verdruss tatsächlich stahlblau sind – verärgert an. »Sie schon wieder!«

»Na, wenigstens siezt du mich endlich. Ich meine … duzen Sie mich nicht mehr, ich meine … egal! Ich habe keine Zeit für arrogante, ignorante, unfähige und unverschämte, äh, Vollidioten!« Damit marschiere ich an ihm vorbei.

Na also, zwar habe ich nur vier der ungefähr dreißig Adjektive verwendet, die mir auf dem Rückweg zum Obststand durch den Kopf geschossen sind, aber immerhin.

Ich bin stolz auf mich.

»Moment mal!«, tönt es erbost hinter mir. »Ich lasse mich doch hier nicht von einer aufgeblasenen, geistig völlig verwirrten Schnepfe beschimpfen, die ihren Verstand vermutlich in ihrer Handtasche mit sich herumträgt.«

»Wie bitte?« Ich bleibe abrupt stehen. »Ich … Sie … du … Idiot!« Mehr kriege ich nicht heraus, schon wieder fehlen mir in meinem Ärger einfach die Worte.

Triumphierend stolziert er an mir vorbei, doch das lasse ich mir nicht gefallen und gehe einen Zacken schneller. »Lassen Sie mich gefälligst durch!« Ich greife an ihm vorbei nach der Klinke des Cafés, doch auch seine Hand liegt plötzlich auf dem Griff.

Verdutzt guckt er mich an, und mein Gesichtsausdruck muss ähnlich erhellend aussehen.

Das darf doch nicht wahr sein. Muss dieser Mistkerl ausgerechnet hier seinen Kaffee trinken?

Plötzlich schwant mir Fürchterliches. »Sie wollen hier doch nur Kaffee trinken, oder?«

»Was? Welcher Kaffee? Etwa mit dir? Bestimmt nicht. Ich hab Wichtigeres zu tun.«

Mir wird schlecht. »Geschäftlich?«

Er blinzelt irritiert, dann schnauzt er: »Meine Geschäfte hier gehen dich ja wohl gar nichts an!« Er zieht die Tür auf.

Verdammt!

»Ist das etwa der Typ, mit dem du verhandeln sollst?«, platzt Jana heraus.

Der Kerl lässt die Klinke los und fährt zu mir herum. »Moment mal. Du, ich meine, *Sie* sind die Besitzerin?«

»Ach, auf einmal werde ich wieder gesiezt.« Ich strecke das Kreuz durch. »Ganz genau. Mir gehört dieses Café.«

Janas Augenbrauen wandern in die Höhe, doch ich ignoriere es.

»Unter diesen Umständen«, sagt er, »einen schönen Tag noch!« Damit dreht er sich um und geht zu seinem Auto.

Perplex starre ich ihm hinterher und weiß nicht, was ich tun soll.

Jana stößt mich in die Seite. »Sag doch was! Halt ihn auf! Na, mach schon!«

»Wussten Sie eigentlich, dass Mücken 47 Zähne haben?«, rufe ich.

Verdammt! Ich kneife die Augen zusammen. Das habe ich nicht wirklich gesagt, oder? Das Geräusch, mit dem Jana sich die Hand vor die Stirn schlägt, bestätigt mir das Gegenteil. Vorsichtig öffne ich ein Auge.

Der Typ glotzt mich verständnislos an, steigt dann ein und startet den Motor.

»Ich fass es nicht«, murmelt Jana.

Ich beiße mir auf die Lippe und zucke entschuldigend die Achseln. »Du hättest mich nicht unter Druck setzen dürfen! Mir ist vor lauter Panik nichts Besseres eingefallen.«

Frustriert sehe ich dem davonfahrenden Wagen hinterher. Soll ich ihm nachlaufen? Nein, so tief bin ich noch nicht gesunken. Ich räuspere mich. »Also … ich finde, es hätte schlechter laufen können.«

»Stimmt«, kommentiert Jana trocken. »Du hättest ihn auch mit Granatäpfeln bewerfen können.«

Ich atme tief durch und sehe bedrückt dem dunkelgrünen Wagen hinterher, bis er um die Ecke verschwunden ist, dann erst wende ich mich ab und ziehe die Tür zum Café auf.

Es sind nur wenige Tische besetzt, doch zumindest herrscht an der Brötchentheke Betrieb.

Anton steckt seinen Kopf mit der weißen Bäckermeisterhaube aus der Küche. »Wo bleibt ihr denn? Ich kann mich hier nicht zerreißen.«

»Es gab …« Weiter komme ich nicht, denn mein Handy klingelt. Na, großartig. Jetzt muss ich meiner Mutter beichten, dass ich den potenziellen Investor doch vergrault habe. Und dass ich dafür nicht einmal zwei Minuten gebraucht habe. »Mama?«

»Sophie? Bist du schon da? Ist er schon da? Ich bin gleich an der Kreuzung, ich bin schon fast –«

»Kannst du mir sagen«, unterbreche ich sie, »warum du dich ausgerechnet für diesen Typen entschieden hast? Was war mit diesem Pärchen? Die waren doch viel geeigneter! Und netter und –«

»Dafür gab es Gründe.«

»Aber welche? Die anderen waren deiner Aussage nach doch so engagiert und begeistert! Die hätten doch viel mehr mitgebracht als nur Geld.«

»Ich werde das nicht jetzt diskutieren. Es gibt eben … gewisse Gründe …, die für ihn sprechen … Moment mal, bist du jetzt nicht bei ihm? Ist er nicht gekommen? Ist etwas schiefgegangen?«

»Na ja … wie soll ich sagen –«

»Scheiße!«

Ihr Ausruf lässt mich zusammenzucken. »Mama?«

Ein Schlag.

Hat sie das Handy fallenlassen?

Der Rest dringt nur noch gedämpft an mein Ohr: das Quietschen von Bremsen, ein Scheppern, das Bersten von Glas.

***

»Wohin wollte Ihre Mutter?«

Mühsam sehe ich auf. Da ist immer noch dieser Polizist. Vage erinnere ich mich daran, ihn am Unfallort gesehen zu haben. Und daran, dass er mir zu erklären versucht hat, warum der kleine Daihatsu meiner Mutter zwischen einem Jeep und einem Laternenpfeiler eingeklemmt war, der hintere Teil zerdrückt wie Schrott in einer Presse. Von unerwartetem Bremsen war die Rede, davon, dass sie plötzlich links rübergezogen und offenbar die Kontrolle über das Lenkrad verloren hat.

Als sie in den Krankenwagen verladen wurde, deutete nur eine Platzwunde an ihrer Schläfe darauf hin, dass sie nicht einfach schlief. Das Bild werde ich nie wieder aus meinem Kopf bekommen.

Meine Mutter habe Glück gehabt, hat er gesagt.

Wie kann er in so einer Situation nur von Glück reden?

»Frau Wegener – wohin war Ihre Mutter unterwegs?«, fragt er erneut.

»Ins Café«, murmele ich und kauere mich wieder auf dem harten, weißen Plastikstuhl zusammen. Krankenschwestern in grüner Kleidung eilen vorüber.

Der stechende Geruch um mich her verursacht mir Übelkeit. Ist das Desinfektionsmittel? Ich halte mir den Magen.

»Frau Wegener.«

»Hm?«

»Ich habe Sie gefragt, ob Ihre Mutter in Eile war oder unter großem Druck stand.«

Verständnislos sehe ich ihn an und erwarte fast, dass die nächste Frage lautet: Hatte Ihre Mutter Feinde, Frau Wegener?

Und plötzlich muss ich lachen. Aber es ist die falsche Art von Lachen und endet in einem Schluchzen, das meinen ganzen Körper durchschüttelt.

Der Polizist starrt mich entgeistert an.

»Jetzt lassen Sie sie doch in Ruhe«, keift Jana ihn an. »Sehen Sie nicht, dass Sie unter Schock steht? Sie ist jetzt nicht in der Lage, Fragen zu beantworten.«

Die Antwort des Polizisten kriege ich nicht mit, denn in diesem Moment öffnet sich die Tür zur Notaufnahme und der Arzt von vorhin tritt heraus.

Ich springe auf und laufe zu ihm, wische mir die Tränen aus den Augen. »Wie schlimm ist es? Wie geht es ihr? Kann ich zu ihr? Ist sie –«

»Ganz langsam«, sagt er und legt mir die Hände auf die Schultern. Es soll wohl beruhigend wirken, doch mir macht es Angst.

»Wie geht es ihr?«, frage ich erneut. Meine Stimme überschlägt sich schrill.

»Ihr Zustand ist stabil«, antwortet er.

»Gott sei Dank!« Vor Erleichterung lasse ich den Tränen nun freien Lauf, will mich an ihm vorbei durch die Tür schieben, vor der ich seit einer gefühlten Ewigkeit warte, doch er hält mich am Arm zurück. »Der Zustand Ihrer Mutter ist stabil, aber …«

»Aber was?« Warum redet er nicht? Ich bin kurz davor, ihn zu schütteln.

»Wir mussten sie in ein künstliches Koma versetzen.«

»Koma? Und das nennen Sie stabil?« Ich muss geschrien haben, denn er zuckt zusammen.

»Ja«, sagt er ernst, »unter den gegebenen Umständen ist das stabil.«

Er öffnet die Tür, bedeutet mir, ihm zu folgen und meine Hände zu desinfizieren, und erzählt irgendetwas von komplizierten Brüchen und Schädel-Hirn-Trauma, doch das sind alles nur Worte ohne Bedeutung für mich. Ich habe das Gefühl, von einer dicken Watteschicht umgeben zu sein.

Eine weitere Tür öffnet sich. Überall sind blinkende Monitore, Schläuche über Schläuche und irgendwo zwischen all der Technik und all dem Gips liegt meine Mutter. Wie eine schlafende Astronautin, das Gesicht unter dem riesigen Stirnverband schwach beleuchtet von all den Bildschirmen in dem leicht abgedunkelten Zimmer.

Vorsichtig greife ich nach der schmalen, verkabelten Hand, die auf der kaltweißen Bettdecke ruht, und schmiege meine Wange daran. Ich hatte mir unter einem Koma immer irgendwie etwas ganz Stilles, beinahe Friedliches vorgestellt, doch um mich her piepst es ständig und die ganze Zeit über summen und surren die Apparate.

Jana greift nach meinem Arm, ihr Mund öffnet sich, sie scheint Fragen zu stellen und der Arzt antwortet, doch in meinen Ohren ist mit einem Mal nichts als ein großes Rauschen, bevor die Welt um mich her wegdämmert.

Von Träumen

– 80er-Jahre, Armenien –

Beinahe wäre Liana weggedämmert, hier im frischen, weichen Stroh, das so gut duftete, eingelullt vom gleichmäßigen Kauen und Schnaufen ihrer Stute Amri, die mit trägem Schweifwedeln die Fliegen abhielt.

Artak holte Liana aus dem Halbschlaf. Der Hofhund schlug lautstark an. Liana schreckte hoch, rappelte sich auf und eilte zur Stalltür, um nach dem Grund für die Aufregung zu sehen. Dabei blieb sie mit der Schulter an dem Regal neben der Tür hängen. Es schwankte leicht und gerade noch rechtzeitig konnte sie die beiden darauf herumkullernden grünen Äpfel am Fallen hindern, doch den Granatapfel erwischte sie nicht mehr. Seine braune Schale zerplatzte mit einem schmatzenden Geräusch am Boden und etliche der reifen, dunkelroten Samen flogen in alle Richtungen davon.

»Na großartig«, murmelte sie, beugte sich dann aber erst einmal zur Seite, um auf der Suche nach dem Grund für Artaks Gebell nach draußen zu spähen. Sie konnte nur einige der Arbeiter ihres Vaters entdecken, wandte sich wieder Amri zu und musste schmunzeln, denn die Nüstern des Pferdes blähten sich und es streckte seinen Kopf gierig der süß duftenden Frucht auf dem Boden entgegen.

»Das ist nichts für dich, du altes Schleckermaul«, sagte Liana und drohte ihr spielerisch mit dem Finger, während sie die Granatapfelreste mit dem Fuß beiseiteschob. »Friss lieber den hier.« Sie nahm einen grünen Apfel vom Regal, und die Stute angelte sich die Leckerei sofort aus ihrer Hand.

»Man könnte meinen, du seist am Verhungern«, sagte Liana und tätschelte Amri den Hals.

»Guten Morgen, meine Süße«, tönte es von der Stalltür her.

Lianas gute Laune löste sich in Luft auf. Ohne sich nach dem Mann in der Tür umzudrehen, griff sie nach dem Besen, der in der Ecke lehnte, und begann, den Gang auszufegen.

»Ich sagte: Guten Morgen!«

Jetzt richtete Liana sich auf und wandte sich Vartan zu, dessen große, stämmige Gestalt den Türrahmen fast völlig ausfüllte. »Hast du etwa mit *mir* gesprochen?«, fragte sie unschuldig. »Tut mir leid. Ich dachte, du hättest plötzlich deine Liebe zu Pferden entdeckt.«

Vartan lachte. »Warum so kratzbürstig?«

»Weil ich nicht deine Süße bin.«

»Ich würde dich gern vom Gegenteil überzeugen.«

»Die Mühe kannst du dir sparen, das schaffst du nicht.«

»Oh, ich hab schon ganz andere Dinge geschafft«, sagte er aufgeräumt, nahm den verbliebenen Apfel vom Regal, warf ihn in die Höhe und fing ihn wieder auf. »Was hast du heute vor? Vielleicht kann ich dich irgendwohin begleiten?«

»Ich gehe nirgendwohin.«

»Liaaanaaaa!«, schallte in diesem Augenblick die Stimme ihrer Tante über den Hof.

Die hatte ihr gerade noch gefehlt. Wäre sie allein gewesen, hätte sie sich einfach still verhalten und davongeschlichen, so aber war sie gezwungen, zu reagieren. Also steckte sie den Kopf zur Tür heraus und rief: »Ich bin im Stall!«

»Das war ja klar. Wo auch sonst?« Tante Mila, die mit in die Hüfte gestemmten Armen vor der Sommerküche stand, verzog missbilligend das Gesicht. »Und offenbar warst du immer noch nicht beim Schuster. Willst du warten, bis meine Schuhe von selbst herlaufen? Oder soll ich morgen etwa in Winterstiefeln in die Kirche gehen? Beeil dich!«

»Ja, ist ja gut, mach ich gleich«, antwortete Liana genervt. Ihre Tante schaffte es einfach immer, für alles den unpassendsten Augenblick zu finden!

Mit vor Ärger zusammengepressten Lippen wandte sie sich um.

Vartan grinste breit. »Also auf ins Dorf. Ich bin ohnehin hier, um mit deinem Vater zu reden. Da werde ich ihn gleich mal fragen, ob ich dich mitnehmen kann.«

»Willst du meinen Vater begleiten oder mich? Ich entscheide selbst, mit wem ich wo auch immer hingehe.«

»Also eine *moderne* Frau«, erwiderte er spöttisch, biss dann herzhaft in den Apfel und sah sie herausfordernd an, während er kaute.

Liana wartete, bis er geschluckt hatte, und sagte dann seelenruhig: »Freut mich, dass dir der Apfel schmeckt. Das bisschen Pferdesabber stört ja nicht weiter.«

Vartan erstarrte.

»Ich konnte ihn Amri gerade noch aus dem Maul ziehen«, fuhr Liana fröhlich fort.

Vartan sah vom Apfel in seiner Hand zum Pferd und zurück, wirkte einen Augenblick, als wolle er den Bissen wieder hochwürgen, legte dann aber den restlichen Apfel mit spitzen Fingern auf das Regal zurück. Angeekelt wischte er sich die Hand an seiner Hose ab. »Trotzdem muss ich mit deinem Vater reden. Wo ist er überhaupt?« Vartans Stimme klang etliche Grad kühler als gerade eben.

»Weggefahren.«

»Deshalb steht auch sein Wagen im Hof, ja?« Er deutete mit dem Daumen über seine Schulter nach hinten.

»Ganz genau«, gab Liana zurück, ohne eine Miene zu verziehen.

»Wir sind heute wohl mit dem falschen Bein zuerst aufgestanden …«

»Wir? Keine Ahnung, wie das bei dir ist, aber ich hab sehr gute Laune«, behauptete Liana und fegte weiter, obwohl kein Hälmchen mehr am Boden lag. »Ich vermisse lediglich dein Motorrad.«

»Das war mir klar«, erwiderte Vartan und strich sich selbstgefällig über sein schlecht rasiertes Kinn. »Alle Frauen lieben es. Eine echte russische Wostok, ein Vierzylinder, nicht ohne Grund die ›Russische Rakete‹ genannt – sie macht 250 km/h. Gebaut für die Weltmeisterschaft ’68. Hat mich auch ein stattliches Sümmchen gekostet und nur über meine guten Kontakte war es überhaupt möglich, da ranzukommen. Sie ist grad in der Werkstatt, aber heut Nachmittag wird sie wieder einsatzbereit sein. Kannst es kaum erwarten, mit mir 'ne Spritztour zu machen, was?«

»Nicht im Geringsten. Ich vermisse dieses Ding nur deshalb, weil ich dir rechtzeitig aus dem Weg gehen kann, wenn du damit kommst – den Höllenkrach hört man ja von Weitem.« Damit lehnte sie den Besen an die Wand, klopfte sich den Staub vom Rock und wollte den Stall verlassen. Unter der Tür stieß sie gegen Vartans Arm, mit dem er ihr plötzlich den Weg versperrte.

Sie sah zu ihm auf und sagte langsam und mit Nachdruck: »Lass mich durch.«

Er rührte sich nicht.

Sie wagte kaum, zu atmen. Die Geräusche um sie her schienen plötzlich unnatürlich laut: Amris Schmatzen, das Rascheln einer Maus im Stroh, das Zwitschern der Schwalben im Gebälk.

Vartan beugte sich zu ihr. In seiner Stimme lag etwas Drohendes, als er leise sagte: »Ich weiß, du hältst dich für besonders schlau, aber warum weiß ich dann Dinge über die Plantage, die du nicht weißt?«

»Wovon redest du?«, fragte Liana verwirrt.

»Sag mir, wo ich deinen Vater finde.«

Liana atmete tief durch. Sie wollte nicht um eine Antwort betteln, außerdem hatte er sich das ohnehin nur ausgedacht, um Eindruck zu schinden. Was bitte gab es denn schon über die Plantage zu wissen? Hier wuchsen Granatäpfel. Punkt.

»Also?«, hakte er nach.

»Im Gemüsegarten hinter dem Haupthaus«, sagte sie schließlich, denn das war mit Sicherheit der letzte Ort, an dem sich ihr Vater je aufhalten würde.

»Na also, geht doch.« Vartan lächelte kalt. Dann drehte er sich ruckartig um und stapfte mit schweren Schritten über den Hof, ohne sich noch einmal nach ihr umzusehen.

Liana knetete nervös ihre Finger, während Artak seiner Aufgabe als Wachhund alle Ehre machte, sich gegen seine Kette stemmte und Vartan wild und zornig anbellte, bis dieser hinter dem Haus verschwunden war.

Jetzt erst konnte sie wieder durchatmen.

Sie ging zurück in Amris Box und schmiegte ihr Gesicht an den weichen, warmen Hals der Stute. Doch nicht einmal das konnte ihre innere Unruhe besänftigen.

***

Liana schob die ihr quer über die Brust baumelnde Tasche zurecht und trat kräftig in die Pedale des alten Fahrrads ihrer Mutter. Es sah zwar aus, als würde es beim kleinsten Windstoß zu einem Haufen Rost zerfallen, tat aber quietschend noch immer seinen Dienst.

Als Liana jedoch plötzlich heftig bremste, jaulte es förmlich auf.

»Nana!«, rief sie erschrocken und kam unmittelbar vor ihrer Großmutter zum Stehen. »Ich hätte dich fast überfahren! Du kannst doch nicht einfach so hinter der Mauer hervorspringen!«

»Ich bin noch nie hinter irgendeiner Mauer hervorgesprungen«, gab Nana würdevoll zu Protokoll. »Ich wüsste nicht einmal, wie das geht.« Sie strich über ihren dicken weißgrauen Flechtzopf, der ihr über die Schulter nach vorn bis fast zur Taille fiel. »Hingegen würde ich gerne wissen, wieso Vartan Khatchikian vorhin auf meinem Salat herumgetrampelt ist.« Nana sah ihre Enkelin scharf an. Bis auf ihren Ehering trug sie niemals Schmuck und sogar bis hin zur Unterwäsche ausnahmslos schwarze Kleidung, doch im Hinblick auf ihr Haar war sie erstaunlich eitel. In der gerafften Schürze lagen eine Gurke, etliche Tomaten und ein paar Paprika. Der Duft von Lavendelseife umgab sie. Der einzige Luxus, den sie sich gönnte.

Liana fiel es schwer, nicht zu lachen, als sie sich das Gesicht ihrer Großmutter beim Anblick des zwischen ihren Tomaten- und Erbsenspalieren umherirrenden Vartan vorstellte. Wie sie Nana kannte, dürfte sie ihn äußerst nachdrücklich von dort vertrieben haben. »Keine Ahnung. Wieso fragst du mich?«

Ihre Großmutter hob lediglich eine Augenbraue.

»Ich habe wirklich nichts damit zu tun«, beteuerte Liana, ohne eine Miene zu verziehen.

Nana seufzte. »Wenn du schon lügst, dann solltest du es wenigstens glaubhaft tun. Vor allem, wenn dein Vater rauskriegt, dass du schon wieder auf Amri unterwegs warst, anstatt in der Küche zu helfen.«

Liana biss sich auf die Lippe. »Es war doch nur ein kurzer Ausritt.«

»Du warst zwei Stunden weg.«

»Das *ist* kurz.«

Nana schüttelte den Kopf und die Falten in ihrer Stirn vertieften sich. »Du bist jetzt mit der Schule fertig. Unser Hof ist groß genug für eine weitere Familie, aber wenn du noch ein paar Jahre ins Land gehen lässt, bist du als alte Jungfer verschrieen, das weißt du doch. Der Platz einer Frau ist nun einmal nicht auf einem Pferderücken, sondern bei Mann und Kindern.«

»Zum Glück habe ich weder das eine noch das andere. Und davon abgesehen kann ich mir auch nicht vorstellen, mein Leben hier zu verbringen. Das habe ich dir schon tausendmal gesagt, und das ändert sich auch nicht.«

»So ein Unfug. Wo solltest du denn sonst leben wollen?« Nana klang gereizt. Sie hatte Liana in diesem Punkt noch nie verstehen können. Sie war in ihrem Leben nie weiter als bis Jerewan gekommen und verglichen mit ihrem beschaulichen Dorf musste die Stadt auf sie wie ein stinkender, alles verschlingender Moloch gewirkt haben.

»Na … da … und dort oder … Ach, ich weiß auch nicht.« Liana zuckte hilflos mit den Schultern. »Aber die Welt ist so groß. Mir wird schlecht, wenn ich mir vorstelle, dass ich das alles nicht zu Gesicht bekomme.«

Nana räusperte sich und Liana stellte sich auf eine zornige Predigt ein, doch ihre Großmutter strich sich lediglich den Zopf über die Schulter nach hinten und seufzte: »Du bist wie dein Großvater. Du hast nicht nur seine wundervollen grünen Augen, du hast auch seinen Freiheitsdrang.«

Liana hoffte, dass da noch mehr käme, vielleicht ein paar Anekdoten über ihren Großvater, doch Nana schwieg und ihr Blick verlor sich in der Ferne. Erst als im Hinterhof Artak bellte, schreckte sie hoch, räusperte sich erneut und musterte Liana dann streng. »Du weißt, warum Vartan ständig hier auftaucht.«

Liana sah zur Seite.

»Liana?«, hakte ihre Großmutter nach.

»Ich mag ihn nicht.«

»Solche Dinge brauchen eben Zeit.«

Liana spürte den forschenden Blick ihrer Großmutter, doch sie schwieg weiter.

»Ich möchte einfach, dass du versorgt bist, wenn ich sterbe.«

»Hör doch auf, vom Sterben zu reden!«, rief Liana erschrocken und ergänzte betont fröhlich: »Du wirst noch auf der Hochzeit deiner Urenkel tanzen, immerhin wäschst du dich doch zwei Mal am Tag mit Lavendelseife.« Fast im gleichen Atemzug jedoch fragte sie sich, wer für die Urenkel sorgen sollte. Sie selbst, so wie es aussah, jedenfalls nicht.

»Spotte nicht. Wenn ich vor meinen Schöpfer trete, will ich schließlich sauber sein und gut riechen. Aber gut, dass du mich daran erinnerst. Ich brauche dringend neue Seife. Bringst du mir bitte welche mit?«

»Nur, wenn du aufhörst, ans Sterben zu denken. Das ist ja lächerlich. Du bist kräftiger und gesünder als die meisten der Arbeiter.«

Nana ging nicht auf Lianas Flachserei ein, vielmehr starrte sie versunken vor sich hin. »Ich habe ihn heute Nacht gesehen.«

»Wen?«

»Deinen Großvater. Im Traum. Es braute sich ein Sturm zusammen über dem See. Riesige schwarze Wolken und Blitze, die ins Wasser stachen. Und er stand auf der anderen Seite des Sees und winkte mir zu, ich solle zu ihm kommen.«

Liana überlief trotz der Hitze ein Schauer, dennoch zuckte sie die Achseln. »Aberglaube. Das sind nur Träume. Ich kenne niemanden, der so gesund ist wie du.«

Ihre Großmutter hob ruckartig den Kopf. »Merk dir eines: Es sind nie ›nur‹ Träume! Träume sind wichtig!«

Liana zögerte einen Moment, doch dann ergriff sie die Gelegenheit beim Schopf und sagte: »Und was ist mit *meinen* Träumen?«

Nana kniff ein Auge zusammen und musterte Liana aus dem anderen, als könne dieses dadurch umso schärfer sehen. Dann schüttelte sie den Kopf. »Eine Frau braucht eine Familie. Eine Frau ohne Mann und Kinder ist unvollständig.«

»Aber ich will Dinge tun!«

»Dinge? Hier auf dem Hof gibt es mehr als genug Dinge zu tun!«

»Ich meine: große Dinge, ungewöhnliche Dinge. Dinge, die bleibenden Eindruck hinterlassen auf dieser Welt!«

»Also, der Misthaufen hinter dem Stall ist ziemlich groß und sein Gestank hinterlässt mehr als nur einen bleibenden Eindruck. Wie wäre es, wenn du ihn auf den Traktoranhänger schaufelst?«

»Großmutter!« So nannte Liana sie nur, wenn es ihr wirklich bitterernst war. »Du weißt genau, was ich meine! Ich will Dinge tun, die von Bedeutung sind! Aber Papa lässt mich ja nicht mal nach Jerewan gehen. Dabei gibt es dort jetzt eine Schule für Hebammen und Krankenschwestern. Ich könnte arbeiten. Ich könnte Hebamme werden. Ich könnte Leben retten und …« Liana brach ab, als sie Nanas entgeisterten Gesichtsausdruck sah.

Sie richtete ihren knochigen Finger auf Liana. »Also, es mag ja sein, dass wir nicht mehr so viel Geld haben wie früher, aber noch ist unser Name von Bedeutung in dieser Gegend, noch spielt unsere Familie eine Rolle! Keine Tochter aus diesem Haus wird unbegleitet nächtens durch die Gegend rennen und fremde Häuser betreten! Da hat dein Vater vollkommen recht.«

»Ehre, immer nur dieses Hirngespinst der Ehre. Die ist ihm wie immer wichtiger als ich. Alles ist ihm wichtiger als ich.«

»Unfug. Dein Vater liebt dich.«

»Deshalb behandelt er mich auch wie Luft, ja? Wenn Tante

Raquel ihm nicht ständig erzählen würde, wie furchtbar ich bin, wüsste er vermutlich nicht einmal mehr meinen Namen.«

»Das stimmt nicht! Du weißt, wie sehr … Du siehst deiner Mutter so ähnlich … Es ist schwer für ihn, dass …« Nana brach ab und seufzte. »Wenn du größer bist, wirst du es begreifen.«

Liana verzog das Gesicht. »Nana, das sagst du mir schon seit Jahren. Größer als jetzt werd ich kaum werden.« Mit einem schiefen Lächeln setze sie hinzu: »Leider.«

»Du weißt, was ich meine«, beschied ihre Großmutter unwillig. »Und was die Arbeit angeht: Davon haben wir hier wahrlich genug!«

»Aber Nana –«

»Ende der Diskussion. Außerdem weißt du selbst, dass du nicht als Hebamme arbeiten willst. Dir wird doch schon schlecht, wenn du nur einen Tropfen Blut siehst, du fällst jedes Mal um, wenn wir ein Huhn schlachten. Diese verrückte Idee hast du nur wegen deiner Mutter …« Sie verstummte und holte tief Luft. »Sara ist eine sehr gute Hebamme und sie hat alles getan, was in ihrer Macht stand. Solche Dinge passieren eben.«

»Ja, aber sie passieren nur Frauen.« Liana biss sich auf die Lippe und zog dann die Zeitschrift aus der Tasche, die ihr Mina vor einem halben Jahr aus Jerewan mitgebracht hatte. Die Seiten waren schon ganz zerknittert, das Papier leicht gelblich, und Liana kannte beinahe jeden Satz darin auswendig, dennoch las sie immer wieder aufs Neue darin. Jetzt schlug sie Seite vierundzwanzig auf. »Ich kann mein Leben nicht als Socken stopfendes, Haferbrei kochendes Wesen fristen. Die Zeiten haben sich geändert. Schau: Diese Frau hier ist Kunstreiterin. Und diese hier hat eine Fremdsprachenschule gegründet. Und diese hier ist durch den Ärmelkanal geschwommen.«

Nana nahm das Bild der mit einem Handtuch umhüllten Frau mit Badekappe, die von Reportern umringt wurde, mit gerunzelter Stirn in Augenschein. »Warum?«

»Warum? Damit … weil … na ja, einfach, um zu zeigen, dass sie es kann.«

Nana zuckte mit den Schultern. »Ich kann unseren Bullen am Schwanz ziehen, trotzdem tue ich es nicht.«

Enttäuscht ließ Liana die Zeitschrift sinken. Es war aussichtslos.

Plötzlich legte Nana ihre Hand auf die von Liana, sagte ungewöhnlich sanft: »Ich sage dir mal was: Eine Familie zu haben, sie zusammenzuhalten, einem Kind alles mit auf den Weg zu geben, was es braucht, um in dieser Welt glücklich zu sein. Das sind Dinge von Bedeutung.«

Liana seufzte auf. »Aber wenn ich doch nun einmal nicht glücklich bin? Was ist mit Freiheit und … und Selbstbestimmung?« Sie war sich nicht einmal sicher, ob ihre Großmutter sich unter diesem Wort überhaupt etwas vorstellen konnte.

Tatsächlich legte Nana den Kopf schief, schien dem Wort hinterherzulauschen, sagte dann entschieden: »Manche Träume sind für Männer gemacht.«

Unwillig schnaubte Liana. »Das ist ungerecht!«

»So ist das Leben nun einmal. Das Wetter macht mir Sorgen.«

»Das Wetter?« Irritiert von dem Themenwechsel sah Liana nach oben in den strahlendblauen Himmel. Die Gedankensprünge ihrer Großmutter wurden in letzter Zeit immer sonderbarer. »Ich finde es toll.«

»Es ist zu heiß. Zu trocken. Und das schon seit Wochen. Die Pflanzen sind geschwächt. Viel zu viele sind an diesem Pilz eingegangen, dabei müssen wir schon die Verluste vom letzten Jahr ausgleichen.«

»Ja, aber die gesunden Bäume sind doch voller Früchte. Es sieht nach einer bombastischen Ernte aus.«

»Denk an meinen Traum. Wenn das Wetter umschlägt, bevor wir die Ernte eingeholt haben … wenn es uns die Früchte von den Bäumen hagelt, bevor sie reif sind …« Ihre Großmutter verstummte und blickte besorgt in Richtung Plantage. »Regen könnten wir gut gebrauchen, aber beten wir, dass wir von Gewittern verschont bleiben.«

Liana schüttelte den Kopf und beugte sich über den Fahrradlenker, um ihre Großmutter zu umarmen. Unter all ihren

Kleidern war sie zierlich, beinahe zerbrechlich. »Es wird alles gut, du wirst sehen.«

»Denk wenigstens ernsthaft darüber nach!«

»Über das Wetter?«

»Über Vartan! Versprich mir, dass du ihm eine Chance gibst.«

Liana seufzte. Lockerlassen war für ihre Großmutter ein Fremdwort. Darin glichen sie sich. »Nur wenn ich weiter ausreiten darf.«

»Du bist wirklich stur wie ein Esel!«

»Von wem ich das wohl habe?«

»Und unverschämt obendrein«, ergänzte Nana, doch ihre Augen funkelten belustigt. »Na schön, aber nur, wenn –«

»Liaaanaaaa!«

Schon wieder ihre Tante!

Liana verdrehte entnervt die Augen.

Mit sich bauschenden Röcken und an den Füßen schlackernden Pantoffeln kam Tante Raquel angerannt, hielt dann abrupt inne, strich ihre Bluse glatt und legte die letzten Meter aufrecht wie ein Laternenpfosten und mit ebenso viel Ausdruck im Gesicht zurück. Vor Liana blieb sie stehen, faltete die Hände vor dem Bauch, als säße sie bereits in der Kirche, und sagte im gleichen belehrend herablassenden Tonfall, der auch Pfarrer Karekin zu eigen war: »Du willst doch wohl nicht so ins Dorf.«

Liana sah an sich hinunter. »Wieso nicht?«

»Du hast Heu in den Haaren und Dreck an den Schuhen.«

»Na und? Wen sollte das stören?«

»Wen das stören …?« Ihre Tante brach ab und massierte sich die Schläfen, als käme Lianas Anblick einer Kopfschmerzattacke gleich, dann holte sie tief Luft. »Und was sind das für Flecken auf deinem Kleid? Hast du auch nur das leiseste Verständnis dafür, was dein fortwährend unmögliches Benehmen für den Ruf der Familie bedeutet? Ganz zu schweigen davon«, fuhr Tante Raquel fort, »dass du dich endlich um eine eigene kümmern solltest!«

Liana sah mit zusammengepressten Lippen zwischen Tante Raquel und Nana hin und her. Es konnte kein Zufall sein, dass ihr ausgerechnet heute beide mit diesem Thema kamen.

»Die meisten Mädchen in deinem Alter haben schon ein Kind oder sind zumindest verlobt. Wir können dich hier nicht ewig durchfüttern.«

»Bei dir geht das doch auch«, konnte sich Liana nicht verkneifen.

Raquel riss die Augen auf, wandte sich dann entrüstet an die Großmutter. »Yeter – Hast du *das* gehört? Wie kann sie nur …? Das ist doch …! Yeter! Sag doch endlich etwas!«

Großmutter holte tief Luft. »Ich … hab die Radieschen vergessen.«

»Yeter!« Empört sah Tante Raquel der zurück in den Garten flüchtenden Nana hinterher. Liana nutzte das Überraschungsmoment, um sich erneut aufs Rad zu schwingen.

»Liana? Liana! Wo willst du hin? Du sollst dich doch umziehen! Liana!«

Doch Liana trat bereits in die Pedale.

»Glaub nicht, ich hätte nicht mitbekommen, dass du Vartan wieder vor den Kopf gestoßen hast! Ich weiß zwar noch nicht, was genau du getan hast, aber das werde ich herauskriegen. Und dann werde ich es deinem Vater erzählen. Das wird ein Nachspiel haben!«

Bis zur Einfahrt klang ihr das Gezeter ihrer Tante nach, dann hatte sie es endlich ebenso hinter sich gelassen wie das riesige schmiedeeiserne Tor – eine der letzten Erinnerungen an die glanzvolle Vergangenheit der Plantage.

Wie immer, wenn sie außerhalb der Reichweite ihrer Tante war, fühlte sie sich erleichtert und befreit. Wie zum Protest gegenüber Tante Raquel öffnete sie ihren dicken Flechtzopf, sodass das Haar ihr, schwarzglänzend und glatt, bis auf die Hüften fiel.

Am Ende des Weges trieb der Hütejunge bereits die Kühe auf die Weide und so fuhr Liana schon nach wenigen Metern von der unbefestigten Straße herunter und schlug die Abkürzung quer durch die Plantage ein.

Ihr Rad holperte über Wurzelwerk und Steine zwischen den ersten Reihen der Granatapfelpflanzungen hindurch. Anfangs waren es nur niedrige Sträucher, von ihrem Vater gesetzt, der sie für wirtschaftlicher hielt als die Baumform. Doch je weiter sie zwischen den schnurgeraden Reihen hindurchfuhr, umso höher wurden sie, bis Liana das Herz der Plantage erreichte. Es bestand nach wie vor aus riesigen, alten Bäumen, unter die sie sich flüchtete, wann immer es ging. Hier konnte sie ihren Gedanken nachhängen, lesen und träumen, nur ab und an gestört von den Arbeitern, die durch die Reihen zogen und die ersten reifen Früchte pflückten. Mit Grauen dachte sie daran, welcher Hochbetrieb hier herrschen würde, wenn die eigentliche Erntezeit begann. Zahlreiche Dorfbewohner würden als Hilfskräfte die Reihen zwischen den Bäumen bevölkern.

Doch jetzt, in der Stille, in der nur die Zikaden zu hören waren, fiel es Liana schwer, nicht anzuhalten und sich in den Schatten eines Baumes zu setzen. Aber sie wollte ihr Schicksal in Form von Tante Raquels Zorn nicht herausfordern.

Außerdem hätte sie wohl ohnehin nicht entspannen können, denn die Worte ihrer Großmutter gingen ihr nicht aus dem Kopf. Vielleicht hatte Nana recht und sie sollte Vartan eine Chance geben? Zum einen mangelte es hier in der Gegend wahrlich an Alternativen, zum anderen waren ihre Träume von der weiten Welt zwar wunderschön, aber eben doch nur Träume. Tief in ihrem Inneren wusste sie, dass sie niemals auch nur einen Fuß aus diesem Kaff setzen würde. Ihr Vater würde es nie zulassen und ihrer Großmutter konnte sie das nicht antun. Es war zum Verrücktwerden. Ein Gefühl, als ob sie von diesen trostlosen Zukunftsaussichten erdrückt würde.

Sie seufzte und versuchte, sich auf ihre Umgebung zu konzentrieren, auf die Geräusche, die Farben, die vielen im Sonnenschein funkelnden Pollen, die langsam durch die Luft schwebten. Licht und Schatten sprenkelten das niedrige, trockene Gras und malten ein wildes Mosaik auf Lianas nackte Arme. Sie sah auf und ihre Gedanken verloren sich in dem Gewirr der Äste über ihr mit ihren schönen, lanzettförmigen Blättern. Sie hingen voller kugeliger Früchte, die meisten davon noch in einem blassen Rosa; hier und dort stachen aber auch schon reife, orangefarbige heraus, so wie der Granatapfel, den sie heute Morgen bei ihrem Ausritt gepflückt hatte. Auch einige leuchtend rote, glockenförmigen Blüten zierten noch die Zweige.

Schließlich hielt sie doch an, brach einen kleinen Zweig ab und hielt sich die Blüte vors Gesicht. Tief atmete sie ihren süßen, sinnlichen Duft ein und wie immer hatte dieser vertraute Geruch eine beruhigende Wirkung auf sie.

Vielleicht hatte Nana ja doch recht. Vielleicht schätzte sie Vartan tatsächlich falsch ein …

***

Mit einiger Mühe schob Liana ihr Rad die Böschung hoch auf die Straße, die leider keinerlei Schatten, dafür aber ein schnelles Vorankommen auf den letzten Kilometern bot. Hier war die Luft sehr viel trockener als unter den Bäumen und furchtbar staubig, sodass Liana der Schweiß zwischen den Brüsten hinablief.

Schon nach wenigen Metern bereute sie, keinen Sonnenhut mitgenommen zu haben und hielt an. Sie öffnete den Reißverschluss ihrer Umhängetasche und fand an der Seite den hauchdünnen, feuerroten Seidenschal ihrer Mutter. Sie trug ihn nur noch außerhalb der Plantage, seit ihr Vater sie einmal damit erwischt und einen Wutanfall bekommen hatte.

Jetzt jedoch zog sie ihn hervor und schlang ihn sich locker um den Kopf – ganz so wie auf dem Filmplakat, das sie als Kind gesehen hatte, als sie ihren Vater einmal nach Jerewan begleiten durfte. Das war in den guten Zeiten gewesen, doch die lagen lange zurück.

Kaum war sie wieder angefahren, als das leise Motorengeräusch, das sie schon seit einer Weile unbewusst wahrgenommen hatte, lauter wurde. Sie sah über die Schulter zurück.

Ein Transporter bog hinter ihr um die Kurve und näherte sich in gemächlichem Tempo. Eine kleine Staubwolke folgte ihm. Als er sie fast erreicht hatte, rückte sie mit ihrem Rad an den äußersten Rand der engen Landstraße, hielt an, und der Wagen rumpelte langsam an ihr vorbei. Auf der offenen Ladefläche mit der heruntergelassenen Heckklappe saß eine Handvoll Menschen, darunter auch Kinder. Letztere hielten sich an der Umrandung der Ladefläche fest und jauchzten bei jedem Buckel, über den der Wagen holperte, und derer gab es zahlreiche auf der stellenweise unbefestigten Straße. Ein Mädchen mit schulterlangen, dunkelblonden Zöpfen winkte Liana. Sie nickte ihr lächelnd zu, ließ ihren Blick über die restlichen Gesichter schweifen, landete beim Träger eines beigefarbenen Hutes und … erstarrte.

Ein Augenpaar, dunkel und glühend, nahm sie gefangen. Sonderbar vertraut und fremd zugleich fesselte es sie. Der Mann sah sie unverwandt an, ein Blick, der ihr durch und durch ging. Sie war nicht in der Lage, sich zu lösen, erschauerte trotz der Hitze und die Zeit dehnte sich …

Eine halbe Ewigkeit stand sie da, mit angehaltenem Atem, dann drehte der Andere den Kopf weg und der Bann brach.

Als ob sie aus einem langen Schlaf erwachte, blinzelte Liana ins Sonnenlicht.

Jetzt erst merkte sie, dass es sich bei der Ewigkeit in Wahrheit nur um einen Augenblick gehandelt haben konnte. Der aufgewirbelte Staub ließ sie husten und ihre Augen tränen. Unwillkürlich kniff sie sie fest zusammen und bedeckte sie mit den Händen. Vermutlich würde sie, wenn sie auf dem Markt ankam, aussehen, als hätte sie sich wie Amri im Sand gewälzt.

Als sie ihre Augen wieder öffnete, saß der Mann nicht mehr an seinem Platz, sondern bahnte sich vorsichtig einen Weg zwischen den Kindern hindurch zur Fahrerkabine, klopfte kurz aufs Dach und beugte sich dann zum offenen Seitenfenster vor, wohl um dem Fahrer etwas zuzurufen. Der Wagen wurde langsamer, und noch bevor er in einer Entfernung von ungefähr dreißig Metern ganz angehalten hatte, war der Mann bereits über die seitliche Begrenzung hinab auf den Weg gesprungen.

»He! Was soll der Blödsinn?«, tönte es von einem zweiten Mann auf der Ladefläche. »Wo willst du hin?«

Doch der Angesprochene reagierte nicht. Er schob sich stattdessen den Hut aus der Stirn und kam geradewegs auf Liana zu. Ein sonderbarer Schauder durchfuhr sie und sie schluckte hart.

Erneut klangen aufgebrachte Rufe von der Ladefläche herüber, doch Liana war nicht in der Lage, auf die Worte zu achten, und auch der Hutträger vor ihr lächelte lediglich und kam immer näher, ohne sie dabei aus den Augen zu lassen.

Unter dem Hut fiel ihm schwarzbraunes Haar in wilden Wellen bis über die Schultern. Er war viel jünger, als sie im ersten Moment angenommen hatte, und alles an ihm kam ihr vage bekannt und fremd zugleich vor: sein feingezeichnetes Gesicht mit der seltsam schiefen Nase, seine langen, dunklen Wimpern, der geschmeidige Gang. Doch das Faszinierendste war sein Lächeln – warmherzig und irgendwie … wissend.

Ein Bild tauchte aus den Tiefen ihrer Erinnerung auf …

Doch das konnte nicht sein! Oder?

Vom Wagen ertönte ein durchdringender Pfiff, aber weder Liana noch der junge Mann vor ihr sahen auf.

»He! Aren! Wir wollen weiter.«

Also doch nicht.

Für einen Moment hatte sie gehofft, dass ein anderer Name fiele.

Nur noch ein paar Schritte und er würde so nahe sein, dass sie nur die Hand ausstrecken müsste, um ihn zu berühren.

Warum hatte er den Transporter halten lassen?

Was wollte er von ihr?

Und woher kam dieses sonderbare Kribbeln in ihrem Innern?

Angespannt hielt sie die Luft an.

Er zwinkerte ihr zu und …

… ging an ihr vorüber.

Perplex starrte sie vor sich, ohne sich zu rühren. Eine sonderbare Enttäuschung drückte ihren Magen zusammen, dabei konnte sie nicht einmal sagen, warum sie überhaupt enttäuscht war oder was sie eigentlich erwartet hatte.

Doch sich jetzt nach ihm umzudrehen, aus reiner Neugier, würde ihrem peinlichen Verhalten die Krone aufsetzen, also holte sie tief Luft, schwang sich wieder in den Sattel und trat in die Pedale.

»Nicht so schnell«, erklang plötzlich hinter ihr eine Stimme, die sich auf ihre Seele legte wie dunkler Honig. Zum zweiten Mal an diesem Tag kreischten die Bremsen an Lianas Rad flehentlich auf.

Verwirrt blickte sie über ihre Schulter zurück.

Er stand dort und hielt ihr ein rotes Seidentuch hin.

Sie griff sich hektisch an den Kopf. Tatsächlich, ihres fehlte.

Was war nur mit ihr los? Wie konnte der Anblick dieses Menschen sie nur dermaßen gefangen nehmen, dass sie nicht einmal bemerkt hatte, wie ihr das Tuch ihrer Mutter vom Kopf gerutscht war?

Jetzt trat er auf sie zu und reichte es ihr, wortlos, aber immer noch mit diesem seltsamen Lächeln.

Verlegen nahm sie es entgegen und ihre Finger berührten sich, nur für einen sanften, flüchtigen Moment, der sich dennoch in Lianas Haut einbrannte.

Und während sie dieser Berührung noch nachspürte, war der Unbekannte schon wieder auf dem Weg zum Transporter. Er ignorierte seine Mitfahrer, die ihre Verärgerung über die Unterbrechung kundtaten, und schwang sich elegant auf die offene Laderampe. Kaum hatte er sich an deren Rand niedergelassen, fuhr der Wagen an und der Fremde entfernte sich langsam von ihr, mit herabbaumelnden Beinen, auf dem Gesicht immer noch dieses rätselhafte Lächeln. Bald war er in der Staubwolke, die der davonrumpelnde Wagen hinter sich herzog, nicht mehr auszumachen.

Erst als er hinter der nächsten Kurve verschwunden war, fiel Liana ein, dass sie sich gar nicht bedankt hatte. Zum ersten Mal in ihrem Leben war ihr schlicht die Sprache weggeblieben und sie konnte sich den Grund dafür nicht erklären.

Sacht strich sie über die Stelle, an der seine Hand ihre Haut berührt hatte.

Kapitel 2

Frühjahr 2016

Ich sitze am Schreibtisch und starre meine Hand an, streiche über die Stelle, an der bei meiner Mutter die Kanüle angebracht ist. Das Atmen fällt mir plötzlich schwer. Hastig wende ich mich wieder dem Ordner mit den Versicherungsformularen zu, blättere darin herum und schiebe ihn dann doch wieder beiseite. Dann versuche ich zum zehnten Mal die Abrechnungen an meinem Laptop zu erledigen, doch das ist auch unter normalen Umständen schon ein einziger Krampf. Nach zwei Tabellenspalten gebe ich auf, ziehe die Mappe mit den Lieferantenadressen aus der Schreibtischschublade hervor und weiß im nächsten Moment gar nicht mehr, was ich damit überhaupt wollte.

Entnervt lasse ich die Mappe auf den Tisch fallen und sehe auf die Uhr: Noch nicht einmal vier! Ich lehne mich auf meinem Stuhl weit nach hinten und spähe durch die offene Tür zur Theke und in den dahinter liegenden Gastraum. Dort ist jetzt, am Samstagnachmittag, viel los. Leider sieht das an den anderen Tagen bei Weitem nicht so aus, sonst hätte meine Mutter keinen Geldgeber suchen müssen, dann wäre sie nicht an dem Tag zu dieser Uhrzeit mit dem Auto gefahren, dann hätte sie mich nicht angerufen, ich hätte sie nicht mit der schlechten Nachricht abgelenkt, sie wäre nicht in den Unfall geraten, läge jetzt nicht im Krankenhaus … Es ist alles meine Schuld!

Ich berge das Gesicht in meinen Händen und atme hinter dem Vorhang meiner Haare tief durch. Dann schnappe ich mir meine Strickjacke von der Stuhllehne und meine Handtasche vom Haken an der Wand.

»Wo willst du hin?« Ralf steht in der Tür, einen Stapel Briefe in der Hand.

»In die Klinik«, sage ich und sehe mich suchend nach meinem Autoschlüssel um.

»Schon wieder?«

»Anton ist zwar krank, aber du und Jana, ihr werdet das schon hinkriegen mit den Gästen. Ich bin euch ohnehin keine wirkliche Hilfe.«

»Darum geht es nicht, sondern … Du wirst wieder bis spätabends dort bleiben, oder? Wir brauchen einfach mal wieder etwas Zeit für uns, findest du nicht?« Er guckt mich an wie ein Hund, den man getreten hat. Ich hasse es, wenn er das tut. Er weiß genau, dass er mich damit rumkriegt. Normalerweise.

»Morgen, okay?«, sage ich und gehe wieder zum Schreibtisch. Habe ich den Schlüssel versehentlich in die Schublade gelegt?

»Das hast du gestern auch gesagt. Werd doch bitte vernünftig, Sophie!«

»Bin ich. Wusstest du eigentlich, dass Elefanten weniger wiegen als die Zunge eines Blauwals?«

»Lenk nicht ab.«

»Tu ich nicht. Übrigens hat Bea angerufen. Sie kommt nachher bei uns vorbei und holt die Pakete ab, die ich für sie angenommen habe. Öffne ihr bitte die Tür, und um Gottes willen nicht in deiner grässlichen langen Unterhose.« Ich denke kurz nach und ergänze dann mit Nachdruck: »Öffne ihr in überhaupt keiner Unterhose! Unfassbar, dass ich überhaupt auf so etwas hinweisen muss.«

»Nicht sexy?«, fragt er scherzhaft.

»Definitiv nicht!«, gebe ich etwas zu heftig zurück.

Ralf verzieht beleidigt das Gesicht, doch ich habe gerade wirklich andere Sorgen als sein verletztes Ego und durchsuche nun auch den Rollcontainer. »Und überhaupt: Wieso bist du nicht auf der Arbeit?«

»Ich habe mir ein paar Tage freigenommen. Hatte ohnehin zu viele Überstunden angesammelt, und dachte, dass du hier ein wenig Hilfe gut gebrauchen könntest.«

»Danke«, sage ich aus tiefstem Herzen.

Er tritt zu mir und drückt mir einen Kuss aufs Haar. Für einen Moment halte ich in meinem planlosen Suchen inne, schlinge die Arme um ihn und atme tief durch. Der vertraute Geruch von Kokoshaargel und dem ›Jungle Rain‹-Shampoo, das er benutzt, seit ich ihn kenne, lassen das Gefühl aufkommen, alles sei wie immer. Für einen Augenblick bin ich fest davon überzeugt, meine Mutter würde gleich hereinkommen, ihre Kleidung eine abenteuerliche Farbkombination. Von mir darauf angesprochen, würde sie es mit einem gekonnt dahingeworfenen »Colour-blocking« als modisch darzustellen versuchen. Dieses Wort hat sie irgendwann in einer Zeitschrift aufgeschnappt und verwendet es seitdem als Entschuldigung für den quietschebunten Inhalt ihres Kleiderschranks.

»Ich erkenne dich gar nicht mehr wieder«, sagt Ralf und der Moment ist vorbei.

»Damit sind wir schon zwei«, seufze ich, noch immer an ihn gekuschelt.

»Du musst langsam wieder im Alltag ankommen«, fährt er fort. Leider. »Sabine wird sehr gut betreut, die Operationen sind zufriedenstellend verlaufen, sie wird demnächst aufwachen. Die Ärzte sind doch durch die Bank weg zufrieden und positiv gestimmt.«

»Du verstehst das nicht«, sage ich unwillig und lasse ihn los. »Ich kann an nichts anderes mehr denken.«

Ralf schürzt die Lippen, wendet sich wieder den Briefen zu und reißt den ersten Umschlag auf. »Genau deshalb. Vielleicht ein Filmabend vor dem Fernseher? Von mir aus auch irgendeine deiner Jane-Austen-Schnulzen und ich versuche, nicht dabei einzuschlafen?«

»Ich weiß zu schätzen, dass du dir das antun willst.« Ich lächle schief. »Aber wie gesagt – ich könnte mich ohnehin nicht wirklich auf den Film konzentrieren.«

»Und bei einem Thriller?«

»Genauso.«

»Ein Buch lesen?«

»Ralf!«

»Und wenn du dich mit deinem Porno abzulenken versuchst? Das hilft dir doch sonst immer.«

Ich fahre zusammen. »Was?!«

Ralf sieht immer noch die Post durch. »Na, das, was du da ständig schreibst«, murmelt er geistesabwesend. »Es geht doch um Sex, oder nicht?«

Ich schlage meinen Laptop so schnell zu, dass ich mir um ein Haar selbst die Finger eingeklemmt hätte. Dann erst fällt mir ein, dass auf dem Bildschirm nur die Kostenkalkulationen fürs Café zu sehen waren.

Mein Gesicht glüht. »Du hast es gelesen? Wann? Warum?«

Er tritt zum Schreibtisch und wirft ein paar der Briefe auf den Stapel mit den Rechnungen, den Steuerbescheiden und all dem anderen grässlichen Verwaltungskram. »Hier, die sind schon wieder bei uns gelandet statt im Café.«

»Wieso hast du meinen Text gelesen?«, frage ich erneut.

»Na hör mal, ich werde doch wohl noch gucken dürfen, woran meine Verlobte in jeder freien Minute herumtippt. Ich kann ja verstehen, dass du dich von dem Problem mit deiner Mutter ablenken musst, aber soll ich dich nicht vielleicht mal, damit du auf andere Gedanken kommst, …« Er macht eine bedeutsame Pause und verzieht das Gesicht auf eine Weise, die vermutlich geheimnisvoll wirken soll. »… ins Kino ausführen?« Er sagt das, als wäre es das Nonplusultra, mal einen Abend nicht auf dem heimischen Sofa, sondern im Kino zu verbringen. Das Schlimmste daran ist, dass es in unserem Fall tatsächlich zutrifft.

»Darfst du eben nicht«, sage ich empört.

»Dich ins Kino ausführen?«

»Nein – meine Sachen lesen! Das ist wie … als würdest du in einem Tagebuch herumschnüffeln.«

»Ach komm, stell dich nicht so an.«

»Und außerdem ist das kein Porno.«

»Aber es geht um Sex.«

»Es geht um Liebe!«, korrigiere ich ihn aufgebracht. »Natürlich kommt auch Sex drin vor. Aber nur an einer einzigen Stelle!«

»Wie du meinst.« Ralf zuckt mit den Achseln und will das Zimmer wieder verlassen.

»Warte«, rufe ich. Wenn ich schon geoutet bin, dann wenigstens mit allen Konsequenzen. »Wie … wie fandest du ihn?«

»Wen?«

»Meinen Roman. Ich hatte die Idee, als ich in der Zeitung las, wie eine junge Frau einen Mann vor dem Ertrinken rettete. Ich dachte mir, das ist doch der perfekte –«

»Roman?«, unterbricht er mich, dann fängt er zu lachen an. »Hasi, ein Roman ist was anderes. Lass das mal Leute machen, die es können.«

Ein Schlag ins Gesicht hätte mich nicht härter treffen können. »Das ist alles, was du dazu zu sagen hast?«

»Na ja, komm, das ist doch nur eine Spielerei und –«

»Sophie, ich muss los«, unterbricht ihn Jana und steckt ihren Kopf zur Tür hinein, »sonst verpasse ich meinen Zug. Kannst du die Theke übernehmen?«

»Jetzt? Aber … meine Mutter … das Krankenhaus.«

Jana verzieht mitleidig das Gesicht, nimmt aber dennoch die Schürze ab. »Ich muss wirklich los. Es tut mir leid.«

Ralf räuspert sich.

Erschrocken wende ich mich ihm zu, versuche, ihn per Gedankenübertragung davon abzuhalten, Jana von meiner Schreiberei zu erzählen. Doch zum Glück ist er offenbar gedanklich schon wieder woanders. Er öffnet weitere Briefe.

»Also?«, hakt Jana nach.

»Ist okay, geh ruhig«, sage ich schweren Herzens und verspreche meiner Mutter im Geiste, morgen dafür umso länger bei ihr zu sitzen.

Ich schnappe mir die verhasste Café-Schürze, die Jana mir hinhält, und nehme ihren Posten hinter der Theke ein. Das eintönige »Hallo – Sie wünschen? – Darf's noch was sein? – Macht 2,10 Euro – Auf Wiedersehen!« finde ich beinahe noch schlimmer als die Buchhaltung. Bei letzterer kann ich mich schließlich wenigstens ab und zu vom Schreibtisch wegträumen.

Die Tür fällt hinter Jana ins Schloss und ich lasse meinen Blick durch das Café schweifen, das leider alles andere als ›schick‹, ›hip‹ oder ›in‹ ist, so sehr meine Mutter es sich – und uns – auch immer einzureden versucht. Dies ist eher der Ort, an dem sich strickende und Kamillentee trinkende Gartenverein-Frauen – alle knapp über siebzig – zum Tratschen treffen, um dann die Hälfte der Zeit damit zu verbringen, sich gegenseitig noch einmal laut zu wiederholen, was eine von ihnen gerade gesagt hat.

Oder der Ort, an dem ab und zu die Mütter der Krabbelgruppe von Gegenüber darum bitten, die Gläschen für ihre Kinder in der Mikrowelle aufwärmen zu dürfen, nur um dann ihren koffeinfreien Kaffee im schicken ›Coffeeandyou‹ am Ende der Straße zu holen.

Ich seufze und binde mir die Schürze um, lege anschließend die Kuchenstücke auf den verschiedenen Platten so um, dass zwei Platten leer werden, und marschiere mit ihnen in die angrenzende Küche.

Ralf folgt mir und bleibt in der Tür stehen, immer noch mit der Post beschäftigt. »Schon wieder eine Mahnung und –«

»Kannst du das nicht zu Hause erledigen?«, frage ich schroff und lasse die Kuchenplatten ins Spülbecken fallen. »Und hör auf, mir nachzulaufen. Ich arbeite.« Ich will mich an Ralf vorbei in den Gastraum schieben.

Er hält mich erstaunt zurück. »Bist du immer noch beleidigt, weil ich bei dir reingelesen habe? Meine Güte. Ich finde ja, dass du deine Zeit sinnvoller verwenden könntest, aber wenn dir die Tipperei Spaß macht, dann schreib halt in Gottes Namen deinen …« Er zwinkert mir zu. »… Porno.« Er findet das offenbar witzig. Ich nicht im Geringsten.

»Mein Buch ist kein Porno!«, rufe ich aufgebracht.

Einen Augenblick lang herrscht Stille im Lokal und ich schließe mit einem Stöhnen die Augen. Großartig. Es ist ja alles noch nicht furchtbar genug – ich muss mich auch noch vor sämtlichen Gästen blamieren.

Langsam setzt der Geräuschpegel im Gastraum wieder ein, ist ungleich lauter als zuvor, und ich möchte mich in der Küche verkriechen. Doch leider führt kein Weg daran vorbei – ich muss wieder hinter die Theke.

Mit einem wütenden Blick über die Schulter zu Ralf rausche ich durch die Tür, drehe mich an der Theke um und ziehe schockiert die Luft ein.

Vor mir steht der Cabriofahrer.

Wie paralysiert starre ich ihn an.

»Erdbeertorte.«

»Was?«

»Ein Stück Erdbeertorte. Außerdem ein Stück Schwarzwälderkirsch und eine Nussecke.«

»Zum Mitnehmen oder hier Essen?«, frage ich verdattert und habe das Gefühl, im falschen Film zu sitzen. Habe ich die Szene neulich etwa geträumt?

»Zum Mitnehmen«, gibt er zur Antwort und sein stahlblauer Blick geht mir durch und durch, als würde er sämtliche meiner Geheimnisse kennen, inklusive derer, von denen ich noch nicht einmal selbst etwas ahne.

Ich bin nicht in der Lage mich zu rühren. Hat er das mit dem ›Porno‹ gerade eben gehört? War er da schon im Lokal? Oh mein Gott – hoffentlich nicht! Bitte, bitte, bitte nicht!

In seinem edel aussehenden mattschwarzen Anzug, der schmal geschnittenen, modischen Krawatte und der Aviator-Sonnenbrille im blonden Haar wirkt er vollkommen deplatziert in unserem kleinen Café. Für gewöhnlich verirren sich Anzugträger nur hierher, um nach dem Weg zu fragen.

Also was will er hier? Hat er seine Absage bereut? Will er nun doch investieren? Oder überlegt er es sich gerade wieder anders, so dämlich, wie ich mich hier anstelle?

»Zum Mitnehmen«, wiederholt er langsam und überdeutlich, als sei ich schwer von Begriff und prompt versucht mein Gesicht, einen farblichen Bezug zur Erdbeertorte herzustellen.

Endlich kann ich mich losreißen und greife nach dem Tortenheber, doch er fällt mir aus den plötzlich zittrigen Händen und klirrend zu Boden. Fahrig angele ich nach einem anderen und suche nach den Pappböden, doch offenbar hat Jana sie von ihrem angestammten Platz weggeräumt.

»Offene Haare im Gastronomiebereich?«

Ich erstarre, auch wenn ihn außer mir niemand gehört haben kann, so leise wie er gesprochen hat. »Ich … habe gerade erst meine Kellnerin abgelöst«, stottere ich, schnappe mir in Ermangelung einer Spange eilig den neben der Kasse liegenden Kugelschreiber, und stecke mir – auch auf die Gefahr hin, damit wie eine verrückte Bibliothekarin rüberzukommen – hastig meine langen braunen Haare zu irgendetwas Duttartigem hoch.

Der Cabriofahrer reibt sich mit leisem Schaben über den Dreitagebart, ohne den Blick von mir zu nehmen, und das macht mich noch nervöser, als ich es ohnehin schon bin.

Ich versuche, mich zusammenzureißen, finde endlich die Pappböden, greife nach dem Packpapier und stelle fest, dass die Rolle leer ist. Großartig! Typisch Jana, alles einfach stehen und liegen zu lassen.

»Ralf, kannst du mir Papier aus der Küche holen?«, frage ich und winke mit der leeren Rolle in seine Richtung. Er reagiert nicht. Bevor ich nachdrücklich werden kann, lenkt mich eine dünne Stimme ab: »Hätten Sie mal einen Stift für mich?«

Eine der strickenden Gärtnerinnen am Tisch neben der Theke hebt die Hand.

»Nein, tut mir leid«, sage ich.

»Nur für einen Moment. Für den Lottoschein.«

»Ich habe leider keinen.«

»Aber Sie müssen doch einen haben.«

»Nein, wirklich nicht.«

»Womit schreiben Sie dann?«

»Gar nicht«, gebe ich etwas entnervt zurück, hole den Kuchen aus der Vitrine und frage mich im selben Augenblick, warum dieser Blonde mit seinem nackten Finger auf mich deutet. Hat der nie gelernt, dass so etwas unhöflich ist?

»Der Kuli.« Um seine Mundwinkel zuckt es.

»Wie bitte? Oh, äh, richtig.« Mir wird schlecht. Sollte er auch nur das winzigste Bruchstückchen Interesse an einer Zusammenarbeit haben, bin ich gerade auf dem besten Wege, es zu pulverisieren. Einen nervenzerfetzenden Augenblick lang frage ich, was schlimmer ist: offene Haare an der Theke oder strickenden Gärtnerinnen den Kuli zu verweigern, dann ziehe ich resigniert den Kugelschreiber aus meinem Haar und bringe ihn der beleidigt dreinguckenden Dame.

»Ich sag's ja immer …«, verkündet diese triumphierend ihren Freundinnen, »… man muss einfach nur dranbleiben!«

Eilig fliehe ich vor den vorwurfsvollen Blicken des restlichen Vereins wieder hinter die Theke, wo mir im Nachhinein – das ist immer der richtige Moment für derlei Erkenntnisse – einfällt, dass ich auch einfach im Büro nach einem Stift hätte suchen können. Das ist alles nur die Schuld von diesem Typen! In seiner Nähe funktioniert mein Gehirn irgendwie nicht richtig.

»Sind Sie wegen der Investition hier?«, wende ich mich ihm mit glühendem Gesicht wieder zu. »Es … tut mir leid, dass unser Gespräch neulich so unglücklich verlaufen ist. Ich würde gerne einen neuen Termin –«

»Nein.«

»Nein? Dann wollen Sie *jetzt* darüber sprechen?«

Er lässt sich Zeit mit seiner Antwort und seinen Blick mit herablassender Miene eine gefühlte Ewigkeit durch den Gastraum schweifen, bis ich vor Anspannung nicht nur meine Fingernägel, sondern beinahe auch den Tortenheber anknabbere.

»Nein«, sagt er schließlich. »Ich bin nicht wegen des Cafés gekommen.«

Und das sagt er mir *nach* dem ganzen Theater wegen der offenen Haare? So ein arroganter Idiot. »Okay, das … ist auch ganz gut so«, versuche ich, mein Gesicht zu wahren. »Ich habe ganz vergessen, dass sich für heute ja schon die anderen Interessenten angekündigt haben.« Ich räuspere mich. Seine Miene ist unbewegt und ich kann nicht erkennen, ob er mir den Bluff abgenommen hat. Aber wenn er nicht mehr an einer Investition interessiert ist, was macht er dann hier?

Angespannt sehe ich über die Schulter zurück. »Ralf? Das Papier. Ralf!«

Doch Ralf rührt sich immer noch nicht, sondern starrt mit gerunzelter Stirn auf den Inhalt eines geöffneten Briefes, vermutlich schon wieder eine Erhöhung der Preise für dieses oder jenes.

Erbost eile ich selbst in die Küche, muss mich dabei jedoch regelrecht an Ralf vorbeischieben, der immer noch dasteht wie festgefroren und offenbar zum wiederholten Male denselben Brief liest.

»Sophie?«, murmelt er, »Erinnerst du dich, dass wir den Auszug aus dem Geburtenregister beantragt haben? Wegen der Trauung?«

»Moment«, gebe ich zurück und quetsche mich wieder an ihm vorbei aus der Küche zur Theke und packe den Kuchen ein.

»Das kann nur eine Verwechslung sein«, murmelt Ralf hinter mir.

Ich ignoriere ihn und reiche dem Blonden den Kuchen über die Theke. »Das macht …«

»Acht Euro fünfundvierzig«, sagt er, während ich noch am Rechnen bin – offenbar kann er im Gegensatz zu mir gut mit Zahlen. Ein Grund mehr, ihn nicht zu mögen.

Er reicht mir zehn Euro. »Den Rest kannst du behalten. Für die Kaffeekasse.«

Ich runzle die Stirn, will von ihm keine Gefälligkeit, schon gar keine geduzte, also öffne ich die Kasse, krame nach dem Wechselgeld und lege es auf die Theke. »Danke, aber das ist nicht nötig.«

Er zieht die Augenbraue hoch, wirft einen Blick über die Schulter in den Gastraum und wendet sich mir dann wieder mir zu. »Sicher?«

»Ja!«, sage ich gereizt. »Was wollen Sie überhaupt hier?«

»Immer noch so höflich, ja?«

»Sie duzen mich ja auch immer noch.«

Er funkelt mich an und ich bereite mich innerlich auf eine gepfefferte Antwort vor, doch zu meinem Erstaunen atmet er tief durch und sagt: »Ich … habe vom Unfall Ihrer Mutter gehört.« Er räuspert sich. »Ich wollte mich erkundigen, wie es ihr geht.«

Erstaunt sehe ich auf. Hofft er dadurch auf eine Pleite des Cafés? Um es quasi zum Nulltarif übernehmen zu können?

»Stabil«, gebe ich kurz angebunden zurück.

»Das hier ist der Auszug aus dem Geburtenregister«, murmelt Ralf geistesabwesend hinter mir. »Aber das kann sich nur um einen Irrtum handeln, deine Mutter heißt doch Sabine und nicht Maryam.«

»Hm?« Irritiert blicke ich über die Schulter zurück. »Muss das jetzt sein?«

»Und ich dachte, du wärst in Mannheim geboren und nicht in ›Schwan‹, wo auch immer das ist?«

»Hä? Wovon redest du?« Entnervt reiße ich ihm das Papier aus der Hand.

»Da steht ›Sewan‹«, meldet sich der Blonde zu Wort, der sich über die Theke gebeugt hat und mir ungeniert über die Schulter guckt. »Das liegt am Sewansee. In Armenien.«

Verständnislos blicke ich von ihm zu dem Formular in meiner Hand. Wer ist Maryam Askarian?

Dann sticht mir ein Wort ins Auge und ich muss mich an der Türzarge festhalten. Ungläubig flüstere ich: »Ich bin *adoptiert* worden? Das … kann nicht sein!«

»Das kann nicht sein!« Mina schüttelte ungläubig den Kopf. »Du bist verrückt, Liana! Jedes Mädchen wäre gern an deiner Stelle.« Ihre Augen glänzten sehnsuchtsvoll. »Ich würde einen halben Meter Haar dafür geben, dass Vartan mich ›Süße‹ nennt.«

»Und ich würde mir den Kopf kahl scheren dafür, dass er es sein lässt«, entgegnete Liana unwillig und bereute schon, ihrer Freundin von Vartans Besuch heute Morgen erzählt zu haben. Genauso wie sie es bereute, dass sie überhaupt ins Dorf aufgebrochen war.

Nein, das stimmte nicht, denn dann hätte sie den Mann auf der Landstraße nicht getroffen. Über diesen hatte sie sich ihrer Freundin gegenüber jedoch ausgeschwiegen. Aus irgendeinem seltsamen Grund schien ihr das Thema viel zu intim.

»Ich verstehe dich einfach nicht«, fuhr Mina fort, doch Liana hörte kaum hin.

Warum nur brauchte der Schuster so lange? Ungeduldig spähte sie zwischen den Menschen hindurch erneut zu dem Laden, in dem der alte Tamar an seiner Arbeitsbank saß. Er war ganz überrascht gewesen von ihrem Besuch und hatte beteuert, er hätte ihrer Tante gesagt, die Schuhe würden erst nächste Woche fertig werden, sich dann aber angeboten, diesen Auftrag vorzuziehen, wenn sie kurz warten würde. Liana blieb nichts anderes übrig, als genau das zu tun oder erneut die schlechte Laune von Tante Raquel zu ertragen. »Wie lange wird es noch ungefähr dauern?«, fragte sie den alten Mann jetzt.

Der wiegte seinen Kopf. »Eine Viertelstunde? Vielleicht eine halbe.«

»Dann besorge ich erst noch etwas und komme danach wieder.«

Der alte Mann nickte geistesabwesend und sie setzte ihren Rundgang über den Markt fort.

Mina hakte sich bei ihr ein. »Aber er ist so groß … und stark und … hach …«

»Der Schuster?«

»Welcher Schuster? Ich meine natürlich Vartan!«

»Ah. Ja. Mag sein.«

Um sie her drängten sich alte und junge Menschen durch die schmalen Reihen zwischen den Ständen, einige in farbenfroher Tracht, die meisten jedoch in praktischer Arbeitskleidung. Es roch nach gegrilltem Fleisch, doch wenn eine Brise aufkam, biss der Qualm des offenen Feuers, über dem einige Meter weiter ein Spanferkel brutzelte, ihr in die Augen.

Mina erging sich weiter in Vartans Vorzügen, auch wenn Liana kaum mehr als ein Schulterzucken oder einen vagen Laut zur Antwort gab.

Immer wieder wurde Liana angerempelt. Sie sehnte sich zurück nach der Weite und Leere der Landschaft hinter der Plantage. Und nach der Stille. Hier schienen alle zu schreien, und zwar umso mehr, je weniger es eigentlich zu kaufen gab: Die Marktfrauen, die ihre Ware anboten, die Viehhändler, die mit ihren Tieren kämpften, die Passanten, die ihre Begleiter suchten, die Kaufinteressenten, die erbittert um den besten Preis feilschten. Kinder sprangen allenthalben zwischen den Leuten herum, um hier und dort einen Apfel oder ein paar Weintrauben mitgehenzulassen, und rannten ängstlich davon, wenn sie von den erbosten Budenbesitzern erwischt wurden.

Wie konnte ein Tag, der so vielversprechend mit einem Ritt durch die Morgendämmerung begonnen hatte, nur dermaßen grässlich enden? Wenigstens hatte sie auf dem Markt noch etwas besorgen können, das schon lange auf ihrer Liste stand. In ihrem Magen kribbelte es vor Aufregung, als sie ihre Hände über den Beutel gleiten ließ, in dem ihr Einkauf ganz zuunterst, gleich neben der Lavendelseife für Nana, verborgen war. Tante Raquel würde vermutlich toben, wenn sie davon wüsste – und einen ihrer üblichen Vorträge darüber halten, was für junge Frauen schicklich ist.

»Angeblich hat sein Onkel sehr gute Kontakte zur russischen

Armee und daher kommt wohl auch das Geld«, machte sich Mina mit Nachdruck bemerkbar. »Zwar sollen seine Geschäfte nicht ganz sauber sein, aber das wäre mir egal. Geld ist Geld.«

Liana hob einen der geflochtenen Sonnenhüte an, die auf einem Stand auslagen, ließ ihn durch ihre Hände gleiten, als würde sie die Verarbeitung überprüfen – ein vergeblicher Versuch, dem Gespräch mit Mina zu entkommen, die einfach nicht lockerließ.

»Liana!« Mina nahm ihr den Sonnenhut aus der Hand. »Sag doch was dazu. Seine Familie hat Geld! Er würde sehr gut für dich sorgen können.«

»Ich kann auch allein für mich sorgen.«

»Jetzt frage ich mich, ob du nicht nur verrückt bist, sondern auch naiv. Willst du enden wie sie?« Mina deutete mit dem Kinn in Richtung Kirchenmauer, vor der sich der Stand der alten Meline befand.

»Hat eine gute Freundin nicht die Aufgabe, aufbauend zu sein?«

»Momentan habe ich eher die Aufgabe, dich vor dem Unglück zu bewahren, in das du dich offenbar stürzen möchtest. Wenn es schon nicht das Geld ist, das dich reizt, was ist dann mit seinem Aussehen? Er ist doch ein Bild von einem Mann!«

»Nur, wenn man davon ausgeht, dass ein Mann mit seinem Nacken eine Tür aufbrechen können sollte.«

»Eine Fähigkeit, die man nicht unterschätzen darf«, gab ihre Freundin lachend zurück, deutete dann mit dem Kinn vage in die Runde. »Keiner von denen hier reicht auch nur annähernd an ihn heran.«

Liana sah sich um und sofort wurde ihr Ärger auf Vartan wieder übertroffen von ihrem Ärger auf ihre Tante, denn der wahre Grund, aus dem diese sie hergeschickt und sich über ihre Kleidung aufgeregt hatte, war ganz offensichtlich nicht der Schuster, sondern der Monatsmarkt oder – anders ausgedrückt – Kuppelmarkt. »Jetzt guck dir die Kerle an. Stolzieren hier herum wie Hähne und begutachten uns«, schnaufte sie und musterte die unbekannten Männer unterschiedlichen Alters, die, wie immer bei solchen Gelegenheiten, aus der näheren und ferneren Umgebung angereist waren. Vordergründig wurde natürlich um Obst und Gemüse gefeilscht, um Pferde, Schafe und Kühe, um verschiedenes Handwerk und was man sonst noch alles auf dem Markt an den Mann bringen konnte, doch währenddessen wurden die jungen Frauen mehr oder weniger unverhohlen begutachtet. »Grässlich. Einer wie der andere!«

Wenigstens waren sie in den meisten Fällen in ihren Handlungen und Worten zurückhaltend. Dennoch hatte Liana nicht die geringste Lust, es den anderen Mädchen gleichzutun, die herausgeputzt zwischen den Ständen herumspazierten und sich rege bemühten, das Interesse potenzieller Ehemänner zu wecken. Alles natürlich brav unter den Blicken der alten Weiber an ihren Ständen, die mit Argusaugen darüber wachten, dass es zu keinen ungebührlichen Nettigkeiten kam. Im Stillen – da war sich Liana sicher – hofften sie jedoch auf genau das Gegenteil. Dann hätten sie endlich wieder etwas zu tratschen gehabt.

Im Allgemeinen jedoch hofften sie vergebens. Im Ort selbst gab es kaum junge Männer im richtigen Alter, und die, die von außerhalb kamen, waren überhöflich. Mussten sie doch damit rechnen, dass bei der leisesten Kränkung irgendwo ein großer Bruder der Auserwählten, vielleicht auch mehrere, hinter einem der Stände hervorspringen und die Ehre der Schwester verteidigen würde.

Liana seufzte. Bei ihr würde niemand irgendwo hervorspringen. Nicht dass sie jemanden gebraucht hätte, der sie beschützte. Das konnte sie inzwischen sehr gut selbst. Aber wenn sie ältere Brüder hätte oder jüngere – oder überhaupt irgendjemanden … dann wäre alles anders. Dann wären die Dinge nie dermaßen aus dem Ruder gelaufen. Das war eine Tatsache.

Sie drängte sich weiter die Marktstände entlang und der Wind trug ihr den Geruch der Schafe zu, die in einer eng umzäunten Ecke des Marktes neben einigen Rindern vor sich hin blökten.

»Ich komme mir vor wie eine der armen Kühe da drüben«, beschwerte sich Liana und deutete auf den Bereich. Ein Kaufinteressent nahm dort gerade Hufe und Euter eines der Tiere in

Augenschein. Oh ja, wenn sie genauer darüber nachdachte, war dieser Vergleich sogar sehr stimmig. »Und die Frauen hier auf dem Markt sind auch nicht viel besser als die Kerle. Jetzt guck sie dir doch mal an: dieses Getue! Und wie sie kichern!«

Ihre Freundin gab keine Antwort.

»Mina?« Sie wandte sich um. Mina war etliche Meter hinter ihr stehengeblieben und kokettierte mit einem jungen Mann.

Liana seufzte und trat an Melines Obststand. Eigentlich bestand er nur aus zwei Holzkisten und einem Melkschemel, auf dem Meline saß. Ihr ledriges sonnenverbranntes Gesicht schien nur aus Runzeln zu bestehen, und sie war so dürr, dass sie in ihrem alten, verwaschenen und geflickten Kleid fast versank. In der einen Kiste lagen mit braunen Flecken versehene Granatäpfel, in der anderen eine paar mickrige Gurken und zwei Handvoll Tomaten.

»Guten Tag, wie geht es dir?«, fragte Liana freundlich, jedoch ohne eine Antwort zu erwarten. In der Tat stierte die Alte wortlos vor sich hin und nur ein kurzes Nicken verriet, dass sie von Liana überhaupt Notiz genommen hatte.

»Ich frage mich, ob das Wetter hält«, fuhr Liana nichtsdestoweniger in lockerem Plauderton fort. »Immerhin ist es –«

»So schnell sieht man sich wieder.«

Liana fuhr herum.

Vartan. Der hatte ihr gerade noch gefehlt!

»Zufall, wie?«, gab sie trocken zurück.

»Was sonst?«, behauptete er grinsend.

»Vartan!«, rief Mina, die, ihren Verehrer im Schlepptau, an ihnen vorbeispazierte. »Was für eine wundervolle Überraschung. Liana hat gerade so viel Erstaunliches von dir erzählt.«

Liana starrte ihre Freundin entgeistert hinterher.

»Tatsächlich?«, fragte Vartan und sah aus, als wüsste er selbst nicht, ob er besorgt oder erfreut sein sollte, doch bevor Liana ihre Fassung wiederfand, hatte er sich offenbar schon entschieden: »Da passt es ja, dass meine Maschine schneller fertig wird, als ich es erwartet habe. Mein Angebot steht nach wie vor.«

»Mal sehen«, sagte Liana widerstrebend, immerhin hatte sie Nana quasi versprochen, ihm eine Chance zu geben.

»Sehr schön«, gab Vartan zurück und strich sich zufrieden über das Kinn, zog dann ein ledernes Etui aus seiner Tasche und entnahm ihm eine Zigarette und ein Feuerzeug. »Ich freue mich, dass du Vernunft angenommen hast.«

Liana stutzte. »Vernunft angenommen?« Sie presste aufgebracht die Lippen aufeinander.

Vartan nickte und zündete die Zigarette an, ohne von Lianas Verärgerung Notiz zu nehmen. »Kann sein, dass ich heute Morgen ein bisschen zu direkt war. Kann sein, dass ich dich heute Morgen überrumpelt habe. Das lag nicht in meiner Absicht.« Er nahm einen tiefen Zug und ließ den Rauch genüsslich aus seinem Mund in ihre Richtung entweichen. »Ich denke nach wie vor, dass wir beide sehr gut zueinander passen.«

Liana verzog das Gesicht, und das nicht nur wegen seiner Worte. Sie hasste den Gestank seiner Zigaretten und hatte ihm das auch schon oft genug gesagt.

»Natürlich erwarte ich von dir«, fuhr er fort, »dass du deinen Charakter änderst. Dieses Aufmüpfige steht dir überhaupt nicht und ich …« Er brach ab. »Was ist?«

Jetzt erst merkte Liana, dass sie ihn mit offenem Mund anstarrte. Sie räusperte sich. »Ich habe nur gerade festgestellt, dass ich das Versprechen an meine Großmutter hiermit eingelöst habe. Mehr geht nicht.«

»Was geht nicht? Welches Versprechen?«, hakte Vartan verwirrt nach, doch Liana hatte sich bereits umgedreht und fischte zwei der Granatäpfel, die in Melines Kiste lagen, heraus. Sie klemmte sie sich in die Ellenbeuge, während sie mit der anderen Hand nach ihrer Geldbörse kramte.

»Was soll denn das?«, fragte Vartan und die Zigarette in seinem Mundwinkel wippte beim Sprechen mit. »Du hast ne ganze Plantage voll davon. Und außerdem taugen die hier doch nichts.« Seine großen, behaarten Hände nahmen ihr die Granatäpfel ab und warfen sie zurück in die Kiste.

Hastig sah Liana zu Meline und erkannte die Kränkung

in dem stolzen Gesicht. Melines Lippen waren nur noch ein schmaler Strich und sie saß plötzlich kerzengerade, darum bemüht, den letzten Rest ihrer Würde zu bewahren.

Liana griff erneut in die Kiste und holte nicht nur die beiden Früchte von gerade eben heraus, sondern ließ noch drei weitere in ihre Tasche fallen.

»Hast du etwa wirklich vor, die zu kaufen?«

»Du begreifst aber schnell.« Sie funkelte Vartan böse an.

»Da hast du eine ganze Plantage voll der besten Granatäpfel weit und breit und dann willst du Geld ausgeben für ein paar gammelige Exemplare, die vermutlich von irgendeiner Ladefläche gefallen sind?« Vartan schüttelte den Kopf und schnipste das letzte Drittel seiner Zigarette blind zur Seite.

Am liebsten hätte Liana ihm die Granatäpfel an den Kopf geworfen. Stattdessen zog sie einen großen Geldschein aus ihrer Börse und reichte ihn Meline, bevor sie sich umdrehte und wütend davonrauschte.

Sie hatte die Nase voll, sollte Tante Raquel doch ihrem Vater erzählen, was sie wollte. Sie würde jetzt nach Hause fahren, und zwar ohne diese dämlichen Schuhe!

»Hey, wohin willst du?«, rief Vartan und eilte ihr nach.

Wider besseres Wissen blieb Liana stehen und wandte sich um. »Alle sind bemüht, Meline nicht spüren zu lassen, dass man ihr nur aus Mitleid etwas abkauft, und was machst du?«

Er fing an zu lachen. »Das ist jetzt nicht dein Ernst. Hast du keine anderen Sorgen als die alte Schachtel? Die ist nicht ganz sauber im Kopf. Sie spricht niemals auch nur ein Wort.«

»Wie kannst du nur so gefühllos sein?«, fauchte Liana. »Sie ist alt. Sie hat niemanden mehr. Ihre ganze Familie ist umgekommen. Denkst du eigentlich jemals nach?«

Vartan zog scharf die Luft ein und ballte die Fäuste. Einen Herzschlag lang befürchtete Liana, dass er sie schlagen würde, doch er rührte sich nicht, sondern kaute nur mit starrem Blick auf seiner Wange. Liana konnte nicht erkennen, ob er sich ihre Worte zu Herzen nahm oder ob lediglich die vielen möglichen Zeugen ihn davon abhielten, übergriffig zu werden.

Egal. Das spielte keine Rolle mehr.

Sie wandte sich ab und wollte zu ihrem Fahrrad zurück, doch sie kam nicht weit, denn vor ihr drängten sich plötzlich sehr viele Menschen und reckten die Köpfe.

»Nicht mehr als hundertfünfzig Rubel! Mehr ist dieser müde Gaul nicht wert.«

»Das ist eine Beleidigung!«

»Da hast du recht! Dieses Vieh ist eine Beleidigung!«

»Du wagst es, mir *das* ins Gesicht zu sagen?«

War das nicht Hayks Stimme? Neugierig kämpfte Liana sich durch die Menge zum Zentrum des Streits. Dort standen inmitten der Schaulustigen tatsächlich der alte Hayk und David, sein etwa zehnjähriger Enkel. Der Junge war offensichtlich den Tränen nahe. Sein Großvater hingegen hielt mit versteinertem Gesicht die Zügel eines Ponys in seinen Händen. Vor ihm hatte sich Grigor aufgebaut.

Liana biss sich auf die Lippe. Der Hof der Familie lag in unmittelbarer Nachbarschaft zur Plantage und Liana hatte zwar mitbekommen, dass sie einen Teil der Ernte durch Käferbefall verloren und etliche Tiere verkauft hatten, aber dass es so schlimm stand, dass sie sogar Davids Pferd verkaufen mussten, hatte sie nicht gedacht.

Doch wie immer, wenn es einem richtig schlecht ging, kamen all diejenigen aus ihren Löchern, die Freude daran hatten, zuzutreten, wenn man am Boden lag. Grigor war so einer.

Mit verächtlicher Miene ging er jetzt um das Pferd herum, hob ohne Vorwarnung dessen Bein abrupt an und ließ es unsanft wieder fallen, nur, um ihm Augenblicke später grob die Daumen zwischen die Laden zu stecken und zu versuchen, ihm das Maul aufzureißen. Natürlich vergeblich. Das Tier wehrte sich, zog den Kopf immer wieder weg und wich zurück. Grigor fluchte lautstark. Er wusste offenbar nicht im Geringsten, wie man mit einem Pferd umgehen musste.

Hayk, der den Strick immer noch in der Hand hielt, versuchte das Tier zu beruhigen, doch das versuchte dem aggressiv auftretenden Grigor auszuweichen.

»Das ist ein widerborstiges Ding«, rief Grigor. »Das taugt zu gar nichts. Außerdem ist es viel älter, als du behauptest.«

»Willst du etwa sagen, dass ich lüge?«, rief der alte Mann und seine Stimme zitterte vor Entrüstung.

Grigor ignorierte ihn, ging weiter um das nervöse Pferd herum, tastete dann grob die Wirbelsäule ab. Das Pferd drückte vor Unbehagen den Rücken nach unten durch, rollte mit den Augen.

»Viel zu dürr«, schimpfte Grigor. »Schlecht gepflegt. Kahle Stellen im Fell. Und viel zu klein! Das kann ja noch nicht mal 'ne Schubkarre ziehen.«

Liana hielt es nicht mehr aus. »So ein Unsinn!«, rief sie und drängte sich nach vorn. Ein Raunen setzte um sie her ein und etliche alte Weiber schüttelten missbilligend die Köpfe.

Grigor fuhr herum. »Was mischst du dich ein, Mädchen? Verschwinde!«

Liana stemmte die Hände in die Hüften. »Jeder, der auch nur einen Funken Ahnung hat, sieht, dass es dem Tier prächtig geht. Es hat glänzendes Fell, lebhafte Augen, ist gut genährt. Georgische Bergpferde sind zwar von Natur aus klein, aber sehr zäh und anspruchslos, und können viel Leistung bringen.«

»Willst du sagen, dass ich keine Ahnung habe?«, wütete Grigor.

»Das ist ja wohl mehr als offensichtlich«, gab Liana zurück. Ihr war klar, dass Grigor als Kneipenwirt gar keine Verwendung für das Tier hatte. Es konnte ihm nur darum gehen, Hayk zu demütigen, denn dass die beiden eine uralte Fehde verband, wusste jeder.

Und die Umstehenden hatten ihren Spaß an dem Schauspiel, keiner schritt ein.

Grigors Gesicht war dunkelrot angelaufen, doch plötzlich kniff er ein Auge zusammen und sagte süffisant: »Ich glaube, die junge Dame will es selbst kaufen, wie?«

Liana wurde rot. »Ich …« Sie brach ab. Eigenes Geld hatte sie keines, und ihr Vater würde vor Wut toben, wenn sie ihr Wort gab, dass er es bezahlen würde. »Ich werde …«

Alle starrten sie an und Grigor war jetzt nicht mehr der einzige Mann, der herablassend grinste.

»Na?«, fragte Grigor hämisch.

»Dreihundert Rubel.«

Liana fuhr herum.

Und dort stand *er*. Lässig an einen der Zaunpfeiler gelehnt, den Hut aus der Stirn geschoben, das Haar im Nacken zusammengebunden. Wie hatte der Andere ihn genannt? Aren?

»Was willst du mit ’nem Pferd, Zigeuner?«, rief Grigor. »Es essen?« Er lachte hässlich über seinen Witz.

Zigeuner?

»Es ist nicht für mich. Es ist für sie.« Mit dem Kopf nickte Aren in ihre Richtung.

Einen Augenblick lang herrschte Stille, dann setzte das Getuschel erneut ein, ungleich lauter dieses Mal.

Lianas Herz schlug bis zum Hals.

Grigor presste die Lippen aufeinander und sah sich wütend um. »*Ich* kaufe es! Dreihundertzehn.« Offenbar fühlte er sich durch das allgemeine Interesse unter Druck gesetzt.

»Dreihundertfünfzig«, kam prompt die Antwort aus Richtung des Zaunpfeilers.

Die Stimmen wurden lauter und auch Grigor wurde es. Er fluchte und fuchtelte aufgebracht vor dem Pferd herum, als sei es an allem schuld.

Das arme Tier selbst hingegen stampfte mit den Beinen auf und schüttelte den Kopf, die Ohren angelegt, und Liana hätte es nicht verwundert, wenn es nach Grigor getreten hätte, so grob, wie der vorhin mit ihm umgesprungen war.

»Na schön – dreihundertsechzig und keinen Rubel mehr!«

»Dreihundertsiebzig«, tönte es gelassen von Aren.

»Was ist hier los?«, fragte plötzlich Vartan neben ihr.

»Er kauft ihr ein Pferd«, gab eine Frau Auskunft. Liana selbst war nicht in der Lage, etwas zu sagen, dafür war sie viel zu fassungslos und gebannt.

»Wer, er? Grigor?«, fragte Vartan verwirrt. »Wem denn?«

»Nein. Der Zigeuner. Ihr.«

Die Frau deutete mit ausgestrecktem Finger auf Liana.

»Wieso?«, fragte Vartan aufgebracht. »Wie kommt er dazu? Was hast du mit ihm zu schaffen?«

»Nichts. Ich kenne ihn nicht«, murmelte Liana, offenbar überzeugend in ihrer Verwirrung, denn Vartan rief wütend: »Was fällt dem Kerl ein? Vierhundert!«

Grigor riss die Augen auf und der arme Hayk sah sprachlos von einem zum anderen. Er konnte sein Glück offenbar kaum fassen.

Nervös fuhr sich Grigor mit der Hand über das Gesicht. »Vier...« Er räusperte sich, setzte erneut an. »Vierhun...« Wieder brach er ab, das Wort kam ihm einfach nicht über die Lippen. Einige der Umstehenden fingen an zu lachen.

»Ihr seid doch verrückt!«, fauchte Grigor und Liana wusste nicht, ob er die Menge oder Vartan und den Unbekannten meinte.

»Vierhundertzehn«, kam es seelenruhig von Aren.

»Vierhundertzwanzig!«, herrschte Vartan ihn aufgebracht an.

Aren legte den Kopf schief, rieb sich nachdenklich das Kinn.

Alles hielt den Atem an.

Dann breitete Aren mit einem Achselzucken die Arme aus, nickte Vartan lächelnd zu, drehte sich um und schlenderte davon. Einfach so.

»Wie jetzt ...?«, stammelte Vartan.

Zögerlich tat Liana zwei Schritte in die Richtung, in die der Unbekannte verschwunden war. Sie wollte ihm nachlaufen, ihn aufhalten, doch Hayks Stimme holte sie wieder in die Realität zurück: »Ich gratuliere dir, Vartan«, rief er hastig und streckte Vartan die Hand entgegen, um den Handel vor aller Augen zu besiegeln.

Vartan stierte ihn an und langsam schien ihm zu dämmern, dass er soeben ein Pferd gekauft hatte. Unwillig verzog er das Gesicht, blickte in die Richtung, in die der Unbekannte verschwunden war, musterte dann die Menge um sich her, und schlug schließlich ein.

»Du bist der neue Besitzer«, sagte Hayk und die Erleichterung in seiner Stimme klang deutlich heraus.

»Nicht ich«, knurrte Vartan. »Sie.« Er deutet mit dem Daumen auf Liana. Offenbar mochte er in keinerlei Hinsicht im Schatten eines anderen stehen.

Sie wich zurück. »Ich … nein … das kann ich nicht annehmen. Das … geht nicht.«

»Entweder du nimmst das Vieh oder es landet beim Schlachter!«

David schrie auf, Tränen füllten seine Augen und er zerrte wild am Ärmel seines Großvaters.

Grigor lachte.

»Ich … Es ….« Liana schluckte. Sie wusste nicht, was sie tun sollte. Von Vartan wollte sie keine Geschenke! Er würde das Tier sicher nicht ernsthaft dem Schlachter übergeben. Dazu hatte es ihn zu viel gekostet. Oder doch?

Der Junge warf ihr flehentliche Blicke zu und Liana knickte ein. »Na gut. Ich … danke dir, Vartan. Aber … weil … ähm … wir in unserem Stall keinen Platz für ein zweites Pferd haben …« Sie lächelte David an. »Würde ich vorschlagen, dass wir es in eurem Stall unterbringen. Dort kann ich es ja immer besuchen kommen.«

Das Gesicht des Jungen hellte sich schlagartig auf. »Bitte! Sag ja! Bitte!«, rief er und zerrte am Ärmel seines Großvaters.

Der kratzte sich mit der Hand im Nacken, wusste offenbar nicht, wie er mit der Situation umgehen sollte. »Und das Geld kriege ich trotzdem?« Unsicher blickte er zu Vartan.

Der verzog erneut das Gesicht, offenbar hatte er nicht mit dieser Wendung der Dinge gerechnet und sie gefiel ihm nicht, doch es standen zu viele Zeugen des Handels um sie herum und so nickte er schließlich knapp.

David jubelte.

»Das ist doch ein Witz«, schimpfte Grigor, und in der Tat lachten etliche der Umstehenden. Vermutlich weniger über einen Witz als vielmehr über Grigor, dessen Versuch, Hayk zu brüskieren, nach hinten losgegangen war.

Grigor fuhr aufgebracht herum, baute sich vor dem Tier auf, dessen angespannte Körperhaltung mit den geweiteten Nüstern und aufgerissenen Augen seine Angst mehr als deutlich zeigte. »Guckt euch doch dieses Vieh einmal an!«, schrie er. »Dafür ist noch der Schlachter zu gut.« Er entriss Hayk den Strick. »Das Ganze war doch ein abgekartetes Spiel! Vermutlich steckst du mit dem Zigeuner unter einer Decke.«

Hayk rührte sich nicht, sein Gesicht war bleich. Liana kannte ihn nur als einen Mann der Ehre. Eine solche Behauptung musste ihn zutiefst treffen.

Grigor indes fasste den Kopf des Pferdes am Halfter und zog es grob zu sich herum. Das überraschte Tier riss den Kopf hoch, versuchte auszubrechen, doch da gleichzeitig Grigor nach vorn trat, stieß der Kopf des Pferdes mit Wucht gegen seinen. Er brüllte auf, ließ Halfter und Strick los und griff sich an die Stirn. »Seht ihr?«, tobte er. »Was habe ich gesagt? Das ist ein Wüterich! Eine Gefahr!«

Das riss Liana aus ihrer Erstarrung. »Hör auf! Du machst ihm Angst.«

»Ruhig, ganz ruhig«, versuchte jetzt auch Hayk, das Pferd zu beruhigen, doch seine hektischen Bewegungen und die raunende Menge, die immer näher kam, weil von hinten Neugierige nach vorn drückten, machten das Tier noch nervöser. Es riss die Augen auf, bis das Weiße darin sichtbar war, floh plötzlich mit geblähten Nüstern rückwärts, direkt in die Menge. Menschen schrien auf, einige stürzten zu Boden, und die plötzliche Hysterie und das Gedränge ließen das erschrockene Pferd seitlich ausbrechen.

Und dann geschah alles gleichzeitig: David war von eben dieser Seite auf das Pferd zugerannt und gestürzt und das panische Tier im Begriff, ihn niederzutrampeln. Liana schrie auf, rannte los, obwohl sie wusste, dass es zu spät war. Doch nur einen Wimpernschlag, bevor die Hufe des Pferdes an der Stelle niedersausten, an der David gerade noch gelegen hatte, hatte ihn jemand fortgezogen.

Im nächsten Augenblick redeten, riefen und schrien die

Leute aufgeregt durcheinander.

Das arme Tier rannte verängstigt und auf der Suche nach einem Fluchtweg hin und her, doch der Junge war bereits außer Reichweite, nämlich in den Armen des Zigeuners, der ihn unter den Hufen weggerissen hatte und jetzt vor seinem Großvater absetzte, der ihn völlig aufgelöst an sich zog.

Dann hob Aren den Kopf, sein Blick fiel auf Liana und er nickte ihr zu.

Jetzt erst merkte Liana, dass sie immer noch den Atem anhielt.

Sie wollte etwas sagen, ihm etwas zurufen, doch da begann Grigor wieder zu kreischen: »Seht ihr? Seht ihr? Was habe ich gesagt? Das ist ein Wüterich! Ein Biest! Das Tier gehört erschossen.«

Da reichte es Liana.

»So ein Schwachsinn«, fuhr sie ihn an. »Leute wie dich sollte man nicht auf einen Kilometer in die Nähe eines Pferdes lassen. Du hast einfach nicht den blassesten Schimmer, wie man mit ihnen umzugehen hat.«

Grigor gab irgendeine unverschämte Antwort, doch Liana achtete nicht darauf. Ganz langsam, Schritt für Schritt, näherte sie sich dem Pferd, dessen Augen immer noch aufgerissen waren, blieb immer wieder stehen, redete leise und beruhigend auf es ein.

Es lief nervös umher, doch seine Ohren waren auf Liana gerichtet, seine ganze Aufmerksamkeit schien ihrer erhobenen Hand zu gelten, und seine Bewegungen wurden ruhiger, kleiner, bis es schließlich stehenblieb. Langsam streckte Liana ihm ihre Hand entgegen, immer weiter, bis auf eine Unterarmlänge, verharrte dort, und tat nichts weiter, als mit ruhiger Stimme zu reden.

Das Pferd wirkte unsicher, drehte sich hin und her und warf den Kopf herum, doch Liana sprach weiter. Langsam und leise. Von Großmutter, vom Wetter, vom Duft der Granatäpfel und den Fischen im See, völlig egal, was, aber ruhig, ohne Hektik. Und ohne näherzukommen.

Endlich ließ die Anspannung des Tieres nach. Die Nüstern des Pferdes waren immer noch gebläht, seine Ohren zuckten, doch dann, endlich, schob es sein Maul langsam Lianas Hand entgegen und roch vorsichtig daran.

Erleichtert lächelte Liana und sah sich um.

Doch der Zigeuner mit den brennenden Augen blieb verschwunden.

***

Während sie über den Markt zu ihrem Rad zurückging, redete neben ihr Vartan in einem fort, doch sie hatte keine Ahnung, worüber. Ihre Gedanken waren woanders. Bei *jemand* anderem.

Plötzlich fühlte sie sich am Arm gepackt und zum Stehenbleiben gezwungen. »Hörst du mir überhaupt zu?«, fragte Vartan.

Mit einem Ruck befreite Liana sich aus seinem Griff. »Was willst du eigentlich?«

Seine Augenbrauen zogen sich zusammen. »Ich dachte, wir setzen uns vielleicht dort drüben in den Schatten und plaudern ein bisschen über die Zukunft der Plantage.«

»Da gibt es nichts zu –« Sie brach ab, denn zum zweiten Mal heute fiel ihr Blick auf ein vage bekanntes braunes Augenpaar. Dieses Mal jedoch auf Höhe von Vartans Hüfte. Es war das Mädchen mit den dunkelblonden Zöpfen. Das Mädchen vom Transporter. Und es starrte sie zutiefst erschrocken an.

Jetzt erst merkte Liana, dass die Hand des Kindes über Vartans Hosentasche schwebte, aus der dessen Geldbörse herausragte.

»Liana?« Vartan klang ungehalten.

Hastig griff sie nach seinem Arm und zog ihn mit sich. »Ja! Auf jeden Fall!«, rief sie mit einer Begeisterung, die selbst in ihren Ohren völlig übertrieben klang. »Setzen wir uns.«

Vartan wirkte mehr als erstaunt, folgte ihr aber.

Liana wagte einen kurzen Blick nach hinten, sah das Mädchen in der Menge verschwinden und fragte sich, warum sie die Diebin geschützt hatte. Doch eigentlich wusste sie die Antwort. Unwillkürlich streckte sie sich, suchte den Marktplatz ab.

»Dort drüben«, sagte Vartan, wohl in der Annahme, sie würde nach einem freien Platz Ausschau halten. Er deutete auf die Tische und Stühle vor Joris' Stube, die Bäckerei, Gemischtwarenladen und Café in einem war. »Was möchtest du trinken?«

»Eigentlich habe ich es mir gerade anders überlegt, ich …« Sie brach ab, als ihr Blick auf einen Krauskopf fiel, der dem des Mädchens von gerade eben ähnelte. Er strebte dem Brunnen zu. Im nächsten Moment war er wieder zwischen den Menschen verschwunden.

»Was denn jetzt?«, drängte Vartan gereizt.

»Hm?«

»Du benimmst dich merkwürdig.«

»Ich … mir … die Hitze.«

»Ihr Frauen …« Er lächelte überheblich. »Dann lass mich mal machen. Ich hole dir etwas zu trinken.«

»Nein, schon gut, ich …« Sie brach ab, denn dort, wo das Mädchen verschwunden war, wirbelten plötzlich bunte Bälle über den Köpfen der Zuschauer durch die Luft. »Ich hätte gern einen Kaffee.« Sie wandte sich Vartan wieder zu und strahlte ihn mit ihrem breitesten Lächeln an.

Er wirkte ein wenig irritiert, nickte aber und griff in seine Hosentasche. Gleich darauf hielt er inne, tastete erst nach der einen Hosentasche, dann nach der anderen.

»Verflucht noch eins! Mein Geld. Mein Geld ist weg. Ich bin beklaut worden!« Wütend fuhr er herum, stierte so wild um sich, dass etliche Passanten zurückwichen.

»Vielleicht ist es dir aus der Tasche gefallen?«

»Blödsinn!«

»Schau doch erst einmal nach. Vor Melines Stand oder so.«

»Nie im Leben ist es mir aus der Tasche gefallen! Und selbst wenn, dann ist es jetzt weg!« Aufgebracht schnaufte er, ging dann aber doch den Weg zurück, den sie gekommen waren, den Blick auf den Boden gerichtet.

Erleichtert, ihn los zu sein, wandte sie sich wieder den bunten Bällen zu.

»Lasst euch aus der Hand lesen und erfahrt die Geheimnisse eurer Zukunft«, drang eine männliche Stimme an ihr Ohr.

Liana stellte sich auf die Zehenspitzen und reckte den Kopf nach dem Jongleur, doch sie konnte nicht über die Menge hinwegsehen und ärgerte sich wieder einmal über ihre geringe Körpergröße. Also drängte, schubste und drückte sie sich zwischen den zahlreichen Menschen hindurch.

»Staunt über die Tollkühnheit unserer großartigen Akrobaten!«, fuhr der Ausrufer fort. »Bewundert die Künste unserer Tierdresseure!«

Endlich hatte Liana sich durch die Menge hindurchgekämpft und der Blick wurde plötzlich frei, denn um den Brunnen herum saßen und standen zahlreiche Kinder.

Fasziniert sahen sie den beiden Jongleuren in ihrer Mitte zu, die ihre roten, blauen und gelben Bälle kreisen ließen. Sie standen mit dem Rücken zu Liana, doch sie musste das Gesicht des linken der beiden gar nicht sehen, um zu wissen, wer es war. Vor ihnen lagen weitere Bälle unterschiedlicher Größe, außerdem bunte Keulen und Reifen, die wohl ebenso zum Jonglieren benutzt wurden.

Mal allein, mal im Wechsel und dann wieder im gegenseitigen Zuspiel ließen die beiden jungen Männer die Bälle ihre Kreise beschreiben, vor dem Körper, hinter dem Körper, sogar während der eine auf die Schultern des anderen stieg. Neben ihnen schlug eine grauhaarige Frau in bunter Tracht das Tamburin und sang dazu mit melodischer Stimme.

Hinter den dreien, auf der ersten Stufe des Brunnens, stand ein älterer Mann, dessen Kopf ein abgenutzter, altmodischer Zylinder schmückte, breitete mit großer Geste die Arme aus und deklamierte theatralisch: »Lasst euch überraschen und in Staunen versetzen! Dies war nur eine kleine Kostprobe all der Wunder, die ihr bei uns erleben könnt. Kommt zu unserer Vorstellung auf dem Feld vor dieser großartigen Stadt! Morgen Nachmittag um drei.«

Bei diesen Worten zogen die Bälle ein letztes Mal ihre Bahn durch die Luft, bevor sie nacheinander in den Korb fielen, den die Sängerin in genau diesem Moment aufhielt. Mit dem letzten Ball, der darin verschwand, endete auch ihr Liedvortrag. Einen Atemzug lang war es still, dann jubelten und quietschten die Kinder im Publikum. Einige der Erwachsenen applaudierten ein wenig.

»Sollte euch unsere Darbietung gefallen haben«, meldete sich der ältere Mann wieder zu Wort, »würden wir uns natürlich sehr über eine kleine Wertschätzung freuen.« Er deutete auf zwei kleine Jungen, die mit Hüten in der Hand auf das Publikum zugingen, doch noch während sich die Truppe verbeugte, zerstreute sich die Menge.

Während der stämmigere der beiden Jongleure bereits die Utensilien einzusammeln begann, alberte ihr glutäugiger Fremder mit den Kindern herum, die voll Bewunderung an ihm klebten. Er warf ihnen die Bälle zu und fing sie wieder auf, als sie aus den unmöglichsten Winkeln zurückgeworfen wurden. Dann hob er einen der Jungen auf seine Schultern und lief mit dem jauchzenden Kind eine Runde um den Brunnen.

Gerade noch rechtzeitig hatte Liana hinter einen Marktstand zurückweichen können. Es war nicht so, als wollte sie sich vor diesem Mann verstecken, es war nur einfach zu schön, ihm bei seinem fröhlichen Treiben zuzusehen. Sein Lachen, seine Lebenslust waren so echt, so ansteckend, dass sie leise mitlachte.

Dann trat plötzlich das Mädchen mit dem Kraushaar auf ihn zu. Er wuschelte ihm liebevoll durch das Haar und quittierte ihr Protestgeschrei mit einem Lachen. Das Mädchen streckte die Hände nach seinen Schultern aus und zog ihn zu sich hinunter. Er ging vor ihr in die Hocke und sie flüsterte ihm etwas ins Ohr.

Plötzlich blickte sie an ihm vorbei zu Liana und deutete in ihre Richtung.

Reflexhaft drückte Liana sich noch weiter hinter den Stand, doch schon hatte sich Aren nach ihr umgedreht und sie kam sich dumm vor, wie sie so hinter herabhängenden Gürteln stand und zwischen ihnen hindurch spähte.

Er schien das Mädchen etwas zu fragen, es antwortete und deutete wieder in ihre Richtung. Darauf nickte er dem Mädchen zu, richtete sich auf und kam auf Liana zu.

Ein Kribbeln durchfuhr sie und sie wusste nicht, ob sie das Weite suchen oder aus ihrer Deckung hervortreten sollte, also blieb sie einfach, wo sie war.

Und dann war er da, stand vor ihr, auf der anderen Seite des seltsamen Gürtelvorhanges, und wirkte belustigt. Zu Recht, das musste sie zugeben. Verlegen knetete sie ihre Finger. Dann schob er einige der Gürtel beiseite und lächelte sein zauberhaftes Lächeln. »Hallo.«

Sie schluckte und starrte ihn stumm an. »Gürtel«, quetschte sie schließlich heraus und hätte sich im nächsten Moment am liebsten in Luft aufgelöst. Er musste sie für blöde halten. »Ich wollte einen Gürtel kaufen«, schob sie hinterher und hatte das Gefühl, dass sie es dadurch nur noch schlimmer machte, denn sein Lächeln wurde breiter.

Sie spürte, wie sie bis unter die Haarspitzen rot anlief.

Er griff nach einem der Gürtel, smaragdgrün, und hielt ihn Liana hin. »Der hier«, sagte er sanft. »Der ist wunderschön. Er passt zu deinen Augen.« Obwohl er leise sprach, klang seine Stimme dennoch tief und voll, ließ ihr Herz aus dem Rhythmus kommen und etwas in ihr vibrieren. Nur eine Handbreit und ein paar herabhängende Gürtel trennten sie von ihm und erneut fühlte sie dieses sonderbare Kribbeln in sich aufsteigen.

»Liana!« Vartans Stimme, rau, fast bellend. Krasser hätte der Gegensatz nicht sein können.

Liana schloss entnervt die Augen, atmete tief durch und wünschte sich weit weg. Sich und diesen Zigeuner. Weit weg von Vartan und dem ganzen Rest.

»Was tust du da?« Schon baute sich Vartan neben ihnen auf, die Hände in die Hüften gestemmt. »Ich habe dich gesucht, verdammt noch mal. Und was will der da schon wieder?«

Liana sah von Vartan zu Aren. »Ich weiß es nicht«, antwortete sie wahrheitsgemäß. »Er gehört zu der Schaustellertruppe.«

Vartans Augenbrauen wanderten aufeinander zu wie zwei haarige schwarze Raupen und er stierte Aren an, als könne er ihn damit dazu bringen, sich als Sinnestäuschung herauszustellen.

Der jedoch lächelte unbeeindruckt, die Hände in den Hosentaschen, zog dann plötzlich die rechte heraus, drehte und wendete sie vor Vartans Gesicht, als wolle er etwas demonstrieren. Vartan wiederum wusste scheinbar nicht, ob er das als Provokation auffassen oder den Besitzer für verrückt erklären sollte.

Dann wandte sich der Schausteller plötzlich wieder Liana zu und griff hinter ihr Ohr. Seine sanfte Berührung ließ sie den Atem anhalten. Vartan hingegen packte Aren erbost bei der Schulter und und holte mit der Faust aus.

»Ein Zaubertrick!«, rief Liana hastig und tatsächlich hielt Vartan in seiner Bewegung inne und musterte Aren, in dessen Hand eine Münze funkelte, misstrauisch.

»Das war nur ein Zauberkunststück«, wiederholte Liana beschwörend. »Er hat mir die Münze hinter dem Ohr hervorgezaubert.«

Vartan schnaufte ein paar Mal unentschlossen, ließ dann aber zu Lianas unendlicher Erleichterung schließlich seine Faust sinken und Aren los, der nicht im Geringsten eingeschüchtert wirkte, obwohl Vartan, ungleich massiger als er, ihm mit seinem Schlag problemlos den Kiefer hätte brechen können.

Mit einer eleganten Verbeugung wie bei dem Theaterstück über Romeo und Julia, das sie einmal während der Schulzeit besucht hatte, reichte Aren Liana die Münze und sah sie mit einer Intensität an, die ihr die Sprache verschlug, die es ihr unmöglich machte, den Blick abzuwenden. »Danke«, sagte er und ihr war klar, dass er die Sache mit dem Mädchen meinte, doch es klang nach etwas ganz anderem. Es klang wie –

»Danke?«, fuhr Vartan harsch dazwischen. »Wofür?«

Liana war nicht in der Lage, etwas zu antworten, und auch der Glutäugige rührte sich nicht, sah sie lediglich unverwandt an.

»Wofür, zum Kuckuck, bedankst du dich bei ihr?«, bellte Vartan.

Der Zigeuner zwinkerte Liana zu, drehte sich dann um und ging.

Vartan machte einen Schritt ihm nach, blieb dann aber stehen und wandte sich wieder Liana zu. »Dreister Mistkerl!«, schimpfte er. Vermutlich war es ihm zum ersten Mal passiert, dass ihn jemand anderes als Liana einfach stehenließ. Doch bevor Liana antworten konnte, riss er die Augen auf. »Moment mal! Wenn er wirklich zu der armseligen Truppe dort hinten gehört … Woher hat er dann das Geld für ein Pferd? Also wenn … er es gekauft hätte.« Er fuhr herum. »He! Du! Komm zurück!« Offenbar dämmerte ihm langsam, was Liana vorhin schon klar geworden war: Nicht nur Grigor, auch Vartan war aufs Kreuz gelegt worden. Liana verbiss sich das Lachen.

Unschlüssig trat Vartan einen Schritt nach vorn, als wolle er dem Davonschlendernden nacheilen. »Und wofür, verdammt, war das ›Danke‹?«

»Vermutlich dafür, dass du ihn nicht geschlagen hast«, murmelte Liana, sah Aren hinterher und wünschte sich, er würde sich noch einmal umdrehen, sie noch einmal anlächeln.

»Ah. Ja. Natürlich.« Vartan streckte die Brust heraus. »Dafür hat dieser Kerl mir wirklich dankbar zu sein! Wenn er das nächste Mal mein Mädchen anfasst, kann er seine Zähne aus dem Dreck sammeln.«

Liana stutzte, holte dann tief Luft und legte ihm den Finger auf die Brust. »Du hast ein Pferd gekauft. Nicht mich. Ich bin weder deine Süße noch dein Mädchen oder sonst etwas, das dir gehört!«

»Was soll das? Was ist in dich gefahren? Wie –« Er hielt inne, seine Augen verengten sich. »Woher kennst du den Kerl?« Er deutete mit dem Kopf in die Richtung, in die der Schausteller verschwunden war. »Was läuft da?«

»Ich kenne ihn nicht. Und selbst wenn, ginge dich das absolut nichts an.«

»Das werden wir ja sehen. Ich fahre dich jetzt nach Hause.«

»Ich entscheide selbst, wann und mit wem ich nach Hause fahre.«

»Eine Runde auf meiner Maschine und du wirst deine Meinung gründlich geändert haben.« Selbstgefällig grinsend rieb er sich über das stoppelige Kinn.

»Lieber fahre ich mit einem tollwütigen Fuchs als mit dir.«

Vartans Grinsen erlosch.

Er beugte sich vor, packte Lianas Arm. Seine schwitzigen Wurstfinger widerten sie an, doch sie wollte ihm nicht die Genugtuung geben, sie zappeln zu sehen bei dem vergeblichen Versuch, sich aus seinem Griff zu befreien.

»Du glaubst wohl, du kannst mich zum Narren halten, was?«, fragte er grob und gab sich keine Mühe mehr, eine höfliche Fassade aufrechtzuerhalten. »Du denkst, ich würde nach deiner Pfeife tanzen. Aber nicht mit mir! Ich bekomme immer, was ich will.« Seine Finger bohrten sich fest in ihren Oberarm.

»Mich nicht.«

Vartan leckte sich über die Lippen. »Du wirst dich noch wundern. Ich wollte es auf die nette Art versuchen, aber ich kann auch anders, und du willst es offenbar anders.«

Nun konnte Liana doch nicht länger an sich halten und riss ihren Arm zurück. Zu ihrer eigenen Überraschung ließ er es geschehen. Seine Mundwinkel kräuselten sich in einer Mischung aus Verachtung und Spott, dann drehte er sich kommentarlos um und ging.

Erst als er außer Sichtweite war, atmete Liana auf und rieb sich mit der Hand über den schmerzenden Oberarm. Rot prangten dort die Abdrücke seiner Finger.

Kapitel 3

Frühjahr 2016

Rot prangt der Abdruck meiner eigenen Hand auf meinem Arm. Erst als der Schmerz kam, bemerkte ich, wie fest ich mich selbst umklammert hielt, und löste den Griff. Ich reibe über die Stelle und folge weiter nervös der Krankenschwester über den in kaltes Neonlicht getauchten Flur.

»Die Aufwachphase wurde vorgestern früh eingeleitet und gestern Mittag hat sie das erste Mal die Augen geöffnet«, informiert mich die Krankenschwester auf den letzten Metern. Es ist eine andere als heute Morgen und sie weiß offenbar nicht, dass ich schon hier gewesen bin. Dass meine Mutter sich an meinen Besuch erinnern wird, bezweifle ich. Sie hat ihn vermutlich nicht einmal bewusst wahrgenommen, so benommen wie sie war.

»Erschrecken Sie nicht über die undeutliche Aussprache«, fährt die Krankenschwester fort. »Das ist normal und gibt sich noch. Es hat eine Weile gebraucht, bis sie in der Lage war, Fragen zu beantworten, aber auch das ist normal. Inzwischen ist sie wieder klar bei Verstand, hat auch zum Abendbrot schon eine Kleinigkeit zu sich genommen. An den Unfall selbst kann sie sich aber nicht erinnern. Das ist allerdings kein Grund zur Sorge, solche Gedächtnislücken sind häufig der Fall. Das Letzte, was sie von diesem Tag weiß, ist, dass sie im Stau stand. Ob die Erinnerung zurückkommt, wird sich zeigen. Doch das ist jetzt nebensächlich. Die Operationen sind allem Anschein nach erfolgreich verlaufen, alle Werte sind zufriedenstellend. Jetzt braucht sie erst einmal Ruhe und Erholung. Und sollte die Erinnerung an den Unfall nicht zurückkehren, ist das auch nicht schlimm. Wer erinnert sich schon gern an so etwas, nicht wahr?« Sie zwinkert mir zu, als habe sie einen guten Witz gemacht. Dann öffnet sie die Tür.

»Guten Morgen, Frau Wegener. Sehen Sie mal: Ihre Tochter ist hier.«

Ich zucke zusammen, doch niemand bemerkt es.

Die Krankenschwester tritt beiseite und sagt: »Ich bin gleich wieder bei Ihnen. Sollte etwas sein, einfach klingeln.«

Damit lässt sie uns allein. Plötzlich fühle ich mich seltsam verloren in dem sterilen Zimmer. Auf Beinen, die sich fremd anfühlen, stakse ich zum Bett. Zu der Frau mit dem blassen Gesicht und den großen Augen, die ich mein Leben lang für meine Mutter gehalten habe. Ihr Kopf ist immer noch bandagiert, ihre Wangen sind aber nicht mehr so bleich wie heute Morgen.

»Señorita Sophie«, flüstert sie undeutlich und mein Magen krampft sich zusammen. So hat sie mich als Kind immer genannt und ich habe jedes Mal gelacht. Ich habe das Gefühl, nie wieder lachen zu können.

Ich liebe sie. Natürlich liebe ich sie, doch gleichzeitig fühle ich mich von ihr betrogen. Und dann ringen noch Wut und Unverständnis in mir um die Vorherrschaft, zusammen mit Angst und Verwirrung und tausend anderen Gefühlen, die ich nicht benennen kann.

Ich nehme ihre kraftlose linke Hand in meine, der rechte Arm ist bis zur Schulter eingegipst. »Wie geht es dir? Hast du große Schmerzen?«

»Mein Kopf ist ein Bienenstock.« Sie lächelt schwach. Die Worte kommen schleppend und seltsam verwaschen aus ihrem Mund. »Und ich weiß jetzt, wie man sich auf Droge fühlt. Eines der Schmerzmittel enthält wohl Opium oder so.«

Ich lächle verkrampft zurück, dabei fühle ich mich wie eine schlechte Schauspielerin.

»Was macht das Café?«

»Läuft«, sage ich vage.

Sie drückt meine Hand, lächelt. »Was täte ich bloß ohne dich?«

Ich atme tief durch.

»Was hast du?«

»Nichts«, gebe ich zurück, streichle mechanisch ihre Hand und fühle mich hundeelend.

Tag für Tag habe ich hier zur Besuchszeit gesessen, in einem kräftezehrenden Wechselbad von Zorn und schlechtem Gewissen, und die reglose Gestalt um eine Erklärung angefleht, ohne zu wissen, ob ich jemals eine erhalten würde.

Und jetzt ist sie wach, und ich bringe es nicht über mich, sie zur Rede zu stellen.

»Aber ich merke doch, dass etwas nicht in Ordnung ist, Señorita Sophie.« Ihre Stimme klingt so dünn und hilflos, dass es mir das Herz zerreißt, doch gleichzeitig macht es mich seltsamerweise noch wütender.

»Ist es wegen des Urlaubs?«, fragt sie. »Ich wollte nicht, dass wir deswegen streiten.«

Ich brauche einen Moment, um zu begreifen, wovon sie spricht. Den Streit über den Urlaub hatten wir am Abend vor ihrem Unfall. Ich schüttle den Kopf. »Nein. Auch wenn es stimmt, was ich gesagt habe: Wir verbringen schon jeden Arbeitstag miteinander, da muss es nicht noch der Urlaub sein.«

Sie zieht erschrocken die Luft ein und erst jetzt merke ich, wie schroff ich geklungen habe.

Ihre Hand umschließt meine. »Ich dachte doch nur … will doch nur … ich liebe dich doch.« Sie klingt so verletzt und ich möchte heulen und schreien zugleich, ziehe meine Hand zurück und fahre mir durchs Gesicht.

Tief atme ich durch, wünschte, ich würde aufwachen und feststellen, dass das alles nur ein scheußlicher Traum ist, so wie damals, als ich ein Kind war und nachts zu ihr ins Bett geklettert bin, wenn mal wieder ein Monster unter meinem eigenen gelauert hat. Ich wünschte, sie würde mich in den Arm nehmen, mir über meinen Kopf streicheln und sagen, dass alles gut wird. Dass alles wieder ist wie früher. Doch das wird es nie wieder sein.

»Jetzt sag doch endlich, was los ist.« Sie mustert mich besorgt.

Sie sieht *mich* besorgt an. Als ob ich es wäre, die dort eingegipst im Bett läge und nicht umgekehrt.

Ich schließe die Augen, bin nicht in der Lage, etwas zu sagen. Alles würde sich wie eine Lüge anfühlen. Schweigen breitet sich aus.

»Weinst du etwa?«, fragt sie erschrocken.

Und jetzt erst spüre ich die Tränen über meine Wange laufen. »Wieso nur hast du mir nie etwas davon gesagt?«, frage ich leise und blinzle die Tränen weg.

»Wovon?«

»Dass ich nicht dein Kind bin.« Sie soll es abstreiten. Sie soll sagen, dass das ein Irrtum ist. Nichts wünsche ich mir mehr.

Doch das Erschrecken auf ihrem Gesicht ist eindeutig. Irgendeines der Geräte fängt an zu piepsen.

»Warum?«, flüstere ich.

»Du bist doch mein Kind!«, sagt sie.

»Ihr habt mich adoptiert.«

»Du bist mein Kind!« Sie greift ängstlich nach meiner Hand.

Ich entziehe sie ihr. »Wie konntet ihr mir das nur antun?«, frage ich. »Wieso habt ihr es mir nicht gesagt? Ich muss doch wissen, woher ich komme, wer meine Eltern sind, wer *ich* bin.«

»Du bist mein Kind«, beharrt sie und ihre Brust hebt und senkt sich hektisch, rote Flecken zeichnen sich auf ihren blassen Wangen ab. »Auf dem Papier und im Herzen.«

»Aber warum habt ihr es mir nicht gesagt?«, wiederhole ich stur. »Was, wenn es jetzt zu spät ist? Was, wenn meine Eltern nicht mehr da sind?«

»Wir wollten es dir sagen. Spätestens, wenn du sechzehn geworden wärst. Aber … dann starb dein Vater … und … und …« Sie umklammert meine Hand, Tränen stürzen über ihre Wange. »Du wirst mich nicht verlassen, oder? Du darfst mich nicht auch noch verlassen!«

Die Tür geht auf und die Krankenschwester stürzt herein. »Frau Wegener! Was haben Sie? Was ist passiert?«

Meine Mutter gibt keine Antwort, während die Schwester hektisch die Geräte kontrolliert, starrt mich an und klammert sich an mir fest, als würde sie ertrinken. Dabei bin ich diejenige, die den Boden unter den Füßen verloren hat.

»Du bleibst bei mir, nicht wahr?«, ruft sie flehentlich. »Du bleibst doch bei mir?«

Ich schließe die Augen und nicke, doch ich weiß nicht, ob es eine Lüge ist.

***

Addieren, multiplizieren, das Ergebnis in die Tabelle an meinem Laptop eintragen.

Nächste Spalte.

Addieren, multiplizieren, das Ergebnis eintragen.

Zahlen über Zahlen, eine wie die andere nichtssagend, langweilig, deprimierend. Ich wünsche mir, dass sie mich wenigstens vom Grübeln abhalten, während ich auf Antwort warte. Doch nicht einmal das können sie.

Mit einem Seufzen ziehe ich die Schublade auf, hole den kleinen silbernen Bilderrahmen hervor und fahre vorsichtig mit dem Daumen über das Foto.

Dauerwelle, Vokuhila und Jeanskleid zeigen deutlich, dass das Bild in den Achtzigerjahren aufgenommen wurde. Es zeigt eine fröhliche Familie. Das kleine Mädchen, das auf den Schultern ihres Vaters sitzt, lacht übers ganze Gesicht.

So viele Jahre über war dieses Bild für mich das Sinnbild einer glücklichen Familie. Und jetzt? Was ist jetzt noch wert, wenn es auf einer Lüge basiert?

Wütend packe ich es wieder in die Schublade.

»Und? Irgendwelche Neuigkeiten?«

Jana steht in der Tür.

»Wusstest du, dass die steilste Straße der Welt in Neuseeland liegt?«, frage ich.

»Weich mir nicht aus.«

Ich schüttle den Kopf und schiebe die ungeliebten Rechnungsbücher beiseite. Vermutlich muss Ralf alles noch einmal durchgehen. Ich habe mich sicher zwanzig Mal vertippt. Ich kann mich einfach nicht konzentrieren. Auf nichts.

»Auch nicht im Haus deiner Mutter?«, fragt Jana.

»Nein. Ich habe jetzt alles dreimal auf den Kopf gestellt. Alles. Selbst im Dachboden die Kisten durchsucht, in denen sie Papas

Sachen aufbewahrt hat. Nichts. Nicht der allerkleinste Hinweis. Es scheint nichts außer diesem Dokument zu existieren, so wie sie es behauptet.«

»Glaubst du ihr?«

Ich zögere, nicke aber schließlich. »Sie ist so chaotisch, das habe ich von ihr und –« Ich breche ab, räuspere mich. »Sie ist chaotisch. Nach Papas Tod sind wir so oft umgezogen. Jedes Mal haben danach irgendwelche wichtigen Dokumente gefehlt. Und in diesem Fall gab es vielleicht tatsächlich nie andere. Ich weiß es nicht.«

»Mist. Aber ihr seht euch doch so ähnlich. Ich kann es immer noch nicht glauben.«

»Ach? Was meinst du, wie es mir geht? Ich sehe nicht nur aus wie sie – wir haben auch den gleichen Humor, die gleichen schlechten Gewohnheiten. Ich kann einfach nicht glauben, dass ich nicht ihre Tochter sein soll.«

Jana kaut nachdenklich auf ihrer Lippe. »Ins Aussehen kann man viel hineininterpretieren. Ihr habt beide glatte dunkle Haare und braune Augen. Es gibt Millionen Menschen, die das auch haben. Und was die Gewohnheiten angeht – die guckt man sich als Kind einfach ab.«

Ich stütze die Stirn in meine Hände und starre die dunkle Maserung des Tisches an. Er scheint mir fremd. Genauso wie die Frau, der er gehört. Und wie die Frau, die in diesem Augenblick daran sitzt. Schließlich sage ich leise: »Gestern erst bin ich darauf gekommen, mir die Fotoalben vorzunehmen.« In einem vollkommen absurden Anfall von erneutem Unglauben habe ich versucht, den Beweis dafür zu finden, dass alles nur ein gigantisches Missverständnis ist.

»Und?«

»Es gibt kein einziges eindeutiges Schwangerschaftsfoto. Damals war sie ja ohnehin etwas rundlicher und dann trägt sie auch noch auf den meisten Bildern einen Mantel. Ich habe mir nie etwas dabei gedacht. Früher hat man seinen Babybauch ja eher versteckt, nicht so wie heute.«

»Und Fotos von dir?«

»Es gibt unzählige. Das wusste ich ja auch früher schon. Es gibt Fotos von mir als Kind, als Kleinkind, als Baby. Aber erst jetzt ist mir aufgefallen, dass es kein einziges als Neugeborenes gibt. Sie fangen alle erst mit ungefähr drei Monaten an. Meine Mutter …« Wie jedes Mal halte ich inne, sobald mir dieses Wort über die Lippen gerutscht ist. Es fühlt sich plötzlich seltsam an.

Ich seufze und setze neu an: »Gestern war ich wieder in der Klinik und sie sagt, dass sie nichts über meine leiblichen Eltern weiß, und ich glaube ihr sogar. Sie sagt, mein Vater – also mein Adoptivvater – und sie seien damals nach dem großen Erdbeben in Armenien als Entwicklungshelfer ins Land gelassen worden. Das sei das erste Mal gewesen, dass das Land die Grenzen für Helfer geöffnet hätte, Armenien gehörte damals ja zur Sowjetunion. Vielleicht sind meine Eltern bei dem Erdbeben ums Leben gekommen, sagt sie. Aber es ist dieses ›Vielleicht‹, das mich nicht schlafen lässt. Was, wenn sie doch noch leben? Man muss ja nicht automatisch Waise sein, um in einem Heim zu landen. Doch meine Mutter …« Erneut dieses Wort, das wie eine heiße Kartoffel in meinem Mund liegt. »Sie sagt, sie hätten nicht nachgehakt, seien einfach nur überglücklich gewesen, endlich ein Kind zu haben. Mein Vater war doch über zwanzig Jahre älter als meine Mutter. In Deutschland hatte man ihnen eine Adoption verweigert. Und eigene Kinder konnte meine Mutter nach einer Operation an der Gebärmutter nicht kriegen. Sie sagt, sie hätten sich auf den ersten Blick in mich verliebt und es sei Schicksal und Fügung gewesen und so weiter und so fort.« Den letzten Satz sage ich mit möglichst viel Verachtung, doch nur, damit ich nicht zu weinen anfange.

Ich fühle mich in zwei Teile gerissen. Der eine ist voll schlechtem Gewissen, will die Adoption vergessen und zurück in die Vergangenheit zu dem Bild einer heilen Familie. Der andere, der zornige, muss die Wahrheit herausfinden. Und je mehr meine Mutter klammert, je öfter sie mich anruft und ins Krankenhaus bittet, umso größer wird die Distanz, umso mehr schreit der zornige Teil in mir, dass sie mich nur davon abhalten will, die Wahrheit zu finden. Kann man einen Menschen gleichzeitig lieben und hassen? Mich selbst jedenfalls hasse ich gerade. Dafür, dass ich plötzlich nicht die Tochter sein kann, die ich sein will, die Tochter, die sie verdient hat.

»Schöne Scheiße.« Jana zieht sich eine Kiste heran und setzt sich darauf. »Und jetzt? Wie geht es weiter?«

Ich sehe aus dem Fenster und atme tief durch. »Ich habe keine Ahnung.«

Und das ist die Wahrheit. Ich lebe wie im Leerlauf und warte. Ich warte auf Antwort von einer der zahlreichen Organisationen, die ich angeschrieben habe. Auf eine Meldung einer der Plattformen, mit Hilfe derer adoptierte Kinder ihre Eltern suchen. Auf einen Rückruf von irgendeinem der Vereine zur Vermisstensuche, mit denen ich telefoniert habe. Doch da ist nichts. »Es heißt immer wieder, dass es sehr schwierig ist, an Hinweise aus Armenien zu kommen. Fast unmöglich. Als ob ich das nicht selbst gemerkt hätte. Entweder dürfen die alle von vorneherein keine Auskunft erteilen oder ich werde stundenlang von einem zum anderen weitergereicht. Oder ich hänge in Warteschleifen, nur um am Ende doch aus der Leitung geworfen zu werden oder bei jemandem zu landen, der weder Deutsch noch Englisch spricht.«

Im Moment weiß ich nicht, wie es weitergeht, ich weiß nur, dass ich mit all diesen bohrenden Fragen, dieser alles vernichtenden Unsicherheit nicht werde leben können.

»Sophie?«, ertönt Antons Stimme von der Tür.

Anton und Jana gehören inzwischen praktisch zur Familie und normalerweise sehen sie das genauso und nehmen in keinerlei Hinsicht ein Blatt vor den Mund. Jetzt jedoch hat er seine Bäckermeistermütze abgenommen, dreht und wendet sie nervös in seinen Fingern und sein kahler Kopf glänzt wie poliert. Er sucht Janas Blick, doch die schaut demonstrativ geradeaus, und schließlich räuspert er sich. »Ich weiß, dass du gerade wirklich mehr als genug andere, äh, Probleme hast, aber … na ja … ich mache mir Sorgen darüber, wie es weitergeht mit dem Café.«

»Es wird weitergehen.«

»Aber guck doch mal raus: Wir haben immer weniger Gäste und vom Brötchenverkauf allein können wir uns nicht finanzieren – so viel von Wirtschaft verstehe sogar ich. Und, na ja … was soll ich um den heißen Brei herumreden … Sowohl Jana als auch ich müssen von irgendetwas leben, und, auch wenn wir natürlich das Beste hoffen, kann niemand sagen, wann Sabine wieder … Ob sie überhaupt … Also, ich meine …« Seine Stimme verklingt und verlegen sieht er zu Jana.

Die zuckt, nicht minder verlegen, die Achseln, ergänzt dann: »Da muss ich Anton ausnahmsweise mal recht geben. Sabine wird noch eine ganze Weile nach der Klinik mit Rehamaßnahmen und so weiter beschäftigt sein. Und du machst nicht unbedingt den Eindruck, mit der Situation zurechtzukommen, aber wir müssen darauf vertrauen können, auch weiterhin unser Gehalt zu bekommen.«

Ich schließe die Augen, fahre mir erschöpft mit der Hand übers Gesicht. »Gebt mir etwas Zeit, ich kriege das schon hin, ich muss … ich muss einfach erst mal …« Ich breche ab. Es hat keinen Sinn, ihnen etwas vorzumachen. Seit dem Moment, in dem Ralf mir dieses Papier unter die Nase gehalten hat, ist meine Welt ein einziges Chaos. Ich weiß gar nicht, wo ich anfangen soll, Ordnung zu schaffen, weiß nicht einmal, ob es so etwas wie Ordnung für mich jemals wieder geben wird. Alles schlägt über mir zusammen. In meinem ganzen Leben habe ich mich noch nie so vollkommen überfordert gefühlt.

Ich wende mich wieder den beiden zu. »Ich muss einfach … Antworten finden, versteht ihr? Vorher weiß ich nicht, wie ich …« Mit einem Ruck stehe ich auf und tigere durch das kleine Büro. »Ich habe ja sogar schon überlegt, einfach dorthin zu fliegen, zu diesem Ort, der da in den Papieren steht, denn das Kinderheim, das dort genannt wird, ist im Internet nicht zu finden, und auf anderem Wege komme ich offenbar nicht weiter.«

»Dann tu es doch«, sagt Jana.

»Was soll sie tun?«, fragt Ralf und schiebt sich an Anton vorbei ins Zimmer.

»In ihren Geburtsort reisen«, klärt Jana ihn auf. »Oder Adoptionsort, oder was auch immer das ist.«

»Was für ein Blödsinn!«, sagt Ralf mit einem Kopfschütteln.

»Ist es nicht«, widerspreche ich. »Aber der Ort liegt in Armenien, schon vergessen? Keine Ahnung, ob die in irgendeinem Kaff am hinterletzten Ende der Welt auch nur ein Wort Englisch sprechen!« Erschöpft stemme ich die Hände aufs Fensterbrett und lehne die Stirn ans kühle Glas.

»Im Allgemeinen nicht«, ertönt eine tiefe Stimme.

Erschrocken fahre ich herum. »Sie?«

Hinter Anton steht *er*.

Verwirrt starre ich ihn an. Seit unserer letzten Begegnung habe ich nicht mehr an diesen Katscha-Dingenskirchen gedacht. Tatsächlich könnte ich jetzt nicht einmal sagen, wie lange er damals noch an der Theke gestanden hat. Alles ab dem Moment, als mir klar wurde, dass es sich bei dem Geburtenregisterauszug um keinen idiotischen Scherz von Ralf handelt, ist wie in einen Grauschleier gehüllt.

»Was wollen Sie denn schon wieder?« ist alles, was mir einfällt. Dann erst wische ich mir hastig die Tränen aus den Augen, auch wenn es nichts an der Tatsache ändert, dass ich wohl genauso rotfleckig verheult aussehe wie die ganzen letzten Tage.

Die Augenbraue hochgezogen, die Hand lässig in der Tasche seines dunkelblauen Anzugs, sieht er sich mit regloser Miene im Büro um, doch seine ganze Körperhaltung strahlt die gleiche Arroganz aus wie bei unserer letzten Begegnung.

»Ich habe ihn vor dem Café getroffen«, reißt Ralf mich aus meiner Erstarrung.

»Und da bringst du ihn einfach mit ins Büro?«, zische ich. »Hättest du mich nicht vorwarnen können?«

»Hey, immerhin kann er das Café retten!«, erinnert mich Ralf leise, aber nicht minder verärgert. »Hätte ich ihn etwa wieder wegschicken sollen?«

Ich funkle ihn wütend an, spare mir aber den Hinweis auf die zigtausend anderen Möglichkeiten, die es zwischen ›Wegschicken‹ und ›ohne Vorwarnung ins Büro mitbringen‹ noch gegeben hätte. Ralf mag viele Qualitäten haben – Einfühlungsvermögen und das richtige Timing gehören definitiv nicht dazu.

»Und die Sache mit dem Café«, sagt der Blonde, »ist keine Kleinigkeit. Da ist Einiges zu tun. Zu viele Angestellte, zu wenig Gäste und eine viel zu gewöhnliche Auswahl an Kuchen. Mal ganz abgesehen von der absolut uninspirierten Ausstattung.«

Ich beiße die Zähne zusammen. Das ist zwar genau das, was auch ich meiner Mutter immer predige, doch um nichts in der Welt würde ich das vor diesem arroganten Kerl zugeben. »Und warum haben Sie es sich dann anders überlegt?«

»Ich habe mir die Zahlen noch einmal angesehen, die Ihre Mutter mir geschickt hat, und ein paar Informationen über die Stadtentwicklung eingeholt, die Bebauungspläne der näheren Umgebung eingesehen und so weiter und, na ja, ich denke, dass die Lage des Cafés sehr gut ist, dass auf jeden Fall Potenzial drin steckt. Es müsste nur ein gutes Konzept her, das es von den anderen abhebt. Ich würde vorschlagen, dass wir uns deshalb morgen noch einmal zusammensetzen.«

Ich bin perplex. Bebauungspläne? Wo um alles in der Welt soll in der Umgebung des Cafés etwas gebaut werden? Da ist doch nirgendwo Platz. Ich habe das Gefühl, dass er sich das alles gerade eben aus den Fingern gesaugt hat. Vermutlich will er einfach aus meiner Situation Profit schlagen und mich irgendwie übers Ohr hauen. Aber da hat er sich in zweifacher Hinsicht geschnitten.

Müde reibe ich mir die Stirn. »Ich weiß nicht, was ich dazu sagen soll. Sie sehen ja selbst, dass mein Leben momentan ein ziemliches Chaos ist. Selbst wenn ich dürfte, könnte ich jetzt keine Aussage über die Zukunft des Cafés machen. Es gehört nach wie vor meiner Mutter und sie ist momentan nicht in der Verfassung, solche weitreichenden Entscheidungen zu treffen.« Das ist vermutlich die strategisch denkbar schlechteste Aussage. Aber um ihn mit Verprechungen hinzuhalten, fehlt mir die Kraft.

»Sie haben ja noch etwas Zeit, es sich zu überlegen, denn ich fliege ohnehin übermorgen erst einmal weg. Aber wenn Sie wollen, kann ich Ihnen auch im Hinblick auf Ihre Armenien-Reise unter die Arme greifen. Ich fürchte nämlich, Sie gehen diesen Ausflug ähnlich naiv an wie die Leitung dieses Cafés.«

Naiv? »So, fürchten Sie, ja? Und woran bitte schön machen Sie das fest?« Ich strecke das Kreuz durch, die Brust raus und hebe das Kinn, so weit es möglich ist. Ich wünschte, ich könnte jetzt angemessen verächtlich auf ihn herabsehen. Ungünstigerweise ist er um einiges größer als ich.

Sein Mund verzieht sich zu einem spöttischen Lächeln. »Wenn Sie dort wirklich etwas erreichen wollen, sollten Sie jemand Ortskundigen dabei haben, der auch die Sprache spricht. Sonst werden Sie nicht weit kommen.«

»Ach, und das wissen Sie so genau, weil sie schon zig mal dort waren, stimmt's?«, gebe ich zurück. So ein Besserwisser.

»Ganz genau.«

Ich muss ziemlich blöd gucken, denn er ergänzt erklärend: »Ich fliege in der Regel alle drei Monate runter, geschäftlich, aber auch, um die Verwandtschaft zu besuchen. Das nächste Mal im Übrigen übermorgen. Der Ort in diesem Papier liegt unweit einer meiner Stationen dort.«

Langsam dämmert mir, dass seine Abstammung der Grund ist, weshalb meine Mutter … Adoptivmutter … was auch immer … ausgerechnet auf ihn als Investor bestanden hat. Ist sie durch Zufall auf ihn gestoßen oder hat sie gezielt nach einem armenischen Investor gesucht? Hat sie darin eine Chance gesehen, mir die Kultur näherzubringen, aus der ich stamme? Oder war es ein Versuch, ihr schlechtes Gewissen zu beruhigen?

»Das ist doch die Gelegenheit«, meldet sich Jana wieder zu Wort.

»Was? Wofür?«, fragt Ralf verwirrt.

»Um diesen Ort aufzusuchen, der in den Papieren genannt ist.«

»Jetzt hört aber mal auf hier!« Ralf schüttelt den Kopf. »Überstürz doch jetzt nichts, Sophie. Und überhaupt – was ist mit deiner Mutter? Willst du sie wirklich alleinlassen?«

»Ach, sonst hast du damit kein Problem, aber jetzt?« Ich beiße mir auf die Lippe, als ich sein verletztes Gesicht sehe. »Tut mir leid. Ich meine nur: Ich kann ihr nicht helfen – ob ich hierbleibe und meine ganzen Fragen mich auffressen, oder ob ich gehe und wenigstens versuche, Antworten zu finden.«

»In deinem momentanen Zustand hilfst du niemandem«, stimmt Jana mir zu.

Anton nickt bestätigend. »Kläre erst einmal deine Angelegenheiten, bevor du hier wieder durchstartest. Ich will nämlich meinen Job behalten und dafür musst du hier nicht nur körperlich anwesend sein.«

Ungläubig sieht Ralf von einem zum anderen. »Ihr seid doch alle verrückt.«

Vermutlich hat er da sogar recht, doch ich bin wie elektrisiert. Ich muss das tun. »Wann geht der Flieger?«

»Haben Sie nicht etwas vergessen?« Der Blonde schiebt sich die Sonnenbrille ins verwuschelte Haar. »Zum Beispiel, mich zu fragen, ob ich überhaupt helfen will.« Spöttisch verzieht er den Mund.

Wie bitte? Ich schlucke, räuspere mich umständlich und hole tief Luft. »Würden Sie … Könnte ich … Würden Sie mir in dieser Sache helfen?«

Der blonde Blödmann legt den Kopf schief, mustert mich von oben bis unten und sein leider viel zu gut aussehendes Gesicht verzieht sich zu einem unverschämt triumphierenden Grinsen. »Wer so freundlich bittet, dem wird auch geholfen.«

Ich lächle verkrampft und bin mir plötzlich nicht mehr sicher, ob es wirklich eine so gute Idee ist, seine Hilfe – warum auch immer er sie mir gewähren will – in Anspruch zu nehmen.

»Ich würde dir ja viel lieber helfen, wenn du mich freundlich bitten würdest!«, rief Liana halbherzig die Treppe hinab. Es war mehr Gewohnheit als echter Protest.

»Ich soll um eine Selbstverständlichkeit bitten? So weit kommt's noch!«, schallte es entrüstet von der Diele herauf. »Ist es so schwer, von diesem Mädchen mal etwas Hilfe zu erhalten?«

Mit einem Seufzen erhob Liana sich von der Fensterbank. Hier hatte sie die letzte Stunde damit verbracht, hinauszusehen, ohne irgendetwas von dem, was dort vor sich ging, wirklich wahrzunehmen. Langsam stieg sie die knarrende Holztreppe hinab.

In der Diele herrschte bereits großes Gedränge, denn Tante Raquel hatte mal wieder darauf bestanden, dass alle, Familienmitglieder und Arbeiter gleichermaßen, sich auf den Weg nach Sewanawank machten. Dort gab es eine der wenigen Kirchengemeinden, die von der kommunistischen Herrschaft geduldet wurden, und dort nahmen sie alle am Gottesdienst teil.

Daher scheuchte sie nun alle durch die Gegend wie eine Schar Gänse. »Da bist du ja endlich!«, rief sie bei Lianas Anblick. »So beeil dich doch, du schläfst ja praktisch im Stehen ein. Wir warten nur noch auf deinen Vater. Er hat etwas … Geschäftliches … zu regeln.« So wie Tante Raquel das Wort ›Geschäftliches‹ aussprach, mit diesen Pausen und den voll Genugtuung in die Länge gezogenen Silben, erhielt man immer den Eindruck, dass alles ›Geschäftliche‹ ihr höchsteigener Verdienst sei.

Noch einen Tag zuvor hätte Liana nicht gezögert, mit einer spitzen Bemerkung darauf zu reagieren. Auch wenn sie wusste, dass der Hof ohne das strenge Regiment ihrer Tante in der Zeit nach Mutters Tod zugrunde gegangen wäre, kam sie mit der herrischen Art ihrer Tante von Tag zu Tag schlechter zurecht. Heute jedoch schien es ihr, als sei zwischen ihr und ihrer Umwelt ein Regenschirm aufgespannt, an dem sogar die Nörgelei ihrer Tante abtropfte, ohne Liana zu berühren.

»Bist du krank?«, fragte ihre Großmutter und legte ihr besorgt die Hand auf die Stirn. »Du warst schon heute Morgen so still und gefrühstückt hast du auch kaum etwas. Hast du Fieber?«

Liana schüttelte den Kopf, dabei fühlte sie sich tatsächlich fiebrig. Doch es war eine andere Art von Fieber. Den ganzen gestrigen Tag hatte sie an nichts anderes denken können als an die Begegnung mit dem Fremden.

»Ich mache dir trotzdem nachher einen Heiltee«, fuhrt Nana fort, »und deine Füße stellen wir am besten in heißes Wasser, während wir arbeiten …«

Liana hörte nur mit halbem Ohr zu. Sogar die Nacht hindurch hatte dieser Fremde ihren Gedanken keine Ruhe gelassen und war durch ihre Träume gespukt. Sie konnte es nicht fassen, dass sie ausgerechnet heute in die Kirche musste, wo sie sich doch am liebsten sofort auf die Suche nach ihm begeben hätte, anstatt bis heute Nachmittag warten zu müssen.

» … gibt es heute Nachmittag Unmengen Löcher in der Wäsche zu stopfen.«

»Was?!« Liana schreckte aus ihrem Tagtraum auf. »Ich kann nicht.«

»Ganz genau«, mischte sich Tante Raquel ein. »Liana muss mir in der Küche helfen und endlich lernen, eine ordentliche Mahlzeit zuzubereiten. Vermutlich ist das unsere einzige Chance, sie an den Mann zu bringen, wo sie doch sonst keinerlei Qualitäten hat.«

»Aber die Vorstellung fängt um drei an!« Kaum war ihr das herausgerutscht, biss sie sich auf die Zunge und hoffte, ihre Tante hätte vielleicht gar nicht richtig hingehört.

Leider hatte sie. »Welche Vorstellung?«

Liana suchte nach einer unschuldig klingenden Ausrede, doch leider war ausgerechnet das Küchenmädchen Milla, das sonst so schwer von Begriff war, schneller: »Die Zirkusvorstellung!«, rief sie mit leuchtenden Augen. »Da will ich auch hin.«

»Zirkus? Diese Zigeuner, die am See kampieren? Unter gar keinen Umständen!«

»Es sind keine Zigeuner«, wandte Liana ein. »Glaube ich jedenfalls. Ich meine … Und wenn schon.« Liana war heilfroh, dass sich die Szene auf dem Markt noch nicht bis zu ihrer Familie herumgesprochen hatte, doch das konnte nur eine Frage der Zeit sein. Und die wollte sie nutzen.

»Sie reisen herum, also sind es Zigeuner, und mit so was gibst du dich nicht ab, hast du gehört? Und du genauso wenig, Milly!«

Das Küchenmädchen ließ geknickt den Kopf hängen.

»Und jetzt auf!«, kommandierte Tante Raquel. »Wo hast du meine Schuhe hingestellt, Liana?«

Der Schreck fuhr Liana durch die Glieder. »Äh …«

»Ich kann sie nirgends finden!«

»Ja, ähm, ich …« Liana seufzte ergeben. »Ich hab sie vergessen.«

»Du hast *was?*« Vor Entrüstung überschlug sich die Stimme ihrer Tante. »Da schickt man dich ein einziges Mal mit genau einer Aufgabe zum Markt, und dann schaffst du es, sie zu vergessen?«

»Der Schuster war noch nicht fertig damit. Ich musste warten, und … He! Was machst du? Lass das!«

Tante Raquel hatte nach Lianas Beutel gegriffen, der am Schrank gehangen hatte, stülpte ihn nun um und schüttete ihn aus. »Gib es zu: Du hast das Geld für irgendwelche Kindereien ausgegeben und – Was ist das?«

Bevor Liana hinüberspringen konnte, hatte Raquel bereits die neben der Lavendelseife, der Geldbörse und einem Armband am Boden liegende Hose entdeckt und mit spitzen Fingern aufgeklaubt. »Eine Hose? Du trägst Hosen wie die vermaledeiten Kommunisten?«

»Das ist nicht kommunistisch, das ist westlich!«

»Noch schlimmer!«

»Aber es ist modern!«

»Nein – es ist ungehörig!

In diesem Moment flog die Tür auf und ihr Vater stampfte fluchend herein.

»Da bist du ja endlich«, jammerte Tante Raquel. »Mikael, stell dir vor: Deine Tochter hat meine Schuhe nicht mitgebracht und stattdessen –«

»Schuhe? Was für Schuhe? Schuhe sind mir egal. Wir haben ganz andere Probleme. Diese verdammten Bären!«

»Oh nein.« Großmutter rieb sich müde über die Stirn. »Schon wieder.«

»Und dieses Mal schlimmer als je zuvor. Ganze fünf Bäume haben sie letzte Nacht kahl gefressen. Die Trockenheit treibt sie auf die Plantage. Außerhalb finden sie kaum Nahrung. Aber ich lasse mir von ihnen nicht meine Ernte ruinieren!« Wütend rannte er die Treppe hoch, und während sich die restlichen Anwesenden noch ratlos musterten, erschien er wieder auf dem oberen Treppenabsatz, in der Hand seine alte Flinte.

»Mikael!«, rief Tante Raquel entsetzt. »Nicht jetzt! Die Kirche!«

»Die steht auch morgen noch«, entgegnete er, lud das Gewehr und stampfte die Treppe hinunter. Hastig wichen ihm alle aus.

Alle bis auf Großmutter, die sich mit verschränkten Armen vor der Tür aufbaute.

»Sei vernünftig«, mahnte sie. »Du glaubst doch nicht ernsthaft, dass die Bären dort sitzen und seelenruhig auf dich warten. Die sind doch schon längst wieder weg.«

Lianas Vater ballte die Faust und quetschte sich dann an seiner Mutter vorbei nach draußen. Ein Schuss peitschte durch die Luft und ließ alle Anwesenden zusammenzucken und hoffen, dass er nur in die Luft gezielt hatte.

Dann öffnete sich die Tür erneut und Lianas Vater trat wieder ein.

»Hast du dich jetzt beruhigt?«, fragte Nana lakonisch.

»Hmpf!«, lautete die Antwort, während er mit der Flinte wieder die Treppe hochstiefelte. Als er zurückkam, schimpfte er zwar immer noch vor sich hin, doch seine Gesichtsfarbe hatte sich wieder normalisiert.

Das bemerkte offenbar auch Tante Raquel. »Mikael«, meldete sie sich wieder zu Wort, »deine Tochter hat meine Schuhe vergessen, dafür aber dieses Ding hier nach Hause geschleppt!« Demonstrativ hob sie die Hose in die Höhe. »Das stammt vom Teufel persönlich!«

Verständnislos sah Lianas Vater von Raquel zu der Hose in ihrer Hand.

»Ich glaube nicht, dass der Teufel eine Nähmaschine besitzt«, meldete sich Großmutter seelenruhig zu Wort.

»Trotzdem wird Liana so etwas nicht tragen«, beharrte Raquel.

Der Kopf ihres Vaters ruckte zu Liana herum, als sei ihm etwas eingefallen. »Was zum Donnerwetter ist in dich gefahren?«

»Ganz genau!«, ereiferte sich Raquel. »Heute eine Hose, was kommt morgen?«

»Ich rede nicht von albernen Hosen!«, fuhr Lianas Vater Raquel an. »Ich rede von Vartan!« Wieder wandte er sich Liana zu: »Was verdammt noch mal hat dich geritten, ihn dermaßen zu beleidigen? Sein Onkel war vorhin bei mir, und er war außer sich. Willst du mich ruinieren? Weißt du eigentlich, was für Kontakte er hat? Willst du alles zerstören, wofür ich gearbeitet habe?«

»Nein, ich … er … «, stotterte Liana eingeschüchtert und wich zurück. »Aber er hat …«

»Völlig egal, was er hat! Du wirst dich bei ihm entschuldigen!«

Liana erstarrte. Dann ballte sie ihrerseits die Fäuste. »Das werde ich nicht! Er ist ein arroganter Mistkerl!«

Es wurde sehr still in der Diele, während das Gesicht ihres Vaters rot anlief. »O doch«, sagte er langsam. »Das wirst du. Dafür werde ich sorgen. Ich kann nämlich auch jenseits vom Unkraut jäten und Tomaten ernten noch jede Menge andere Arbeit für dich auftreiben. Und jetzt gehst du hoch auf dein

Zimmer. Samvel wird wie immer auf den Hof aufpassen und Milly wird ebenfalls hierbleiben und dafür sorgen, dass du auf deinem Zimmer bleibst, bis wir wieder da sind.«

»Aber die Kirche«, protestierte Raquel.

»Ich bin kein Kind mehr!«, entrüstete sich Liana.

»Und die Zirkusvorstellung?«, meldete sich Milly.

»Mikael«, fing auch Großmutter an. »Was soll –«

»Ruhe!«, brüllte Lianas Vater. »Ich will nichts mehr hören. Bis sie bereit ist, sich bei Vartan zu entschuldigen, bleibt sie in ihrem Zimmer, macht keine Ausritte und … und … und …«

»Und trägt auch keine Hosen«, schlug Raquel vor.

»Ganz genau!«

»Natürlich nicht«, sagte Nana. »Die sind ja auch nicht für sie.«

Liana sah erstaunt auf.

»Für wen denn dann?«, fragte Raquel verblüfft.

»Für mich.«

»Für dich?« Lianas Vater klappte die Kinnlade herunter. Für einen Moment war es still im Raum, sämtliche Augen waren auf Nana gerichtet.

»Und? Willst du mir das Tragen auch verbieten?«

»Ich … nein … es … aber …« Verwirrt brach er ab, ergänzte dann hilflos: »Aber warum?«

»Weil es Zeitschriften voll Frauen gibt, die einen Bullen am Schwanz ziehen, nur weil sie es können.«

Und während alle sie verständnislos angafften, verstaute Nana erst die Lavendelseife in ihrer Rocktasche, griff dann nach der Hose, legte sie ordentlich zusammen, hängte sie sich über den Arm und fragte dann seelenruhig: »Können wir dann also endlich los?«

***

Kaum war der letzte der Wagen außer Sichtweite, als Liana schon aufsprang. Von wegen Zimmerarrest. Was glaubte er eigentlich, wer er war? Na schön – er war ihr Vater. Aber über sie bestimmen durfte er deshalb noch lange nicht. Und jetzt erst recht nicht!

Kurz darauf hatte sie den alten Samvel mit einer Flasche Schnaps und Milly mit einem von Lianas alten Kleidern bestochen und war auf Amris Rücken unterwegs. Sie ritt aus dem Hof hinaus, die Reihen zwischen den Granatapfelbäumen entlang, bis das Dorf in Sichtweite kam, und dann nach links in Richtung See.

Die gleichmäßigen Bewegungen des Pferdes, der Wind, der ihr durch das Haar fuhr und an ihrem Rock zerrte, der blaue Himmel über ihr, die endlose Weite der Landschaft um sie herum – das war der Inbegriff von Freiheit!

Im Frühling war das Land um die Plantage ein fruchtbares grünes Paradies, gesprenkelt mit bunten Blumen. Jetzt war es trocken und karg, die Gräser bräunlich, die Erde staubig. Und dennoch: Liana jauchzte vor Übermut und trieb Amri zu noch schnellerem Tempo an.

Erst als sie zwischen den Bäumen am Rande eines Wäldchens zwei Wohnwagen sah, zügelte sie Amri und fragte sich plötzlich, was sie hier eigentlich tat.

Ihre Tante hatte gesagt, die »Zigeuner« würden am Ufer des Sees kampieren, und bis gerade eben war es ihr als die selbstverständlichste Sache der Welt erschienen, dass sie hinreiten und den Fremden finden würde und dann … Tja, weiter war sie in ihrer Planung irgendwie nicht gekommen und jetzt beschlichen sie dringende Zweifel, ob nicht auch der erste Teil ihres »Plans« ähnlich unausgereift gewesen war.

Sie konnte wohl kaum vor ihn hintreten und sagen: »Hallo, ich bin die, die sich gestern hinter den Gürteln versteckt hat und der du – warum auch immer – beinahe ein Pferd gekauft hättest. Und ich habe die ganze Nacht von dir geträumt.«

Liana seufzte. Sie musste in Ruhe nachdenken. Also lenkte sie Amri nach links, am Lager der Schausteller vorbei auf den See zu, dessen Wasser türkisfarben zwischen den Bäumen hindurchschimmerte.

Kaum hatte sie das Wäldchen am Seeufer erreicht und angehalten, schien ihr das Singen der Zikaden auf den Wiesen ohrenbetäubend laut, und der Schweiß rann ihr zwischen den Brüsten hinab.

Sie rutschte aus dem Sattel und führte ihre Stute noch ein paar Meter weiter zwischen den Bäumen hindurch. Hier war es erfrischend kühl. Sie fand eine lichte Stelle, durch die einer der Bäche führte, die den See speisten, ließ Amri ausgiebig trinken und schlang dann die Zügel um einen jungen Baum. Sofort senkte das Pferd den Kopf und begann zu grasen.

»Ich bin gleich wieder da«, versprach Liana und klopfte der Stute sanft auf den Hals.

Dann zwängte sie sich zwischen Sträuchern, Büschen und Bäumen hindurch bis zum See selbst. Ungünstigerweise hatte sie eine Stelle erwischt, an der das Ufer sehr steil abfiel, sodass sie nicht, wie erhofft, ihre Beine im Wasser kühlen konnte.

Ganze Wolken von Mücken tanzten über dem See auf und ab, während er mit leisem Schmatzen an der Uferböschung leckte. Ab und zu durchbrach ein Fisch mit leisem Platschen, beim Versuch, einen Wasserläufer zu erhaschen, die Oberfläche.

Liana beschattete mit der Hand ihre Augen, starrte über den See, einen Augenblick voll irrationaler Hoffnung, am bläulich verschwommenen Horizont die kleine Bucht von früher auszumachen. Sie hatte lange nicht mehr an diesen Ort gedacht, doch mit dem Zigeuner war sonderbarerweise auch die Erinnerung an die Bucht wieder aufgetaucht. Und die an Jivan, ihren Freund aus Kindertagen. Jivans Vater war ab und zu mit ihnen beiden zu der Bucht hinausgefahren. Doch das schien in einem anderen Leben gewesen zu sein. Ein Leben, in dem ihre Mutter noch da und ihr Vater voller Liebe gewesen war.

Sie wandte sich mit einem Seufzen ab. Das war Vergangenheit und die Bucht ein Traumbild.

Missmutig bückte sie sich nach einem Steinchen und wollte es flach über die Wasseroberfläche hüpfen lassen, so wie sie es als Kind mit Jivan immer getan hatte. Sie zielte, der Stein traf auf das Wasser … und tauchte mit einem leisen ›plopp‹ unter.

Na toll. Ein besseres Sinnbild für ihr Leben gab es nicht.

Liana richtete sich mit einem Seufzen auf und strich sich die Haare aus dem Gesicht.

Irgendwie schien ihr nichts mehr gelingen zu wollen.

Doch so leicht würde sie nicht aufgeben!

Ihr fehlte nur der passende Stein.

Gedankenverloren streifte sie das Ufer entlang und sammelte rundgeschliffene, flache Steine in ihren gerafften Rock. Das Bewusstsein, dass ihre Tante an die Decke gehen würde, wenn sie wüsste, mit welchen sinnlosen Spielereien Liana ihre Zeit vergeudete, anstatt Löcher in Strümpfen zu stopfen oder in der Küche zu helfen, vervielfachte den Reiz ungemein.

Stein um Stein warf sie über das Wasser und freute sich wie damals als Kind, wenn er über das Wasser hüpfte.

Plötzlich drangen gedämpfte Stimmen durch das Wäldchen und sie erschrak. Sich die Wut ihrer Tante nur vorzustellen, war etwas ganz anderes, als sie real zu erleben – oder die ihres Vaters. Sie musste zurück, bevor jemand sie entdeckte und bei ihrem Vater verpetzte.

Sie wandte sie sich vom Wasser ab … und fuhr zusammen.

Einer der Schausteller von gestern, der Stämmige, saß auf einem umgestürzten Baumstamm und beobachtete sie.

»Hallo«, sagte Liana zögerlich.

Es kam keine Antwort, er starrte sie einfach weiter an.

Liana beschloss, ihn zu ignorieren, und setzte ihren Weg fort, doch aus dem Augenwinkel sah sie, wie er aufstand und in ihre Richtung kam. Panik machte sich in ihr breit. Warum nur hatte sie sich so weit von ihrem Pferd entfernt? Was wollte der Kerl von ihr?

Sollte sie langsam zu Amri zurückgehen oder sollte sie rennen? Würde ihn das provozieren?

Sie ging weiter, um äußerliche Gelassenheit bemüht und darum, sich nur wie zufällig ab und zu nach ihm umzudrehen, doch er kam immer näher.

Liana schluckte hart, machte sich schon bereit für einen Sprint, als sie plötzlich erneut Stimmen hörte. Andere Menschen! Sie musste zu ihnen.

Schon wollte sie um Hilfe rufen, da brachen in einiger Entfernung vor ihr Gestalten aus dem Gebüsch: zwei Männer, lachend und sich schubsend.

Als sie Liana erblickten, blieben sie abrupt stehen. »Was hast du denn da für ein Reh aufgetan, Kesag?«, rief einer der beiden gut gelaunt.

»Ein hübsches Reh«, sagte sein Nebenmann. Die beiden sahen sich so ähnlich, dass sie Zwillinge sein mussten.

Liana wich zurück in Richtung des Wassers.

»Oh, und ein scheues Reh obendrein«, lachte wieder der Erste.

Aus dem Augenwinkel sah sie den, der offenbar Kesag war, weiter auf sich zukommen.

Ihre Gedanken rasten. In ihrem Rücken lag der See, vor ihr und zu beiden Seiten näherten sich die drei Männer. Wenn sie ins Wasser spränge, würden sie ihr einfach am Ufer folgen, bis ihre Kräfte sie verließen. Das andere Ufer zu erreichen, war unmöglich. An einem von ihnen vorbeizulaufen, würde sie ebenfalls nicht schaffen.

Also bückte sie sich, raffte hastig ein paar herumliegende Steine zusammen, richtete sich wieder auf und rief warnend: »Bleibt, wo ihr seid!«

Die Reaktion war leider nicht wie erhofft: Die Zwillinge fingen an zu lachen. »He, Kesag«, rief der eine belustigt, »pass bloß auf: Dieses Reh ist gefährlich!«

Kesags Mundwinkel kräuselten sich. »Na los«, sagte er leise und nickte ihr auffordernd zu. »Wirf.«

Liana presste die Lippen zusammen. »Wie du willst!« Sie schloss die Finger fest um den ersten Stein, hob den Arm und –«

»Was soll der Blödsinn, Jungs? Ihr macht ihr Angst.«

Liana fuhr herum. *Er* trat aus dem Dickicht hervor und schüttelte missbilligend den Kopf mit dem schulterlangen dunklen Haar.

Vor Erleichterung hätte Liana beinahe angefangen zu weinen, dennoch richtete sie sich auf und sagte mit fester Stimme: »Ich habe keine Angst. Vor niemandem.«

»Hört, hört«, spotteten die Brüder und machten es sich auf einem Felsen bequem.

»Siehst du«, sagte Kesag mit einem Grinsen an Aren gewandt, »sie hat keine Angst.«

»Trotzdem sollst du sie in Ruhe lassen.«

»Sag mir nicht, was ich zu tun habe, Aren! Du mischst dich in Dinge ein, die dich nichts angehen.«

»Du hast ja nicht die geringste Ahnung, wie viel mich das hier angeht«, gab Aren zurück und kam auf sie zu. »Und ich sage dir, was immer mir passt.«

So in etwa musste es sein, wenn einem ein Engel erschien, dachte Liana, doch im gleichen Moment sah sie aus Augenwinkel plötzlich etwas im Sonnenlicht funkeln und schrie auf: »Ein Messer. Er hat ein Messer!«

Aren fuhr herum. »Oh, bitte«, sagte er spöttisch zu Kesag. »Das ist jetzt nicht dein Ernst.«

»Und ob es das ist.« Kesag wog sein Messer in der Hand. Es war sonderbar geformt, der Griff mit grünen Stoffstreifen umwickelt.

Jetzt griff auch Aren hinter sich, zog ebenfalls ein Messer und stellte sich breitbeinig auf.

Erschrocken wandte Liana sich nach den beiden Zuschauern auf dem Felsen um, doch zu ihrem Entsetzen machten diese keinerlei Anstalten, einzugreifen. »Tut doch etwas«, rief sie. »Ihr könnt das doch nicht einfach zulassen.«

Die zwei sahen zu ihr, dann wieder zueinander. »Ich setze fünf auf Aren«, sagte der eine. Der andere schüttelte den Kopf. »Zehn auf Kesag.«

Liana wurde schlecht.

»Na komm schon«, rief Kesag. »Oder traust du dich nicht?«

Aren hob den Arm, wog das Messer, kniff kurz ein Auge zusammen, und nur einen Augenblick später schoss das Messer aus seiner Hand durch die Luft, blitzte im Sonnenlicht auf und steckte gleich darauf im Baumstamm nur zwei Handbreit neben Kesags linkem Arm.

Doch schon hatte Aren ein zweites Messer gezogen und dem ersten hinterhergeschickt. Es schlug im Baum zu Kesags rechter Seite ein.

»Du musst noch viel lernen«, sagte Kesag und hob nun seinerseits das Messer. Nackte Angst schoss Liana durch die Eingeweide.

Er wird ihn töten, oh mein Gott, er wird …

Und noch ehe sie diesen Gedanken zu Ende gedacht hatte, hatte sie schon selbst ausgeholt und mit aller Kraft den Stein geworfen.

Im nächsten Moment lag Kesags Messer am Boden. Er umklammerte seine Wurfhand mit der anderen und brüllte: »Bist du verrückt geworden, du blödes Weib?«

Einen Atemzug lang herrschte schockiertes Schweigen – am schockiertesten Liana selbst, und das nicht aufgrund von Kesags Beschimpfung, sondern wegen ihres überraschenden Treffers.

Dann fing einer der Zwillinge an zu lachen, der andere hingegen stieß einen bewundernden Pfiff aus. »Also wenn ich's nicht mit eigenen Augen gesehen hätte, ich würd's nicht glauben.«

Lianas Herz schlug bis zum Hals und sie behielt lieber für sich, dass sie eigentlich auf Kesags Kopf gezielt hatte.

Doch sie hatte keine Zeit, sich zu beruhigen, denn Aren breitete die Arme aus und rief: »Na, mach schon, ich hab nicht den ganzen Tag Zeit.«

Kesag kniff wütend die Augen zusammen und zog ein zweites Messer hinter seinem Rücken hervor.

»Hört auf!«, schrie Liana panisch. »Seid ihr verrückt geworden?«

Und tatsächlich hielt Kesag inne. Er verzog das Gesicht, wechselte das Messer in die Linke und bewegte die Finger seiner Wurfhand. »Verdammt, sie schmerzt noch immer. Wir lassen das für heute, sonst treffe ich dich Idioten am Ende noch.« Er warf Liana einen giftigen Blick zu.

Aren ging zu Kesag, zog seine Messer aus den Baumstämmen und verstaute sie wieder hinter seinem Rücken in einem Gürtel, der zuvor von seinem Hemd verdeckt war. Dann sagte er an die anderen Männer gewandt: »So, und jetzt verschwindet mal und lasst mich allein.«

»Sicher, dass du allein sein willst?«, feixte einer der Zwillinge.

»Dann müssten wir sie aber mitnehmen«, ergänzte der andere und deutete mit dem Daumen auf Liana.

»Ich würde euch nicht raten, das zu versuchen«, erwiderte Aren grinsend. »Ihr habt doch gesehen, wie treffsicher Liana ist.«

»Auch wieder wahr«, gab der Erste lachend zurück und die beiden rutschten vom Felsen und zogen tatsächlich von dannen, nur einen Augenblick später gefolgt von einem murrenden Kesag, der sich jedoch, kurz bevor er zwischen den Bäumen verschwand, noch einmal nach Liana umdrehte.

Sein Gesicht war halb verborgen von Ästen und Zweigen, sie konnte es kaum erkennen, dennoch fröstelte sie und war erleichtert, als er sich endlich umdrehte und durch das Wäldchen davonstapfte, in dem bereits die Stimmen der Zwillinge verklangen.

Dann wurde es still am See.

Aren stand einige Meter von ihr entfernt und musterte sie mit sonderbarem Gesichtsausdruck.

Dann kam er langsam auf sie zu, was Liana aus ihrer Erstarrung riss.

Hastig wich sie zurück, hob warnend die Hand, auch wenn das so ganz ohne einen Stein darin wohl wenig Eindruck machte: »Bleib, wo du bist! Woher kennst du meinen Namen? Was willst du von mir?«

Fast war sie überrascht, dass er tatsächlich stehen blieb.

»Und ich dachte, das wüsstest du inzwischen«, sagte er und leichte Belustigung machte sich in seinen Zügen breit.

Lachte er sie etwa aus? »*Was* soll ich wissen? Wovon redest du? Was seid ihr überhaupt für ein Haufen Verrückter?« Sie versuchte, die Entfernung zum Wasser abzuschätzen, ob sie es schaffen würde, an ihm vorbeizurennen. Siedendheiß wurde ihr klar, dass sie den richtigen Moment für eine Flucht verpasst hatte. Trotzdem, sie musste es versuchen. Sie spannte die Muskeln an …

»Ich bin froh, dass du deine Trefferquote seit damals gewaltig verbessert hast …« … und sprintete los.

»… Kartoffelkönigin.«

Abrupt stoppte sie ab. Kartoffelkönigin?

Ungläubig drehte sie sich um und starrte ihn an, so schockiert, dass sie beinahe zu atmen vergaß.

»Von den Kartoffeln damals hat mich schließlich jede verfehlt«, sagte er. »Zum Glück.«

»Jivan?« Sie konnte es nur flüstern. Das konnte nicht sein.

Ein Lächeln breitete sich in seinem Gesicht aus.

Liana schlug die Hände vor den Mund, ließ sie langsam wieder sinken. »Aber … aber was … aber wie … Was tust du hier? Wieso ›Aren‹? Wie kommst du zu den Zigeunern? Seit wann gehörst du zu ihnen? Und was sollte das da gerade?« Sie holte Luft und deutete auf die Fläche des sonderbaren Duells.

Jivan zuckte die Achseln. »Training. Für die Vorführung. Als Messerwerfer.« Er hob den Saum seines leinenen Hemdes an und darunter sah sie auch bei ihm einen Gurt, aus dem etliche Messergriffe herausragten.

»Training?«

»Das sind speziell austarierte Wurfmesser, sehr viel schwerer als gewöhnliche Messer«, sagte er und kam dann mit einem Lachen auf sie zu.

Sie jedoch bückte sich, griff nach allem, was in Reichweite war und warf es nach ihm: »Wie konntest du nur? Ich bin vor Angst fast gestorben … Wie konntest du mir das nur antun?« Kieselsteinchen, Zweige, Sand, alles, was sie in die Finger bekam, prasselte gegen ihn, während er einfach nur dastand und sich, halb abgewandt, mit erhobenem Arm zu schützen versuchte. »Was seid ihr für ein Haufen Irrer? Was bist *du* für ein Irrer? Ich habe nicht geschlafen deinetwegen! Du hast mich wie eine Idiotin dastehen lassen! Du hast mich in Todesangst versetzt! Du hast mich zum Narren gehalten! Warum hast du das getan? Sag gefälligst endlich etwas!«

»Das ist … etwas schwierig, wenn ich … bombardiert werde.«

Liana hielt inne, starrte ihn aufgebracht an, stemmte dann aber ihre Fäuste in die Hüften. »Also? Wieso bist du hier und wie kommt es, dass du mit Zigeunern unterwegs bist?«

Vorsichtig linste er zwischen seinen Armen hindurch, ließ sie dann sinken. »Habe ich richtig gehört: Du hast nicht geschlafen meinetwegen?«

Wütend schnaufte Liana und hob drohend ihre mit Sand gefüllte Hand.

»Hey, beruhig dich«, rief er hastig. »Das war nicht so gemeint. Es tut mir leid, okay? Ich werde dir alles erklären.« Zu ihrem Leidwesen sah er mehr amüsiert als reumütig aus, dennoch ließ sie den Sand aus ihren Fingern rieseln.

Als sie keine Anstalten machte, erneut etwas nach ihm zu werfen, klopfte er sich den Dreck von der Kleidung. Dann richtete er sich auf und kam langsam auf sie zu. Dabei sah er sie an, mit diesem Blick, der sie schweigen und ihr Herz jubeln ließ.

Unmittelbar vor ihr blieb er stehen, streckte seine Hand aus, langsam und vorsichtig, und griff nach ihrem dicken Flechtzopf. »Der ist ganz schön lang geworden.«

»Er hatte ja auch etliche Jahre Zeit, zu wachsen«, gab sie, immer noch verärgert, ruppig zurück. Dann jedoch runzelte sie die Stirn und musterte ihn ungläubig. »Ich habe dich überhaupt nicht erkannt.«

»Das habe ich gemerkt«, sagte er und um seine Mundwinkel herum zuckte es. »Damals hatte ich eine Zahnlücke, nicht wahr?«

»Eine? Deine Zähne bestanden praktisch nur aus Lücken«, korrigierte Liana. »Und deine Nase war viel zu groß für dein Gesicht. Und sie war davon abgesehen auch gerade. Aber dein Haar war blond und dermaßen raspelkurz geschoren, dass deine Ohren immer wie zwei Segel hervorstanden. Und –«

»Schon gut«, lachte er. »Ich habe es verstanden. Ich war eine zum Leben erwachte Vogelscheuche.«

»Es kam dem sehr nahe, das stimmt. Vor allem, weil du so furchtbar dürr warst, mit Armen wie Blumenstängel.« Und davon konnte jetzt bei Weitem keine Rede sein. Seine Schultern waren breit und der Bizeps unter dem Leinenhemd spannte auf eine Weise, die sie hart schlucken ließ.

»Ich war ja auch ständig hungrig«, erklärte er achselzuckend.

»Also geht es dir jetzt besser?«

Er zögerte einen Augenblick, dann nickte er.

»Was ist mit deiner Nase passiert?«

Er fasst sich unwillkürlich an den Nasenrücken, sagte dann aber mit einem Schulterzucken leichthin: »Ein paar Mal gebrochen.«

»Gleich ein *paar* Mal? Wie hast du das denn geschafft?«

»Ist das alles, was dich nach all der Zeit interessiert?«, fragte er mit einem Lächeln.

»Nein, ich, ähm …« Wo sollte sie anfangen? »Warum, um Himmels willen, hast du gestern nicht gesagt, dass du es bist? Oder heute? Wozu dieses Theater?«

»Das ist kein Theater, das ist mein Leben. Und das hat … Gründe.«

»Was für Gründe?«

»Später«, sagte er und starrte aufs Wasser, das ab und zu leise gegen die Steine schwappte. Sein Gesicht blieb undurchdringlich.

Liana versuchte, es mit ihrer Erinnerung in Einklang zu bringen, und entdeckte jetzt, aus der Nähe, tatsächlich die kleine Narbe neben dem Ohr, die er sich zugezogen hatte, als er vom Heuschober gesprungen war, nur weil sie gesagt hatte, er würde sich das nicht trauen. Unwillkürlich hob sie die Hand und strich darüber, zuckte aber zurück, als ihr bewusst wurde, was sie da tat.

Seine Augen, umrahmt von seinen tiefschwarzen, langen Wimpern, schienen ihr bis in die Seele zu blicken.

Verlegen biss sie sich auf die Lippe, deutete dann auf seine Wange. »Die Narbe. Du hattest furchtbar geblutet, aber keinen Mucks von dir gegeben. Ich fand dich unglaublich tapfer.«

Ein schiefes Lächeln zeichnete sich in seinem kantigen Gesicht ab. »Diese Tapferkeit hielt bis zur Hausecke. Kaum warst du außer Sichtweite, hab ich schlimmer geheult als jedes Mädchen, erst recht, als mein Vater die Wunde zu Hause auswusch.«

Liana lächelte. »Dafür bist du aber am nächsten Tag verdammt stolz durch die Gegend spaziert.«

»Mit irgendetwas musste ich dir doch imponieren, denn von meinem Heuschobersprung warst du nicht ausreichend beeindruckt.«

»Ich war viel zu erschrocken darüber, dass du tatsächlich gesprungen bist. Ich hatte dich nur ärgern wollen.«

»Bist du denn wenigstens jetzt beeindruckt?«

»Ich wüsste nicht, wovon«, sagte sie, wandte sich ab und schlenderte die Uferlinie entlang.

Er überholte sie und lief rückwärts vor ihr weiter, die Hände in den Hosentaschen. »Zum Beispiel davon, wie gut ich mit dem Messer umgehen kann.«

»Meinst du ernsthaft, so etwas würde mich faszinieren?«, sagte sie und hoffte, dass es glaubwürdig rüberkam. »Und davon abgesehen habe ich ja noch nicht viel davon gesehen.«

»Dann komm heute Nachmittag zur Vorstellung.«

Sie schüttelte den Kopf. »Eigentlich bin ich überhaupt nicht hier. Ich sitze gerade zu Hause und stopfe Socken oder so. Und mein Nachmittagsprogramm wird wohl ähnlich aufregend aussehen, nur dass ich das leider erfüllen muss, weil dann meine Familie wieder da ist.«

»Ich sehe schon – alles ist wie früher: Du bist nie dort, wo du sein solltest.«

»Aber dafür dort, wo ich sein will.«

»Also bei mir?«

Sein freches Grinsen reizte sie. »Dein Selbstbewusstsein scheint in den letzten Jahren gewaltig zugelegt zu haben«, stellte sie verärgert fest.

»Zu Recht«, stimmte er zu und Augen funkelten.

»Weil du mit bunten Bällen durch die Gegend wirfst?«

»Ganz genau«, sagte er lachend, nicht im Mindesten getroffen. »Wie viele andere kennst du, die das können?«

Sie verdrehte demonstrativ die Augen. »Messer, Bälle … Sonst noch etwas, mit dem du um dich schmeißt?«

Er nickte. »Brennende Fackeln.«

Liana seufzte. »Was sonst …«

»Das macht aber nur bei Dunkelheit so richtig was her«,

fuhr Jivan lächelnd fort. »Und außerdem ist darin Anais die Meisterin.«

Liana runzelte die Stirn. »Anais?«

»Komm, ich stell sie dir vor.« Er deutet mit dem Daumen über die Schulter. »Und den Rest der Truppe ebenso.«

»Oh. Ich weiß nicht. Der Teil, den ich bislang kennengelernt habe, schien mir nicht besonders, hm, vertrauenerweckend zu sein.«

»Unfug. Du wirst sie lieben, glaub mir.«

Sie bezweifelte Jivans Vermutung stark, nickte aber. »Ich muss erst Amri holen.«

»Du hast sie immer noch?«

»Natürlich.«

»Damals war sie noch ein Fohlen.«

»So benimmt sie sich heute immer noch manchmal. Aber komm, ich bin gespannt, ob sie dich noch erkennt.« Schon war Liana eilig losmarschiert. »Komm schon, Jivan!«, rief sie übermütig. »Sie steht dort drüben.«

Im nächsten Moment war er bei ihr, legte ihr den Finger auf den Mund und schüttelte den Kopf. »Es gibt hier nur Aren.«

Erschrocken starrte sie ihn an. Die plötzliche Nähe, sein Duft nach Gras und Leder und die sanfte Berührung seiner Haut an ihren Lippen machten sie sprachlos, atemlos. Sie konnte nur stumm nicken.

Er zog seine Hand zurück, als hätte er sich verbrannt, und marschierte weiter.

Den Rest des Weges legten sie schweigend zurück, und Liana musterte ihn heimlich von der Seite, unsicher und irgendwie verlegen.

Kaum waren sie bei Amri angelangt, roch diese neugierig an Jivans ausgestreckter Hand und zupfte dann mit dem Maul an seinem Hemd. »He, das kitzelt«, sagte er lachend, schob ihren Kopf vorsichtig von sich und streichelte ihren Hals.

Liana, ihm gegenüber auf der anderen Seite von Amri, tätschelte ebenfalls liebevoll den Hals ihrer Stute. »Das war übrigens wahnsinnig mutig von dir, wie du David auf dem Markt unter den Pferdehufen weggerissen hast.«

»Ach was, das hätte jeder gekonnt.«

»Trotzdem«, beharrte Liana. »Zwischen ›etwas tun *können*‹ und ›etwas *tun*‹ liegen Welten.«

»Deine Vorstellung war aber auch nicht ohne«, sagte er.

Liana wurde rot. »Du hast es mitbekommen?«, fragte sie unnötigerweise.

»Sehr beeindruckend.«

»Ach was, das hätte jeder gekonnt«, wiederholte sie unabsichtlich seine Worte und lachte auf, als ihr das bewusst wurde.

»Du hattest schon immer ein Händchen für Pferde.« Mit anerkennendem Nicken klopfte Aren der Stute auf die Flanke. »Sie hat sich großartig gemacht. Wer hätte das damals gedacht, so kränklich und verwahrlost, wie sie war, als du deinen Vater überredet hattest, sie aufzunehmen und gesund zu pflegen.«

»Damals habe ich ihm noch etwas bedeutet«, murmelte Liana.

Aren runzelte die Stirn. »Wie meinst du das?«

»Schon gut«, sagte Liana hastig und sah beiseite. Sie hatte das gar nicht laut äußern wollen. »Vergiss es einfach«, ergänzte sie. »Ich muss ohnehin nach Hause.« Verlegen band sie Amri los und führte sie aus dem Wäldchen heraus. Aren folgte ihr wortlos.

Nachdem sie die letzten Bäume hinter sich gelassen hatten, griff Liana nach dem Sattel, setzte ihren Fuß in den Steigbügel und schwang sich auf Amris Rücken. Sie strich der Stute über den Hals, unsicher, was sie sagen sollte. Irgendwie hoffte sie, dass er doch noch irgendetwas tun würde, um sie aufzuhalten.

Schließlich räusperte er sich. »Du musst zurück zu deinen Leuten, bevor es Ärger gibt.«

Die Enttäuschung schmeckte bitter und Liana presste ihre Kiefer aufeinander, um sie nicht zu zeigen.

»Wir sehen uns.«

»Wann?«

»Schneller als du denkst«, sagte Aren und klopfte Amri sacht aufs Hinterteil. Die setzte sich sofort in Bewegung.

Überrascht ritt Liana los, doch nach ein paar Metern griff sie in die Zügel, brachte Amri zum Stehen und sah über die Schulter zurück. Aren stand noch an Ort und Stelle und ließ sie nicht aus den Augen.

»Du wusstest die ganze Zeit über, dass ich es bin?«, rief sie ihm zu.

»Von der ersten Sekunde an.«

Ein Lächeln breitete sich in Lianas Gesicht aus.

Und in ihrer Seele.

Sie wandte sich wieder nach vorn und trieb ihre Stute an.

Als die Landschaft an ihr vorbeiflog, fragte sie sich, ob der Himmel schon immer so blau, das Rot der Wiesenblumen schon immer so leuchtend gewesen war.

***

Liana hatte noch immer ein Lächeln auf den Lippen, als sie durch das Tor ritt. Im nächsten Moment jedoch verschwand es schlagartig und der Schreck fuhr ihr in die Glieder – der Hof war alles andere als leer.

Einer der Wagen, mit denen ihre Familie und die Angestellten aufgebrochen waren, parkte vor dem Haus.

Eilig saß Liana ab und drückte sich, auch wenn das Hufgetrappel wohl kaum zu überhören war, mit Amri an der Mauer entlang zum Stall. Als sie eintrat, stand vor der leeren Box ihre Großmutter, neben ihr mit hängenden Schultern Samvel.

»Wieso seid ihr schon da?«, fragte Liana in betont neutralem Tonfall, in der vagen Hoffnung, das Gespräch würde, wenn sie es wie ein Alltagsgespräch beginnen ließe, auch so enden.

»Einer der Wagen hat einen Motorschaden, daher haben wir umgedreht.«

»Und wo ist Papa?«

»Noch auf der Straße, mit ein paar der anderen Männer. Sie versuchen, das Auto wieder zum Laufen zu kriegen.«

»Ah.« Betont gelassen ging Liana mit Amri am Halfter an ihr vorüber.

»Und ich gehe stark davon aus, dass die Laune deines Vaters einen neuen Tiefpunkt erreichen wird, wenn er erfährt, dass du dich nicht an seine Anweisung gehalten hast.«

Es war einen Versuch wert gewesen …

»Und du bist nicht die Einzige, für die das Konsequenzen haben wird.«

Samvels Schultern sanken noch ein Stück weiter ab.

Betreten linste Liana über Amris Hals hinweg. »Es tut mir leid«, murmelte sie. »Ich habe mich heimlich rausgeschlichen. Samvel und Milly wussten nichts davon.«

»Weil ein Pferd auf dem Hof ja auch so leicht zu übersehen und zu überhören ist, ja?«

Samvel zuckte merklich zusammen und Liana fiel keine passende Entgegnung ein. Geknickt sagte sie: »Es ist allein meine Schuld. Ich habe sie unter Druck gesetzt.«

Nana schwieg, die Stirn gefurcht, dann deutet sie mit ihrem Finger auf Liana. »Du hast nicht die leiseste Ahnung, was du mit deinem Verhalten anrichtest.«

Am liebsten hätte Liana sich hinter Amri versteckt. »Es tut mir leid«, murmelte sie kleinlaut. »Aber er hat nicht das Recht, mich zu behandeln wie ein kleines Kind.«

»Dann benimm dich nicht so!«, herrschte Nana sie an. »Ich werde deinem Vater nichts sagen, aber nur deshalb, weil ich nicht will, dass Samvel und Milly wegen deiner Dummheit auf der Straße landen!«

Samvels Erleichterung war förmlich mit Händen zu greifen.

Nana sah ihn scharf an. »Das war das erste und letzte Mal. Beim nächsten kannst du dir eine neue Arbeit suchen. Und jetzt mach das Pferd fertig, Liana hat genug andere Arbeit zu erledigen.«

Noch nie hatte Liana jemanden so schnell arbeiten sehen wie jetzt Samvel. Und sie war sich ziemlich sicher, dass das nicht in erster Linie an der Drohung lag, sondern an seinem Bestreben, möglichst schnell aus dem Brennglas von Nanas Blick zu entkommen.

Etwas, das Liana liebend gerne auch getan hätte.

Leider war das wohl für die nächste Zeit nicht möglich.

»Du willst unbedingt, dass dein Vater die Beherrschung verliert, oder?«, legte Nana nach. »Du hast eine Verantwortung. Wir *alle* haben eine Verantwortung. Wir sind aufeinander angewiesen und es kann nicht sein, dass du –«

»Yeter! Yeter!«, schallte es aufgeregt quer über den ganzen Hof.

Großmutter richtete die Augen gen Himmel. »Ich bin im Stall!«

»Liana ist nicht da!«, tönte es aufgelöst zurück und Raquel rauschte herein. »Sie ist weg! Sie ist …« Abrupt brach sie ab, fasste sich dann wieder, deutete mit einem vor Entrüstung zitternden Finger auf Liana und rief: »Sie ist nicht auf ihrem Zimmer!«

»Was du nicht sagst«, gab Nana trocken zurück.

»Das … das ist … das ist …« Raquel presste die Hand theatralisch auf ihren wogenden Busen. »Das ist doch unfassbar! Meinst du wirklich, dir alle Freiheiten und Frechheiten der Welt herausnehmen zu können? Ich erwarte wirklich nicht viel von dir, aber Gehorsam gehört dazu! Du bist eine Schande für deine Mutter!«

Liana zog scharf die Luft ein, doch ihre Tante fuhr gnadenlos fort: »Du hast –«

»Du irrst dich«, fiel ihr Nana ins Wort. »Liana ist nur deshalb nicht auf ihrem Zimmer, weil ich sie gebeten habe, mir zu helfen.«

»Was? Wobei?«

»Socken zu stopfen«, sagte Nana mit schadenfrohem Blick auf Liana.

Diese konnte ein Aufseufzen nicht unterdrücken.

»Im Stall?«, fragte Tante Raquel verwirrt.

»Natürlich nicht im Stall«, sagte Nana in einem Ton, als würde sie einem Kind etwas erklären, und marschierte würdevoll an ihr vorbei.

Liana beeilte sich, ihr zu folgen, bevor Tante Raquel auf die Idee käme, zu fragen, was sie denn dann im Stall zu suchen gehabt hätten.

Kaum war sie vor der Tür, fielen ihr jedoch gut zwanzig Dinge ein, die sie ihrer Tante an den Kopf hätte werfen können.

»Sie meint es nicht so«, sagte ihre Großmutter, als hätte sie Lianas Gedanken lesen können.

»Schön, dass es alle nie so meinen, mir aber trotzdem immer wehtun«, gab sie trotzig zurück und schluckte schwer an ihrem Zorn.

Nana seufzte. »Tu mir einfach nur diesen einen Gefallen: Verzichte ein paar Tage lang auf Ausritte.«

Liana nickte betreten.

Im Haus angekommen, wollte sie die Treppe hinaufsteigen. Bitte schön, dann würde sie eben den Tag auf ihrem Zimmer verbringen, doch sie würde es sich dort mit einem guten Buch bequem machen.

Nana griff nach ihrem Arm. »Wo willst du hin? Die Socken warten.«

»Socken stopfen? Obwohl du Tante Raquel zurechtgewiesen hast und –«

»Das eine hat mit dem anderen nichts zu tun. Und vorher kannst du mir noch zwei Schüsseln Tomaten pflücken.«

Verärgert presste Liana die Lippen zusammen. Tomaten ernten war das, was sie nach Sockenstopfen am meisten hasste, denn die Stängel und Blätter verursachten immer einen scheußlichen Juckreiz auf ihrer Haut.

Verdrossen schlurfte sie zur Sommerküche, schnappte sich die Schüsseln und machte sich im Garten still und wütend an die Arbeit.

Vermutlich waren die armen Pflanzen beim Pflücken noch nie so malträtiert worden wie heute.

Endlich waren die Schüsseln voll – und leider auch Lianas Arme mit juckenden Flecken übersät.

Zurück in der Sommerküche, knallte sie die Schüsseln auf den Tisch, doch ihre Großmutter schien weder von ihrem Ärger noch ihren roten Armen beeindruckt zu sein, drückte ihr lediglich den Nähkorb in die Hand.

Frustriert ließ Liana sich auf die Bank fallen, neben der der

Korb mit der zu flickenden Wäsche stand, und zog aus dem Haufen eine Socke hervor.

Während sie stopfte, klapperte ihre Großmutter bereits so lebhaft mit den Töpfen, als könnte dieses Geräusch alle Unstimmigkeiten beseitigen.

Und tatsächlich hatte es etwas so vertraut Beruhigendes, dass irgendwann sogar Lianas Ärger … nun ja, nicht gerade verflog, aber doch von anderen, wichtigeren Gefühlen verdrängt wurde. Gefühlen, die mit Aren in Zusammenhang standen.

Bald duftete es nach Lawasch, dem knusprig dünnen Fladenbrot, das Nana direkt auf dem heißen Ofen buk. Und als dann auch noch Bosbasch, Lianas Lieblingssuppe, im großen Topf vor sich hinköchelte, war Liana so weit besänftigt, dass sie sich jeglichen Kommentars enthielt, als Tante Raquel die Sommerküche betrat und ihr eine Schüssel voll zu schälender Kartoffeln und kleinzuhackender Zwiebeln vor die Nase knallte.

Während Tante Raquel Fische ausnahm und sie Nana zum Braten reichte, kreisten Lianas Gedanken um Aren.

Irgendwann hielt sie es nicht mehr aus. »Nana?«

»Hm?«, fragte Nana ohne von der Soße, die sie gerade anrührte, aufzusehen.

»Erinnerst du dich noch an Jivan?«

Ihre Großmutter hielt inne.

»Den kleinen Straßenjungen?«, fragte Tante Raquel.

»Er war kein Straßenjunge«, stellte Liana mit gerunzelter Stirn klar. »Er war der Enkel vom alten Tibor.«

»Welcher alte Tibor?«

»Der Schäfer«, klärte Nana sie in tadelndem Tonfall auf. »Der vor einigen Jahren gestorben ist.«

»Ah«, machte Tante Raquel und es war sehr deutlich, dass sie das für keinen großen Verlust hielt. »Der Junge sah aber wie ein Straßenjunge aus«, stellte sie achselzuckend fest. »Und war, davon abgesehen, auch genauso nichtsnutzig wie der Rest der Familie und –«

»Hör auf!«, unterbrach Liana sie. »Das stimmt nicht!«

»Also, wenn ich mich recht erinnere«, fuhr ihre Tante ungerührt fort, »ist seine Mutter mit einem russischen Offizier abgehauen und sein Vater hat im Suff sein Boot niedergebrannt. Dabei ist er doch umgekommen, oder? Und der Junge –«

»Raquel – es reicht!« Nanas schneidender Tonfall duldete keinen Widerspruch.

Beleidigt schnaufte Tante Raquel und sagte: »Im Übrigen kann es sein, dass Mikael erst sehr spät zum Essen kommt. Er ist beschäftigt mit … Geschäftlichem.« Sie warf sich in die Brust und gab sich alle Mühe, ernst und bedeutsam zu gucken.

Nana ignorierte sie, griff nach der Pfanne und dem Öl. »Warum fragst du, Liana?«,

»Weil … na ja … Was würdest du sagen, wenn …« Sie räusperte sich. »Wenn Jivan zurückkäme.«

»Das wäre schön.«

»Und wenn er … wie soll ich sagen … groß wäre … und gut aussehend … und …«

»Er ist zurückgekommen?« Tante Raquel saß plötzlich kerzengerade auf ihrem Stuhl. »Woher weißt du das? Hast du etwa mit ihm gesprochen? Wenn er nicht gerade einen Koffer voll Geld dabei hat, schlag ihn dir aus dem Kopf. Denk an die Plantage!«

»Plantage hier, Plantage da! Immer diese blöde Plantage! Und wer denkt an mich? Wenn du unbedingt willst, dass hier jemand ins Haus kommt, der Geld hat, dann heirate doch selbst.«

Kaum hatte sie es ausgesprochen, erschrak sie.

Tante Raquel erhob sich von ihrem Stuhl und zischte: »Deine Mutter würde sich schämen. Sie würde sich im Grabe umdrehen.«

Liana spürte, wie ihr das Blut aus dem Gesicht wich, doch ihre Tante hatte sich in Rage geredet: »Und sie würde sich wünschen, du wärest niemals –«

»Raquel!« Nanas Stimme zerschnitt die Luft wie ein Peitschenknall und Lianas Tante zuckte zusammen.

Absolute Stille herrschte.

Dann drehte Raquel sich auf dem Absatz um und rauschte hinaus.

Großmutter seufzte tief auf und zeigte mit dem Kochlöffel auf die Tür, durch die Raquel in den Gemüsegarten verschwunden war. »Du gehst jetzt zu ihr und entschuldigst dich.«

»Ich? *Ich* soll mich entschuldigen?« Die Empörung ließ ihre Stimme überschnappen. »Und was ist mit ihr? Sie drangsaliert mich tagaus, tagein. Was soll das?«

»Geh raus zu ihr!«, sagte Nana aufgebracht.

Der harte Tonfall zeigte Liana deutlich, dass sie nicht drum herum kommen würde. Wütend stand sie auf und knallte das Nähzeug auf den Tisch.

Sie fand ihre Tante am alten Brunnen. Mit dem Rücken zu Liana stützte sie sich auf dem gemauerten Rand ab.

»Tante Raquel?«

Keine Antwort.

Langsam ging Liana auf ihre Tante zu und nahm betroffen wahr, dass die Frau schluchzte. So lange Liana sich erinnerte, hatte sie Tante Raquel noch nie weinen gesehen.

»Es … es tut mir leid«, brachte Liana mit einiger Anstrengung über die Lippen. »Ich wollte dich nicht verletzen. Ich kann mir vorstellen, dass es schwer sein muss für dich ohne Onkel Levon.«

Sie legte ihrer Tante vorsichtig die Hand auf die Schulter, doch diese fegte sie grob hinunter.

Liana fuhr sich unsicher mit der Hand über den Arm.

Immerhin hatte sie es versucht. Mehr konnte sie auch nicht tun.

In letzter Zeit schienen alle den Verstand zu verlieren.

Mit einem Aufseufzen wandte sie sich ab und marschierte zurück Richtung Sommerküche. Selbst Socken stopfen war allemal besser als dieses Theater.

»Denkst du, das Leben ist leicht für mich?«, tönte es plötzlich hinter ihr.

Liana hielt an, sah über die Schulter zurück.

»Niemand weiß, wo dieser verdammte Taugenichts steckt!«, fuhr Tante Raquel aufgelöst fort und wischte sich über die

Augen. »Ob er überhaupt noch lebt. Aber niemand wird mich heiraten, bevor das nicht geklärt ist oder die sieben Jahre Wartefrist um sind. Denkst du, das ist leicht für mich? Ihre Stimme überschlug sich. »Ich friste mein Leben als alte Jungfer, als fünftes Rad am Wagen. Ich werde zu alt für eine eigene Familie sein, wenn die sieben Jahre endlich vorbei sind und ich wieder heiraten darf.« Wütend gab sie dem Eimer auf dem Brunnenrand einen Stoß. Er fiel in den Brunnen, wobei er die Kette rasselnd hinter sich herzog. »Wer wird mich dann noch haben wollen? Wer? Hast du auch nur die leiseste Vorstellung davon, wie es ist, jeden Tag mit dem Wissen zu beginnen, dass mich nichts mehr erwartet im Leben als nur geduldet zu sein?« Hilflos breitete sie die Arme aus.

»Aber … aber du musst doch nicht …«, stammelte Liana betroffen. »Ich meine … es gibt doch so viele andere Dinge im Leben, die du tun könntest, zum Beispiel …« Sie brach ab. Ihre Tante hatte wie so viele Frauen ihrer Zeit nur vier Schulklassen beendet, bevor sie auf Hof und Feld anpacken musste. Sie konnte in Grundzügen schreiben, lesen und rechnen, doch das war es auch schon. »Du könntest …«, setzte Liana erneut an und gab dann auf.

»Ja. Genau so viele Dinge könnte ich sonst tun«, sagte Tante Raquel bitter in Lianas Schweigen hinein. »Du kannst nicht verstehen, was das bedeutet, nie eine eigene Familie haben zu können. Was meinst du, wie ich mich fühle, wenn ich sehe, dass du solch eine Chance erhältst, völlig unverdient, und sie wegwirfst! Du bist genau wie deine Mutter.«

»Meine Mutter ist tot!«, rief Liana schockiert, doch Tante Raquel hatte sich in Rage geredet: »Schon als wir Kinder waren, fiel ihr immer alles in den Schoß, während ich um alles kämpfen musste. Und später? Hah! Genauso! Sie bekam Mikael, ich nur den nichtsnutzigen Bruder.«

Betroffen biss Liana sich auf die Lippe, dann schlug plötzlich die Erkenntnis zu: Die Art und Weise, wie Tante Raquel ihren Vater ansah, wie sie seinen Namen aussprach, seine Nähe suchte … »Du liebst meinen Vater.«

Raquel starrte Liana mit weit aufgerissenen Augen an, dann verzerrte offener Hass ihre Züge, doch im nächsten Moment fuhr sie herum und lief schluchzend durch den Garten und zum Holztor hinaus.

Betroffen sah Liana ihr nach. Jetzt konnte sie zumindest ein wenig nachvollziehen, warum ihre Tante sie nicht besonders mochte. Und auch, warum Nana ihrer Schwiegertochter gegenüber so nachsichtig war: Sie fühlte sich schuldig, weil ihr Sohn Raquel im Stich gelassen hatte.

Leider wurde ihr auch klar, dass all diese Erkenntnisse die Dinge nicht unbedingt vereinfachen würden. Im Gegenteil.

Alles wäre einfacher, wenn Menschen nicht so kompliziert wären.

Kapitel 4

Frühjahr 2016

Warum nur mussten Menschen so kompliziert sein? Nicht einmal verabschieden wollte sie sich von mir. Dabei bin doch ich diejenige, die allen Grund hatte, gekränkt zu sein!

Ungeduldig warte ich in dem engen Gang des kleinen Flugzeugs darauf, dass der Passagier vor mir, ein korpulenter Mann mit einer intensiven Knoblauchfahne, sich endlich hinsetzt. Der jedoch packt erst einmal umständlich sein Handgepäck um.

Ich seufze entnervt und nutze die Zeit, um mein Handy erneut nach einer Nachricht meiner Mutter zu durchsuchen. Auf meine letzten drei Nachrichten hat sie nicht reagiert. Also tippe ich ›Wir fliegen gleich los. Pass auf dich auf. Wenn etwas ist, ruf mich an. Ich liebe dich.‹

Endlich hat der Typ vor mir sich entschieden, welche Zeitschrift aus seinem Koffer er auf dem Sitz bei sich haben möchte, schiebt das restliche Gepäck in die Ablage über seinem Kopf und macht den Gang frei.

Ich zwänge mich ein paar Reihen weiter und muss dann erneut warten, weil sich vor mir alles staut.

»Ich sage dir, das war die absolut dämlichste Idee, die du je hattest«, setzt hinter mir Ralf seine Motzerei fort. »Mir ist jetzt schon kotzübel. Ganz im Ernst.«

Da ich mir seine Tiraden schon in der Bahn auf der Fahrt zum Flughafen pausenlos anhören musste, reagiere ich gar nicht darauf.

»Du solltest dankbar sein, dass du eine großartige Kindheit hattest.«

»Ich *bin* dankbar!«

»Wozu dann diese idiotische Reise?«

»Das haben wir zur Genüge diskutiert. Ich fange nicht noch einmal damit an. Ich glaube, du *willst* mich einfach nicht verstehen.«

Ralf schnauft. »Ich wette, dieser Typ taucht überhaupt nicht auf. Der hat sich einfach nur wichtig gemacht. Und ich werde dann irgendwo am Arsch der Welt an irgendeiner seltenen Krankheit krepieren.«

»Nur weil du mal Magenschmerzen hast, stirbst du nicht gleich. Und wenn dir kotzübel ist, dann vom Fischbrötchen an diesem versifften Imbissstand gestern Nacht. Ich hatte dir doch gesagt, dass du das sein lassen sollst. Und außerdem wird er kommen!« Letzteres sage ich zwar mit Nachdruck, bin aber leider selbst alles andere als überzeugt davon, denn bislang fehlt von ihm nicht nur jede Spur, auch am Handy habe ich nur seine Mailbox erreicht.

Abgesehen von einem extrem kurzen Telefonat – er ist offenbar ständig in irgendwelchen Meetings und nie zu erreichen – hat unsere gesamte Kommunikation der letzten Tage aus zwei E-Mails und einer SMS bestanden. Zwar hat er mir die Nummer der Fluglinie geschickt und ebenso die Abflug- und Ankunftszeiten, und ich bin insofern sehr sicher, den richtigen Flug gebucht zu haben, doch bin ich in diesem Moment der gleichen Auffassung wie Ralf: Das war die dämlichste Idee, die ich je gehabt habe. Mit Abstand.

Aber gut, jetzt ist es zu spät, um einen Rückzieher zu machen, und wenn dieser Typ nicht auftaucht, mache ich mich eben allein auf die Suche nach meiner Herkunft.

Ich stütze mich auf die Sitzlehne neben mir, meine Gedanken gehen auf Wanderschaft.

Natürlich bin ich nicht so naiv, zu glauben, es wäre sofort eine Verbundenheit da zwischen meinen leiblichen Eltern und mir, und natürlich lauert am Rande all meiner Spekulationen und Hoffnungen auch der scheußliche Gedanke, dass man mich als Kind bewusst aus meiner Familie herausgeholt haben könnte, weil … keine Ahnung, meine Mutter eine Drogensüchtige und mein Vater ein gewalttätiger Alkoholiker war oder so.

Natürlich besteht diese Möglichkeit. Doch ich will sie nicht ernsthaft in Betracht ziehen. Ich brauche dieses Luftschloss, diesen Elfenbeinturm, zu dem ich aufbrechen kann, der mir als Leuchtfeuer dient.

»Und ich sage es noch einmal: Ich traue ihm nicht über den Weg«, murrt Ralf. »Er hat keinen Grund, dir zu helfen.«

»Er schützt nur seine zukünftige Investition.«

»Der Typ hat in verschiedenen Städten Bars, Restaurants und Cafés. Er hat richtig Geld. Da müssten ihm doch dein popeliges kleines Café und deine privaten Probleme so was von egal sein. Warum also will er sich die Mühe machen, dir zu helfen?«

»Offensichtlich ist er eben doch an meinem ›popeligen kleinen Café‹ interessiert«, gebe ich beleidigt zurück. »Und er hat doch gesagt, dass er sowieso vor Ort ist und es für ihn kein Aufwand ist, mich bei ein paar Behördengängen zu unterstützen. Oder willst du etwa andeuten, dass er auf mich steht und deshalb mit mir nach Armenien will? Mal abgesehen davon, dass das verrückt ist, ist ihm sicher klar gewesen, dass du mitkommen würdest.«

»Ich hatte eher gemeint, dass all diese reichen Geschäftstypen irgendeinen Dreck am Stecken haben.«

Ich verziehe das Gesicht. Ich weiß schon selber, dass die Männer mir nicht gerade scharenweise zu Füßen liegen, aber dass Ralf die Möglichkeit ganz ohne Diskussion abtut, kränkt mich doch.

»Wenn du mich fragst«, fährt er fort, »hat er irgendeine Mauschelei mit dem Café vor. Hundertprozentig will er dich irgendwie abzocken!«

»Das glaube ich nicht«, behaupte ich, obwohl auch ich nach wie vor ähnlichen Vermutungen nachhänge.

»Trotzdem«, beharrt Ralf. Niemals wieder lasse ich mich auf so einen Quatsch ein. Ich verstehe ohnehin nicht, warum ich unbedingt dabei sein muss.«

»Es war kein Muss«, stelle ich entnervt klar, während wir uns langsam weiter nach vorn schieben. »Es war eine Bitte und – ah, da sind unsere Plätze.«

Ralf schimpft mit angesäuerter Miene weiter vor sich hin. Ich wuchte mein Gepäck nach oben, bücke mich dann unter der Ablage durch und lasse mich auf den Platz am Gang fallen, der laut Bordkarte meiner ist.

»Tut mir leid, aber da muss *ich* hin«, sagt Ralf. »Wenn ich mir das hier schon antue, dann garantiert nicht eingekeilt zwischen zwei Personen.«

Seufzend rücke ich einen Sitz auf. Dann hole ich mein Handy hervor und checke noch einmal die eingegangenen Nachrichten. Immer noch keine von meiner Mutter. Das macht mir Sorgen, denn früher kam ich unter zehn Anrufen und fünf Textnachrichten pro Tag nicht weg. Sie nimmt es mir immer noch übel, dass ich mich auf den Weg gemacht habe. Und vielleicht auch, dass ich ausgerechnet jetzt gehe, wo sie doch heute aus der Klinik entlassen wird. Doch zumindest weiß ich sie bei der Pflegerin, die ich trotz des Protestes meiner Mutter für die Zeit meiner Abwesenheit eingestellt habe, in guten Händen.

Auch von Jana ist nichts dabei, was mich wiederum beruhigt. Sie war nicht besonders begeistert davon gewesen, mit Anton zusammen den Laden schmeißen zu müssen. Allerdings in erster Linie wegen Anton. Darüber, die nächste Woche über Vollzeit arbeiten und dadurch mehr verdienen zu können, war sie sehr froh. Vermutlich will sie sich einen Puffer für den Fall aufbauen, dass wir doch dichtmachen müssen.

Meine Finger schweben über der Tastatur, ich will ihr irgendeine aufbauende Nachricht schreiben, doch mir fällt nichts ein, denn ich weiß wirklich nicht, wie es weitergeht. Um die Zukunft des Cafés muss ich mich kümmern, wenn ich mir über meine eigene im Klaren bin.

Ich packe das Handy wieder in meine Tasche, lege den Gurt an und ziehe gerade meine Liste anzusteuernder Adressen aus der Handtasche, als ich aus dem Augenwinkel eine große Gestalt erblicke. »Da sind Sie ja«, rufe ich erleichtert.

So erleichtert, dass mich der Anblick dieses Khatchadourian geradezu umhaut.

Zu verwaschenen Bluejeans trägt er ein sportlich-lässiges Shirt in der Farbe seiner Augen, das nicht nur die Bräune seiner Arme, sondern auch deren Muskeln hervorhebt, ganz zu schweigen von seinen breiten Schultern.

Ein krasser Gegensatz zu Ralfs grün kariertem Hemd und seinen knochigen, blassen Armen.

Ich wende den Blick hastig ab. Solcherlei Äußerlichkeiten sind irrelevant. Der Charakter eines Menschen ist das, was zählt. Und Ralf ist im Gegensatz zu diesem Kerl ein höflicher, geduldiger –

»Na endlich!«, murrt Ralf ungehalten. »Das hat aber gedauert. Vermutlich hat sich Ihretwegen der Start verzögert und ich werde nicht in irgendeinem verdreckten Hotel, sondern schon in diesem Flugzeug sterben.«

»Ich komme immer auf die letzte Minute«, erklärt unser Nachzügler gelassen. »Aber der Start verzögert sich dadurch nicht. Ich reise nämlich nur mit Handgepäck, da spare ich mir das lästige Warten im Vorfeld.« Damit hebt er einen kleinen Koffer in die Ablage und deutet dann auf den Fensterplatz neben mir. »Wenn ich dann jetzt bitte Platz nehmen könnte.«

»Hier?«, frage ich entgeistert. Natürlich wollte ich, dass er mir bei der Ankunft etwas bei Behördengängen und allgemein bei der Suche hilft, aber … in der engen Maschine den ganzen Flug über quasi an ihm kleben zu müssen, damit habe ich nicht gerechnet.

Doch schon arbeitet er sich an unseren Beinen vorbei zum Fenster links von mir, ein frischer, erdiger Duft streicht an mir vorüber und lässt mich reflexhaft tief einatmen.

Der Typ lässt sich mit einem wohligen Seufzen nieder, setzt seinen Rucksack vor sich ab, fährt sich ein paar Mal durch den blonden Haarschopf und legt den rechten Arm auf die Seitenlehne. Auf die ganze Seitenlehne.

Ich räuspere mich höflich und werfe einen demonstrativen Blick auf die Lehne.

Er grinst und lässt seinen Arm, wo er ist.

Großartig. Ich sitze zwischen zwei Hähnen, der eine arrogant, der andere schlecht gelaunt. Das kann ja heiter werden.

Ich atme tief durch. Professionalität heißt das Zauberwort. Behauptet Ralf zumindest immer. Jetzt hingegen stöhnt und jammert er über den unbequemen Sitz, die schlechte Luft und den späten Start.

Ich ignoriere sein Jammern und lächle höflich. »Ich darf mich an dieser Stelle noch einmal von ganzem Herzen für Ihre Hilfe bedanken. Ich weiß das wirklich sehr zu schätzen und möchte natürlich so wenig Ihrer Zeit wie möglich beanspruchen. Daher habe ich versucht, einen Ablaufplan zu erstellen, der möglichst effektiv ist.« Ich deute auf die Liste in meiner Hand. »Wir landen um zwölf Uhr in Swartnoz. Bis Jerewan sind es von dort nur zehn Kilometer. Deshalb schlage ich vor, dass wir direkt zum dortigen Einwohnermeldeamt fahren, um etwas über diese Maryam Askarian in Erfahrung zu bringen. Von dort dann zum Amt für Soziales. Fahrtzeit vierzig Minuten, das liegt leider am anderen Ende der Stadt. Vielleicht können wir ein Taxi nehmen. Vorsichtshalber habe ich mir aber auch die Busverbindung herausgesucht. Abfahrtszeit ist fünfzehn Uhr dreizehn. Anschließend benötigen wir von Jerewan nach Sewan mit dem Bus eine Stunde und zehn Minuten. Das dortige Einwohnermeldeamt schließt um 18 Uhr. Wir müssten es also noch schaffen, dort Erkundigungen über dieses Kinderheim einzuholen, und könnten direkt morgen früh …«

Irritiert sehe ich auf, denn mein Nebenmann hat angefangen zu lachen. »Minutiös durchgeplant, wie ich sehe.«

»Natürlich«, gebe ich leicht angesäuert zurück. »Ich habe schließlich keine Zeit zu verlieren.«

»Sie werden von Glück sagen können, wenn Sie es bis zwanzig Uhr ins Hotel schaffen.«

»Halten Sie mich etwa für unfähig, den richtigen Bus zu nehmen?«, frage ich gereizt.

»Nein, aber dort unten laufen die Uhren anders. Im Übrigen werde ich erst morgen dazustoßen können. Für heute haben sich leider spontan noch ein paar Geschäftstermine in Jerewan ergeben.«

»Ah, okay, ähm, das macht nichts. Ich werde auch so zurechtkommen und heute schon so viel wie möglich abarbeiten. Treffen wir uns dann morgen im Hotel? 8:30 Uhr?«

»9 Uhr. Ich werde da sein.« Zu meinem Leidwesen wirkt er noch immer belustigt, weshalb ich darauf verzichte, ihm meine weitere Planung zu zeigen.

Während vorne die Flugbegleiter ihre Sicherheitsinformationen abspulen, gehe ich stumm die weiteren Stationen auf meiner Liste durch, doch ich kann mich nur schlecht konzentrieren. Immer wieder wandert mein Blick entnervt zu seinem Unterarm, der nach wie vor auf *meiner* Lehne ruht. Ein muskulöser und braun gebrannter Unterarm, auf dem sich goldene Härchen abzeichnen und dessen Haut seidig weich wirkt.

Unwillkürlich gleitet mein Blick weiter, das rechte Bein entlang, das er lässig über das linke geschlagen hat, bis hinunter zu – oh, zu einer Gegend, die ich wohl eher nicht anstarren sollte.

Hastig hebe ich den Blick.

Und treffe auf seinen.

Er grinst mich an und zieht die Augenbraue hoch.

Ich spüre, wie mir das Blut ins Gesicht schießt, gleichzeitig verspüre ich ein Kribbeln auf der Kopfhaut. »Wussten Sie eigentlich, dass Ameisen nie schlafen?«

Das vertreibt zumindest das Grinsen aus seiner Miene. Ich bin mir allerdings nicht sicher, ob die etwas verstörte Art und Weise, in der er mich jetzt mustert, besser ist.

Hastig wende ich mich ab und widme mich mit größtmöglicher Intensität der Betrachtung der Rückenlehne vor mir.

»Eine Zumutung, dass man hier immer noch nichts zu trinken bekommt«, nörgelt Ralf zu meiner Rechten, während das Flugzeug auf die Startbahn zusteuert. »Mein Magen spielt total verrückt! Ich muss etwas trinken!«

»Kommt gleich, hab doch Geduld«, versuche ich, ihn zu beschwichtigen. Sein Getue berührt mich mehr als nur unangenehm. Unruhig rutsche ich auf meinem Platz herum und schiele zu meinem zweiten Sitznachbarn, der Ralfs weiteren Tiraden äußerst interessiert lauscht. Großartig. Muss Ralf sich so kindisch anstellen? Ausgerechnet vor diesem arroganten Typen?

Wobei es mir natürlich egal ist, was dieser Kerl denkt. Vollkommen egal.

»Und die Luft hier drin ist furchtbar. Viel zu stickig. Ich will nicht wissen, wann die das letzte Mal die Klimaanlage gewartet haben …«

»Ist gut jetzt, bitte«, zische ich ihm zu, doch er monologisiert weiter: »Mir war noch nie im Leben dermaßen schlecht. Das kann nicht normal sein. Ich glaube, ich habe Fieber. Fass mal meine Stirn an. Sie ist heiß. Viel zu heiß!«

Ich verdrehe die Augen und bemerke dann erst, dass nun *ich* von meinem neuen Sitznachbarn beobachtet werde.

»Das nächste Mal würde ich einen Privatjet vorschlagen«, sagt er leise und zwinkert mir zu.

»Das nächste Mal fliege ich alleine«, grolle ich.

»In einem Privatjet?«

»In einem Space Shuttle.«

»Für 35 Millionen sind Sie dabei.«

»Ein Klacks. Ein paar Muffins mehr an den Mann bringen, und schon ist die Sache geritzt.«

»Ich würde die mit Blaubeere vorschlagen. Die liebe ich.«

»Und ich hatte Sie mehr für den Typ bittere Schokolade gehalten.« Plötzlich wird mir bewusst, was ich hier tue. »Haben Sie einen Zwillingsbruder oder so was?«

»Wieso?«

»Weil man plötzlich mit Ihnen reden kann wie mit einem normalen Menschen.«

»Und das geht mit meinem Zwillingsbruder nicht?«

»Nein, der ist ein ziemlicher Arsch.«

»Sie nehmen kein Blatt vor den Mund, wie?«

»Hatte 'ne schlimme Nacht. Unter diesen Umständen müssen geschönte Antworten erst beantragt werden.«

»Okay, dann müssen wir wohl dafür sorgen, dass Ihre Nächte besser werden.«

»Also kein Zwillingsbruder, sondern Schizophrenie.«

»Berufsbedingt. In meinem Business braucht man mehrere Gesichter.«

»Und welches ist der echte Khatchadourian?«

»Der Arsch, ist doch klar. Aber hey, sogar richtig ausgesprochen. Das schaffen nicht viele beim ersten Mal.«

»Die Endung -ian oder -yan ist Bestandteil des Patronyms«, doziere ich, »und wird an den Namen des Vaters angehängt im Sinne von ›Sohn des X-Ypsilon‹, so ähnlich wie im Russischen mit Petrowitsch und Petrovna als ›Sohn des Peter‹ und ›Tochter des Peter‹, nur dass es dort für Männlein und Weiblein unterschiedliche Formen gibt, aber hier nur eine.«

Er nickt mir anerkennend zu.

»Allgemeinbildung«, sage ich und zucke mit beiläufiger Miene die Schultern. Er muss schließlich nicht wissen, dass ich die halbe Nacht mit Wikipedia verbracht habe.

In diesem Moment setzt sich das Flugzeug in Bewegung und rumpelt zur Startbahn.

Gespannt sehe ich an Khatchadourian vorbei aus dem Fenster.

Der hingegen zieht sein Handy aus der Tasche, scrollt über das Display und sieht plötzlich ganz besorgt aus.

Ich lehne mich unauffällig zur Seite, schiele auf den Bildschirm und stelle fest, dass der Typ durchs Internet surft. Ha! Klar, dass jemand wie er sich nicht an die Sicherheitsvorschriften in einem Flugzeug hält. Dann stelle ich fest, dass es Polizeinachrichten sind, die er herunterscrollt. Was will er damit? Doch irgendwelche Mauscheleien bei seinen Geschäften? Ich sehe genauer hin, doch plötzlich zieht er sein Handy weg. »Neugierig?«

Erneut dieser spöttische Ton und wieder laufe ich rot an, verdammte Axt. »Nicht im Geringsten!«, gebe ich ärgerlich zurück. »Ich möchte lediglich verhindern, dass wir abstürzen. Schon mal was von Flugmodus für elektrische Geräte gehört?«

»Und Sie meinen nicht, dass die hier jedes Handy einzeln kontrollieren würden, wenn tatsächlich die Gefahr eines Absturzes bestehen würde, nur weil ich im Internet surfe?«

Ich öffne und schließe den Mund ein paar Mal. »Nein, aber das ist Vorschrift, und … äh … wenn nicht jegliche Aufklärung bei Ihnen vergeudete Liebesmühe wäre, würde ich Ihnen auch sagen, warum!« So, bitte schön. Ich wende mich ab und nehme mir vor, nach der Landung gleich als Erstes nach dem Grund für diese Vorschrift zu googlen. Blöder Besserwisser.

Plötzlich summt mein Handy.

Verdammt!

Blöder *lachender* Besserwisser.

Mit hochrotem Kopf angele ich es hektisch aus meiner Tasche und will es schon abschalten, doch es ist Jana. Hastig beuge ich mich nach vorne und flüstere auf Kniehöhe in mein Handy: »Jana? Ist was passiert?«

»Was mache ich, wenn der Ofen Feuer fängt?«

Ich sitze plötzlich senkrecht. »Der Ofen brennt?!«

»Nein, ich sagte, was tue ich, wenn –«

»Der Ofen brennt nicht?«

»Nein.«

»Wirklich nicht?«

»Nein. Aber was tue ich, wenn –«

»Junge Frau, Ihr Handy!«

Erschrocken sehe ich nach rechts. Eine Stewardess deutet mit strenger Miene auf meine Hand. »Haben Sie die Sicherheitshinweise nicht gehört? Sie müssen es ausschalten oder in den Flugmodus setzen.« Tatsächlich findet vorn gerade die Vorführung der Sicherheitsmaßnahmen statt. Zahlreiche Passagiere haben sich zu mir umgewandt. Neugierig recken sie die Köpfe. Die Frau unmittelbar vor mir schnalzt missbilligend mit der Zunge.

»Dann rufst du nicht mich an, sondern die *Feuerwehr!*«, zische ich, bevor ich mit einem hastigen »Tschuldigung« und einem verkrampften Lächeln auflege und mein Handy verstaue.

Aus dem Augenwinkel nehme ich Emmanouels Grinsen wahr und widme mich mit hochrotem Gesicht und einer Inbrunst wie nie zuvor der restlichen Vorführung der Flugbegleiter.

Endlich ist sie überstanden und auch das Interesse der Allgemeinheit hat sich wieder anderen Dingen zugewandt.

Die Motoren des Flugzeugs heulen auf, es beschleunigt. Schneller und schneller zieht die Startbahn am Fenster vorbei, immer stärker werde ich in den vibrierenden Sitz gedrückt, die Räder holpern und plötzlich ist es ruhig – das Flugzeug hat abgehoben, zieht nach oben, die Landschaft unter uns wird kleiner und kleiner, bis wir durch Wolken tauchen.

Als das Flugzeug plötzlich in die Horizontale zurückgeht, macht mein Magen diesen Hüpfer, den ich an dieser Stelle immer so hasse. Reflexartig greife ich nach der Lehne, in diesem Fall jedoch nach einem muskulösen Arm. Verdammt, ganz vergessen. Ich reiße meine Hand weg wie von einer heißen Herdplatte. Dabei fühlt er sich genauso weich und seidig an, wie er aussieht.

Das bringt mich natürlich nicht aus der Ruhe. Nicht im Geringsten. Selbst wenn sein ganzer Körper sich so anfühlen würde. Weshalb ich jetzt auch nicht darüber nachdenke. Und auch kein schlechtes Gewissen gegenüber Ralf habe. Und mich auch nicht frage, ob Emmanouel auch auf der Brust solch feine goldene Härchen hat und …

»Sophie?«, fragt Ralf und stößt mich an.

Ich schrecke auf und stelle fest, dass ich diesen Khatchadourian schon wieder angestarrt habe. Und dass er es bemerkt hat.

»Dosentomaten!«, rufe ich aus.

»Was?« Ralf klingt verdutzt.

»Ich denke an Dosentomaten.«

»Warum?«

»Weil, äh, ich … liebe Dosentomaten.«

»Denk bitte an was anderes«, gibt Ralf mit gepresster Stimme zurück. Das Anschnallzeichen ist kaum erloschen, als er schon zur Toilette eilt.

»Was hat dein Freund für ein Problem?«, fragt mein Sitznachbar.

»Flugangst«, behaupte ich kurz angebunden und könnte Ralf an die Wand klatschen dafür, dass er vor unserer Abreise trotz meiner Warnung dieses Fischbrötchen essen musste. »Im Übrigen ist er nicht nur mein Freund, sondern mein Verlobter.«

Emmanouels Blick wandert zu meiner Hand und er zieht die Augenbraue hoch. Offenbar ist Jana nicht die Einzige, die meinen Verlobungsring nicht als solchen erkennt.

Ich unterdrücke den Drang, auf meinen Ring zu deuten. Ich habe ihm schließlich überhaupt nichts zu beweisen.

Missmutig versuche ich, mich wieder auf meine Liste zu konzentrieren.

Nach einiger Zeit kehrt Ralf mit grünlichem Gesicht zurück und lässt sich auf seinen Sitz fallen.

Ich ziehe eine der Zeitschriften aus dem Netz vor mir, blättere sie lustlos durch und stecke sie wieder weg.

»Für jemanden, der Flugangst hat, ist Ihr Freund aber ziemlich entspannt.«

»Was?« Irritiert sehe ich zu Ralf. Sein Kopf ist nach hinten gefallen, der Mund steht weit offen und er schnarcht leise.

»Er sieht aus wie ein Karpfen.«

»Tut er nicht«, protestiere ich, auch wenn der Vergleich nicht völlig aus der Luft gegriffen ist, wie ich mir eingestehen muss. Ich suche noch immer nach einer Antwort, die sich gewaschen hat, als Emmanouel plötzlich sagt: »Ich finde es übrigens sehr mutig von Ihnen.«

»Was?«, blaffe ich erbost. »Dass ich mit einem Karpfen …« Ich breche eilig ab und korrigiere mich: »… dass ich mit Ralf verlobt bin? Schön für Sie, nur leider interessiert mich Ihre Meinung dazu nicht im Geringsten!«

»Ich hab es eigentlich darauf bezogen, dass Sie Ihre Eltern suchen.«

»Oh. Ähm. Ah.« Verlegen fahre ich mir mit der Hand über den Nacken.

»Sie wissen nicht, was Sie womöglich herausfinden werden. Ob Sie mit dem Ergebnis Ihrer Nachforschungen glücklicher sind als vorher. Trotzdem würde ich vermutlich genauso handeln. Ich würde auch alles dransetzen, in Erfahrung zu bringen, wer meine Eltern sind. Sonst würde ich alles hinterfragen. Jeden Streit, aber auch alle schönen Erlebnisse. Ich würde immer denken: Wäre es genauso abgelaufen, wenn es meine ›echten‹ Eltern gewesen wären?«

Ich nicke perplex. Ist das die gleiche Person wie gerade eben? »Ralf meinte, es hätte bestimmt seine Gründe gehabt, warum ich zur Adoption freigegeben worden bin. Aber genau das ist der Punkt: welche? Ich muss es wissen. Wie soll ich jemals mit der Sache abschließen?«

»Ich verstehe, was Sie meinen. Ich an Ihrer Stelle würde mich ständig fragen, warum sie mich nicht behalten haben. Nur aus finanziellen Gründen? Bereuen sie es? Hat sich ihre Situation vielleicht seitdem gebessert und sie suchen nach mir? Es muss sich anfühlen, als würden die Säulen, die das eigene Leben tragen, in sich zusammenstürzen, als gäbe es im Hinblick auf gar nichts mehr Gewissheit.«

Ich kann nicht glauben, was ich da höre. Das ist genau das, was ich Ralf die ganze Zeit über vergeblich klarzumachen versuche. Ich weiß nicht, was ich darauf antworten soll und stottere daher nur: »Lebt Ihre ganze Familie in Armenien, Emmanouel?«

Er verzieht das Gesicht. »Also, wenn Sie mich noch einmal so nennen, können Sie meine Hilfe vergessen.«

»Aber das ist doch Ihr Name?«

»Leider«, seufzt er. »Aber außer meiner Großmutter nennt mich niemand so. Sag bitte Noel.«

»Oh. Okay.«

»Und wenn wir uns nicht endlich duzen, können Sie meine Hilfe ebenfalls vergessen.«

»Also, das … ist Erpressung und …«

»Entweder – oder.«

Na schön, was soll's? Da muss ich jetzt vermutlich durch. Ein paar Tage, und ich bin ihn wieder los. Ich strecke ihm die Hand hin. »Ich bin Sophie.«

Er nimmt meine Hand, beugt sich dann plötzlich vor und küsst mich auf die Wange.

Einen Herzschlag lang bin ich wie erstarrt, dann weiche ich zurück, so weit es mein Sitz erlaubt, und entziehe ihm meine Hand. »Sind Sie verrückt geworden? Ich meine, du?«

»Na hör mal. Das macht man bei uns so, wenn man sich einander vorstellt. Sofern du nicht alle vor den Kopf stoßen willst, solltest du das beherzigen.«

Ich brauche einen Augenblick, um das zu verdauen, zumal ich den holzigen Duft seines Aftershaves in der Nase habe und mich das gerade ziemlich ablenkt.

Maximal mit meiner besten Freundin verteile ich ab und zu Wangenküsse, auch wenn das mehr gehauchte Andeutungen sind. Die Vorstellung, wildfremde Menschen bei der ersten Vorstellung abknutschen zu müssen, sagt mir nicht unbedingt zu. Aber auf der anderen Seite will ich diese Reise nicht umsonst machen. »Na schön«, sage ich langsam.

»Also dann, noch mal von vorn«, sagt er und reicht mir erneut die Hand. »Hallo, ich bin Noel.«

Ich komme mir reichlich albern vor, hier eine Begrüßung zu üben, aber aus irgendeinem Grund mache ich mit. Vielleicht, aber auch wirklich nur vielleicht spielt sein verschmitztes Lächeln bei meiner Entscheidung eine Rolle. Es steht ihm leider ungemein gut. »Hallo, ich bin Sophie«, wiederhole ich.

Er beugt sich vor, erneut umhüllt mich sein Aftershave, und als seine Lippen meine linke Wange berühren, fedrig zart, und sein Dreitagebart einen wohligen Schauer über meine Haut jagt, hat das irgendwie so gar nichts von einem ›Küsschen‹. Dafür verharrt seine Wange eindeutig zu lang an meiner. Oder bilde ich mir das nur ein?

Dann beugt er sich zu meiner rechten Seite und um ein Haar hätte ich die Augen geschlossen. Ein Moment der Wärme und der Atemlosigkeit, dann ist es schon wieder vorbei. Stattdessen verspüre ich schon wieder dieses Kribbeln auf meiner Kopfhaut. Und auf meinen Armen. Und sogar an meinen Waden. Offenbar eine Fehlfunktion sämtlicher Synapsen meines Körpers.

Als er sich langsam wieder aufrichtet, brauche ich einen Moment, um mich zu sammeln.

Er lehnt sich entspannt zurück und verschränkt die Hände hinter dem Kopf. »Wenn ich so darüber nachdenke«, sagt er und klingt sehr zufrieden, »kann es aber auch sein, dass Wangenküsse nur unter guten Bekannten üblich sind.«

Plötzlich sitze ich kerzengerade. »Du hast mich gerade unter Vorspiegelung falscher Tatsachen geküsst?«

»Nein, schließlich sind wir doch jetzt gute Bekannte.«

»Vor den Augen meines Verlobten?«, ignoriere ich wütend seinen Einwand.

Noel beugt sich vor und schaut an mir vorbei. »Nicht wirklich.«

»Gut. Ich möchte nämlich darauf hinweisen, dass …«

»Er hat die Augen nämlich immer noch geschlossen.«

»… ich so etwas keinesfalls …« Ich halte irritiert inne, hole dann tief Luft. »Ich sollte dich warnen. Der letzte Mann, der mich blöd angequatscht hat, lag mit einer Gehirnerschütterung im Krankenhaus. Und das ist die Wahrheit!«

»Weil der Karpfen gestolpert ist und den Typen dabei versehentlich gegen einen Schrank geschubst hat?«

Ich presse wütend die Lippen zusammen. Eigentlich war es eine eiserne Garderobenstange, aber das würde ich ums Verrecken nicht zugeben. »Du hältst dich wohl für unwiderstehlich, was?«, sage ich mit aller Verachtung, die ich aufbringen kann. »Aber selbst wenn ich nicht glücklich vergeben wäre, wärest du der Letzte, auf den ich anspringen würde, bei diesen bescheuerten Sprüchen!«

»Echt? Na, dann erzähl mal«, sagt Noel amüsiert.

»Hä? Was erzählen?«, frage ich verwirrt.

»Was du an diesem Karpfen magst.« Mit dem Kinn deutet er auf Ralf.

»Wie bitte?«, entrüste ich mich, obwohl ich mir diese Frage in letzter Zeit ja selbst schon gestellt habe. »Das geht dich ja wohl überhaupt nichts an! Und hör auf, ihn so zu nennen!«

»Es ist ein ziemlich langer Flug«, sagt Noel und seine Mundwinkel kräuseln sich. »Über irgendetwas müssen wir uns doch unterhalten.«

»Aber nicht darüber! Und davon abgesehen verbitte ich es mir, dass du so abfällig von Ralf sprichst. Er ist ein wundervoller Mann.«

»Inwiefern?«

»Hallo? Er ist … er ist … eben wundervoll!«

»Aber nicht dein Niveau.«

»Was fällt dir …« Ich breche ab. Hat er mir gerade ein Kompliment gemacht oder mich beleidigt? Verdammt noch mal, wie soll ich mich denn bitte auf eine sinnvolle Antwort konzentrieren, wenn ich angestarrt werde, als würde mein Gegenüber alle meine Geheimnisse kennen. Inklusive der Dinge, die ich nicht einmal selbst weiß. »Woher willst du wissen, was er für ein Mensch ist?«, beende ich schließlich lahm meinen Protest. Dann jedoch finde ich meine Fassung wieder und ergänze empört: »Hör auf, mich anzubaggern, und such dir für den Flug gefälligst eine andere Beschäftigung.«

Verärgert schlage ich erneut meine Zeitschrift auf und wende mich ab. Ralf hatte so was von recht. Das Ganze hier ist von allen saudämlichen Ideen die saudämlichste.

»Also?«

Ich spähe aus dem Augenwinkel zu Noel hinüber. Er grinst. Und sieht dabei unverschämt sexy aus.

Verflixt noch mal. »Ralf ist zuverlässig«, schnappe ich.

»Das hat aber gedauert.«

»Und pragmatisch«, lege ich nach.

»Und das soll was Gutes sein?«

»Ja, verdammt!« Wieso um alles in der Welt lege ich hier eigentlich vor diesem arroganten Kerl Rechenschaft ab? »So, und wenn du jetzt nichts Vernünftiges zu sagen hast, zähl Wölkchen!«

»Alles klar. Kapiert. Also dann etwas Vernünftiges: Warum schreibst du Pornos?«

Ich reiße den Kopf herum und starre ihn entsetzt an.

Er grinst genüsslich.

Ich spüre, wie mir das Blut ins Gesicht schießt. »Ich. Schreibe. Keine. Pornos.«

»Und wieso behauptet der Karpfen das dann?«

Ich schließe die Augen und atme tief durch.

Vielleicht sollte ich mich lieber selbst am Wölkchenzählen versuchen. Vorzugsweise auf der gegenüberliegenden Flugzeugseite.

Wie soll ich diese Reise überstehen, ohne dem potenziellen Investor des Cafés meiner Mutter einen Tritt in die Eier zu verpassen?

Mir bleibt wohl nichts anderes übrig, als zu schlafen. Nicht gerade einfach, wenn man alles andere als müde, sondern so aufgebracht ist, wie ich es gerade bin. Ich muss wohl tatsächlich Wölkchen zählen. Oder Schäfchen. Viele, viele Schäfchen.

Von ungewöhnlichen Nächten

Liana wälzte sich im Bett herum. Wie nur sollte sie schlafen, wo ihr dieser Tag mit all seiner Aufregung wieder und wieder durch den Kopf ging? Sollte sie Schäfchen zählen? Das mussten dann aber wohl viele, viele Schäfchen sein.

Plötzlich war da ein Geräusch, so etwas wie ein Prasseln, nur für einen Moment. Liana hob den Kopf, doch nichts war zu hören, nichts zu sehen. Sie schloss wieder die Augen und drehte sich auf die andere Seite. Das Baumwolllaken, das sie in warmen Nächten wie dieser als Decke benutzte, rutschte vom Bett. Sie rollte sich zum Bettrand und tastete den Boden ab.

Erneut dieses leise Prasseln, gefolgt von einer Art Schaben.

Liana fuhr in die Höhe.

Mit gerunzelter Stirn lauschte sie in die Dunkelheit hinaus, hörte das leise Rauschen der Blätter und in der Ferne das Muhen einer Kuh. Um sie her knarrten leise die Balken ihrer Dachstube, als das Holz sich in der kühlen Nachtluft zusammenzog. Der Mond stand, groß und rund, erst knapp über der Scheune, es konnte also noch nicht so spät sein.

Sie stand auf, um das Fenster zu schließen, sprang jedoch nach ein paar Schritten erschrocken zurück – der Boden fühlte sich seltsam stachlig an und knirschte und …

Sand?

Wieso war der Boden voller Sand?

Etwas traf sie und sie schrie erschrocken auf, bevor sie bemerkte, dass es wiederum nur Sand war.

Verwirrt sah sie aus dem Fenster. Draußen war alles still, das Haupthaus lag im Dunkeln, nur in der Sommerküche brannte noch Licht. Dann zog eine Bewegung ihre Aufmerksamkeit auf sich. Jemand trat aus der Dunkelheit hinter dem Brunnen hervor.

»Jivan! Ich meine: Aren«, rief sie überrascht aus, senkte jedoch sofort ihre Stimme. »Was zum Teufel tust du hier?«

»Ich habe doch gesagt: Wir sehen uns schneller wieder, als du denkst.« Sie hörte sein Lächeln mehr, als dass sie es sah. Vielleicht träumte sie noch?

»Warum wirfst du mir Sand ins Zimmer?«, rief sie leise hinunter und hätte sich im nächsten Moment am liebsten auf die Zunge gebissen. Was für eine Frage. Julia hätte sie ihrem Romeo sicher nicht gestellt. Aber Moment mal – wovon träumte sie hier eigentlich? Er war nur ein Freund aus Kindheitstagen.

»Eigentlich sah der Plan vor, den Sand gegen deine Scheibe zu werfen, um dich zu wecken«, gab er lachend zu und seine weißen Zähne blitzten im Mondlicht. »Aber das Fenster war offen. Und Kieselsteinchen wollte ich nicht werfen aus Angst, dich zu treffen. Ich wusste nicht, ob dein Bett noch an derselben Stelle steht wie früher.«

»Ob mein Bett noch an derselben Stelle steht? Du bist gut. Hast du dich nicht gefragt, ob noch dieselbe Person darin schläft? Was, wenn es meine Großmutter gewesen wäre?«

»Dann hätte sie mich hoffentlich nicht gehört.«

»Oder mein Vater?«

Er verzog das Gesicht. »Der Gedanke ist mir gar nicht gekommen.«

»Zum Glück«, sagte sie leise und lächelte.

Dann fiel ihr etwas ein. Sie lehnte sich weit aus dem Fenster, um an der Hausecke vorbeizuspähen, und sah sich suchend auf dem von Mondlicht beschienenen Hof um. »Was ist mit dem Hund?«, rief sie leise. »Er hat ja gar nicht angeschlagen.«

»Offenbar hat er ein besseres Gedächtnis als du«, flüsterte Aren zurück. »Er hat mich gleich erkannt. Und mich freudig begrüßt. Noch etwas, das du dir von ihm abschauen solltest.«

»Na, ob ich Grund habe, mich zu freuen, weiß ich noch nicht. Du hast mir nämlich immer noch nicht gesagt, was du hier willst.«

»Dich meinen Leuten vorstellen.«

»Jetzt?«

Aren hob hastig den Finger zum Mund.

Auch Liana war klar, dass sie zu laut geworden war, und lauschte jetzt erschrocken in die Nacht.

Alles blieb still, bis auf ein Käuzchen, das irgendwo schrie, und das Meckern einer der Ziegen hinter dem Gemüsegarten.

»Klar, warum nicht?«, hob Aren wieder an.

»Weil es mitten in der Nacht ist!«

»Das ist doch die beste Zeit dafür.«

»Nein, das geht nicht.«

»Wovor hast du Angst?«

»Ich habe keine Angst!«

»Na dann los!«

Sie rührte sich nicht.

»Kommst du runter? Sonst komm ich rauf.«

»Rauf?« Ihre Stimme quietschte vor Entsetzen. »Bist du verrückt? Warte!«

Hastig lief sie zu ihrem Kleiderschrank, riss das nächstbeste Kleid vom Bügel, schlüpfte hinein und schlich sich nur einen Augenblick später auf nackten Füßen, die Schuhe in der Hand, über die knarrenden Dielen.

Vor dem Zimmer ihrer Großmutter hielt sie einen Augenblick inne und lauschte, doch alles war still.

Ein paar Schritte weiter fuhr sie zusammen: Die Tür zum Zimmer ihres Vaters stand offen, sein Bett war leer. Liana fand es merkwürdig, dass er noch nicht im Bett lag, doch sie hatte jetzt keine Zeit, über den Grund dafür nachzudenken – Aren durfte ihm nicht über den Weg laufen! Sie eilte an der Tür vorbei die Treppe hinunter und lief, sich vorsichtig nach ihrem Vater umschauend, aus dem Haus hinaus in den Hof.

Es war eine sternenklare Nacht. Der Mond tauchte alles in ein weißes, kühles Licht und ließ die Arbeitsgeräte vor dem Stall lange Schatten werfen.

Sie fand Aren noch an derselben Stelle. Er hatte es sich auf dem Brunnenrand bequem gemacht, lehnte mit dem Rücken an einer der Holzsäulen, die dessen Dach trugen, und ließ die Beine herabbaumeln. Im fahlen Licht wirkte er noch fremdartiger und einen Herzschlag lang war Liana drauf und dran, umzukehren.

Doch dann rief er ihren Namen und sie konnte nicht anders, als dieser Stimme zu folgen.

»Du bist verrückt«, schimpfte sie leise, als sie vor ihm stand. »Was hast du um diese Uhrzeit hier zu suchen?«

»Ich wollte schon viel früher hier sein, aber es gab einigen Ärger.«

»Ärger? Mit wem?«

Er machte eine wegwerfende Geste. »Mit Dummköpfen. Ich glaube, dieser Typ vom Pferdemarkt war auch darunter.«

»Grigor?«

»Sie wollten uns verjagen. Wir dürfen angeblich nicht umherziehen und kampieren.«

»Ist das denn verboten?«

»Streng genommen ja. Regierungserlass gegen das Wanderleben. Aber die Polizei hat Besseres zu tun, als sich um uns zu kümmern. Zum Beispiel, sich über die wundervollen Zukunftsaussichten zu freuen, die Syuzanna ihnen kostenlos vorhergesagt hat. Und ihre Frauen mit all den hübschen Dingen zu beglücken, die wir ihnen mitgebracht haben.«

»Ihr habt sie … geschmiert?«

»So läuft es nun einmal.« Er sprang vom Brunnenrand hinab und hielt ihr die Hand hin. »Also, dann … mein Wagen steht unten an der Straße.«

»Ich habe nicht gesagt, dass ich mit dir mitgehen werde.«

»Wirst du aber.«

»Woher willst du das wissen?!«

»Ich kann die Zukunft beinahe so gut vorhersagen wie Syuzanna.«

Liana verschränkte die Arme vor der Brust. »Aber offenbar nur fast, denn ich werde nicht mitkommen.«

»Wenn du auch nur ein Zehntel der Liana von früher in dir hast, dann wirst du mitkommen, weil du sonst vor Neugier platzen würdest.«

»Pfh«, machte sie abfällig.

»Okay. Dann schlaf gut.« Mit den Händen in den Hosentaschen ging er davon.

Einfach so.

Liana trommelte mit den Fingern verärgert auf dem Brunnenrand, dann wandte sie sich mit einem Ruck ab und lief ihm nach. »Oh, na schön, ich komme mit. Aber nicht etwa, weil ich neugierig wäre. Nur weil … weil ich nicht möchte, dass du umsonst hergekommen bist.«

Hoch erhobenen Hauptes marschierte sie am grinsenden Aren vorüber. »Du hättest auch am Tage kommen können, das weißt du, oder?«, rügte sie ihn über ihre Schulter hinweg, obwohl ihr gleichzeitig bewusst war, dass das wohl auf wenig Gegenliebe seitens ihrer Familie gestoßen wäre.

Aren schüttelte den Kopf. »Das wäre nicht halb so interessant gewesen. Du wirst schon sehen, was ich meine. Und im Übrigen –« Er brach ab, als Liana abrupt stehen blieb und sich dann hastig in den Schatten der Mauer drückte.

»Was ist?«, flüsterte er und folgte ihrem Blick durch die geöffnete Flügeltür der schwach erleuchteten Sommerküche auf der anderen Seite des Hofes. »Ist das dein Vater?«

Liana antwortete nicht. Ihr Vater saß am Tisch, die Stirn in die Hände gestützt, vor sich irgendwelche Papiere. Und eine Flasche Schnaps. »Was macht er da?«, murmelte sie verwirrt.

»Willst du umkehren?«

Liana schluckte, denn plötzlich wurde ihr klar, was sie hier tat. Sie schlich sich heimlich hinaus, mitten in der Nacht und obwohl das verboten war, um sich mit einem Mann zu treffen, den sie zuletzt gesehen hatte, als sie beide Kinder gewesen waren. Und der überdies in Gesellschaft äußerst zwielichtiger Gestalten unterwegs war. Und er hatte ihr immer noch nicht gesagt, wie es dazu gekommen war. Sie musste verrückt sein. Einfach verrückt. Sie konnte das nicht tun.

»Kommst du?«, fragte Aren und lächelte sein atemberaubendes Lächeln.

Und plötzlich war ihr alles andere egal.

***

Sie schwiegen fast den ganzen Weg über, und ab und zu warf Liana einen heimlichen Blick auf die zerbrochene Heckscheibe des Transporters.

Auf den Schaden angesprochen, hatte Aren zwar lapidar »Ach, Idioten« geantwortet, aber Liana hatte die Wut in seinem Gesicht gesehen. Sie fragte nicht weiter nach.

Die stumme Fahrt durch die leere Nacht, in der nichts weiter zu hören war als das gleichmäßige Geräusch des Motors, hatte etwas Unwirkliches und Liana verlor jegliches Zeitgefühl. Die nur vom Mondlicht beschienene Landschaft zog an ihrem Fenster vorbei und immer wieder spürte sie Arens Blicke auf sich ruhen und genoss das wohlig-kribbelnde Gefühl, das sie in ihrem Inneren verursachten.

Sie hätte ewig in dieser köstlich aufregenden Ungewissheit weiterfahren können. Plötzlich schien alles möglich.

Als der Wagen hielt und Aren den Motor ausschaltete, war es ihr tatsächlich, als würde sie aus einem sonderbaren Traum erwachen.

»Da vorn ist es«, sagte Aren unnötigerweise, denn der Feuerschein war nicht zu übersehen.

Während sie noch beklommen auf den Lagerplatz starrte, war Aren bereits ausgestiegen, schlug die Tür des klapprigen Transporters zu, kam auf ihre Seite und öffnete die Beifahrertür.

Liana rührte sich nicht. Ein wenig erinnerte sie die Szenerie dort vorne an eine Wagenburg im Wilden Westen, sorgsam um einen Platz herum gruppiert. Ein paar der Wagen waren bis obenhin beladen, andere mit Planen zu einer Behausung umgebaut und zwischen einigen Wagen spannten sich Zelte. Die Gestalten, die sich vor dem flackernden Feuer dunkel und bedrohlich abzeichneten, saßen auf niedrigen Hockern oder auf dem Boden, und eine leichte Brise trug Musik, Gesprächsfetzen und raues Gelächter zu Liana herüber. »Dieser … Kesag. Ist der auch da?«

»Klar, aber vor ihm musst du wirklich keine Angst haben.«

»Ich habe keine Angst, nur …«

»Keine Sorge, er provoziert einfach gern, ist aber ansonsten ganz harmlos.«

Liana nickte, auch wenn sie wenig überzeugt war.

»Na, komm schon!«, rief Aren lachend und zog sie aus dem Wagen. »Du wirst sehen: Meine Leute sind toll. Du wirst sie lieben.«

Das mochte ja sein, aber was, wenn das nicht auch umgekehrt galt?

Unsicher stolperte Liana hinter Aren her, zwischen den Wagen hindurch und auf die Feuerstelle zu. Ihre Nervosität stieg mit jedem Schritt. Wenn die Musik nicht gewesen wäre – und der beruhigende Druck von Arens unfassbar weicher und warmer Hand – wäre sie vielleicht doch noch geflüchtet. Doch die Geigenmelodie strahlte eine Lebensfreude aus, die sofort in Lianas Adern schoss.

Jedoch verstummte sie plötzlich, genau wie die Gespräche. Alle Köpfe wandten sich ihnen zu.

»Na endlich, wir warten schon auf dich«, sagte eine Frau, die dicht beim Feuer auf einer Decke saß und sie neugierig musterte.

»Hast du ihnen etwa von mir erzählt?«, fragte Liana Aren, halb erfreut, halb beunruhigt. Verlegen entzog sie ihm ihre Hand.

»Natürlich«, sagte die Frau lachend. »Genau genommen redet er schon seit gestern von nichts anderem als von dir.«

Jäh wallte unbändige Freude in Liana auf.

»Das ist doch selbstverständlich«, bestätigte Aren. »Man trifft schließlich nicht allzu häufig eine Freundin aus Kindertagen wieder.«

Und noch viel jäher löste sich diese Freude in Luft auf. Zwar hätte Liana jetzt nicht gerade eine Liebeserklärung erwartet, aber als ›Freundin aus Kindertagen‹ bezeichnet zu werden, war doch sehr … ernüchternd.

Sie knetete ihre Finger und suchte nach einer passenden Antwort. Nicht gerade leicht unter all den prüfenden Blicken. Sie durfte sich ihre Enttäuschung, ihren Ärger nicht anmerken lassen, immerhin befand sie sich hier unter einem Haufen zwielichtiger, potenziell gefährlicher Gestalten. Sie musste ruhig bleiben, diplomatisch.

»Sieh an, unser scheues Reh ist wieder da.« Einer der Zwillinge von heute Nachmittag erschien breit grinsend neben einem der Zelte. »He, Kesag!«, rief er jetzt. »Sieh mal, wer hier ist: Das Reh, das dich im Messerwerfen besiegt hat.«

Liana verkrampfte sich, als ihr klar wurde, dass es Kesag war, der sich da langsam umdrehte. Ohne eine Regung im Gesicht starrte er sie an und es lief ihr kalt den Rücken hinunter.

»Nein«, rief sie hastig. »So war das nicht. Es war nur … Ich hatte einfach –«

»O doch«, widersprach der zweite Zwilling und schlug Kesag feixend auf die Schulter, bevor er sich wieder an die Menge wandte. »Sie hat ihn beim Messerwerfen mit einem Steinwurf entwaffnet.« Gelächter kam auf, von spöttischen Bemerkungen unterbrochen, die Kesag mit verkniffenem Gesicht hinnahm.

»Der großartige, der einmalige Kesag wurde von unserem scheuen Reh hier besiegt«, rief erneut der erste Zwilling.

»Verdammt noch mal!«, platzte es aus Liana heraus. »Ich bin nicht euer Reh! Ich bin niemandes Reh! Mein Name ist Liana!«

Totenstille.

Liana verkrampfte sich erschrocken. So viel zum Thema Diplomatie. Wenn sie hier lebend wieder rauskäme, würde sie sich selbst ohrfeigen.

»Richtig so, Mädchen«, rief in diesem Moment eine weibliche Stimme. »Gib dem Dummkopf Kontra!«

Prompt brach erneut Gelächter aus, und auch wenn Liana nicht wirklich verstand, was alle so komisch fanden, durchströmte sie Erleichterung.

»Da Liana sich schon vorgestellt hat«, ergriff Aren das Wort und ging zu dem ersten Zwilling hinüber, »übernehme ich mal den Rest. Das Großmaul hier ist Tigran.«

Der Angesprochene versetzte Aren mit dem Ellbogen einen halbherzigen Schlag in die Seite, dem dieser geschickt auswich.

»Und da beim Auto sitzt sein Bruder Taron, der beim Kartenspielen immer schummelt«, fuhr Aren fort, schlenderte über den Platz und stellte jedes Gruppenmitglied mit ein paar gutmütigen Scherzen vor. Liana konnte gar nicht so schnell von einem zum anderen schauen, wie ihr die Namen um die Ohren flogen. Einige hoben grüßend die Hand, andere prosteten ihr zu, wieder andere schienen kaum Notiz zu nehmen, nickten nur oder sahen gar nicht erst von ihrer Beschäftigung auf.

Auch die Musik hatte wieder eingesetzt. Der alte Mann, der zuvor auf dem Markt den Ausrufer gegeben hatte, war der Musikant. Er hielt seine Geige recht weit unten auf der Brust und die Augen beim Spielen geschlossen. Neben ihm saß die Frau, die auf dem Markt gesungen hatte, in einem Klappstuhl, fest in eine Decke gewickelt, und schien zu schlafen.

»Nun ist's aber gut!«, wurde Aren von der jungen Frau unterbrochen, die sich auch zuvor auf Lianas Seite gestellt hatte. »Das arme Mädchen weiß ja gar nicht, wie ihm geschieht. Komm, setz dich und iss was.« Sie klopfte neben sich auf den Boden.

Zögerlich nahm Liana Platz.

Jetzt erst bemerkte sie, dass das, was auf dem Schoß der Frau lag, kein Stapel Decken, sondern ein schlafendes Kind war – das Mädchen mit den dunkelblonden Zöpfen.

»Darf ich vorstellen«, sagte Aren und trat hinter die beiden. »Das hier ist Syuzanna mit ihrer Tochter Lilit.«

Das Bild von Aren, wie er auf dem Markt so liebevoll mit dem Kind umgegangen war, schoss ihr durch den Kopf. Und dazu diese junge, hübsche Syuzanna. Hatte er sie nicht sogar schon einmal erwähnt? Als es um die Wahrsagerei ging? Vor Schreck brachte Liana kein Wort heraus.

»Und ich bin der Vater dieses Prachtexemplares von Kind«, tönte es in diesem Moment vom herantretenden Tigran. »Und der Ehemann dieses Prachtexemplares von Frau.«

Liana zerfloss förmlich vor Erleichterung.

»Aber nur, weil Syuzanna ihn mit mir verwechselt hat«, rief sein Zwillingsbruder Taron und zwinkerte Liana zu.

»Haltet doch den Mund«, gab Syuzanna verärgert zurück. »Als ob ich euch verwechseln könnte! Das Einzige, worin ihr euch wirklich ähnlich seid, ist eure Dummheit.«

Erneut lachten einige, doch die allgemeine Aufmerksamkeit war wieder zu den eigenen Tätigkeiten und Gesprächen zurückgekehrt, worüber Liana sehr froh war.

»Hast du Durst?«, fragte Aren.

Liana schüttelte den Kopf.

»Oder Hunger? Vielleicht Brot? Oder Suppe?«

»Sieh an, unser Aren kann auch charmant«, schmunzelte Syuzanna.

»Jetzt wird dir klar, dass du aufs falsche Pferd gesetzt hast, nicht wahr?«, gab Aren mit einem Augenzwinkern zurück und wandte sich wieder Liana zu: »Ich hole dir ein Sitzkissen.«

»Nein, ich brauche nichts, wirklich«, protestierte sie, doch Aren ignorierte es und ging zu einem der Wagen.

Plötzlich fühlte sie sich sehr verloren. Am liebsten wäre sie aufgesprungen und ihm nachgerannt. Die Musik, die auf einmal voller Melancholie war, verstärkte dieses Gefühl. Liana schlang die Arme um ihren Oberkörper, obwohl sie nicht fror. Die Hitze des Feuers ließ die Luft darüber verschwimmen. Immer wieder flogen Funken auf.

Liana blinzelte über die Flammen hinweg … und fuhr zusammen: Dort saß Kesag, zog an seiner Zigarette, bis sie rot aufglühte, und starrte Liana an.

Hastig wandte sie sich nach Aren um, doch von ihm fehlte jede Spur. Unwillkürlich rückte sie enger an Syuzanna heran und vermied es krampfhaft, in Kesags Richtung zu schauen.

Plötzlich richtete sich die alte Frau auf und begann zu singen, in einer Sprache, die Liana nicht verstand. Die Gespräche um das Feuer herum verstummten nach und nach.

Syuzanna rief leise nach Tiran: »Nimm mal dein Prachtexemplar von Tochter und bring sie hinein.«

Sie reichte ihm das noch immer friedlich schlafende Kind und streckte anschließend genüsslich Arme und Beine aus.

Auch etliche der anderen am Feuer Sitzenden erhoben sich

und verabschiedeten sich mit einem Nicken oder knappen Worten in Richtung der Wagen.

Liana linste über das Feuer: Kesag saß immer noch dort, und er wirkte nicht unbedingt besser gelaunt als vorher.

Syuzanna machte ebenfalls Anstalten, sich zu erheben. Liana fasste sich ein Herz. »Syuzanna, sag mal … Seid ihr … Zigeuner?«

Syuzanna legte den Kopf schief, als würde sie dem Wort hinterher lauschen. »Nicht nur. Einige von uns. Zumindest nennen manche uns so«, sagte sie. »Wir selbst bezeichnen uns anders: Miriad.« Liana kannte das Wort nicht, aber es klang wunderschön, so wie Syuzanna es aussprach. Ein wenig wie die Melodie des Geigers. »Aber wir sind ein bunter Haufen.«

»Ist das nicht ungewöhnlich? Ich dachte, ihr würdet nur unter euch bleiben.«

»Harte Zeiten erfordern ungewöhnliche Maßnahmen«, sagte Aren, der plötzlich hinter Liana aufgetaucht war, und reichte ihr ein kleines Kissen. »Setz dich drauf. Wir sind den Boden gewohnt, du nicht.«

Dankbar nahm sie es entgegen, denn der Boden war tatsächlich nicht nur hart, sondern auch kühl. Aren schien das nicht zu stören, er ließ sich neben ihr nieder und lehnte sich, auf seine Ellbogen gestützt, zurück. »Du hast gefragt, wer wir sind. Vielleicht lautet die Frage eher, *was* sind wir? Tja, ich würde sagen: Ein Kuriositätenkabinett aus Verzweifelten, Ausgestoßenen, Alleingelassenen und … Träumern.«

»Und du bist der Träumer.«

»Wie kommst du denn darauf?«, sagte er und lächelte dieses verschmitzte Lächeln, das sie von der ersten Sekunde an in seinen Bann gezogen hatte.

»Also, ich lasse euch dann mal allein«, tat Syuzanna kund und folgte ihrem Mann ins Zelt.

»Gute Nacht«, rief Liana ihr leise hinterher und musste über sich selbst lachen. Wie hatte sie nur ernsthaft glauben können, zwischen Syuzanna und Aren wäre etwas gewesen. Aren würde sie ja wohl kaum herbringen, wenn er hier jemanden hätte.

Gleich darauf jedoch verging ihr das Lachen, denn aus der Dunkelheit erklang eine sanfte Stimme, die Arens Namen rief. Eine Frau trat ans Feuer, gekleidet in etwas, das sich nur mit viel gutem Willen als Kleid bezeichnen ließ, und bei dem deutlich mehr Haut als Stoff zu sehen war, vor allem im Bereich ihres beachtlichen Busens. Ihr Gang war geschmeidig und elegant und Liana kam sich plötzlich irgendwie unzulänglich vor. Verglichen mit dieser Frau besaß sie selbst wohl die Grazie eines Scheunentores.

Lianas Tante hätte eine ziemlich eindeutige Bezeichnung für eine solche Person gewusst, da war sich Liana sicher. Und angesichts der feurigen Blicke, mit denen die Fremde Aren bedachte, und der Art und Weise, wie sie beim Sprechen mit der Zunge über ihre Lippen fuhr, war Liana durchaus geneigt, Raquel zuzustimmen.

Sie und Aren wechselten ein paar Worte in dieser fremden Sprache, während Liana verständnislos von einem zum anderen blickte und die alte Frau weiter selbstvergessen und leise sang.

Dann wandte sich Arens Gesprächspartnerin Liana zu, als habe sie sie jetzt erst bemerkt, musterte sie mit hochgezogener Augenbraue, und Liana war schlagartig klar, dass sie beide in diesem Leben keine Freundinnen werden würden.

Erneut sagte Aren etwas zu der Frau, dann schwebte sie mit spöttisch verzogenem Gesicht grußlos an Liana vorbei.

»Wer war das denn?«, fragte Liana verärgert, doch Aren schien sie nicht zu hören. Er sah der Frau hinterher, die mit verführerisch wiegenden Hüften in der Dunkelheit verschwand.

Von plötzlicher Eifersucht übermannt, ballte Liana die Fäuste. Doch noch während sie ihre Gedanken zu ordnen versuchte, kehrte die Frau wieder zurück, um das Haar ein Tuch geschlungen, in der Hand einen großen Beutel, den sie vor dem Feuer auf den Boden fallen ließ. Dann streckte sie sich, beugte sich vor und zurück, reckte die Arme und schwang sie schließlich hin und her.

»Was hat sie vor?«, fragte Liana verwirrt.

»Sie macht sich warm.«

»Wofür?«

»Wirst du gleich sehen.«

Und in der Tat zog die Frau jetzt aus dem Beutel zwei große Ketten hervor, deren Enden mit Stoff umwickelt waren, und tränkte diese mit einer Flüssigkeit.

Die Stimme der alten Frau, die immer noch sang, wurde leiser und schließlich verklang das Lied. Kurz darauf erhoben sich auch die beiden alten Leute und gingen zu den Wagen. Nur noch wenige Personen saßen um das Feuer herum, das in der Stille umso lauter zu knistern schien.

Leider gehörte Kesag dazu. Er rauchte, rieb sich über das Kinn und der Blick, den er in ihre Richtung warf, war kein freundlicher.

Die Frau hielt ihre Ketten kurz über das Feuer und sofort schlugen kleine Flammen aus den Stoffumwickelungen.

Liana fiel ein, was Aren am Brunnen in ihrem Hof zu ihr gesagt hatte und sie stutzte. »Moment mal – *das* ist Anais?«

»Das ist Anais«, bestätigte Aren.

Liana biss sich auf die Lippe. Sie fühlte sich plötzlich irgendwie reingelegt, ganz so, als hätte Aren sie unter Vorspiegelung falscher Tatsachen zum Mitkommen bewegt.

Anais trat zurück, wog die beiden Ketten kurz in der Hand, und nur einen Atemzug später wirbelten sie durch die Luft, beschrieben Feuerkreise, malten Achten um Anais' Körper, sausten mit einem sirrenden Funkenregen durch die dunkle Nacht und Liana stockte der Atem. Obwohl sie Anais ganz und gar nicht mochte, konnte sie sich der Faszination dieses Anblicks nicht entziehen. Selten hatte sie etwas so Schönes gesehen.

Gebannt verfolgte sie dieses faszinierende Schauspiel und konnte sich gar nicht sattsehen an den mit Feuer in die Dunkelheit gemalten Figuren.

Irgendwann ließ die Frau die Ketten langsamer und langsamer rotieren, bis sie schließlich ausschwangen.

Beinahe wäre Liana aufgesprungen, um zu applaudieren, gerade noch konnte sie sich in Anbetracht der Tatsache, dass um sie her fast alle schliefen, zurückhalten. Sie ließ ihre Hände wieder sinken. »Großartig«, flüsterte sie. »Das war atemberaubend schön.«

»Ich hab dir doch gesagt, dass jetzt die beste Uhrzeit für einen Besuch ist«, sagte Aren zufrieden. »Das wirkt nur in der Nacht so richtig.« Er klang fast stolz.

Die Frau sagte etwas in dieser fremden Sprache zu Aren, zwinkerte ihm zu und löschte dann die brennenden Stoffwickel an ihren Ketten, indem sie die Flammen mit reichlich Sand erstickte.

Aren stand auf und schlenderte zu ihr. »Ich danke dir«, sagte er und umarmte sie.

Sie antwortete etwas, ganz leise, lachte dann kehlig und fuhr Aren mit den Fingerspitzen über den Arm. Die Zeit, die sie dort standen und miteinander lachten und tändelten, dehnte sich. Die Vertrautheit zwischen den beiden war mehr als offensichtlich. Liana kam sich ausgeschlossen vor und vollkommen überflüssig, und als Anais Aren auf die Wange küsste, wurde ihr vor plötzlicher Eifersucht richtiggehend schlecht.

»Was hat sie gesagt?«, wollte sie wissen, kaum dass Anais endlich zwischen den Wagen verschwand und Aren zu Liana zurückgeschlendert kam.

»Nichts von Bedeutung«, sagte Aren, winkte ab und ließ sich wieder neben ihr nieder.

Liana presste verärgert die Lippen aufeinander und schwor sich, keine Fragen mehr zu stellen, ihm nicht mehr die Genugtuung zu geben, sie mit einer lapidaren Handbewegung wegzuwischen.

Das Feuer war mittlerweile weit heruntergebrannt, dennoch tränten ihr vom Qualm die Augen.

»Wer hat dir diese Sprache beigebracht?«, fragte sie schließlich. Sie hatte das Schweigen keine fünf Minuten durchgehalten. Ihre Neugier hatte wie immer die Oberhand behalten.

»Anais.«

Sie musste ja fragen!

Sie wollte gar nicht daran denken, wie viel Zeit die beiden währenddessen vermutlich allein miteinander verbracht hatten.

Wofür solch ungestörte Zweisamkeit alles Gelegenheit bot … Nervös knetete sie ihre Finger.

Nur noch Aren und sie waren am Feuer. Auch Kesag war verschwunden, was sie einerseits erleichterte, andrerseits beunruhigte, weil sie nicht wusste, in welcher Richtung sie ihn vermuten musste. Sie fröstelte, als sie sich vorstellte, dass er sie von irgendwoher heimlich beobachtete.

Im nächsten Moment hatte Aren ihr eine Decke um die Schultern gelegt. Die leichte Berührung ließ sie viel mehr erschauern als ihr Frösteln. »Danke«, murmelte sie, dann breitete sich Schweigen aus. Nur das Knistern und Knacken des Feuers war zu hören, gefolgt von glühend davonstiebenden Funken, und ab und zu ein Rascheln, wie von einer Maus, die durchs Gras huschte.

In der Stille war sie sich Arens Nähe in einem Maße bewusst, das ihr den Atem nahm und sie vollkommen verunsicherte.

Was tat sie hier? So verhielt sich keine anständige Frau. Wenn irgendwer erfuhr, wo sie heute Abend gewesen war, dann …

Sie zog die Knie an und schlang die Arme darum. Sie vermochte sich nicht einmal annähernd auszumalen, wie furchtbar die Konsequenzen sein würden.

Gleichzeitig wusste sie, dass sie Aren immer wieder folgen würde.

Ein paar Fledermäuse schwirrten zwischen den Wagen umher und in der Ferne schrie ein Käuzchen.

Aren rührte sich noch immer nicht.

Warum sagte er nichts?

»Macht sie das etwa jeden Abend?«, flüsterte sie in dem Versuch, den Bann zu brechen, und deutete mit dem Kinn auf das Feuer.

»Nein. Ich habe sie heute darum gebeten.«

Überrascht hob sie den Kopf. Er sah sie an. »Warum?«, krächzte sie und verfluchte ihre Stimme, die ihr plötzlich nicht mehr gehorchen wollte. »Und warum hast du mich überhaupt hergeholt?«

»Damit du kein falsches Bild von mir hast.«

»Warum sollte ich das haben?«

»Weil du noch nicht alles weißt.«

Sie runzelte die Stirn. »Wovon redest du?«

»Später.«

»Wieso immer ›später‹? Was soll das? Hat es etwas mit dem kleinen Mädchen zu tun? Mit dem Diebstahl?«

Er sah sie ernst an. »Denkst du, wir können von den paar Münzen leben, die man uns in den Hut wirft, und von ein paar Kindern, die zu unseren Vorstellungen kommen?«

Sie schwieg.

»Und was ist mit dem Geld, um das Pferd zu bezahlen? Was hättest du getan, wenn du es ersteigert hättest?«

»Ich hätte meinen Wagen verkaufen müssen, um das Pferd zu bezahlen. Aber in dem Moment war das nebensächlich. Für dich hätte ich auch mein letztes Hemd verkauft.«

Liana schwieg.

»Bist du schockiert?« Er richtete sich auf und musterte sie aufmerksam.

Sie schüttelte den Kopf.

»Oder enttäuscht?«, fragte er.

»Ein bisschen. Ich gebe es zu. Aber nicht davon, dass du kein Geld hast, sondern …« Sie verstummte, wollte nicht erneut diese kleinen Diebereien ansprechen.

Er verstand sie auch so. »Ich auch«, sagte er. »Deswegen werde ich auch gehen.«

Erschrocken richtete sie sich auf und die Decke rutschte zu Boden. »Wohin? Wann?«

»Erzähle ich dir später.«

Sie schnaufte empört. »Wenn du noch einmal dieses Wort benutzt, dann …«

»Was dann?«

»Dann gehe *ich!* Und zwar auf der Stelle!«

Er beugte sich langsam vor, bis sein Gesicht nur noch eine Handbreit von ihrem entfernt war. Unwillkürlich ging Lianas Atem schneller, sie fühlte sich wie eine bis zum Zerreißen gespannte Bogensehne.

»Wer sagt, dass ich dich gehen *lasse?*«, sagte er leise und seine Stimme fuhr wie ein Blitz durch ihren Körper bis in ihren Unterleib. In seinen dunklen Augen spiegelten sich die zuckenden Flammen, ließen sie selbst wie zwei glühende Kohlenstücke wirken.

»Wie willst du es verhindern?«, wisperte sie.

»Ich bin der mit dem Auto«, raunte er.

»Dann gehe ich zu Fuß.« Sie hätte es gerne mit fester Stimme gesagt, ohne mit der Wimper zu zucken, doch sie konnte es nur hauchen.

»Bis zu dir nach Hause? Mitten in der Nacht?«

»Ganz genau.«

Es zuckte um seine Mundwinkel. »Dir traue ich das sogar zu.«

Er war ihr jetzt so nah, dass sie die Wärme spüren konnte, die von ihm ausging, seinen Duft atmete, jeden Millimeter seines wunderschönen Gesichts mit ihren Blicken abtastete. Sie wollte wissen, warum er sie hergeholt hatte, was er ihr damit sagen wollte, doch sie fürchtete sich vor einer Antwort, die wieder auf nichts als eine Kinderfreundschaft hinauslaufen würde.

»Wieso hast du nichts gesagt?«, murmelte sie stattdessen in einem letzten Versuch, sich gegen die Anziehungskraft zu wehren, die er auf sie ausübte. »Auf der Landstraße. Auf dem Markt. Wieso hast du nicht gesagt, dass du es bist? Du hast mich dastehen lassen wie eine … eine … eine totale Idiotin.«

»Was hätte ich denn sagen sollen?« Jetzt klang er wieder amüsiert. »Wenn ich mich recht erinnere, hast du mich bei unserer letzten Begegnung mit Kartoffeln beworfen.«

Liana lief rot an. »Aber doch nur, weil … ich … es …« Sie brach ab. »Ich hätte es nicht getan, wenn ich gewusst hätte, dass wir uns nicht mehr wiedersehen würden.«

»Du hast mich also vermisst?« Seine Augen funkelten und ein erwartungsvolles Zittern erfasste sie. Kaum wagte sie zu atmen.

»Wieso bist du damals einfach verschwunden?«, wich sie seiner Frage aus.

»Damals …« , wiederholte er und das Funkeln in seinen Augen verschwand. Er rieb sich über die Stirn, dann erhob er sich abrupt. »Ich bring dich heim, es wird Zeit.«

Liana versuchte, tief und gleichmäßig zu atmen.

Sie hatte nicht gewusst, dass Enttäuschung wie Feuer brennen konnte.

Kapitel 5

Frühjahr 2016

Die Enttäuschung brennt wie Feuer in mir. Es ist zehn nach neun, und von Noel ist nirgends etwas zu sehen. Verpasst haben kann ich ihn nicht, bin ich doch vorsichtshalber schon um halb neun hier gewesen.

Ralf hingegen kam pünktlich. »Wir sollten lieber ins Hotel zurückkehren«, sagt er und sieht sich unglücklich in dem kleinen Café um, dessen Adresse mir Noel geschickt hat. Es ist ebenso in die Jahre gekommen wie das Hotel selbst. An vielen Stellen bröckelt der Putz von der Wand, die aus grob behauenen Steinen gemauert ist, doch der Duft nach Kaffee und frischen Backwaren lässt mich an zu Hause denken.

Trotz der frühen Uhrzeit sitzen bereits etliche ältere Männer und Frauen in Grüppchen um die Tische, reden wild gestikulierend, lachen laut und trinken Kaffee aus kleinen Tassen. Scheinbar sind wir die einzigen Touristen. Sämtliche Fenster und Türen stehen weit offen und die hölzernen Fensterläden sind schon jetzt so aufgestellt, dass sie der Fensteröffnung Schatten spenden. Immer wieder schlendert von draußen jemand in den kühlen Schatten des Cafés, wechselt ein paar Worte mit diesem oder jenem, schlägt hier und da auf eine Schulter und zieht wieder von dannen.

»Was, wenn er nicht auftaucht?« Ralfs Gesicht ist grau, aber nicht aus Sorge um Noel, sondern weil er mit seiner Vorhersage richtig gelegen hat. Schon als wir gestern in den Bus nach Jerewan einstiegen, plagte ihn Schüttelfrost, und kaum waren wir im Hotel in Sewan angekommen, hat es ihn mit Fieber niedergestreckt.

»Das hast du im Flugzeug auch gesagt«, erwidere ich und binde mein Haar zu einem Pferdeschwanz. »Er wird kommen.«

Und zwar hoffentlich bald. Zwar hätte ich, nach all dem, was er sich gestern im Flugzeug geleistet hat, wirklich gern auf seine Hilfe verzichtet, doch leider brauche ich sie jetzt umso dringender, nachdem in Jerewan nichts so lief, wie ich es mir erhofft hatte.

In diesem Moment klingelt mein Handy und hastig reiße ich es an mein Ohr. »Noel?«

»Nein, Jana. Limonengrün oder Limettengrün? Was steht mehr für Aufbruch?«

»Was? Wer bricht auf?«

»Ich habe so tolle Ideen. Also, welche Farbe gefällt dir besser?«

»Wofür?«, hake ich misstrauisch nach.

»Die Wände.«

»Bei dir zu Hause?«

»Nein. Im Café natürlich. Anton meinte, Limonengrün wäre besser, aber der hat doch keine Ahnung, dieser Eierkopf. Der soll sich mal lieber darum kümmern, dass seine Brötchen nicht aussehen wie –«

»Jana«, unterbreche ich sie seufzend. »Ich habe nicht vor, die Wände zu streichen, und davon abgesehen auch gerade ganz andere Probleme.«

»Läuft es nicht gut?«

»Tja, mal überlegen: Wir haben das Hotel hier in Sewan gestern erst am späten Abend erreicht, und zwar fix und fertig. Busfahrpläne existieren in diesem Teil der Welt nur als Haltestellendekoration und in den Ämtern machen sie Feierabend, kaum dass sie angefangen haben zu arbeiten. Und verständliches Englisch beherrscht – zumindest von den Personen, die ich nach dem Weg gefragt habe – kaum einer. Hinzu kamen gefühlte fünfzig Grad und Dieselgestank, dass ich fast ohnmächtig wurde. Davon abgesehen, dass Jerewan die Hölle ist, hat der gestrige Tag also nicht viel gebracht.«

»Oh. Okay. Dann will ich dich nicht weiter belästigen. Ich schicke dir einfach ein paar Bilder und du guckst mal, was dir gefällt, ja?«

»Bilder von was?«, rufe ich noch, doch sie hat schon aufgelegt. Gleich darauf trudeln, von einem leichten Vibrieren meines Handys angezeigt, die Fotos ein. Ich seufze tief auf.

»Was wollte sie?«, fragt Ralf.

»Die Wände im Café streichen. Außerdem hat sie wohl einen Raubzug durch diverse Ramschläden gestartet.« Ich halte Ralf das Handy unter die Nase und scrolle durch die Bilder von knallroten Blumentöpfen, Bambusmatten und allem möglichen Krempel. »Keine Ahnung, was das alles darstellen soll, aber es ist offenbar fürs Café gedacht.«

»Sie weiß aber schon, dass das nicht ihr Café ist? Dass du wieder zurückkommst?«

Kopfschüttelnd schreibe ich zurück: ›Weder noch‹, dann sehe ich nach, ob eine Nachricht von meiner Mutter eingetroffen ist.

Alle möglichen Leute haben mich seit Reisebeginn zu kontaktieren versucht.

Aber nicht meine Mutter.

Keine Mail, keine SMS, keine WhatsApp. Nicht einmal ein verpasster Anruf.

Mein Magen ballt sich zusammen.

»Wie hast du es eigentlich geschafft, hier etwas zu trinken zu bestellen?«, fragt Ralf und sieht sich suchend nach dem weißhaarigen Kellner um. Nachdem er mir gegenüber schon ziemlich unfreundlich war, hat der Anblick eines zweiten Touristen offenbar eine Art Fluchtreflex bei ihm ausgelöst.

Geistesabwesend schiebe ich Ralf anstelle einer Antwort mein eigenes Glas zu und starre weiter auf mein Handy, während ich mit halbem Ohr zuhöre, wie er über die fehlende Servicementalität in diesem Lokal im Speziellen und der Welt im Allgemeinen lamentiert.

Die Reaktion meiner Mutter schmerzt mich sehr viel mehr, als ich erwartet hätte, zumal sie auch sehr kurz angebunden war, als ich mich vor der Reise von ihr verabschieden wollte.

»Sophie?« Ralfs Stimme klingt plötzlich sonderbar leise und das schleust sie an meinen Gedanken vorbei in mein Bewusstsein hinein.

»Hm?«, frage ich, ohne den Blick vom Display zu heben.

»Ich glaube, es war keine so gute Idee von mir, dich zu begleiten.«

Jetzt sehe ich doch auf. Ralfs Gesicht zeigt Fieberflecken, sein Blick ist leicht glasig. Auch scheint er wieder zu frösteln. Zwar ist es hier drin momentan noch kühl, doch davon, zu frieren, bin ich weit entfernt, obwohl ich nur ein Neckholderkleid und einen dünnen Bolero trage.

»Hab ich dir doch gleich gesagt«, stelle ich mit einem Seufzer fest. »Wieso bist du nicht im Bett geblieben?«

»Du hast so viel Hoffnung in diese Sache hier gesteckt«, antwortet er gequält, »und nun kann ich dich nicht dabei unterstützen.«

»Ach was«, beschwichtige ich ihn. »Ist schon okay.«

»Du bist aber bestimmt sauer.«

»Nein.«

»Und enttäuscht.«

»Auch nicht.«

»Und …«

»Ralf! Es ist okay. Wirklich! Sauer und enttäuscht werde ich höchstens sein, wenn du jetzt nicht sofort wieder ins Hotel rübergehst, dich ins Bett legst und wenigstens so weit auskurierst, dass du mir auf dem Rückflug nicht zusammenklappst.«

Er nickt und die Erleichterung steht ihm ins Gesicht geschrieben. »Tut mir echt leid. Ich würde wirklich gern mit dir gehen.«

Ich lächle ihn an. Er meint es ernst, nur deshalb ist er überhaupt mitgekommen. Trotz all seiner Nörgelei weiß ich, dass er versteht, wie wichtig mir diese Sache ist. »Nun mach, dass du zurück ins Bett kommst.«

»Aber was, wenn dieser Typ zudringlich wird? So oft, wie der dir über den Weg gelaufen ist, könnte er auch ein verrückter Stalker sein.«

»Fällt dir ja früh ein.«

»Hast du dich überhaupt mal ordentlich über ihn informiert?«

»Natürlich«, gebe ich zurück. Noch ein Punkt auf meiner To-do-Liste. Eventuell noch vor der Abklärung der Frage, warum ich mein Handy im Flieger auf den Flugmodus schalten muss. »Im Übrigen hätte meine Mutter ihn wohl kaum als Geschäftspartner ausgesucht, wenn sie ihn nicht vorher gründlich abgecheckt hätte.« Hoffe ich. »Und sollte er mir zu nahe kommen, werde ich einfach singen, okay? Wenn er dann nicht das Weite sucht, ist er entweder taub oder masochistisch veranlagt. Und jetzt geh bitte endlich und leg dich wieder hin.«

»Na schön«, sagt Ralf und drückt meine Hand. »Ich liebe dich.«

»Ich dich auch.«

In gebeugter Haltung schlurft er davon, eine Hand auf seinen Bauch gepresst, aus der niedrigen Tür des Cafés hinaus auf die Straße.

Einen Moment lang sehe ich ihm besorgt nach, dann wieder auf meine Uhr. Eine halbe Stunde gebe ich diesem Noel noch, dann gehe ich.

Ich greife in meine Tasche und hole meine Texte hervor. Meinen Laptop wollte ich nicht auf die Reise mitnehmen, deshalb habe ich alles ausgedruckt. Ein bisschen schwang wohl die Hoffnung mit, dass ich die Wartezeiten in den Ämtern zum Korrekturlesen und zur Überarbeitung nutzen könnte.

Doch es dauert nicht lang, da schiebe ich die bedruckten Blätter von mir und greife nach den leeren. Sofort durchströmt mich ein innerer Frieden, wie ich ihn schon viel zu lange nicht mehr empfunden habe. Seit Wochen war ich nicht mehr in der Lage zu schreiben, doch seit heute Morgen habe ich das Gefühl, dass es vorangeht, dass ich mein Leben wieder ein Stück weit selbst in der Hand habe, dass ich es schaffen kann, Antworten auf all meine Fragen zu erhalten, dass ich nur eine Armlänge davon entfernt bin, meine Familie zu finden. Mich selbst zu finden.

Der Kugelschreiber fliegt über das Papier, lässt meine Gedanken zur Ruhe kommen, den Lärm aus dem Gastraum in den Hintergrund rücken und meine Träume schwarz-weiße

Gestalt annehmen. Die eine Realität macht der anderen Platz. Ich tauche ein in eine andere Zeit, ein anderes Leben, überlasse mich ganz dem Fluss der Buchstaben vor mir.

Erst als ich die Szene zu einem Abschluss gebracht habe, erlaube ich mir, meinen Blick vom Papier zu lösen und mich zu strecken. Mein schmerzender Nacken zeigt mir, dass ich länger als geplant in krummer Haltung an diesem niedrigen Tischchen gesessen habe. Ich greife nach meinem Latte macchiato und leere das Glas, lautstark mit dem Strohhalm schlürfend, als wäre ich drei Jahre alt und nicht dreißig. Dann erst fällt mir wieder ein, dass ich nicht allein bin und ich setze das Glas hastig ab. Dabei spüre ich plötzlich ein Kribbeln im Nacken, als würde mich jemand beobachten. Unauffällig schiele ich über meine Schulter und fahre zusammen.

Am Tisch hinter mir sitzt Noel, wie gestern leger in Bluejeans und Shirt, heute dunkelblau, und starrt mich an, die zur Faust geballte Hand vor den Mund gepresst, die Stirn sorgenvoll gerunzelt. Nur einen Atemzug später jedoch habe ich das Gefühl, mir das nur eingebildet zu haben, denn seine Stirn ist wieder glatt und seine Mundwinkel kräuseln sich auf die übliche, leicht spöttische Weise.

»Seit wann sitzt du da?«, frage ich ungehalten und schiebe meine Aufzeichnungen zu einem Stapel zusammen. »Hast du mich etwa beobachtet?«

»Ja.«

»Wie bitte?« Ich weiß nicht, was ich empörender finden soll. Dass er mich beobachtet oder dass er es so gelassen zugibt, als wäre es vollkommen normal. »Warum?«

»Weil du mich faszinierst.«

»Weil ich … *was?*« Jetzt reicht es mir endgültig. Offenbar hatte Ralf doch gar nicht so unrecht gehabt mit seinem Verdacht, dass der Typ ein Stalker sei. »Okay, pass auf.« Ich hebe den Zeigefinger. »Erstens: Ich warte hier schon seit einer halben Ewigkeit auf dich und ich hasse Unzuverlässigkeit. Zweitens: Ich hab mein Handy immer in Rufweite und die Nummer sowohl von Ralf als auch von der Polizei eingespeichert, außerdem habe ich sowohl bei der Hotelleitung hier als auch bei meinem Anwalt und bei meiner Freundin zu Hause sämtliche Daten zu deiner Person hinterlegt. Drittens: Ich gehe jetzt. Und zwar allein!«

Er fährt mit der Hand über sein Kinn und sieht zu meinem Ärger nicht im Mindesten eingeschüchtert oder beeindruckt aus, sondern ziemlich amüsiert. »Du hältst mich für einen Verrückten?«

»Das hast *du* gesagt.« Ich stehe auf.

»Also ich bin hier nicht der, der Pornos schreibt.« Sein unverschämtes Grinsen verschlägt mir die Sprache.

Als ich sie wiedergefunden habe, krächze ich: »Ich schreibe keine Pornos. Und was hat das damit zu tun, verdammt noch mal?«

»Was schreibst du dann?«

»Das geht dich überhaupt nichts an!«

»Darf ich mal reinlesen?«

»Nein!« Vor Empörung überschlägt sich meine Stimme. »Auf Wiedersehen!«

»Dann brauchst du also das Auto gar nicht, das ich gerade organisiert habe?«

Auto? Wortlos starre ich ihn an. Ich weiß, dass ich einfach gehen sollte, bevor das hier zu absurd wird, doch jemand scheint meine Schuhe an den Boden getackert zu haben.

»Oder möchtest du lieber wieder mit den Marschrutkas fahren?«

»Womit?«

»Na, diese Kleinbusse, die euch von Jerewan hierhergebracht haben und die erst losfahren, wenn sie voll sind.«

Ah. Das würde erklären, warum gestern die Sache mit den Fahrplänen für die Katz war. Mit Schaudern denke ich an die gestrige Fahrt zurück, bei der Ralf und ich uns den ganzen Weg über stehend unter der niedrigen Decke den Hals verrenkt haben, während wir zwischen all den Menschen beinahe zerdrückt wurden.

»Das Auto hat eine Klimaanlage.«

Ich atme tief durch und erkläre dann huldvoll: »Möglicherweise bin ich bereit, dir noch eine letzte Chance zu geben.« Wie ein Verrückter sieht er schließlich nicht unbedingt aus. Allerdings haben die auch nicht alle so ein irres Grinsen wie Jack Nicholson in *Shining*.

»Das beruhigt mich ungemein. Ich hatte mich schon darauf eingestellt, einen Herzinfarkt vorspielen zu müssen, damit du bleibst.«

»Dann solltest du aber ein guter Schauspieler sein.«

»Ich bin der denkbar schlechteste.«

Der Kandidat kriegt einen Sympathiepunkt. »Schlechter als ich geht gar nicht. Mir hat man bei Schulaufführungen immer nur den Kürbis zugetraut.«

»Hey, ich bin die tanzende Tanne.«

»Na, wenigstens durftest du tanzen. Ich durfte nur winken. Es gibt ein Foto von mir als Kürbis, auf dem sehe ich aus, als würde ich Dornröschen gleich an die Gurgel gehen.«

»Ich schätze, mein Lehrer hat meine Tanzeinlage ziemlich bereut. Es hat eine halbe Stunde gedauert, bis die Kulissen wieder aufgebaut waren.«

»Na gut.« Ich bemühe mich vergeblich, das Zucken um meine Mundwinkel zu unterdrücken. »Bevor das hier ebenfalls passiert, lass uns aufbrechen.«

»Ich trinke nur schnell einen Kaffee und schon geht es los.« Er erhebt sich, zieht seinen Rucksack unter dem Tisch hervor und kommt damit zu mir. Ein Duft nach Mandel und Orange umgibt ihn, ein ganz anderer als gestern, und ich wundere mich, dass mir sein Duft in Erinnerung geblieben ist – mehr aber noch, dass mir auch dieser hier an ihm so verlockend erscheint. Dabei ist es vermutlich das Duschgel des Hotels, in dem er wohnt. Schließlich wird er wohl kaum mit mehreren Duschgelsorten unterwegs sein.

Moment mal – wieso denke ich überhaupt über sein Duschgel nach?

Ich setze mich wieder, und zwar auf die äußerste Stuhlkante als Signal dafür, dass ich meine Meinung jederzeit wieder ändern kann.

»Im Übrigen«, sagt er und lässt sich mir gegenüber nieder, »habe ich dich nicht angebaggert … Ausnahmsweise jedenfalls.« Er zwinkert mir zu. »Mein Hobby ist die Fotografie. Das Beobachten gehört dazu und ein Auge für ungewöhnliche Blickwinkel.« Er legt den Kopf schief und mustert mich intensiv. In meiner Magengrube flattert es für einen Moment.

Ich suche nach Worten, doch sie scheinen es dem mürrischen Kellner gleichgetan und die Flucht ergriffen zu haben.

»Durst?«

»Was?«

Er zeigt auf das leere Glas, mit dem meine Finger unbewusst gespielt haben. »Soll ich dir auch etwas bestellen? Das *Than* hier ist sehr gut, ein sehr erfrischendes Getränk.«

Ich räuspere mich und sage streng: »Ich glaube dir kein Wort.«

»Über *Than*?«

»Über das Fotografieren.«

Er zuckt mit den Achseln. »Das bleibt dir überlassen.«

Ich kaue auf meiner Wange, überlege, ob ich gehen soll. Immerhin hat er mich nicht nur heimlich beobachtet, sondern belügt mich offensichtlich auch noch über seine Gründe dafür. Doch ich bleibe sitzen. »Na schön. Aber wie gesagt: Alle wissen, wo ich bin und mit wem.«

Er grinst, nicht im Mindesten beleidigt. »Dann darf ich dir also etwas zu trinken bestellen?«

Ich zucke mit den Schultern. »Meinetwegen, aber das mit dem Bestellen ist in diesem Lokal gar nicht so einfach, denn …«

Weiter komme ich nicht, denn mein Gegenüber bellt plötzlich ein armenisches Kommando, zumindest hört es sich so an, und tatsächlich steckt im nächsten Moment der alte Kellner sein faltiges Gesicht aus der Verbindungstür zur Küche, knurrt eine unfreundliche Antwort und verschwindet wieder.

Noel ruft ihm etwas hinterher, von dem ich nur zwei Worte heraushören kann, die wie ›hajkakan surtsch‹ klingen. Der Kellner taucht wieder auf und mustert mich aus zusammengekniffenen Augen. Noel sagt noch etwas zu ihm, und plötzlich lächelt der Kellner und flutet mich mit überschwänglich klingenden armenischen Worten.

»Kaffee kommt gleich«, übersetzt Noel offenbar stark gekürzt und deutet mit einer einladenden Geste auf den Tisch. Dann wird sein Gesicht plötzlich sehr ernst. »Es tut mir leid«, sagt er.

Ich blinzle perplex, versuche, den roten Faden zu finden. »Dass du mich angebaggert hast?«

»Nein, dass wir damals auf der Straße so, äh, unglücklich aneinandergeraten sind. Ich glaube, ich habe mich nie dafür entschuldigt, oder? Das möchte ich hiermit höchst offiziell tun.«

»Ah … okay …«, stammle ich und weiß nicht, warum ich keine vernünftige Antwort zustande bringe: wegen des plötzlichen Themawechsels oder wegen der Intensität, mit der mich seine strahlendblauen Augen mustern.

»Danke«, sagt er und lässt sich nach hinten sinken, ohne den Blick von mir zu nehmen.

Mein Mund wird ganz trocken.

Dann sagt er plötzlich: »Immer wenn ich hier bin, plane ich zwischen den Geschäftsterminen freie Tage zum Fotografieren ein. Die Motive gehen mir in diesem herrlichen Land nie aus.«

Ich brauche einen Moment, um mich zu fangen. Seine plötzlichen Themenwechsel werfen mich irgendwie aus der Bahn. Dann wiederhole ich zweifelnd: »Herrliches Land? Jerewan gestern war voll, laut und heiß. Eine nach Benzin stinkende Betonwüste.« Von der Umgebung zwischen Jerewan und Sewan habe ich bei der fürchterlichen Fahrt in dem überhitzten Kleinbus zwischen all den schwitzenden Menschen nicht viel mitbekommen.

»Du darfst die Hauptstadt nicht mit dem restlichen Land gleichsetzen«, sagt Noel. »Armenien ist nicht nur das älteste christliche Land der Welt, es ist zudem eine märchenhafte Gegend voller Mythen und Legenden. Es gibt uralte Kirchen und Klöster inmitten von wilder Natur. An Jerewan ist meiner Meinung nach tatsächlich nur eines schön, und das ist der Berg Ararat, ihr Schutzengel, der richtig über ihr thront. Er aber ist von unvergleichlicher Schönheit und Anmut, ewig, schneebedeckt. Mal schwebt seine weiße Krone ganz fern über der Dunstglocke der Stadt, dann wieder scheint sie zum Greifen nah zu sein. Und das ist nur ein winziger Bruchteil all des Geheimnisvollen, das diesen Berg zu etwas so Besonderem macht. Niemand kann sich seinem Zauber entziehen, der ihn einmal gesehen hat. Noahs Arche soll dort nach der Sintflut gelandet sein. Im Übrigen ist der Ararat nicht nur das Symbol dieses Landes, sondern auch ein Heiligtum und überdies ein Vulkan.« Noels Blick ist schwärmerisch in die Ferne gerichtet, sein Gesicht scheint von innen zu leuchten. »Geografisch liegt er in der Türkei«, fährt er fort. »Damit ist er praktisch unerreichbar. Vermutlich ist er aber gerade deshalb das Symbol schlechthin für die tief verwurzelte Sehnsucht der Armenier nach ihrer Heimat. In keinem Haushalt von Armeniern auf der ganzen Welt fehlt ein Bild des Ararat und …«

Er bricht ab, als sein Blick auf mich fällt, und fährt sich verlegen mit der Hand über den Nacken.

Ich brauche einen Augenblick, bis ich merke, dass mir der Mund offen steht. Solche poetischen Worte hätte ich ihm niemals zugetraut. Da glaube ich ihm sogar, dass die Fotografie sein Hobby ist. Unwillkürlich frage ich mich, ob dieser Mann noch mehr Seiten hat, die zu entdecken sich lohnen. Zum Glück wird mir eine Erwiderung durch den Kellner erspart, der in diesem Moment tatsächlich mit einem Tablett erscheint, auf dem neben einer orientalisch anmutenden Kaffeekanne auch sehr kleine Tassen sowie mit einer weißen Flüssigkeit gefüllte Gläser und eine große Platte voll mit verschiedenartigen Gebäckstücken zu sehen sind.

»Thank you«, sage ich, immer noch über die plötzliche Freundlichkeit verwundert. Prompt grinst er mich zahnlos aber glücklich an und überschüttet mich erneut mit einem Redeschwall, dem ich hilflos lächelnd ausgesetzt bin. Erst nach einem weiteren kurzen Wortwechsel mit Noel geht er und ich koste von den Gebäckstücken.

Sie schmecken süß und so aromatisch, dass ich mich beherrschen muss, um mich nicht vor Noel damit vollzustopfen.

Dann jedoch stelle ich fest, dass sich in der Tasse vor mir pechschwarzer Kaffee befindet. »Oh weh«, sage ich und verziehe das Gesicht. »Es tut mir leid, aber ich fürchte, den krieg ich nicht runter. Das habe ich schon vor deiner Ankunft versucht. Der ist extrem stark, und ich gehöre zu der Gattung Mensch, die nicht Kaffee mit Milch, sondern Milch mit Kaffee trinkt.«

Doch Noel schüttelt den Kopf und erklärt: »*Surtsch,* also armenischer Kaffee, wird schwarz und stark getrunken, dafür aber meist auch sehr süß.«

»Puh. Also ich brauche selbst bei einem Latte macchiato noch extra Milch. Das hatte ich auch gleich versucht, dem Kellner klarzumachen.«

»Ich weiß.« Noel sieht belustigt aus. »Er hat es mir gerade überaus entrüstet mitgeteilt. Ich habe ihm erklärt, dass es nur ein Missverständnis war und du es gar nicht erwarten kannst, sein Meisterwerk pur zu kosten.«

»So. Tue ich das?«

»Ich fürchte, du musst. Du hast den armen Kerl mit deiner Verweigerung seines Kaffees sehr gekränkt. Armenischer Kaffee ist eine Spezialität und Armenier sind sehr stolz darauf.«

»War er deshalb so unfreundlich?«

Noel nickt.

Ich seufze. »Dann muss ich da wohl durch, um das wiedergutzumachen.« Ich deute auf das neben der Kaffeetasse stehende Glas. »Und was ist das hier?«

»Than. Eine Mischung aus Joghurt und Wasser. Sehr erfrischend. Eigentlich hätte ich dir auch noch *Ararat* bestellen müssen, den weltweit berühmten armenischen Weinbrand – im Übrigen auch das Lieblingsgetränk von Churchill.« Er klingt so stolz, als sei er höchstpersönlich der Erfinder dieses Ararat und seine Begeisterung ist regelrecht ansteckend.

Ich koste das Than und stelle fest, dass Noel recht hat.

»Aber den Weinbrand«, fährt er fort, »bestelle ich lieber bei unserem ersten richtigen Date.«

Prompt verschlucke ich mich, huste wie verrückt und allein das verschmitzte Lächeln, das seine Worte begleitet hat, hindert mich daran, erneut aufzuspringen und dieses Mal endgültig zu gehen.

Er klopft mir sanft auf den Rücken.

»Bist du immer so selbstsicher?«, keuche ich, als ich wieder einigermaßen Luft kriege.

»Immerhin sitzt du ja noch hier«, gibt er mit diesem jungenhaften Charme zurück, der meinen Ärger einfach dahinschmelzen lässt.

»Tja, meine Mutter, ich meine, meine Adoptivmutter …« Ich breche ab, beschließe dann aber, es der Einfachheit halber bei der ersten Variante zu belassen. »Meine Mutter hat immer gesagt: Sophie, wenn dich eine Sache mal ins Grab bringt, dann deine Neugier. In einem Horrorfilm wärst du die Person, die bei Gewitter in den Keller läuft und ›Ist da wer?‹ ruft, statt zu den Nachbarn zu gehen.«

»Du vergleichst ein Gespräch mit mir mit einem Horrorfilm? Jetzt ist mein Ego tatsächlich schwer angeschlagen.« Er hebt seine Kaffeetasse an die Nase, schnuppert kurz, nippt und seufzt übertrieben genießerisch. Dann zwinkert er mir zu. »Wir werden beobachtet.«

Ich schiele nach rechts und sehe tatsächlich, wie der alte Kellner hinter der Theke steht und scheinbar geschäftig Gläser wischt, uns dabei aber nicht aus den Augen lässt.

Noel nickt mir auffordernd zu.

»Oh. Okay.« Ich hebe die Tasse an, schnuppere, ebenso wie ich es zuvor bei ihm gesehen habe, nehme einen Schluck und verziehe das Gesicht auf – hoffentlich – genießerische Art und Weise, obwohl ich förmlich spüre, wie sich mein Magen vor Schreck zusammenzieht und meine Körperzellen nicht wissen, ob sie wegen des Koffein- oder wegen des Zuckerschocks in Ohmacht fallen sollen.

Ein vorsichtiger Blick in Richtung des alten Mannes, der vor Anspannung in seiner Tätigkeit innegehalten hat. Ich strecke, etwas verkrampft lächelnd, den Daumen hoch. Der alte Mann grinst, nickt und deutet mit Gesten an, ich solle weitertrinken. Und ich tue es. Meine zweite schlechte Eigenschaft nach meiner Neugierde: Ich habe immer Angst, jemanden zu enttäuschen.

Endlich verschwindet der Alte mit höchst zufriedener Miene wieder in der Küche, während ich erleichtert meine Tasse absetze, mir ein Gebäckstück schnappe und resümiere: »Jetzt werde ich vermutlich die nächsten drei Nächte senkrecht im Bett stehen und du bist schuld daran.« Im nächsten Moment zucke ich zusammen, denn Noel hat plötzlich nach meiner Tasse gegriffen und dreht sie mit einer ruckartigen Bewegung so um, dass sie kopfüber auf der Untertasse steht.

»Das gehört unbedingt zum Genuss von armenischem Kaffee dazu«, erklärt er, hebt die Tasse ab und betrachtet mit übertrieben gerunzelter Stirn den Kaffeesatz. »Hm … Aha … Du meine Güte. Das gibt's doch nicht! Unfassbar!«

»Und jetzt liest du gerade meine Zukunft oder was?« Ich habe mich wieder gefangen und sehe ihm mit einer Mischung aus Belustigung und Nervosität zu.

Er nickt und starrt weiter mit gerunzelter Stirn und unverständlichem Geraune auf die Untertasse.

»Und? Was siehst du?«

Er stößt noch ein paar gemurmelte Ausdrücke der Überraschung aus, dann sieht er auf und kneift die Augen bis auf einen schmalen Spalt zusammen, bevor er mit tiefer Stimme verkündet: »Jede Menge …«

Er reißt die Augen auf. »… Kaffeesatz!«

»Was du nicht sagst«, gebe ich zurück und verstecke mein Lachen hinter meiner Hand. »Ich hätte wetten können, dass du einen braun gebrannten Mann mit blonden Haaren und blauen Augen siehst, mit dem ich ausgehen soll.«

»Hm, tja … auch wenn ich weiß, wie sehr du dir das gewünscht hast, fürchte ich, dass ich dich enttäuschen muss. Der Blick auf die Untertasse war sehr eindeutig: Deine Zukunft hält nur Kaffeesatz für dich bereit.« Er sieht sich verschwörerisch um, hebt dann die Hand seitlich an den Mund und fügt hinzu: »Aber unter uns gesagt: Ich hab den Kaffeesatz noch nie als besonders vertrauenswürdig eingeschätzt. Ich setze nach wie vor auf die hellseherische Wirkung von Weinbrand. Morgen Abend, was meinst du?«

Ich schüttle lächelnd den Kopf. »Morgen Abend nicht, übermorgen Abend nicht und auch an keinem Abend danach! Was prophezeit dir denn dein eigener Kaffeesatz?«

Er nimmt einen letzten Schluck und dreht dann auch seine Tasse ruckartig um. Dann hebt er sie hoch, stellt sie zur Seite, schließt die Augen und legt in der übertriebenen Gestik eines Las-Vegas-Illusionisten die Hände an die Schläfen. Einen Atemzug später öffnet er die Augen wieder und beugt sich murmelnd über seine Untertasse.

Schließlich richtet er sich wieder auf, lässt seine Hände sinken und sagt: »Auch das war sehr eindeutig.«

»Nämlich?«, frage ich erwartungsvoll.

»Du wirst mich lesen lassen, woran du da so hingebungsvoll geschrieben hast.«

Mein Lächeln erstirbt und reflexartig lege ich meine Hand auf den Papierstapel. »Nein. Und jetzt müssen wir aufbrechen.«

Aren legte lächelnd seine Hand auf die ihre.

»Liana!«

Arens Lächeln erstarb.

»Liana!«, zerschnitt erneut die Stimme ihrer Großmutter Lianas Träume, eisig wie ein Eimer kaltes Wasser.

Wieso weckte ihre Großmutter sie in solcher Herrgottsfrühe? So müde, wie sie war, konnte es nie und nimmer schon Morgen sein. Schlaftrunken öffnete Liana ein Auge. »Was ist denn?«

»Wo warst du letzte Nacht?«

»Letzte Nacht …?« Liana runzelte die Stirn. Im nächsten Moment saß sie senkrecht im Bett. »Nirgends. Nur hier. Hier war ich. Wo hätte ich sonst sein sollen?«

Nana hob Lianas Kleid hoch. »Und warum stinkt dann das ganze Zimmer, als würdest du hier gleich ein Spanferkel über offenem Feuer rösten wollen?«

Der Qualm des Feuers. Verdammt. Unauffällig roch Liana an sich. Tatsächlich. Auch sie selbst roch danach, ihre Haare, das Bett. »Nein, ich …« Ihre Gedanken rasten auf der Suche nach einer Ausrede.

»Gib es zu: Du hast die Nacht schon wieder bei Amri im Stall verbracht.«

Liana blinzelte perplex.

»Die Arbeiter haben heute Nacht an mehreren Stellen Feuer entzündet, in der Hoffnung, dass es die Bären fernhält. Leider ohne Erfolg. Sie haben wieder etliche Bäume kahl gefressen, dieses Mal auf der anderen Seite.« Nana schüttelte resigniert den Kopf und schwieg einen Augenblick, als habe sie den Faden verloren, doch dann straffte sie sich wieder. »Aber der Rauch des Feuers ist bis zu den Ställen hingezogen, bevor sie es gemerkt haben. Du warst also bei Amri.«

»Ja, das stimmt, es tut mir leid.«

»Hör auf, es zu leugnen, du …« Ihre Großmutter stutzte. »Ah … dann … also …« Sie brauchte einen Moment, um sich zu sammeln. »Weißt du nicht, wie gefährlich es ist, sich nachts draußen herumzutreiben?«, fuhr sie für ihre Verhältnisse überaus milde fort. Vermutlich war es die Überraschung, die sie so reagieren ließ, hatte Liana ein Fehlverhalten doch noch nie dermaßen bereitwillig zugegeben.

Nana ließ das Kleid zu Boden fallen und stemmte die Hände in die Hüften. »Ich lege für keinen der Arbeiter die Hand ins Feuer! Und dann noch die Bären! Was hast du dir nur dabei gedacht?«

»Ich … bin nur neugierig geworden. Wegen der Feuer.« Liana stieg aus dem Bett und angelte mit den Füßen nach ihren Schuhen.

Nana seufzte. »Ich könnte dich nachts einsperren. Vermutlich sollte ich das auch tun. Aber ich kenne dich inzwischen gut genug, um zu wissen, dass das zu nichts führen würde. Wenn ich die Tür abschließe, steigst du aus dem Fenster, und wenn ich das Fenster verriegeln würde, würdest du vermutlich durch den Kamin klettern.« Sie schüttelte den Kopf. »Vermutlich haben sie alle recht. Ich habe dir viel zu viel Freiheiten gelassen. Es ist alles meine Schuld. Jetzt ist es zu spät. Du solltest in deinem Alter wirklich wissen, was du tust – leider bist du davon weit entfernt und ich hoffe einfach nur, dass dein Schutzengel sehr wachsam ist. Trotzdem – wenn du mich liebst, versprichst du mir, dich nicht mehr nachts draußen herumzutreiben. Ich will sterben, bevor du es tust.«

»Nana!«, rief Liana entsetzt. »Hör auf, vom Sterben zu reden. Es tut mir leid. Furchtbar leid! Entsetzlich leid! Es kommt nicht wieder vor, ich verspreche es, aber hör auf, solche Dinge zu sagen.«

»Dann steh jetzt endlich auf. Ich habe schon die Ziegen gemolken, aber der Käse macht sich nicht von selbst, du musst mit anpacken. Und vorher lüftest du hier ordentlich durch und wäschst dein Kleid – und ohne dass deine Tante Raquel es riecht.« Sie verzog das Gesicht und ergänzte: »Mir gehen nämlich langsam die Ausreden für dich aus.«

»Also hast du noch ein paar auf Lager, ja?«

Ihre Großmutter sah sie scharf an und Liana verbiss sich ihr Lächeln. »Nana, du bist die Beste.«

»Die Allerbeste, wenn schon«, schnaufte ihre Großmutter. Sie fegte mit der Hand ihren geflochtenen Zopf nach hinten, zog sich dann Lianas Stuhl heran und setzte sich. Gleich darauf stand sie wieder auf und trommelte unruhig mit den Fingerspitzen auf der hölzernen Lehne. Es war offensichtlich, dass ihr noch etwas auf dem Herzen lag, doch Liana wusste, dass es keinen Zweck hatte, nachzubohren. Also lief sie stattdessen zum Fenster, wobei sie hoffte, ihre Großmutter würde sich nicht über den Sand auf dem Boden wundern, öffnete es so weit wie möglich und hängte Decke, Kissen und Kleid hinaus.

Vom Hof tönten die Geräusche eines beginnenden Arbeitstages herauf: der Vorarbeiter, der seine Männer lautstark einteilte, das Geschepper und Geklapper von Werkzeug, das Meckern der Ziegen, muhende Kühe, und ab und an ein kurzes, wütendes Bellen von Artak.

Schließlich räusperte ihre Großmutter sich. »Was du gestern gesagt hast … das mit Jivan … ist das die Wahrheit?«

Liana zögerte, dann schüttelte sie den Kopf. »Nur ein Gedankenspiel.«

Nana nickte und zog etwas aus ihrer Rocktasche – einen breiten, flachen Silberreif, wie die Männer ihn manchmal als Armschmuck trugen. »Den hast du auf Großvaters Beerdigung getragen«, rief Liana verblüfft aus. Sie selbst war damals noch sehr jung gewesen, doch der Anblick des in der Sonne funkelnden Schmuckstücks inmitten all der krähengleichen Gestalten hatte sich ihr ins Gedächtnis eingebrannt.

»Dein Großvater hat ihn mir geschenkt. Zur Verlobung. Er hat ihn von seiner Großmutter.« Nana klang stolz, mit einem Hauch von Wehmut. Nana hatte ihren Mann sehr geliebt – das wurde in jeder einzelnen Silbe deutlich, die sie über ihn verlor, und in dem Strahlen, das dabei jedes Mal über ihr Gesicht glitt. Auch jetzt schien sie von innen heraus zu leuchten. »Ich möchte ihn dir schenken.«

»Das … das kann ich nicht annehmen«, stammelte sie überrascht.

»Dein Großvater war die Liebe meines Lebens. Der Armreif hat ihm gehört. Er soll dir genau so viel Glück in der Liebe bringen wie mir.« Mit ein paar energischen Schritten war sie bei Liana und reichte ihr den schmalen, schlichten Silberreif. »Und wenn du jemanden gefunden hast, der so wundervoll ist, wie dein Großvater es war, gib ihn an diese Person weiter.«

Bewegt nahm Liana ihn entgegen, ganz vorsichtig, als könne er bei ihrer Berührung zu Staub zerfallen. »Danke«, brachte sie schließlich hervor.

Ihre Großmutter beugte sich vor, um Liana einen nach Lavendel duftenden Kuss aufs Haar zu drücken.

Dann rauschte sie zur Tür hinaus. »Vielleicht schenkst du ihn ja Vartan, zur Verlobung, wer weiß …«, klang es ihr nach durch den Flur.

Um ein Haar hätte Liana den Armreif fallengelassen, und sie war froh, dass ihre Großmutter das Zimmer schon verlassen hatte. Ein Lächeln hätte sie jetzt nämlich nicht mehr zusammenkratzen können.

Verwirrt sank sie hintenüber auf ihr Bett. Sie war gerührt und stolz und gleichzeitig seltsam traurig. Der Reif glitt durch ihre tastenden Hände. Mit den Fingerspitzen strich sie über die kunstvoll verschnörkelte Gravur und streifte sich das Schmuckstück über die Hand. Es war ihr viel zu weit und rutschte ihr den Arm hinunter, doch sie würde es nicht mehr abnehmen.

Nachdenklich starrte sie zu dann den Dachbalken hinauf und konnte kaum fassen, dass sie so einfach davongekommen war, vor allem aber, dass die Ereignisse der letzten Nacht tatsächlich doch so real gewesen waren wie der Sand vor ihrem Bett.

Allein der Gedanke an Aren ließ ihr Herz schneller schlagen, zugleich aber meldete sich warnend ihr Verstand. Sie kannte den Jungen, der Aren einmal gewesen war, aber nicht den Mann, dessen Gegenwart ihr den Verstand verwirrte.

Was war mit all den anderen Dörfern, durch die er zog?

Woher sollte sie wissen, ob es nicht überall, wo die Truppe Halt machte, ein Mädchen gab, das er nachts »entführte«?

Und was war mit dieser Anais?

Abrupt stand Liana auf, riss in Ermangelung irgendeines unzerbrechlichen Gegenstandes den Strauß Feldblumen aus der Vase auf ihrem Nachttisch und warf ihn gegen die Tür – wollte ihn gegen die Tür werfen, doch leider stand dort jetzt ihr Vater. Ein Vergissmeinnicht hing ihm schief ins Gesicht, während es von der Frauenminze über seinem Ohr auf den Boden tropfte.

Liana schlug die Hände vor den Mund und kämpfte gegen den Drang, zu lachen, an.

Mit steinerner Miene und spitzen Fingern klaubte ihr Vater sich die Blumenstängel vom Kopf und fegte sich die Blüten aus dem Kragen.

»Entschuldige«, flüsterte Liana. »Ich … bin gestolpert.«

Ihr Vater runzelte die Stirn, ließ das Grünzeug fallen und ging dann wortlos zum Fenster. Unter seinen Schuhen knirschte der Sand von letzter Nacht, doch er schien es gar nicht wahrzunehmen.

Er sah übernächtigt aus, mit tiefen Augenringen und zerzaustem Haar und ganz so, als habe er die Nacht in seiner Kleidung verbracht. Etwa am Küchentisch? Sie wagte nicht, zu fragen.

Auch er blieb stumm und knetete die Hände.

Das grelle Licht der Morgensonne ließ die Falten in seinem Gesicht noch tiefer wirken und offenbarte eine fahle Gesichtsfarbe, ganz anders als das sonst übliche cholerische Rot.

Liana fragte sich, wann er das letzte Mal in ihrem Zimmer gewesen war. Sie konnte sich nicht erinnern.

»Es steckt viel Arbeit in der Plantage«, sagte er plötzlich, »und viel Geld.«

Liana runzelte die Stirn. Über geschäftliche Dinge sprach er, wenn überhaupt, nur mit Nana.

Jetzt drehte er sich um und musterte sie von oben bis unten, als sähe er sie zum ersten Mal. »Du bist groß geworden.«

Liana nickte zögerlich, auch wenn sie sicher seit zwei Jahren kaum mehr gewachsen war. Diese Unterredung war mehr als seltsam.

Plötzlich zog er etwas aus der Innentasche seiner Weste hervor und Liana erschrak zu Tode. »Ein Revolver?«

»Eine Signalpistole«, korrigierte ihr Vater. »Weißt du noch, wie man sie benutzt?«

Liana zögerte nur kurz, dann nickte sie. Politische Unruhen hatte es immer wieder gegeben, Zeiten der Angst und der Hysterie. In einer dieser Phasen hatte ihr Vater allen in der Familie den Gebrauch einer Waffe gezeigt. Einer echten, keiner Signalpistole. Nur Großmutter nicht; die hatte schon vorher gewusst, wie man damit umging.

»Hier entsichern, dann öffnen und hier laden«, fuhr ihr Vater kurz angebunden fort und veranschaulichte seine Worte an der Pistole.

»Aber … warum?«, brachte Liana total perplex heraus.

»Die Bären werden immer dreister«, grollte ihr Vater, zog aus seiner Weste zwei Signalpatronen hervor und hob sie demonstrativ in die Höhe. »Und der alte Hayk behauptet, die Tage auch einen Wolf in der Nähe seiner Herde gesehen zu haben. Deine Großmutter macht sich Sorgen um dich.«

Großmutter machte sich Sorgen …

Und was war mit *ihm* …?

»Mit dem kleinen Ding hier kannst du weder Wölfe noch Bären töten, aber zumindest verscheuchen. Ich will, dass du sie bei dir trägst, wenn du unterwegs bist.«

Er legte Pistole und Patronen auf den Tisch, stütze sich mit beiden Händen auf dem Tisch auf, beugte sich vor und starrte Liana an, als sei das alles ihre höchsteigene Schuld. »Ich denke, ich muss nicht erwähnen«, sagte er mit Nachdruck, »dass du sie nur im echten, äußersten Notfall benutzen sollst.«

»Also wenn Tante Raquel versucht, Gulaschsuppe zu kochen?«

»Spar dir deine unpassenden Witze.«

Liana biss sich auf die Lippe und nickte, wie immer darum bemüht, nicht zu zeigen, wie gekränkt sie war. Doch warum tat sie das eigentlich? Sie holte tief Luft und sagte: »Früher hättest du gelacht.«

Die Stille, die ihren Worten folgte, war erdrückend.

Dann sagte ihr Vater in schneidendem Tonfall: »Früher gab es auch noch einen Grund, zu lachen.« Ruckartig wandte er sich ab.

Liana presste die Kiefer aufeinander und unterdrückte mit Mühe die Tränen, die sich ihren Weg bahnen wollten.

Ihr Vater ging zum Fenster und starrte hinaus, rümpfte dann plötzlich die Nase und schnüffelte mit gerunzelter Stirn.

»Ich muss los, die Hühner füttern«, sagte Liana hastig.

»Hm? Ah. Ja. Tu das.« Ihr Vater schnüffelte noch einmal irritiert und wandte sich dann wieder seiner Tochter zu. »Und im Übrigen erwarte ich, dass du dich noch heute bei Vartan entschuldigst. Vorher brauchst du gar nicht an einen Ausritt mit deinem Gaul zu denken.«

Verdammt! Sie hatte gehofft, er hätte es vergessen. »Ich hatte noch keine Gelegenheit dazu«, verteidigte sie sich. »Und außerdem muss ich mich anziehen und Nana helfen, die Hühner zu füttern und –«

»Du entschuldigst dich bei ihm oder du hast diesen Gaul zum letzten Mal gesehen.«

»Amri!«, keuchte Liana auf. »Das … das tust du nicht! Das darfst du nicht.«

»Niemand schreibt mir vor, was ich darf und was nicht und du schon gar nicht!«, polterte ihr Vater. »Außerdem hat sein Onkel Geld! Und keine Kinder. Vartan wird alles erben. Ich rechne noch diesen Monat mit eurer Verlobung, hast du mich verstanden?«

Liana zog scharf die Luft ein. So deutlich hatte es noch niemand ausgesprochen. Verletzt presste sie ihre Lippen zusammen, ballte die Fäuste, schwieg aber. Das Geld bedeutete ihr nichts und verschachern lassen würde sie sich auch nicht. Sie würde ihrem Vater eine Zeit lang aus dem Weg gehen, aber nicht im Traum würde sie auf die Ausritte mit Amri verzichten.

Ihr Vater ging zur Tür, hielt dann plötzlich inne.

»Ist sonst noch etwas?«, grollte sie.

Er deutete mit dem Finger zum Fenster und knurrte: »Es läuft zurzeit viel Pack herum in dieser Gegend. Vartan wurde schon bestohlen. Und gestern sind diese Zigeuner ins Dorf gekommen, auf der Suche nach Ärger, und sie haben eine Schlägerei angefangen.«

»Nein, das war ganz anders«, rief sie und ergänzte dann hastig: »Hat Milly erzählt. Sie sagt, Grigor hat den Streit angefangen und …«

»Es ist mir egal, was dieses dumme Mädchen erzählt. Einige der Jungs aus dem Dorf haben gesagt, dieses Gesindel würde am See kampieren.« Er nickte, als müsse er seine Worte vor sich selbst bestätigen.

»Ja, und?«

»Du wirst dich vom See fernhalten. Und von diesen Leuten auch!«

Liana presste die Lippen zusammen. Sie wusste, sie hatte einfach Glück gehabt, dass er offenbar noch nicht von der Szene auf dem Markt erfahren hatte, doch sie konnte einfach nicht an sich halten. »Warum soll ich das tun?«, fragte sie herausfordernd. Alles, was sie hören wollte, war, dass er sich Sorgen um sie machte, dass er nicht wollte, dass ihr etwas geschah.

»Weil ich es sage!«, donnerte er und Liana zuckte zusammen und schwieg.

Er atmete tief durch, fuhr sich über das Gesicht und räusperte sich. »Er ist genau der richtige Mann für dich. Du hättest keine Sorgen mehr. Und ich wünsche mir für dich …« Er brach ab. Auf einmal merkte sie, wie müde ihr Vater aussah, alt und grau, und dennoch wirkte er einen Herzschlag lang wie der Vater, den sie einmal gehabt hatte. Dann wandte er sich plötzlich ab und verließ das Zimmer.

Liana schluckte und ließ sich auf ihr Bett fallen. Auf dem Nachttischchen ruhte neben der Vase mit den restlichen Feldblumen wie eine makabre Dekoration die kleine Pistole.

***

Mit monotonen Bewegungen, die Gedanken immer noch bei der sonderbaren Unterredung mit ihrem Vater, nahm sie das weiße Tischtuch von der Leine, faltete es zusammen und legte es in den Wäschekorb.

Dann richtete sie sich wieder auf und seufzte: Es warteten noch fünf weitere volle Leinen, die sich kreuz und quer zwischen den Obstbäumen neben dem Gemüsebeet spannten.

Liana griff nach dem nächsten Paar Wäscheklammern, löste es, zog das Laken von der Leine und … keuchte erschrocken auf: Am nächsten Baum lehnte Aren, die oberen Knöpfe seines groben Baumwollhemdes weit geöffnet und die Hände locker in den Hosentaschen.

Einen Herzschlag lang starrte sie ihn einfach nur wie gebannt an. Sonnenstrahlen fielen durch das Blätterdach und malten goldene Muster auf seine braun gebrannte, seidig schimmernde Brust. Und unter seinen bis zu den Oberarmen hochgekrempelten Ärmeln spannten sich seine beeindruckenden Muskeln.

Plötzlich flog mit empörtem Gezwitscher eine Amsel aus dem Busch auf. Hastig warf Liana das Laken wieder über die Leine vor Aren und sah sich erschrocken um. Doch niemand außer ihnen beiden war hier in dem kleinen Garten.

Sie huschte zwischen die Wäsche. »Bist du verrückt geworden, mich so zu erschrecken?«

Er legte den Kopf schief und strich sich mit der Hand über das Kinn. »Ich hatte eigentlich auf eine andere Reaktion gehofft. Das ist jetzt schon ein harter Schlag für mein Selbstbewusstsein.«

»Gut! Sehr gut!«

»Hey, warum so spröde?« Er stieß sich vom Baum ab und kam langsam auf sie zu.

Sie wich zurück. »Wie bist du überhaupt hier hereingekommen?«

»Über die Mauer, wie sonst?«

»Bist du verrückt? Wenn mein Vater dich gesehen hätte, hätte er dich vermutlich auf der Stelle erschossen.«

»Hättest du dann um mich getrauert?«

»Was ist das denn für eine blöde Frage? Und was willst du überhaupt?«

»Dich abholen.«

»Was? Wohin?«

»Zu einem Spaziergang.«

»Ich habe keinen Spaziergang mit dir vor.«

»Warum überspringen wir das ganze Hin und Her nicht und du kommst einfach mit?«, schlug er mit verhaltenem Lächeln vor.

»Ich denk ja gar nicht dran! Damit du wieder mit seltsamen Andeutungen um dich wirfst und jede meiner Fragen übergehst?« Erbost verschränkte sie die Arme vor der Brust.

Er legte den Kopf schief. »Du darfst mich fragen, was immer du willst, und ich werde antworten.«

»So wie den anderen Mädchen, ja?«

Er blinzelte, dann sagte er: »Also wenn du Armine, Elina und Vika meinst, ja genau. Oder dachtest du an Narine und Lucine und Sofya?«

Liana starrte ihn mit offenem Mund an, bis sie das Zucken um seine Mundwinkel bemerkte.

Verärgert kniff sie die Lippen zusammen und wandte sich dem nächsten Bettlaken zu.

»Also ist das ein ›Ja‹?«, fragte er und folgte ihr.

Sie hörte, wie er hinter sie trat, spürte seinen Atem in ihrem Nacken und ein wohliger Schauer wanderte über ihren Körper. Liana schluckte hektisch. »Ich bin beschäftigt, wie du siehst.«

»Ich helf dir«, raunte er und griff um sie herum nach dem nächsten Wäschestück, zog die Leine herunter und löste langsam die Klammern. Er berührte Liana nicht und doch prickelte ihre Haut.

»Das ist keine gute Idee«, gab sie stockend zurück. »Meine Leute sind gerade nicht besonders gut auf deine Leute zu sprechen. Du musst gehen.«

»Nicht ohne dich«, sagte er leise und seine Stimme, sein Duft, seine ganze Gegenwart elektrisierten sie.

»Bitte schön«, gab sie zurück und wünschte, ihre Stimme würde nicht so zittern. »Dann lass dich eben erwischen. Das ist mir völlig egal!«

»Liana?«, erklang die Stimme ihrer Tante.

Erschrocken fuhr Liana herum, fand sich plötzlich unmittelbar vor Aren wieder und sein Blick verschmolz mit ihrem. So nah war sie ihm noch nie gewesen, seit sie Kinder waren, und das sehnsuchtsvoll ziehende Gefühl durchflutete sie mit Macht.

»Liana, verflixt noch mal!« Wieder ihre Tante! »Wo bist du? Bist du taub?«

»Ich komme!«, rief sie und wollte zwischen den Laken hindurchschlüpfen, als sie Arens Hand auf ihrem Arm spürte. Sanft hielt er sie zurück. »Um drei. Am unteren Bachlauf.«

»Nein«, flüsterte sie.

»Ich werde auf dich warten.«

»Viel Spaß dort so allein.« Sie entwand ihm ihren Arm. »Ich werde nicht da sein.«

Er grinste lediglich.

Verärgert drehte sie sich auf dem Absatz um.

»Du hast etwas vergessen«, sagte er hinter ihr.

Sie sah verwirrt über die Schulter zurück. »Was meinst du?«

Da hob Aren seine Hand zu ihrem Ohr, und als er sie wieder zurückzog, befand sich darin das rote Seidentuch ihrer Mutter.

Perplex starrte sie darauf. »Wie …?«

Aren zwinkerte ihr zu.

»Liana!«, durchschnitt die Stimme ihrer Tante die Luft.

Liana fuhr herum, rannte zwischen der Wäsche hindurch zum anderen Ende der Leine und bückte sich dort unter eine Tischdecke.

Tante Raquel stand in der Tür zur Sommerküche, die Hände in die Hüften gestemmt. Den Vorfall am Brunnen hatte keine von ihnen mehr erwähnt, doch ihre Tante schien seitdem stündlich mehr Aufgaben für sie zu finden.

»Ich bin hier«, rief Liana mit klopfendem Herzen und betete, ihre Tante würde nicht näher kommen, sonst würde sie Aren unmöglich übersehen können.

»Bist du eingeschlafen oder was? Die nächste Ladung Wäsche muss aufgehängt werden. Beeil dich mal ein bisschen, ich will hier heute noch fertig werden!« Plötzlich hob ihre Tante die Hand, schirmte ihr Gesicht vor der Sonne ab und starrte mit zusammengekniffenen Augen herüber.

Liana blieb fast das Herz stehen. »Ich mach schon, ich beeile mich«, rief sie hastig und schielte vorsichtig zur Seite, doch da war nichts als Laken, die sich im Wind leise bauschten.

Endlich drehte ihre Tante sich um und verschwand wieder in der Sommerküche.

Erleichtert ließ Liana sich gegen den Baum sinken, atmete tief durch und bahnte sich dann wieder ihren Weg zwischen all der Wäsche dorthin, wo Aren gestanden hatte, doch er war fort.

Und das war auch gut so.

Der sollte bloß nicht glauben, sie würde ihm hinterherrennen.

Oder heute Nachmittag am Bachlauf auftauchen.

Moment mal – er hatte doch wohl nicht das Tuch mitgenommen? Das war ja klar. Er brauchte ein Unterpfand! Er wollte sie damit zwingen, zu kommen! Er … hatte es an den Baum gebunden.

Sie biss sich auf die Lippe, ging dann langsam hinüber und löste sacht das Tuch.

Trotzdem.

Sie würde nicht kommen.

Nie und nimmer!

Kapitel 6

Frühjahr 2016

Nie und nimmer werde ich eine Antwort auf meine Fragen finden, wenn das so weitergeht!

Wir treten aus den kühlen, abgedunkelten Räumen des Rathauses von Sewan wieder hinaus in die Hitze. Von der Helligkeit geblendet, muss ich für einen Moment die Augen schließen. Dann fällt die Tür hinter uns ins Schloss und ich seufze frustriert. Zwei enttäuschende Ämtergänge liegen hinter uns und ein ebenso ergebnisloser Besuch bei der Adresse des ehemaligen Kinderheims, wo wir nur ein leer stehendes, marodes Gebäude vorfanden. Ich hatte so sehr gehofft, wenigstens im Rathaus auf irgendwelche brauchbaren Informationen zu stoßen.

Noel wendet sich dem Raucherbereich rechts der breiten, verglasten Eingangstür zu.

Mein Handy klingelt und ich zerre es so hastig aus meiner Handtasche, dass ich es beinahe fallengelassen hätte, doch die Nummer ist mir unbekannt. Enttäuscht beiße ich mir auf die Lippe. Ich hatte gehofft, dass meine Mutter sich endlich melden würde. Einen Augenblick lang bin ich kurz davor, sie anzurufen, schiebe das Handy dann jedoch wieder zurück in meine Tasche, wo es noch einen Moment klingelt und schließlich Ruhe gibt. »Und du bist absolut sicher, dass die Frau da drin alles richtig verstanden hat?«, wende ich mich wieder Noel zu.

Er starrt mit gerunzelter Stirn auf sein eigenes Handy.

»Noel?«

Er nimmt mich gar nicht wahr, liest sichtlich angespannt.

Ich versuche, an ihm vorbei auf das Display zu schielen, doch er bemerkt es und lässt sein Handy eilig wieder in seine Tasche gleiten. »Das ist privat!«, fährt er mich an.

Erschrocken weiche ich zurück.

»Tschuldige«, schiebt er hastig hinter und fährt sich schwer atmend über die Stirn. »Ich … es … Es tut mir leid, okay?«

Ich nicke zögerlich, immer noch gekränkt, immerhin ist er doch derjenige, der von der ›Privatsphäre‹ anderer nicht viel hält. Allerdings habe ich wirklich gerade andere Probleme, deshalb lasse ich es auf sich beruhen. »Hat die Frau wirklich verstanden, worum es geht?«, hake ich erneut nach.

»Also, ich bin zwar in Deutschland aufgewachsen, aber ich spreche sehr gut Armenisch.«

»Das wollte ich damit ja auch gar nicht infrage stellen, nur … ich meine … Ich existiere doch! Wie kann es sein, dass sie nirgendwo etwas über meine Adoption gefunden hat?« Aufgebracht schlage ich gegen die Tür des Gebäudes.

Eine Mutter mit zwei kleinen Kindern an der Hand schaut erschrocken herüber.

Noel legt den Kopf schief und runzelt nachdenklich die Stirn. »Na ja, wenn tatsächlich alle Vor-Ort-Unterlagen bei dem Erdbeben vernichtet wurden, ist es natürlich schwer, jetzt etwas ausfindig zu machen. Es kann aber auch sein, dass sie unter der Hand ausgestellt wurden.«

»Du meinst … gar nicht von offizieller Seite?«

Er zuckt die Achseln. »Möglich wäre es. Hier unten läuft nicht immer alles nach Vorschrift.«

»Das habe ich gesehen«, gebe ich trocken zurück und ergänze dann vorwurfsvoll: »Du hast sie geschmiert.« Tatsächlich konnte die Dame im Amt mir rein gar nichts über meine Adoption sagen, fand mich weder im Computer noch im Archiv, rückte aber – nachdem vor meinen erstaunten Augen etliche Scheine unter dem Tisch den Besitzer gewechselt hatten – mit einer Liste aller gemeldeter Maryam Askarians heraus, die ich nun in Händen halte.

»Das Geld gebe ich dir natürlich zurück«, sage ich. »Und natürlich bin ich froh, dass wir so wenigstens einen Hinweis erhalten haben, aber trotzdem …«

»Du bist entrüstet?« Er klingt belustigt. »Meinst du, dass es Bestechung in Deutschland nicht gibt? Hier wird es wenigstens offen praktiziert und jeder weiß, dass er ein paar Scheine mitnehmen muss, wenn er etwas erreichen will. Aber das Geschäftsleben ist doch überall auf der Welt gleich. Lügen, Korruption und Intrigen. Ein Haifischbecken. Was meinst du, weshalb ich mir alle paar Monate eine Auszeit vom Geschäft nehme? Wenn ich mich nicht regelmäßig in den Bergen Armeniens verkriechen und mich allein der Fotografie widmen würde, wäre ich sicher nicht mehr der Mann, zu dem meine Eltern mich erzogen haben.«

»Eine Erziehung, von der ich bislang recht wenig mitbekommen habe«, kann ich mir nicht verkneifen.

»Tatsächlich?«, gibt er vergnügt zurück. »Und dabei gebe ich mir solche Mühe. Aber gut – ich bin sicher, dass du auch ohne meinen Charme gut mit den Einheimischen wirst kommunizieren können.« Die Hände in den Hosentaschen schlendert er pfeifend davon.

Einen Augenblick später renne ich hastig hinterher. »Äh … Nun ja … da ja bekanntermaßen der gute Wille zählt, denke ich, dass … ich dir doch einen gewissen Erfolg der … äh … Erziehungsmaßnahmen deiner Eltern … attestieren kann.« Zu mehr kann ich mich nicht durchringen.

»Und was ist mit meinem unwiderstehlichen Charme?« Er grinst mich an.

Ich beiße die Zähne zusammen, doch ich bringe es nicht über mich. »Wusstest du eigentlich schon, dass der längste Satz in einem Buch aus 823 Wörtern besteht und dass er in Victor Hugos Roman ‚Les Miserables‘ vorkommt?«

Er hält inne und legt den Kopf schief. »Also, so ’ne kleine Meise hast du aber schon, oder?«

»Womit sich auch die Frage nach dem unwiderstehlichen Charme von selbst beantwortet hat.«

Er stutzt und schon fürchte ich, dass er seine Drohung nun tatsächlich wahr machen und mich allein weitersuchen lassen wird, doch da lacht er plötzlich leise in sich hinein und sagt: »Na schön, da ich dir offenbar etwas beweisen muss, gib mir mal die Liste.«

Erleichtert reiche ich sie ihm. »Liegt irgendeiner dieser Ort hier in der Nähe?«

Er blättert die Seiten nachdenklich durch, während wir langsam die schmale Gasse entlanggehen, deren Kopfsteinpflaster in der Sonne matt schimmert. »Schwer zu sagen, ich kenne ja nicht alle, aber auf den ersten Blick fällt mir kein bekannter Ortsname auf.«

Ich seufze. »Ich kann doch nicht ganz Armenien abfahren und bei 30 Maryam Askarians an die Tür klopfen –«

Mein Handy klingelt und ich krame es hastig aus der Tasche, immerhin könnte es endlich meine Mutter sein, doch es ist Jana. Schon wieder.

Zögerlich hebe ich das Telefon ans Ohr. »Hallo?«

»Jahreszeit!«

»Äh, Sommer?«, gebe ich besorgt zurück.

»Nein. Ich meine doch: Kuchen passend zur Jahreszeit. Und zwar nicht einfach nur mit dem Obst der jeweiligen Saison, sondern auch mit entsprechender Zuckerguss-Deko. Wir könnten das sogar in Monate verfeinern. Anton hatte die Idee. Ein Kuchenkalender sozusagen. Was hältst du davon?«

Ich reibe mir müde übers Gesicht. »Jana, ich kann mich jetzt nicht um so etwas kümmern. Entscheide du.«

»Oh. Alles klar. Großartig, danke.«

Kaum hat sie aufgelegt, habe ich die Vision einer knallgrünen Hochzeitstorte mit Riesenrutsche aus Zuckerguss und bin mir nicht mehr sicher, ob es so gut war, Jana freie Hand zu lassen. Bei was auch immer. Kopfschüttelnd kontrolliere ich schnell noch meinen Posteingang und packe das Handy mit einem schweren Seufzer wieder ein.

»Alles okay?«, fragt Noel.

Ich nicke. »Es ist nur … Ich hatte gehofft, dass meine Mutter anrufen würde, also … meine Adoptivmutter, meine ich, und … ach, verdammt! Wieso ist das alles so kompliziert?« Plötzlich unfassbar erschöpft lehne ich mich gegen den warmen Stein des Gebäudes zu meiner Rechten, schließe die Augen und versuche, die Schluchzer runterzuschlucken, die plötzlich meine Kehle hochklettern.

Ich höre Noels Schritte auf dem Pflaster, dann spüre ich ihn neben mir und fahre mir müde übers Gesicht. »Tut mir leid«, sage ich und stoße mich von der Mauer ab. »Es ist nur … meine Mutter, also Sabine … Normalerweise telefonieren wir ständig. Oder schreiben uns zumindest. Doch jetzt meldet sie sich nicht mehr. Sie ist verletzt. Das kann ich ja auch verstehen. Aber was ist mit mir?« Ich versuche die Tränen fortzublinzeln, will mich beruhigen, doch plötzlich bricht alles aus mir heraus: »Da ist so viel Wut und Trauer und Hoffnung, und ich dazwischen, wie in einer Schrottpresse, und ich werde langsam zerquetscht.« Ich habe plötzlich das Gefühl, zu wenig Luft zu bekommen, zerre an den Knöpfen meines Boleros, bis ich mich endlich von ihm befreit habe. »Ich fühle mich betrogen. Und belogen. Nicht nur über meine Herkunft. Nein, ich fühle mich um meine Erinnerungen betrogen. Es ist, als wären sie plötzlich nicht mehr so viel wert wie früher. Bei jeder einzelnen frage ich mich: Wie wäre diese Situation mit meiner wahren Mutter, mit meinem echten Vater abgelaufen? Ich habe so viele Fragen. Ich kann nicht mehr schlafen. Dabei hatte ich eine wundervolle Kindheit, wirklich. Natürlich haben wir auch gestritten, aber wir haben immer wieder auf einen gemeinsamen Nenner zurückgefunden und uns versöhnt. Und jetzt? Jetzt bin ich nicht mehr ich selbst – ich weiß nicht mehr, wer ich bin. Bei allem, was ich denke und tue, frage ich mich: Stammt das von meinen biologischen Eltern oder von meinen Adoptiveltern? Bin das wirklich ich? Was für ein Mensch wäre ich sonst? Und … hätten wir uns über dieses oder jenes auch gestritten, wenn ich ihr leibliches Kind gewesen wäre? Ich meine … ich kann ihnen keinen Vorwurf machen, ich wurde geliebt und in jeder Hinsicht unterstützt. Aber trotzdem bin ich wütend. Trotzdem brauche ich Antworten! Wieso versteht sie das nicht? Ja, sie ist verletzt und gekränkt, weil ich mich auf diese Suche begeben habe. Und das verstehe ich ja auch. Aber ich bin auch verletzt und gekränkt.« Ich halte inne und beiße mir auf die Lippe.

»Und dein Vater kann dir nicht weiterhelfen?«

»Wusstest du eigentlich, dass Tiger nicht nur gestreiftes Fell haben, sondern auch gestreifte Haut?«

»Was?« Verwirrt runzelt er die Stirn.

»Nichts«, sage ich hastig. »Ist nur etwas, das ich mal gelesen habe in … einem Buch.« Ich räuspere mich verlegen. »Jedenfalls … mein Vater … ist vor langer Zeit an Krebs gestorben.«

»Das tut mir furchtbar leid«, sagt er betroffen.

»Schon gut. Ist lange her. Nur … als würde das alles nicht reichen, werde ich auch noch von Schuldgefühlen zerfressen. Weil ich gegangen bin. Ich fühle mich wie eine Verräterin. Und wegen des Unfalls. Und –«

»Wieso wegen des Unfalls?«

»Weil ich mit ihr telefoniert habe, als es passiert ist. Es ist alles meine Schuld, ich –«

»Nein!«

Noels heftiger Tonfall lässt mich verstummen.

»Das darfst du nicht denken!«, fährt er aufgebracht fort. »Du kannst überhaupt nichts dafür!«

Ich nicke zögerlich, wenn auch nur, damit er sich nicht weiter aufregt. »Okay. Ich … weiß nur einfach nicht mehr, wie ich zu meiner Mutter stehen soll, was ich für sie empfinde. Und sie macht mir die Antwort nicht unbedingt leichter.«

»Ich verstehe«, sagt er. »Aber ich bin mir sicher, dass die Grundlage für die meisten deiner Sorgen hier drin ist.« Er deutet auf seine Stirn. »Und nicht hier.« Er legt sich die Hand auf das Herz. »Gib dir etwas Zeit. Und ihr.«

»Sehr viel mehr bleibt mir auch nicht übrig«, seufze ich.

»Und bis dahin machen wir hier weiter«, bestimmt er und deutet auf das Papier in seiner Hand. »Erst einmal würde ich die Liste auf das Alter der Frauen hin eingrenzen und dann am Laptop noch einmal die angegebenen Wohnorte suchen und die Entfernung abchecken. Ein paar können wir mit Sicherheit noch abklappern und –«

»Und wenn sie gar nicht mehr hier lebt? Wenn sie – wie deine Eltern – ausgewandert ist?« Langsam wird mir klar, wie naiv mein Vorhaben war. Mir wird schlecht.

»Ganz ruhig! Das steht ja noch gar nicht fest.« Er legt mir sanft die Hand auf den Arm.

Doch das beruhigt mich nicht. Im Gegenteil – dafür fühlt es sich viel zu gut an. Ruckartig ziehe ich meinen Arm weg.

Ein Schatten fliegt über Noels Gesicht, fast wirkt er … verletzt? Ausgerechnet er?

Doch im nächsten Moment bin ich mir nicht sicher, ob ich mir das alles nur eingebildet habe, denn er fährt mit neutraler Miene fort: »Außerdem haben wir noch ein paar andere Optionen. Die Dame im Rathaus hat gemeint, dass vielleicht eine ehemalige Mitarbeiterin des Heims noch in der Gegend lebt.«

»Was?« Ich reiße die Augen auf. »Und das sagst du erst jetzt? Wo? Lass uns hinfahren! Jetzt sofort!«

Sogleich hebt er beschwichtigend die Hände. »Sie war sich da nicht sicher, wusste nicht einmal, wie die Frau mit Nachnamen heißt, aber ihr Vorname sei wohl Raquel und sie würde ständig da oben im Kloster Sewanavank neben einer der Kirchen sitzen und beten. Und wohl auch Getränke oder so an Touristen verkaufen. Das Kloster ist nicht weit von hier. Sollen wir hinfahren?«

»Das fragst du noch?«

Ein Piepton seines Handys zeigt eine eingegangene Nachricht an. Er zieht es aus der Tasche, wirft einen Blick darauf, runzelt die Stirn, und läuft los.

»Noel, warte!«

Er bleibt stehen. »Was ist?«

»Alles in Ordnung?«

»Klar, warum nicht?«

»Weil … na ja … Weil du neulich Polizeinachrichten gelesen hast und ständig so besorgt deine Nachrichten kontrollierst.« Noch während ich spreche, wird mir klar, wie bescheuert sich das anhört. Wieso konnte ich nicht meinen Mund halten?

Tatsächlich versteift sich Noel. Dann sagt er langsam. »Ich hab eine Bank überfallen.«

»Du – äh – was?«

Im nächsten Moment lacht er schallend. »Du solltest dich jetzt mal sehen.«

»Blödmann!«, gebe ich wenig erwachsen zurück.

»Hey, eigentlich sollte *ich* doch beleidigt sein«, sagt er, klingt dabei aber belustigt. »Darüber, was du mir alles zutraust.«

Da hat er zwar recht, doch das trägt nicht unbedingt zu meiner Beruhigung bei, im Gegenteil. Ich spüre, wie ich vor Verlegenheit rot anlaufe. »Dich frage ich nie mehr nach etwas. Nicht mal nach der Uhrzeit.«

»Auch nicht nach dem Weg?«

Irritiert sehe ich mich um. »Na schön«, gebe ich mich missmutig geschlagen. »Abgesehen vom Weg. Wo geht's lang?«

»Nach links«, gibt Noel grinsend zurück.

Während wir durch die verwinkelten Gässchen des verschlafenen Ortes laufen, spüre ich immer wieder seinen Blick auf mir ruhen, und ein Kribbeln überläuft mich, doch ich sehe starr nach vorn.

Wäscheleinen sind von einer Seite zur anderen gespannt, die winzigen Balkone quellen über vor Blumen und kleinen Palmen und aus den Fenstern ziehen Essensdüfte auf die Straße.

Schließlich biegen wir um eine Hausecke, die Sicht auf den See ist plötzlich wieder frei, und unwillkürlich verlangsamen sich meine Schritte. Nicht zum ersten Mal heute überwältigt mich der Anblick der türkisfarbenen Unendlichkeit des Sewansees. Ich halte für einen Moment inne.

Der See liegt spiegelglatt da. Seine leuchtend grünen Ufer verschwimmen am Horizont zu einem diesigen Blau. Weiße Boote dümpeln in Ufernähe und ein größeres – vielleicht eine Fähre? – durchquert ihn in der Ferne.

»Der größte alpine See der Erde. Fast 80 Kilometer lang.« Noel ist neben mich getreten und in seiner Stimme schwingt unbändiger Stolz mit. »Wunderschön, nicht wahr?«

Ich nicke. »Ich habe nicht gewusst, dass ein See solch eine Farbe haben kann.«

»Ich kann mir keine schönere vorstellen«, sagt er leise.

Ich mustere seine strahlendblauen Augen heimlich von der Seite.

Ich schon. Aber das werde ich ihm nicht sagen.

***

Fahrtwind weht durchs offene Fenster und lässt mein Haar flattern. Gedankenverloren lausche ich dem einschläfernden Geräusch des Motors. Beim Anblick des rostigen Gefährts bin ich davon ausgegangen, dass es schon nach zwei Kilometern zusammenbrechen würde, aber es schlägt sich überraschend wacker. Ab und an holpern wir über ein Schlagloch, doch die meiste Zeit gleitet der alte Kasten erstaunlich geschmeidig dahin.

»Eigentlich hatte ich erwartet, dass du mindestens mit einem nagelneuen Lamborghini auftauchst«, sage ich.

»Stehst du auf schnelle Autos?«

»Klar. Ungefähr so sehr wie auf Fußpilz.«

»Ich bin auch eher die Oldtimer-Fraktion.«

»Sicher. Und was ist mit dem Wagen, mit dem du mich beinahe überfahren hast?«

»Im Geschäftsleben muss man nun einmal ein gewisses Image pflegen.«

»Das des arroganten Arschlochs?«

»Manchmal.« Er grinst, nicht im Mindesten beleidigt. »Du glaubst gar nicht, wie viele Menschen Arroganz mit Erfolg gleichsetzen. Und wenn du nicht Arschloch sein kannst, solltest du gar nicht erst versuchen, da oben mitzumischen.«

»Weshalb das zum Glück auch gar nicht mein Ziel ist.«

»Was ist dann dein Ziel?«

»Ich habe keins.«

»Du bist eine schlechte Lügnerin. Noch etwas, das dir im Geschäftsleben Nachteile bringen würde.«

»Dann bist du also ein guter Lügner?«

»Ich bin in vielen Dingen gut«, sagt er und seine Stimme hat plötzlich einen dunklen Unterton.

Mein Herzschlag verdoppelt sich.

»Ähm«, gebe ich zurück.

Okay, selbst ein Kühlschrank ist schlagfertiger, als ich es in Noels Nähe bin.

Was hat dieser Mensch nur an sich, dass ich mir in seiner Gegenwart wie eine Zwölfjährige vorkomme?

Mit glühenden Wangen starre ich stur aus dem Fenster zu meiner Rechten.

Die Luft riecht nach heißem Asphalt und der Wagen ein wenig nach Benzin, aber plötzlich mischt sich eine neue Note hinein. »Was duftet hier so?«

»Das sind die Granatapfelbäume.«

»Granatäpfel?« Ich beschatte mit der Hand meine Augen.

»Die roten Blüten da«, sagt er und deutet auf die Bäume am Wegesrand.

Ich denke an unsere erste Begegnung und muss plötzlich lachen.

»Was ist?«

»Glaubst du an Schicksal?«, frage ich, mehr spaßeshalber.

»Ja«, kommt prompt die Antwort.

Überrascht richte ich mich auf und mustere ihn neugierig. »Ernsthaft jetzt?«

»Solange es mein Schicksal ist, mit dir ein Date zu haben, sicher.«

»Ich bin mit Ralf verlobt, schon vergessen? Und ich werde ihn heiraten!«

»Da irrst du dich, sonst hätte der Kaffeesatz mir das verraten.«

Ich beiße mir auf die Lippe, um mein Lächeln zu verbergen. »Du gibst nie auf, oder?«

»Nie.«

»Dann hast du mit meiner Mutter etwas gemeinsam.«

Eine Weile ist wieder nur der Motor zu hören, dann fragt Noel: »Was ist deine Mutter eigentlich für ein Mensch?« Seine Stimme hat einen seltsamen Unterton.

»Wieso willst du das wissen?«, frage ich abweisend. Ich will jetzt nicht an meine Mutter denken.

»Weil ich mit ihrer Tochter ein Date haben werde«, entgegnet er leichthin.

»Dann habe ich also eine Schwester, von der ich nichts weiß?«

Noel lacht. Ein leises, sympathisches Lachen, bei dem seine strahlend weißen Zähne in seinem gebräunten Gesicht leuchten.

»Und davon abgesehen – hattest du nicht etwas von einer Klimaanlage im Auto gesagt?«

»Da ist sie doch.« Mit dem Daumen deutet er auf die offenen Fenster.

Ich rolle mit den Augen, kann ihm aber leider gar nicht ernsthaft böse sein, denn dafür ist es einfach zu schön, wie der Fahrtwind mir über die nackten Arme streicht und sich in meinem Haar fängt.

Ich lege meine Arme ins Fenster und den Kopf darauf ab, schließe die Augen und lasse mir die Sonne ins Gesicht scheinen. Aus dem Radio dudeln leise orientalisch anmutende Klänge von Flöten und Gitarren.

Noel summt mit. Ziemlich schief und unmelodisch, aber so voller Inbrunst, dass ich darauf verzichte, ihn damit aufzuziehen.

Plötzlich hält er inne und sagt: »Der Granatapfel ist übrigens unter anderem auch ein Symbol der ewigen Jugend, Fruchtbarkeit, Schönheit und Liebe.«

»Willst du mich beeindrucken?«

»Das war der Plan.«

»Dafür musst du dir schon ein bisschen mehr Mühe geben.«

»Na schön: Der Granatapfel ist außerdem eng mit der Kultur Armeniens verbunden: keine Hochzeit, auf der nicht die Braut einen Granatapfel gegen die Wand schleudert.«

»Wie bei einer Schiffstaufe?«

»Nicht ganz – die Körner aus dem aufgeplatzten Apfel sollen den Kindersegen sichern.«

»Warst du in deinem letzten Leben Reiseführer oder was?«

»Nein. Da war ich nämlich der erste Mensch auf dem Mond.«

»Hallo Neil«, sage ich, lege den Kopf wieder auf meinen Armen ab, lausche den Fahrtgeräuschen und der Musik und wünschte, wir könnten ewig so weiterfahren.

»Hier ist alles so exotisch«, murmle ich irgendwann schläfrig. »Ich war schon seit Jahren nirgendwo, wo es so fremd ist, so … schön-fremd.«

»Wo dann?«

»Immer nur Ostsee. Oder Wandern in den Bergen. Alles ganz nett, keine Frage, aber nach zehn Jahren verliert es dann doch seinen Reiz.« Eigentlich schon nach drei Jahren, wenn ich ehrlich bin.

»Warum bist du dann immer wieder dahin gefahren?«

Ich betrachte den vorbeifliegenden Straßenrand mit seiner trockenen Erde, den Kieselsteinen, den vereinzelten grünbraunen Büschen und denke über Noels Frage nach. Da meine Mutter immer behauptet hat, ich würde unglücklich werden mit jemandem wie Ralf, und ich immer dagegen gehalten hätte, dass ich unfassbar glücklich sei, konnte ich mich irgendwie nie so recht gegen seine Art zu leben und seine Urlaubspläne durchsetzen. »Gewohnheit«, antworte ich stattdessen.

Und wieder muss ich den Gedanken an meine Mutter beiseiteschieben.

Ich bette meinen Kopf ein wenig weiter nach links, sehe Noel beim Fahren zu. Mein Blick gleitet seinen Oberkörper hinab bis zu seinem flachen Bauch und – ich halte den Atem an – dem, was sich zwischen seinen Beinen wölbt.

»Was ist?«

Ich schrecke auf. »Hm?«

»Du starrst mich an.«

»Nein … ich … äh … denke nach.«

»Über Dosentomaten?« Er macht keinen Versuch, sein Lachen zu unterdrücken.

Ich laufe rot an. »Nein! Ich … habe mich nur gefragt, warum du so aussiehst, wie du aussiehst.«

»Du meinst mein fehlendes Ohr und meinen sechsten Finger?«

»Ja genau. Und davon abgesehen: deine blonden Haare und deine Augenfarbe. Die meisten Leute hier sind doch vom Typ her eher dunkel.«

»Stimmt, aber wir haben auch Rothaarige und Blonde. Mein

Äußeres kommt allerdings wohl davon, dass ich so ziemlich alles in meinem Blut habe, angefangen von Cherokee-Indianern über Hawaiianer und Inuit bis hin zu Aborigine.«

»Aborigine … alles klar.«

Er kratzt sich das stoppelige Kinn und grinst breit. »Na gut. Vielleicht nicht unbedingt Aborigine und auch kein Hawaiianer. Ehrlich gesagt, auch keine Inuit. Aber das mit den Cherokee stimmt.«

»Die haben aber auch weder blaue Augen noch blonde Haare.«

»Das ist der Erbteil meines irischen Urgroßvaters. Angeblich zumindest. Könnte aber auch von meiner isländischen Urururgroßmutter stammen.«

»Na schön, du isländischer Aborigine, wenn du nicht in der Lage bist, mir wenigstens eine Frage vernünftig zu beantworten, beantworte ich auch keine von deinen mehr.«

»Tust du doch ohnehin nicht. Ich hatte dir ja schon einige gestellt.« In seinen Augen funkelt gutmütiger Spott, doch je öfter er zu mir herübersieht, umso mehr verwandelt sein Blick sich in etwas anderes, Heißeres.

Das Atmen fällt mir mit einem Mal schwer und ich kann der Landschaft beim besten Willen nicht mehr das gleiche Interesse entgegenbringen wie zuvor. Aus dem Augenwinkel nehme ich wahr, wie Noels Blick über meinen Körper gleitet. Und als wäre er eine physische Kraft, stellen sich mir die Härchen auf, prickelt meine Haut. Ich rühre mich nicht, genieße dieses Gefühl, spüre ihm nach und wünsche mir mehr davon.

Ich lecke mir über die plötzlich trockenen Lippen. »Na schön, ich werde sie beantworten, aber du fängst an.«

»Okay. Also, ich habe mein Aussehen von meinem Vater. Er ist Schweizer und seine Seite ist da wohl voll durchgeschlagen. Meine Mutter ist Armenierin. Leider hielt die Ehe nicht lange – mein Vater reiste beruflich viel durch die Welt, da war das wohl vorprogrammiert. Ich war zehn, als sie erneut heiratete. Dieses Mal einen Armenier und, tja, was soll ich sagen, mein Stiefvater und ich sind nicht unbedingt die besten Freunde. Ende der Geschichte. Ich bin also sozusagen das typische Produkt einer unglücklichen Scheidung und einer noch unglücklicheren neuen Ehe.«

Nachdenklich spielen meine Finger mit dem Schultergurt meiner Umhängetasche. »Kannst du dich deshalb so gut in meine Situation hineinversetzen? In dieses ›Wie es wohl wäre, wenn‹?«

Er zuckt mit den Schultern. »Ich habe mich auch ständig gefragt, ob nicht alles viel besser gewesen wäre, wenn ich bei meinem leiblichen Vater aufgewachsen wäre. Aber weißt du was? Irgendwann habe ich mir gesagt, dass es keine Rolle spielt, dass ich das, was ich bin und habe, nicht den Umständen zuschreiben möchte. Also habe ich die Schule geschmissen und eine Ausbildung angefangen. Im Nachhinein betrachtet war das nicht die beste Entscheidung – ich musste das Abitur auf der Abendschule nachholen. Aber – und darauf will ich hinaus – ich hab mich von der Vorstellung gelöst, dass das, was ich bin, nur von meiner Umwelt abhängt.« Er holt tief Luft und fährt sich durch die Haare. »Okay, das kam jetzt sicherlich völlig wirr rüber.«

»Ein wenig«, sage ich. »Aber ich habe verstanden, was du meinst.«

Er lächelt mich an. »Also? Wie ist deine Mutter so?«

Ich ziehe ein Bein zu mir auf den Sitz, umschlinge es mit den Armen und hole tief Luft. »Ungewöhnlich.«

»Verrückt? Flippig?«

»Leute, die als ‚verrückt' und ‚flippig' bezeichnet werden, sind meistens ziemliche Spießer«, kläre ich ihn lächelnd auf und ergänze dann: »Nein, meine Mutter ist ungewöhnlich. Aber sie zieht all ihre Ideen durch und das … bewundere ich total.« Ich bin stolz auf mich. Ich kann über sie sprechen, als sei alles ganz normal. Und als sei unser Verhältnis immer noch dasselbe wie vor der … Sache.

»Zum Beispiel?«

»Na ja, als ich fünfzehn war und wegen einer Krankheit nicht mit auf Klassenfahrt nach Spanien gehen konnte, da holte sie Spanien zu uns ins Haus: Sie schüttete Sand auf die Terrasse, dekorierte das Haus mit der spanischen Flagge, kochte eine Woche lang Paella – ich kann das Zeug seitdem nicht mehr riechen – und lernte mittels Videokassetten Flamenco. Ein älteres Ehepaar aus der Nachbarschaft hielt sie daraufhin jahrelang für eine Spanierin und fragte sie immer um Rat, wo in Spanien sie am besten Urlaub machen sollten.«

Ein flüchtiges Lächeln huscht über Noels Gesicht. Er hört mir zu, ohne mich zu unterbrechen, und ich habe das Gefühl, als würde er jedes meiner Worte in sich aufsaugen.

»Und nach dem Tod meines Vaters bekam sie auf einmal eine künstlerische Phase. Sie belegte Kunst-Kurse an der Uni, kaufte Unmengen an Ton, Stein, Farben, Leinwänden, Pinseln und zigtausend anderen Utensilien. Unsere Wohnung sah aus wie ein Künstleratelier. Alle gingen davon aus, dass sich das nach ein paar Wochen wieder legen würde, tatsächlich hielt diese Phase aber ganze drei Jahre an und sie machte sogar einen Abschluss – frag mich jetzt aber nicht, was für einen. Erst als sie den in der Tasche hatte, war der Spuk plötzlich zu Ende und von einem Tag auf den anderen verkaufte sie alles. Als ich an dem Abend nach Hause kam, rief ich direkt bei der Polizei an, weil ich dachte, dass Einbrecher da gewesen wären.« Bei der Erinnerung daran muss ich selbst lachen und stelle fest, dass es plötzlich unheimlich guttut, über meine Mutter zu reden. Vielleicht, nur vielleicht, hat sich an unserem Verhältnis ja gar nicht so viel geändert, wie ich befürchtet habe. »Wenn sie sich etwas in den Kopf gesetzt hat, zieht sie es durch, ohne zu zögern oder lang zu überlegen. Das fing an, als mein Vater starb. Sein Tod war ein schwerer Schlag für sie und ich glaube, dass das auch ein Grund dafür war, warum sie mir nie von der Adoption erzählt hat.«

»Du meinst, sie hatte Angst, du könntest sie auch verlassen?«

Wieder wundere ich mich darüber, wie gut er mich versteht, als würde er meine Gedanken lesen können. Ich nicke. »Sie war schon immer ein extremer Mensch. Seit Vaters Tod hat sie stark geklammert. Aber eben auch ihr ganzes verrücktes Ding durchgezogen. Wie eine Art Kompensation oder Midlife-Crisis mit dreißig. Sie veranstaltete Schubkarrenwettrennen, lernte Paragliding und eröffnete eben ein Café. Wobei Letzteres wohl noch mit Abstand die spießigste von allen ihren Aktionen war. Dabei kreidet sie genau das immer Ralf an. Er ist ihr zu spießig. Deswegen können sie sich auch nicht ausstehen und –« Ich breche ab. Ich habe mich so in Fahrt geredet, dass ich ganz vergessen habe, mit wem ich hier im Auto sitze. »Na, jedenfalls helfe ich ihr seitdem im Café. Alleine würde sie das Ding gegen die … « Ich breche ab, als mir klar wird, dass ich mich – beziehungsweise meine Mutter – gerade um Kopf und Kragen rede. »Sie ist natürlich eine hervorragende Managerin«, ergänze ich hastig. »Und sie liebt das Café über alles. Es bedarf lediglich ein paar Rahmenbedingungen, um es zum Erfolg zu führen. Also, ich meine, eine schickere Ausstattung und so. Also nichts, was nicht zu leisten wäre. Ähm.« Um Gottes willen, offenbar verkraftet mein Gehirn Noels Nähe nicht. Anders ist dieser Kurzschluss nicht zu erklären.

Noel verkneift sich das Lachen. »Keine Angst. Ich bin ja selbst davon überzeugt, dass lediglich an ein paar Schrauben gedreht werden muss, um aus diesem drögen Laden etwas richtig Spannendes zu zaubern. Aber davon abgesehen: Die Arbeit in dem Café scheint nicht das zu sein, was dich glücklich macht.«

»Doch«, gebe ich zurück und bemühe mich, begeistert auszusehen.

»Tut dir was weh?«

Ich gebe mein verkrampftes Lächeln auf. »Meine Mutter hat nicht lockergelassen, bis ich ja gesagt habe. Ich habe es einfach nicht geschafft, ihr diesen Wunsch abzuschlagen.« Ich zucke vage mit den Schultern. »Sie kann sehr ausdauernd sein und sehr …«

»Besitzergreifend?«, schlägt er vor.

Ich schüttle den Kopf und nicke dann doch. »Aber nur, weil sie entsetzliche Angst hat, verlassen zu werden. Das ist mir inzwischen klar geworden.«

»Deshalb lebst du das Leben deiner Mutter?«

»Nein. Ich helfe ihr nur. Ich bin alles, was sie hat.«

»Was wäre denn dein Traum? Was würde dich glücklich machen?«

»Keine Ahnung«, weiche ich aus.

»Also, als du geschrieben hast, wirktest du ziemlich entspannt und glücklich.«

Verlegen schlinge ich die Arme um meinen Körper. »Mag sein, aber das ist nur eine Spielerei.«

»Ich würde es trotzdem gerne lesen.«

»Wusstest du, dass Glücksbambus eigentlich kein Bambus ist, sondern aus der Gattung der Drachenbäume stammt?«

»Nein, aber ich weiß, dass der Weltrekord im Kirschkernweitspucken bei 21,71 m liegt.«

Überrascht mustere ich ihn.

»Also?« Er lächelt mir zu. »Darf ich es jetzt lesen?«

Verlegen streiche ich mir das Haar hinters Ohr. »Es sind nur Kurzgeschichten. Nichts Besonderes. Alles sehr stümperhaft und furchtbar und grauenvoll und unleserlich und –«

»Ich denke, ich habe verstanden, worauf du hinauswillst. Das ist deine Meinung, aber was sagen die Anderen dazu?«

»Welche Anderen?«

»Na, die sie gelesen haben?«

»Die gibt es nicht«, gestehe ich.

»Du hast sie noch niemals jemanden lesen lassen?«, fragt er ungläubig.

»Es ist nur ein Hobby! Ich meine … natürlich träume ich davon, mehr daraus zu machen und nicht nur Kurzgeschichten zu schreiben, sondern auch mal eine richtige, eine große, eine berührende Liebesgeschichte, aber …«

»Aber?«

Ich zucke die Achseln und sehe beiseite. »Vielleicht fehlt mir die richtige Idee. Vielleicht der Mut. Das Risiko, zu scheitern, ist bei einer Kurzgeschichte von zwanzig oder dreißig Seiten überschaubar. Und wenn es eintrifft, tut es nicht so weh. Wenn ich nicht zufrieden bin oder nicht weiterkomme, wandert sie in meinen Ordner missglückter Versuche und ich fange einfach eine andere an. Das wäre nach einhundert Seiten eines Romans etwas schwierig. Was, wenn mir nach zweihundert Seiten die Ideen ausgehen oder ich nach zweihundertfünfzig Seiten nicht weiterkomme oder ich bei dreihundert Seiten feststelle, dass das ganze Manuskript eine Katastrophe ist oder ich das Ende nicht hinkriege oder – und das ist die schlimmste Vorstellung überhaupt – das fertige Ergebnis von einem Leser in der Luft zerrissen wird? Ich trau mich einfach nicht.«

»Ich verstehe, was du meinst. So geht es mir vor jedem Deal. Egal, wie gut ich alles durchkalkuliere – es gibt Dinge, die man nicht einplanen kann. Ein Restrisiko bleibt immer. Das muss man eingehen.«

Ich seufze.

»Mein Angebot bleibt bestehen.«

»Ich denke darüber nach.«

Eine Weile herrscht Schweigen,

»Wie lange bist du schon mit Ralf zusammen?«

»Du hast nach meiner Mutter gefragt. Ralf ist nicht das Thema.«

»Wir unterhalten uns doch nur. Wo ist er überhaupt?«

»Auf dem Hotelzimmer. Es geht ihm nicht gut. Magen-Darm.«

»Siehst du?«

»Was? Was willst du damit sagen?«

»Wenn ich dein Verlobter wäre, hätte ich einen Teufel getan und dich mit einem fremden Mann durch ein fremdes Land ziehen lassen. Und wenn ich zwei Kilo Imodium akut schlucken oder alle zehn Minuten aufs Klo hätte rennen müssen. Ich wäre mit dir gekommen.«

»Zum Glück bist du aber nicht mein Verlobter und außerdem vertraut Ralf mir eben.«

»Mag sein. Aber kann man *mir* vertrauen?« Erneut dieser Tonfall, der mir einen wohligen Schauer über den Rücken laufen lässt.

»Nein«, entfährt es mir heftiger als geplant. »Und deshalb sage ich es hier noch einmal in aller Deutlichkeit: Ich liebe Ralf und werde ihn heiraten. Komm mir zu nahe und du kannst deine Zähne in der Tasche nach Hause tragen.«

Er lacht. »Das wird nicht nötig sein. Ich warte lieber, bis *du* zu mir kommst.«

»Du bist ganz offenbar nicht zurechnungsfähig.«

»Eine meiner nützlichsten Eigenschaften.«

Ich schnaufe verächtlich, dennoch flitzt eine kleine Sternschnuppe durch mich hindurch, zieht einen Streif sonderbarer Gedanken und Gefühle hinter sich her: Was wäre, wenn ich hier säße, ohne mit Ralf verlobt zu sein? Was wäre, wenn ich hier säße und überhaupt nichts mit Ralf am Hut hätte?

Ich kann mich nicht erinnern, jemals mit Ralf solch alberne Unterhaltungen geführt zu haben wie mit Noel. Ich glaube auch nicht, dass ich mich in seiner Nähe jemals so … schwebend gefühlt hätte. Andrerseits hatte ich bei ihm auch noch nie das Bedürfnis, ihm eine zu scheuern. Und überhaupt: Ralf ist der Mann, den ich heiraten werde. Der Mann, der in diesem Moment krank im Hotelzimmer liegt, während ich hier … ja, was tue ich hier eigentlich? Flirte ich? Nein. Oder etwa doch?

Hastig schüttle ich den Kopf, als könnte das meine Gefühlswelt wieder in die richtigen, in geordnete Bahnen lenken, betrachte die vorüberziehenden Hügel, zwischen denen immer wieder mal der See hervorblitzt, und kaue auf meiner Wange herum. »Ralf und ich sind zusammen, seit wir Teenager sind«, sage ich schließlich und verstehe selbst nicht, was ich Noel hier beweisen will. »Erste große Liebe und so.«

»Danach hört sich das aber nicht unbedingt an. Und danach sah es auch nicht aus. Eher nach Gewohnheit. Er geht mit dir um wie mit einem Gepäckstück.«

Wieso habe ich es überhaupt versucht? »Ich werde hier nicht über Ralf diskutieren«, gebe ich erbost zurück. »Schon gar nicht mit dir. Und davon abgesehen ist er ein wundervoller Mann. Einfühlsam und verständnisvoll.« Nun ja. Zumindest war er das mal.

»Du musst ja auch nicht diskutieren«, sagt er gelassen und

lässt den linken Arm entspannt aus dem Fenster hängen. »Akzeptiere einfach, dass er überhaupt nicht zu dir passt.«

»Lass das bitte mal meine Sorge sein«, grolle ich und ergänze dann hastig: »Ich meine – er passt zu mir und fertig!« Demonstrativ rücke ich, so weit es mir nur möglich ist, von Noel ab und sehe aus dem Fenster. Ich muss von ihm Abstand halten. Immerhin bin ich mit Ralf verlobt.

Eine Weile ist nur die Musik aus dem Radio zu hören – ungünstigerweise kein wütender Heavy Metal oder meinetwegen auch ein klagendes Trauerlied, sondern ein fröhlicher Männerchor, bei dem sich mir sofort die Assoziation einstellt, dass die Sänger untergehakt im Kreis herumtanzen.

Äußerst unpassend für meinen momentanen Gemütszustand.

Jetzt fängt Noel auch noch an, mitzupfeifen.

Ich schnaufe verärgert.

Das Problem ist eigentlich nicht, dass Noel der Meinung ist, Ralf und ich würden nicht zueinander passen. Das Problem ist, dass – tief in mir – ich selbst der gleichen Ansicht bin. Und das liegt nicht an Ralfs Verhalten während dieser Reise, das zum Glück überhaupt nicht seinem Normalzustand entspricht. Es liegt nicht einmal an Ralfs Macken. Ich selbst habe sicherlich weitaus mehr.

Vielmehr liegt es daran, dass Ralf damals meine persönliche Art der Rebellion war. Andere Teenager lassen sich tätowieren, rauchen oder rasieren sich die Haare ab. Ich habe mit einem ultraspießigen Langweiler angebandelt. Eine stärkere Form der Auflehnung gegen meine Mutter gab es nicht, denn die hatte damals die Rebellion für sich gepachtet, hat sich Piercings stechen und sich tätowieren lassen. Irgendwann hat sie damit wieder aufgehört. Nur die Tattoos sind geblieben.

Und Ralf.

Womit wir wieder bei der Gewohnheit sind.

***

»Wir sind da.« Noel hält an, beugt sich nach hinten und zieht einen Rucksack aus dem Fußraum des Wagens.

Ich betrachte den grünen Hügel vor uns. An seiner Kuppe erkenne ich vor einem strahlendblauen Himmel zwei mehrgiebelige Kirchen. Sie sind aus dunklem Stein errichtet und tragen runde rötlich-graue Spitzdächer.

Wir steigen aus und Noel deutet den Hügel hinauf. »Da müssen wir hoch.«

Ich schlucke, denn der Aufstieg sieht wirklich steil und beschwerlich aus.

Zwanzig Minuten später ist mir klar, dass er nicht nur so *aussieht*.

Schwer atmend steige ich die letzten der bröckeligen Steinstufen hinauf und lasse mich dann neben der Treppe ins Gras sinken, um zu verschnaufen.

Jetzt erst komme ich dazu, den Ausblick richtig wahrzunehmen. »Wow.«

Und mehr gibt es dazu auch nicht zu sagen. Rechts von uns eine sanft abfallende grüne Hügellandschaft, vor uns der Horizont in sämtlichen Blautönen, ohne dass man sagen könnte, wo der See endet und der Himmel anfängt. Auf Augenhöhe zieht ein Greifvogel seine Kreise und ich habe das Gefühl, nur die Arme ausbreiten zu müssen und hinaus in die Ferne segeln zu können.

Noel lässt sich unmittelbar neben mir ins Gras fallen, die Hände hinter sich aufgestützt.

Eine Weile sitzen wir in stummer Eintracht nebeneinander, und ich bin gebannt von dieser Welt zu meinen Füßen, dann öffnet Noel seinen Rucksack. Eine ziemlich große Fotokameratasche und allerlei Zubehör wird sichtbar. »Du hast nicht gelogen«, rutscht es mir heraus.

Er lächelt nur, holt die Kamera raus, schraubt das Objektiv ab und ein anderes auf, visiert den See an und drückt ein paar Mal auf den Auslöser, zoomt heran und wieder fort, visiert wohl eines der weißen Boote weit draußen an, und drückt erneut auf den Auslöser, sucht sich ein neues Motiv, wechselt das Objektiv und zoomt wieder hin und her. Das geht so eine ganze Weile. Ich schaue ihm zu, fasziniert von dem völlig gelösten Ausdruck auf seinem Gesicht. Mein Blick tastet über das blonde Haar, in dem eine sanfte Brise spielt, über die langen, dichten Augenbrauen, die seinen unfassbar schönen Augen Kontur geben, über die sanft geschwungenen Züge, auf denen jetzt tiefer Frieden liegt. Mir wird bewusst, wie ernst er es vorhin gemeint hat, als er sagte, dass er diese Auszeiten bräuchte.

Schließlich lässt er die Kamera sinken. »Ich weiß nicht, wie viele hundert Fotos ich von hier oben aus schon geschossen habe«, sagt er leise.

So dicht neben mir sitzt er, dass ich die Wärme seiner Haut spüre.

Nichts ist zu hören außer dann und wann ein vereinzelter Schrei des Greifvogels, und ich genieße einfach den Moment.

Noel beschattet mit der Hand seine Augen, dabei streift sein Arm meinen und augenblicklich richten sich die Härchen an meinem Körper auf, als hätte er eine elektrische Ladung auf mich übertragen.

»Dort unten war früher Wasser.« Er streckt die Hand aus und deutet hinunter zum Fuß des Hügels. »Heute liegt das Kloster auf einer Halbinsel, aber früher war es komplett von Wasser umgeben. Während der Sowjetzeit wurde das Seewasser dermaßen massiv für landwirtschaftliche Bewässerungsprojekte abgeleitet, dass aus der Insel hier eine Halbinsel wurde.«

Ich versuche, mir vorzustellen, wie es hier zuvor ausgesehen haben muss, und eine Weile sitzen wir in stummer Eintracht da, doch immer wieder spüre ich seine Blicke auf mir ruhen und stelle plötzlich fest, dass meine Finger sämtliche Grashalme in der Umgebung abgezupft haben. Wieso reagiert mein Körper in seiner Gegenwart, als wäre er ein eigenständiges Wesen, das mit meinem Verstand nicht mehr gemein hat, als dass sie beide zufällig unter derselben Adresse anzutreffen sind?

Plötzlich fährt er sich mit der Hand durchs Gesicht. Von dem friedlichen Ausdruck ist nichts mehr übrig – seine Brauen sind zusammengezogen, die Lippen ein schmaler Strich und selbst seine Kiefermuskeln scheinen angespannt.

»Ist alles in Ordnung?«, frage ich. »Ist dir übel?«

Er sieht erschrocken auf und ich merke, wie er damit ringt, seinem Gesicht wieder eine neutrale Maske zu verpassen. Dann gibt er diesen Versuch offenbar auf, meidet meinen Blick und schaut mit gerunzelter Stirn auf den See hinaus. »Hast du …«, sagt er stockend. »Hast du schon einmal etwas wirklich Dummes getan, etwas wirklich unfassbar Dummes, das du am liebsten rückgängig gemacht hättest, aber du konntest nicht, weil … « Er bricht ab, sein Blick irrt ruhelos über die Landschaft.

Irritiert streiche ich mit der Hand über mein Kleid. »Klar … hunderttausend Mal. Jeder kennt solche Situationen.«

»Ich meine aber …«

»Ja?«, hake ich nach, als er nicht weiterredet.

Er fährt sich mit der Zunge über die Lippen, ringt sichtlich mit sich.

»Worum geht es denn?«

Er sieht mich von der Seite an, einen undeutbaren Ausdruck im Gesicht, und schüttelt dann den Kopf. »Nur was Geschäftliches.«

Ich bin zwar nicht überzeugt, nicke aber.

»Das Kloster wurde übrigens auch von einer Maryam gegründet«, sagt er, offenbar in dem Bestreben, von seiner seltsamen Frage abzulenken, »einer Prinzessin Maryam. Und eigentlich ist der Ausdruck Kloster Sevanavank falsch, denn das »Vank« in Sevanavank bedeutet auf Armenisch schon ›Kloster‹. Und das da drüben …« Er deutet auf ein recht ungewöhnliches, fast oval geformtes Gebäude, das aus dem Hügel heraus in Richtung See ragt und einen morbiden Charme ausstrahlt, »… ist das Gästehaus der Armenischen Autorenvereinigung und am Ostufer –«

»Autorenvereinigung?«, wiederhole ich überrascht.

»Dachtest du, etwas so Zivilisiertes gäbe es bei uns nicht? Wir haben auch Komponisten, Erfinder und den ganzen Rest.«

»Aber garantiert keine Eisbärenpfleger.«

»Verdammt. Ich wusste doch, dass uns etwas fehlt.« Er lächelt halbherzig, dann wird sein Gesicht wieder ernst, als er sagt: »Trotzdem scheint dich das mit der Autorenvereinigung zu faszinieren.«

»Ich finde einfach nur, dass der Ort für ein solches Gästehaus perfekt gewählt ist. Ich könnte mir keinen schöneren zum Schreiben vorstellen.«

»Schmorkochtopf.«

»Hm?«

»Beim Wort ›Schreiben‹ hast du gelächelt wie meine Mutter, wenn sie von einem neuen Schmorkochtopf spricht, den sie sich kaufen will. Du musst aus diesem Café raus. Das ist nicht das Richtige für dich. Du wirkst dort wie ein Fremdkörper.«

»Wo ist sie jetzt, diese Frau?«, breche ich das Gespräch ab und stehe auf.

Noel schüttelt den Kopf, erhebt sich aber ebenfalls, packt seine Kamera wieder ein, und wir laufen über einen Kiesweg, vorbei an verfallenen Mauerwällen, dem ersten der beiden dunkelgrauen Granitbauten der Klosteranlage entgegen. Wir umrunden die kleine Kirche beinahe komplett, ohne auf eine Spur der Frau zu stoßen. Ich suche die uns umgebenden Wiesen und Mauerreste ab, doch es ist Noel, der sie entdeckt.

»Dort drüben«, ruft er und jetzt sehe auch ich sie. Gute fünfhundert Meter entfernt, vor der zweiten Kirche, sitzt auf einer niedrigen Mauer eine auffällige Gestalt in vermutlich traditioneller Tracht: ein dunkelblauer, mehrlagiger Rock aus schwerem Stoff, ein rotes Oberteil und eine goldbestickte Weste. Auf dem grauen Haar thront eine bestickte Kappe, von der ein weißer Baumwollstoff schleierartig nach hinten abfällt. Neben ihr auf der Mauer liegen Äpfel und anderes Obst auf einem Tuch ausgebreitet und zu ihren Füßen steht eine Handvoll kleiner Einweg-Wasserflaschen. Den Blick hat sie in die Ferne gerichtet, ihre Hände sind gefaltet und ihre Lippen bewegen sich stumm. Sie scheint zu beten.

Erst als wir nur noch kaum zwei Meter entfernt sind, bemerkt sie uns und schreckt zusammen, greift dann nach einer der Wasserflaschen und streckt sie uns in einem singsangartigen Wortschwall entgegen, stutzt dann aber, als Noel sie auf Armenisch anspricht. Ein schneller Wortwechsel folgt. Sie runzelt die Stirn, ihr Blick fliegt von mir zu Noel und wieder zurück. Die Falten in ihrem ledrigen Gesicht graben sich noch ein Stück tiefer.

Ich rühre mich nicht, mein Herz schlägt bis zum Hals. Weiß sie, wer meine Mutter ist?

Noel redet weiter. Die Alte mustert mich stumm.

Schließlich halte ich es nicht mehr aus, greife hektisch nach meiner Handtasche und wühle darin herum, bis ich auf den Auszug aus dem Geburtenregister stoße und ihn Noel hinhalte. »Kennt sie mich? Kennt sie meine Mutter?«

Er drückt sanft meinen Arm beiseite und spricht erneut mit ihr. Ich höre meinen Namen sowie den meiner Adoptivmutter und immer wieder ›Maryam Askarian‹.

Die Alte entgegnet etwas, dann stößt sie plötzlich ein Wort aus, so verächtlich, als würde sie es ausspucken, und ich zucke zusammen.

Im nächsten Moment hat sie sich umgedreht, schlägt das Tuch um das Obst ein und hebt es in ihren Korb.

»Was macht sie?«, rufe ich erschrocken. »Geht sie etwa? Wieso? Hat sie nicht in dem Kinderheim gearbeitet?«

»Doch.«

Ich greife nach seinem Arm, muss mich festhalten. »Warum geht sie dann? Was hast sie gesagt? Kennt sie mich?«

»Nein.« Noel schüttelt den Kopf. »Sie sagt, sie war dort nur Köchin.«

»Aber hast du ihr gesagt, wer ich bin?«, rufe ich verzweifelt. »Wen ich suche?« Es kann doch nicht sein, dass ich endlich eine heiße Spur habe und sie ins Nichts führt.

»Vartan«, antwortet Noel langsam.

»Was?«

Er sieht mich ratlos an und zuckt die Achseln. »Sie hat gesagt, wir sollen zu einem Vartan Khatchikian gehen, der würde Maryam Askarian kennen.«

»Und sie selbst kennt sie nicht?«

»Angeblich nicht.«

Ich reibe mir die Stirn. »Hat sie wenigstens gesagt, wo dieser Vartan wohnt?«

Noel nickt langsam. »Es dürfte gar nicht so weit entfernt sein.«

»Na gut, aber … Kannst du sie nicht fragen, wo sie selbst wohnt? Wie ihre Nummer lautet?«

Noel redet erneut auf sie ein, doch sie reagiert nicht mehr, ganz so, als sei sie plötzlich taub geworden, und packt weiter ihre Sachen ein.

»Das hat keinen Sinn«, sagt er schließlich. »Komm, wir versuchen es bei diesem Vartan.« Er wendet sich zum Gehen.

Geknickt folge ich ihm. Nach ein paar Metern bleibe ich jedoch stehen, durchwühle meine Handtasche und finde eine Serviette und einen Kugelschreiber, notiere hastig meine Handynummer und die Adresse des Hotels und renne zu der Alten zurück.

»Sophie? Was tust du da?«

Ich antworte nicht, strecke der Frau die Serviette entgegen. »Bitte!«, sage ich flehentlich. »Bitte! Falls Ihnen noch etwas einfällt.«

Sie hält inne, starrt mit unbewegter Miene auf die Serviette, und auch ich rühre mich nicht. Dann hebt sie plötzlich den Kopf und sieht mir direkt in die Augen. Einen Atemzug und noch einen, dann schiebt sich langsam ihre Hand vor, schließt sich um das weiße Papier und verstaut es in ihrer Rocktasche.

Von unliebsamen Spaziergängen

Unruhig tastete Liana mit der Hand in ihrer Rocktasche nach dem roten Seidentuch ihrer Mutter.

»Hast du Angst, dass sie gleich Füße kriegt und davonrennt, oder was?«

»Hm?« Verwirrt wandte Liana sich ihrer Großmutter zu und griff wieder nach den Socken, die sie stopfen musste.

»Die Wanduhr«, klärte Nana sie auf. »Du starrst sie schon die ganze Zeit an.«

»Oh, ähm, ich dachte nur …« Liana ließ die Socken sinken und drehte nervös den silbernen Armreifen an ihrem Handgelenk. »Ich habe mich nur gefragt, ob sie richtig geht.« Halb drei, und sie saß immer noch hier.

Und sie würde auch weiterhin hier sitzen bleiben und nicht zum Bach gehen! Auf gar keinen Fall! Unter keinen Umständen! Er würde sonst noch glauben, er hätte Gott weiß welchen Eindruck auf sie gemacht …

Der Zeiger ruckte eine Ziffer weiter und Liana sprang auf. »Ich bin … ich muss … ich habe etwas vergessen.« Sollte Aren denken, was er wollte – sie musste zum Bach!

Während ihre Großmutter noch erstaunt nach Worten suchte, riss Liana schon die Tür auf und konnte gerade noch innehalten, um nicht mit jemandem zu kollidieren. »Vartan?«

»Da kann wohl jemand meinen Besuch gar nicht abwarten«, sagte Vartan und kratzte sich seinen schlecht rasierten Hals.

»Besuch?«, stotterte Liana perplex. »Jetzt?«

»Nein, übermorgen«, tönte es sarkastisch hinter Vartan und ihre Tante schob ihn ins Haus. »Vartan ist mit seinem Onkel hier. Der ist schon bei deinem Vater. Es geht um …« Sie warf sich in die Brust. »… Geschäftliches!«

Sogar Großmutter verdrehte die Augen, das hatte Liana deutlich gesehen. Dann aber stand Nana auf und wandte sich entschuldigend an Vartan. »Ihr beiden seid früh dran. Es ist noch nichts für den Kaffee gerichtet. Den gibt es erst um drei.«

»Ich könnte bis dahin mit Liana einen Spaziergang machen«, schlug Vartan in loyalem Tonfall vor.

»Jetzt?«, wiederholte Liana entsetzt. Etwas Schlimmeres als einen Spaziergang mit Vartan gab es ja wohl nicht.

»Allein?«, entrüstete sich Raquel.

»Natürlich nicht«, antwortete Nana. »Du gehst mit.«

Liana schloss die Augen.

Es gab offensichtlich doch etwas Schlimmeres.

Und so schlich sie kurz darauf missmutig neben Vartan her über den Hof.

Vor der Scheune stand in Begleitung ihres Vaters ein feister, untersetzter Mann. Das musste Vartans Onkel sein. Er rieb sich über das fettig glänzende Gesicht und Liana gefiel der Blick nicht, mit dem er sich auf dem Hof umsah. So … besitzergreifend und als ob er den Wert eines jeden Gegenstandes einzuschätzen versuchte.

»Ein schönes Kleid trägst du da«, sagte Vartan, »genauso schön wie deine Augen. So …« Er legte die Stirn in Falten.

»Grün«, beendete Liana trocken den Satz und bereute, ihr Lieblingskleid mit dem eng geschnittenen Oberteil und dem weiten Rock aus dem Schrank geholt zu haben. Sie hatte das garantiert nicht für Vartan getan.

Einige Meter hinter ihnen jammerte ihre Tante vor sich hin. »Es ist viel zu heiß … warum nicht einfach im Schatten sitzen … die Sonne brennt mir auf den Kopf … das kann nicht gesund sein …«

Zwar hatte Raquel in allem recht – selbst Artak blieb neben seiner Hütte liegen, öffnete lediglich müde ein Auge, als sie vorübermarschierten – und auch Liana schwitzte unter der sengenden Sonne. Dennoch lenkte sie, kaum dass sie das Hoftor passiert hatten, ihre Schritte trotzdem immer wieder von den Schatten spendenden Granatapfelbäumen fort auf die staubige Straße. Ihre kleine private Rache.

Am Feldrand neben ihnen parkte ein Trecker. Unter ihm

hatte sich eine Katzenfamilie verkrochen und sah ihnen von ihrem Versteck aus zu.

Während Vartan neben ihr unaufhörlich redete und Tante Raquel hinter ihnen ebenso unaufhörlich klagte, blickte Liana mit zusammengepressten Lippen starr nach vorn, wünschte sich weit fort und fragte sich, was Aren wohl gerade tat.

Vartan philosophierte derweil über Kartoffelpreise und Getreideernten und Liana hatte langsam das Gefühl, sie hätte die Szene auf dem Markt nur geträumt. Sie hatte ihm doch eindeutig zu verstehen gegeben, was sie von ihm hielt. Wie konnte er jetzt so tun, als sei das nie passiert?

Sie blieb stehen. »Was soll das alles? Was willst du von mir?«

Vartan stocherte mit der Zunge in seiner Wangentasche herum und Liana versuchte ebenso verzweifelt wie vergeblich, sich nicht vorzustellen, welche Frühstücksreste er dort finden mochte.

»Ich habe nachgedacht«, sagte er schließlich.

»Das kannst du?«

»Besser als du glaubst.«

»Wir sollten uns setzen«, klang es in leidendem Tonfall von hinten. »Wirklich.«

Keiner beachtete sie.

»Lass uns offen miteinander reden«, sagte Vartan.

»Ich denke, ich war neulich schon offen genug«, gab Liana bissig zurück. »Warum also tauchst du schon wieder hier auf?« Wie konnte er nur so unfassbar selbstverliebt sein, nicht glauben zu können, dass er eine Absage erhalten hatte.

»Findet ihr nicht …«, tönte es hoffnungsvoll von Tante Raquel, »… dass das da hinten sehr bequem aussieht?« Sie deutete auf einen am Wegesrand liegenden umgestürzten Baum.

Liana marschierte weiter. Sollte Tante Raquel doch zurückgehen, wenn sie wollte. Sie hatte schließlich nicht darum gebeten, von ihr beaufsichtigt zu werden.

Vartan war noch immer auf der Suche nach den Frühstücksresten, nahm sogar noch seinen kleinen Finger zu Hilfe und pulte damit seelenruhig zwischen seinen Backenzähnen herum. Dann ließ er endlich die Hand sinken und sagte: »Dein Vater ist kein Geschäftsmann.«

Seltsamerweise klang er äußerst zufrieden. Liana wurde mulmig zumute, dennoch gab sie sich alle Mühe, das nicht zu zeigen. »Und ausgerechnet du kannst das einschätzen, ja? Davon abgesehen ist mein Vater nicht nur ein Geschäftsmann – er ist auch ein Ehrenmann.« Sie konnte selbst kaum glauben, dass ausgerechnet sie ihren Vater verteidigte, doch vor Vartan würde sie sogar Tante Raquel als einfühlsame Seele in den Himmel loben.

»Genau das ist das Problem«, sagte er und bleckte seine Zähne. Das sollte wohl ein Lächeln sein, doch erinnerte es Liana eher an das Zähnefletschen von Artak. Und es machte sie nervös.

»Ich würde vorschlagen …«, meldete sich Tante Raquel erneut zu Wort, »… dass wir –«

»Dann setz dich doch«, platzte es entnervt aus Liana heraus.

»Alles andere ist eine viel zu große Zumutung«, stimmte Vartan mit übertriebener Fürsorglichkeit zu, ging zu Tante Raquel zurück und nahm zu Lianas Erstaunen sogar ihre Hand. Dann half er ihr mit geradezu übertriebener Höflichkeit über den winzigen Graben am Wegesrand hinüber zu dem Baumstamm.

Raquel strahlte ihn an, als sei er das großartigste Geschöpf unter der Sonne. Und vertrat damit ganz offensichtlich die gleiche Meinung wie er.

Erbost vergrub Liana ihre Hände in den Taschen ihres Kleides, fühlte plötzlich seidigweichen Stoff und zog das rote Tuch ihrer Mutter hervor. Sonnenstrahlen fielen durch das zarte Gewebe und ließen es leuchten, als stünde es in Flammen.

Nach einem kurzen Blick in Richtung Vartan und Tante Raquel band sie es sich in heimlichem Trotz wie einen Gürtel um die Taille.

Als Tante Raquel endlich auf dem Baumstamm Platz genommen hatte, ergänzte Vartan schmeichlerisch: »Wir gehen noch ein kurzes Stück, aber natürlich bleiben wir in Sichtweite.«

Er pflückte einen Granatapfel und warf ihn ein paar Mal in

die Luft und fing ihn wieder auf, während er die Landstraße weiter entlangschritt.

Liana hatte nicht die geringste Lust, mit Vartan allein weiterzulaufen, doch seine Bemerkungen über die Plantage und über ihren Vater hatten ihre Neugier geweckt und so folgte sie ihm.

»Worauf willst du hinaus?«, fragte sie, als er außer Hörweite von Tante Raquel stehenblieb.

»Dein Vater weiß nicht, wann er wem die Hand reichen muss. Die gut gefüllte Hand, versteht sich.«

»Bestechung?« Vor Verblüffung vergaß sie sogar, abfällig zu klingen. »Warum sollte mein Vater jemanden bestechen sollen?«

»Weil das der Schlüssel zum Erfolg ist«, erklärte er herablassend. »Und selbst wenn er es wüsste, würde es ihm nicht viel bringen, denn er ist ein Niemand. Ich hingegen habe die besten Kontakte. Ich könnte aus der Plantage eine wahre Goldgrube machen.« Vartan breitete die Arme aus. »So viel von eurem Land um die Plantage herum liegt brach. Sieh dich um und sag mir, dass ich falsch liege.«

»Na und? Es ist ja wohl unsere Sache, was wir mit dem Land machen! Neue Bäume kosten Geld. Mehr Arbeiter und mehr Maschinen kosten Geld!«

»Geld, das ich habe.«

»Ach, dann willst du der große Retter sein, der alles ins Lot bringt, ja?«, spottete Liana. »Soweit ich weiß, hast nicht du das Geld, sondern dein Onkel hat es.«

Vartan kniff die Augen bis auf einen schmalen Schlitz zusammen. »Mach dir mal keine Sorgen darum, wo *ich* Geld herkriege. Mach dir lieber Sorgen darum, wo dein Vater welches herkriegt.«

»Du als Teilhaber meines Vaters? Dass ich nicht lache.«

Vartan besah sich den Granatapfel in seinen Händen, drehte und wendete ihn. »So spiele ich das Spiel nicht.« Seine Lippen kräuselten sich verächtlich. »Ich mache keine halben Sachen. Wenn ich meine Kontakte ins Spiel bringe, dann nur für etwas, das voll und ganz mir gehört.«

»Mein Vater wird die Plantage niemals verkaufen. Sein Urgroßvater hat den ersten Baum gepflanzt!«

»Bedauerlicherweise. Also werden wir beide heiraten.«

Liana stolperte über einen Stein und wäre beinahe der Länge nach hingeschlagen. Sie konnte sich nur verhört haben. »Du glaubst immer noch, ich würde *dich* heiraten?«

»Ganz genau.«

Als sie ihre Fassung halbwegs wiedergewonnen hatte, fing sie an zu lachen. Er musste begreifen, wie absurd diese Idee war. Sie hatte ihm ja wohl wirklich oft und deutlich genug zu verstehen gegeben, dass sie ihn nicht leiden konnte. »Du bist verrückt!«

Kalt musterte er sie, dann zuckte seine Hand hervor und packte ihren Arm. »Lach mich nie wieder aus.«

Fassungslos sah Liana auf seine Finger, die sich grob in ihren Arm drückten. Er stand vor ihr und verdeckte das Geschehen mit seinem breiten Rücken vor ihrer Tante, doch Liana konnte es nicht über sich bringen, ausgerechnet sie zu Hilfe zu rufen.

»Aber … du liebst mich doch gar nicht.« Sie merkte selbst, wie erbärmlich das klang, denn um Liebe ging es hier schließlich nicht.

»Was hat das damit zu tun?«, wischte Vartan auch gleich ihren Einwand weg. »Sieh dir eure Maschinen an. Alt, abgenutzt, unbrauchbar.« Er beugte sich vor und flüsterte hämisch: »So wie dein Vater. So wie deine ganze Familie.«

Liana war wie erstarrt, konnte nicht glauben, was sie da hörte.

Vartan richtete sich wieder auf, breitete großspurig die Arme aus und sagte in gönnerhaftem Ton: »Ist es wirklich die schlechteste Entscheidung, mit mir die Plantage wieder groß zu machen? Deine Familie wieder groß zu machen? Ich weiß, wie der Hase läuft. Du würdest leben wie eine Prinzessin. Geld, Schmuck, Reisen. Eine Datscha in Russland, ein Boot am Sewansee. Na, was sagst du?«

Endlich fand Liana ihre Sprache wieder. »Du bist verrückt! Ich dachte immer, du wärest einfach nur unfassbar arrogant, aber tatsächlich bist du obendrein auch noch verrückt.«

»Nein.« Er lächelte ein kaltes Lächeln. »Ich kalkuliere. Und gewinne.« Er beugte sich vor. »Immer! Und ich muss gestehen, dass es in diesem Fall einen ganz besonderen Reiz ausmacht, zu kriegen, was ich will.« Sein Blick wanderte an ihrem Körper herab und ihr wurde schlagartig übel.

Schon wollte sie ausholen, um ihm – ungeachtet aller Konsequenzen – eine Ohrfeige zu verpassen, als Motorengeräusch Vartan aufsehen und die Stirn runzeln ließ.

Liana nutzte die Gelegenheit und lief an ihm vorbei zu ihrer Tante zurück. Sollte er doch Raquel gegenüber seine widerliche Kalkulation wiederholen. Mal sehen, ob Tante Raquel dann immer noch so eine hohe Meinung von ihm hätte.

Mit keuchendem Motor tuckerte ein kleiner und halbverrosteter Laster heran.

Vartan schien unschlüssig, was er tun sollte. Dann schlenderte er gemächlich zu Tante Raquel und Liana herüber und man hätte meinen können, dass er und Liana sich gerade über ein Rezept für Apfelkuchen unterhalten hatten.

Der Wagen rumpelte an Vartan vorüber und hielt in einer Staubwolke und mit laufendem Motor neben Liana. Am Steuer saß Hayk, auf dem Beifahrersitz sein Enkel David, der jetzt aufgeregt rief: »Das Pferd, das du von Großvater gekauft hast, benimmt sich wie irre. Du musst kommen und es beruhigen, bitte. Vater hat gedroht, es zu erschießen!«

»Erschießen?«, rief Liana entsetzt und ihre eigenen Probleme wurden plötzlich nebensächlich.

»Was? Wer wird erschossen?«, meldete sich ihre Tante, raffte ihre Röcke und sprang wenig damenhaft über den Graben.

»Mein Pferd, äh, ich meine *das* Pferd. Das Pferd von David. Ich muss zu ihm.«

»Nur ein Pferd? Liana, du kannst nicht! Unser Besuch!«

Doch Liana kletterte bereits in den Wagen und hatte noch nicht einmal die Tür zugeschlagen, als Hayk auch schon wendete und mit Vollgas in die Richtung zurückfuhr, aus der er gekommen war.

Wenn sie nicht so in Sorge um das Pferd gewesen wäre, hätte sie vermutlich über Vartans verdutzten Gesichtsausdruck im

Seitenspiegel gelacht.

So langsam müsste er sich eigentlich daran gewöhnt haben, von ihr stehengelassen zu werden.

Während Vartan und Tante Raquel im Rückspiegel kleiner wurden, wandte Liana sich David zu. »Gab es einen Auslöser? Hat irgendetwas das Pferd erschreckt?«

David sah fragend zu seinem Großvater. Der kratzte sich seinen grauen Bart. »Ich denke nicht. Er frisst hoffentlich seelenruhig auf der Koppel vor sich hin.«

»Wie? Aber ich dachte …« Liana brach ab, denn Hayk grinste plötzlich.

»Wir haben echt Glück, dass wir dich gleich getroffen haben«, sagte er. »Wir waren eigentlich auf dem Weg nach Jerewan und hätten eine Menge Zeit verloren, wenn wir dich erst einmal auf eurem Hof hätten suchen müssen.«

»Ich verstehe nicht ganz?«

Der Großvater hielt an und griff an seinem Enkel und Liana vorbei, um die Beifahrertür aufzudrücken. »So, bitte sehr. Hier ist es.«

»Hier ist *was?*«

»Hier sollen wir dich absetzen, sagt er.«

»Absetzen? Sagt *wer?*«

»Jemand, dem ich etwas schuldig bin.«

Liana blinzelte perplex. »Aren hat euch geschickt?«

Sie rutschte vom Sitz hinunter auf die Straße.

»Normalerweise würde ich das nicht tun, aber dieser Aren hat etwas gut bei mir.« Hayk strich seinem Enkel liebevoll über das Haar. Dann ergänzte er mit einem Augenzwinkern: »Außerdem hatte er einen wirklich guten Grund, uns um diesen Gefallen zu bitten.«

»Was für einen Grund?« Liana kam sich langsam etwas schwer von Begriff vor.

»Dass er sterben würde, wenn wir dich nicht zu ihm brächten«, sagte der Alte vergnügt, zog die Tür zu und trat aufs Gaspedal.

Kapitel 7

Frühjahr 2016

Noel nimmt den Fuß vom Gaspedal, als sich vor uns ein besonders tiefer Riss im Asphalt auftut, und der Wagen wird langsamer.

Seit einer guten halben Stunde schaukeln und holpern wir zwischen blühenden Granatapfelbäumen langsam über eine ziemlich mitgenommene Straße voller Schlaglöcher. Fast den ganzen Weg über haben wir geschwiegen, jeder in seine Gedanken vertieft.

»Weißt du noch, was ich vorhin gesagt habe?«, murmle ich.

»Hm?«

»Dass der Hügel mit dem Kloster der schönste Ort zum Schreiben ist, den ich mir vorstellen kann?«

»Ja.«

»Dieser hier ist noch schöner«, sage ich verträumt. »Man ist wie in einer eigenen Welt, nichts als blauer Himmel und blühende Bäume.« Mein Blick verliert sich in den leuchtenden Farbtupfen um mich her, während die Straße eine Kurve beschreibt. »Jetzt fehlt nur noch ein schmuckes steinernes Häuschen inmitten dieses Märchenwaldes und dann würde ich hier, keine Ahnung, eine Künstlerkolonie eröffnen oder so. Für Schriftsteller, Maler, Bildhauer und was weiß ich wen.«

»›Was weiß ich‹ und ›oder so‹ klingt immer nach 'nem guten Plan. Hast du dich vom Gästehaus der Armenischen Autorenvereinigung inspirieren lassen?«

Ich nicke.

»Du hast mich aber immer noch nicht gefragt, was am Ostufer dieser Halbinsel steht.«

»Was steht dort?«, frage ich lächelnd. Sein Bemühen, mich

mit seinem Wissen beeindrucken zu wollen, ist fast schon herzergreifend.

»Das Sommerhaus des armenischen Präsidenten.«

»Und du bist sicher, dass du in deinem letzten Leben kein Reiseführer warst?«

»Für dich würde ich glatt umsatteln.« Neckend stößt er mich mit dem Ellbogen an. Anstatt dann aber wieder das Lenkrad zu umfassen, lässt er seine rechte Hand auf der Gangschaltung ruhen. Zufall? Absicht? Unsere Arme berühren sich beinahe. Was, wenn meine Hand jetzt dieses winzig kleine Stückchen nach links wandern würde? Was, wenn meine Finger sich auf seine legen würden? Sanft darüber streichen? Sich mit ihnen verschränken?

»Woran denkst du gerade?«

»Was? Äh. An nichts. Wusstest du eigentlich, dass –«

»Moment mal!«, unterbricht er mich und bringt den Wagen zum Stehen. »Was soll das ständig? Verbringst du deine Freizeit damit, das Internet nach seltsamen Fakten zu durchforsten oder was?«

Ich schlucke schwer. Noel sieht mich unverwandt an.

Schließlich sage ich langsam: »Das stammt aus einem Buch. Einem Buch, das ich sehr oft gelesen habe. Es war das letzte Buch, das mein Vater mir geschenkt hat, bevor er starb.«

»Oh, tut … tut mir leid. Ich verstehe …«

Plötzlich ist es seine Hand, die zu mir herüberwandert, sich sacht auf meine legt, wie zur Bekräftigung seiner Entschuldigung.

Ich rühre mich nicht. Es fühlt sich gut an. Erschreckend gut.

»Wie war er so, dein Vater?«, fragt er ohne seine Hand wieder zu sich zu holen.

»Liebenswürdig«, flüstere ich mit enger Kehle und vermeide es, nach unten zu unseren Fingern zu sehen. »Gelassen. Der ruhende Pol für meine Mutter.« Ich weiß selbst nicht, warum ich ihm das erzähle, schließlich geht es ihn doch überhaupt nichts an, doch ich rede weiter: »Er war zwanzig Jahre älter als sie, aber ihre Liebe war echt und tief. Meine Mutter war komplett weggetreten in der Zeit nach seinem Tod. Ralf war für mich da.«

»Ist er jetzt auch noch für dich da?«

Ich ziehe meine Hand weg. »Kannst du bitte weiterfahren? Ich will heute noch ankommen.«

Stur sehe ich aus dem Fenster, während Noel wortlos anfährt.

Eine ganze Weile herrscht Schweigen zwischen uns, während sich die Gedanken in meinem Kopf überschlagen und widersprüchliche Gefühle in meinem Inneren miteinander ringen.

Plötzlich räuspert sich Noel. »Märchenwaldhaus voraus.«

Ich schrecke auf. Tatsächlich. Der Weg endet an einer steinernen Mauer, die offenbar einen Gutshof umgibt. Wo früher ein Tor gewesen sein mag, klafft eine Öffnung.

Während wir darauf zuhalten, setzt plötzlich die Aufregung ein – eine so ungeheure, kribbelige Aufregung, dass ich mir die Hand auf den Magen presse, als könne ihn das beruhigen.

Auch wenn ich mir einzureden versuche, dass die Wahrscheinlichkeit gen Null tendiert, hier irgendetwas über den Verbleib meiner Mutter zu erfahren, ist da doch dieses kleine, aber hartnäckige Fünkchen Hoffnung, das sich in meiner Seele festgekrallt hat.

Doch als wir schließlich die Toröffnung passiert haben, lasse ich mich enttäuscht in den Sitz fallen: Im Gegensatz zu den blühenden Bäumen sieht das Gut tot und leer aus.

Noel hält an, macht den Motor aus und wir lauschen in die Stille hinein.

Außer ab und an ein paar Vögeln und den allgegenwärtigen Zikaden ist nichts zu hören.

»Meinst du, hier wohnt noch jemand?«, frage ich und flüstere unwillkürlich.

»Keine Ahnung, sehen wir nach.« Noel steigt aus und schlägt die Autotür zu.

Das Geräusch lässt mich zusammenzucken, doch ich folge ihm eilig und halte mich unwillkürlich dicht bei ihm, während wir langsam auf die verfallenen Gebäude zugehen. Rechter Hand stehen ein Stall, dessen Dach zum Teil eingestürzt ist, und ein windschiefer Schuppen. Eine Katze beobachtet uns vom Fensterbrett aus mit zuckenden Ohren, springt jedoch, kaum dass wir näherkommen, sofort herunter und verschwindet im Gras.

Dann gibt es noch einen etwas größeren Schuppen mit zersprungenen Scheiben und auf der linken Seite schließlich ein steinernes Wohnhaus, das unbewohnt aussieht, seine Fenster sind blind. Überall auf dem Hof haben sich Löwenzahn und anderes Unkraut breitgemacht und die Ränder gleichen einer Wiese, so hoch steht dort das Gras.

»Hallo?«, ruft Noel, wechselt dann aber sogleich ins Armenische.

Bis auf eine über das Haus hinwegsegelnde Schwalbe regt sich nichts.

»Wie war das gleich noch mit dem Horrorfilm, in dem das Opfer die Treppe hinuntergeht und ›Ist da wer‹ ruft?«, frage ich leise. Es ist als Witz gemeint, doch keiner von uns beiden lacht.

Wir haben die Tür erreicht und Noel klopft an, dabei ruft er erneut etwas auf Armenisch. Nichts passiert.

Er zuckt die Achseln. »Wir können es höchstens noch auf der anderen Seite versuchen.« Er nimmt meine Hand und ich protestiere nicht.

Langsam und beinahe auf Zehenspitzen gehen wird am Gebäude entlang.

Um die Ecke finden wir eine alte, mit Efeu überwucherte Mauer. Sie schließt sich mit einem bogenförmigen, verwitterten Holztor unmittelbar an die Hauswand an, ist gute zwei Meter hoch und umfasst vermutlich einen Garten.

Noel drückt erst vorsichtig, dann fester gegen das Tor. »Scheint von innen verriegelt zu sein. Ich schau mal drüber.«

»Lass das«, rufe ich leise und sehe mich ängstlich um. »Wenn da jemand ist!«

»Ich dachte, genau deshalb wären wir hier.«

»Ja schon, aber …« Irgendwie habe ich das Gefühl, beobachtet zu werden. Alle Horrorfilme, die ich je gesehen habe – alle drei –, spulen sich vor meinem inneren Auge ab. Ich versuche mir einzureden, dass es nur Katzenaugen sind, deren Blicke mir aus irgendeiner dunklen Ecke heraus folgen.

Schon nimmt Noel Anlauf, springt hoch, erreicht mit den Händen den Mauerfirst, zieht sich hoch und schwingt sich geschickt nach oben.

»Ein Garten«, informiert er mich von dort aus. »Mit Gemüsebeeten. Aber alles ziemlich zugewuchert mit Unkraut. Und dahinter stehen blühende Bäume, Apfel und Pfirsich oder so, und ein Brunnen. Hier hat wirklich lang niemand mehr Gras gemäht. Keine Menschenseele in Sicht. Aber eine wunderschöne Aussicht. Soll ich dir hoch helfen?«

»Nein, lieber nicht.« Ich schlinge die Arme um mich und sehe mich nervös um. »Komm bitte wieder da runter, ja?« Zu meiner Erleichterung tut Noel mir den Gefallen. Er springt von der Mauer und klopft sich den Staub von den Händen. »Niemand da«, resümiert er.

Ich nicke, bin mir da aber trotzdem nicht so sicher wie er. »Vielleicht sind wir ja ganz falsch?«

Er schüttelt den Kopf. »Die Beschreibung der alten Frau stimmt mit all dem hier überein. Abgesehen eben von der Tatsache, dass alles so verlassen aussieht.«

Wir gehen weiter an der Mauer entlang, auf eine große Scheune zu. Auch hier stehen überall Granatapfelbäume. Je näher wir der Scheune kommen, umso weniger habe ich das Gefühl, beobachtet zu werden. Dennoch zucke ich zusammen, als Noel auch durch das Scheunentor, das einen Spalt breit offen steht, lauthals einen armenischen Gruß schickt.

Die einzige Antwort besteht aus dem Auffliegen zahlloser Schwalben und einem Rascheln in der dumpfen, stickigwarmen Luft. Im Dämmerlicht, das durch zwei kleine Fenster fällt, sind zwei rostige Traktoren, verschiedene andere landwirtschaftliche Geräte und modrige Heuballen zu erkennen. Ein stechender Geruch nach Mäuse-Urin liegt in der Luft.

»Komm wieder raus«, sage ich.

Im nächsten Moment lässt mich ein Klirren zusammenfahren.

»Da ist nur was umgefallen«, beruhigt mich Noel. »Klang nach Einmachgläsern oder so was. Sicher hat eine Katze oder eine Maus etwas umgeworfen.« Vorsichtig bahnt er sich seinen Weg ins Innere der Scheune.

»Was tust du da?«, frage ich erschrocken. »Komm zurück.« Doch Noel reagiert nicht und so folge ich ihm nervös hinter die Heuballen und um einen der Traktoren herum.

Im nächsten Moment bleibe ich überrascht stehen. Seltsame, metallisch glänzende, ovale und flache Kessel sind hier aufgebaut und durch Schläuche verbunden. Davor stehen und liegen etliche leere Glasflaschen.

»Eine Destillieranlage«, sagt Noel. »Da brennt jemand Schnaps.«

»Du meinst … Schwarz?«

»Mehr oder weniger. Hier hat praktisch jede Oma ihre eigene Destillieranlage im Hinterhof.« Er zwinkert mir zu. »Wie fast überall auf der Welt ist Schnaps auch hier Währung und Geschenk Nummer eins. Ihn selbst zu brennen ist weder offiziell erlaubt noch offiziell verboten.«

Wir verlassen die Scheune wieder und einigen uns als letzten Versuch auf einen Blick hinter das Gebäude.

Doch auch hinter der Scheune finden wir niemanden, nur noch mehr Granatapfelbäume, so weit der Blick reicht. Seltsamerweise stehen sie hier niedriger und sehen verwildert aus, und zwischen ihnen ragen verkohlte Stämme auf. Überall wachsen Unkraut, Wiesenblumen und Gras.

Was mich aber beinahe umhaut, ist der Duft der Granatapfelblüten, den ich auf dem Hof schon gar nicht mehr wahrgenommen habe, weil meine Nase sich bereits während der Fahrt daran gewöhnt hatte. Hier jedoch nimmt er eine Intensität an, so süß und fruchtig, geheimnisvoll-exotisch, dass ich gar nicht mehr aufhören kann, ihm nachzuschnuppern. Erst Noels belustigter Gesichtsausdruck bringt mich dazu, innezuhalten.

»Schade«, murmle ich.

»Ja, war wohl ein Fehlschlag, es tut mir leid.«

»Nein. Ja. Das auch. Ich meinte aber: Schade, dass sich hier niemand mehr kümmert.« Ich drehe mich um mich selbst. Aus dieser Entfernung heraus, aus der man weder die blinden Fenster noch die Baufälligkeit der Gebäude sieht, wirkt das Gut nahezu malerisch.

Noel nickt. »Na komm, wir gehen wieder zum Auto zurück. Vielleicht warten wir dort noch ein wenig. Möglicherweise ist der Besitzer ja gerade unterwegs und kommt später noch.«

»Vielleicht«, sage ich ohne allzu große Hoffnung.

Seite an Seite spazieren wir zurück, von Zikaden umsungen und von Schwalben begleitet und ich kann nur den Kopf darüber schütteln, dass ich mich vorhin von meinen Ängsten hab ins Bockshorn jagen lassen.

Es ist unfassbar ruhig und friedlich, ja, idyllisch hier.

»Wenn dieser Vartan gar nicht mehr hier lebt«, führe ich meine Spinnerei von vorhin fort. »Und auch niemand sonst, ist es doch vielleicht sogar möglich, dieses Grundstück zu erwerben.«

»Du willst unter die Bauern gehen?«, erwidert er belustigt.

»Wenn man nur ein bisschen Hand anlegen würde, könnte man hieraus ein traumhaftes Anwesen machen«, verteidige ich mich.

»Für deine Künstlerkolonie?«, sagt er mit gutmütigem Spott in der Stimme.

»Ganz genau«, gebe ich etwas verärgert zurück, auch wenn das vorhin nur eine verrückte Träumerei gewesen ist, und lege den Rest des Weges in beleidigtem Schweigen zurück.

Vor dem Haus angekommen, hält Noel inne. »Warte mal, ich versuch was.«

»Was denn?«

»Die Tür einzudrücken.«

»Bist du verrückt? Das ist Einbruch.«

»Nur wenn dort jemand wohnt.«

»Nein«, widerspreche ich. »Ich bin mir ziemlich sicher, dass es auch Einbruch ist, wenn dort gerade niemand wohnt.« Mit Nachdruck deute ich auf die Tür, sehe dort etwas aufblitzen, mein Blick gleitet hinüber und ich schreie auf.

Ein schwarzglänzender Gewehrlauf ragt aus einem schmalen Türspalt hervor. Mein Herz rast, doch der Rest von mir ist wie festgefroren.

Noel brüllt hastig etwas und das Gewehr senkt sich.

Dann öffnet sich die Tür einen Fußbreit weiter. Ein Gesicht mit einem ungepflegten Bart erscheint. Über fleischigen Lippen und dunklen wulstigen Augenringen stieren uns rot unterlaufene Augen an. Der Mann knurrt etwas und Noel antwortet ihm schnell.

Die Tür öffnet sich ein wenig weiter.

»Ist das Vartan?«, flüstere ich panisch. Meine Beine zittern so sehr, ich fürchte, jeden Moment zusammenzubrechen.

Noel nickt mir zu, ohne in dem auf Armenisch geführten Gespräch innezuhalten.

Vartan?

»Frag ihn«, zische ich atemlos. »Frag ihn nach ihr.«

»Gleich, warte doch.« Noel spricht mit dem Mann und übersetzt dessen Antwort für mich: »Sein Name ist tatsächlich Vartan Khatchikian. Ihm gehört das Gut.«

»Du hast ihn noch nicht gefragt! Frag ihn endlich nach dieser Maryam!«

Noel setzt an, doch kaum kommt ihm der Name über die Lippen, als sich die Augen des Bärtigen weiten, er zurückweicht und die Tür mit Wucht zuschlägt.

Mit offenem Mund starre ich auf das dunkle Holz, dann ziehe ich hektisch an Noels Arm. »Er weiß etwas! Er kennt sie!«

Erneut ruft Noel etwas in Richtung Haus, erneut öffnet sich die Tür, das Gewehr erscheint wieder.

Ich schreie auf, Noel, reißt mich an der Hand herum und rennt los. »Weg hier! Der tickt nicht ganz richtig.«

Der Bärtige brüllt etwas, dann schallt ein Schuss über den Hof.

»Scheiße!«, flucht Noel erschrocken und wirft einen kurzen Blick über die Schulter.

Ich hetze ihm hinterher und springe in den Wagen. Noel gibt Gas, während hinter uns ein weiterer Schuss ertönt.

»Ist der irre?«, kreische ich. »Ist der wahnsinnig? Der wollte uns umbringen!«

»Er hat nur in die Luft geschossen.«

»*Nur?* Nur? Er ist ein Verrückter! Mit einem Gewehr! Oh mein Gott, das kann doch wohl nicht wahr sein.« Mein Herz rast, meine Gedanken rasen. »Wir müssen zur Polizei. Wir müssen ihn anzeigen.«

Noel schweigt, lässt den Wagen über die Straße fliegen, immer wieder besorgt in den Rückspiegel blickend.

Ich spähe ebenfalls über die Schulter nach hinten, doch dort bleibt alles still, während der Gutshof zwischen den blühenden Granatapfelbäumen immer kleiner wird.

Ich wende mich wieder nach vorn, lege die zittrigen Hände auf die Brust, fühle immer noch die Nachwirkung des Schocks durch meinen Körper rollen. »Warum ist er ausgeflippt? Was hast du ihm gesagt? Was hat *er* gesagt?«

»Warte.« Noel biegt an der Kreuzung plötzlich rechts ab und folgt dem Weg, bis er eine Kurve beschreibt und der Blick auf die Kreuzung hinter der Biegung verschwunden ist.

»Jetzt rede schon!«, rufe ich nervös aus.

Noel hält neben einer riesigen Eiche. »Ich brauch kurz frische Luft«, sagt er und steigt aus.

Ich klettere hastig ebenfalls aus dem Wagen. »Also? Was hat er gesagt?«

»Nicht viel. Nur, dass wir auf der Stelle verschwinden sollen und …« Noel fährt sich mit der Hand übers Gesicht und atmet tief durch. »Und dass er diesen Namen nie wieder hören will.«

Eine heiße Spur. Endlich.

Ich muss mich irgendwo festhalten, greife nach dem knorrigen Stamm der Eiche.

Von erneuten Anfängen

Er lehnte auf der anderen Seite des Baches mit dem Rücken an der knorrigen Eiche, das angewinkelte Bein dagegen gestemmt, und lächelte ihr verschmitzt entgegen, als sie durch das Gehölz auf ihn zu stapfte und schließlich am anderen Ufer stehen blieb.

Die Eiche war sicherlich einige hundert Jahre alt. Sie markierte das Zentrum der Plantage und war vermutlich nur deshalb nicht gefällt worden, weil es zu viel Aufwand bereitet hätte, ihr riesiges Wurzelwerk aus der Erde zu holen.

Arens Hut lag neben ihm am Boden. Das Licht, das durch die Blätter der ausladenden Baumkrone herabfiel, malte Funken auf sein Haar.

Um sie her blühte es weiß, lila und rot. Das Wasser gluckerte leise. Ein kleines, schattiges Paradies inmitten von Hitze und Staub.

»Sterben?«, fragte Liana mit hochgezogener Augenbraue. »Noch dramatischer ging es nicht?«

»Ich musste doch meine Wette gewinnen.«

»Dass ich doch kommen würde?«

Er nickte grinsend, dann wanderte sein Blick vielsagend zu dem roten Tuch, das sie sich um die Hüfte geschlungen hatte.

Liana schürzte die Lippen. »Und wenn ich jetzt wieder gehe?«

Er legte den Kopf schief und sein glühender Blick erschwerte ihr das Atmen. »Wird dein Nachmittag deutlich weniger interessant ausfallen.«

Die Art, wie er das sagte, sorgte dafür, dass sich ihr Unterleib zusammenzog, dennoch stemmte sie die Hände in die Hüften. So leicht würde sie sich nicht aus der Fassung bringen lassen, das hatte sie sich vorgenommen. »Eigentlich hast du eine Ohrfeige verdient.«

»Weil wir dank mir nicht unnötig Zeit verlieren?«

»Nein. Weil du denkst, dass du mich nach Belieben hin und her schieben kannst. Was geht in euch Männern eigentlich vor, dass ihr Frauen für Spielfiguren haltet?« Ihr war selbst klar, dass ihr Zorn zum Großteil Vartan galt und nicht Aren.

Der drückte sich vom Baum ab, kam auf sie zu und blieb unmittelbar vor ihr auf der anderen Seite des Baches stehen. »Du bist keine Spielfigur für mich«, sagte er ernst. »Du bist der Grund, warum ich zurückgekommen bin.«

Wortlos starrte sie ihn an. Sie wusste nicht, ob sie ihm glauben sollte, ihm glauben durfte.

Er streckte die Hand aus.

Sie atmete tief durch, dann legte sie ihre hinein, der Silberreif blitzte in der Sonne, und sie sprang über den Bach.

Auf der anderen Seite ließ er ihre Hand wieder los und sie verspürte ein sonderbares Bedauern.

Seltsam verlegen verschränkte sie ihre Finger hinter ihrem Rücken und schlenderte zu dem Baum hinüber.

»Unser Adlerhorst«, sagte sie, den Blick nach oben gerichtet, in Erinnerung an ihren Versuch, in der Baumkrone ein Nest zu bauen.

»Nur dass sich leider nie ein Adler darin niedergelassen hat«, ergänzte er gespielt resigniert. »Dabei habe ich mir doch alle Mühe gegeben, welche anzulocken mit meinem Ruf.«

»Also, ich will dir ja nicht zu nahe treten, aber …«

»Tritt mir ruhig so nahe du willst«, sagte er und um seine Mundwinkel herum zuckte es.

Sie ignorierte seinen Einwurf. »… aber dein Adlerruf klang mehr wie eine Krähe mit Mandelentzündung.«

»Ich muss gestehen, das trifft mich hart. Ich war immer davon überzeugt, dich unfassbar beeindruckt zu haben.«

»Also deshalb hast du dich immer so furchtbar eingebildet und nervtötend aufgeführt?«

Er lachte. »Nein, das lag eher daran, dass du für mich ein besserwisserisches und doofes Mädchen warst.« Dann wurde er plötzlich ernst. »Jedenfalls am Anfang.«

Sein Tonfall brachte Liana aus dem Konzept. »Und später?«

»Warst du nur noch besserwisserisch.« Das verschmitzte Lächeln war wieder da.

Auch wenn es nur ein Spaß war, hatte Liana sich doch eine andere Antwort erhofft. »Du weißt wirklich, wie man ein Mädchen glücklich macht«, versuchte sie, ihre Enttäuschung zu überspielen, und wollte ihn mit dem Ellbogen in die Seite knuffen, doch er fing ihn ab und hielt ihn fest und seine Berührung traf sie wie ein Stromschlag.

»Dabei habe ich ja noch gar nicht damit angefangen«, sagte er leise.

»Womit?«

»Damit, dich glücklich zu machen.«

Erneut dieser Tonfall, der ihr den Atem nahm.

Sie wusste nicht, was sie sagen sollte, entzog ihm ihre Hand und legte sie an die raue, ruppige Rinde des Baumes. Daran entlangstreichend ging sie langsam um den Baum herum, bis sie wieder vor Aren stand, noch immer wortlos.

Er legte seine Hand neben ihre und fuhr mit dem Finger die Rillen im Holz nach. »Alles Spuren, die die Zeit hinterlassen hat«, sagte er leise.

Liana nickte, doch sie hatte das Gefühl, dass er mit seiner Aussage nicht den Baum meinte. Ihr Blick tastete nicht die Rinde, sondern Arens Gesicht ab: sein markantes Kinn, die nachdenklich geschürzten Lippen, seine seltsam schiefe Nase, den Schwung seiner Wangenknochen, die kleine Narbe an seinem Ohr. Wie in Trance hob sie die Hand und strich mit dem Finger vorsichtig über diese Narbe.

Dann wurde ihr mit einem Mal bewusst, was sie da tat. Sie ließ ihre Hand hastig sinken und wandte sich verlegen ab.

Doch im nächsten Augenblick spürte sie eine zarte Berührung an ihrer Wange und erschauerte wohlig, als Aren ihr eine lose Haarsträhne über die Schulter zurückstrich.

»Warst du traurig damals, als ich fortging?«, fragte er.

Sie nickte. »Ich hab dir Briefe geschrieben.«

»Liebesbriefe?«, fragte er neckisch, fasste sie beim Zipfel ihres roten Tuches und drehte sie zu sich um.

»Na ja … nur, wenn Liebesbriefe mit ›du Blödmann‹ anfangen …«

Er zog belustigt die Augenbraue hoch.

»Ich war ziemlich wütend«, rechtfertigte sie sich. »Immerhin bist du einfach verschwunden, ohne dich zu verabschieden! Warum hast du das getan? Und was ist mit deiner Nase passiert? Und wieso bist du nicht viel früher zurückgekommen?«

»Okay, das ist jetzt ein bisschen viel auf einmal. Fangen wir mal hinten an. Tja … Das mit dem Zurückkommen ist schwierig, wenn man im Knast sitzt.«

»Knast?«, wiederholte sie schockiert. »Aber warum? Es hieß, die Behörden hätten dich in ein Heim gebracht, nachdem dein Großvater nicht mehr richtig für dich sorgen konnte.« Sie wich zurück und der Zipfel des Tuches entglitt Arens Fingern.

Er nickte. »Ich bin ein paar Mal zu oft von dort ausgerissen, da haben sie kurzen Prozess gemacht. Angeblich habe ich dem Heim Geld geklaut, doch wenn das der Fall gewesen wäre, hätten sie mich garantiert nicht so schnell gekriegt, dann hätte ich nämlich ganz andere Möglichkeiten gehabt.« Er zuckte mit den Achseln. »In der Haft bin ich ein Mal mit einem Aufseher aneinandergeraten. Und ein Mal mit einem anderen Jugendlichen, der dort einsaß. Beide hatten es leider jedes Mal auf meine Nase abgesehen.« Er fasste sich an den Nasenrücken und verzog das Gesicht, als würde die Berührung – die Erinnerung daran – immer noch schmerzen. »Zum Glück wurde ich für ein Bauprojekt eingeteilt. Währenddessen bin ich dann abgehauen.«

»Das heißt … du bist … aber wie …?«

»Jivan wird gesucht. Aren nicht.« Er zwinkerte.

»Du hast neue Papiere?« Sie sah ihn mit großen Augen an. »Wie? Woher?«

Er zögerte, dann sagte er. »Ich weiß, du magst Kesag nicht. Aber glaub mir: Du kannst ihm vertrauen. Ohne ihn wäre ich jetzt nicht hier. Er hat mir neue Papiere besorgt. Alles ist okay – ich sollte nur nicht auffallen.«

Liana brauchte einen Moment, um das zu verarbeiten.

»Bist du jetzt schockiert?«

»Nein.«

»Du bist eine schlechte Lügnerin«, schmunzelte er.

»Hast du dich etwa mit meiner Großmutter abgesprochen?«, gab sie verärgert zurück.

Aren legte den Kopf schief. »Genau so.«

»Wie bitte?«, fragte Liana irritiert. »Du hast mit Nana gesprochen?«

»Nein. Aber genau so wie gerade eben hatte ich deine Augen in Erinnerung. Dieses zornige Funkeln. Wie ein Dschungel, kurz bevor der Tiger angreift.«

Liana blinzelte perplex, dann musste sie lachen. »Okay, also das mit den Vergleichen hast du genauso wenig drauf wie früher.«

»Und dieses Lachen«, fuhr Aren ungerührt fort. »Wie das Aufschäumen des Wassers, wenn man vom Felsen in den See gesprungen ist.«

»Also jetzt ist aber gut«, sagte Liana und wurde rot. »Das wird ja immer alberner.«

Er grinste. »Und diese Röte deiner Wangen. Wie –«

»Schluss jetzt«, rief sie verlegen. »Du redest aber auch einen Unfug.« Er konnte all die schönen Worte unmöglich ernst meinen. Niemals. Und doch wünschte sie sich genau das wie nie etwas anderes zuvor.

Er trat zu ihr, plötzlich wieder ernst. »Wenn ich Unfug rede, dann liegt das an dir und daran, dass ich dich nicht aus meinem Kopf kriege, daran, dass du in meinen Träumen herumgegeistert bist, daran, dass …« Er atmete tief durch. »Verdammt, Liana, du warst nervig, besserwisserisch und herrisch. Und ich hab dich unfassbar vermisst.«

Sie schluckte. Arens Nähe verwirrte sie viel mehr, als seine Worte es tun konnten. Sie war in seiner Gegenwart nicht in der Lage, klar zu denken, und konnte doch nicht genug von diesem seltsam berauschenden Gefühl bekommen. »Du warst ein ungeschickter, schüchterner und dummer Junge«, flüsterte sie. »Und ich habe dich noch viel mehr vermisst.«

Zart strich er ihr eine Strähne aus ihrem Gesicht.

»All die Jahre habe ich mich gefragt, wie du wohl inzwischen aussiehst«, sagte er leise. »Und ob du immer noch dieses Funkeln in deinen Augen, diese Begeisterungsfähigkeit in deinem Herzen hast.« Langsam hob er die Hand, legte seine Finger sanft an ihre Schläfe. Liana wagte kaum zu atmen. Sacht glitten seine Finger über ihr Gesicht hinunter bis zu ihrem Kinn und hinterließen ein Prickeln auf ihrer Haut. »Und du bist noch wundervoller, als ich es mir habe vorstellen können«, flüsterte er und fuhr den Schwung ihrer Lippen nach.

An ihrem ganzen Körper stellten sich die Härchen auf.

»Du hast gesagt, ich wäre der Träumer in unserer Truppe«, fuhr er stockend fort. »Und du hattest recht, weil …« Er brach ab.

»Weil?«, wiederholte sie atemlos. Seine Hand lag noch immer an ihrer Wange.

»Du hast gestern wissen wollen, ob es mir jetzt besser geht als früher, und ich habe ›ja‹ gesagt.« Sein Blick hypnotisierte sie und sie nickte atemlos, auch wenn sie nicht verstand, worauf er hinauswollte.

»Das stimmt nur zum Teil, denn … du hast mir gefehlt.«

»Die Art, wie ich dich herumkommandiert habe?«, fragte sie verlegen.

»Nicht ganz«, sagte er mit einem Augenzwinkern. »Eher die Art, wie du mit mir durch die Felder getobt bist oder Unfug angestellt hast. Aber vor allem … Wie du den Kopf immer zur Seite drehtest, wenn du gelacht hast. Die Art, wie du nach meiner Hand gegriffen hast, wenn wir Reißaus nehmen mussten. Deine Unerschrockenheit, wenn es darum ging, irgendwo hochzuklettern. Dieses Gefühl, wenn du dich an mich gelehnt hast – dein Kopf in meiner Halsbeuge. Deine Träume von riesigen Pferdeherden, inmitten derer wir über die Hügel reiten würden, wenn wir auf der Wiese auf dem Rücken lagen und in den Himmel starrten. Deine …« Er brach ab und biss sich auf die Lippe.

Liana starrte ihn sprachlos an.

»Was ich damit sagen will, ist: Du hast mich zum Träumer gemacht, denn ich habe immer davon geträumt, zu dir zurückzukommen.«

Liana schloss die Augen und spürte in sich hinein, fühlte ihr Herz jubeln und fürchtete zugleich, es könne bersten. So viel Glück konnte doch kein Herz ertragen.

Sie schlug die Augen wieder auf.

»Und das …«, fuhr Aren fort und ein leichtes Lächeln umspielte seine Mundwinkel, »… obwohl du mich mit Kartoffeln beworfen hast.«

»Das hätte ich nicht getan, wenn ich gewusst hätte, dass wir uns danach nie wiedersehen würden.«

»Weißt du, was *ich* getan hätte, wenn ich gewusst hätte, dass wir uns nie mehr wiedersehen würden?«

Sie schüttelte den Kopf.

»Ich hätte dich geküsst.« Seine Stimme klang heiser, dunkel. »Ich war schon damals unsterblich in dich verliebt.«

Lianas Herz hämmerte in ihrer Brust, das Glück pulsierte durch ihre Adern. »Dann hol es doch nach«, hauchte sie.

»Das hatte ich gerade vor.« Erneut griff er nach dem roten Tuch, zog Liana Stück für Stück zu sich heran, bis sie die Wärme seiner Haut spüren konnte, seine Nähe ihr den Atem verschlug.

Sanft nahm er ihr Gesicht in seine Hände und Schauer der Erregung jagten über ihre Haut, kribbelnde Sehnsucht schoss durch ihre Adern.

Langsam beugte er sich vor und sie schloss die Augen.

Als seine Lippen die ihren berührten, sanft und zart, wusste sie, dass sie nie eine Wahl gehabt hatte. Vom ersten Augenblick ihrer Begegnung an, als sie in seine Augen gesehen hatte, damals, auf der Landstraße, war klar gewesen, dass es auf diesen Moment hinauslaufen würde.

Kapitel 8

Frühjahr 2016

Es hätte mir klar sein müssen, dass es auf diesen Moment hinauslaufen würde: den einen, wenn wir uns eingestehen müssen, dass wir uns verfahren haben.

Die Landstraße endet im Nichts, von hier führt nur eine staubige Fahrspur weiter.

»Und jetzt?« Nervös sehe ich mich um. »Das hätte uns eigentlich klar sein müssen. Eine seltsame, fremde Frau schickt uns in diese Einöde hier. Ich fühle mich an einen Horrorfilm erinnert. Schon wieder.«

»Wir kehren um und suchen die richtige Abzweigung, was sonst?«, sagt Noel, sieht über die Schulter nach hinten und setzt zurück. »So viele gibt es hier ja nicht. Ich denke, wir sind vorhin falsch abgebogen, an der Kreuzung mit dem Felsbrocken.«

»Zum zweiten Mal, oder was?« Entnervt versuche ich erneut, eine Straßenkarte auf mein Handy zu zaubern, doch wie schon die letzten Male zeigt das Gerät keinen Netzempfang an. Ich wedele mir mit meinem Bolero Luft zu, der Schweiß rinnt mir den Rücken hinab und mein Magen knurrt wie die von zehn hungrigen Waldarbeitern zusammengenommen. »Wie konnte das überhaupt passieren? Auf dem Hinweg sind wir doch ohne Probleme durchgekommen. Wie konntest du falsch abbiegen?«

»Entschuldige mal«, knurrt Noel, »aber ich wurde noch nie von einem Verrückten mit einem Gewehr von irgendwo vertrieben. Im Übrigen deinetwegen.« Er funkelt mich an.

»Als ob ich etwas dafürkönnte, dass bei euch solche Wahnsinnigen leben«, fauche ich zurück. »Im Übrigen habe ich dich ja nicht gezwungen. Du hast deine Hilfe freiwillig angeboten.«

»Also wenn so dein Dankeschön dafür aussieht, kann ich meine Hilfe ja auch genauso freiwillig wieder zurückziehen.«

»Und mich hier zurücklassen? Das würde zu dir passen.«

»Hör mal, Madam. Ich reiße mir hier ganz schön den Arsch auf für dich zimtzickige, überhebliche –«

Ich schreie auf. Nicht wegen dem, was er gesagt hat – obwohl das weiß Gott Grund genug gewesen wäre, zu schreien – sondern weil neben dem Auto ein Mann aus dem Gebüsch getreten ist. »Fahr zu! Fahr zu!«, rufe ich panisch. Noel tritt erschrocken das Gaspedal bis zum Anschlag durch, der Wagen macht einen Hüpfer und der Motor säuft ab.

»Scheiße!«, flucht er. »Was ist denn los, verdammt?«

»Da steht noch so einer!« Ich deute mit zittrigen Fingern nach links.

Noel wendet sich um und spricht den Typen an.

»Was tust du da?«, rufe ich entsetzt – wer weiß, ob der Kerl nicht ebenfalls eine Waffe bei sich trägt und jeden Moment wild um sich schießen wird – doch Noel ignoriert mich und mir bleibt nichts, als dem Wortwechsel zu folgen, bis mich plötzlich das Wort ›Vartan‹ aufhorchen lässt.

Endlich nickt Noel, hebt grüßend die Hand und startet den Motor erneut.

»Wo müssen wir hin? Was hat er gesagt?«

»Dass dieser Vartan nicht mehr alle Tassen im Schrank hat.«

»Wär ich niemals drauf gekommen.«

»Er hier heißt David und wir machen eine Pause.«

»Was? Wo?«

»Auf seinem Hof. Der ist ganz in der Nähe.«

»Damit er auch noch mit einem Gewehr auf uns losgeht? O nein! O nein, nein, nein!«

»O doch, doch, doch.«

»Warum?«

»Erstens, weil ich am Verdursten bin, zweitens, weil ich Hunger habe wie ein Wolf und drittens …« Er atmet tief durch. »… weil er meinte, sein Großvater Hayk könne uns eine Menge über diesen Vartan erzählen.«

»Oh.«

***

Die beiden Alten auf der Bank, einer verhutzelter als der andere, kichern in sich hinein, als ich Löffel und Gabel beiseitelege und tief durchatme. »So, mehr geht nicht, sonst platze ich. Das war mit Abstand das Beste, was ich je gegessen habe. Und das meiste. Ganz im Ernst!« Noel übersetzt meine Worte und Milena, Davids Frau, eine pausbäckige Blondine mit herzlichem Lachen, wird vor Freude rot bis zu den Haarspitzen.

David hat eilig einen Tisch und Stühle in den Schatten eines Kirschbaumes gestellt, und dann hat Milena aufgetischt – unermüdlich. Meine verzweifelten Beteuerungen, dass so viel Aufwand nicht nötig sei und ich mit einer Schnitte und einem Glas Wasser – oder vielmehr einem Eimer Wasser – vollkommen zufrieden sei, dass ich lediglich ein paar Informationen über diesen Vartan benötige, wurden mit gutmütigem Lächeln bedacht. Und ignoriert.

Noel, der dolmetschte, zuckte die Schultern und erklärte: »Da kannst du nichts machen. Das ist die armenische Gastfreundschaft. Du wirst hier nicht fortgelassen, bis du nicht mindestens von allem, was ihre Speisekammer zu bieten hat, gekostet hast. Und vorher wird Großvater Hayk auch nichts erzählen. Glaub mir, ich habe versucht, ihn zum Reden zu kriegen, doch er besteht darauf, dass wir erst einmal seine Gäste sind und bei ihm essen.«

Der Linke der beiden Alten grinste mich bei der Erwähnung seines Namens zahnlos an und neigte grüßend den Kopf.

Also gab ich klein bei und so wurden uns nicht nur selbst gemachte Würste und Käse gereicht, sondern auch warme Speisen bis hin zu Gebäck, Süßigkeiten und einem Dessert mit Joghurt, Honig und Früchten. Seltsamerweise kam das Dessert zuerst, was hier laut Noel üblich ist.

Zu meiner Erleichterung setzten sich auch David und seine Frau sowie die beiden Alten mit an den Tisch und aßen, sonst wäre ich vor Verlegenheit darüber vergangen, dass uns hier aufgetischt wurde wie einer ganzen Armee.

»Da kamen wir gerade zum richtigen Zeitpunkt«, erklärt Noel jetzt. »Mittags wird in Armenien nämlich gar nicht so viel gegessen. Die Hauptmahlzeit findet immer gegen siebzehn Uhr statt.«

»Daran könnte ich mich gewöhnen«, sage ich und muss mich, da Noel das sogleich für unsere Gastgeber übersetzt hat, nur einen Augenblick später lachend dagegen wehren, noch mehr auf den Teller geschaufelt zu bekommen.

»Außerdem«, fuhr Noel fort, »sind Armenier sehr stolz auf ihre Küche. Einem Sprichwort zufolge ist unsere Küche wie ein Gedicht – jede Strophe hat ihren eigenen Geschmack.«

»Völlig zu Recht«, bestätige ich. »Unglaublich intensiv und aromatisch.«

Noe nickt lächelnd, fast stolz, wird dann aber von Milena wieder ins Gespräch eingebunden, und fängt plötzlich an zu lachen.

»Was ist?«

»Sie hat gesagt, dass ihre vier Kinder in Jerewan studiert haben und sie schon zweifache Großeltern sind, und mich dann gefragt, ob –«

»Großeltern? Aber sie sind doch noch so jung.«

»Du würdest hier schon als alte Jungfer gelten.«

»Na, vielen Dank.«

Noel grinst. »In den Städten geht es zwar schon etwas moderner zu, aber auf dem Land wird immer noch mit spätestens zwanzig, zweiundzwanzig geheiratet, und dann kommt sofort das erste Kind.«

»Uff.«

»Zumindest können sie sich ihren Partner heutzutage selbst aussuchen. Meine Mutter gehörte noch zu der Generation, die ihren Mann am Tag der Verlobung kennenlernte. Die Familien hatten die Ehe arrangiert. Zu ihrem Unglück – oder Glück – ist er am Tag vor der Hochzeit mit einer Anderen durchgebrannt. Den zweiten Verlobten wählte sie selbst aus: meinen Vater. Und nach der Schande, die ihnen vom Kandidaten Nummer eins zugefügt worden war, willigten meine Großeltern sogar überraschend ein, dass sie einen ›Ausländer‹ heiratete.«

Er hat so eine ironisch augenzwinkernde Art, zu erzählen. Ich könnte ihm stundenlang zuhören. »Aber warum hast du gelacht?«

Sein Grinsen könnte nicht breiter sein. »Sie fragt, wie viele Kinder wir beide hätten.«

»Wie viele … oh … nein, wir sind kein Paar.« Ich laufe rot an und versuche, es ihr mit heftig verneinenden Gesten zu erklären, doch sie deutet mit wissender Miene auf meine Hand.

Ich wende mich Noel zu. »Siehst du? Es ist eben doch ein Verlobungsring.« Blöd nur, dass sich das Triumphgefühl nicht so recht einstellen will.

Während Noel sich weiter mit unseren Gastgebern unterhält, drehe und wende ich den Ring, der plötzlich unangenehm drückt. Dann fällt mir siedendheiß etwas ein. »Darf ich mal telefonieren?«, frage ich und versuche, meinen Wunsch mit entsprechenden Gesten zu untermalen. Sofort springt David eilfertig auf und führt mich in die Küche zu einem Telefon mit altmodischer Wählscheibe.

Ich bedanke mich und wähle Ralfs Nummer. Bei jedem Tuten sticht mein schlechtes Gewissen mit scharfen Klingen zu. Ich warte und warte, meine Finger trommeln unruhig auf dem dunklen 70er-Jahre-Schränkchen, auf dem das Telefon steht.

Als ich schon auflegen will, meldet sich endlich eine verschlafene Stimme. »Hallo?«

»Ralf? Ich bin's. Mir geht's gut. Es tut mir leid, dass ich mich nicht früher gemeldet habe. Ich hatte kein Netz und es war alles so chaotisch und … Ralf?«

»Hmm?«

»Bist du wach?«

»Glaub schon«, kommt die genuschelte Antwort. »Habwas genomm'n un' mich hingelegt.«

Es muss ihm wirklich schlecht gehen, sonst nimmt er doch so gut wie nie freiwillig Medikamente.

»Okay, ähm, und geht es dir jetzt besser?«

»Hm-mmh. Un' bei dir alles okay?«

Ich überlege, was ich antworten soll. Ihm von dem Irren zu erzählen, würde ihn nur unnötig aufregen. Glaube ich jedenfalls. Bei seinem momentanen Zustand bin ich mir da nicht sicher. »Ich glaube, ich habe eine heiße Spur gefunden«, sage ich stattdessen.

»Dasiss gut. Freut mich. Heiß is gut.«

»Hast du irgendwelche Nachrichten aus dem Krankenhaus? Oder aus dem Café? Ich dachte, dass sie sich vielleicht bei dir melden, weil ich keinen Empfang habe.«

»Nix.«

»Kannst du trotzdem noch mal nachsehen? Bitte.«

»Hm-mmh.«

Ich höre ein Klopfen, offenbar tippt er tatsächlich auf dem Handy und sucht seine Mails. »Nix«, wiederholt er müde.

»Gut … also … Soll ich mich später noch mal melden? Wenn du ausgeschlafen hast?«

»Wärnich schlecht.«

»Es könnte aber spät werden.«

»Wobisudenn? Alles okay?«

»Ja. Bin bei einer ganz netten Familie. Alles in Ordnung.«

»Gut. Dassis gut. Passau dich auf.«

»Okay … ähm … dann … schlaf weiter.«

»Schatsssi?«

»Ja?«

»Tut mir leid.«

»Was?«

»Der Flug. Mein Benehmen. Gingmir echtnich gut.«

»Ich weiß.«

»Liebe dich.«

Ich schlucke schwer. »Hm-mmh.« Ich lege auf, versuche, mein schlechtes Gewissen zu ignorieren, doch offenbar ist es mit einem spitzen Messer bewaffnet und sticht gnadenlos damit zu.

Die Küchentür steht weit offen und führt direkt hinaus in den Garten. Ich lehne mich in den Türrahmen. Noel sitzt wieder am Tisch, lacht und redet gestikulierend mit David und seiner

Frau, während die Brise vereinzelte weiße Blütenblätter aus dem Kirschbaum herabregnen lässt.

Ich könnte mich tatsächlich an das Essen hier gewöhnen. Und nicht nur an das.

Mit schief gelegtem Kopf beobachte ich Noel, er wirkt so in sich ruhend, so frei, so unverstellt, ungekünstelt.

Plötzlich greift er hinter die Bank nach seinem Rucksack, holt seine Kamera hervor und schießt Fotos. Vom Baum, von der alten Bank, von der Landschaft um uns herum und schließlich – unter allgemeinem Gelächter – auch von den Anwesenden.

Ich atme tief den süßen Blütenduft ein und wage ein bisschen zu träumen. Wenn wir erst meine leibliche Mutter und dann selbstverständlich meinen leiblichen Vater gefunden hätten, wenn sie mich dann ebenso selbstverständlich mit Freudentränen in die Arme geschlossen hätten, könnte ich vielleicht auch meine Mutter dazu holen. Eine große glückliche Patchwork-Adoptivfamilie unter blauem Himmel … Denn wozu sonst das alles? Es muss doch einen tieferen Sinn dahinter geben. Hinter allem. Selbst hinter dem Unfall meiner Mutter. Oder?

Ich schüttle den Kopf, versuche, mich wieder auf die Realität zu konzentrieren, und trete aus dem Haus.

Noel sieht auf, zwinkert mir zu und hat, ehe ich protestieren kann, ein Foto von mir geschossen. Verlegen puste ich mir den Pony aus der Stirn. Noel jedoch lächelt mich an, so warmherzig und strahlend, dass in mir die Sonne aufgeht. Ich erwidere sein Lächeln. Den ganzen Weg bis zu meinem Platz lässt er mich nicht aus den Augen. Urplötzlich fällt mir das Atmen schwer, mein Herz schlägt heftig in meiner Brust.

Milena hat damit begonnen, den Tisch abzuräumen, und David tischt Obst auf.

Ich verstecke die Hand mit dem Ring unter dem Tisch und räuspere mich. »Was ich noch sagen wollte …«

»Ja?«

»Ich …« Ich starre ihn mit klopfendem Herzen an. »Wusstest du, dass das Herz einer Frau schneller schlägt als das eines Mannes?«

Er legt den Kopf schief. »Nein, das wusste ich nicht. Aber ich weiß, dass das nicht das ist, was du sagen wolltest.«

Ich werde rot, meine Fingern trommeln auf der hölzernen Bank. Dann versuche ich, mich zusammenzureißen, und hole tief Luft. »Danke. Danke dafür, dass du mitgekommen bist. Dafür, dass du mir hilfst. Dafür, dass du da bist. Dafür, dass …« Ich breche ab, denn Noel hat einen Finger an meine Lippen gelegt, eine ganz zarte Berührung, bei der mein Herz aus dem Takt gerät.

»Nein«, sagt er sanft. »Ich danke *dir.*«

Ich kann nicht gleich antworten. Noels umwerfendes Lächeln hindert mich daran.

»Wofür denn?«, hauche ich schließlich atemlos, als ich mich wieder gefasst habe, und hoffe, dass er nicht hören kann, wie laut ebendieses außer Takt geratene Herz plötzlich schlägt.

Doch das Strahlen verschwindet, er fährt sich mit der Zunge über die Lippen. »Weißt du, ich … ähm …« Er schüttelt den Kopf, steht plötzlich auf und verlässt den Tisch. »Ich muss mal kurz für kleine Jungs.«

Enttäuscht und verwirrt sehe ich ihm nach. Ich hatte etwas anderes erwartet, wenn ich ehrlich bin. Vielleicht sogar etwas, das mit ›L‹ anfängt.

Ich muss zu viel Sonne abgekriegt haben.

Zur Ablenkung – und um mich für das Essen zu bedanken – helfe ich Milena, den Tisch abzuräumen.

Als er endlich bis auf das Obst leer ist und auch Noel wieder an seinem Platz sitzt, frage ich kühl: »Also, was ist jetzt mit diesem Vartan?«

Noel nickt und formuliert auf Armenisch eine Frage.

Der Alte lächelt und nickt und zündet sich eine Pfeife an. Dann nimmt er einen Zug und beginnt zu erzählen.

»Alles begann mit einem Pferd«, übersetzt Noel.

»Pferd? Was für ein Pferd? Er wollte doch über Vartan reden!«

»Pssst«, macht Noel, »hör einfach zu.«

Der Alte, der sich bei meiner Zwischenfrage unterbrochen hat, nimmt einen weiteren Zug von seiner Pfeife, lässt den

Rauch langsam durch die schmalen Lippen gleiten, und fährt mit brüchiger Stimme fort.

»Wir mussten das Pferd verkaufen und fuhren deshalb zum Markt«, sagt Noel leise, den Blick auf den Mund von Davids Großvaters gerichtet.

Die Enttäuschung drückt mich nieder. »Noel, ich will keine Geschichte über ein Pferd hören. Bist du sicher, dass –«

Doch Noel legt mir beruhigend die Hand auf den Arm. »Warte. Hab Geduld. Ich bin mir sehr sicher, dass dies mehr ist als nur eine Geschichte über ein Pferd.«

Ich beiße mir auf die Lippe, atme tief durch und versuche, meiner inneren Unruhe Herr zu werden.

»Und auf dem Markt tauchte plötzlich *sie* auf.«

Mit einem Mal sitze ich kerzengerade. »Wer?«

»Das schönste Mädchen weit und breit.«

»Ihr Name«, flüstere ich. »Wie lautete ihr Name?«

»Liana.«

Ich schließe enttäuscht die Augen und lasse mich zurücksinken.

»Sie war in Begleitung von Vartan.«

Ich schlage die Augen wieder auf.

Von grünen Augen und Zauberbuchten

»Da ist es ja – das schönste Mädchen weit und breit«, begrüßte Aren Liana, als sie am Nachmittag endlich an der gleichen Stelle wie gestern eintraf. Er lehnte lässig am Baum.

Doch kaum war sie, zittrig vor Aufregung, von Amris Rücken gestiegen und hatte ihre Zügel locker um den Stamm einer kleinen Birke geschlungen, als er schon bei ihr war und sie an sich zog.

Vor Erleichterung hätte sie beinahe geweint.

Auf dem Heimweg gestern Nachmittag hatte Aren bis kurz vor dem Gutshof Lianas Hand gehalten und sie immer wieder von der Seite angesehen, voller Liebe und mit dieser Mischung aus ungläubigem Staunen und grenzenlosem Stolz.

Es war ein Wunder gewesen, dass sie überhaupt vor dem Dunkelwerden zu Hause angekommen war, hatten sie doch alle paar Schritte angehalten und sich erneut geküsst, schwankend zwischen Zärtlichkeit und Wildheit, bis er sich irgendwann endgültig von ihr verabschieden musste und im Schutz der Bäume zurückblieb.

Dennoch war sie heute wie in Watte gepackt durch den Tag gelaufen, hatte auf das Wiedersehen hingefiebert und zugleich wahnsinnige Angst gehabt, dass er nicht kommen würde.

»Endlich«, murmelte er heiser und presste sie an sich. »Ich habe kein Auge zugekriegt heute Nacht, musste immer an dich denken.« Seine Hände flogen über ihren Körper, setzten ihn in Brand und seine Lippen teilten die ihren. Hungrig kostete sie die Süße seines Mundes, trank seinen Atem und wusste nicht, wie sie die Stunden seit dem gestrigen Kuss ohne ihn hatte überstehen können, ja, wie sie überhaupt ohne ihn überleben sollte.

Immer heftiger, immer wilder wurde der Tanz ihrer Zungen, bis Aren sich plötzlich von ihr löste. »Warte«, keuchte er und schob sie auf Armeslänge von sich. »Sonst falle ich noch über dich her.« Doch schon im nächsten Moment zog er sie wieder an sich, jedoch ohne sie zu küssen. Er hielt sie lediglich in seinen Armen, das Gesicht in ihrem Haar vergraben.

Liana war verlegen und seltsam stolz zugleich. Stolz auf die Wirkung, die sie offenbar auf ihn hatte, und froh darüber, dass sie nicht die Einzige war, die sich weder lösen wollte, noch lösen konnte. Sie schmiegte sich fester an ihn, atmete tief seinen Duft ein.

So standen sie da, eng umschlungen, eine halbe Ewigkeit und doch viel zu kurz, die Augen geschlossen, sprachlos vor Glück, die Gegenwart des anderen stumm genießend.

Noch nie hatte sie so etwas empfunden. Dieses Gefühl, nichts sagen, nichts tun zu müssen und dennoch verstanden zu werden.

Erst als in der Ferne das Röhren eines Traktors zu hören war, fand Liana in die Realität zurück und sah lächelnd auf.

Er beobachtete sie bereits. »Du bist so unfassbar schön«, sagte er leise. »Ich habe die ganze Nacht von deinen grünen Augen geträumt.«

»Wie? Nur von meinen Augen? Von nichts sonst?«

»Na, vielleicht noch von deinem schwarzen Haar«, sagte er schmunzelnd und drückte ihr einen Kuss auf den Scheitel.

Spielerisch wollte sie ihn in die Seite boxen, doch er fing ihre Hand ab und verschränkte seine Finger mit ihren.

»Hast du Ärger gekriegt?«, fragte er plötzlich und holte sie damit auf unliebsame Weise in die Realität zurück.

»Nein«, sagte Liana und löste sich von ihm, doch er griff sogleich nach ihrer Hand und entlockte ihr damit sofort wieder ein Lächeln. Gemeinsam schlenderten sie zum Bach.

»Zum Glück«, fuhr Liana fort, »hatte ja meine Tante alles mit eigenen Augen und Ohren mitbekommen. Ich bin heilfroh, dass sie dadurch jedem bestätigen konnte, dass ich tatsächlich wegen eines Pferdes beim alten Hayk und seiner Familie war.«

Liana schlüpfte aus ihren Schuhen, setzte sich und ließ die Füße ins kühle Wasser hängen. Aren tat es ihr gleich.

Sie lehnte ihren Kopf an seine Schulter. »Natürlich war mein Vater sehr verärgert darüber, dass ich erst kam, als Vartan und sein Onkel schon weg waren – doch das ist er ja ohnehin immer, wenn es um mich geht.«

»Wie meinst du das?«

»Nicht wichtig«, winkte sie verlegen ab und ärgerte sich darüber, dass ihr das herausgerutscht war. Sie wollte die wertvolle Zeit mit Aren nicht mit ihren Familienproblemen belasten. »Jedenfalls sind Hayk und seine Familie schon seit jeher so gute Nachbarn, dass mein Vater die Sache auf sich hat beruhen lassen.«

Aren nickte. Eine Weile war nur das Plätschern des Wassers zu hören, dann sah er sie forschend an. »Du verstehst dich nicht mit deinem Vater?«

»Na ja, er ignoriert weitestgehend meine Existenz und ich vermeide es, ihn öfter als nötig daran zu erinnern. Auf diese Weise kommen wir ganz gut miteinander zurecht.« Sie seufzte. »Manchmal habe ich das Gefühl, durchzudrehen, wenn ich mir vorstelle, dass das so weitergehen wird. Nicht nur das mit meinem Vater. Einfach das Leben, wie es ist, generell. Das ewige Geschimpfe und Gejammere meiner Tante. Diese unfassbar erdrückende, erstickende Aussicht darauf, dass ein Tag genauso sein wird wie der andere, die nächsten sechzig Jahre lang, nur Hausarbeit und Feldarbeit. Im schlimmsten Fall …« Sie schüttelte sich bei der Vorstellung. »… an jemanden wie Vartan gefesselt. Und in dem Bewusstsein, dass ich es niemandem je recht machen kann. Meinem Vater schon gar nicht. Ich will es auch gar nicht. Er kennt nur ›Mich ignorieren‹ oder ›Über mein Leben bestimmen‹. Dazwischen gibt es für ihn nichts.«

»Aber dein Vater war doch nicht immer so. Was ist passiert?«

Liana sah beiseite. »Eigentlich war doch die Vereinbarung, dass *ich* dich alles fragen darf.«

Er lachte leise auf. »Na schön, dann fang mal an.« Er griff nach ihrer Hand und küsste ihre Fingerspitzen, eine nach der anderen.

»He, das ist unfair. Wie soll ich mich denn da konzentrieren?«

»Ich weiß nicht, was du meinst«, murmelte er und hauchte ihr einen Kuss auf die Handfläche, der sie erschauern ließ. »Komm, stell mir eine Frage.«

Es gab tausend Dinge, die sie ihm hatte sagen wollen, und ungefähr zweitausend Fragen, die ihr auf den Lippen gebrannt hatten, doch nichts von alledem spielte jetzt und hier eine Rolle. Nur seine Nähe zählte. Seine Lippen wanderten von ihrer Handfläche zu ihrem Handgelenk und machten es ihr schwer, auch nur einen klaren Gedanken zu fassen.

»Also?«, fragte er neckend. »Plötzlich so stumm?«

»Erinnerst du dich noch an die Bucht, zu der dein Vater uns ab und zu auf seinem Boot mitgenommen hat?« Etwas Besseres fiel ihr nicht ein, sie wusste selbst nicht, warum von all den Dingen ihr ausgerechnet das in den Sinn kam.

Er lachte leise. »Unsere Zauberbucht? Die nur für uns da war? In der wir tausend Jahre alt werden wollten?«

Sie nickte und dachte plötzlich, wie schön es wäre, all das hier hinter sich zu lassen, Vartan und Tante Raquel und das ganze Chaos und die Erwartungen, die auf ihr lasteten, und in diese Zauberbucht zu verschwinden. Für tausend Jahre.

»Ich wollte dir dort ein Haus bauen.«

»Ein Haus? Das hast du mir nie erzählt.«

»Es sollte eine Überraschung werden. Ich hatte sogar schon damit angefangen.«

»Du warst sieben oder acht.«

»Deshalb kam ich leider auch nicht sehr weit«, gestand er schmunzelnd. »Aber die Holzlatten müssten immer noch dort liegen. Ich Hab sie in mühevoller Arbeit alle glatt geschmirgelt. Und wenn ich weiterhin eine Möglichkeit gehabt hätte, über den See zu gelangen, hätte ich es irgendwann auch fertiggestellt. Und wenn es Jahre gedauert hätte. Für dich hätte ich es getan.« Er strich erneut zart über ihre Wange, sein Gesicht schien von innen zu leuchten. »Für dich hätte ich alles getan.«

Und da konnte sie nicht anders. Sie küsste ihn erneut, stürmisch und voll übersprudelnder Fröhlichkeit, bis sie hintenüber ins duftende Gras fielen und lachend liegen blieben.

Nach Atem ringend fragte sich Liana, ob sie jemals wieder dieses glückliche Grinsen von ihrem Gesicht bekommen würde oder ob jeder, dem sie ab jetzt begegnete, sofort Bescheid wissen würde, was passiert war.

Sie löste sich von seinen Lippen, strich sanft über sein wundervolles Gesicht und bettete ihren Kopf in seine Halsbeuge. Wie früher. Und er stemmte den Ellbogen auf, sodass ihre ineinander verschränkten Hände gen Himmel zeigten. Wie früher.

Mücken tanzten um sie her und Schwalben zogen ihre Kreise vor dem unendlichen Blau über ihnen.

Und es war tatsächlich, als wären all die Jahre dazwischen auf den Zeitraum eines Wimpernschlages zusammengeschrumpft, so überwältigend war ihre Vertrautheit.

Sacht streichelte sie mit dem Daumen über sein Handgelenk.

Eine ganze Weile war nur das Plätschern des Baches zu hören, dann fragte sie: »Warum hast du dich damals nicht verabschiedet? Und fang jetzt nicht wieder mit den Kartoffeln an.«

»Sie haben mir nicht gesagt, dass es ein Abschied für immer sein würde. Es hieß …« Er hielt inne und rieb sich über die Stirn, als hätte er Kopfschmerzen. »Es hieß, es wäre nur ein kurzer Besuch bei Verwandten, bis mein Großvater aus dem Krankenhaus entlassen wird. Sie hatten wohl Angst, dass ich sonst ausreißen würde. Von seinem Tod habe ich auch erst erfahren, als die Beerdigung schon Monate zurücklag.«

Liana biss sich auf die Lippe. Warum nur hatte sie gefragt. »Es tut mir leid, ich wollte dich nicht daran erinnern«, sagte sie, setzte sich auf und sah ihn zerknirscht an.

»Ist schon okay, ist lange her«, gab er lapidar zur Antwort und lächelte schief.

Sie kaute auf ihrer Wange, zog dann die Beine an und umschlang sie mit den Armen. »Vielleicht war das sogar besser so. Also, dass du nicht bei der Beerdigung warst. Bei der meiner Mutter hätte ich am liebsten auch gefehlt.«

»Sie ist tot?« Jetzt setzte auch er sich auf und sah sie besorgt an. »War sie krank?«

Liana schüttelte den Kopf. »Schwanger. Obwohl der Arzt es

verboten hat. Sie starb bei der Geburt meines Bruders.« Sie holte tief Luft. »Nach Mamas Beerdigung hat mein Vater sich im Schlafzimmer eingeschlossen«, sagte sie langsam. »Wochenlang. Er hat sie sehr geliebt. Er hat mit niemandem gesprochen, niemanden hineingelassen. Nur ab und zu etwas von dem gegessen, was meine Großmutter ihm vor die Tür gestellt hat. Als er wieder herauskam, war er ein anderer Mensch. Und ein anderer Vater. Und daran hat sich bis heute nichts geändert.« Sie räusperte sich.

Aren atmete tief durch. »Ich verstehe.« Bedrückt schüttelte er den Kopf, strich sanft über ihre Fäuste und erst jetzt merkte Liana, dass sie die Hände geballt hatte, dass ihr ganzer Körper angespannt war.

»Es tut mir so leid, dass ich nicht da war.«

Sie zuckte mit den Achseln. »Was hättest du tun können?«

»Das Gleiche wie jetzt«, sagte er, legte den Arm um sie und zog sie sanft an sich heran. Sie bettete ihren Kopf an seiner Brust und schloss die Augen.

Eine ganze Weile schwiegen sie. Langsam spürte Liana die Anspannung von ihr abfallen. Noch nie hatte sie sich so geborgen gefühlt, so verstanden. Leise sagte sie: »Ich hatte mir auch gewünscht, du wärst da gewesen.«

Aren strich ihr sanft über das Haar und sie schmiegte sich noch enger an ihn, lauschte seinem Herzschlag und hatte das Gefühl, ihr eigener würde sich seinem anpassen.

Zögerlich sagte sie: »Auch wenn meine Großmutter es abstreitet, weiß ich, dass mein Vater mir die Schuld am Tod meiner Mutter gibt. Joris hat es mir erzählt, die Hebamme aus dem Dorf. In meiner Familie redet ja niemand darüber, aber Joris sagte mir, meine Mutter sei vor meiner Geburt drei Mal schwanger gewesen. Es waren alles Fehlgeburten, und jedes Mal war es für meine Mutter beinahe der Tod, doch sie wollte meinem Vater unbedingt einen Nachfolger schenken. Dann kam ich.« Sie lachte traurig. »Die große Enttäuschung. Der Arzt hat ihr anschließend verboten, noch einmal schwanger zu werden, prophezeit, dass es sie das Leben kosten könne. Doch sie hat nicht auf ihn gehört, sie wollte unbedingt einen Jungen, einen Erben, einen Nachfolger. Wäre ich ein Junge gewesen, wäre sie nicht gestorben.«

»Was ist passiert?«

»Das Kind kam viel zu früh, es war Winter, der Schnee reichte bis zum Fensterbrett hinauf. Es war kein Durchkommen möglich, weder für den Arzt noch für den Pfarrer.« Liana schluckte, doch der Kloß in ihrem Hals wollte keine Worte mehr durchlassen. »Sie ist verblutet«, presste sie schließlich heraus.

Aren verkrampfte sich. »Und das Kind?«

Noch nie hatte sie mit jemandem darüber gesprochen, weder mit ihrer Großmutter noch mit Mina.

Doch für Aren galten andere Regeln.

Das war schon immer so gewesen.

»Er war so winzig«, flüsterte sie. »Kaum größer als eine Honigmelone. Und er war wunderschön. Alles war dran, verstehst du? Finger und Zehen.« Sie lächelte traurig, dann ging ihr Blick in die Ferne. »Menschen rannten herum. Alle waren aufgelöst, schrien. Nur das Baby nicht. Es war ganz still. Ich nahm es auf den Arm und es öffnete die Augen und sah mich an. Und in dem Moment wusste ich, dass ich immer für dieses kleine Wesen da sein würde, ihm alles zeigen, alles beibringen, es für immer furchtbar lieb haben würde.« Sie ballte ihre Fäuste, versuchte sich zu sammeln. »Im Dorf gab es eine Frau, die auch ein Baby hatte. Sie hat versucht, den Kleinen zu stillen, aber er war zu schwach zum Trinken. Die ganze Nacht hatte ich ihn bei mir.« Sie holte tief Luft. »Am nächsten Morgen hörte sein Herz auf zu schlagen.«

Erst als Aren ihr sanft über die Wange strich, merkte sie, dass die Tränen ihr über das Gesicht liefen. Es war das erste Mal seit jener Beerdigung, dass sie weinte. »Der lang ersehnte Sohn.« Sie hatte Mühe, ihre Worte verständlich zu äußern, so sehr schüttelten sie die Schluchzer. »Aber wir durften ihn auf dem Friedhof nicht neben meiner Mutter begraben, denn er war nicht getauft. Er liegt in einem abgegrenzten Bereich, allein und …« Sie brach ab, holte zitternd Luft. »Wenn ich ein Junge gewesen wäre, hätte meine Mutter nicht sterben müssen. Das hat mein Vater mir ins Gesicht geschleudert, damals. Seitdem ist alles anders.« Sie schluckte, rang nach Fassung.

Aren sagte nichts und sie war froh darüber. Er drückte sie einfach nur an sich, hielt sie fest und ließ sie weinen.

»Weißt du … alle erwarten von mir, eine Familie zu haben, Kinder zu kriegen, aber ich werde das nicht tun. Niemals wieder will ich mein Herz an etwas hängen, das … so hilflos und so … zerbrechlich ist.«

»Shhh«, machte Aren, küsste ihr Haar und hielt sie einfach nur im Arm, bis irgendwann ihre Schluchzer weniger wurden und schließlich verstummten.

Nur das Rauschen der Blätter über ihren Köpfen war zu hören.

Liana wusste, dass sie nie wieder ohne Aren sein wollte.

Kapitel 9

Frühjahr 2016

Ich weiß, dass ich nie wieder ohne die Erinnerung an den heutigen Tag sein werde. Und so beängstigend diese Vorstellung auch ist, will ich auch nie wieder ohne sie sein. Dafür hat dieser Tag zu viel in meinem Leben verändert, zu viel in mir bewegt.

Über den inzwischen dunklen See tanzen die Lichter der Fischerboote, während die Scheinwerfer unseres Wagens einen Lichtkegel an die Wand des Hotels malen. Noel schaltet den Motor aus und mustert mich besorgt von der Seite. »Alles okay?«

Ein buntes Gemisch aus Musik und Gelächter dringt herauf bis zum Parkplatz des Hotels, und unten am See sind Lichter zu sehen. Dort unten wird irgendetwas gefeiert.

»Alles in Ordnung?«, hakt Noel nach.

Ich nicke, steige aber dennoch nicht aus.

»Du warst die ganze Fahrt über so still«, sagt er leise. »Worüber hast du nachgedacht?«

Ich kaue auf meiner Wange und zögere. Ich habe gemerkt, dass er mich den ganzen Rückweg über immer wieder fragend angesehen hat, und bin ihm sehr dankbar dafür, dass er das nötige Feingefühl hatte, nicht nachzuhaken, mich einfach still grübeln zu lassen. Auch die Anrufe von Ralf, die am späten Abend und kaum dass wir nach langer Rückfahrt endlich wieder Netzempfang hatten, eingingen, habe ich nicht angenommen. Stattdessen habe ich das Handy weiter vor sich hinvibrieren lassen und lediglich eine kurze SMS zurückgeschickt, in der ich schrieb, dass alles in Ordnung sei, ich aber gerade nicht telefonieren könne.

Jetzt jedoch frage ich: »Glaubst du, es stimmt, was Hayk und David erzählt haben? Das mit Liana und dem Zigeuner? Und alles, was danach passiert ist?«

Noel legt den Kopf schief. »So erzählt man es sich offenbar in dieser Gegend. Und meistens haben solche Geschichten einen wahren Kern. Zumindest der Brand hat stattgefunden, und die Tatsache, dass das Gut vollkommen heruntergewirtschaftet war, stimmt auch. Und ich kann mir auch gut vorstellen, dass tatsächlich Lianas Vater seine Schulden bei Vartans Onkel nicht mehr bezahlen konnte und Vartan so in den Besitz der Plantage gekommen ist. Also warum sollte nicht auch der Rest wahr sein?«

Ich nicke langsam, hänge mir meine Tasche um, klettere aus dem Wagen und schlage die Autotür zu. Dann aber bleibe ich neben dem offenen Fenster stehen. »Hältst …« Ich räuspere mich. »Hältst du es für möglich, dass … vielleicht … diese Liana meine Mutter sein könnte? Ich meine, natürlich stimmt der Name nicht, aber … wäre es nicht eine Erklärung dafür, dass dieser Kerl dermaßen ausgerastet ist, als er den Namen Maryam gehört hat? Wenn sie und Liana ein- und dieselbe Person wären, dann könnte er deshalb so erbost sein, weil sie ihn abgewiesen und vor allen brüskiert hat.«

Noel verzieht zweifelnd das Gesicht. »Klar, das könnte sein, aber das würde auch bedeuten, dass sie wieder zurückgekommen wäre, denn immerhin wurdest du hier zur Adoption freigegeben. Und warum sollte sie das tun? Also, sowohl die Rückkehr als auch die Sache mit der Adoption? Offenbar war sie doch bis über beide Ohren in diesen Zigeuner verliebt. Natürlich könnte es auch gut sein, dass er sie sitzengelassen hat. Aber trotzdem kann ich mir nicht vorstellen, dass sie dann hierher zurückgekommen wäre, nach allem, was geschehen war.«

»Ja … du hast wahrscheinlich recht.« Unglücklich zeichne ich mit meinem Fuß Muster in den Kies auf dem Hotelparkplatz.

Noel steigt ebenfalls aus, geht um die Motorhaube herum. »Du hast ja noch diese Liste. Dein Flieger geht übermorgen, richtig? Wir haben also noch etwas Zeit. Wir machen einfach mit der Liste weiter. Es wird sich schon eine weitere Spur finden, da bin ich sicher.«

Ich nicke.

»Und … bis dahin …« Er zögert, wischt mit der Hand den Staub vom Auto, als bestünde dieses nicht ohnehin nur aus Rost und Kratzern, und fährt dann langsam fort. »… könnten wir ja vielleicht tanzen gehen?«

»Wie meinst du das?«

Er deutet mit dem Daumen über die Schulter nach hinten. »Stadtfest. Am See. In Armenien wird bei Festen immer getanzt. Wir können hingehen. Zugucken, mitfeiern. Heute Abend wirst du ohnehin nichts mehr ausrichten können.«

Ich schlucke schwer und meide seinen Blick, weil ich weiß, dass ich sonst auf der Stelle ›ja‹ gesagt hätte. »Ich … muss jetzt hoch. Ralf macht sich bestimmt schon Sorgen.«

Sein Körper versteift sich merklich. »Okay. Verstehe.«

Er wartet noch einen Moment, doch ich sage nichts weiter. Was hätte ich denn auch sagen sollen? Er ist jemand, den ich kaum kenne und über dessen Absichten ich mir alles andere als im Klaren bin, und oben liegt der Mann, mit dem ich schon so viele Jahre zusammen bin. Der Mann, den ich heiraten werde.

»Also dann … bis morgen.«

»Gute Nacht«, murmle ich, umklammere meine Tasche und stakse steifbeinig über den Parkplatz. Hinter mir schlägt die Autotür zu. Dann höre ich den Motor des Wagens starten und den Kies spritzen, als Noel das Auto die Auffahrt hinunterlenkt.

Plötzlich drehe ich mich um und laufe zurück, verliere dabei beinahe meinen linken Schuh und hinke, bei dem Versuch, im Laufen wieder hineinzuschlüpfen, dem Wagen hinterher. »Warte! Warte mal kurz!«

Die Bremslichter leuchten blutrot auf, der Wagen kommt zum Stehen.

Ich hetze zur Fahrerseite. »Würdest du sie lesen?«

»Hä?«

»Die Texte. Meine Geschichten. Also zumindest eine. Irgendeine. Wenn … wenn du magst. Ich würde gern wissen, was du davon hältst. Deine ehrliche Meinung.«

Überrascht nickt er.

»Ich hatte etliche ausgedruckt und wollte sie im Flugzeug Korrektur lesen.« Dann ergänze ich verlegen flachsend: »Aber ich warne dich: Es ist kein Porno! In manchen kommt Liebe vor, in manchen Mord.«

»Ich werde sie lesen«, sagt er. »Und dir meine ehrliche Meinung dazu sagen.«

Ich nicke, krame hektisch in meiner Tasche und ziehe den Stapel Blätter hervor.

»Uff. Das sind aber etwas mehr als nur ein paar Seiten.«

»Es sind einhundertzwanzig, um genau zu sein«, gebe ich verlegen zurück. »Such dir einfach eine Geschichte aus … Aber wenn dir das zu viel ist, dann kann ich das verstehen und …« Ich breche ab, denn er hat bereits nach dem Papierstapel gegriffen, den ich mir an die Brust presse, und für einen prickelnd-flüchtigen, mein Inneres in Brand setzenden Moment ruht seine linke Hand auf meiner, warm und fest, und sein Blick hält meinen gefangen, eine wortlose Verlockung. Meine Beine werden weich, meine Arme zittern und ein sehnsüchtiges Verlangen schießt durch mich hindurch.

Meine Hand ist plötzlich tonnenschwer. Mit äußerster Anstrengung ziehe ich sie zu mir zurück, drehe mich um und renne zum Hotel, durch die Tür, am erschrockenen Portier vorbei und die Treppe hoch bis zu unserem Zimmer. Erst dort halte ich inne und fummele mit fahrigen Händen den Schlüssel aus meiner Tasche. Doch bevor ich die Tür aufschließen kann, öffnet sie sich schon und Ralf zieht mich in seine Arme. »Da bist du ja endlich. Ich wollte schon die Polizei rufen. Warum bist du nicht ans Handy gegangen? Ist alles in Ordnung?«

Ich mache mich verwirrt los, nicke, stammle etwas davon, dass ich wohl auf lautlos geschaltet haben muss und eingeschlafen sei und die Handtasche in den Fußraum des Autos gefallen ist, und noch vieles mehr, das vermutlich in der Summe keinen Sinn ergibt, zumal mir einfällt, dass ich ihm ja eine SMS geschrieben hatte.

Doch zum Glück scheint er so froh darüber zu sein, mich wieder hier zu haben, dass er gar nicht wirklich hinhört. Er zieht mich ins Zimmer und schlägt die Tür mit dem Fuß hinter mir zu.

Der Fernseher läuft und vom Inhalt der ursprünglich mit Knabbereien gefüllten Schälchen auf dem Couchtisch sind nur noch Krümel vorhanden.

»Geht's dir wieder besser?«, frage ich.

»Und wie! Ich hab fast den ganzen Tag geschlafen und jetzt geht's mir so gut wie schon lange nicht mehr. Komm, erzähl. Wie ist es gelaufen? Was hast du herausgefunden?«

Ich lasse mich entkräftet aufs Sofa fallen. »Nicht viel«, sage ich und gebe so neutral und sachlich wie möglich die Ergebnisse des heutigen Tages wieder – sofern sie die Suche nach meinen Wurzeln betreffen.

»Mit einem Gewehr?«, ruft Ralf entsetzt. »Und ihr habt nicht die Polizei gerufen? Das kann doch wohl nicht wahr sein! Gleich als Erstes morgen früh werden wir Anzeige erstatten. Überhaupt war das die völlig falsche Vorgehensweise – Ihr hätte lieber mit der Liste anfangen sollen. War doch klar, dass dieser Typ keine Ahnung hat. Wo ist sie denn? Zeig mal her. Wo ist mein Handy? Ah, da.« Schon ist er im Internet, sucht die Entfernungen zu den einzelnen Ortschaften heraus, die als Wohnorte der ganzen Maryams angegeben sind, notiert sie auf der Liste und ordnet sie der Entfernung nach.

Ich sehe ihm stumm zu und knabbere an meinen Fingernägeln, frage schließlich: »Hat meine Mutter sich bei dir gemeldet? «

Er schüttelt den Kopf.

»Weißt du … Unten am See findet ein Fest statt.«

»Ja, habe ich gesehen«, murmelt er und scrollt weiter durch sein Handy.

»Du warst in deinem letzten Leben wohl Telefonist, wie?«

»Was?«

»Oder Hochzeitsplaner.« Ich versuche mich an einem Lächeln.

Verständnislos starrt er mich an. »Wie kommst du denn jetzt auf so was?«

»Na ja«, stammle ich, »… weil du gerade von Null auf Hundert geschossen bist, was das Planen unserer nächsten Schritte angeht, du weißt schon …«

»Nee, weiß ich nicht. Was ist denn los mit dir? Du bist echt komisch drauf.«

»Ach, vergiss es«, winke ich resigniert ab, sehe aus dem Fenster, während Ralf weiter durch sein Handy scrollt und sich ab und an Notizen auf das Blatt Papier macht.

Ich springe auf. »Lass uns auf das Fest gehen.«

»Was? Warum?«

»Na ja … wir könnten tanzen.«

»Wir können nicht tanzen.«

»Wir könnten es doch lernen.«

»Aber nicht heute. Lass uns lieber einen Film ansehen.« Er lässt sein Handy sinken und greift nach der Fernbedienung.

»Das machen wir doch so gut wie jeden Abend.«

»Und dagegen ist doch nichts einzuwenden. Kuschlig, gemütlich, zweisam.« Er zieht mich wieder zu sich runter und legt seinen Arm um mich. Ich lasse es geschehen, plötzlich seltsam erschöpft.

Ralf zappt durch die Kanäle, bis er schließlich irgendwo hängen bleibt und sich mit einem behaglichen Seufzen nach hinten sinken lässt.

Schweigend liege ich an Ralfs Schulter. Ich fühle mich nicht zweisam, sondern einsam. All die Jahre habe ich geglaubt, dass es ein gutes Schweigen wäre. Eine Art Wir-verstehen-uns-auch-ohne-Worte-Schweigen. Jetzt frage ich mich, ob wir uns nicht einfach nur nichts mehr zu sagen haben. Ich sehe der Geschichte zu, die über den Bildschirm flimmert und habe den Eindruck, dass der Großteil meines Lebens genauso flach verläuft wie dieser Film und sogar noch weniger Spuren hinterlassen hat.

Von Küssen und mehr

Arens Kuss hatte Spuren hinterlassen, das war Liana bewusst. Seit diesem Kuss lebte sie in ihrer eigenen Welt und die bestand aus ihm. Jede Minute, die sie irgendwo abschneiden konnte, trieb es sie hinaus zu ihm. Sie hatte das Gefühl, noch nie so viel gelacht zu haben, noch nie so glücklich gewesen zu sein.

»Moment mal!«, schallte die Stimme ihrer Großmutter hinter ihr über den Hof.

Liana, die vor dem Stall gerade den Sattel festgezogen hatte, seufzte innerlich.

»Wo willst du schon wieder hin?«

»Nur kurz rüber zu Mina.«

Nana schnalzte unwillig mit der Zunge und griff in die Zügel. »Es ist gefährlich da draußen zur Zeit, das habe ich dir doch schon gesagt. Nicht nur wegen der wilden Tiere. Hast du nicht gehört, was dein Vater gestern erzählt hat?«

Liana runzelte die Stirn. Sie hatte keinerlei Erinnerung an das gestrige Tischgespräch. Ging es etwa schon wieder um Vartan?

Mit gerunzelter Stirn kramte sie in ihren Erinnerungen, bis ihre Großmutter den Kopf schüttelte. »Das war mir klar. Was ist denn nur los mit dir? Seit Tagen schon läufst du durch die Gegend, als würdest du schlafwandeln.«

Da hatte Nana vermutlich recht, doch Liana konnte das einfach nicht abstellen.

»Es ging um diese Zigeuner am See«, erklärte Nana schließlich resigniert und im ersten Moment war Liana erleichtert. Also hatte Vartan endlich aufgegeben.

»Im Dorf sind sie nicht gut auf die Zigeuner zu sprechen«, fuhr ihre Großmutter fort. »Es ist wie ein Pulverfass, das jederzeit hochgehen kann. Ich mache mir furchtbare Sorgen um dich, wenn du unterwegs bist.«

»Unfug, diese Leute sind doch …« Liana brach ab. Es würde nur Ärger geben, wenn sie zu viel sagte. Sie musste Aren wiedersehen. Sie konnte nicht ohne ihn sein. Also klopfte sie stattdessen auf die Satteltaschen. »Ich finde es zwar unglaublich lächerlich, aber ich habe die Signalpistole dabei.«

»Darum geht es nicht, es ist –«

»Und ich habe alle meine Aufgaben für heute erledigt«, unterbrach Liana sie. »Wirklich.«

Nana trommelte unruhig mit den Fingern auf dem Anbindepfosten. »Genau das macht mir Sorgen. Du putzt Fenster und Böden, machst die Wäsche und den Abwasch, bügelst und stärkst, stopfst sogar Socken. Und das alles in einem Rekordtempo und ohne ein einziges Widerwort. Sogar Tante Raquel hat Mühe, etwas zu finden, das sie kritisieren kann. Ich erkenne dich nicht wieder.«

»Na, wenn's nur das ist«, erwiderte Liana mit einem Grinsen, »kann ich morgen gerne mal wieder ausgiebig mit ihr streiten.« Tatsächlich prallte seit Tagen das Gemecker ihrer Tante ebenso an ihr ab wie die besorgten Fragen ihrer Großmutter oder die Drohungen, die ihr Vater mit donnernder Stimme auf sie herabprasseln ließ, wenn sie – ihre einzige Verfehlung zurzeit – wieder einmal zu spät zum Essen gekommen war. Doch das spielte alles keine Rolle. Nichts spielte eine Rolle außer Aren.

Nana verzog das Gesicht. »Ich möchte ja gern glauben, dass du einfach über Nacht deine Liebe zur Hausarbeit entdeckt hast, aber vermutlich gibt es einen anderen Grund für dein plötzlich so vorbildliches Verhalten.« Sie musterte mit beiläufiger Irritation das rote Tuch, das Liana sich wie schon die Tage zuvor um die Hüften geschlungen hatte.

Es war für Liana zu einem Symbol ihrer Verbindung mit Aren geworden. »Ich wüsste nicht, welchen«, sagte sie und tat, als müsse sie den Sattelgurt nachziehen, um ihr Gesicht vor Nana verbergen zu können. Erst als sie sicher war, dass es ihre Gefühle nicht verraten würde, setzte sie ihren Fuß in den Steigbügel und schwang sich auf den Rücken des Pferdes, ehe ihre Großmutter einen neuen Grund finden konnte, sie zu hindern.

»Bis später, Nana«, rief sie und winkte ihr zu. »Ich hab dich lieb.«

Die Antwort war ein Seufzen, doch das faltige Gesicht verzog sich zu einem liebevollen Lächeln.

Und kaum hatte Liana das Tor passiert, als aller Ärger über Vartan, alle Unsicherheit bezüglich ihrer eigenen Zukunft einfach von ihr abfielen.

Der alte Samvel kam ihr mit dem Kleinlaster entgegen. Neben ihm saß Tante Raquel, die sich von ihm ins Dorf hatte fahren lassen. Mit verkniffenem Gesicht starrte sie Liana an, bedeutete dann plötzlich Samvel, anzuhalten, was dieser auch etwas erschrocken tat. Doch Liana hatte nicht vor, sich weitere Predigten anzuhören. Sie ritt einfach weiter, blickte aber, als sie am Wagen vorüber war, über die Schulter zurück: Tante Raquel hatte sich ebenfalls umgedreht und sah ihr durch das Rückfenster nach, sehr viel nachdenklicher, als es Liana lieb war.

Hastig wandte sie sich wieder nach vorn. Und selbst wenn Tante Raquel ahnen sollte, wohin Liana unterwegs war, es war egal. Alles war egal außer Aren.

Als in der Ferne die Wagen auftauchten, war jede Zelle ihres Körpers vor Sehnsucht zum Zerreißen gespannt. Alles schien zu leuchten, auf seltsame Weise intensiver, realer zu sein als sonst.

Doch als sie Amri angebunden hatte und den Lagerplatz betrat, war von Aren weit und breit nichts zu sehen.

»Liana!«, rief stattdessen das dunkelblonde Mädchen begeistert, sprang vom Platz neben ihrer Mutter auf und warf sich in Lianas Arme.

Sie hob sie hoch, wuschelte ihr durch die Haare, so wie Aren es damals getan hatte, und trug sie zu ihrer Mutter zurück.

»Hallo Liana, wie schön, dich wieder hier bei uns zu haben«, begrüßte Syuzanna sie, hielt in ihrer Arbeit inne – sie schnitt gerade Gemüse klein – und reichte Liana ein Stück Lawasch.

»Danke«. Liana lächelte und biss in das frische Brot, auch

wenn sie eigentlich keinen Hunger hatte, seit Tagen nicht. Es war, als hätte ihr Körper keinerlei Bedürfnisse mehr – bis auf Arens Nähe. Doch sie wollte Syuzanna nicht vor den Kopf stoßen, da sie spürte, dass ihre Herzlichkeit echt war.

»Wenn du Aren suchst, er ist da hinten.« Syuzanna deutete auf die gegenüberliegende Seite des Platzes, wo unter zum Trocknen aufgehängter Wäsche tatsächlich zwei Paar Beine in Männerhosen hervorschauten. »Er kommt sicher gleich.«

Liana blickte suchend in die angegebene Richtung. Zwischen den Wagen wurde nach wie vor gelacht, geschäkert und Musik gemacht. Einige Frauen wuschen in Schüsseln Wäsche, Kinder spielten Fangen und ein paar Männer kamen von der Plackerei als Saisonarbeiter auf den umliegenden Feldern zurück – oder von der vergeblichen Suche nach Arbeit. Alles war wie beim letzten Mal, als Aren sie hergebracht hatte, in jener zauberhaft-unwirklichen Nacht. Und doch war alles anders: Eine seltsame Anspannung lag in der Luft, und längst nicht alle Männer und Frauen im Lager schienen so erfreut über ihren Anblick zu sein wie Syuzanna.

Immer wieder wandten sich Liana Köpfe zu, wurde getuschelt, trafen sie misstrauische oder gar wütende Blicke.

»Du solltest dich schämen, hier aufzutauchen«, zischte es plötzlich inmitten des Klirrens etlicher Armreifen. Anais rauschte mit wiegenden Hüften vorbei, in feuriges Rot gekleidet, die Personifizierung von Eleganz und verführerischer Weiblichkeit.

»Beachte sie einfach nicht«, sagte Syuzanna leichthin. »Das hat alles nichts mit dir zu tun. Es gab ein paar … Zusammenstöße mit Dorfbewohnern.«

Liana fuhr sich nervös mit der Zunge über die Lippen. Es hatte nämlich leider doch etwas mit ihr zu tun, wenn sie dem Glauben schenken durfte, was Milly in der Küche von den Zusammenstößen erzählt hatte: Grigor und Vartan waren darin verwickelt gewesen. Liana war klar, dass die beiden Aren ihre Bloßstellung nicht verziehen hatten.

Verunsichert suchte Liana den Platz erneut nach Aren ab.

Er war inzwischen hinter der Wäscheleine hervorgetreten, zusammen mit Kesag, und die beiden stritten offensichtlich heftig, leider in dieser Sprache, die Liana nicht verstand. Dann schaute Kesag plötzlich zu Liana und unwillkürlich überlief sie ein Schauder, als sie seinem eiskalten Blick begegnete.

Hastig wandte sie sich ab.

»Bei dem da allerdings wäre ich vorsichtig«, sagte Syuzanna mit gerunzelter Stirn. Sie war Lianas Blick gefolgt.

»Wieso?«, fragte Liana und schlang die Arme um sich.

Syuzanna wackelte mit dem Kopf. »Er ist keiner von uns. Weder im Blut noch im Geiste. Aren hat ihn aus dem …« Sie brach ab und räusperte sich. »Aren hat ihn mitgebracht.« Liana konnte sich denken, dass sie das Gefängnis meinte, und rechnete es ihr hoch an, dass sie Aren nicht bloßstellte.

Mit dem Messer schob Syuzanna die Paprikaschnitze vom Schneidebrett auf ihren Beinen in die Schüssel, die Liana ihr hinhielt. »Aus ihm wird man nicht schlau«, fuhr sie fort, »und ich traue ihm keinen Schritt weiter, als ich ihn werfen kann, und würde nicht mal –« Sie verstummte, denn die ältere Frau mit der schönen Singstimme war zu ihnen getreten.

»Tja«, sagte sie mit einem tiefen Seufzer. »Es wird wohl Zeit, dass wir weiterziehen.«

Liana erstarrte. Beinahe vergaß sie, zu atmen.

Syuzanna hingegen nickte ohne große Überraschung.

Die Frau zog das karierte Baumwolltuch enger um ihre Schultern und kniff die Augen zusammen, als sie zwischen den Wagen hindurch in die Ferne blickte. »Kaum jemand kommt mehr zu unseren Vorstellungen. In keinem der Dörfer in der Umgebung. Und es will auch kaum ein Bauer unsere Männer beschäftigen oder …«

Sie sagte noch mehr, doch davon bekam Liana nichts mehr mit.

Weiterziehen …

Sie sprang auf, wollte zu Aren, doch er und Kesag waren verschwunden.

Hektisch sah sie sich um und rannte los.

»Wo willst du hin?«, rief Syuzanna ihr hinterher, doch Liana reagierte nicht, sondern lief zwischen den Lagernden hindurch zu Arens Wagen.

Plötzlich versperrte Anais ihr den Weg. Liana hielt abrupt inne, ihr Magen zog sich zusammen.

Anais legte den Kopf schief und ihre dunkelbraunen Locken fielen ihr ins Gesicht.

Mit einer eleganten Geste strich sie sich das Haar über die Schulter nach hinten und stemmte dann die Hände in die Hüften. »Mach dir keine Sorgen um Aren«, gurrte sie.

»Wieso?«, fragte Liana verwirrt.

»Er wird schon nicht einsam sein ohne dich. Bei der nächsten Station findet er wieder ein Mädchen.«

Liana fühlte sich von Anais' Anblick an eine Katze erinnert, die vor einem Mauseloch lauerte, und atmete tief durch.

»Wohl kaum«, gab sie mit deutlich mehr Selbstbewusstsein zurück, als sie empfand, »denn er wird nicht mitgehen.«

»Meinst du wirklich?« Anais zog die Augenbraue hoch. »Du Träumerin. Was denkst du, was ein Mann wie Aren mit solch einem Kind wie dir anfangen soll?«

»Offenbar mehr als mit dir«, gab sie zurück.

Die Antwort bestand aus einem hellen, perlenden Lachen. »Süß, wie naiv du bist.« Damit drehte sie sich um und stolzierte mit wiegenden Hüften davon.

Es kostete Liana alle Mühe, die Fassung zu bewahren.

Als nichts mehr vom Klirren der Armreifen zu hören war, stand sie immer noch regungslos da.

Schließlich holte sie tief Luft und setzte ihren Weg stolpernd fort.

Sie fand Aren bei seinem Wagen, neben der grasenden Amri. Kesag war immer noch bei ihm und die Unterhaltung schien nicht unbedingt einvernehmlicher abzulaufen als vorhin, noch immer gestikulierten beide aufgebracht.

Doch bevor Liana hören konnte, worum es ging, sah Aren auf und verstummte abrupt.

Kesag wandte sich Liana zu, presste die Lippen zusammen,

grollte irgendetwas in Arens Richtung und stapfte davon.

Aren fuhr sich mit der Hand durchs Gesicht und lehnte sich an die Ladefläche des Wagens. Er wirkte erschöpft.

Zögerlich trat sie zu ihm. »Alles okay?«

Er nickte stumm.

»Worüber habt ihr gesprochen?«

Aren seufzte. »Über die Zukunft.«

»Bei unserer Ernte im Oktober wird jede Hand gebraucht«, sagte sie betont leichthin, doch ihre Finger spielten unruhig mit dem Silberreif.

Aren schwieg und sie fuhr sich nervös mit der Zunge über die Lippen. »Du … bleibst doch hier, richtig?«

Aren holte tief Luft und sah ihr in die Augen. »Ich bin kein Bauer.«

Das Atmen fiel ihr plötzlich schwer. »Du bist aber auch kein Zigeuner«, presste sie hervor.

»Nein, aber diese Art zu leben, ist meine.«

»Welche? Sich tagtäglich Sorgen darum zu machen, wie es morgen weitergeht? Immer wieder irgendwo vertrieben zu werden?«

»Diese Freiheit. Jeden Tag an einem anderen Ort. Kein Tag wie der andere. An nichts gebunden sein, selbst entscheiden können, wie ich mein Leben gestalte. Kannst du das verstehen?«

Sie wollte nicht nicken, sie wollte, dass er hierblieb. Doch sie konnte nicht anders, als ehrlich zu ihm zu sein. »Ich verstehe, was du meinst. Mir geht es genauso.« Es war genau das, was sie selbst vermisste, das, wonach sie sich sehnte. Aber trotzdem: Sie wollte nicht – sie *konnte* nicht – wieder auf ihn verzichten. Nicht, nachdem sie sich gerade erst wiedergefunden hatten. »Aber es ist doch kein Leben, wenn man nirgendwo auf Dauer willkommen ist, wenn es sogar gefährlich ist, was du tust. Du hast doch bei unserer ersten Begegnung von diesem Regierungserlass gegen das Wanderleben gesprochen und außerdem haben Syuzannas Leute …«, sie sagte bewusst nicht ›*deine* Leute‹, »gesagt, dass es immer schwerer wird, Menschen für die Vorstellung zu begeistern oder Arbeit zu finden und –«

»Denkst du, ich will mein Leben mit Taschenspielertricks und kleinen Diebereien fristen?«, unterbrach er sie. »Ich bin kein Bauer, aber ich habe auch nicht vor, auf ewig so weiterzumachen wie jetzt. Ich habe ganz andere Pläne.« In einer heftigen Gemütsbewegung ging er ein paar Schritte zur Seite und fuhr sich mit der Hand über den Nacken.

Liana folgte ihm verwirrt.

»Erinnerst du dich daran, wie ich dich aufzuheitern versucht habe, wenn du als Kind gestürzt bist?«, fragte er.

»Du meinst ... dass du so getan hast, als wärest du ein Zirkusclown?«

Er nickte.

»Du hattest mich damit aber immer nur noch mehr zum Heulen gebracht.«

»Zum Glück.« Er lächelte schief. »Sonst wäre ich vermutlich inzwischen der schlechteste Zirkusclown der Welt. So aber habe ich das Messerwerfen für mich entdeckt.«

»Du willst zu einem Zirkus?«, fragte sie perplex.

»Nicht zu irgendeinem. Zu einem richtigen, einem riesigen, zu einem, der durch ganz Armenien zieht, durch Russland, durch Europa. Und danach noch weiter. Ich will die ganze Welt sehen. Das ist das Leben, das ich mir wünsche.«

Er zog seinen Geldbeutel aus der Hosentasche, holte daraus einen mehrfach gefalteten Zettel hervor und reicht ihn ihr. »Das hier ist nur die erste Station.«

Beunruhigt entfaltete Liana ihn. Obwohl das Papier schon sehr verblichen und dünn war, waren die einstmals leuchtenden Farben noch gut zu erkennen. Ein großes Zirkuszelt prangte darauf, Tiger waren zu sehen, eine leicht bekleidete Frau auf einem dünnen Seil und ein Muskelmann, der auf seinen Schultern gleich drei weitere Männer balancierte.

»Der hier ist klein, aber er macht demnächst in Jerewan Station, bevor er wieder nach Russland zurückkehrt. Ich werde mitgehen und mich dort einem großen Zirkus anschließen. Und dann ...« Er verstummte, breitete lediglich in einer umfassenden Geste die Arme aus. »Wer weiß, wohin es mich verschlägt.«

Liana wusste nicht, wie sie es fertigbrachte, aufrecht zu stehen. Ihr war übel. »Aber … ich dachte … und was … ist mit mir?« Sie konnte die Frage nur krächzen.

Aren wandte sich um, nahm ihre Hand, hob sie an den Mund und küsste zart ihre Innenfläche. »Komm mit mir.«

Entgeistert starrte sie ihn an.

»Dieses Leben hier ist für dich genauso wenig etwas wie für mich. Das hast du selbst gesagt.«

»Aber …« Nach Jerewan zu gehen, um Krankenschwester zu werden oder Sekretärin oder was auch immer, war eine Sache. Aber ins Unbekannte hinauszuziehen, unendlich weit weg von ihrer Großmutter, das war völlig unmöglich. Absolut völlig unmöglich.

Oder? »Mein Vater wird das niemals zulassen.«

»Du hast doch gesagt, dass ihr ohnehin nicht miteinander auskommt.«

»Aber … ich kann Nana nicht im Stich lassen.«

»Sie hat ihr Leben hinter sich. Du hast deines noch vor dir. Meinst du nicht, sie würde sich wünschen, dass du glücklich bist?«

»Du verlangst viel von mir … Ich … muss nachdenken.« Liana versuchte, ihm ihre Hand zu entwinden, doch er hielt sie fest.

»Sehen wir uns morgen?«

Sie zögerte. »Was ist mit Anais?«

»Anais?« Aren runzelte die Stirn. »Was soll mit ihr sein?«

»Wart ihr … seid ihr …« Sie brach ab und fuhr sich mit der Zunge über die Lippen.

Er schüttelte den Kopf. »Was zwischen Anais und mir war, ist vorbei. Schon lange. Ich schwöre es dir.«

Liana musterte ihn forschend, dann nickte sie. »In Ordnung. Ich glaube dir.«

»Dann sehen wir uns morgen?«

»Bist du ganz sicher, dass du nicht einfach bleiben kannst? Vielleicht … wenigstens vorerst?«

»Du verlangst viel von mir – ich muss nachdenken«, wiederholte er ihre Worte nach einigem Zögern und eine Weile herrschte Schweigen.

Dann hob er den Kopf. »Sehen wir uns morgen?«

Sie nickte.

»Ich wusste, du würdest es keinen Tag ohne mich aushalten.« Sein Gesicht verzog sich zu diesem schelmischen Lächeln, das sie so liebte.

Der Gedanke, ohne es leben zu müssen, war unerträglich. Sie vermochte sich das nicht einmal vorzustellen. Zögerlich sagte sie: »Also … bis morgen.«

Plötzlich zog er sie zu sich heran. »Du glaubst doch nicht, dass ich dich so gehen lasse?«, sagte er grinsend. Seine Hand wanderte zu ihrem Kreuz, die andere legte sich unter ihr Kinn.

»Aren«, wand sie sich verlegen. »Deine Leute können uns sehen.«

»Soll doch die ganze Welt uns sehen«, sagte er mit funkelnden Augen, hob sanft ihr Kinn an, beugte sich vor, und als seine warmen, weichen Lippen die ihren berührten, war ihr plötzlich vollkommen egal, wer was sah. Sie schloss die Augen, fühlte, atmete, lebte seine Gegenwart.

Seine Zunge erkundete ihren Mund, ließ sie erschauern und sich sehnsüchtig an ihn drücken, ihren Körper zittern vor Verlangen.

Da hörte sie ein Geräusch, unterdrücktes Kichern, und schlug die Augen auf.

Kaum fünf Meter entfernt standen wie die Orgelpfeifen sechs Kinder, denen verschiedene Stadien der Belustigung oder des Ekels ins Gesicht geschrieben waren.

»Also, das ist mir jetzt doch etwas zu viel Aufmerksamkeit«, murmelte Liana und spürte, wie sie rot wurde.

Aren wandte den Kopf, machte ein paar scheuchende Gesten, und tatsächlich liefen die Kinder kichernd und kreischend davon, nur um einen Moment später schon wieder umzudrehen und an ihren vorherigen Standort zurückzukehren.

»Na schön«, rief Aren, »ihr habt es so gewollt.« Er streckte die Arme aus, brüllend wie ein Bär und tat ein paar Schritte auf die Kinder zu. Erneut stoben diese mit jauchzendem Geschrei in sämtliche Richtungen davon. Aren hingegen fuhr herum, zwinkerte Liana zu, griff nach ihrer Hand, rannte los und zog sie mit sich vom Lager weg in Richtung See. Lachend stolperte sie ihm hinterher.

Als sie jedoch über die Schulter zu den Kindern zurückblickte, die jetzt merkten, dass sie hereingelegt worden waren und ihnen johlend in einigem Abstand folgten, zuckte sie erschrocken zusammen: Anais war zwischen den Wagen hervorgetreten und sah ihnen mit unbewegter Miene nach.

Ein Gefühl des Triumphes stieg in Liana auf und beflügelte ihre Schritte. Sie ließ Arens Hand los und rannte übermütig an ihm vorbei.

»Hey, willst du mich alten Mann etwa zurücklassen?«, rief er neckend, doch sie gab keine Antwort, lief lachend weiter und er folgte ihr.

Sie wusste nicht, was morgen sein würde. Aber sie wollte auch nicht darüber nachdenken, wollte der Entscheidung einfach davonlaufen.

Schließlich erreichten sie das Unterholz am Ufer und tauchten unter tief hängenden Zweigen hindurch in die Geborgenheit des Wäldchens ein, das mit jedem Schritt schattiger und kühler wurde.

Sie hörte Arens Lachen unmittelbar hinter sich, er griff nach ihrer Hand, sie entzog sie ihm erneut, fühlte sich erhitzt und sonderbar schwebend. Zwischen den Bäumen sah sie das türkisfarbene Wasser des Sewansees in der Sonne funkeln. Sie hatte Seitenstechen vom Rennen und Lachen, lief aber weiter und über den Strand mit seinen runden Kieseln, die zum Wasser hin immer kleiner wurden, in Richtung der großen Felsen, die in den See hineinragten.

Nur einen Moment hielt sie inne, zog ihre Schuhe aus, schleuderte sie auf den Strand und rannte dann jauchzend durch das knöcheltiefe Wasser, dass es nur so spritzte.

Sie war erhitzt, rang nach Atem, hatte grässliche Seitenstiche und fühlte sich so lebendig wie nie zuvor. Die Zukunft schien plötzlich alle nur denkbaren Möglichkeiten bereitzuhalten.

»Wollt Ihr etwa ein Bad nehmen, holde Pferdeprinzessin?« Schon war Aren bei ihr, ebenfalls barfuß, hatte sie um die Taille gefasst und übermütig hochgehoben.

Sie gab einen spitzen Schrei von sich, fand sich aber im nächsten Moment in seinen Armen wieder. »Lass mich runter! Auf der Stelle!«

»Wie Ihr wünscht, Prinzessin«, rief Aren und tat, als wolle er sie fallenlassen. Liana quietschte erschrocken und schlang ihre Arme um seine Schultern.

»Doch nicht? Nun gut. Dann bringe ich euch trockenen Fußes zu den Felsen, holde Pferdeprinzessin.« Und schon marschierte er mit ihr los, hinein in das knietiefe Wasser.

»Nein! Ich will ans Ufer. Bring mich ans Ufer zurück«, rief sie. Dann wurde ihr schlagartig bewusst, in welcher Situation sie sich befand. »Runter! Lass mich runter! Wenn uns jemand so sieht!«

Zappelnd versuchte sie, sich aus seinem Griff zu winden.

»He, Vorsicht! Willst du, dass wir im …« Der Rest seiner Warnung ging wortwörtlich unter. Er verlor das Gleichgewicht, rutschte auf den glitschigen Steinen aus und fiel hintenüber. Es spritzte gewaltig und nur den Bruchteil einer Sekunde später fiel auch Liana ins Wasser und stieß einen spitzen Schrei aus, als es ihr eiskalt durch das Kleid drang.

Prustend war Aren inzwischen wieder aufgetaucht, hatte sich aufgestemmt und hockte nun mit triefend nassem, ihm ins Gesicht fallendem Haar im See. Er … lachte?

»Was ist daran so witzig? Wie kannst du jetzt lachen?«, rief Liana entrüstet und schlug auf das Wasser ein, dass es nach ihm spritzte.

Er hob schützend die Arme vors Gesicht, lachte noch immer und spritzte zurück.

»Hör auf! Lass das!«, schimpfte Liana, nur um im gleichen Augenblick mit der Hand durchs Wasser zu pflügen und ihm eine volle Breitseite zu verpassen.

Er konterte, und sie ebenfalls und immer schneller, immer wilder schlugen sie auf das Wasser ein, bis Liana irgendwann selbst nicht mehr anders konnte, als zu lachen, denn die Situation war einfach zu absurd: Da saß sie nach all den Jahren, in denen sie sich nicht gesehen hatten, es keine Nachricht von seinem Verbleib gab, mit Aren im See, und Wasserpflanzen garnierten seine Schultern. Das war so unfassbar, so verrückt, so … wundervoll.

Auch Aren hatte inzwischen davon abgelassen, sie mit Wasser zu bespritzen, fuhr sich stattdessen mit der Hand durch das lange, triefendnasse Haar und kämmte es mit den Fingern nach hinten, während er sie schmunzelnd ansah.

»Du bist verrückt«, sagte sie kopfschüttelnd und erhob sich vorsichtig. »Siehst du, was du angerichtet hast?«

Sein Lächeln wich einem sonderbaren Ausdruck, den sie nicht deuten konnte.

In nur zum Teil gespielter Empörung stemmte sie die Hände in die Hüften. »Toll gemacht! Wirklich! Was sage ich zu Hause, wenn die mich so sehen? Ich bin –«

»Wunderschön.«

In seiner Stimme lag etwas so dunkel Vibrierendes, dass es ihr die Sprache verschlug.

Sie sah an sich hinab und stellte erschrocken fest, dass ihr das Kleid am Körper klebte, all ihre Formen preisgab. Sie stand praktisch nackt vor ihm.

Sie hätte sich bedecken, sich verstecken müssen. Hinter einem Baum, einem Busch, was auch immer.

Stattdessen blieb sie zu ihrem eigenen Erstaunen stehen, zittrig, aufgelöst, und genoss dieses verboten erregende Gefühl. Das Begehren in seinem Blick, als er über ihren Körper wanderte, ließ ihr Herz rasen und ihren Mund trocken werden.

Plötzlich erhob er sich und das Wasser lief von seinen Haaren und seinen Sachen herab, als er ihr langsam immer näher kam. Sie wich bis an die Felsen zurück.

Erst hier, in deren Schatten, blieb sie stehen, lehnte sich keuchend an den warmen Stein. Aren erreichte sie, stemmte seine Arme links und rechts von ihr gegen den Felsen und ihr Herz setzte für einen Moment aus, als sie in dem dunklen Glühen seines Blicks den gleichen Hunger erkannte, den sie selbst empfand.

Wortlos sahen sie einander an, heftig atmend, zitternd vor unterdrückter Begierde.

Und plötzlich beugte er sich vor, küsste sie, heftig und wild und mit einer Leidenschaft, die in ihr ein Feuer entfachte, wie sie es nie zuvor gekannt hatte. Und sie erwiderte seine Küsse mit einer Hingabe, einer Gier, die in ihren Gedanken keinen Platz für etwas anderes ließ.

Sie wollte nur noch jetzt und hier und in diesem Augenblick leben, wollte sich an Arens Nähe berauschen, solange sie es noch konnte, wollte sich jeden Zentimeter seiner Haut einprägen, ihn erfühlen, ihn küssen, jede Sekunde auskosten.

Ihre Finger fuhren durch sein weiches Haar, glitten seinen Nacken hinunter, über sein breites Kreuz und bis zu seiner Taille, und fanden schließlich zitternd ihren Weg unter sein weites Leinenhemd. Seine Hände öffneten bereits die Knöpfe an ihrem Kleid und schoben es ihr nur Augenblicke später über Kopf und Arme.

Dann stand sie halb nackt da und seine Pupillen weiteten sich, als er an ihr hinuntersah. Die Begierde in seinem Blick trieb ihren Puls in die Höhe.

In ihrem Inneren zog sich alles zusammen vor sehnsüchtigem Verlangen, fiebrig, glühend.

Langsam streckte er die Hand aus, umfasste ihr Zopfende und wickelte es sich langsam ums Handgelenk, zog sachte daran. Liana ließ es geschehen, dann trat sie einen Schritt auf ihn zu.

Er umschlang ihren Körper mit seinen Armen, zog ihn an sich, ihr Puls raste, ihr Atem ging hektisch.

Nichts zählte. Nichts außer diesem Augenblick. Nichts außer Aren.

Und dann ertrank sie in einem Ozean der Ekstase.

Kapitel 10

Frühjahr 2016

Ich ertrinke in Schuldgefühlen, aber es gibt keinen Ausweg, dennoch durchzuckt mich der Schreck, als Laken rauschen. Dann quietscht die Matratze. Ralf hat im Bett seinen Oberkörper auf die Ellbogen gestemmt.

»Was tust du da?«, murmelt er und bekommt dabei kaum die Augen auf.

»Ich habe gepackt«, sage ich und lasse den Koffer zuschnappen.

»Unser Flug geht doch erst übermorgen.«

»Ich nehme einen anderen Flug.« Ich hieve den Koffer vom Sofa auf den Boden und lege meinen Laptop in die Tasche.

»Hat sich etwa noch etwas ergeben? Ein neuer Hinweis?«, fragt er und gähnt.

»Nein.«

»Was dann?«

Ich richte mich auf und hänge die Laptoptasche am Gurt über den Griff des Koffers, lasse mich dann auf das Sofa sinken und knete nervös meine Finger. »Weißt du noch, was du vor unserer Abreise zu mir gesagt hast?«

Mit gerunzelter Stirn kramt er in seinen Erinnerungen. »Dass ich ein Fischbrötchen möchte?«

»Nein. Davor.«

»Dass ich diesen Trip für eine schlechte Idee halte?«

»Auch davor.«

Hilflos zuckt er mit den Schultern. »Was meinst du denn?«

»Dass du mich nicht mehr wiedererkennst. Das hast du mir im Büro meiner Mutter gesagt, kurz bevor Noel aufgetaucht ist. Und weißt du was? Es liegt daran, dass ich mich verändert habe. Nicht erst, seit Mama den Unfall hatte. Viel früher schon. Nur, wie soll ich sagen, ich konnte nicht aus der Gewohnheit ausbrechen.« Ich springe auf und tigere in dem kleinen Zimmer auf und ab. »Weißt du, es war okay. All die Jahre war es okay, dass wir an die Ostsee gefahren sind und in die Berge. Es hat mir vermutlich sogar geholfen. Nach Papas Tod, meine ich. Routine und all das. Aber irgendwann brauchte ich mehr. Und wir, wir haben die Kurve nicht gekriegt. Oder vielmehr ich. Ich habe den Absprung verpasst.«

»Moment mal, ich versteh kein Wort. Geht es um unseren Urlaub?« Ralf setzt sich auf.

Ich schüttle den Kopf und fahre mir müde mit der Hand durchs Gesicht.

»Worauf willst du dann hinaus?«

»Ich kann dich nicht heiraten.«

»Wie bitte?«

»Ich kann dich nicht heiraten«, wiederhole ich und wünschte, ich könnte das irgendwie milder formulieren. »Ich brauche jemanden, mit dem ich lachen kann und reden und tanzen und –«

»Moment mal, soll das ein schlechter Scherz sein? Bist du etwa sauer, weil ich nicht mit dir auf das Fest gegangen bin?«

»Nein. Doch. Auch. Aber nicht nur. Ich meine … Wie soll ich das erklären? Ich kann dich nicht heiraten, weil ich kein Koffer bin.«

»Was?«

Jetzt klingt er eindeutig entgeistert und in diesem Moment hat er wieder Ähnlichkeit mit einem Karpfen, wie er mich so mit offenem Mund anstarrt. Ich muss mich zusammenreißen, um nicht hysterisch zu lachen. Das ist alles verrückt, vollkommen verrückt. Oder? »Ich bin kein Gepäckstück. Und du auch nicht. Und deshalb … passt es einfach nicht.«

»Hast du was getrunken?«

»Nein, ich bin so klar wie noch nie. Glaube ich jedenfalls. Ich … weiß nicht, wie ich es erklären soll, aber … es würde einfach auf Dauer nicht gutgehen mit uns beiden. Ich danke dir für alles, was wir miteinander hatten. Wirklich. Aber … plötzlich genügt es mir nicht mehr.«

Ralfs Miene versteinert. »Du hast was mit diesem Typen angefangen.«

Ich schüttle den Kopf. »Nein. Ja. Nein. Ich meine, ich will ehrlich sein: Vielleicht entwickelt sich da etwas, ich weiß es nicht. Aber das ist nicht der Grund dafür, dass ich dich nicht heiraten kann. Es ist nur der Grund dafür, dass ich *erkannt* habe, dass ich dich nicht heiraten kann.«

Jetzt steht Ralf auf. Er wirkt erstaunlich ruhig und ich bin mir nicht sicher, ob er wirklich begriffen hat, was ich ihm hier klarzumachen versuche.

Eilig rede ich weiter: »Unsere Zeit war – in Teilen – wirklich toll und großartig. Und ich habe dich einmal wirklich sehr geliebt. Aber das ist so lange her, dass ich vergessen hatte, wie sich Verliebtsein anfühlt. Jetzt weiß ich es wieder.«

»Du machst einen Fehler«, sagt er und tritt auf mich zu, greift dann aber nach der Kommode, als wäre ihm plötzlich schwindlig. »Einen riesigen Fehler. Du weißt nicht, wer der Kerl ist. Du kennst ihn nicht. Du kannst mich nicht seinetwegen verlassen.«

»Ich tue das nicht seinetwegen. Das habe ich doch gerade erklärt. Ich tue das meinetwegen.« Ich ziehe meinen Ring ab.

Ralf blinzelt hektisch und die Knöchel der Hand, mit der er die Kante der Kommode umklammert, stehen weiß hervor.

Oh Gott, bitte wein nicht, denke ich. Ich fühle mich auch so schon mies genug.

Und ich frage mich, warum es heißt, das schlechte Gewissen würde an einem ‚nagen', denn in meinem Fall tritt und sticht und beißt und schlägt es.

Eigentlich will ich mich von Ralfs allzu offensichtlichem Schmerz abwenden, aber ich zwinge mich, hinzusehen, als sei das eine Art Abbitte, die ich zu leisten habe.

Es führt kein Weg an dem vorbei, was ich hier tue, das weiß ich sicher, denn egal, wie verletzt er ist, alles andere hätte zu noch größerem Schmerz geführt. Irgendwann wären wir trotzdem an diesem Punkt angelangt. »Ich verstehe, dass du jetzt wütend auf mich bist. Und ich kann es dir auch nicht übel nehmen. Es ist alles meine Schuld. Ich hätte das schon viel früher tun müssen. Zu einem Zeitpunkt, als es noch nicht so schwer war. Ich will dich auch nicht weiter mit meiner Anwesenheit belasten und werde deshalb zu meiner Mutter ziehen. Du kannst die Wohnung und die Möbel behalten. Nur meine Klamotten werde ich holen. Und ein paar Fotoalben. Und Andenken. Und …« Meine Stimme verklingt, als mir klar wird, dass es gar nicht so einfach ist, ein gemeinsames Leben auseinanderzudividieren. Ich schlucke.

»Du machst einen Fehler«, wiederholt Ralf mit bleichem Gesicht.

Wortlos lege ich den Ring auf den Tisch und verlasse mit meinem Koffer und meinen Taschen das Zimmer.

***

Eine Dreiviertelstunde später sitze ich am Anfang der Straße, die zum Hotel führt, auf einer Bank. Keine fünf Autos kamen in dieser Zeit vorbei. Schon seit Minuten habe ich das Handy in der Hand. Mein Finger schwebt über der Nummer meiner Mutter. Doch dann ist es Jana, die ich anrufe.

»Sophie? Toll, dass du dich meldest!« Jana klingt aufgedreht. »Ich habe gerade an dich gedacht. Was hältst du davon, wenn wir fliederfarbene Übertöpfe nehmen?«

»Wofür?«, frage ich verwirrt.

»Für die Tischdekoration. Flieder würde perfekt zu Limettengrün passen. Es würde frisch aussehen, frühlingshaft, und lässt sich toll kombinieren mit Sand- und Steintönen, aber Anton meinte –«

»Ist es möglich«, unterbreche ich sie, »zehn Jahre mit jemandem zusammen zu sein und trotzdem nicht diese Verbindung zu spüren, die man mit einem anderen hat, den man kaum ein paar Tage kennt?«

»Wer hat dir von der Sache erzählt?«

»Welche Sache?«

»Na, mit Anton und mir.«

»Ihr seid zusammen?«

»Oh Sophie, er ist so … so … so … wundervoll.«

»Kein Eierkopf?«

»Wie kommst du denn auf so was?«, tönt es empört zurück.

»Na, du hast doch immer … egal. Tja, das freut mich natürlich.«

»Nicht wahr?«, seufzt sie glücklich. »Hey, und jetzt bin ich nicht mehr das fünfte Rad am Wagen. Jetzt können wir endlich mal einen Doppel-Pärchen-Abend machen. Ich und Anton, du und Ralf.«

»Wird schwierig. Ich habe mich von Ralf getrennt.«

Am anderen Ende der Leitung herrscht Stille und ich sehe sie förmlich vor mir mit Augenbrauen, die vor Überraschung bis zu ihrem Haaransatz hochgeschossen sind. Dann fragt sie vorsichtig: »Und ist das jetzt gut oder schlecht?«

»Gut. Sehr gut.«

Sie stößt einen Seufzer der Erleichterung aus. »Dann kommst du also schon heute heim?«

»Nein. Ich mache weiter wie geplant. Noel hilft mir.«

»Moment! Du willst doch nicht etwa … das hört sich für mich aber an, als ob … hast du dich etwa in ihn verguckt?«

»Noch besser. Ich habe mich verliebt. Ist das nicht unfassbar?«

»Was? Du kennst ihn doch kaum.«

»Aber du hast doch selbst gerade gesagt, dass …«

»Das gilt doch nur für Anton. Und den kenne ich doch eigentlich schon lange. Nur halt nicht richtig. Ich meine … egal. Das mit Noel ist etwas anderes. Das ist verrückt! Und du solltest vorsichtig sein. Du kennst ihn kaum.«

»Du wiederholst dich. Und ich kenne ihn. Ich habe das Gefühl, noch nie jemanden so gekannt zu haben.«

»Wenn du meinst …« Sie klingt zweifelnd. »Aber ich denke, du –«

»Da kommt er, ich muss Schluss machen.«

»Aber …«

»Später.«

»Und die Übertöpfe und …«

»Nimm, welche du willst.« Ich lege auf.

Fast wäre Noel an mir vorbeigefahren. Erstaunen zeichnet sich in seinen Zügen ab.

Kaum ist der Wagen zum Stehen gekommen, springt er heraus. Und sein Anblick in der verwaschenen Bluejeans und dem weißen Hemd ist zum Niederknien.

»Bin ich zu spät? Geht meine Uhr falsch?« Dann fällt sein Blick auf meinen Koffer. »Reist du jetzt schon ab?«

Ich schüttle den Kopf und ich hole tief Luft, bereit, mir die größte Abfuhr meines Lebens zu holen. »Hast du Lust, heute Abend tanzen zu gehen?«

»Du meinst …?«

Ich nicke, plötzlich unendlich verlegen, und zupfe Fäden aus der zarten Spitze meines Lieblingskleides.

»Und was ist mit Ralf?«

»Ich kann ihn nicht heiraten. Wir passen nicht zueinander.«

Er sieht aus wie vom Blitz getroffen, dann, wie in Zeitlupe, verzieht sich sein wunderschöner Mund zu einem Lächeln, das wächst und wächst, bis sein ganzes Gesicht strahlt. »Hab ich dir doch die ganze Zeit gesagt!«

Und ich kann nicht anders, als zu kichern, völlig sinnlos in mich hineinzukichern. Dabei habe ich in meinem Leben noch nie gekichert. Doch warum nicht? Warum nicht ab jetzt all die Dinge tun, die ich noch nie zuvor getan habe? Mit Noel an meiner Seite gibt es keine Regeln mehr und keine Beschränkungen, das weiß ich plötzlich mit solcher Sicherheit, dass ich hätte jubeln können.

Dann fällt mir etwas ein. Zugegebenermaßen nicht besonders früh. »Du, äh, hast aber keine Freundin, oder?«

»Nö, nur meine Frau und die vier Kinder.«

»Blödmann«, sage ich lächelnd und stehe von der Bank auf.

»Immer wieder gern«, gibt er zurück. »Übrigens liebe ich es.«

»Dass ich dich ›Blödmann‹ genannt habe?«

»Nein, dein Manuskript.«

Ich verschlucke mich fast. Das hatte ich total vergessen. Vielleicht bin ich auch einfach gar nicht davon ausgegangen, dass er es wirklich lesen würde. Und jetzt bricht mir plötzlich der Schweiß aus. »Ist schon okay«, murmle ich.

»Was ist okay?«

»Ich hätte es dir niemals geben dürfen.« Ich schlage mir die Hände vors Gesicht. »Es ist so furchtbar. Ich könnte mich selbst ohrfeigen dafür, dass ich dich überhaupt in diese Zwickmühle gebracht habe, schließlich kannst du ja nicht anders als es zu loben, wenn du mich nicht verletzen willst. Das heißt, du hast es entweder gelesen und findest es grässlich, lügst aber aus Höflichkeit. Oder du hast es nicht gelesen und lügst aus dem gleichen Grund oder du hast nur den ersten Absatz gelesen und –«

»Halt! Stopp! Bei deinen Gedankengängen wird mir ja schwindlig.« Er dreht sich um, greift durch das offene Fenster auf den Beifahrersitz und reicht mir den dort liegenden Papierstapel, dessen zuoberst liegende Seite jede Menge Kugelschreiber-Notizen aufweist. »Bitte sehr. Ich habe das nicht nur gesagt, um dich nicht zu verletzen. Ich liebe den Text ehrlich und ich habe mir wirklich Gedanken dazu gemacht.«

»Das … sehe ich«, stammle ich und blättere fassungslos mein Manuskript durch. »Du hast es tatsächlich gelesen.«

»Hab ich dir doch versprochen.«

»Ja, aber du … hast *alles* gelesen.« Tatsächlich stehen auf jeder Seite Anmerkungen. »Sämtliche Geschichten. Wann hast du das geschafft?«

»Na ja … es hat zugegebenermaßen die ganze Nacht gedauert – ich bin leider kein besonders schneller Leser.«

In mir breitet sich ein herrliches Gefühl aus. Ein Gefühl, als ob ich an einem kalten Wintertag durchgefroren von einem langen Spaziergang käme und in wohlig warmes Badewasser steigen würde. Immer noch ungläubig blättere ich erneut durch mein Manuskript.

Plötzlich spüre ich Noels Hand unter meinem Kinn.

Sacht hebt er es an und sieht mich auf eine Weise an, die bei mir spontane Atemnot verursacht.

Er beugt sich vor, sein Gesicht nähert sich langsam meinem.

»Warum?«, wispere ich. »Warum hilfst du mir? Mit dem Manuskript? Mit der Suche?«

Er zögert – oder scheint es mir nur so? Dann nimmt er mein Gesicht in beide Hände. »Darum«, flüstert er.

Als seine Lippen meine berühren, sanft und zärtlich, und das Blut in meinen Adern zum Kochen bringen, in mir das unbändige Verlangen aufkommen lassen, mich an Noel zu pressen, in zu umschlingen und nie mehr loszulassen, weiß ich, dass es richtig ist. Dass es genau das ist, was ich schon seit so langer Zeit nicht mehr gefühlt habe, das, was ich ab jetzt für immer fühlen will. Ein köstliches Zittern durchfährt meinen Körper.

Sein Mund ist so warm und weich und wundervoll und unfassbar perfekt, dass ich gar nicht anders kann, als mich ihm zu öffnen, in ihn einzutauchen, ihn zu erkunden. Mein Herz klopft in wilder Erwartung.

Sanft liebkost er meine Lippen. Ich beiße leicht in seine und erschauere, als seine Bartstoppeln zart an meiner Wange schaben. Erst vorsichtig, dann immer drängender stößt seine Zunge in meinen Mund vor. Meine Hände fahren durch sein weiches Haar, seine Hände wandern über mein Gesicht, umfassen meinen Hinterkopf, holen mich noch näher zu sich heran, streichen zart meinen Nacken hinunter und senden elektrische Impulse über meinen Rücken. Ich sauge an seiner Lippe, seine Küsse werden wilder, mein Atem geht schneller, seine Zunge wird drängender, meine Hände streichen über seine breiten Schultern, seine Finger über meine Taille und –

Es hupt.

Wir erstarren.

Dann hupt es erneut und wir fahren auseinander und sehen uns verwirrt um: Der Transporter einer – wenn ich das Bild auf der Seite richtig deute – Wäscherei steht hinter Noels Wagen, der die schmale Straße blockiert. Der Fahrer will offenbar zum Hotel und grinst uns an.

Noel lacht und hebt entschuldigend die Hand, greift dann nach meinem Koffer und trägt ihn zum Auto. Ich streiche mir verlegen die Haare aus dem Gesicht, folge ihm und steige etwas benommen auf der Beifahrerseite ein.

Ich kann es immer noch nicht fassen, aber ich war vollkommen weggetreten. So etwas ist mir noch nie passiert und ich will nicht wissen, wie weit ich gegangen wäre, wenn der Typ uns nicht unterbrochen hätte.

Mein Handy klingelt, es ist Jana, doch ich kann jetzt nicht mit ihr über Kuchenfarben oder Tischdeko diskutieren. Ich drücke sie weg. Sie klingelt erneut und ich schalte das Handy aus.

Während Noel langsam rückwärts am Transporter vorbeimanövriert und wendet, sitze ich immer noch mit geschlossenen Augen da und spüre diesem Kuss nach.

»Leuchte ich?«, frage ich schließlich.

»Nein.«

»Ich fühle mich aber so.«

»Okay, ein minimales Glühen dürfte drin sein.«

Ich öffne die Augen und lächle ihn an. Ich glaube, ich bin noch nie zuvor dermaßen glücklich gewesen. Und dabei ist es erst der Anfang. Wie mag ich mich da erst morgen fühlen?

Von falschen und echten Fehlern

Liana war sich sicher, vor Glück zu leuchten, als sie zu Fuß zur Plantage zurückgingen. Amri trottete ihnen am Zügel hinterher über die staubige Landstraße, während beidseits des Weges die Bäume voll von Granatäpfeln hingen. Die Früchte hatten dieselbe rosig schimmernde Farbe wie der Abendhimmel über ihnen, und die Blüten, die vereinzelt noch zwischen den Früchten leuchteten, erinnerten sie an die untergehende Sonne.

Liana fühlte sich fiebrig, fast schwebend. Ihr ganzer Körper brannte, war auf sonderbar wohltuende Weise wund und matt und müde und zugleich voller Energie. Dennoch schielte sie unsicher zu Aren hinüber.

Seit sie übereinander hergefallen und anschließend ermattet zu Boden gesunken waren, hatte er kaum fünf Sätze gesprochen und in Liana wuchs mit jedem Schritt die Besorgnis.

Sein Haar fiel ihm offen auf die Schulter und verbarg sein Gesicht vor ihren Blicken, doch es konnte kein Zweifel bestehen: Er verglich sie mit Anais, und sie kam dabei schlecht weg. Sonst würde er doch etwas sagen, sich anders verhalten. Sie würde ihn nie wiedersehen, doch sie wollte den Abschied noch hinauszögern, wollte sich noch ein wenig der Illusion hingeben, dass sie eine gemeinsame Zukunft hatten.

An der Kreuzung, von der der Weg nach links zum Gut abbog, räusperte er sich plötzlich. »Es tut mir leid«, sagte er und fuhr sich mit der Hand über den Nacken.

Ihr schlug das Herz bis zum Hals. Da war er also, der Moment, vor dem sie sich gefürchtet hatte.

»Ich hätte das nicht tun dürfen. Es war falsch, ein riesiger Fehler.«

Obwohl sie es hatte kommen sehen, musste sie sich festhalten. Also griff sie nach Amris Sattel.

»Ich werde deinen Vater um deine Hand bitten.«

Abrupt blieb sie stehen. Sie musste sich verhört haben.

»Ich werde ihn fragen«, wiederholte Aren, nahm seinen Hut ab und setzte ihn ihr auf. »Du wirst als ehrbare Frau mit mir kommen.«

Die Vorstellung, dass ihr Vater oder gar ihre Tante, die sie nicht einmal ohne Begleitung mit einem Mann spazieren gehen ließen, es für ehrbar halten könnten, wenn ihre Tochter mit einem Zirkus durch die Welt zog und das überdies als Frau eines Zigeuners, war so absurd, dass sie in hysterisches Kichern ausbrach.

Aren musterte sie unsicher.

Als Liana sich wieder einigermaßen unter Kontrolle hatte, keuchte sie: »Dazu wird er niemals seine Zustimmung geben.«

»Ich werde ihn so oft fragen, Tag für Tag, bis er nicht anders kann, als ›ja‹ zu sagen. Wir werden heiraten. Es wird alles seine Richtigkeit haben. Ich wollte dich niemals in … ich meine, du bist nicht … Ich möchte, dass du …« Er brach ab und fuhr sich verlegen mit der Hand über den Arm. »Ich wollte deine Ehre nicht in Gefahr bringen.«

»Moment mal, Ehre? Ist das der Grund, warum du mich heiraten willst?« So schnell konnten Luftschlösser in die Tiefe stürzen. »Dann lass es bleiben. Es ist mein Körper und ich entscheide selbst, was ihn entehrt. Nur deswegen musst du dich nicht an mich binden.« Sie hatte Mühe, das Zittern in ihrer Stimme unter Kontrolle zu halten.

»Und wenn ich dich darum bitte, meine Frau zu werden, weil ich ohne dich nicht leben kann?«

Liana schloss für einen Moment die Augen, atmete tief ein und aus, doch als sie die Augen wieder aufschlug, stand er immer noch dort, mit diesem verlegenen Blick, und fuhr sich unsicher mit der Hand über den Nacken.

Alles in ihr jubelte, sie wollte ihm um den Hals fallen, wollte tanzen und jauchzen und konnte doch nichts anderes tun, als dazustehen und ihn ungläubig anzustarren.

Er räusperte sich erneut. »Und wenn du … na ja … Wenn

du jetzt noch nicht mit mir kommen kannst, dann bleibe ich eben noch eine Weile hier. Bis du so weit bist.« Offenbar hatte er ihr Schweigen falsch interpretiert. »Dann werde ich eben Bauer. Erst einmal. Schlimmer als im Gefängnis kann das auch nicht sein.« Er lächelte schief.

Fassungslos hob Liana die Hand zum Mund. »Das würdest du … für mich tun?«, fragte sie stockend.

»Das und noch viel mehr.«

Sie spürte, wie sich langsam ein Lächeln in ihrem Gesicht ausbreitete, ganz ohne ihr Zutun, sie konnte gar nicht anders. Plötzlich konnte sie daran glauben, dass alles gut werden würde, sogar daran, dass ihr Vater ihnen die Zustimmung zur Heirat geben würde. Plötzlich war einfach alles möglich.

Und jetzt tat sie es: Sie fiel ihm um den Hals, küsste ihn, lachte, war pures, übersprudelndes Glück.

Er hob sie hoch, schwang sie herum und sein wundervolles Gesicht strahlte.

Sie schloss die Augen und küsste ihn, lang und innig, verging in der Süße seines Mundes.

Doch plötzlich drangen Motorengeräusche an ihr Ohr und sie fuhr auf. »Jemand kommt. Lass mich runter.«

Er grinste. »Warum? Es soll ruhig jeder wissen.«

»Ja, aber ich würde es meinen Leuten trotzdem ganz gerne selbst und vor allem schonend beibringen«, widersprach sie und fügte – halb im Scherz, halb ernsthaft besorgt – hinzu: »Immerhin hat mein Vater ein Gewehr im Schrank.«

»Ich werde meinen ganzen Charme einsetzen«, versprach er ihr.

»Trotzdem muss ich erst allein mit ihm reden«, beharrte sie, auch wenn ihr beim Gedanken daran mulmig wurde. »Es wird auch so schon …« Sie brach ab. Das Geräusch eines Motorrads näherte sich. Eine dunkle Vorahnung befiel sie. »Du musst gehen! Jetzt! Schnell!« Sie drückte ihn von sich fort.

»Was? Warum?«

Das Geräusch wurde lauter, eine Maschine jaulte heran.

Panisch schob sie ihn zur Böschung. »Vertrau mir! Ich muss

es erst meiner Familie sagen, bevor uns jemand zusammen sieht. Geh! Bitte! «

Mit einem letzten zweifelnden Blick in ihre Richtung sprang er die Böschung hinunter und verschwand im Unterholz.

Kaum einen Atemzug später bog das Motorrad röhrend um die Kurve und mit Schrecken erkannte sie, dass sie richtig gelegen hatte: Es war Vartan.

Hastig saß sie auf und trieb Amri voran. Die Stute setzte sich in Bewegung, wenn auch unruhig trippelnd und nervös mit den Ohren zuckend.

Im nächsten Moment schoss das Motorrad mit lautem Hupen an ihnen vorbei und Amri brach erschrocken zur Seite aus. Liana brauchte ihre ganze Kraft, um das Tier wieder zu beruhigen, während das Motorrad unmittelbar vor ihnen abbremste und sich quer stellte.

»Bist du verrückt geworden?«, rief Liana Vartan aufgebracht zu. »Was soll das?«

Vartan gab keine Antwort, sprang von der Maschine und kam mit großen, schweren Schritten auf sie zu. Er stank nach Alkohol und sie zuckte angewidert zurück.

»Nichts hätte es gegeben«, herrschte er sie an, »nichts, was ich dir nicht hätte kaufen können. Aber das kannst du jetzt vergessen!«

»Wovon redest du?«, fragte sie mit aller Gelassenheit, die sie aufbringen konnte und betete, dass er nicht hörte, wie ihre Stimme zitterte. »Dein Onkel hat das Geld. Du hast nichts. Aber selbst wenn du steinreich wärest, würde ich dich nicht wollen. Ich denke, das habe ich dir unmissverständlich klargemacht.«

Vartan ergriff Amris Zügel mit einer Hand, mit der anderen packte er Liana am Handgelenk und zwang ihren Oberkörper zu sich nach unten. Doch Amri warf den Kopf hoch, wich zur Seite aus. Liana klammerte sich krampfhaft am Sattel fest und schaffte es, Vartan ihre Hand zu entwinden.

»Du mieses kleines Flittchen«, zischte er mit eiskaltem Blick. »Ich hätte dich zu einer Königin gemacht, aber du wolltest offenbar lieber eine Hure sein.«

Liana wurde schlecht. »Was redest du da? Was fällt dir ein?«

Vartan folgte der weiter zurückweichenden Amri, ihre Zügel noch immer in seiner Faust. »Glaubst du etwa, ich würde nicht mitbekommen, was du da treibst? *Mit wem* du es da treibst?« Speicheltropfen flogen aus seinem Mund. »Ich habe es von Anfang an gewusst und jetzt wurdet ihr auf frischer Tat ertappt, du verlogenes Flittchen!«

»Verschwinde!« Panisch zerrte Liana an den Zügeln und versuchte, sie seiner Hand zu entreißen. »Lass mich in Ruhe. Hau ab!«

»Denkst du, man kann mich ungestraft bloßstellen?« Die Adern an seiner Stirn traten hervor, sein Gesicht war tiefrot. »Mich zum Narren machen?« Er packte sie am Arm und wollte sie vom Pferd ziehen. Vor Entsetzen konnte Liana nicht einmal schreien. Amri jedoch schnaubte panisch und stieg, Liana rutschte ab und schlug hart auf dem Boden auf. Sämtliche Luft entwich ihren Lungen.

Sofort war Vartan über ihr und holte mit der Faust aus. »Dir werd ich zeigen, was es heißt, mich zum Narren zu halten.«

Reflexartig riss sie die Arme hoch, um ihr Gesicht zu schützen, kniff die Augen zu, in Erwartung des Schlages, doch er kam nicht, stattdessen keuchte Vartan überrascht auf. »Was …? Du verdammter Mistkerl!«

Aren stand hinter Vartan. Er hatte dessen Arm in der Luft gepackt und hielt ihn fest. »Lass sie in Ruhe und verschwinde.«

Doch Vartan dachte gar nicht daran, vielmehr rappelte er sich auf und stürzte sich auf Aren. Schon allein sein Körpergewicht brachte den kleineren Mann zu Fall, begrub ihn unter Vartans massigem Körper. Vartans fleischige, dicke Finger schlossen sich um Arens Hals und drückten zu.

Liana schrie auf, versuchte, wieder auf die Beine zu kommen, rutschte jedoch auf dem Saum ihres Kleides aus und kroch hastig auf Händen und Knien zu den sich auf dem Boden wälzenden Männern. »Lass ihn! Lass ihn los!« Sie packte Vartan am Arm, versuchte, ihn von Aren wegzureißen, doch er rammte seinen Ellbogen nach hinten und Liana spürte ihre Lippe aufplatzen. Dann erst schoss der Schmerz durch ihren Körper.

Für den Bruchteil einer Sekunde ließ Vartan von Aren ab und sah über die Schulter zurück. Diesen Augenblick nutzte Aren und schlug mit voller Kraft zu.

Vartan brüllte, Blut schoss aus seiner Nase. »Ich bring dich um!«, schrie er mit sich überschlagender Stimme. »Ich bring dich um, du dreckiger Hurensohn!« Verbissen und keuchend rangen die beiden auf dem Boden, dann hatte Aren sich unter Vartan hervorgewunden und sprang auf, doch Vartans Hand schnellte nach vorne und packte ihn am Fuß. Aren schlug Kopf voraus hin, blieb liegen und rührte sich nicht mehr.

Entsetzen schnürte ihr die Kehle zu. Sie prügelte auf Vartans Arm ein, doch er trat ihr mit Wucht die Beine weg. Sie stürzte, schürfte sich die Unterarme auf, kam wieder auf die Füße und schrie gellend, als Vartan Aren die Faust ins Gesicht schlug, einmal, zweimal, dann war Liana wieder bei ihm, klammerte sich an seinen Arm, versuchte, ihn zurückzureißen. Er fuhr herum und sein Schlag traf sie in die Rippen, raubte ihr den Atem. Sie krümmte sich vor Schmerz und Übelkeit und seine Hände schlossen sich wie stählerne Fallen um ihre Arme. Sie wehrte sich wild und verzweifelt, doch rasend vor Zorn zog er sie an sich. »Das wirst du bereuen, du Miststück«, zischte er.

In diesem Moment regte Aren sich keuchend. Vartan stieß Liana von sich, beugte sich zu Aren hinab, die Faust geballt und zum Schlag erhoben, doch dieser brachte ihn mit einem heftigen Fußtritt in die Magengrube auf Abstand. Vartan hielt sich den Bauch, Aren rollte zur Seite und kam schwankend auf die Beine. »Verschwinde!«, rief er. »Hau ab, oder du wirst es bereuen.«

»Du hast ja nicht die leiseste Ahnung, mit wem du es zu tun hast, du kleine Ratte«, gab Vartan bebend vor Zorn zurück.

Die beiden starrten sich reglos an, sprungbereit wie Wölfe kurz vor dem Angriff. Arens Gesicht über seinem Wangenknochen war geschwollen. Blut lief ihm aus einer Platzwunde ins Auge, und er versuchte hektisch, es fortzublinzeln.

Plötzlich spuckte Vartan verächtlich aus und wich langsam rückwärts zu seinem Motorrad zurück.

Als er es erreicht hatte, wandte Aren sich zu Liana um. »Oh Gott, du blutest ja«, rief er erschrocken und kam auf sie zu.

Aus dem Augenwinkel sah Liana etwas in der Sonne aufblitzen. Mit gezücktem Messer stürmte Vartan auf Aren zu, der mit dem Rücken zu ihm stand und die Gefahr nicht erkannte. »Nein!«, schrie Liana. Aren fuhr herum. Haarscharf zischte das Messer an seinem Arm vorbei. Er sprang beiseite, Vartan wich zurück, und erneut standen sich die beiden gegenüber.

»Na komm schon, du Missgeburt«, rief Vartan und wischte sich mit dem Handrücken Blut von der Nase. »Komm her und ich mach dich kalt.«

Langsam umkreisten die beiden Männer sich und Aren ließ seinen Gegner nicht aus den Augen. Doch seine Bewegungen wirkten fahrig, unsicher, er musste sich bei dem Sturz schlimmer verletzt haben, als auf den ersten Blick zu erkennen war. Immer wieder versuchte er, Vartan das Messer aus der Hand zu treten, immer wieder schnitt der Stahl nur haarscharf an Arens Körper vorbei durch die Luft.

Panisch rannte Liana zu Amri und nestelte hektisch an der Satteltasche.

»Ich schieße!«, schrie sie nur Augenblicke später mit sich überschlagender Stimme und hielt mit zitternden Händen die Pistole auf ihn gerichtet. Wieso nur hatte sie sich nicht früher an sie erinnert? »Bleib stehen oder ich schieße!«

Vartan hielt tatsächlich inne und warf einen raschen Blick zu ihr hinüber. Dann verzog sein Mund sich zu einem höhnischen Grinsen. »Willst du ein Feuerwerk veranstalten? Das ist eine Signalpistole.«

»Du wirst nicht mehr lachen, wenn sie an deinem Kopf explodiert.«

»Du weißt doch nicht mal, wie man dieses Ding bedient. Pass lieber auf, dass du dir nicht selbst den Kopf wegschießt.«

Liana entsicherte die Pistole.

Vartans Augen weiteten sich. »Das wagst du nicht!«

Sie sah ihn kalt an. »Probier es aus.«

Im nächsten Moment keuchte er auf, denn Aren hatte die kurze Unachtsamkeit genutzt und ihm das Messer aus der Hand geschlagen. Die Sonne ließ den Stahl aufblitzen, dann schepperte es in einiger Entfernung über den Asphalt.

Der Blick von Vartans kleinen Schweinsäuglein flog zwischen der Signalpistole und dem Messer hin und her, schließlich lachte er dreckig und wich zurück bis zu seinem Motorrad. Hastig stieg er auf und startete die Maschine. »Der Zigeuner und seine Hure«, spottete er über das Röhren des Motors hinweg. »Was für ein erbärmliches Bild.«

Er gab Gas und schoss in einer Staubwolke davon.

Aren wischte sich das Blut aus dem Gesicht, trat schwer atmend zu Liana.

Die Pistole fiel aus ihren zittrigen Händen und er fing sie gerade noch rechtzeitig auf, bevor sie auf dem Boden aufschlug und sich womöglich ein Schuss gelöst hätte.

Dann tupfte er ihr mit dem Saum seines Hemdes vorsichtig über das Kinn. Plötzlich wurde Liana übel wie nie zuvor, als hätte ihr Kopf jetzt erst begriffen, was gerade geschehen war. Sie ließ sich gegen Arens Brust sinken und er schlang seine Arme um sie, vergrub sein geschundenes Gesicht in ihrem Haar. Alles schien seltsam taub und unwirklich. Schwer atmend wunderte sie sich darüber, dass sie nicht einmal weinte. Es war, als ob der Schock selbst ihre Tränen blockieren würde.

Plötzlich fuhr sie hoch. »Ich muss nach Hause. Ich muss mit ihnen reden, ihnen alles erklären.« Schon hatte sie ihn losgelassen und rannte zu Amri.

»Ich komme mit.«

»Nein! Ich muss mich beeilen.« Eilig stieg sie auf.

»Ich lass dich nicht allein dorthin.« Er griff nach ihrer Hand.

»Sei vernünftig.« Sie entzog sich ihm und strich besorgt über die Schwellung über seinem Wangenknochen. »Es ist meine Familie, was soll dort schon passieren? Außerdem kann Amri uns nicht beide tragen und ich muss mich beeilen.« Flehentlich drückte sie seinen Arm. Aren ballte die Fäuste, in seinem

Gesicht rangen Sorge und Wut, Enttäuschung und Zärtlichkeit miteinander, doch dann führte er ihre Hand an seine Lippen, drückte einen Kuss darauf und trat beiseite, den Mund zu einem schmalen Strich zusammengepresst.

»Alles wird gut«, flüsterte Liana, dann trieb sie Amri zum Galopp.

***

Alle wussten Bescheid, das wurde ihr sofort klar, als sie die Arbeiter bemerkte, die auf dem Hof herumlungerten und zu ihr hinüber sahen, statt zu arbeiten.

Sie sprang von Amris Rücken, drückte die Zügel dem Nächststehenden in die Hand und war kurz davor, in Panik zu verfallen.

Vartan lehnte neben der Haustür an der Wand, eine Zigarette zwischen den Fingern. Er sagte kein Wort, doch der Hass in seinen Augen sprach für sich. Eine bräunliche Spur getrockneten Blutes zog sich von seiner Nase bis zum Kinn.

Die Nerven bis zum Zerreißen gespannt, am ganzen Körper zitternd vor Wut und Angst, ging Liana langsam auf die Tür zu und seine säuerlichen Ausdünstungen nach Schweiß und Schnaps nahmen ihr fast den Atem.

Er rührte sich noch immer nicht.

Erst als sie die Hand auf den Türgriff legte, bewegte er sich.

Liana fuhr zusammen, doch er hob nur die Zigarette an seine Lippen und zog daran.

Wie hypnotisiert fixierte sie den aufglimmenden Stummel.

Dann ließ er den Rauch langsam durch seine Nase entweichen, wortlos, doch sein Gesicht verzog sich zu einem höhnischen Grinsen.

Das riss sie aus ihrer Erstarrung, sie zog die Tür auf und rannte ins Haus. »Nana? Papa?«

Im Flur fand sie nur die völlig aufgelöste Milly vor, die bei ihrem Anblick augenblicklich in Tränen ausbrach und heulend in den Garten floh.

Als sie die Tür zur Küche aufstieß, empfing sie eisiges Schweigen. Ihre Tante saß am Tisch, die Ellbogen aufgestellt, die Hände wie zum Gebet gefaltet, das Gesicht ganz fahl. Das ihres Vaters hingegen, der neben der Wanduhr stand, war rot vor Wut. Stumm stand er da, biss die Zähne so fest aufeinander, dass die Kiefermuskeln zuckten.

»Du wagst es, hierher zurückzukehren?«, fauchte ihre Tante.

»Wo ist Nana?«, fragte Liana vorsichtig.

»Was denkst du, wo sie ist?«, zischte Tante Raquel gehässig. »Ihr Herz hätte diese Nachricht beinahe nicht verkraftet, sie musste sich hinlegen.«

Ihr Vater sagte noch immer nichts.

»Was immer Vartan erzählt hat«, brach es hektisch aus Liana heraus, »glaubt ihm nicht. Er lügt. Es ist alles ganz anders gewesen, er –«

Plötzlich kam ihr Vater auf sie zu. »Hast du rumgehurt oder nicht?«, brüllte er.

Liana zuckte zusammen, als habe er sie geschlagen.

»Nein, ich –«

»Wage nicht, es abzustreiten!« Mit warnend erhobenem Zeigefinger näherte er sich ihr. »Wage es nicht, mir ins Gesicht zu lügen!«

»Du hast ihr viel zu viele Freiheiten gelassen, Mikael«, jammerte Raquel. »Ich habe es die ganze Zeit über gesagt, aber es wollte ja niemand auf mich hören. Der Platz einer Frau ist am Herd, im Haus, bei der Familie. Alles andere bereitet nur Probleme und macht unglücklich.«

»Oh ja! Meine Mutter ist ja schließlich so wahnsinnig glücklich, zwei Meter unter der Erde, nicht wahr?«

Mit zwei Sätzen war ihr Vater bei ihr und holte aus. Die Ohrfeige riss ihr den Kopf herum.

Doch anstelle von Liana schrie ihre Tante auf, nur um sich im nächsten Moment die Hand vor den Mund zu schlagen.

Schockiert hielt Liana sich die Wange und starrte ihren Vater an. Noch nie in ihrem Leben hatte ihr Vater sie geschlagen und die Scham brannte fast noch mehr als der Schmerz.

»Da siehst du es«, keifte Tante Raquel mit sich überschlagender Stimme. »Da siehst du es! Viel zu viele Freiheiten! Sie hat keinerlei Respekt. Ich habe es gesagt. Ich habe es die ganze Zeit über gesagt, aber niemand hat auf mich gehört und –«

»Ruhe!«, donnerte Lianas Vater.

Tante Raquel verstummte erschrocken.

»So ist es nicht gewesen«, brachte Liana endlich stockend hervor. »Aren und ich lieben uns, wir wollen heiraten, wir –«

»Nur über meine Leiche heiratest du diesen Zigeuner. Hast du auch nur die geringste Ahnung, was du getan hast? Ich habe Vartans Onkel mein Wort gegeben, dass du seinen Neffen heiratest. Stattdessen wirst du zum Flittchen eines Zigeuners und bedrohst Vartan mit einer Waffe! Wie kannst du mich dermaßen bloßstellen? Noch nie, hörst du, noch nie hat irgendeine Frau ihre Familie dermaßen in Schande gestürzt. Ich habe mein Gesicht verloren!«

»Lieber dein Gesicht als mein Leben«, schrie sie, am ganzen Körper zitternd vor Zorn. »Wie kannst du einfach über mich entscheiden? Es ist mein Leben! Du hast kein Recht, über mich zu bestimmen!«

Ihre Tante zog hörbar die Luft ein.

Ihr Vater wurde weiß wie die Wand.

Totenstille breitete sich in der Küche aus.

»Es ist mehr als dein Leben«, sagte ihr Vater tonlos und plötzlich bröckelte die Wut von ihm und hinterließ matte Verzweiflung. Das war fast noch schlimmer. »Es ist unser aller Leben«, sagte er kraftlos. »Die letzten Winter waren zu hart, die Sommer zu verregnet, die Bären zu gefräßig. Wir haben Schulden. Riesige Schulden. Vartan wäre die Rettung gewesen. Jetzt werden wir alles verlieren.«

Liana wurde übel.

Der entsetzte Gesichtsausdruck von Tante Raquel machte deutlich, dass auch sie nicht gewusst hatte, wie schlecht es tatsächlich um die Plantage bestellt war.

Jetzt sprang sie auf, so hastig, dass der Stuhl, auf dem sie gesessen hatte, polternd umfiel. »Du musst Vartan um Verzeihung bitten«, rief sie und ihr Finger schoss nach vorn, als wolle sie Liana durchbohren. »Du musst ihn um Verzeihung bitten und ihn anflehen, dass er dich doch noch heiratet.«

»Nein.« Sie wich zurück. »Niemals.«

»Sei nicht kindisch«, zischte ihr Vater, doch er meinte zu ihrer Überraschung nicht sie, sondern Tante Raquel. »Niemals wird er ihr das verzeihen.« Plötzlich schwankte er, als sei ihm schwindlig. Er stolperte zur Eckbank und ließ sich darauf fallen. »Die einzige Hoffnung, die wir haben«, sagte er schwer atmend, »ist diese Ernte. Sie ist die letzte Frist, die ich bekommen habe, um die Schulden zurückzuzahlen. Vartans Onkel wird uns keinen weiteren Aufschub gewähren.«

»Aber … die Bäume sind voll, das Wetter hält. Wir haben noch eine Chance. Alles wird gut. Aren und ich werden heiraten, er wird uns auf dem Hof helfen, wir –«

»Das kannst du nicht zulassen, Mikael«, rief Tante Raquel entsetzt und rang die Hände. »Ich werde mich niemals wieder ins Dorf wagen können! Es wird Gerede geben. Sie werden uns schneiden! Sie wird uns zum Gespött der Leute machen, für alle Zeiten. Der Ruf unserer Familie … unsere Ehre …«

»Um das zu verhindern, ist es zu spät«, sagte ihr Vater und vergrub vornübergebeugt das Gesicht in seinen Händen.

So hatte sie ihn schon einmal gesehen, an jenem Abend in der Sommerküche, als er allein und offenbar verzweifelt Unterlagen durchgesehen hatte, eine Flasche Schnaps neben sich. Jetzt erst konnte sie das Ausmaß seiner Verzweiflung begreifen. Zögerlich ging sie zu ihm und nahm vorsichtig seine Hand. Sie war braun gebrannt und voller Schwielen und Narben. »Du hast gesagt, wir haben noch Zeit bis nach der Ernte. Aren ist ein guter Mann, du wirst sehen. Es wird alles gut werden.«

Er sah auf ihre Hand herab, regungslos, dann, ganz langsam, begannen seine Finger, sich um die ihren zu schließen.

Plötzlich ertönte draußen ein Schrei: »Feuer! Es brennt!«

Einen Herzschlag lang rührte sich keiner von ihnen, dann sprang ihr Vater auf, stürzte durch den Flur. Liana und Raquel folgten ihm.

Er riss die Tür auf. »Wo?«, schrie er. »Wo brennt es?«

»Hinter der Scheune!«, rief jemand.

»Die Bäume!«, schrie ein anderer.

»Großer Gott!« Raquel griff sich ans Herz.

Ein Tumult aus aufgescheucht herumlaufenden Arbeitern hatte sich gebildet, Rauch lag in der Luft und hinter der Scheune konnte Liana tatsächlich ein orangefarbenes Glühen ausmachen.

»Samvel«, brüllte Lianas Vater. »Ins Dorf! Schnell! Zum Apotheker! Der hat ein Telefon und soll die Feuerwehr rufen!«

Samvel nickte und rannte zum Wagen.

Der Hof war ein einziges Chaos: Lianas Vater brüllte Kommandos, Milly heulte, Tante Raquel jammerte und betete in sprunghaftem Wechsel, Männer rannten über den Hof, trugen Löschkisten mit Sand herbei, hievten die Regenwassertonnen auf die Ladefläche eines Wagens, rafften Schaufeln, Äxte und Eimer zusammen und rannten zur Scheune.

Liana lief zum Stall, riss die Pferdedecken aus dem Regal, warf sie in die Tränke und rannte dann mit den triefendnassen Decken ebenfalls in Richtung Scheune. Aus dem Augenwinkel sah sie Aren mit seinem Wagen auf den Hof fahren, und noch bevor sie um die Hausecke gebogen war, nahm der Qualm ihr fast den Atem. Und dann sah sie es: Grellorange brannte das trockene Gras keine zehn Meter von der Scheune entfernt, als wolle es dem Sonnenuntergang Konkurrenz machen. Die Flammen züngelten gefräßig an den Bäumen empor. Etliche von ihnen standen schon lichterloh in Flammen. Äste brachen krachend und stürzten zu Boden, wo sie das Feuer weiter nährten. Sein Prasseln war ohrenbetäubend.

Viel zu schnell war das Wasser in den Tonnen aufgebraucht.

»Eine Schneise«, brüllte ihr Vater. »Schlagt eine Schneise.«

Aren griff nach einer Axt, Liana schlug mit der nassen Decke auf die Flammen ein, versuchte sie zu ersticken, wieder und wieder. Die Hitze war gewaltig, schien ihre Haut Blasen schlagen zu lassen.

Sie rannte zurück zur Tränke, warf die Decke erneut hinein, erinnerte sich an die Futtereimer im Stall, hetzte hinüber und wieder zurück, füllte sie mit Wasser und lief mit ihnen zum prasselnden Feuer. Als sie sie leerte, zischte es auf an dieser Stelle, doch die Flammen waren überall. Sie lief erneut zur Tränke, füllte die Eimer. Und wieder zum Feuer. Und ein weiteres Mal. Und noch einmal. Ihre Arme zitterten vor Anstrengung, ihre Füße stolperten. Rauch vernebelte die Sicht. Überall Rufe, Schreie, das Prasseln des Feuers. Sie stieß gegen jemanden – Hayk. An seiner Seite sein Sohn. Die schweißglänzenden Gesichter vor Anstrengung verzerrt, stießen sie ihre Spaten mit Wucht in die Erde, gruben sie um.

»Vorsicht!«, schrie jemand und ein Baum mit ausladendem Geäst rauschte neben ihr zu Boden.

Qualm, Chaos, unerträgliche Hitze.

Sie stolperte, die Eimer fielen zu Boden.

Rufende und fluchende Menschen, rußgeschwärzt.

Jemand drückte ihr Jutesäcke in die Hand.

Verzweifelt versuchte Liana, damit die Flammen zu ersticken, die sich über das Wurzelwerk ihren Weg aus dem braunen Erdring zu bahnen suchten.

»Mehr Sand! Wir brauchen mehr Sand!«

Der beißende Qualm nahm ihr den Atem, der Schweiß brannte ihr in den Augen.

Die Welt bestand nur noch aus knisternder Hitze, feuerroter Glut und dem Brüllen des Feuers, in das sich die Kommandos der Männer mischten, während der Himmel sich vor Rauch dunkel färbte, bis dieser schließlich von der einbrechenden Nacht verborgen wurde.

***

Stumm und entkräftet, erschlagen von der körperlichen Anstrengung ebenso wie von der Verzweiflung, und eingehüllt in den Gestank von Rauch und Schweiß, verbranntem Haar und verkohlter Kleidung, standen sie um die immer noch brennenden Bäume herum, deren Zweige in den Flammen knisterten.

Irgendwann, als es Liana schien, als habe sie kein Gefühl mehr in ihren vor Anstrengung zitternden Gliedmaßen, hatte die hektische Betriebsamkeit nachgelassen, hielten immer mehr der Männer inne, schwer atmend, mit rauchgeschwärzten Gesichtern, über die in Strömen der Schweiß lief, und die im Schein der eingekesselten Feuersbrunst glänzten.

In einem großen Halbkreis um den Brandherd herum hatten sie die Bäume gefällt, sodass sich das Feuer nicht über deren Äste verbreiten konnte. Die Erde hatten sie umgegraben, damit es nicht über den Boden kriechen konnte, und schaufelweise Sand nach den Ausläufern des Feuers geworfen, um es zu ersticken. Viele Nachbarn, die den Rauch hatten aufsteigen sehen, waren zu Hilfe geeilt.

Liana fuhr sich erschöpft mit der Hand über das Gesicht.

Sie hatten das Feuer an seiner Ausbreitung gehindert, und zum Glück auch daran, auf die Scheune und das Gut überzugreifen, und doch fühlte es sich wie eine Niederlage an, denn es brannte weiter lichterloh, und ihnen blieb nichts übrig, als zuzusehen, wie die riesigen, alten Bäume zu Asche wurden.

Die endlich eingetroffenen Feuerwehrleute taten ihr Bestes, aber das Feuer hatte schon zu großen Schaden angerichtet. Sie ließen es kontrolliert abbrennen, verhinderten nur noch ein erneutes Übergreifen.

So viele Bäume für immer zerstört, so viele Früchte vernichtet …

Mit einem Mal schmerzten die Brandblasen an Lianas rechter Hand furchtbar. Die ganze Zeit hatte sie sie kaum wahrgenommen. Doch sie gab keinen Ton von sich, schließlich war sie bei Weitem nicht die einzige Verletzte. Einen der Männer hatte ein gefällter Baum beinahe erschlagen – in letzter Minute konnte er beiseite springen, zog sich aber tiefe Schnittwunden im Gesicht und an den Armen zu. Tote gab es zum Glück keine.

Stumm trat sie zu Aren. Sein linkes Auge war inzwischen beinahe komplett zugeschwollen und selbst unter all dem Ruß waren die dunklen Blutergüsse in seinem Gesicht und die aufgeplatzte Lippe deutlich zu erkennen.

Dann stolperte ihr Vater vorbei.

»Papa?«

Ihr Vater hielt inne und drehte sich um. Er starrte blicklos vor sich hin.

Mit klopfendem Herzen tastete Liana nach Arens Hand und seine Finger schlossen sich fest um ihre.

»Papa?«, sagte Liana leise, doch weiter kam sie nicht.

»Mikael, Mikael!«, ertönte der hysterische Schrei von Tante Raquel, die mit geschürzten Röcken angerannt kam. »Ein Arzt! Ich weiß nicht, was ich tun soll! Wir brauchen einen Arzt!«

»Arzt?«, wiederholte Lianas Vater verwirrt, doch Liana brauchte Tante Raquels Erklärungen nicht abzuwarten.

»Nana!«, stieß sie hervor, ließ Arens Hand los und rannte an Tante Raquel vorbei, die gegen einen Baum gestützt nach Atem rang.

Von panischer Angst erfüllt, stürmte Liana über das Gelände und den Hof, hinein ins Haus, die Treppe hinauf und ins Zimmer ihrer Großmutter.

Nana lag auf dem Bett, die Hand auf ihre Brust gepresst. Sie atmete schwer und ihr Gesicht war ganz fahl.

Sofort war Liana bei ihr und kniete sich neben sie. »Was ist passiert?«, rief sie zutiefst erschrocken. »Wo hast du Schmerzen?«

»Luft … keine … Luft«, brachte ihre Großmutter mühsam hervor.

Liana riss hastig das Fenster auf, durch das der Schein der immer noch brennenden Bäume zu sehen war, schlug es aber im nächsten Moment wieder zu, weil Rauch eindrang. Sie rannte wieder zu Nana, knöpfte mit zittrigen Fingern die schwarze Weste und das Kleid ihrer Großmutter auf, bis Nanas Unterhemd frei lag. Sie erschrak, wie schmal und dünn der Körper darin war. »Ein Arzt ist unterwegs! Ein Arzt kommt!«, rief Liana und hoffte verzweifelt, dass das stimmte.

Ihre Großmutter stöhnte und ihre Hände krampften sich in die Bettdecke.

Liana hielt erschrocken inne, ihre Gedanken rasten, suchten verzweifelt nach einer Möglichkeit, ihrer Großmutter zu helfen und fanden doch keine. Hilflos Nanas Stirn und Hände streichelnd, sah sie mit an, wie der Schmerz die alte Frau durchfuhr, wie kalter Schweiß auf ihrem bleichen Gesicht ausbrach.

Ihr Vater polterte ins Zimmer und schob Liana beiseite. »Ich habe jemanden ins Dorf geschickt.« Sein Gesicht war beinahe ebenso bleich wie das von Nana. »Hilfe ist unterwegs, Mutter.«

»Es … tut so weh …« Nanas Stimme klang so brüchig, dass Liana von trockenen Schluchzern geschüttelt wurde.

Ich hätte Krankenschwester werden sollen, dachte sie panisch, Ärztin, irgendwas, das mir geholfen hätte, ihr zu helfen, irgendetwas, das mir gesagt hätte, was zu tun ist. Warum nur? Warum geschah das alles? Mit zitternden Händen strich sie über die schmalen, blassen Finger ihrer Großmutter.

Erneut keuchte die alte Frau. Sie hatte die Augen weit aufgerissen, Schmerz zeichnete ihre Züge. »Nana! Halte durch, bitte! Ich hab dich doch so lieb, bitte! Bitte, bleib bei mir!«

»Was brauchst du, Mutter?« Ihr Vater beugte sich vor. Er weinte. »Was kann ich tun?«

»Er … lächelt … mich an.« Nanas gehauchte Worte jagten Liana eine Gänsehaut über den Körper.

»Wer? Wer lächelt, Mutter?« Völlig aufgelöst griff Lianas Vater nach Nanas Hand.

»Du … hast seine Augen … wie ein … Smaragd.«

Verwirrt sah ihr Vater zu Liana. Seine Augen waren braun.

Gegen ihre Tränen ankämpfend beugte Liana sich vor, bis ihr Ohr ganz nah am Gesicht ihrer Großmutter war.

»Ich … habe mich … geirrt«, flüsterte Nana mit flatternden Lidern. Ihre Worte waren kaum zu verstehen und Lianas Kehle zog sich zusammen. »Geh … und tu … große Dinge …« Lianas Magen verkrampfte sich.

»Wovon redest du, Mutter?«, rief ihr Vater verzweifelt. »Was möchtest du?«

»Versprich … es mir.«

Liana schmeckte Salz. Tränen rollten langsam über ihr Gesicht und tropften von ihrem Kinn. Sie legte die Hände an die Wangen ihrer Großmutter, diese faltigen, zartweichen Wangen, an die sie sich angeschmiegt hatte, seit sie denken konnte. »Ich verspreche es«, flüsterte sie, von stummen Schluchzern geschüttelt.

Ein Lächeln flog über das alte Gesicht.

»Nana? Nana!«

Ganz friedlich lag sie mit einem Mal da, ein kleiner schwarzer Vogel auf einer schneeweißen Wolke.

Lianas Inneres verkrampfte sich in einem lautlosen Schrei.

Panisch beugte sie sich hinunter, versuchte Nanas Atem zu erlauschen, ihren Puls zu erfühlen, ihr Herz zu hören, doch da war nichts.

Nichts außer einem schwachen Duft nach Lavendelseife.

***

Sie machte keinen Versuch, die Tränen zu verbergen, als sie durch die vom flackernden Feuerschein erhellte Nacht in Arens Arme stolperte.

Ihre Tante hockte noch immer am Fuße des Baumes, an dem sie sich abgestützt hatte, die Arme um den Oberkörper geschlungen, sich seltsam monoton hin und herwiegend. Jetzt hielt sie inne. »Ist sie … ist sie …«

»Ja«, antwortete Lianas Vater, der hinter seine Tochter die schwarzverkohlte Erde betrat, mit dumpfer Stimme. Seine Augen waren gerötet, seine Hände zitterten. Kein Wort hatte er auf dem Weg mit Liana gewechselt, sie nicht ein Mal angesehen.

Betroffenes Murmeln hob unter den Männern an, die immer noch erschöpft herumstanden.

Plötzlich sprang Tante Raquel auf und ihr zitternder Finger schien Liana aufspießen zu wollen. »Das ist alles deine Schuld!«, kreischte sie. »Ganz allein deine Schuld!«

Liana zuckte zusammen und ließ Aren hastig los. Sie spürte

die Augen der Männer im Hof auf sich ruhen und konnte doch nichts erwidern. Tatsächlich fühlte sie sich unendlich schuldig.

»Und die des Zigeuners«, ertönte zu Lianas Entsetzen die Stimme von Vartan.

Liana fuhr herum. Ausgerechnet Vartan! Beim Kampf gegen das Feuer hatte er sich nicht blicken lassen und jetzt tauchte er auf und gab Aren die Schuld?

Durch den Qualm und zwischen den Männern hindurch schob er sich jetzt nach vorne. »Deshalb habe ich auch schon jemanden nach der Polizei geschickt.«

Liana verkrampfte sich. »Was?«

»Du hast sie auf dem Gewissen!«, kreischte Tante Raquel weiter in Lianas Richtung.

»Wieso Polizei?«, herrschte ihr Vater Vartan an.

Der spuckte aus. »Du glaubst doch wohl nicht, dass das Feuer aus heiterem Himmel kam? Noch dazu kurz bevor der Zigeuner aufgetaucht ist. Er hat es doch selbst gelegt.«

Tante Raquel heulte erneut auf wie ein wundes Tier und ließ auch nicht mehr davon ab, heulte, jammerte und kreischte im Wechsel zusammenhanglose Beschuldigungen.

Das riss Liana aus ihrer Erstarrung. »Nein, das ist nicht wahr. Er lügt!«

»Drecksack!«, knurrte Aren und machte wütend ein paar Schritte auf Vartan zu, hielt aber inne, als Liana sich an seinen Arm klammerte.

»Nein!«, rief sie. »Nicht! Das will er doch!«

Aren riss sich los und hob die geballten Fäuste. »Komm her und hol dir noch eine Abreibung!«

Vartan lachte höhnisch. »Damit du hinterrücks mit deinen Messern auf mich losgehst? Hinterrücks und falsch, wie du und deinesgleichen?« Er wandte sich in großer Geste an die Männer, die drohend nähergekommen waren, und rief: »Auf offener Straße hat er mich angegriffen! Mit seinen Messern ist er auf einen Unbewaffneten losgegangen.«

»Lügner!«, schrie Liana, »Du Lügner. Du hast *mich* angegriffen.«

»Glaubt ihr mir oder diesem Zigeunerflittchen?«

Ein Raunen ging durch die Arbeiterschar, alle Köpfe wandten sich Lianas Vater zu, der schwankend, mit bleichem Gesicht, nach der Schulter des Mannes neben sich griff, um nicht das Gleichgewicht zu verlieren.

»Das wirst du bereuen!«, knurrte Aren und wollte sich auf Vartan stürzen, der hastig zurückwich. Doch bevor Aren ihn erreichte, wurde er von jemand anderem gestoppt: Hayk war zwischen die beiden getreten. »Nicht, Junge!«, sagte er mit gequälter Miene. »Mach es nicht noch schlimmer.«

»Aber er lügt!«, schrie Liana, die plötzlich das Bild der glimmenden Zigarette überdeutlich vor Augen hatte, und dazu Vartans höhnischen Gesichtsausdruck. »Und *er* hat auch das Feuer gelegt.«

Das Raunen wurde lauter, ungläubige Blicke trafen sie.

»Ihr habt ihn doch alle gesehen, wie er hier ankam«, rief Vartan mit verächtlichem Lachen, ohne auf ihren Vorwurf einzugehen. »Warum hat keiner außer ihm das Feuer bemerkt? Weil er es *gelegt hat*! Gibt es eine bessere Ablenkung, um ungehindert stehlen zu können? Ihr solltet lieber zu Hause kontrollieren, was alles fehlt! Ich bin sicher, ihr findet es in diesen schmutzigen Zigeunerwagen am See!«

Zustimmendes Murmeln, nickende Köpfe.

»Mir haben sie Hühner geklaut!«, rief jemand.

»Nein!«, rief Aren, schob Liana hinter sich und ballte erneut die Fäuste.

»Und mir das Sattelzeug!«, kam es von links.

»Wer behauptet das?«, rief Aren in die Menge. »Das ist eine Lüge!«

»Und meiner Frau den Schmuck, den ich ihr gekauft habe«, erhob sich eine andere Stimme.

»Du hast deiner Frau noch nie Schmuck gekauft«, tönte es von einer anderen Seite, »dafür bist du doch viel zu geizig.«

»Halt die Klappe, Samvel, was weißt du schon?«

»Bei Narek sind sie neulich eingestiegen und hätten ihn beinahe im Schlaf erwürgt.«

Ungläubig fasste Liana sich an die Stirn. »Das erzählt er doch ständig! Wieso lebt er dann noch?«, rief sie, doch keiner beachtete sie.

»Und das Baby meiner Schwester haben sie mit dem bösen Blick verflucht!«

»Ja, das stimmt! Es schielt jetzt!«

»Es hat schon immer geschielt!«, rief Liana verzweifelt. Hörte sie denn niemand?

Doch die Männer waren erschöpft, ausgelaugt, teilweise verletzt, und sie gierten sichtlich nach einem Schuldigen für den Brand. Ihre Ausrufe wurden bedrohlicher, lauter.

»Denen ist alles zuzutrauen!«

»Mir fehlt eine Ziege!«

»Und mir Werkzeug!«

»Mir haben sie das Fenster mit einem Stein eingeworfen.«

»Und mir den Hund vergiftet!«

»Und über die Tochter des Kneipenwirts sollen sie hergefallen sein!«

Immer lauter wurden die Stimmen, immer näher kamen die Männer, eine schwarze dunkle Masse vor dem immer noch lodernden Feuer.

»Die Polizei wird das klären«, versuchte Hayk, die Anschuldigungen zu übertönen, die ungeachtet dessen immer aufgebrachter, immer lauter geäußert wurden, als seien die Männer wie berauscht vor Erschöpfung und Wut und der Möglichkeit, endlich einen Schuldigen auszumachen für alles, was in ihrem eigenen trostlosen Leben nicht gut lief.

»Die Polizei!«, hob Hayk erneut an. »Sie wird gleich da sein.«

Aren griff hastig nach Lianas Hand und schüttelte den Kopf. »Keine Polizei!«

Aus seinen Augen sprach die nackte Angst. Ihr wurde klar, dass er keine Chance hatte. Sie würden ihn wieder ins Gefängnis stecken, gleich, ob er schuldig war oder nicht.

»Lasst ihn in Ruhe! Er hat nichts getan! Lasst ihn!«, schrie Liana, doch die Beschuldigungen knallten weiter wie Peitschenhiebe durch die verqualmte Nacht.

»Und Mikaels Mutter ist jetzt auch tot.«

Ein Aufschrei aus Tante Raquels Richtung war die Antwort.

»Der Zigeuner hat sie verflucht!«

»Oder vergiftet!«

Erneut heulte Tante Raquel auf.

»Und das Feuer gelegt, um es zu vertuschen!«

»Nein!«, schrie Liana tränenblind. »Hört auf!« Sie umklammerte Arens Hand, während sie zusammen zurückwichen, suchte verzweifelt nach einem Ausweg und wusste doch, dass es keinen gab – entweder würden sie ihn hier auf der Stelle lynchen oder er würde im Gefängnis enden. Ihre Machtlosigkeit zerriss ihr die Seele, Verzweiflung zerstach ihr Herz. Ihr ganzes bisheriges Leben löste sich in beißenden Rauch auf und brannte ihr in den Augen.

Aren schüttelte den Kopf, Wut und Resignation kämpften in seinen Zügen. »Ich muss fort.«

»Du hast sie umgebracht!«, kreischte Tante Raquel hysterisch, die Finger in ihr Haar gekrallt.

»Ich muss fort«, flüsterte Aren erstickt. »Es hat keinen Sinn.«

»Nein!« Liana umklammerte seine Hand.

»Das war's dann wohl mit dem Zigeuner und seiner Hure«, höhnte Vartan, und sein Grinsen, vom Feuer in rotes Licht getaucht, erschien ihr wie der Inbegriff des Teuflischen.

Sie reckte den Kopf, ihr Blick suchte hektisch nach ihrem Vater. »Papa!«, schrie sie in äußerster Verzweiflung und stellte sich vor Aren. »Tu etwas, bitte!«

Die Schultern ihres Vaters sackten nach vorn.

»Bitte!«, flehte sie mit tränenerstickter Stimme.

Langsam richtete ihr Vater sich auf, seine Miene war wie versteinert. »Geh aus dem Weg.«

»Nein!«

»Geh beiseite, Liana.«

»Er hat nichts getan, Papa! Und ich bleibe bei ihm.«

»Dieb!«, schrie Vartan, als wollte er in Erinnerung rufen, worum es hier eigentlich ging. »Brandstifter! Mörder! Lynchen sollte man diesen Zigeuner!«

Aren wich zurück.

»Vartan hat recht!«

»Der Zigeuner muss bezahlen!«

»Packt ihn!«

»Nein!«, schrie Liana.

»Flittchen!«

»Zigeunerhure!«

»Schluss jetzt!«, donnerte plötzlich die Stimme ihres Vaters über die Köpfe hinweg und sofort herrschte Totenstille. Aller Augen richteten sich auf Mikael.

»Auf meinem Grund und Boden wird niemand gelyncht!«

Unzufriedenes Murmeln, verärgerte Blicke, doch niemand rührte sich.

»Danke«, schluchzte Liana und tat einen Schritt auf ihren Vater zu. »Aren hat nichts getan. Ich liebe ihn! Wir werden heiraten!«

»Tu, was du willst, es ist mir egal«, sagte er tonlos. »Ich habe keine Tochter mehr.«

Liana war, als würde ihr der Brustkorb zugeschnürt, und sie rang nach Atem. »Das meinst du nicht ernst«, keuchte sie.

»Halt den Mund und geh!«, herrschte ihr Vater sie an.

Aren griff nach ihrer Hand.

»Papa«, flüsterte sie.

»Verschwinde! Ich habe keine Tochter mehr!«

»Liana, komm.« Aren zog sanft an ihrer Hand und sie taumelte rückwärts zu ihm.

»Oh nein!«, rief Vartan mit wutverzerrtem Gesicht. »Ihr bleibt hier! Die Polizei wird gleich da sein!« Er machte einen Satz auf sie zu.

Aren riss Liana zurück. »Lauf!«, schrie er, »Lauf!«

Und das tat sie, ließ seine Hand nicht los und rannte, von einer Angst getrieben, wie sie sie in ihrem Leben noch nie empfunden hatte. Nicht um sich hatte sie Angst, sondern um Aren.

Irgendwie erreichten sie den Laster und fuhren los, mit bis zum Anschlag durchgedrücktem Gaspedal, krachten durch Schlaglöcher und über Erdhügel in die Nacht hinaus.

Und dann bestand alles nur noch aus wirren Sinneseindrücken, Licht, Schatten, sinnlosen Worten, unzusammenhängenden Ereignissen, farblos, blass, verschwommen hinter einem Tränenschleier.

Nur ab und zu schob sich ein Gesicht dazwischen, das hängen blieb, ein Satz, den sie verstand: Syuzannas Gesicht zum Beispiel, die sie und Aren weinend umarmte und ihnen versprach, dass die Familie ihre Flucht decken würde, Kesag, der hastig und in gedämpftem Tonfall mit Aren sprach, Anais, die sie frostig anstarrte und aufgebracht in ihrer Sprache schimpfte.

Und dann war da nur noch Straße und Nacht, wurde irgendwann zu Straße und Tag und dann war Lianas altes Leben fort, hinter den Hügeln verschwunden wie die Granatapfelbäume.

Kapitel 11

Frühjahr 2016

Mein altes Leben ist hinter den Hügeln verschwunden, genau wie die Sonne.

In einiger Entfernung, am festlich mit Lampions beleuchteten Strand, spielt Musik. Als wir vorhin inmitten der tanzenden und lachenden Menge etwas aßen, klang die Musik noch sehr lebhaft und scheinbar die halbe Stadt sang mit der Band mit. Doch jetzt, während wir am Wasser sitzen, ist es ruhiger geworden, klingen die Melodien so sehnsüchtig-melancholisch, dass sich mir die Härchen an den Armen aufstellen. Vielleicht liegt das aber auch an Noels Nähe.

Er ist leise neben mich getreten und reicht mir eine der beiden Colaflaschen, die er gerade gekauft hat. Schweigend blicken wir auf das dunkle Wasser hinaus, in dem sich die Sterne spiegeln.

Eine kühle Brise vom See spielt mit meinen Ponyfransen. Noel setzt sich, legt seinen Arm um mich und sofort breitet sich die Gänsehaut von meinen Armen über meinen ganzen Körper aus.

Ich schmiege mich an seine Schulter und kann nicht glauben, dass dieser Tag wirklich so stattgefunden hat. Gestern noch war ich die zukünftige Frau Weber und ein paar Stunden später bin ich glücklich. Einfach nur unfassbar glücklich.

Den ganzen Tag haben Noel und ich damit verbracht, einen Teil der Liste abzuarbeiten. Wir sind von einem Ort zum anderen gefahren, brauchten teilweise Stunden von einer Station zur nächsten, doch das war egal. Die ganze Fahrt über haben wir gelacht, geredet, uns geküsst, laut und überdreht Radiosongs mitgesungen – zu meiner Erleichterung hat er einen Sender gefunden, der auch etwas anderes brachte als Flöten und Gitarren – und das Ganze wieder von vorn.

Und keine der Maryam Askarians, die wir vor Ort das Glück hatten antreffen zu können, hat auch nur im Entferntesten etwas mit mir oder meiner Familie zu tun. Größer könnte ein Reinfall gar nicht sein, und doch macht es mir nicht das Geringste aus.

Plötzlich scheint das alles – diese ganze, von vornherein zum Scheitern verurteilte Suche – eine untergeordnete Rolle zu spielen, nur Kulisse zu sein für einen Film. Und dieser Film ist meine Zeit mit Noel, dieser ganze, lange, wundervolle Tag mit Noel.

»Ist dir eigentlich klar«, frage ich, »dass du jetzt so ziemlich jede Minute meines ganzen öden Lebens in- und auswendig kennst? Ich rechne es dir hoch an, dass du nicht vor Langeweile ohnmächtig geworden bist.«

»Dafür sehe ich dir viel zu gern beim Reden zu«, sagt er.

Ich boxe ihn mit dem Ellbogen liebevoll in die Seite. »An dieser Stelle hättest du eigentlich protestieren und behaupten müssen, dass es gar nicht so öde sei.«

»Zum Manuskript wolltest du doch auch meine ehrliche Meinung wissen«, gibt er zurück und ich höre sein Schmunzeln mehr, als dass ich es sehe.

»Auch wieder wahr.« Er drückt mich sanft und ich habe Mühe, nicht aufzustöhnen, so geladen bin ich. Ja, wortwörtlich geladen. Wie unter Strom. Und wer könnte es mir verdenken? Einen ganzen Tag lang Noels Nähe, seine Küsse, seine Berührungen, die immer länger andauerten, intensiver wurden, bis ich mich ernsthaft fragte, warum ich eigentlich nicht auf der Stelle über ihn herfiel, worauf ich eigentlich wartete.

Doch ich würde nicht den ersten Schritt machen, das habe ich mir vorgenommen.

Ich will nicht rüberkommen wie eine ausgehungerte Sexsüchtige.

Und sollte er mich endlich fragen, würde ich ihn natürlich erst einmal ein wenig zappeln lassen, schließlich solle er bloß nicht denken, ich sei so leicht zu haben. Küsse sind eine Sache. Sex eine andere.

»Und?«, fragt er. »Wollen wir?«

»Ja! Natürlich! Ja!«

»Wow, du bist ja wirklich tanzbegeistert.«

»Äh. Wie war die Frage noch mal?«

»Du sagtest doch heute Morgen, du wollest tanzen gehen.«

»Ja. Äh. Das will ich. Auch.« Zum Glück ist es zu dunkel, als dass er sehen könnte, wie rot mein Gesicht jetzt ist.

Er steht auf – meine Schulter fühlt sich mit einem Mal schrecklich kalt und verlassen an – und hilft mir hoch. Meine noch ungeöffnete Cola fällt zu Boden neben seine.

»Wie? Jetzt sofort? Hier?«

»Wieso nicht?« Er zieht mich sanft, aber bestimmt an sich heran.

»Weil ich, äh, wusstest du eigentlich, dass –«

Er legt mir den Finger auf den Mund. »Oh nein, das zieht bei mir nicht mehr.«

»Aber … aber … ich habe vergessen, zu erwähnen, dass ich eine hundsmiserable Tänzerin bin.« Plötzliche Panik sucht mich heim. Weniger wegen des Tanzens als vielmehr wegen der Erkenntnis, worauf das hinauslaufen könnte. Natürlich ist es genau das, wovon ich schon den ganzen Tag heimlich fantasiere, doch jetzt, wo es plötzlich so aussieht, als würde mein Wunsch Wirklichkeit werden, bekomme ich Angst. Angst, dass ich nicht genügen könnte, immerhin beherrsche ich weder Poledance noch Twerking und habe auch nie an einem Striptease-Kurs teilgenommen. Und der Himmel allein weiß, was ich in den letzten zehn Jahren noch alles an Entwicklungen auf dem Gebiet der Verführung verpasst habe. Was, wenn das Ganze ein absolutes Desaster wird und er nie wieder etwas von mir hören will? Oder – umgekehrt – wenn es der absolute Wahnsinn ist, und er sich danach trotzdem nie mehr meldet, weil ich nur ein Abenteuer für ihn bin? Das und ungefähr einhundertdreiundfünfzig Möglichkeiten, wie dieser Abend mit einer Enttäuschung enden könnte, gehen mir durch den Kopf. »Also wirklich, wirklich, wirklich hundsmiserabel«, ergänze ich hastig. »Ich würde dir auf die Füße treten und …« Ich verstumme, denn schon ist seine Hand von meinem Arm nach unten gewandert und hat sich auf meine Taille gelegt, und das fühlt sich zu gut an, als dass ich es rückgängig machen will – oder kann.

»Du musst gar nichts tun«, flüstert er, und die Lichter des Festes malen bunte Schatten auf sein Gesicht.

»Hört sich nach einem Plan an«, gebe ich atemlos zurück, schließe die Augen und spüre seiner Berührung nach. Seine Hände, die an meinem Körper entlangstreichen, ziehen eine Spur aus Erregung hinter sich her.

Mein Atem beschleunigt sich und ich zögere nur einen Wimpernschlag, dann schmiege ich meinen Kopf an seine muskulöse Brust. Dort glaube ich, das Pochen seines Herzens zu hören, fühle die Wärme seiner Haut und atme seinen Duft ein, der plötzlich eine herbe, dunkle Note hat.

Dann ruhen seine Hände wieder auf meinen Hüften und eng aneinandergeschmiegt wiegen wir uns im Takt der leise zu uns herüberwehenden Klänge. Eine unendliche, wundervolle Ewigkeit lang besteht die Welt aus Farben, Musik und diesem verlockenden Kribbeln auf meiner Haut.

Er streichelt meinen Rücken und gleitet mit der flachen Hand sanft über meinen Nacken, während seine rechte Hand sich um meine Pobacke schließt und sie knetet. Ich ziehe scharf die Luft ein und wie von selbst presst sich mein Becken an seines. Er gibt ein leises, tiefes Stöhnen von sich wie ein köstliches Versprechen und sofort zieht sich etwas in mir sehnsüchtig zusammen. Der Druck seiner Hände wird fester, seine Bewegungen drängender und ich kann nicht anders, als seinen Körper ebenfalls zu erkunden: sein breites Kreuz, die angespannte Muskulatur dazwischen, die Mulde an seinem unteren Rücken. Wie von selbst gleiten meine Finger unter den Saum seines Hemdes, wandern über seine Seiten und seinen flachen, festen Bauch hinauf, streichen über seine glatte, warme Brust.

Plötzlich merke ich, dass Noel sich nicht mehr rührt, und öffne die Augen. Der Ausdruck in seinen hat gewechselt. Trotz der Lichter, die sich in ihnen spiegeln, wirken sie plötzlich verhangen, wie ein See an einem Regentag, dunkel und voller Begehren.

Und mit einem Mal lässt er von meiner Kehrseite ab, nimmt mein Gesicht in seine Hände und presst seinen wundervollen, unfassbar perfekten Mund auf meinen, drängend, heiß und hungrig und ich reagiere mit derselben Gier. Wie von selbst teilen sich meine Lippen, sauge ich an seinen Lippen, beiße sacht hinein, will mehr davon, mehr von allem. Seine Zunge stößt in meinen Mund, schmiegt sich an meine, umkreist sie, lockt sie, liebkost sie. Und ich gehe mit, zittrig, atemlos, glühend.

Die Stoppeln seines Bartes schaben leicht an meiner Haut, elektrisieren mich und jagen pure Erregung durch meinen Körper. Meine Hände, die über seinen Körper gleiten, werden fordernder, drängender, gieriger.

Was soll's – dann hält er mich eben für eine ausgehungerte Sexsüchtige! Genau so fühle ich mich schließlich gerade. »Und wenn wir auf das Tanzen verzichten und gleich zum Wesentlichen kommen?«, keuche ich und mit einem Mal sind mir alle meine Ängste, alle Gedanken an morgen egal.

Er stöhnt. »Der beste Vorschlag, den ich je gehört habe.«

Ich will loslaufen, doch er hält mich zurück. »Warte.«

»Was? Warum?«

»Ich muss dir noch etwas sagen, bevor es zu spät ist.«

»Also, wenn du jetzt wartest, wird es gleich wirklich zu spät sein«, rufe ich, entziehe ihm meine Hand und renne über den Strand, ausgelassen und erregt.

Er folgt mir.

Keine Viertelstunde später sind wir am überrascht dreinblickenden Hotelportier vorbeigerannt, beinahe im Fahrstuhl gestorben, weil wir uns aufgrund weiterer Fahrgäste zurückhalten mussten, und fallen, kaum dass die Zimmertür hinter uns zugeschlagen ist, in einem atemlosen Zusammenprall von Begierde und Lust übereinander her.

Er packt mich, trägt mich zum Bett, und nimmt sofort wieder meinen Mund gefangen, während seine Hände meine Schenkel entlang gleiten und mein Kleid hochschieben. Keuchend vergrabe ich meine Finger in seinem Haar und dränge mich ihm entgegen. Er hebt mein Gesäß an, zieht mir den Slip herunter und nur einen Augenblick später das Kleid über den Kopf, das er achtlos fallen lässt. Erneut küsst er mich voller Leidenschaft, und ich verglühe unter der Liebkosung seiner Hände. Alles in mir zieht sich sehnsüchtig zusammen und mit fahrigen Händen öffne ich die Knöpfe seines Hemdes, streife es ihm von den Armen, betrachte staunend seine breiten Schultern, seinen muskulösen Bauch und halte für einen Augenblick die Luft an, als ich der Linie aus dunklem Haar gewahr werde, die dort nach unten führt. Mit zittrigen Fingern fahre ich sie entlang. Ich hake meinen Finger in den Bund seiner Hose und öffne sie, während er sich am Verschluss meines BHs zu schaffen macht. Der Stoff seiner dunklen Boxershorts spannt unter der Erektion, die sich mir entgegenwölbt, seidigglatt und fest.

Schon hat er meinen BH geöffnet und mir über die Schultern gestreift – auch er landet unbeachtet irgendwo auf dem Boden.

»Ich will dich küssen«, stöhnt er.

»Das tust du doch«, keuche ich zurück.

»Überall«, gibt er zurück. »Ü-ber-all.« Und dann tut er genau das, fängt mit meinen Augenlidern an, macht mit der Stelle hinter meinem Ohr weiter, und verwandelt mich in ein stöhnendes, von Hitze durchstrahltes, vor Erregung zitterndes Etwas. Seine Lippen wandern von meinem Mund zu meinem Hals und ich erschauere unter ihrer heißen Berührung, lege den Kopf in den Nacken, will mehr. Und er gibt mir mehr – funkensprühende Erregung wandert über meinen Körper, Noels Lippen erreichen meine Brüste, lassen sie in Flammen aufgehen und mich aufstöhnen. Mein Bauch, meine Schenkel, meine Kniekehlen, alles verglüht unter seiner Berührung. Hitze durchstrahlt mich, das Verlangen schwillt an.

»Du hast eine Stelle vergessen«, keuche ich und spreize atemlos meine Beine.

»Das Beste kommt doch zum Schluss«, raunt er mit einem dunklen Vibrieren in seiner Stimme.

Und dann bringt er mir bei, dass das Beste zum Schluss noch lange nicht alles war.

Von alten Dingen und neuen

»Das war noch lange nicht alles«, grollte Anais mit düsterer Stimme und Liana fragte sich nur halbherzig, worum es ging.

»Eins nach dem anderen», beschwichtigte Aren.

»Selbst wenn Kesag es schafft, heißt das noch gar nichts!», erwiderte Anais ebenso verbittert wie zuvor.

Liana beachtete sie nicht, starrte noch immer den Berg an, dessen schneebedeckter Gipfel unendlich fern und doch scheinbar zum Greifen nah über Jerewan zu schweben schien wie ein Schutzengel und in der Abendsonne golden aufleuchtete.

Etwas weiter nach links, dann würde sie ihn noch besser sehen können. Noch ein –

»Verdammt noch mal, pass doch auf!«, fauchte Anais, als Liana gegen sie stieß.

»Entschuldige«, murmelte Liana.

»Reiß dich zusammen und lauf nicht durch die Gegend, als wärest du betrunken.« Anais funkelte sie an.

Zum ersten Mal prallten ihre ständigen Spitzen nicht an Liana ab wie all die Tage zuvor seit ihrem Aufbruch, als sie ihr so egal waren wie alles andere um sie herum. Sie wusste, dass sie nahezu ständig geweint hatte. Aren hatte sie gehalten und sie hatte sein hilfloses Gesicht gesehen und die Verzweiflung und die Schuldgefühle darin, doch es war nichts gewesen, das sie berührt hatte.

Jetzt sah sie sich um und fühlte sich, als habe der Zusammenprall sie aus dem Schlaf gerissen. Das oder der Berg, der Ararat. Sie blickte erneut über die Schulter zu ihm zurück.

»Lass sie«, sagte Aren, zog Liana zu sich herüber und legte beschützend den Arm um sie. »Das ist alles nicht leicht für sie.«

»Nichts ist leicht auf dieser Welt«, gab Anais verächtlich zurück und tigerte weiter nervös an der Straßenkreuzung, an der sie sich mit Kesag treffen wollten, auf und ab. »Für niemanden! Daran sollte sie sich lieber ganz schnell gewöhnen, sonst ist das hier schneller vorbei, als es angefangen hat.« Sie schnaufte. »Wieso bin ich überhaupt hier? Ich kann nicht fassen, dass ich auf euch gewartet habe. Ich bin die Einzige hier, die keinen neuen Pass braucht. Ich hätte ohne euch gehen sollen.«

»Bist du aber nicht«, gab Aren zurück. »Und jetzt hör auf, hier herumzuschreien. Die Leute gucken schon.« Unruhig sah er sich um.

Liana folgte seinem Blick.

Tatsächlich musterten sie einige der vorübereilenden Passanten neugierig, doch galt ihr Interesse vor allem Anais in ihrem auffälligen, leuchtend roten Kleid und mit den zahlreichen, klirrenden Armreifen über ihren zierlichen Handgelenken.

Das erinnerte Liana plötzlich an etwas und sie sah auf ihren eigenen Arm. Der Silberreif war noch da. Erleichterung machte sich breit. Gleichzeitig jedoch griff die Erinnerung zu und bohrte glühende Schürhaken in ihr Herz. Unwillkürlich keuchte sie auf.

»Was hast du?«, fragte Aren erschrocken.

Der Silberreif und das rote Seidentuch ihrer Mutter. Das war alles, was ihr von ihrem Zuhause geblieben war. Sie konnte nur nach Atem ringen und Aren zog sie hastig zu einer Bank, auf der sie sich niederließ und mit geschlossenen Augen darauf wartete, dass ihr Herz wieder in regelmäßigem Rhythmus schlug, anstatt wie ein außer Tritt geratenes Pferd vor sich hin zu stolpern.

»Wir werden zu spät kommen«, drang Anais' Stimme an ihr Ohr, als das Rauschen des Blutes darin endlich nachließ. »Sie werden ohne uns aufbrechen. Und das ist alles nur *ihre* Schuld.«

Liana öffnete die Augen. Anais' Finger deutete auf sie. »Sie ist nur ein Klotz am Bein«, rief sie erbost. »Warum du dich mit ihr einlassen musstest, werde ich nie begreifen.«

Aren fuhr auf, zischte Worte in dieser anderen Sprache, doch Anais hielt seinem wütenden Blick mit stolz erhobenem Kopf stand, und schließlich schnaufte er lediglich abfällig.

»Das stimmt: Das wirst du nie begreifen und dafür tust du mir unendlich leid.«

Anais warf mit zusammengepressten Lippen ihre dunklen Locken über die Schulter zurück und die großen Kreolen an ihren Ohren blitzten im Sonnenlicht auf.

Mit seltsam analytischem Blick, als sei das alles nichts, was sie selbst beträfe, betrachtete Liana Anais' stolze Miene, registrierte die Risse darin, spürte die Traurigkeit hinter dem Zorn. Vielleicht bildete sie sich das aber auch nur ein, vielleicht war es ihre eigene Traurigkeit, die alles durchflutete.

Sie massierte ihre Stirn. Sofort war Aren wieder an ihrer Seite und musterte sie besorgt. Sie ließ die Hand sinken, versuchte, sich zu orientieren, und fragte sich, welcher Wochentag es war. Ihr schien es, als wären ihr die letzten Tage abhandengekommen, in ein Loch gefallen und verschluckt worden. Doch je mehr sie darüber nachdachte, umso klarer wurde ihr, dass sie sie in einem seltsamen Dämmerzustand verbracht hatte, in dem ihr tags alles egal gewesen war und sie die Nächte in Arens Armen durchgeweint hatte. Um Nana, um ihren Vater, um Amri, um ihr Zuhause, um alles, was sie immer für viel zu selbstverständlich gehalten hatte.

Vor ein paar Tagen dann waren Anais und Kesag zu ihnen gestoßen, an einem offenbar vor ihrer Flucht ausgemachten Treffpunkt. Unter normalen Umständen hätte sie das plötzliche Auftauchen von Anais und Kesag sicherlich geschockt, doch in ihrem Zustand war ihr selbst das egal gewesen und sie hatte Arens Erklärung, dass sie auf deren Hilfe angewiesen waren und die beiden ebenso wie Aren beim Zirkus groß rauskommen wollten, kommentarlos hingenommen.

Arens Nähe war das Einzige, was ihr Halt gegeben, das Einzige, was sie daran gehindert hatte, sich vollends der Trauer und Verzweiflung hinzugeben.

Heute jedoch war diese Nähe von extremer Nervosität durchdrungen. Vielleicht war es das, was sie aus ihrem seltsamen Zustand gerissen hatte?

Tatsächlich tigerte Aren über den Platz und trommelte, sobald er mal einen Augenblick verharrte, unruhig mit den Fingern auf dem Laternenpfahl, der Mauer oder der Banklehne.

Sie dachte über den Grund für diese Nervosität nach, sortierte all die Gesprächsfetzen der letzten Tage in ihrem Kopf. Es war, als würde sie nach einem langen Tauchgang langsam an die Oberfläche des Sees zurückkehren.

»Was tun wir hier?«

Aren blieb stehen, Erstaunen im Gesicht. Auch Anais musterte sie überrascht, lachte dann ebenso bitter wie ungläubig auf.

Im nächsten Moment war Aren wieder bei Liana. »Wir holen die Pässe, mein Schatz. Du hast doch keinen dabei. Ohne kommst du nicht über die Grenze. Ich mit meinem alten auch nicht. Aber keine Sorge: Alles wird gut.«

Anais machte ein abfälliges Geräusch. »Viel wahrscheinlicher ist, dass ihr wieder ins Gefängnis wandert, Kesag und du.«

»Du bist ein wahrer Sonnenschein«, gab Aren säuerlich zurück, bevor er vor Liana in die Hocke ging und ihre Hand nahm. »Wir haben den Zirkus verpasst, er ist schon weitergezogen, aber wir haben noch eine Chance, kurz vor der Grenze.«

»Nie im Leben schaffen wir das«, widersprach Anais in seltsam lustvollem Pessimismus.

»Es wird funktionieren«, sagte Aren beschwörend. »Kesag muss nur endlich die Pässe besorgen.«

Anais schnaufte verächtlich. »Seit Tagen ist er an der Sache dran, aber bis auf die Tatsache, dass uns das Geld ausgeht, ist nicht viel passiert. Warum sollte es heute anders sein?«

»Aren?«, fragte Liana verunsichert.

Er sah ihr in die Augen und in seinem Blick lag so viel Liebe, dass es ihr den Atem verschlug. »Es wird heute anders sein. Alles wird gut werden.«

Sie glaubte ihm.

Trotzdem erschrak sie, als in der anbrechenden Dämmerung plötzlich Kesag neben ihr stand.

»Siehst du? Ich habe doch gesagt, auf ihn ist Verlass«, flüsterte Aren ihr zu.

Liana nickte, war aber alles andere als glücklich über Kesags Erscheinen. Beinahe wäre ihr lieber gewesen, er hätte sie versetzt. Sie fühlte sich nicht wohl in seiner Nähe.

»Du heißt ab jetzt Nikolas!«, sagte er kurz angebunden und drückte Aren etwas in die Hand.

Der nickte und reichte eines der Büchlein an Liana weiter. »Wir fahren die Nacht durch«, sagte er. »Dann schaffen wir es noch, die Truppe vor der Grenze einzuholen.«

»Vielleicht«, ergänzte Anais missmutig.

Liana sagte nichts, sie schlug lediglich den Pass auf. Er zeigte eine dunkelhaarige junge Frau, die tatsächlich vage Ähnlichkeit mit ihr hatte. Siran Asnawurian stand dort.

Siran bedeutete ›hübsch‹ und ›lieblich‹. Leise flüsterte sie den Namen vor sich hin: Siran. Siraan. Siiiiran. Doch wie sie ihn auch aussprach, er klang fremd und kalt.

So also war das, wenn man nicht nur sein ganzes bisheriges Leben hinter sich ließ, sondern auch seinen Namen.

Sie spürte Arens Hand an ihrer Wange und sah auf. »Du hast immer noch die Wahl«, flüsterte er. »Du musst das nicht tun. Du kannst umkehren.«

Sie sah erneut auf den Pass in ihren Händen. Siran. Sie konnte sich nicht mit dem Namen anfreunden. Doch das spielte keine Rolle. Aren war es wert. Ihre Liebe war es wert.

Sie schmiegte ihre Wange in seine Hand. »Wo du hingehst, gehe auch ich hin.«

Er atmete tief aus, zog sie erleichtert an sich und küsste sie. Auf ihr Haar, die Stirn, die Augenlider, ihre Wangen, den Mund, immer und immer wieder.

Nur für einen Moment hielt er inne, ihr Gesicht in seinen Händen. »Du bist alles für mich«, flüsterte er. »Das war mir schon klar, als wir noch Kinder waren. Vom ersten Moment an, als ich dich gesehen habe, warst du der Mittelpunkt meiner Welt.«

Sie schmiegte sich an ihn. »Werde ich das auch bleiben?«

Er nickte und das Leuchten in seinen Augen vertrieb für einen Moment all die Schatten in ihrem Inneren. »Du und ich, wir gehören zusammen.«

Dann berührten seine Lippen die ihren und sie wusste, dass – egal, was kommen mochte – sie diesen Schritt niemals bereuen würde. »Wir gehören zusammen», wiederholte sie flüsternd seine Worte. »Wir. Für immer.«

Kapitel 12

Frühjahr 2016

Wir gehören zusammen. Wir haben schon immer zusammengehört. Jetzt endlich weiß ich, dass es so etwas wie Schicksal gibt. Wie nur konnte ich so viele Jahre ohne ihn überstehen?

Eine Brise bauscht die Gardinen vor der offenen Balkontür leicht auf. Draußen funkelt der See in der Abendsonne und ich kann nicht glauben, was seit gestern Abend in diesem Zimmer alles passiert ist. Eine ganze Nacht und einen ganzen Tag hat es nur uns beide gegeben. Und wenn es nach mir ginge, könnte es für immer so weitergehen. Ich brauche nichts und niemand mehr außer Noel.

Noels Bein ruht auf meiner Hüfte, seine Finger streichen sanft über meine Taille, über uns dreht sich langsam der altmodische Ventilator, und ich fühle mich wie eine satte Katze vor dem warmen Kamin, genieße dieses erfüllende Gefühl von Vertrautheit und Geborgenheit.

»Noel?«

»Mhm?«

»Ich muss dir etwas sagen«, flüstere ich.

»Was?«

»Ich glaube, ich … bitte lach nicht, aber … ich habe das Gefühl, dass wir uns schon seit einer Ewigkeit kennen. Das ist doch …«

»Seltsam?«

»Zweifellos.«

»Verrückt?«

»Absolut.«

»Bizarr?«

»Auf jeden Fall. Und außerdem das Wundervollste auf der Welt.«

Seine Hand wandert nach oben und schließt sich um meine Brust. »Definitiv«, gibt er zurück, und ich schließe die Augen.

Nach einer Weile öffne ich sie wieder. »Geht es dir auch so?«

»Klar. Immerhin hast du mir ja deine – ich zitiere – ganze, öde Lebensgeschichte erzählt.«

»Blödmann«, sage ich und stupse ihn spielerisch an. »Ich meine damit … also na ja … ich … glaube …« Ich räuspere mich. »Ich habe mich in dich verliebt.«

Er richtet sich auf seine Ellbogen auf, sieht mich seltsam forschend an, streicht mir dann den Pony aus dem Gesicht und küsst mich. Ein langer, zärtlicher Kuss, dann bettet er seinen Kopf neben meinen.

Ich liege ein paar Minuten still da, verwirrt von seiner Reaktion. War das jetzt ein Liebeseingeständnis oder eher nicht? Ich runzle die Stirn und starre den langsam rotierenden Ventilator an. Ich erwarte ja nun nicht gerade die glühendste aller Liebeserklärungen nach nur einer Nacht. Genauer gesagt: einer Nacht und einem Tag. Doch zumindest ein klein wenig mehr Begeisterung seinerseits wäre schon ganz nett nach diesem Sex. Diesem absolut unfassbar unglaublichen Sex. Es sei denn … dieser Sex war für ihn gar nicht so gut und nichts, was er wiederholen will und –

»Sophie?«

Ich hebe den Kopf und halte den Atem an.

»Wann fliegst du?«

Will er mich loswerden? Ich schlucke, brauche einen Moment, um mich zu sammeln, und fauche dann: »Morgen Mittag.«

Er hebt den Kopf, mustert mich etwas überrascht, sagt dann aber: »Perfekt! Wir könnten es also noch gute zehn Stunden lang miteinander treiben, bevor wir nach Jerewan zum Flughafen aufbrechen müssen.«

»Ist das alles, was du mir nach dieser Nacht zu sagen hast?«, gebe ich zurück, nun ernsthaft beleidigt. »Alles, was dich interessiert?« Er stemmt sich auf die Ellbogen, seine Finger spielen mit meiner Brustwarze, die sich prompt aufrichtet, die Verräterin. »Du wirkst auch nicht gerade uninteressiert«, sagt er und grinst.

Ich schiebe seine Hand von mir weg und rolle mich auf den Bauch.

»Okay, ich verstehe«, sagt er und setzt sich hin. »Ich bin nicht unbedingt ein Dichter, aber ich gebe mein Bestes.« Er wirft sich mit ausgebreiteten Armen in Pose. »O Sophie, du fleischgewordene Leidenschaft. Du bist die Achse und ich das Riesenrad, das sich um dich dreht. Du bist die Sonne und ich der Mond. Du bist das Auto und ich das Mobil. Du –«

»Hör auf, hör auf«, rufe ich und muss wider Willen lachen. »Das ist ja nicht zu ertragen.« Dann fällt mir etwas ein. »Oh, verflixt.«

»Was?«

»Apropos Aufbruch zum Flughafen – Ich hab noch die zweite Check-in-Karte zu Ralfs Hotelzimmer. Ich muss sie abgeben.«

»Aber nicht heute Nacht.«

»Doch. Jetzt. Ich will nicht, dass Ralf beim Auschecken morgen früh irgendwelchen Ärger kriegt. Und ich will ihm dabei auch nicht über den Weg laufen.« Schlimm genug, dass ich im selben Flieger wie er sitzen werde. Meine einzige Hoffnung ist ein freier Platz in einer anderen Reihe. Oder dass er vielleicht schon früher abgereist ist. Die Karte würde ich dennoch zurückgeben müssen, schließlich habe ich keine Lust, irgendeine Strafe zahlen zu müssen.

Noel dreht mich herum, rollt sich auf mich, drückt meine Hände links und rechts von mir aufs Bett und küsst mich. »Das hat Zeit«, murmelt er. »Und wenn es die ganze Nacht dauert!« Wieder und wieder küsst er mich. Auf Mund, Wangen, Stirn, Augenlider. Nur unter äußerster Willensanstrengung kann ich mich erneut von ihm losreißen. »Ich muss die Karte jetzt abgeben. Sonst kann ich mich nicht richtig konzentrieren. Wir machen aber gleich danach weiter.«

»Das ist ein Argument.«

»Merk dir die Stelle, okay?«

»Dafür müsste ich sie noch einmal kosten.«

»Untersteh dich«, sage ich lachend und zappele so lange, bis er von mir ablässt.

»Was ich für dich nicht alles tue«, sagt er seufzend und beobachtet vom Bett aus, wie ich aufstehe und mich anziehe. Ich muss mich abwenden, sonst würde mich der wieder erwachende Hunger in seinen Augen von meinem Entschluss abbringen.

***

Wir betreten die kleine Lobby von Ralfs Hotel eng umschlungen, Noels Hand auf meiner Taille, meine auf seiner Hüfte.

Die Theke ist unbesetzt und ich klingle vorsichtig.

Sofort tritt aus dem Büro hinter der Theke ein untersetzter Mann hervor und wünscht mir in gebrochenem Englisch einen guten Abend. Freundlich nimmt er meine Karte entgegen und quittiert mir den Empfang. Ich muss nichts weiter unterschreiben und er stellt auch keine Fragen. Vermutlich geht er davon aus, dass alles Weitere morgen mit der Abgabe der zweiten Karte geklärt und unterschrieben wird.

Das ist mir nur recht, hatte ich mir doch innerlich schon auf Inquisition nach dem Verbleib meines Freundes und der Herkunft des neuen Mannes an meiner Seite eingestellt. Als würde das die Hotelangestellten irgendetwas angehen …

Erleichtert drehe ich mich um und steuere richtiggehend beschwingt wieder die Tür an.

»Wait«, tönt es da plötzlich vom Empfangstresen.

Ich drehe mich um.

»I forgot.«

»Pardon?«

»The woman.«

Fragend deute ich auf mich, doch er sieht gar nicht in meine Richtung, sondern blickt sich suchend in der Lobby um.

»Oh. Sorry. I see: She has gone. She waited. Whole day.«

Was? Wer hat den ganzen Tag gewartet? Ich blicke verdutzt zu Noel. »Welche Frau ist gegangen?«

Noel hält kurz Rücksprache mit dem Portier, doch noch bevor er mir dessen Antwort übersetzen kann, krampfen sich meine Finger um die von Noel.

Ich weiß, welche Frau gemeint ist.

Und sie ist nicht gegangen.

Sie ist eingeschlafen und setzt sich in diesem Moment etwas verwirrt auf dem Sofa auf, das mit der Lehne zu uns in der Lobby steht.

In der Hand hält sie die Papierserviette mit der Adresse des Hotels.

In der Hand hielt der Mann ein Paar grobe Arbeitshandschuhe, die er sich überstreifte. »Hört ihr schlecht oder was?«, schnauzte er sie jetzt an. Er hatte einen starken russischen Akzent, war groß und drahtig, beinahe dürr, mit kantigem Gesicht und einer Glatze, die vor Schweißperlen schimmerte. Und obendrein war er offenbar der Chef der Zirkustruppe, jedenfalls waren sie von den anderen Schaustellern zu ihm geschickt worden. »Wir sind vollzählig. Und wir brechen noch heute Vormittag auf. Verschwindet endlich!« Er wischte sich den Schweiß von der Stirn, zog seine Weste aus und warf sie auf den Haufen langer stählerner Stangen, die neben dem dunkelgrünen Transporter auf dem Boden gestapelt waren. Sie stammten offenbar vom Zirkuszelt, dessen blau und rot gestreifte Zeltplane einige Meter entfernt gerade zusammengelegt wurde. Ein Lattenzaun in den gleichen Farben umgab den Platz.

Ohne sie eines weiteren Blickes zu würdigen, drehte der Mann sich wieder um, hob die nächste Stange an und hievte sie mit einem Ächzen auf die Ladefläche des Transporters.

Die Enttäuschung schnürte Liana die Kehle zu. Alles hatten sie versucht, doch es war offenbar aussichtslos.

»Geben Sie uns doch wenigstens eine Chance!«, versuchte Aren es jetzt erneut. »Das kostet Sie doch keine Viertelstunde. Lassen Sie uns zeigen, was wir können.«

»Haut ab!«, sagte der Mann knapp und ohne sich umzudrehen, bückte sich dann nach einer weiteren Stange und ergänzte dann: »Schlechte Zeiten für Fröhlichkeit. Wir können nicht noch mehr Leute durchfüttern.«

Es hatten sich bereits etliche Mitglieder der Truppe eingefunden und standen in einem Halbkreis um sie herum, neugierig, was sich hier für ein Schauspiel anbahnen mochte. Doch der Mann vor ihnen arbeitete schweigend weiter, ohne Aren zu beachten. Die Muskeln an seinen Armen traten hervor wie runde Bälle, die gleich platzen würden, als er eine weitere der Stangen anhob.

Aren legte nachdenklich den Kopf schief, drehte sich einmal langsam um sich selbst, und Liana schien es, als würde er nach etwas suchen. Dann stand er wieder mit dem Gesicht zum Glatzköpfigen und sagte laut und deutlich: »Das werden Sie bereuen, Mann! Das werden Sie bitter bereuen!«

Um sie her setzte ein Raunen ein.

Der Mann vor ihnen hielt in der Bewegung inne, ließ dann die Stange fallen, die mit einem lauten Scheppern auf den Stapel zurückfiel. Langsam richtete er sich auf und wandte sich um. »Willst du mir etwa drohen?« Er verschränkte die Arme vor der Brust. Links von Aren ließ ein kleiner Dicklicher demonstrativ die Fingerknochen knacken.

»Ganz genau«, sagte Aren seltsam gelassen. Anais starrte Aren entsetzt an und selbst Kesag zog die Luft ein.

Das Raunen um sie her schwoll an, schwankte zwischen Belustigung und Verärgerung. Die Augen des drahtigen Mannes wurden zu schmalen Schlitzen. Er spuckte verächtlich aus. »Überleg dir gut, was du jetzt tust.«

»Etwas, das du dein Leben lang nicht vergessen wirst«, sagte Aren gefährlich leise und endlich fand Liana ihre Sprache wieder und rief erschrocken: »Nicht! Lass uns gehen, bitte!«

Doch Aren reagierte nicht auf sie, zog plötzlich eines seiner Wurfmesser aus dem Gurt unter seinem Leinenhemd hervor, fuhr, noch während um sie her ein Aufschrei durch die Menge ging, auf dem Absatz herum, ließ das Messer durch die Luft sausen, zog sofort das nächste hervor, warf es, griff erneut hinter sich, holte aus und schickte auf diese Weise noch drei weitere Messer den anderen hinterher.

Für einen Moment senkte sich Stille über den Platz – alle sechs Messer steckten im blau und rot gestrichenen Lattenzaun, fein säuberlich in einer senkrechten Linie.

Erneutes Raunen, doch diesmal klang es anerkennend.

Langsam drehte Aren sich wieder zu dem Glatzköpfigen um.

Der jedoch zuckte nicht mal mit der Wimper. »Soll mich das etwa beeindrucken? Das ist gar nichts. Das ist weniger als gar nichts! Damit lockst du keinen toten Hund in unsere Vorstellung.«

»Deshalb ist das auch nur der Anfang«, entgegnete Aren gelassen, dann rief er Anais etwas zu. Sie ging zum Wagen hinüber und stellte sich mit dem Rücken an die Messerlinie.

Aren nickte Kesag zu, der ging einige Meter zur Seite, und die Umstehenden machten ihm Platz. Dann hob er den Saum seines Hemdes an, unter dem ebenfalls ein Gurt mit Wurfmessern zum Vorschein kam, zog das erste Messer und warf es in Arens Richtung. Das Messer drehte sich in der Sonne aufblitzend einmal um sich selbst, und dann schnellte Arens Arm vor und fing es am Griff auf.

Liana wagte nicht, sich zu rühren, doch ihr Herz pochte so wild in ihrer Brust, als wollte es sie sprengen.

Aren bellte ein Kommando, Anais hob das rechte Bein, als wolle sie über ein Hindernis steigen, zeitgleich surrte das Messer aus Arens Hand durch die Luft und steckte im nächsten Augenblick unterhalb von Anais' Kniekehle im Holz. Einen Hauch weiter rechts und es hätte ihr die Wade aufgeschlitzt. Ihr Fuß berührte wieder den Boden. Das nächste Messer kam von Kesag geflogen, wurde von Aren abgefangen, wieder ertönte das Kommando, Anais hob das linke Bein und erneut steckte nur einen Wimpernschlag später ein Messer unterhalb ihrer Kniekehle, und sie stieg hinüber. Ein weiteres Messer, ein weiteres Kommando und noch ein Schritt, und noch einer und noch einer. Anais wanderte über fliegenden Stahl den Zaun entlang, bis alle sieben Messer aufgebraucht waren.

Absolute Stille herrschte, dann verbeugte sich Anais mit der Eleganz einer Königin und der Gelassenheit einer sich rekelnden Katze. Jetzt erst merkte Liana, dass sie die ganze Zeit die Luft angehalten hatte, und atmete tief durch.

Im nächsten Moment wurde es laut um sie her: Rufe, Applaus, Lachen, ein Gewirr verschiedenster Sprachen. Liana hatte zuvor vor lauter Anspannung und Sorge gar nicht mitbekommen, wie viele der Schausteller sich tatsächlich um sie her versammelt hatten: Männer und Frauen, dunkelhaarige, blonde, kleine, große, kräftige, zierliche, sowohl welche mit europäischen als auch solche mit asiatischen Gesichtszügen.

Aren wandte sich, die Hände in den Hosentaschen, wieder dem Glatzköpfigen zu. »Und jetzt stell dir das Ganze einmal vor, wenn sie dabei noch mit Fackeln jongliert.«

Der Glatzkopf regte sich nicht. Gespanntes Schweigen senkte sich herab, dann rief plötzlich jemand: »Wir hatten alle unsere Chance. Gib ihnen auch eine.«

»Komm schon, Stepan«, stimmte ein anderer zu.

»Ja, lass sie es versuchen!«

»Der Typ ist echt gut!«

Eine gefühlte Ewigkeit lang starrte Stepan Aren an, rieb sich das Kinn, dann seufzte er tief auf und sagte: »Du bist verrückt. Und dreist.« Es klang wie ein Lob. »Aber wenn du noch einmal wagst, unser Eigentum zu beschädigen, wirst du am eigenen Leibe erfahren, was *ich* mit einem Messer anstellen kann.«

»Das heißt, wir können bleiben?«

Der Glatzkopf nickte knapp.

Liana hätte gern laut gejubelt, doch sie konnte nicht. Ihr Gesicht schien vergessen zu haben, wie das ging. Doch ihr Herz zerbarst fast vor unbändigem Stolz auf Aren. Dann traf sie Stepans Blick. »Und du? Was kannst du?«

Ihr wurde schlagartig übel.

Aren trat hastig neben sie: »Sie gehört zu –«

»Ich mag Pferde«, schnitt sie ihm das Wort ab.

Brüllendes Gelächter brach über sie herein.

»Sie *mag Pferde,* wie süß!«, klang es hämisch.

»Mädchen, hier geht es nicht ums Mögen«, polterte es von irgendwoher. »Hier geht es um harte Arbeit.«

»Umsonst gibt es hier nichts!«

»Du musst schon was beitragen, Kleine!«

»Für nix wird hier keiner durchgefüttert!«

»Ich kann sehr gut mit Pferden umgehen«, korrigierte sie sich hastig. »Ich kann sehr gut reiten.«

»Dafür haben wir genug andere Leute«, sagte der Glatzköpfige und brachte die restliche Truppe mit ein paar Gesten wieder zum Schweigen. Dann rieb er sich das Kinn und sagte herausfordernd: »Wir bräuchten noch jemanden fürs Trapez. Natasha hat sich von ihrem Sturz noch nicht wieder erholt.«

Liana wurde eiskalt.

»Nein«, sagte Aren bestimmt. »Dann verzichte ich.«

»Doch«, widersprach Liana, ohne zu wissen, wie sie es fertigbrachte, dass weder ihre Stimme noch ihre Knie zitterten. »Ich tue es.«

»Nein«, wiederholte Aren und griff nach ihrer Hand. »Das lasse ich nicht zu.«

»Für dich«, flüsterte sie.

Eine Frau schob sich durch die Menge. Sie trug ihren Arm in einer Schlinge. War das Natasha? »Sie ist mutig, Stepan. Mut muss belohnt werden.« Sie schlang ihren gesunden Arm um den Nacken des Glatzköpfigen.

Stepan seufzte. »Na schön, Mädchen. Du bist wenigstens ganz hübsch und zierlich, wiegst sicher kaum etwas. Wir werden sehen, ob wir dich wenigstens als Hingucker am Trapezturm oder am Seil einsetzen können, bis Natasha wieder fit ist. Und nebenher wirst du mit Katharina an einer Pferdenummer arbeiten. Mal sehen, wofür du geeigneter bist.«

Grenzenlose Erleichterung durchströmte sie, und sie fürchtete fast, ihre Beine könnten unter ihr nachgeben.

Im nächsten Moment fand sie sich und Aren, Anais und Kesag in einem Pulk herzlicher Umarmungen, begeisterten Schulterklopfens und überschwänglicher Gratulationen wieder.

Doch da ertönte ein Pfiff. Es war Stepan. »Alle wieder an die Arbeit! Aber auf der Stelle!« Dann winkte er ihnen mit dem Finger. »Und ihr kommt mit mir.«

Aren nahm ihre Hand und mit einem mulmigen Gefühl im Magen folgten sie ihm ebenso wie Anais und Kesag hinter den Transporter.

Dort verschränkte Stepan die Arme und musterte sie ernst. »Eines sollt ihr vorweg noch wissen: Wir brauchen keinen

Ärger. Wir wollen keinen Ärger. Solltet ihr jemals für Ärger sorgen, erwartet von uns keine Hilfe. Solltet ihr für Ärger sorgen, seid ihr hier nicht mehr willkommen, verstanden?«

Beklommenes Nicken.

»Das Leben als Schausteller ist hart. Härter als hart.«

Er hatte nicht übertrieben. Im Gegenteil.

Kapitel 13

Frühjahr 2016

»Das Leben ist hart, aber man kann nicht alles damit entschuldigen«, sagt Noel.

Verwirrt sehe ich zu ihm. »Was?«

»Das hat sie vor sich hingemurmelt«, erklärt Noel entschuldigend und deutet mit dem Kinn auf die Frau, die – jetzt wieder still – unruhig in seinem Zimmer auf und ab tigert. Im schummrigen Licht der altmodischen Schirmstehlampe wirft sie unförmige Schatten an die Wand und ihre leicht hängenden Wangen zittern bei jedem Schritt. Sie trägt dieselbe Weste wie gestern, hat aber die traditionelle Kappe mit dem Schleier weggelassen, sodass ihr dicker, grauer Flechtzopf sichtbar ist, der ihr beinahe bis zum Gürtel reicht.

Ich sitze stocksteif vor Aufregung da, betrachte ihr stummes Hin- und Herlaufen besorgt. Was, wenn sie wieder geht, ohne das, was sie offenbar auf dem Herzen hat, loszuwerden? Meine Zeit hier läuft schließlich ab. Nervös stoße ich Noel mit dem Ellbogen an.

Er räuspert sich, sagt etwas auf Armenisch, doch die Frau reagiert nicht. Und wenn sie nicht mehr ganz bei Verstand ist? Wer ist das denn schon, der tagaus, tagein auf der Mauer vor einem Kloster sitzt und betet?

Gerade als ich aufstehen und dieses Theater beenden will, lässt sie sich mit einem tiefen Seufzer auf die Kante des Stuhls sinken, der vor dem kleinen Sekretär steht, und hebt mit rauer, kratziger Stimme zu sprechen an. Noel übersetzt.

»Ich muss dir von einem Mädchen erzählen. Ihr Name ist Liana.«

Ich sitze plötzlich kerzengerade. Wieder dieser Name. Gebannt hänge ich an ihren Lippen.

»Ein außergewöhnliches Mädchen, klug und mit einem starken Willen.« Die Frau seufzt erneut, zerrt unruhig an ihrer mit goldenen Fäden bestickten Weste. Gestern vor dem Kloster, ist es mir nicht aufgefallen, doch jetzt sehe ich, dass das Kleidungsstück unter den Armen zerschlissen ist, und dass auch die Nähte ihrer Schuhe sich an einigen Stellen gelöst haben.

»Liana hatte eine sehr liebevolle Großmutter, aber einen Vater, der nicht in der Lage war, seine Liebe zu zeigen. Und sie hatte eine Tante. Eine furchtbare Frau, vom Leben und seinen Enttäuschungen zutiefst verbittert.«

Manchmal kommen die Worte zäh und langsam aus dem Mund der Frau, wie dicker Sirup, der vom Löffel tropft. Dann wieder sprudeln sie so schnell aus ihr heraus, dass Noel kaum mithalten kann und ich Herzrasen bekomme vor Angst, etwas Wichtiges zu verpassen.

Vor meinem inneren Auge entsteht erneut die Geschichte dieses Mädchens, aus anderer Perspektive dieses Mal, wie unter einem Vergrößerungsglas oder in einer zusätzlichen Dimension.

»Gemeinsam flohen sie vom Hof und kamen niemals wieder«, sagt Noel schließlich und ich lasse das Kissen sinken, in das sich meine Finger in den letzten Stunden verkrallt haben, während ich atemlos gelauscht und mitgelitten habe.

Ist diese Geschichte einer Liebe, die an Verbitterung, Neid, Vorurteilen, Hass und Dummheit anderer zu scheitern drohte und sie doch überstand, die Geschichte meiner biologischen Mutter?

»Und man hat nie wieder etwas von ihnen gehört?«, frage ich.

Noel übersetzt und die Alte schweigt, den Blick aus dem Fenster in die Dunkelheit gerichtet. Mehrere Minuten lang ist nichts zu hören außer ab und zu einem vorüberfahrenden Auto, und ich hege schon die Befürchtung, sie habe die Frage nicht richtig verstanden oder schlichtweg vergessen.

»Frag sie noch mal«, flüstere ich und stupse Noel an. Er räuspert sich, doch da ertönt erneut ihre knarzende Stimme und Noel beeilt sich, die Antwort zu übersetzen: »Doch. Zu Anfang. Ein Brief an ihre Freundin Mina kam. Später kamen auch welche an ihren Vater. Er weigerte sich, sie zu beantworten. Das bereute er später. Alles bereute er später. Er schrieb zurück, bat seine Tochter, zurückzukommen, doch die Briefe haben sie wohl nie erreicht. Als er begriff, dass er alles verloren hatte, was er geliebt hatte, da starb er. Nicht auf der Stelle, nicht wie seine Mutter an einem Herzinfarkt, sondern Stück für Stück, jeden Tag ein bisschen mehr. An Schuldgefühlen. An gebrochenem Herzen. Und Vartan, dem der Hof zur Hälfte gehörte, weil der Vater die Schulden nicht hatte bezahlen können, schaltete und waltete, wie er wollte, bis alles vor die Hunde ging. Keiner wollte mehr bei ihm arbeiten, weil er brutal war und unbeherrscht und wegen all der Gerüchte darüber, dass er die Plantage angezündet hatte und obendrein nicht ganz richtig im Kopf sei. Und das war er vermutlich auch tatsächlich nicht. So wie der Vater jeden Tag ein bisschen mehr starb, wurde Vartan jeden Tag ein bisschen verrückter. Irgendwann wachte der Vater eines Morgens nicht mehr auf und da erst begriff die Tante vollends, was sie angerichtet hatte.«

Ich runzle die Stirn. »Sie meinen, die Art und Weise, wie sie Liana behandelt hat?«

Die Frau lauscht mit geneigtem Kopf Noels Übersetzung, dann schüttelt sie den Kopf und sieht mir in die Augen. »Sie war es, die Vartan an diesem Tag verraten hatte, dass Liana auf dem Weg zu Aren war.«

Ich ziehe scharf die Luft ein und auch Noel wirkt sichtlich erschüttert.

Vorsichtig frage ich: »Sind Sie diese Freundin? Mina?«

»Ich bin die Tante.«

Noel hält inne und wechselt mit mir einen bestürzten Blick. Keiner von uns weiß, wie er auf diese Wendung reagieren soll, und die Frau lacht auf, doch es ist ein trauriges Lachen.

Dann sagt sie etwas, und ich muss Noel mehrmals anstoßen, bis er zu übersetzen beginnt.

Schließlich räuspert er sich. »Sie heißt Raquel und sie bittet dich, Liana etwas auszurichten, falls du sie findest: nämlich, dass sie das alles zutiefst bereut. Sie sagt, sie kann nicht erwarten, dass Liana ihr verzeiht, aber sie bereut alles, was geschehen ist, bis an ihr Lebensende.«

»Dann …« Ich wage kaum, es auszusprechen. »Dann ist also tatsächlich Liana meine Mutter? Liana ist Maryam Askarian? Frag sie, Noel, frag sie!«

Noel übersetzt meine Worte und ich warte zittrig auf ihre Antwort. Mir ist übel vor Aufregung, obwohl die Gewissheit beinahe mit Händen greifbar ist, doch Noel zögert und mustert mich unsicher.

»Was? Was ist? Sag doch endlich!«

Er fährt sich mit der Zunge über die Lippen, spricht erneut mit ihr und schüttelt schließlich den Kopf.

Mein Blick fliegt zwischen ihm und der alten Frau hin und her. Er muss sie falsch verstanden haben. Sie lässt mich nicht aus den Augen und mein Gesicht muss Bände sprechen, denn schließlich schüttelt auch sie den Kopf.

Ich richte mich nervös auf. War alles umsonst? Muss ich von vorn beginnen mit der Suche? »Aber wer dann? Wer ist dann meine Mutter? Wer ist Maryam Askarian? Wer ist meine Mutter?«

Sie schließt die Augen, schweigt eine Ewigkeit, als würde sie nachdenken, und ich fürchte schon, sie könnte wieder eingeschlafen sein. Dann schlägt sie die Augen auf, fixiert mich auf eine Weise, als wolle sie mir ihre Antwort per Telepathie mitteilen und hebt zu sprechen an.

»Maryam Askarian war nicht ihr vollständiger Name«, übersetzt Noel mit konzentriertem Blick. »Der lautete …« Noel stockt. »Maryam Anais Askarian.«

Ich sitze mit offenem Mund da. »Anais? Die Anais, von der Hayk gesagt hat, dass sie mit Liana, Aren und diesem Kesag zusammen davongefahren ist? Die Feuerjongleurin?«

»Ich fürchte, ja«, sagt Noel.

»Das kann nicht sein!«, erkläre ich im Brustton der Überzeugung. Ich habe mich seltsamerweise bereits so sehr mit dieser Liana identifiziert, ich kann es kaum glauben, dass mich nichts mit ihr verbinden sollte. »Woher will sie das denn wissen?«

Noel wendet sich erneut an die alte Frau, an Raquel, während ich regungslos dasitze und das Gehörte zu verarbeiten versuche. Ich war so überzeugt, so sicher, dass Liana meine biologische Mutter ist, und habe große Schwierigkeiten, andere Ideen zu akzeptieren.

Dann wird mir plötzlich bewusst, dass Noel schon ziemlich lang mit Raquel spricht, und dabei immer lauter und unruhiger wird.

»Noel! Was sagt sie? Sie muss sich irren!«

»Ich habe sie mehrfach gefragt. Sie ist sich absolut sicher, weil …« Er hält inne.

»Was? Rede doch!«

Er sieht beiseite. »Raquel ist nur eine alte Frau, vielleicht ist sie selbst nicht ganz richtig im Kopf. Was weiß sie schon. Es gibt keinen Grund, ihr zu glauben.«

Jetzt kriege ich wirklich Angst. »Was hat sie gesagt?« Meine Stimme überschlägt sich.

Noel windet sich, fühlt sich sichtlich unwohl, sagt aber schließlich zögerlich: »Sie weiß es, weil Anais bei ihr Zuflucht fand, nachdem Vartan die Vaterschaft abgestritten und sie vom Gut geworfen hatte.«

Ich bin wie erstarrt.

Dann springe ich auf. »Moment. Willst du damit sagen, dass Anais und Vartan …? Dass Vartan mein …« Ich breche ab. »Frag sie noch mal. Du hast das falsch verstanden.«

Er schüttelt den Kopf. »Maryam … also Anais … Sie hat Raquel gebeichtet, dass sie sich mit Vartan eingelassen hat. Vor dem Brand. Vor der Flucht. Aber sie hat ihre Schwangerschaft erst bemerkt, als sie schon aufgebrochen waren.«

Noel redet weiter, doch ich kriege nur die Hälfte mit: dass Vartan Raquel nach dem Tod von Mikael nicht mehr auf dem Hof wohnen ließ, dass Anais gehofft hatte, in Raquel eine Verbündete zu finden, dass Vartan Geld und Beziehungen hatte und die beiden Frauen gegen ihn machtlos waren und noch vieles mehr, das an mir vorüberzieht wie die Landschaft an einem Zugfenster.

Schließlich greift Noel nach meiner Hand und mustert mich besorgt. »Alles in Ordnung?«

Ich kann nicht antworten. Zum einen, weil ich nicht mehr weiß, ob es so etwas wie Ordnung in meinem Leben überhaupt jemals wieder geben wird, zum anderen, weil sich gerade mein Magen zusammenkrampft und ich das sichere Gefühl habe, mich nicht mehr aufrecht halten zu können. Langsam lasse ich mich nach hinten gegen die Wand sinken und schließe die Augen.

Noel streicht mir über den Arm und fragt besorgt, ob er mir etwas zu trinken holen solle, doch ich schüttle den Kopf, presse meine Hand vor den Mund und atme tief durch. Mir ist so übel, dass ich meine, mich übergeben zu müssen. All meine schönen Fantasien von einer fröhlichen Patchwork-Familie … von überhaupt irgendeiner Familie … dahin. Das aufgedunsene Gesicht dieses Verrückten mit dem Gewehr taucht vor meinem inneren Auge auf. Auch wenn ich letztlich selbst nicht wirklich an meine Patchwork-Familien-Idylle geglaubt habe, wäre ich dennoch niemals davon ausgegangen, dass meine Wurzeln derart … scheußlicher Natur sein könnten.

»Und … und … Maryam, also … Anais?«, bringe ich mühsam hervor.

Erneut wendet sich Noel an die Frau, dann antwortet er mir: »Ein Unfall. Sie kam vom Einkaufen. Ein LKW setzte zurück und übersah sie. Sie starb noch am Unfallort.«

Meine Kehle ist wie zugeschnürt, ich schlucke.

»Du warst bei Raquel in der Wohnung«, fährt Noel leise fort, »und hast geschlafen. Sie hat auf dich aufgepasst. Du warst nicht ganz drei Monate alt. Raquel sagt, dass sie, also Raquel, es als Zeichen von Gott angesehen habe, weil, äh …« Er hält inne. »Also das lässt sich jetzt schlecht übersetzen, ist ein armenischer Spruch, der was mit Glauben und Schicksal und so zu tun hat. Jedenfalls brachten die Behörden dich ins Kinderheim und Raquel fragte dort später nach einer Stelle und bekam eine als Köchin.« Er sieht mich an. »Ich glaube, sie meint, dass sie die Arbeit im Kinderheim irgendwie als eine Art Sühne oder

Wiedergutmachung oder so angesehen hat. Da warst du aber schon adoptiert und auf dem Weg in ein neues Leben.«

So einfach und so banal. So unfassbar sang- und klanglos und zugleich grausam. Niemand, der nach mir sucht, niemand, der mich mit offenen Armen empfängt und Tränen der Rührung vergießt. Einfach nur ein Verkehrsunfall, wie er jeden Tag auf der Welt millionenfach vorkommt.

Die Alte sieht mich mit schief gelegtem Kopf mitleidig an, kommt dann zu meinem Schrecken plötzlich auf mich zu, murmelt etwas und tätschelt mir dabei die Hand.

»Sie sagt«, meldet sich Noel, »dass deine Mutter eine gute Mutter war. Sie sagt, dass du ihr Sonnenschein warst und sie dich den ganzen Tag im Arm halten und anlächeln konnte. Sie sagt, dass deine Mutter dich trotz der Umstände …« Er räuspert sich, seine Augen sind grau verhangen. »Sie hat dich über alles geliebt. Sie hätte alles für dich getan.«

Ich weiß, dass es albern ist und unsinnig, weil ich überhaupt keinen Bezug zu dieser Frau habe, die angeblich meine Mutter gewesen sein soll, kaum etwas über sie weiß, aber dennoch spüre ich Tränen in meinen Augen brennen.

»Danke«, sage ich erstickt.

Die alte Frau nickt verständnisvoll und ihre Wangen wackeln dabei ein wenig, als würden sie ihre Zustimmung kundtun. Dann sagt sie etwas. Noel wirkt verwirrt und übersetzt nur zögerlich: »Deshalb musst du ihr verzeihen, was sie getan hat. Sie tat es aus Eigennutz. Nicht wie ich.« Er hält verwirrt inne und setzt dann in einer unnötigen Erklärung hinzu: »Nicht wie Raquel.«

Ich nicke, ohne wirklich zu verstehen, was er da redet.

»Und sie möchte dir ans Herz legen, sie in ihrem Namen und im Namen von Anais um Verzeihung zu bitten, wenn du ihnen jemals begegnen solltest.«

»Was? Wem begegnen? Wen um Verzeihung bitten?« Ich fühle mich wie ein bis obenhin gefülltes Fass, nicht in der Lage, weitere Informationen aufnehmen zu können.

»Liana und Aren.«

»Wieso sollte …? Ich verstehe kein Wort. Noel, das ist gerade alles irgendwie zu viel.« Erschöpft fasse ich mir an die Schläfen.

»Sie hat dich geliebt. Sie wollte das Beste für dich. Deshalb musst du ihr ihre Lüge verzeihen. Sie wurde hinreichend dafür bestraft, als Kesag Aren die Wahrheit sagte und ihr niemand helfen wollte, niemand helfen konnte. Sie stand allein da, von allen anderen Schaustellern geächtet für das, was sie getan hatte. Ihr blieb nichts anderes übrig, als zurückzukehren zum Vater ihres Kindes. Zu Vartan.«

»Ich verstehe kein Wort«, sage ich verwirrt. »Noel, was meint sie? Was hat Anais denn getan?«

Noel zuckt ebenso überfordert wie ich die Achseln und wendet sich dann wieder an Raquel.

Die lauscht mit geneigtem Kopf und betrachtet die Mücken, die um die Lampe herumtanzen. Dann holt sie tief Luft und ihre kratzige Stimme füllt wieder den Raum.

Als Noel und ich Stunden später ins Bett fallen, ziert den Horizont bereits ein schmaler silberner Streif, doch schlafen kann ich nicht.

Ich hatte mir einhundertdreiundfünfzig Möglichkeiten ausgemalt, wie dieser Abend in einer Enttäuschung hätte enden können. Aber diese hier ist nicht darunter gewesen.

Sie schluckte ihre Enttäuschung hinunter, starrte in ihren Teller. Sie hatte erneut den Salto vom Pferd auf den Boden nicht geschafft und auch auf dem Seil konnte sie das Gleichgewicht kaum vier Schritte halten. Das Ganze war nicht nur eine einzige Enttäuschung, es war eine riesige Ansammlung von Enttäuschungen, mindestens einhundertdreiundfünfzig.

Die Flammen tanzten, das Holz knisterte und knackte. Um sie her herrschte die übliche abendliche Betriebsamkeit. Satzfetzen in verschiedenen Sprachen flogen durch die Luft, Gelächter, das Klappern von Besteck.

»Bist du nicht hungrig?«, fragte Aren.

»Doch», behauptete sie, obwohl es schien, als sei ihr Körper sogar zu erschöpft, um Hunger zu empfinden. Damit Aren sich nicht sorgte, schob sie sich einen Löffel des Reisgerichts in den Mund und kaute müde.

Einer der Ukrainer auf der anderen Seite des Feuers holte seine Gitarre hervor und sang ein offenbar witziges oder anzügliches Liedchen, denn etliche andere grölten mit und schlugen sich lachend auf die Schenkel.

»Was, wenn etwas passiert?«, fragte Liana plötzlich.

Aren hob den Kopf. »Wie meinst du das?«

»So wie bei Natasha. Was, wenn wir nicht mehr hier arbeiten können? Wenn wir eines Tages zu alt dazu sind? Was dann? Wo sollen wir hin?«

»Wohin du willst. Wir suchen uns einfach von allen Orten, an denen wir waren, den schönsten aus.«

»Den kenne ich schon.«

»Welchen?«

»Unsere Bucht.« Sie sagte es halb im Scherz, halb im Ernst.

»Die, in der die Zeit stehen bleibt?«

»Durchaus von Vorteil, wenn man uralt ist.«

Er lachte leise. »In Ordnung. Dort baue ich uns das kleine Holzhaus fertig und wir leben tausend Jahre lang.«

Sie lächelte, doch es musste wenig überzeugend wirkend, denn er musterte sie besorgt.

»Bereust du es?«, fragte er plötzlich.

»Dass wir gegangen sind?«

Er machte eine vage Geste. »Das und unser Leben hier. Ich weiß nicht, ob du dir wirklich eine Vorstellung davon machen konntest, wie hart und anstrengend es werden würde.«

Sie ließ ihren Blick über die buntgemischte Gesellschaft am Lagerfeuer gleiten. Ab und zu blitzte es hell auf. Das war Miko mit seiner amerikanischen Sofortbildkamera. Seine neueste Errungenschaft und sein ganzer Stolz. Kesag, mit seinem scheinbar unendlichen Netzwerk an Kontakten, hatte sie auf dem Schwarzmarkt besorgt – ursprünglich für Mikos Clownsnummern, in die er sie einbauen wollte. Doch seitdem war er kaum noch ohne sie anzutreffen.

Liana sah hinauf in den sternübersäten Himmel und schüttelte dann den Kopf. »Ja, es ist hart. Ja, es ist anstrengend. Und ja: Ich vermisse meine Familie. Immer noch und trotz allem. Ich vermisse mein Zuhause. Und Amri. Und … wenn ich an Nana denke, dann …« Sie brach ab, kämpfte gegen ihre Tränen. Vergeblich. Aren legte den Arm um sie, zog sie an sich und hielt sie fest, bis ihre Schluchzer vergangen waren.

Eine Weile saßen sie so da, eng umschlungen, lauschten dem Leben um sie her, dann sagte Liana: »Aber … der Applaus, der Trubel, die Menschen hier … ich liebe es. Ich will dazugehören.«

»Tust du doch.«

»Richtig dazugehören. Nicht nur auf dem Trapez stehen und lächeln. Nicht nur im Stand einmal durch die Manege reiten. Ich will endlich meinen vollen Beitrag leisten.«

»Wirst du noch. So hart, wie du trainierst, vermutlich sogar schon sehr bald. Sei nicht so streng mit dir selbst.« Er drückte ihr einen Kuss auf das Haar und sie schmiegte sich an ihn.

Seine Liebe hatte sie über die vergangenen Wochen hinweggetragen. Ohne ihn hätte sie die Zeit nicht überstanden. Und das nicht nur, weil jeder Tag aus Schweiß und Schmerzen und Schmerzen und Schweiß bestanden hatte. Und auch nicht, weil sie bis an die Grenze zur Erschöpfung und darüber hinaus trainiert hatte – mit Katharina und den Pferden, mit Andrej am Seil. Sondern vor allem, weil Aren das Loch in ihrem Herzen mit seiner Liebe gefüllt hatte, den Riss in ihrer Seele verheilen ließ.

Sie würde immer unter dem Verlust ihrer Familie leiden, vor allem dem ihrer Großmutter. Und erstaunlicherweise ebenso unter dem ihres Zuhauses, das sie – solange sie dort gelebt hatte – so wenig zu schätzen gewusst hatte.

Doch zu ihrem eigenen Erstaunen half ihr nicht nur Arens Liebe, sondern auch die harte Arbeit hier, einen Tag nach dem anderen durchzustehen.

In ihrer ersten Zeit hatte sie den ganzen Tag trainiert und alles andere, Vergangenheit und Zukunft, komplett ausgeblendet. Und abends, kaum dass sie den Wohnwagen betreten hatte, war sie erschöpft in einen tiefen, traumlosen Schlaf gefallen.

Tag reihte sich an Tag, Woche an Woche und die Landschaft um sie her veränderte sich. Mit jedem Kilometer, den sie zwischen sich und ihr Heimatdorf brachte, wurde die Erinnerung blasser, tat sie weniger weh.

»Ich liebe dieses Leben«, wiederholte sie an Arens Brust leise. »Ich liebe diesen Wechsel, das stetig Neue, die Freiheit.« Sie hob den Kopf. »Und ich liebe dich. Wo du bist, bin ich glücklich.«

Er griff nach ihrer Hand, zog sie an seine Lippen und drückte ihr einen langen, innigen Kuss auf die Innenfläche.

Dann atmete er tief durch und plötzlich zuckte es schelmisch um seine Mundwinkel. »Wo ich bin, bist du glücklich? Dann würde ich vorschlagen, dass ich mich ins Bett begebe.«

»Da bin ich besonders glücklich«, erwiderte sie lächelnd.

***

»Das kann doch wohl nicht wahr sein! «, schimpfte sie, während sie sich mühsam aus dem Sicherheitsnetz herausarbeitete. »Noch mal!«

»Das reicht«, befand Andrej und kletterte die gegenüberliegende Trapezstange hinab, von der aus er konzentriert ihre Übung verfolgt und ihr Anweisungen zugerufen hatte.

»Nein!«, protestierte sie. »Ich will es noch einmal versuchen.«

»Aber nicht heute«, beharrte Andrej. »Noch eine Artistin mit gebrochenem Arm können wir uns nicht leisten.«

»Aber –«

»Du solltest auf ihn hören.«

Aren! Lianas Kopf fuhr herum. »Hast du mich gesehen? Ich hatte es fast geschafft. Der Spagat war fast perfekt, aber dann habe ich schon wieder das verdammte Gleichgewicht verloren.« Wütend schlug sie mit der flachen Hand auf die lederne Netzeinfassung.

Aren kam mit einem Lachen auf sie zu und zog sie an der Hand aus dem Netz und auf den Boden. »Ich weiß, dass du es schaffen willst. Und dass du es schaffen wirst! Aber sei ein bisschen geduldig. Es ist doch auch ohne den Spagat schon unfassbar, was du in der Zeit alles erreicht hast.«

»Da hat er recht«, stimmte Andrej zu, während er sich bereits dehnte, um nun selbst zu trainieren. »Du hast nicht nur Beweglichkeit und Körperbeherrschung im Blut, sondern auch Durchhaltevermögen.«

»Wenn jemand eine Kämpfernatur ist, dann sie!«, stimmte Aren zu und sah so stolz aus, dass Liana lachen musste. »Man könnte meinen, das hätte ich alles dir zu verdanken«, sagte sie. »Dabei bin ich schon als Kind überall herumgeturnt und einen Spagat konnte ich auch schon vorher. Nur auf dem blöden Seil will er mir einfach nicht gelingen.«

»Er wird«, beruhigte sie Andrej. »Selbst bei der größten Körperbeherrschung kommt man nicht weit ohne Disziplin und Ausdauer, und davon hast du mehr als genug. Aber für heute ist Schluss.«

»Na schön«, gab Liana widerwillig nach. Andrej nickte knapp und wandte sich wieder seinem eigenen Training zu.

Liana verließ kerzengerade an Arens Seite das Zelt.

Doch kaum hatten sie sich unter der Zeltplane hindurch ins Freie gebückt, als sie sich erst umsah und sich dann mit einem Seufzen erschöpft auf Aren stützte.

»Alles in Ordnung?«, fragte er besorgt.

Sie nickte, doch dann stöhnte sie mit schmerzverzerrtem Gesicht: »Stepan hatte damals gewaltig untertrieben! Es ist sehr viel mehr als nur sehr hart!«

Ein Schatten flog über Arens Gesicht. »Es tut mir so leid, Liana«, sagte er bedrückt , »ich –«

»Shht!«, machte sie hastig und sah sich erschrocken um. »Siran! Wieso vergisst du das ständig?«

»Ich habe es nicht vergessen, aber wir sind allein und überdies weit weg von zu Hause.«

»Trotzdem!« Sie atmete tief durch. »Wir dürfen nichts riskieren.«

»Du hast recht. Es tut mir leid.«

»Da gibt es nichts, was dir leid tun müsste«, wehrte sie ab.

Er schüttelte gequält den Kopf. »Alles tut mir leid. Alles, was du auf dich nehmen musstest. Und was du weiter auf dich nimmst und –«

»Jetzt hör auf. Ich liebe dieses Leben hier. Das habe ich dir doch gesagt.«

»Aber du hast Schmerzen und bist erschöpft. Und ich bin schuld daran.« Seine Kiefermuskeln arbeiteten, sein ganzer Körper war angespannt.

»Nein. Ja. Ich meine: Nein, du bist nicht schuld! Und, ja: Ich hatte in meinem ganzen Leben noch nie solche höllischen Schmerzen – und zwar wirklich absolut überall – und ich war auch noch nie so erschöpft, aber … wie soll ich es erklären … Ich habe mich auch noch nie so unfassbar lebendig gefühlt! Und ich hätte es heute beinahe zustande gebracht! Ich will diesen Spagat zeigen. Auf dem Seil. Und zwar ohne Sicherung. Ich will es schaffen und ich werde es schaffen!«

Zweifelnd musterte er sie, dann zog er sie so plötzlich an sich, dass es ihr fast den Atem nahm. Und auch wenn das dank ihres Muskelkaters schmerzte, blieb sie still, schmiegte sich an ihn.

»Du bist so wundervoll«, flüsterte er. »Und wenn ich dich nicht schon mehr lieben würde als mein Leben, ich wäre dir spätestens jetzt verfallen.«

Lächelnd schloss Liana die Augen, lauschte seinem Herz, das im Takt mit ihrem schlug. »Du bist mein Leben«, flüsterte sie.

»Hey, ihr zwei. Einmal hersehen, bitte!«

Verdutzt fuhren sie auf, doch da blendete sie schon der Blitz des Fotoapparates.

»Miko! Muss das sein?«

»Oh ja!« Fröhlich änderte der kleine Mann eine Einstellung an der Kamera und richtete sie dann wieder auf Liana und Aren. »Und jetzt nochmal Arm in Arm, und nicht so, als würdet ihr mich gleich auffressen wollen.«

Mit einem Seufzen taten sie ihm den Gefallen und erhielten zur Belohnung tatsächlich kurz darauf zwei sepiafarbene Fotos. Sie lachten über ihren Gesichtsausdruck darauf und die schiefe Bildausrichtung, bis Liana plötzlich etwas einfiel: »Oh, verflixt. Wie spät ist es? Ich habe heute Küchendienst.«

»Du?« Miko sah ziemlich entgeistert drein und Aren sagte schmunzelnd: »Ich komme wohl lieber mit und greife dir in der Küche unter die Arme, sonst verhungern wir noch.«

»Willst du damit sagen, dass ich nicht kochen kann?« Liana boxte ihm in gespielter Verärgerung in die Seite.

»Ganz genau.«

»Na schön. Hast recht. Manche Dinge ändern sich eben nie.« Sie zuckte die Achseln und dachte an Nana und ihre vergeblichen Versuche, ihrer Enkelin das Kochen beizubringen. Und plötzlich musste sie lachen. Und im nächsten Moment wurde ihr klar, dass sie zum ersten Mal seit Nanas Tod an sie gedacht hatte, ohne weinen zu müssen.

Aren musterte sie verdutzt, doch sie winkte ab und ging – immer noch in sich hineinlachend – in Richtung Küchenwagen.

***

Neben ihr atmete Aren tief und gleichmäßig, doch Liana konnte nicht schlafen – zum ersten Mal seit Langem, obwohl sie sich wie jeden Abend völlig erschöpft und zerschlagen fühlte. Sie betrachtete den Armreif an ihrem Handgelenk, der im Mondlicht glänzte.

Dann rieb sie vorsichtig über Arens Schulter, um ihn zu wecken. »Ich muss dir etwas sagen.«

»Was denn?«, murmelte er schlaftrunken.

»Bei unserer Begegnung. Am See. Mit Kesag …«

»Hm?«

»Ich hatte gar nicht auf seine Hand gezielt.«

Sie spürte sein Schmunzeln mehr, als dass sie es sah. »Ich weiß«, sagte er.

»Woher?«

»Weil keine einzige deiner Kartoffeln getroffen hat.«

Sie lächelte in sich hinein.

Aren aber richtete sich jetzt auf die Ellbogen auf. »Warum erzählst du mir das jetzt?«

Sie zuckte mit den Achseln. »Ich hatte plötzlich das Gefühl, dass du alles über mich wissen solltest.«

Er hob die Hand und strich ihr zart über die Wange. »Ich weiß, dass ich dich liebe. Mehr muss ich nicht wissen.«

Und dann zeigte er ihr erneut, wie sehr er sie liebte.

***

Der Moment, in dem es ihr gelang, war wie Musik: der perfekte Spagat auf dem Seil, hoch über der in bunte Lichter getauchten Menge. Allein mit sich und dieser alles durchdringenden Euphorie, dieser perfekt abgepasste Augenblick, dessen durchkoordinierte Bewegung ihr in Fleisch und Blut übergegangen war. Sie genoss das kribbelnde Gefühl der Schwere, durchzogen von der vagen Angst, abzugleiten, dem Boden, dem Netz entgegenzurasen. Sie atmete tief durch, hob langsam die Balancierstange nach vorn und kam vorsichtig wieder auf die Füße. Einen grausamen Herzschlag lang schwankte sie zu stark, sie würde gleich abstürzen, ihren großen Moment zerstören. Das Adrenalin schoss durch ihren Körper.

Doch dann hatte sie sich wieder gefangen, ihre Bewegung ausbalanciert, und schritt langsam weiter aus, den Blick fest auf die gegenüberliegende Trapezstange gerichtet.

Als sie sich auf die kleine Plattform schwang und der Applaus die Manege durchbrauste, ihr ganzes Sein ausfüllte, war sie von einem Feuerwerk puren Glücks erfüllt. Sie war lebendig, sie war frei, sie war unbesiegbar! Zum ersten Mal fühlte sie sich als Teil von etwas Großem. Sie wusste, dass dies das Leben war, von dem sie immer geträumt hatte. Sie würde härter trainieren als alle anderen, besser werden als alle anderen, mehr leisten als alle anderen. Sie suchte Arens Gestalt unten in der Manege. Sie wusste, dass er da war. Sie fühlte es und sie lachte laut auf vor fassungsloser Freude über ihr Glück.

Dann kletterte sie hinunter, verbeugte sich kurz vor dem Publikum und lief mit beiden Händen winkend unter dem Beifall der Zuschauer aus der Manege. Als hinter ihr der Vorhang fiel und ihre Augen sich an das Halbdunkel im Vorraum gewöhnt hatten, blickte sie in Arens wundervolles Gesicht. Er lächelte sie an, voller Stolz, voller Liebe. Sie sah das Feuer in seinen warmen braunen Augen, spürte eine sonderbar kribbelige Aufregung in ihrem Magen. Sie hatte es geschafft! Dies war der wahre Neuanfang. Sie würde alles geben. Für dieses Leben und für Aren.

***

Als sie an diesem Abend eng aneinandergeschmiegt im Schlafwagen lagen, nachdem sie sich geliebt hatten, zärtlich und lang, da setzte sie sich plötzlich auf.

»Aren? Bist du noch wach?«

Er nickte schläfrig, seine Hand ruhte auf ihrem Becken, glitt jetzt nach oben und wollte sie wieder an seine Brust ziehen.

»Ich möchte dir etwas geben«, sagte sie. Er öffnete die Augen und stemmte sich auf die Ellbogen.

Sie zog den Armreif ihres Großvaters von ihrem Handgelenk und reichte ihn ihm. »Für die Liebe meines Lebens«, sagte sie leise.

Überrascht sah er auf. Er wusste, was ihr der Reif bedeutete.

»Du bist die Liebe meines Lebens«, sagte er dann. »*Du.* Für immer.« Er streifte sich den breiten, flachen Reif über die Hand.

»Nichts wird uns jemals trennen«, flüsterte sie.

Von dieser Sicherheit wurde sie in den Schlaf gewiegt.

Kapitel 14

Frühjahr 2016

»Es gibt keine Sicherheit im Leben«, murmle ich. »Alles ist ein Risiko.«

Mit klopfendem Herzen starre ich das große Tor an.

Es ist noch früh, die kühle Morgenluft leicht silbrig, der Duft der Granatapfelblüten unbeschreiblich intensiv. Meine Hände zittern.

»Der Typ ist gemeingefährlich«, sagt Noel. »Das ist dir schon klar, oder?«

»Ist er nicht«, widerspreche ich. »Er hat beim letzten Mal einfach nicht gewusst, wer wir sind. Ich meine, schließlich haben wir ihn quasi überfallen. Und da wussten wir ja auch noch nicht, dass er mein Vater ist. Das müssen wir ihm klarmachen. Dann wird er mit sich reden lassen!« Ich sage das mit wesentlich mehr Überzeugung, als ich wirklich empfinde.

Die restliche Nacht, nachdem Raquel in der Dunkelheit verschwunden war, habe ich wach neben Noel gelegen, die Decke angestarrt und versucht, das Gehörte zu verarbeiten. Doch das konnte ich nicht. Noch nicht. Ich wollte wenigstens noch diese eine Chance und so habe ich Noel im Morgengrauen geweckt, denn mein Flug geht heute und ich musste es einfach noch einmal versuchen. Schlaftrunken hat er sich meine Bitte angehört und ist kurz darauf tatsächlich mit mir losgefahren.

Jetzt richtet er seinen Blick zweifelnd wieder nach vorn und fährt an. Langsam schaukelt der Wagen zwischen den blühenden Bäumen auf das Tor zu.

Kurz hinter dem Tor halten wir erneut an. Der Hof liegt genauso still da wie bei unserem letzten Besuch, doch dieses Mal sind wir noch angespannter.

»Auf keinen Fall steigst du aus dem Wagen, hörst du?«, sagt Noel.

Ich nicke stumm, mein Herz schlägt so heftig, dass ich es durch meinen ganzen Körper dröhnen fühle.

Noel atmet tief durch, kurbelt dann das Fenster hinunter und ruft einen Gruß über den Hof. Vögel fliegen auf. Das Geräusch ihrer Flügel hallt zwischen den Gebäuden wider und lässt uns zusammenzucken.

Wir warten angespannt, doch nichts rührt sich.

Erneut ruft Noel, redet dann einfach drauf los, und ein leicht hysterisches Kichern will sich aus der ängstlichen Umklammerung meiner Brust nach oben kämpfen. Für einen Außenstehenden muss es selten dämlich aussehen, wie wir hier auf einem menschenleeren Hof im Wagen sitzen und Noel den Steinen und den Mäusen eine Ansprache hält.

Dann ertönt plötzlich das Quietschen eingerosteter Scharniere. Ich greife nach Noels Hand, umklammere sie und rutsche in plötzlicher Panik in meinem Sitz nach unten. Nicht die Haustür öffnet sich, sondern das Holztor in der Mauer.

»Es tut mir so leid! Das war eine saublöde Idee«, keuche ich noch, dann steht Vartan im Hof.

Und dieses Mal Gott sei Dank mit einer großen Obstkiste anstelle eines Gewehrs.

Vor Erleichterung wird mir ganz schwindlig.

Hastig redet Noel auf ihn ein.

Vartan rührt sich nicht. Sein Gesicht ist zur Hälfte unter einem breitkrempigen Hut verborgen und sein schmutziggraues Baumwollhemd zeigt an der Brust und unter den Armen große Schweißflecken.

Dann rührt er sich plötzlich und ich wage kaum zu atmen, beobachte angespannt, wie er mit schlurfenden Schritten, den Kopf leicht geneigt, näher kommt.

Eine Armlänge von der Motorhaube entfernt bleibt er stehen und mustert uns misstrauisch aus zusammengekniffenen Augen. Er setzt die Kiste ab und es klirrt. Durch die Lücken zwischen den Latten erkenne ich Flaschenhälse.

Noel redet immer noch, deutet immer wieder auf mich, und ich lächle krampfhaft, winke vorsichtig und bin am Verzweifeln, weil ich kein Wort verstehe.

Dann verstummt Noel und streicht sich kraftlos über das Gesicht. »Ich weiß nicht, was ich noch sagen soll. Er reagiert überhaupt nicht.«

Vartans Mund verzieht sich abfällig, sodass gelbe Zähne sichtbar werden.

»Ich sollte vielleicht …«

»Du steigst auf keinen Fall aus!«, widerspricht Noel und hält meinen Arm fest.

»Ich will nur das Fenster runterkurbeln«, sage ich und tue genau das. Eine säuerliche Wolke aus Alkohol und Schweiß umgibt ihn und nimmt mir den Atem. »Hallo«, sage ich und hoffe, dass Vartan meinen Gruß zumindest am Tonfall erkennt. »Mein Name ist Sophie.« Meine Stimme klingt dünn und zittrig, langsam strecke ich zur Begrüßung die Hand aus.

Noel fängt wieder mit einer Erklärung an, von der ich davon ausgehe, dass sie mehrfach das Wort ›Tochter‹ beinhaltet, denn immer bei diesem Wort deutet er auf mich.

Vartan hebt die freie Hand, doch er reicht sie mir nicht, sondern fährt sich damit durch sein schlecht rasiertes Gesicht.

Dann spuckt er aus und knurrt etwas.

»Wir sollen verschwinden«, übersetzt Noel ungefragt. »Hab ich ja gesagt.«

»Aber …«, hebe ich an, doch weiter komme ich nicht, denn Vartan zischt erneut etwas und deutet dann mit seinem nikotinfleckigen Finger auf mich.

»Es ist ihm egal, wer du bist«, sagt Noel und ich habe den Verdacht, dass er Vartans Aussage deutlich geschönt hat.

Erneut stößt dieser etwas aus, lauter und immer lauter wird er und dann prasseln Worte auf uns nieder, spritzen Speicheltropfen aus seinem Mund.

Noel wird blass.

»Was hat er gesagt?«, frage ich stur. »Wörtlich.«

Noel schüttelt mit unglücklicher Miene das Gesicht. »Es hat

keinen Sinn, lass uns fahren.«

»Hören Sie«, versuche ich jetzt, Vartan zu unterbrechen. »Ich will nichts von Ihnen, nur mit Ihnen reden, ich … Noel, sag doch was.«

Erneut hebt Noel zu sprechen an.

Vartan hält für einen Augenblick inne, sein Gesicht verzieht sich zu einem höhnischen Grinsen, dann flackert sein Blick plötzlich und im nächsten Moment tritt er mit voller Wucht gegen den Kühlergrill des Wagens.

Ich schreie erschrocken auf, Noel flucht und legt den Rückwärtsgang ein.

Wir wenden. Vartan bricht in hässliches Lachen aus und schreit uns unablässig hinterher.

»Was? Was sagt er?«, rufe ich hektisch. »Warum tut er das? Hast du ihm nicht klargemacht, wer ich bin?«

»Doch, verdammt noch mal«, schreit Noel wütend und heftig atmend und drückt das Gaspedal durch. »Aber es ist ihm egal! Wieso willst du das denn nicht verstehen? Ihm ist es scheißegal, dass du seine Tochter sein könntest. Er sagt, dass er sich nicht um jede Hure kümmern kann, der er ein Kind gemacht hat, und schon gar nicht um jeden Bastard, den er in die Welt gesetzt hat, und dass du zur Hölle fahren sollst! Jetzt endlich alles klar?«

Tränen schießen mir in die Augen. »Entschuldige mal, wenn das für mich nicht so leicht ist wie für dich! Ich habe ja nur erfahren, dass mein biologischer Vater ein furchtbarer Mensch ist, und meine leibliche Mutter mit einer Lüge das Glück zweier weiterer Menschen zerstört hat. Und die Tatsache, dass sie das sozusagen für mich getan hat, weil sie, wie sie Raquel gebeichtet hat, gehofft hatte, in Aren einen Vater für mich zu finden, macht es nicht unbedingt besser.«

Noel schnauft, immer noch sichtlich aufgebracht, doch nach und nach beruhigt er sich, hält schließlich an. Mit der Hand fährt er sich übers Gesicht und greift dann nach der meinen. »Es tut mir leid. Ich wollte dich nicht anschnauzen. Ich bin nicht auf dich sauer, sondern auf diesen Mistkerl.«

»Schon okay«, murmle ich. »Du hast ja recht. Und hast auch zuvor recht gehabt. Es war dumm, es noch einmal zu versuchen.«

»Hast du wirklich erwartet, er würde überglücklich sein?«, fragt Noel und wischt mir eine Träne von der Wange.

Ich schüttle den Kopf, kann nicht einmal selbst verstehen, warum ich weine. Ob vor Enttäuschung, vor Schreck oder als Reaktion auf die plötzlich nicht mehr vorhandene Anspannung.

Ich schmiege meine Wange in seine Hand und schluchze hinein.

Noel nimmt mich in den Arm.

Irgendwann verklingt mein Schluchzen, ich öffne die Augen und atme tief durch.

»Alles okay?«

Ich nicke. »Ich habe von der Realität einen Schlag ins Gesicht bekommen, und fühle mich immer noch benommen. Aber so langsam geht es wieder.«

Er nickt und fährt wieder an, schließlich geht mein Flug bald.

»Willst du eine Vaterschaftsklage anstreben?«

Ich schüttle den Kopf. »Ich will von diesem Mistkerl nie wieder etwas hören. Mit diesem Menschen will ich nicht einmal das Papier für eine Unterschrift teilen. Ich muss damit abschließen. Ich weiß nur nicht, wie, und …« Ich halte inne. Mein Blick ist auf meine Tasche gefallen.

»Was ist?«, fragt Noel, als ich nicht weiterspreche, doch ich kann nichts antworten, ein Gedanke hat sich in meinem Kopf festgesetzt und sämtliche Kanäle blockiert.

Wie ferngesteuert lege ich die Tasche als Unterlage auf meine Knie, hole Papier und einen Stift heraus und fange an, alles niederzuschreiben, was ich über die Geschichte von Liana, Aren und Anais weiß. Kritzelnd und kaum leserlich dank des unebenen Weges, doch ich schreibe weiter, es fließt nur so aus mir heraus. Blatt um Blatt fülle ich, schrecke lediglich kurz auf, als Noel anhält, um uns etwas zu essen zu kaufen, und ein andermal, als er tanken muss.

Als er schließlich auf den Parkplatz zum Flughafen einbiegt, ist es schon Mittag.

Jetzt erst lasse ich den Stift sinken, lehne mich müde zurück und blicke zu Noel.

Er sitzt seltsam angespannt neben mir, umklammert das Lenkrad, als würden wir immer noch fahren, und starrt in die Ferne.

Ich folge seinem Blick, kann jedoch nichts Außergewöhnliches ausmachen. »Alles okay?«, frage ich.

Er reagiert nicht. Ich glaube, er hat mich nicht einmal gehört. Jetzt erst bemerke ich, dass sein ganzer Körper angespannt ist, selbst seine Kiefermuskeln, als würde er die Zähne fest aufeinanderpressen. Der Weg muss anstrengend gewesen sein. Ich war so vertieft in das Schreiben, dass ich davon kaum etwas mitbekommen habe.

»Noel?«

»Hm?« Er fährt erschrocken herum und fixiert mich, einen seltsamen Ausdruck in den Augen.

»Ich habe eine Bitte an dich«, sage ich leise.

»Okay, ich tu's«, kommt sofort die Antwort.

»Du weißt doch noch gar nicht, worum es geht.«

»Ist egal«, erwidert er und fährt sich durch die Haare. Er wirkt nervös und ist damit ein Spiegelbild meiner selbst.

»Ich muss wissen, wie es mit Liana und Aren weitergegangen ist«, sage ich. »Ich muss wissen, ob sie wieder zusammengefunden haben. Es darf nicht sein, dass eine einzige Lüge, eine einzige falsche Entscheidung, ein einziger Fehler eine solche Liebe zerstört.«

Er nickt, doch mir kommt es vor, als sei er kaum merklich erneut zusammengezuckt.

»Am liebsten«, sage ich, »würde ich meinen Flug verschieben oder einfach sausenlassen.« Und tatsächlich verkrampft allein beim Gedanken an die bevorstehende Trennung mein Magen vor Sehnsucht. »Aber … du hast dir schon so viel Zeit für mich genommen und dich die ganze Zeit über nicht ein einziges Mal um deine eigenen Angelegenheiten gekümmert. Deine Geschäftstermine warten alle.«

Er nickt, sagt aber immer noch nichts und so langsam werde ich unruhig.

»Aber ich möchte zurückkommen«, fahre ich fort. »Und Aren ausfindig machen, mit ihm sprechen. Dazu brauche ich deine Hilfe. Ich werde keine Ruhe finden, bis ich nicht weiß, wie es geendet hat.«

Ich greife nach seiner Hand. Er starrt einen Augenblick darauf, als wüsste er nicht, wozu das gut sein solle, doch dann hebt er sie an seine Lippen und haucht einen Kuss hinein, einen seltsam flüchtigen, doch für den Moment reicht es mir. Erleichtert spüre ich seinen warmen, weichen, wundervollen Lippen nach und erneut will mir das Herz vor Sehnsucht schier zerplatzen.

»Wir werden es herausfinden.«

»Danke.« Ich lächle ihn müde an und streiche über seine Wange.

Auch er lächelt, doch sehr kurz, nur ein Aufblitzen.

Er muss völlig erschöpft sein, nach dieser kurzen Nacht und diesem unerfreulichen Morgen, dazu die lange Fahrt über die Schlaglochpisten. Da ist es kein Wunder, dass er völlig verkrampft ist.

Plötzlich greift er an mir vorbei zu dem Stapel Blätter auf meinen Knien, nimmt das oberste an sich und überfliegt es. »Dein erster Roman?«

»Sieht so aus«, sage ich überrascht. »Mein erster Roman. Jedenfalls, wenn …«

»Wenn?«

»Wenn du mir hilfst, ihn zu vollenden.«

»Habe ich doch versprochen. Du kannst mir vertrauen.«

Von Regen und Bahngleisen

»Du kannst mir vertrauen!«, rief Aren, während er auf Amri unten in der Manege im Kreis ritt, doch Liana war wie versteinert. »Spring!«

»Was für ein Unfug!«, rief Tante Raquel vom Trapezpodest herüber. »Du musst Kartoffeln schälen!«

Liana ließ sich fallen, landete mit einem harten Ruck in Arens Armen. »Du hast mich aufgefangen«, flüsterte sie.

»Habe ich doch versprochen.«

Verwirrt schlug Liana die Augen auf, brauchte einen Moment, um zu realisieren, dass das nur ein Traum gewesen und es früher Morgen war. Ein herbstlicher Morgen, grau und voller Nieselregen wie schon seit Tagen. Und doch – etwas war anders als sonst, ohne dass sie hätte sagen können, was. Es war zugig und kühl wie immer in dem winzigen Schlafwagen, denn sie waren inzwischen weit im Norden, und ihr Wagen war der mit Abstand älteste und baufälligste. Dennoch hatte Aren ohne mit der Wimper zu zucken seinen Transporter dagegen eingetauscht, und Liana liebte ihn dafür, denn so alt und klein das Ding auch war – es war ihr gemeinsames Zuhause. Kesag und Anais mussten immer noch mit den Stockbettenwagen vorliebnehmen.

Sie tastete neben sich: Das Laken war leer und kühl. Doch das war nicht das Problem. Aren trainierte oft frühmorgens, wenn sonst niemand wach war, vor allem, wenn er neue Dinge ausprobierte. Er hasste es, wenn ihn jemand dabei beobachtete. Sie lauschte nach draußen. Es war ruhig. Der Sommer ging zu Ende.

Sie rollte sich von einer Seite auf die andere, konnte aber keinen Schlaf mehr finden. Schließlich stand sie seufzend auf, kleidete sich an und ging vor die Tür, um über dem Gasbrenner Kaffee aufzusetzen.

Die Erde auf dem Zeltplatz war aufgeweicht und sie hatte Mühe, eine Stelle zu finden, auf der der Gasbrenner nicht einsackte und zur Seite fiel. Endlich hatte sie es geschafft, aber als der Kaffee zu kochen begann, empfand sie seinen Geruch plötzlich als so unangenehm, dass sie das Gas wieder abdrehte. Vielleicht sollte sie Natasha im Küchenwagen helfen. Doch auch der Gedanke an Wurstbrote bereitete ihr plötzlich ein unwohles Gefühl im Magen. Hoffentlich wurde sie nicht krank.

Sie atmete tief durch, versuchte, ihre plötzliche Beklemmung abzuschütteln, und beschloss, erst einmal die Pferde zu versorgen.

Die kamen sofort zum Zaun getrabt, als sie ihrer ansichtig wurden, und wie immer versetzte es Liana einen kleinen Stich ins Herz, als sie an ihre Amri dachte. Doch dann schüttelte sie den Kopf. Sie war mit Aren zusammen und das allein zählte.

»Hey, ihr Süßen«, flüsterte sie, strich den Tieren sacht über die Nüstern und lächelte, als ihre weichen, warmen Schnauzen sich gegen ihre Handfläche pressten.

Der Nieselregen setzte wieder ein und betupfte die flaumigen Schnauzen der Pferde mit hauchzarten Perlen. Als die Tiere merkten, dass Lianas Hände leer waren, suchten ihre Schnauzen Lianas Jackentaschen nach Leckereien ab.

»Ich muss erst etwas holen«, sagte sie lachend, drehte sich um und schrak zusammen.

Kesag lehnte kaum zwei Meter entfernt am Proviantwagen und starrte sie an.

Nachdem sie lange Zeit das Gefühl gehabt hatte, sie wäre ihm gleichgültig geworden, war er seit einigen Tagen immer in ihrer Nähe und beobachtete sie. Aren lachte, wenn sie ihm davon erzählte, sagte, sie würde sich in etwas hineinsteigern, und dass er seine Hand für Kesag ins Feuer legen würde. Doch so weit wollte Liana es gar nicht kommen lassen.

»Ich komme später wieder«, flüsterte sie den Pferden zu, grüßte Kesag mit einem kurzen Nicken und wollte davoneilen.

»Warte mal«, tönte es da hinter ihr.

Zögerlich blieb sie stehen und sah über die Schulter zurück. »Was?«, fragte sie knapp.

»Wieso so unfreundlich?«

Sie gab keine Antwort und setzte ihren Weg fort.

»Ich hätte nicht gedacht, dass du das schaffst. Respekt.«

Sie blieb stehen, sah stirnrunzelnd über die Schulter zurück.

Kesag fuhr sich mit der Hand über den Nacken, wirkte mit einem Mal verlegen. »Das wollte ich dir einfach mal sagen. Und … dass ich dich dafür bewundere.«

Vor Erstaunen wusste Liana nicht, was sie erwidern sollte, und für einen Moment war ihr fast der griesgrämige Kesag lieber. Mit dem wusste sie wenigstens umzugehen.

»Jedenfalls … na ja …« Er räusperte sich. »Falls … du Hilfe brauchst. Ich denke, dass wir zwei –«

»Da denkst du falsch«, unterbrach sie ihn und setzte ihren Weg fort.

»Und wenn du Hilfe brauchst?«

»Wende ich mich an Aren.«

»Dann wirst du bald ein Problem haben.«

Erneut blieb sie stehen, drehte sich um. »Was meinst du?«

»Ist dir nicht aufgefallen, dass Anais neuerdings weite Kleider trägt?«

»Ich weiß nicht, was du meinst. Das ist doch ihre Sache.«

»Du solltest dir lieber einen neuen Beschützer suchen.« Sein Tonfall war sonderbar. Weniger bedrohlich als vielmehr … bittend.

Sie trat einen Schritt zurück, ärgerte sich dann, Schwäche gezeigt zu haben, und gab verächtlich zurück: »Dich, oder was?«

Er hakte seine Daumen in den Gürtel und wippte auf den Fersen vor und zurück. »Warum nicht?«

»Ich glaube nicht, dass Aren über dein Angebot erfreut sein wird«, sagte sie im drohendsten Tonfall, den sie zustande brachte.

Er lachte auf eine Weise, dass sich ihr die Nackenhaare aufrichteten. Dann hörte er abrupt auf zu lachen. »Aren hat gerade ganz andere Probleme.«

»Wovon redest du?«

»Wie gesagt: Du solltest dich nach einem neuen Beschützer umsehen.«

Sie musterte ihn verwirrt. Vermutlich wollte er sie nur provozieren.

Wortlos drehte sie sich um und ging.

Schon nach wenigen Metern wurde der Nieselregen kräftiger.

Auch das noch.

Sie lief schneller durch den Schlamm und flüchtete sich in das Zelt.

»Aren?«, rief sie ins Halbdunkel hinein.

»Vorhin«, kam die Antwort in dem gebrochenen Russisch zurück, in dem sich die meisten hier untereinander verständigten, und der kleine dicke Alexej sah hinter einer Kiste auf und winkte ihr grüßend zu. »Jetzt Anais«, fügte er hinzu.

Liana runzelte die Stirn, ihr Magen krampfte sich für einen Moment zusammen. »Meinst du, ›Anais kam her‹,oder meinst du, ›er ging zu Anais‹?«, fragte sie auf Armenisch.

»Ja«, antwortete Alexej fröhlich und sie holte Luft, um erneut nachzuhaken, verzichtete dann aber darauf. Es würde nur Zeit kosten und sie vermutlich nicht weiterbringen. Sie dankte ihm mit einem Nicken und lief wieder hinaus in den Regen.

Kesags Worte kamen ihr in den Sinn, doch sie schob sie beiseite.

Er war nur ein Unruhestifter.

Dennoch ging sie schneller. Niemand war zu sehen, nichts war zu hören außer dem schmatzenden Geräusch ihrer Schritte im Matsch und dem immer stärker werdenden Prasseln des Regens. Offenbar wollten alle den Regenschauer in den Wagen aussitzen.

Auch sie lief zu ihrem Wagen zurück, flüchtete sich hinein und schlug die Tür hinter sich zu. Sie wischte sich den Regen aus dem Gesicht, griff nach einem Handtuch und begann damit, ihr langes Haar trockenzurubbeln, hielt jedoch immer wieder inne und sah aus dem kleinen Fenster hinaus. Aren würde seine Gründe haben, warum er noch nicht zurück war. Der Regen hatte ihn sicher aufgehalten. Dann war er eben bei Anais. Und? Er war schon oft bei ihr gewesen. Was machte das schon?

Sie ließ das Handtuch sinken und leckte sich nervös über die Lippen.

Ihre Unruhe war nur Kesags Schuld. Sie vertraute Aren. Sie würde ihm nicht hinterherspionieren.

Und dennoch – was hatte Kesags merkwürdige Aussage zu bedeuten? Und warum schlich er seit Tagen um sie herum?

Sie hielt es nicht mehr aus, warf das Handtuch über den Haken und lief wieder hinaus in den Regen. Eine unfassbare Unruhe trieb sie an. Plötzlich wollte sie nicht einmal mehr eine halbe Minute Zeit verlieren.

Um sie her spritzte der Schlamm und die Regentropfen liefen ihr in die Augen, doch sie rannte weiter.

Völlig außer Atem und zitternd vor Anspannung erreichte sie Anais' Wagen, riss die Tür auf. Und erstarrte.

Sie wusste nicht, was sie sich vorgestellt hatte: Anais und Aren im Bett? Nein, das *konnte* sie sich überhaupt nicht vorstellen. Doch das Bild, das sich ihr bot, war auf grausame Art ungleich schlimmer:

Anais lächelte triumphierend und hatte Arens Hände auf ihren Bauch gelegt. Ihren seltsam rundlichen Bauch.

Und Aren blickte mit schockiertem Staunen darauf.

Nur den Bruchteil einer Sekunde währte dieses Bild, doch es brannte sich Liana für alle Ewigkeit ein.

Im nächsten Augenblick schon fuhr Aren auf und starrte sie mit solch einem Entsetzen an, mit solch einer offenkundigen Schuld in seinem Gesicht, dass es sich wie ein Schlag in den Magen anfühlte, noch bevor ihr Herz wirklich begriff, was ihr Kopf schon im ersten Moment verstanden hatte.

»Es tut mir so leid«, flüsterte Aren.

Wortlos wich sie zurück, fuhr herum, rannte los, hörte seine Schritte hinter sich, dann hatte er sie erreicht, griff nach ihrem Arm und zwang sie, stehen zu bleiben. »Liana! Bitte!«

Sie riss sich los, rannte weiter, stolperte, fing sich in letzter Minute und rannte weiter.

Wieder war Aren bei ihr. »Wo willst du hin? Das ist verrückt. Bleib stehen! Bitte!«

Sie hielt inne und wandte sich ihm zu. Ihre Augen tränten, ihre Lunge stach, ihr Herz krampfte sich zusammen und irgendwo am Rande ihres Bewusstseins kroch plötzlich die Dunkelheit wieder hervor, die sie glaubte, vollkommen besiegt zu haben. »Wann?« War alles, was sie über die Lippen brachte.

»Als … du warst … du warst so vollkommen … Ich war so verzweifelt. Ich wusste nicht, was werden sollte. Ich trank zu viel. Ich kann mich an nichts mehr erinnern, nur, dass ich mit ihr sprach, danach ist da nur noch Schwärze, aber … ich war betrunken. Das ist die einzige Entschuldigung, auch wenn es dafür keine Entschuldigung gibt.«

»Wann?«, stieß sie erneut aus. In ihrem Kopf drehte sich alles.

»Es … war … der Abend, bevor Kesag endlich die Pässe organisieren konnte. Das ist der einzige Abend, an dem ich getrunken hatte. Kesag war ohne Pässe gekommen. Ich war verzweifelt. Es tut mir so leid. Es tut mir so unendlich leid.«

Ihre Kehle zog sich in erstickten Schluchzern zusammen. »Was … wirst du … tun?«, brachte sie mühsam hervor.

Er griff sich in die Haare, zerrte verzweifelt daran, rang mit sich, suchte nach Worten, flüsterte schließlich: »Das, was ich tun muss. Es ist mein Kind. Aber … aber das wird nichts zwischen uns ändern. Ich liebe dich. Du bist der Mittelpunkt meiner Welt.«

Die gleichen Worte wie damals, doch jetzt klangen sie hohl. In ihrem Kopf wirbelten die Bilder wie Blätter im Sturm durcheinander. Stepans Warnung, nicht für Ärger zu sorgen, Kesags Grinsen, Anais' triumphierender Blick, das Staunen in Arens Gesicht, als er ihren Bauch berührte.

Sie fühlte sich wie betäubt, die Welt um sie her war nur noch ein dunkler Schatten, ein Albtraum.

Ohne Widerstand ließ sie sich von Aren an die Hand nehmen und zu ihrem Wagen zurückbringen. Es war, als stünde sie irgendwo außerhalb ihres Körpers.

»Warte hier«, sagte er zu der Liana auf dem Stuhl. »Bitte! Ich bin gleich wieder da. Ich regle das mit Anais. Ich regle es. Wir finden eine Lösung. Alles wird wieder gut! Vertrau mir! Ich bin gleich wieder bei dir.«

Sie rührte sich nicht. Er ging vor ihr in die Hocke, nahm ihre kalten Hände in seine und küsste sie. »Ich liebe dich mehr als mein Leben! Liana, das weißt du doch?«

Flehentlich blickte er sie an und sie nickte mechanisch.

»Alles wird gut!«, wiederholte er. »Ich kläre es. Alles wird gut!«

Erneut sah sie sich abgehackt nicken.

Er drückte ihr einen Kuss auf die Stirn und einen auf den Mund und auf die Hände, dann rannte er wieder in den strömenden Regen hinaus und seine Gestalt verschwamm hinter den grauen Schlieren.

Und die Liana außerhalb ihres Körpers sah, wie diese andere Liana ihm nachblickte, bis er nicht mehr zu erkennen war. Sie starrte ihm nach, ohne zu blinzeln, ohne sich zu regen. Wie eine leblose Puppe.

Und dann stand sie auf, diese Puppe, mit steifen Bewegungen, griff nach einer Tasche, nach ihrem Pass, nahm sich etwas Geld und ging aus dem Wagen und aus dem Lager und immer weiter durch den strömenden Regen, den die stärker werdenden Windböen ihr ins Gesicht peitschten.

Sie musste ihren Fehler rückgängig machen. Sie musste umkehren. Sie musste zurück nach Hause.

Alles um sie her schien hinter einem Schleier zu liegen, als hätte sie die Dunkelheit nie besiegt, nur zurückgedrängt, und nun brach sie mit aller Gewalt über sie herein. Für ihn hatte sie alles aufgegeben, für ihn wäre sie jeden Tod gestorben.

Doch er nicht für sie.

Alles war eine Lüge.

Alles.

Bremsen kreischten, Autos hupten, doch das war etwas, das an ihr vorüberzog wie der Regen, nichts, das sie dauerhaft berührte, nichts, das bis zu ihrem Innersten durchdrang.

Ihr Herz war ein Scheiterhaufen, in dem sie langsam verbrannte.

Als sie am Bahngleis stand und auf die Schienen blickte, wurde ihr klar, dass sie sich ebenfalls in eine Lüge geflüchtet hatte, dass sie nicht mehr zurück nach Hause konnte, dass es für sie weder eine Vergangenheit noch eine Zukunft gab. Und plötzlich schien nichts mehr eine Rolle zu spielen. Der Zug nahte dröhnend, die Gleise vibrierten und Liana machte einen letzten Schritt nach vorn.

Kapitel 15

Frühjahr 2016

Ich mache einen letzten Schritt nach vorn, dann bleibe ich stehen, kann mich nicht überwinden, weiterzugehen, doch lange werde ich es nicht mehr hinauszögern können. Vor uns wird die Schlange an der Personen- und Handgepäckkontrolle immer kürzer. Der Gedanke an unsere unmittelbar bevorstehende Trennung lässt meinen Magen verkrampfen. Vielleicht sollte ich meinen Flug doch canceln. Oder ihn einfach sausen lassen? Noels Flug geht erst Ende der Woche. Eine weitere Woche mit ihm … Die Vorstellung lässt mir einen wohligen Schauer den Rücken hinunterlaufen.

Doch ich reiße mich zusammen. Ich kann nicht bleiben. Ich will ihm nicht zur Last fallen, schließlich hat er Geschäftliches zu erledigen und bislang seine ganze Zeit für mich geopfert. Und ich muss auch zurück ins Café. Leider.

Noel ist immer noch so sonderbar still.

»Ich will nicht gehen«, murmle ich und greife nach seiner Hand.

Er zuckt zusammen. »Hm? Was hast du gesagt?«

»Dass ich nicht gehen will«, wiederhole ich, beleidigt wegen seiner Geistesabwesenheit. Doch dann beschließe ich, dass ich nicht die letzten Minuten mit ihm von so etwas überschatten lassen will und schmiege mich an seine warme Brust, atme seinen Duft nach Patschuli und Sandelholz ein und warte auf eine Erwiderung, doch es kommt keine.

Stattdessen legt er seltsam ungelenk seinen Arm um mich und rupft mit der anderen Hand an seinem Hemdkragen, als sei er zu eng. Dabei hat er die obersten beiden Knöpfe bereits geöffnet.

Nur noch drei Leute stehen vor dem Gepäckband und ich wünschte, ich könnte die Zeit anhalten.

»Sophie?«, hebt Noel plötzlich an und ich sehe auf.

Er fährt sich nervös mit der Zunge über die Lippen. »Es gibt da etwas, das ich …«

Eine Flughafendurchsage unterbricht ihn. Ungeduldig warte ich, bis sie auch auf Englisch wiederholt wurde und wieder Ruhe herrscht. »Was wolltest du sagen?«

»Ich … ähm …« Er schluckt. »Ich wollte nur wissen, ob du wirklich nicht noch einmal mit diesem Vartan reden willst, keinen Vaterschaftstest beantragen willst?«

»Absolut sicher! Nicht jetzt. Vielleicht auch nie.« Ich schüttle mich. »Wie gesagt: Entweder kommt heraus, dass er mein Vater ist, was grauenvoll wäre. Oder es kommt das Gegenteil heraus, und dann kann ich wieder bei Null anfangen. Aber eigentlich kann ich davon ausgehen, dass er es ist. Denn warum hätte diese Anais sonst den Weg auf sich nehmen und an den Ort zurückkehren sollen, von dem sie vertrieben wurde, wenn sie sich nicht absolut sicher gewesen wäre? Nein. Ich hätte es nie gedacht, als ich aufgebrochen bin, aber … alles, was ich im Moment will, ist, nach Hause zu kommen.«

Eine weitere Durchsage tönt durch die Flughafenhalle.

Ich höre meine Flugnummer heraus, sehe nervös auf die wenigen verbliebenen Rückenansichten vor mir und schmiege mich erneut an Noel. »Willst du wissen, ob ich es bereue, mich auf die Suche gemacht zu haben, jetzt, wo dieses Ergebnis im Raum steht?«, frage ich und hebe den Kopf von seiner Brust, um in seine wundervollen strahlendblauen Augen blicken zu können.

Die im Moment irgendwie weniger strahlen als sonst. Muss am Licht hier drin liegen.

»Bereust du es?«, wiederholt er meine Frage.

Ich schüttle den Kopf. »Es war notwendig und ich bin froh, dass ich es getan habe, und sei es, um besser wertzuschätzen, was ich habe. Meine Familie. Meine Mutter und …«

»Und?«

Ich schlucke. »Dich. Wenn du willst.« Ich verstumme und schiebe dann hastig hinterher: »Also, ich meine damit nicht, dass ich dich heiraten will oder so.« Eilig lasse ich ihn los.

Endlich huscht ein verhaltenes Schmunzeln über sein Gesicht. »Ralf wolltest du heiraten, aber ich komme nicht infrage?«

»Also nicht auf der Stelle zumindest.« Verlegen boxe ich ihn leicht mit dem Ellbogen in die Seite.

»Wie beruhigend.«

Ich weiß, dass er nur Spaß macht, und lache, doch insgeheim bin ich ein wenig enttäuscht, hatte ich mir doch eigentlich etwas anderes erhofft. Natürlich nicht, dass er mich auf der Stelle heiraten will, aber doch zumindest, dass … dass er mich liebt? Ich dachte doch, dass ich ihm meine Gefühle ziemlich deutlich gemacht hätte.

Ich räuspere mich: »Ich meinte damit nur, dass … du … mehr für mich bist als nur, äh, ein paar wundervolle Tage, also … wirklich wundervolle Tage, meine ich, und, äh, hey, ich meine, immerhin habe ich für dich meine Hochzeit platzen lassen.« Ich lache verlegen. »Ich denke, dass …« Ich halte inne und sehe hastig zur Schlange hinüber, die keine mehr ist. Jetzt oder nie. »Ich denke, dass ich eindeutig mehr als nur verliebt in dich bin.« Jetzt ist es raus. Ich schlucke und ergänze kleinlaut. »Verrückt, nicht wahr?«

Wieso sagt er nichts? Herrgottnochmal! Ich mache mich hier zum Affen, breite mein Herz vor ihm aus, blamiere mich bis auf die Knochen und er steht da wie ein Briefkasten?

Endlich regt er sich. »Sophie, was ich vorhin eigentlich sagen wollte …«

Wusst ich's doch! Mein Herz schlägt schneller.

Und mein Handy klingelt.

Ich versuche, es zu ignorieren.

Hinter mir ruft eine Frauenstimme ungeduldig etwas. Als ich mich umdrehe, winkt die Flughafenmitarbeiterin lebhaft in meine Richtung. Ich bin die letzte Passagierin für diesen Flug.

Noel räuspert sich. »Es gibt da etwas, das du wissen musst.«

Mein Handy klingelt weiter.

Nicht jetzt! Ich presse die Zähne aufeinander.

»Ich habe einen …«, fängt Noel wieder an, während ich aus dem Augenwinkel zum Handy hinunterschiele. Und zusammenfahre. Es ist meine Mutter!

Mir wird eiskalt und ich reiße das Telefon an mein Ohr. Es muss etwas Schlimmes passiert sein, wenn sie sich wieder meldet.

»Was ist?«, ruft Noel erschrocken.

»Mama? Ist alles in Ordnung?«

Noel tritt einen Schritt zurück. »Ich habe einen Fehler gemacht.«

Eiskalt schießt es durch mich hindurch. Einen Fehler? Das mit uns war ein Fehler für ihn?

»Sophie?«, tönt es verzerrt aus dem Hörer.

»Was? Wie?«, stottere ich und wende mich dann verwirrt von Noel ab. »Mama, geht es dir gut? Ist das ein Notfall?«

»Ja. Nein. Ich habe mich erinnert.«

»Wie? Woran hast du dich erinnert?« Dann schalte ich. »Etwa an den Unfall?«

Hinter mir keucht Noel auf.

»Ja«, ruft die aufgeregte Stimme meiner Mutter aus dem Hörer. »Ein dunkelgrünes Cabrio, ein Jaguar. Er hat mir die Vorfahrt genommen.«

Ein dunkelgrüner Jaguar? Ein Cabrio?

Ich drehe mich langsam um. Noels Gesicht ist kalkweiß.

Wie paralysiert starre ich ihn an, ohne mich zu rühren, während meine Mutter aufgeregt weiterredet und ihre Stimme viel zu schrill aus dem Lautsprecher des Handys dringt. »… ich habe das Lenkrad herumgerissen, ich war so erschrocken, ich weiß, das soll man nicht, aber ich konnte gar nicht nachdenken und …«

»It's boarding time!« Der ungeduldige Ruf der Frau am Absperrband reißt mich aus meiner Erstarrung.

Und ebenso Noel. »Ich habe es nicht gemerkt!«, ruft er, die Augen weit aufgerissen.

»Ich ruf gleich zurück«, sage ich tonlos und lege auf.

»Es war keine Absicht!«

Bohrender, kochend heißer Schmerz schießt durch mein Herz und ich stolpere rückwärts auf das Förderband zu.

»Sophie!«Noel rennt mir nach, greift nach meinem Arm.

»Und das soll ich dir glauben?«, sage ich tonlos, reiße mich los und werfe meine Tasche in die Kiste, die die Mitarbeiterin bereits hinhält, um sie auf das Band zu schieben.

»Warte doch! Bitte! Lass mich erklären!«

»Da gibt es nichts zu erklären«, presse ich hervor und trete zur Personenkontrolle, meine Stimmbänder wollen mir nicht gehorchen, meine Kehle ist wie zugeschnürt.

»Ich habe es nicht gemerkt!«, setzt Noel in flehendem Tonfall an, während ich abgetastet werde und der Blick der Kontrolleurin neugierig zwischen mir und Noel hin und her fliegt. »Ich schwöre es bei allem, was mir heilig ist. Ich war aufgeregt, aufgebracht, habe nicht auf den Verkehr geachtet und ihr die Vorfahrt genommen, aber … diese Baustelle, da war diese Baustelle, sie hat die Sicht versperrt und –«

»Hör auf!« Mir ist kotzübel, und unter den erschrockenen Blicken der Kontrolleurin bricht eine Tränenflut sich Bahn.

»Sophie!« Noel sieht verzweifelt aus, will mir folgen, doch ein Mitarbeiter hält ihn zurück und verlangt sein Ticket. Noels Gesicht ist wie von Schmerz verzerrt, doch das ist mir scheißegal.

»Ich habe einen Fehler gemacht! Einen schrecklichen Fehler! Aber du musst mir verzeihen, bitte!«

Endlich finde ich meine Sprache wieder. »Verzeihen? Was denn verzeihen? Dass du beinahe meine Mutter umgebracht hättest? Dass du anschließend fröhlich mit mir gevögelt hast? Dass du mich belogen hast?«

»Ich habe dich nie belogen, ich –«

»Das ist mir egal! Du bist ja total krank!«

Endlich werde ich weitergewunken, renne zum Ende des Kontrollbandes, schluchzend, zitternd, will endlich meine Tasche haben und davonlaufen, doch das Band schleicht unendlich langsam dahin.

»Ich schwöre, dass ich erst später von dem Unfall erfahren habe!« Noel versucht mir zu folgen, doch die Frau am Einlass greift nach seinem Arm, hält ihn zurück.

»Sophie! Glaub mir, es –«

»Sei still! Sei einfach still!«, schreie ich, reiße endlich meine Tasche vom Band und renne los, von Schluchzern geschüttelt.

»Als ich davon hörte«, ruft er mir verzweifelt nach, »da bin ich ins Café gekommen. Ich … ich wollte mich entschuldigen, wollte es beichten, aber …«

Ich bleibe stehen und drehe mich um, taumelnd, zittrig. »Aber? Warum hast du kein Wort gesagt?«

»Weil ich Angst hatte, dass du mir nicht glauben würdest. Wegen der Art unserer ersten Begegnung.«

»Ach?«, höhne ich, während mir die Tränen über das Gesicht laufen. »Und damit hast du auch vollkommen recht! Ich glaube dir nicht!«

»Ich wollte den richtigen Zeitpunkt abpassen«, schreit er und hinter ihm eilen Sicherheitsleute herbei. »Aber dann war er irgendwie vorbei und je länger ich gewartet habe, umso schwerer wurde es, und dann … dann konnte ich plötzlich nicht mehr, weil ich Angst hatte, dich zu verlieren.«

»Du bist total krank! Du hast mich nur benutzt! Du wolltest dein schlechtes Gewissen erleichtern. Alles! Alles war gelogen!«

»Nein!«, ruft er, während die Männer von der Flughafensicherheit auf Armenisch und Englisch auf ihn einreden, ihn zurückdrängen. »Das ist nicht wahr! Ich … ich … du bedeutest mir viel.«

»Ach ja? So viel, dass du zugelassen hast, dass mich meine Schuldgefühle fertiggemacht haben? Dass ich mir die Schuld am Unfall meiner Mutter gegeben habe?«

»Nein, ich –«

»Es ist mir egal!« Ich zittere am ganzen Körper, kann kaum sprechen, so sehr schütteln mich die Schluchzer. »Hörst du, du verdammter Lügner? Es ist mir scheißegal, was du sagst. Verschwinde aus meinem Leben und …« Meine Stimme versagt, ich weiche zurück, stolpere über einen Mülleimer und lande hart auf dem Hintern. Meine Tasche rutscht von meinem Arm und ihr Inhalt verteilt sich über den Boden.

»Scheiße!«, fluche ich heulend.

Nagellack, Lippenbalsam, Portemonnaie und Handy und … viele Blätter Papier. Lianas Geschichte. Die ich mit Noels Hilfe zu einem Ende bringen wollte.

Ich starre das Papier an, als sähe ich es zum ersten Mal, raffe es an mich, zerreiße eine Handvoll Blätter und werfe sie und den Rest in den Mülleimer.

Fremde Gesichter, hilfreiche Arme, die mir mein Zeug zusammensuchen. Ich bin nicht einmal in der Lage, mich zu bedanken, stopfe schluchzend alles, was mir gereicht wird, in meine Tasche, will die Geräusche aussperren, Noels Stimme, die Rufe der Sicherheitsleute. Das Chaos hinter mir gleicht dem Chaos in meinem Innern.

Zitternd komme ich wieder auf die Beine und renne weiter. Das Blut rauscht in meinen Ohren, mir ist schwindlig und ich bin kurz vor einer Ohnmacht.

Irgendwie schaffe ich es ins Flugzeug, von kaltem Schweiß bedeckt. Eine Stewardess fragt mich besorgt, ob alles in Ordnung sei, und ich nicke, während mir die Tränen die Wange hinunterrollen.

Endlich erreiche ich meinen Sitz. Ich rolle mich zitternd zu einem kleinen armseligen Ball aus Schmerz zusammen und weine lautlos, sehne mich nach jemandem, der mich in die Arme nimmt und tröstet. Nein, nicht nach irgendjemandem. Ein Gesicht erscheint vor meinen Augen. Das Gesicht der Person, die mich immer getröstet hat und immer trösten wird. Plötzlich weiß ich, dass es stimmt: Sie ist nicht nur auf dem Papier meine Mutter. Sie ist es in meinem Herzen. Die beste Mutter, die ich mir hätte wünschen können.

Vom Ende und seinem Anfang

Als Aren, Lianas fassungsloses Gesicht vor Augen, durch den strömenden Regen zurück zu ihrem Schlafwagen lief und die Tür offen vorfand, von Windböen hin und her gepeitscht, erschrak er zutiefst.

»Liana?« Er rannte die letzten Meter und sprang die Stufen hoch.

Der Wagen war leer.

Eine eisige Hand griff nach seinem Herzen.

Panisch sah er sich um, rannte zum Zelt, zum Küchenwagen, zu jedem einzelnen der Schlafwagen, doch niemand hatte sie gesehen.

Inzwischen waren fast alle Schausteller aufgeschreckt worden und halfen bei der Suche. Unter den schweren bleigrauen Wolken füllten ihre rufenden Stimmen das Lager, das angrenzende Wäldchen, die umliegenden Felder.

Jemand legte Aren beruhigend den Arm um die Schulter, versuchte, ihm einen Schirm über den Kopf zu halten, doch er schüttelte ihn ab, war dem Zusammenbruch nahe, erdrückt von Schuldbewusstsein und von der Angst um Liana, spürte weder die Kälte noch die Nässe.

Plötzlich kam Unruhe auf, Stimmen wurden laut, diskutierten wild in russischer Sprache und Aren, von wilder, schmerzhafter Hoffnung getrieben, lief durch den aufspritzenden Schlamm zu der Gruppe hinüber. »Habt ihr sie gefunden? Habt ihr sie gesehen?«

Stepan trat neben ihn, übersetzte die Worte des hageren Mannes in ihrer Mitte. »Der Bauer hat sie gesehen, am Bahnübergang. Sie ist ihm vor den Traktor gelaufen, sagte er.«

Aren wurde übel vor Angst. »Ist etwas passiert? Ist sie verletzt?«

Stepan schüttelte den Kopf. »Sie ist die Gleise entlang. Zum Bahnhof. Sie hatte eine große Tasche dabei.«

Der Schreck schoss ihm heiß durch die Glieder. Noch bevor er wirklich begriffen hatte, was Stepans Aussage bedeutete, hatten seine Beine sich schon in Bewegung gesetzt.

»Nicht!«, rief jemand und eine zierliche Hand hielt seinen Arm fest. Er wandte sich um und sah in Anais' ängstliches Gesicht. »Bleib!«, flehte sie. »Wenn sie gehen will, lass sie gehen. Es ist ihre Entscheidung.«

Lautes Lachen ließ sie beide herumfahren.

»Ach, Anais«, sagte Kesag kopfschüttelnd. »Irgendwann findet er es ja doch heraus.«

»Was soll ich herausfinden?« Aren sah hektisch zwischen Anais und Kesag hin und her. »Wo Liana hinwill? Weißt du es etwa?« Er war kurz davor, Anais zu schütteln.

»Hör nicht auf ihn«, rief diese und versuchte, Aren fortzuziehen, der jedoch bewegte sich keinen Millimeter.

Auch Kesag rührte sich nicht, nur seine Kiefermuskeln spannten sich an, als würde er mit sich ringen. Dann sagte er: »Ich gebe zu, im ersten Moment dachte ich: Wenn ich sie nicht kriegen kann, dann auch du nicht, aber … Lieber sehe ich sie mit dir glücklich, als überhaupt nicht, und Anais hat –«

»Hör nicht auf ihn!«, schrie sie erneut. »Er ist verrückt!«

Barsch schob Kesag sie zur Seite. »Aber nicht verrückt genug, mir ein Kind anhängen zu lassen, das nicht meines ist.«

Aren erstarrte.

»Verzieh dich!«, zischte Anais. »Du hast doch überhaupt keine Ahnung!«

»Aber ich habe meine Ohren überall«, sagte Kesag mit abfälliger Miene. »Und sie waren sehr erstaunt über das, was sie da heute Morgen zu hören bekamen.«

Arens Magen verkrampfte sich. »Wovon redet er?«

»Keine Ahnung«, rief Anais und zerrte an seinem Arm. »Er ist betrunken!«

Doch Kesag schüttelte ihren Arm unwillig ab. »Anais, das reicht jetzt. Er wird früher oder später sowieso dahinterkommen, und es ist nicht nötig, dass Liana deswegen am Ende noch etwas passiert.« Er wandte sich wieder Aren zu. »Du armseliger Träumer.« Kesag schüttelte den Kopf. »Hast du wirklich nicht mitbekommen, wie Anais mit diesem Vartan angebändelt hat? Beinahe jede Nacht ist sie bei ihm gewesen.«

»Aber … in Jerewan … die Nacht, als … keine Pässe … ich war betrunken und …«

»Oh ja. Du warst so betrunken, dass du nicht einmal mehr aufrecht sitzen konntest. Geschnarcht hast du die ganze Nacht wie ein kranker Ochse.«

Langsam wandte er sich zu Anais um.

Ihr Gesicht war aschfahl, ihr Blick flackerte.

»Wieso?« war alles, was er herausbrachte.

»Es ist *dein* Kind!«, versuchte sie es erneut, flehend, doch ihr Blick mied den seinen.

Er schüttelte ihren Arm ab und rannte los.

***

Der Bahnhof lag verlassen da, nur ein paar Krähen balgten sich um ein herabgefallenes Stück Brot.

Der Ticketverkäufer erinnerte sich noch gut an die Frau. Eine atemberaubend schöne Frau mit hüftlangem rabenschwarzem Haar und smaragdgrünen Augen. Sie habe vollkommen desorientiert gewirkt, war nicht ansprechbar, wie weggetreten. Beinahe sei sie sogar auf die Gleise gestürzt.

In letzter Minute habe ein anderer Fahrgast sie zurückgerissen. Er habe ihr dann auch in den Zug geholfen.

Entsetzt starrte Aren die Gleise entlang in die wolkenverhangene Ferne.

Er musste sie finden. Das war alles, was sein Denken beherrschte, alles, was zählte.

Er musste sie finden.

Sie war sein Leben.

Kapitel 16

Sommer 2016

Langsam lässt Anna das letzte Blatt Papier sinken.

Oliver nimmt es ihr vorsichtig aus der Hand, rückt seine Brille zurecht und vertieft sich erneut.

»Jetzt weiß ich wenigstens, warum all meine Nachforschungen zu nichts geführt haben«, sagt Anna langsam und schüttelt den Kopf. »Ein anderer Name …« Sie lacht traurig auf.

Ich wage nicht, mir vorzustellen, wie es in ihr aussehen mag, sitze reglos im Ohrensessel und bereue beinahe, einfach so in ihrer beider Leben geplatzt zu sein.

Anna atmet tief durch. »Auch wenn du behauptest, du hättest viel recherchiert, mit vielen Menschen gesprochen …« Sie bricht ab, holt erneut tief Luft, runzelt dann plötzlich die Stirn, wirkt seltsam aufgebracht. »Das, was hier drin steht, sind zum Großteil Dinge, die kein Dritter wissen kann! Und mit meiner Mutter wirst du dich wohl kaum unterhalten haben. Sie ist vor Jahren verschwunden. Du willst mir doch nicht ernsthaft erzählen, dass sie irgendwo da draußen ist? Dass sie lebt? Dass sie … dass sie sich jahrelang nicht bei mir gemeldet hat?«

Mir tut der Schmerz in ihrer Stimme weh, in der zugleich dieses grausame Fünkchen Hoffnung mitschwingt. »Ich habe nicht mit ihr gesprochen«, beeile ich mich, zu antworten. »Ich weiß diese Dinge von jemandem, dem sie sich anvertraut hat.«

»Von wem?«

»Von Aren.«

Schlagartig wird Anna ganz blass.

Oliver starrt mich entgeistert über den Rand seines Blattes hinweg an, dann wendet er sich besorgt seiner Frau zu. »Schatz? Ist alles in Ordnung?«

Sie nickt langsam, sagt dann stockend: »Schon … gut. Es … geht schon.«

»Ich hole dir etwas zu trinken«, murmelt er, offenbar nicht überzeugt, und eilt aus dem Zimmer.

»Du hast mit ihm gesprochen?«, hakt sie, immer noch ungläubig, nach.

»Nicht ich selbst«, gestehe ich. »Jemand hat für mich mit ihm gesprochen.« Ich fahre mir nervös mit der Hand durch das Haar. »Es ist … alles etwas kompliziert«, weiche ich aus.

»Aber … aber wie ging es weiter? Hat er sie einholen können? Hat sie ihm verziehen?«

Ich befeuchte meine Lippen mit der Zunge. »Als Aren am Bahnhof ankam, war sie bereits fort.«

Oliver kommt zurück und stellt ein gefülltes Glas vor Anna ab, doch sie bemerkt es kaum, der Blick ihrer braunen Augen hängt ängstlich an meinen Lippen.

Ich hole tief Luft: »Aren hat nach ihr gesucht. Er ist jeder Spur gefolgt, jeder Beschreibung. Der des Ticketverkäufers, des Schaffners, der alten Frau vom Zeitungsstand. Eine Menge Menschen konnten sich sehr gut an das seltsame Paar erinnern.«

»Paar?«

Ich nicke. »Der Fahrgast, der sie vom Sprung auf das Gleis bewahrt hat. Er sah, dass sie in Schwierigkeiten war, doch sie sprach nicht, kein Wort, konnte weder sagen, woher sie kam, noch, wohin sie wollte. An der nächsten Station wurde sie aus dem Zug geworfen, weil sie kein Ticket hatte. Er sah sie dort stehen, verloren und verwirrt, und es ließ ihm keine Ruhe. In letzter Minute sprang er ebenfalls aus dem Zug. Er hatte ein weiches Herz. Die junge Frau tat ihm leid. Er machte sich Sorgen um sie und befürchtete, sie könnte sich erneut vor den Zug stürzen wollen, denn inzwischen war er sich sicher, dass das zuvor kein Versehen gewesen war. Er sprach sie an. Zwar beherrschte er nur ein paar Brocken Russisch, doch er versuchte, ihr verständlich zu machen, dass er sie zu einem Arzt bringen wolle. Und sie kam mit. Also nahm er mit ihr den nächsten Zug zu seiner Arbeitsstätte. Er war nämlich als einer von vielen Arbeitern mit einer deutschen Brauereifirma nach Russland gekommen, um die Geräte zu montieren.«

»War sein Name …« Anna räuspert sich. »Wilhelm?«

»Ja, warum? Woher weißt du das?«

Anna greift nach Olivers Hand und umklammert sie.

»So hieß Annas Vater«, erklärt Oliver.

Ich nicke erneut und überlege fieberhaft, wie ich ihnen das Folgende vorsichtig beibringen soll, als Anna plötzlich fragt: »War meine Mutter schwanger?«

Überrascht ziehe ich die Luft ein. »Woher …?«

Sie wechselt einen Blick mit Oliver. »Wir wissen es schon länger. Ich sehe Wilhelm nicht im geringsten ähnlich. Und es gab noch … ein paar andere Hinweise. Ich habe Fotos in den Sachen meiner Mutter gefunden, von einem Mann, dem ich wie aus dem Gesicht geschnitten bin …« Sie hielt inne und seufzte. »Wir wollten meinen biologischen Vater ausfindig machen, doch dann … zeigten plötzlich andere Bemühungen Erfolg.« Bei diesen letzten Worten läuft sie erst rot an, doch dann leuchtet ihr Gesicht richtiggehend auf.

Ich muss sehr verwirrt gucken, denn sie knöpft ihren unförmigen Malerkittel auf und jetzt erst nehme ich die leichte Wölbung ihres Bauches wahr. »Es war ein ziemlich harter Weg bis dahin und die Ärzte rieten mir, den Erfolg nicht zu gefährden. Keine anstrengenden Reisen, keine Flüge. Ich habe wochenlang das Bett nicht verlassen, doch jetzt sind wir über den Berg.« Das Lächeln, mit dem sie auf ihren Bauch blickt, während sie ihn sanft streichelt, hätte nicht strahlender ausfallen können.

»Ich gratuliere«, sage ich und es wundert mich, wie sehr mich dieser Anblick berührt und freut. Fast, als wäre ich die Tante oder so.

Es hätte sein können.

Doch es ist nicht.

Die beiden, die von meinem seltsamen Wunsch nichts ahnen, wechseln verliebte Blicke und erneut verspüre ich einen Stich.

Auch Noel hätte sein können.

Und ist es nicht.

»Geht es dir nicht gut?«, fragt Anna.

Ich schrecke auf. »Doch, doch«, murmle ich hastig und versuche, mich zusammenzureißen. »Ich finde es nur so … wundervoll, was ihr habt, was ihr teilt. Ihr habt euch. Ihr erwartet ein Baby. Ihr habt solch ein großes Glück.« Hilflos breite ich die Hände aus. »Tut mir leid. Es ist nur so, dass … bei mir läuft es gerade nicht so mit der Liebe. Vertrauen und so. Problematisches Problem.« Verlegen streiche ich mir das Haar hinters Ohr.

Anna nickt verständnisvoll. »Ja, es stimmt. Wir haben großes Glück. Aber an diesen Punkt zu gelangen, war alles andere als einfach. Wir haben … einiges durchgestanden.« Der Schmerz in ihrer Stimme lässt mich erahnen, dass hinter diesem einfachen Satz eine sehr viel größere Geschichte steckt.

»Und was das Vertrauen angeht …« Anna sieht zu ihrem Mann, der ihre zierliche Hand liebevoll mit den seinen umschließt. »Ja«, fährt sie fort. »Vertrauen gehört zur Liebe dazu. Und mit Verzeihen fängt Vertrauen an.«

Ich spüre einen nahenden Weinkrampf und nicke hastig: »Jedenfalls … als die Ärztin der Brauereifirma Lianas Schwangerschaft feststellte, war es ein erneuter Schock für sie. Sie erwartete ein Kind von dem Mann, der ihr das Herz herausgerissen hatte.

Aber was war mit dem ungeborenen Kind? Würde sie es trotz der Umstände lieben können? Sie hoffte es. Aber dann dachte sie zurück an den kleinen Bruder, den sie beinahe gehabt hätte, und ihr wurde übel vor Angst. Sie konnte nicht für ein Kind sorgen, sie wollte ihr Herz nicht an etwas hängen, das so zerbrechlich war, das jederzeit gehen und sie mit diesem entsetzlichen Gefühl der Leere zurücklassen konnte. Und sie wollte es nicht in diese Welt voller Enttäuschungen und Lügen nehmen.

Alles schlug über ihr zusammen: Wut, Angst, Kränkung, Schuldgefühle, Verzweiflung. Sie hatte niemanden, zu dem sie fliehen konnte, sie war vollkommen allein. Ihr wurde schwarz vor Augen.

Als sie wieder zu sich kam, lag sie in einem Krankenzimmer und Wilhelm saß bei ihr und hielt ihre Hand.

Sie war überfordert mit der Situation, wollte sterben, verweigerte das Essen, wurde sehr krank.

Aber Wilhelm kümmerte sich um sie. Er hatte sich nämlich wirklich Hals über Kopf in sie verliebt und tat alles, damit es ihr besser ging.

Er kam jeden Tag nach der Arbeit, brachte ihr kleine Geschenke und sprach mit ihr, auch wenn er wusste, dass sie ihn nicht verstand.

Schließlich schaffte er es sogar, jemanden zu organisieren, der seine Worte ins Armenische übersetzte und er fragte sie, ob sie mit ihm kommen wolle. In sein wundervolles Land, in dem die Dinge großartig seien, in dem sie von allen geliebt werden würde, vor allem von ihm. Die Arbeiten hier würden bald beendet sein, bald wäre er gezwungen, wieder zurückzukehren nach Hause, doch wenn sie mitkäme, würde er für sie sorgen. Und für ihr Kind. Er würde es wie sein eigenes behandeln. Sie hätten nur diese eine Gelegenheit, denn er würde über seinen Arbeitgeber eine Ausreiseerlaubnis für seine Ehefrau erwirken können und er schwor ihr, sie glücklich zu machen.

Sie sagte ›ja‹, um des Kindes willen, und kam mit. Was hätte sie sonst tun sollen? Sie hatte kein Geld, keinen Platz zum Schlafen, keine Möglichkeit, sich ihren Lebensunterhalt zu verdienen.« Ich atme tief durch und mustere Anna besorgt.

In ihren Augen schimmern Tränen. »Und Aren?«, fragt sie schließlich. Ihre zitternden Hände umklammern die Kaffeetasse, der Kaffee darin schwappt …

… schließlich über den Rand und eine dünne Spur läuft den Pappbecher entlang und tropft auf meine Hose.

Seltsam emotionslos lasse ich es geschehen, sehe zu, wie ein kleiner brauner Fleck knapp über meinem Knie entsteht.

»Da wären wir!«, ruft Jana mit übertriebener Geste.

Wir stehen vor dem Café. »Aber meine Mutter«, bringe ich hervor. Eigentlich hatte ich Jana gebeten, mich vom Flughafen direkt nach Hause zu fahren.

»Gleich«, sagt sie und ist schon ausgestiegen. »Erst wollte ich dir etwas zeigen.«

Ich habe keine Kraft, um zu widersprechen, folge ihr über die Straße und umklammere nach wie vor den Kaffeebecher, als könne er mir Halt geben.

Ich steuere langsam die Tür an, versuche, nicht daran zu denken, wie ich Noel hier begegnet bin, trete ein und versuche auszuklammern, wie er hier an der Theke gelehnt hat. Oder dort drüben in der Bürotür stand oder –

»Sophie!«

Ich drehe mich zu Jana um. Sie sieht seltsam enttäuscht aus. »Na?«, fragt sie.

Ich starre sie an. Sie steht ungefähr an derselben Stelle wie Noel damals.

Ich darf nicht an ihn denken. Nicht an seine Stimme. Nicht an seinen Duft. Nicht an seine –

»Na?« Jana rollt mit den Augen, breitet dann die Arme aus, ruft »Tadaaaa!«, und dreht sich einmal um sich selbst.

So langsam dringt an mein Bewusstsein, dass die Wände anders aussehen.

»Grün«, sage ich schließlich langsam.

»Limettengrün«, erwidert sie und klingt dabei etwas beleidigt. »Die Wände sind limettengrün und weiß und – falls es dir nicht aufgefallen sein sollte – die Tischdeko ist ab sofort immer in knalligem Rot gehalten. Und genau so sollten wir den Schriftzug über dem Fenster gestalten. Braun und Weiß hat ja jeder. Und die Reaktionen unserer Gäste sind umwerfend. Alle finden, dass es hier jetzt viel frischer und moderner und ansprechender aussieht, sogar die strickenden Gärtnerinnen waren begeistert.« Stolz streckt Jana die Brust heraus. »Und guck doch mal: Fällt dir bei den Tischen nichts auf?«

Ich versuche, durch den Nebel meiner Noel-gefilterten Wahrnehmung zu erkennen, was mit den Tischen nicht stimmt.

Jana gibt schließlich auf und seufzt: »Sie sind rauchgrau.«

»Du hast neue Tische gekauft.«

»Nein. Wir haben die alten abgeschliffen. Das war Antons Idee. Und wir haben sie anders angeordnet. Und hier ...« Sie geht zur Seite und jetzt erst fallen mir seltsame, braune Bambusmatten auf, die in einer Ecke gestapelt sind. »Die hier werden wir noch zwischen den einzelnen Sitzgruppen aufstellen, in knallroten Blumenkübeln voll Ziergräser, sodass auch ein paar gemütliche Nischen entstehen, in denen man für sich sein kann. Auch Antons Idee.« Ihre Stimme klingt seltsam verzückt.

Besagter Anton steckt seinen Kopf aus der Küche, wie immer die weiße Bäckermeisterhaube auf dem Kopf, und winkt zu uns herüber. »Und? Wie gefällt es dir? Deine Mutter hat uns die Erlaubnis dafür gegeben. Es sollte eine Überraschung für dich sein.«

»Ah.« Sollte ich Begeisterung zeigen? »Toll. Wirklich.« Doch selbst in meinen Ohren klingt es wenig überzeugend.

»Natürlich müssen noch die Eckbänke mit passendem Kunstleder bezogen werden. Und wir brauchen einen modernen, ansprechenden, aber trotzdem auffälligen Schriftzug für den Namen. Ich dachte, dass wir ihn richtig groß auf dem Schaufenster anbringen könnten. Ich habe schon ein paar Entwürfe in Auftrag gegeben, natürlich in Absprache mit deiner Mutter. Ein neues Kuchenkonzept habe ich auch entwickelt.

Wir brauchen viel mehr Abwechslung und mehr Jahreszeitenbezug. Wir können spezielle Angebote für die Mütter aus der Krabbelgruppe von gegenüber machen. Und am Fenster eine schöne, sonnige Kinderspielecke einrichten. Und was hältst du von einer Hochzeitswoche, in der wir zum Kuchenprobieren einladen? Oder wir lassen hier Vorträge stattfinden zu wechselnden Themen und alle Teilnehmer kriegen Kaffee umsonst. Wir könnten auch … Ach, ich habe so viele Ideen für Aktionen und Werbemaßnahmen, wenn nur eine davon richtig reinhaut, dann schwimmen wir wieder obenauf.« Sie strahlt mich an und ich will mich mit ihr freuen, doch ich kann nicht. Wenn ich jetzt irgendeine Emotion zulasse, dann kommen auch all die anderen wieder.

Jana kaut auf ihrer Lippe herum und setzt dann zu einem weiteren Versuch an: »Ich bin mir absolut sicher, dass das neue Konzept ankommen wird. Limettengrün bedeutet Aufbruch! Und dann brauchen wir auch keinen Investor mehr.«

Noel …

Ich spüre meine Unterlippe zittern, dann kann ich die Tränen nicht mehr zurückhalten.

Jana sieht mich entsetzt an. »Lieber limonengrün?«

***

»Und du gehst nicht mehr fort?«, fragt meine Mutter, schon wieder, richtig ängstlich hört sie sich an. Ich kann den Blick nicht von den Familienfotos auf der Kommode nehmen – ich sehe sie mit völlig neuen Augen. »Du weißt, wie leid es mir tut. Ich hätte dir von der Adoption erzählen müssen, viel früher schon. Es tut mir so unendlich leid.« Ihre Hände umklammern meine so fest, dass ihre Fingerknöchel weiß hervortreten. Ich kann es ihr nicht verdenken.

»Es ist alles gut, Mama«, antworte ich matt. »Ich gehe nicht mehr fort.«

Beruhigend streiche ich über ihre Finger. Sie sind noch schmaler geworden, wie auch der ganze Rest von ihr. Ihre Wangen sind eingefallen, die Schatten unter den Augen tief. Anstelle des Verbandes prangt nur noch ein Wundpflaster knapp über ihrer linken Schläfe. Die Haare, die man ihr zur OP abrasiert hat, wachsen schon wieder nach. Der Anblick der immer noch grünlich-gelben Blutergüsse in ihrem Handrücken, in dem vor Kurzem noch die Kanüle steckte, schmerzt mich, als hätte man die Nadel in mein eigenes Fleisch gebohrt. Der andere Arm ruht noch immer in seinem Gips auf der Sofalehne.

Einen Augenblick verweilt ihr forschender Blick auf mir, dann will sie sich in die Couchkissen zurücksinken lassen, und keucht plötzlich heftig.

»Warte, wieso sagst du denn nichts?«, rufe ich erschrocken und greife eilig hinter sie, um ihr zu helfen.

»Dämliche Rippen«, murmelt sie mit zusammengepressten Zähnen.

»Es dauert nun einmal, bis die Brüche vollständig verheilt sind«, murmle ich hilflos und fühle mich schuldig, ganz so, als hätte ich sie ihr selbst zugefügt.

Und da ist sie wieder – die Welle aus Schuldgefühl, Verzweiflung und hoffnungsloser Sehnsucht, die mich überrollt und alles zermalmt. Ich beiße die Zähne zusammen und blinzle hastig die Tränen weg. »Ich muss mal kurz aufs Klo«, stoße ich aus, renne hinüber ins Bad und reiße den Wasserhahn auf.

Jetzt erst, übertönt vom Geräusch des fließenden Wassers, erlaube ich mir, die Schluchzer herauszulassen, die meinen Körper im Griff haben und ihn schütteln.

Natürlich bin nicht ich es, die meine Mutter so zugerichtet hat. Stattdessen habe ich mich ja nur in den Mann verliebt, der für ihren Zustand verantwortlich ist.

»Sophie?«, dringt die Stimme meiner Mutter dünn durch die geschlossene Tür.

»Ich bin schon fertig«, keuche ich hastig, spritze mir das kalte Wasser ins Gesicht, zwinge mich, tief und ruhig durchzuatmen, bis die Schluchzer kleiner werden, leichter werden.

Als ich wieder ins Wohnzimmer meiner Mutter trete, mustert sie mich besorgt, ist aber still.

Ich setzte mich wieder zu ihr, schweigend, streichle ihre Hand wie zuvor, doch dann sagt sie plötzlich: »Es ist nicht deine Schuld, Señorita Sophie. Du wusstest nicht, wem du dein Herz geschenkt hast.« Um ein Haar fange ich wieder an zu weinen. Nicht nur, weil mein verdammtes Herz genau das immer noch nicht begriffen hat und sich vor Sehnsucht verkrampft, sondern weil sie mich so gut kennt, genau weiß, was ich fühle. Das Mitgefühl, die Liebe in ihrem Blick ist überwältigend.

»Aber jetzt weiß ich es«, sage ich kraftlos, beuge mich vor und lege das Gesicht auf der weißen, kühlen Decke ab. »Wann hört es endlich auf, wehzutun?«

»Schmerz braucht seine Zeit, bis er vergangen ist«, sagt sie leise. »Das ist bei uns allen so. Ich träume bis heute jede Nacht von deinem Vater.«

Für einen Augenblick erscheint vor meinem inneren Auge das Bild von Vartan, und ich verkrampfe mich, nur um im nächsten Augenblick von der Dankbarkeit, dass ich noch einen anderen Vater hatte als ihn, überwältigt zu werden. Das Gefühl raubt mir für einen Moment den Atem.

Sanft streicht meine Mutter mir übers Haar, wieder und wieder, und langsam werde ich ruhiger. Es ist genau wie früher, als ich ein Kind war. Meine Reise hat tatsächlich nichts daran geändert. Natürlich hätte ich Anais gerne kennengelernt, natürlich malt sich ein Teil von mir immer noch ab und zu aus, wie meine Kindheit mit ihr hätte gewesen sein können, dennoch weiß ich, dass sie mich nicht mehr hätte lieben können, als es diese Frau hier vor mir tut.

Irgendwann richte ich mich langsam auf, ihre Hand streichelt meine Wange und ich schmiege mich an sie. »Ich muss los, zur Wohnungsbesichtigung.«

Sie hält in der Bewegung inne. »Weißt du …«, sagt sie zögerlich und etwas in ihrer Stimme besorgt mich.

»Ich habe nachgedacht: Wieso verzichtest du nicht darauf, dir eine neue Wohnung zu suchen, und bleibst einfach bei mir im Haus? Wir könnten dein altes Kinderzimmer umgestalten. Schau, du lebst doch ohnehin momentan dort. Es würde sich quasi nichts ändern.«

Ich erstarre innerlich. Ich will das nicht. Ich liebe sie, aber ich brauche mein eigenes Leben. Doch wie soll ich ihr nach allem, was passiert ist, diesen Wunsch abschlagen?

Sie mustert mich ängstlich.

»Und wir hätten den gleichen Weg zur Arbeit, sobald ich wieder fit bin«, sagt sie und es klingt flehend. »Es würde für uns beide alles vereinfachen.«

Ich fahre mir mit der Zunge über die Lippe. »Wegen mir und dem Café wollte ich ohnehin mit dir sprechen.«

»Gibt es Probleme?« Erschrocken greift sie nach meiner Hand. »Du meintest doch, es würde sehr gut laufen?«

»Tut es auch. Es ist, wie ich gesagt habe: Jana hat ganze Arbeit geleistet, alles umdekoriert, ein völlig neues Konzept aufgestellt.«

»Was dann?« Die Angst lässt die Schatten in ihrem Gesicht noch dunkler wirken. »Du bleibst doch bei mir, oder? Du verlässt mich doch nicht? Ich schaffe es nicht allein.« Sie weiß genau, was ich sagen will, sie kennt mich einfach zu gut.

»Ich …«

Ihre Hand umklammert meine, sie schüttelt kaum merklich den Kopf, ihr Blick ist so flehend, dass sich mir der Magen umdreht vor Schuldgefühlen und schließlich gebe ich auf. »Wusstest du eigentlich, dass sich dreiundsiebzig Prozent der Menschen täglich eine Tasse Kaffee gönnen?«

»Nein, wusste ich nicht.« Ihre Erleichterung ist förmlich greifbar, ein Knebel, der jeden meiner weiteren Vorstöße im Keim erstickt.

***

Vier Wochen nach meiner Rückkehr aus Armenien schleiche ich neben Jana her und starre die Schaufenster an, ohne wirklich wahrzunehmen, was darin ausgestellt ist.

Ohnehin sind die meisten Geschäfte zu dieser frühen Uhrzeit noch geschlossen.

Jana redet ununterbrochen. Über neue Kuchenideen, über Loungemöbel, über Kaffeegutscheine, über den Unterschied zwischen limonengrün und limettengrün, über Anton, noch mehr über Anton, über ihren Friseurbesuch und über den von Anton, und ich bin froh, dass sie redet und offenbar keine Reaktion erwartet.

Dann merke ich plötzlich, dass es neben mir zum ersten Mal seit unserem Aufbruch still ist. »Hm?«

»Ich habe dich gefragt, wie es dir geht?«

Ich zucke die Achseln. »Beschissen.«

»Wie schön! Eine deutliche Verbesserung. Letzte Woche ging es dir noch total beschissen.«

Ich lache, doch selbst in meinen Ohren klingt es abgehackt und unecht.

Jana seufzt. Nach einer Weile sagt sie wie beiläufig: »Übrigens war Ralf gestern im Café.«

Ich starre weiter die Schaufenster an.

»Ich finde, dass er irgendwie lockerer geworden ist«, sagt Jana im Plauderton. »Und er gibt sich sehr viel Mühe, aufmerksam zu sein und zuvorkommend und so.«

»Ich weiß, schließlich laufe ich ihm immer über den Weg, wenn ich etwas aus der Wohnung holen muss.«

»Aber?«

»Das ist vorbei. Und es ist gut so.« Wenigstens diese eine gute Sache hat das ganze Drama gehabt.

»Dann … dürfte es dich vielleicht freuen, dass dieser Noel wieder angerufen hat und –«

»Ich bin nicht da«, unterbreche ich sie hastig, während mein Inneres zu Eis erstarrt.

Sie seufzt. »Ich weiß. Du bist seit Wochen nicht da. Vermutlich lande ich deinetwegen in der Hölle, so oft, wie ich für dich lügen muss.« Sie hält inne. »Vermutlich müsste ich es mal mit nachhaltigen Lügen versuchen, so was wie: Sie ist in die Antarktis gezogen, ruf also bitte die folgenden vier Jahre nicht mehr an.« Sie seufzt. »Entweder du kommst über ihn hinweg oder du redest endlich mit ihm.«

»Ich bin über ihn hinweg. Ich will nur nicht mit ihm reden.«

»Aber so viele Anrufe von ihm! So viele Emails! Lässt dich das denn wirklich kalt?«

»Ja«, behaupte ich und verschweige dezent, dass ich sämtliche Nachrichten lösche, ohne sie abzuhören oder zu lesen. Und anschließend die Nacht durchheule.

»Na schön. Also, wenn du über ihn hinweg bist, was ist dann mit diesem Opernliebhaber von neulich? Der hing doch an deinen Lippen, als hättest du ihm die ›Aida‹ vorgetragen und nicht die Kuchenauswahl. Oder der Steuerberater? Der war doch echt nett. Und für einen Steuerberater erstaunlich witzig.«

»Jana. Ich finde es wirklich lieb von dir, dass du mich verkuppeln willst, aber …« Ich ringe nach Worten. »Ich werde nie wieder jemandem vertrauen können. Und Vertrauen gehört zur Liebe nun einmal dazu.«

Jana schüttelt den Kopf. »Ich finde seine Erklärung einleuchtend, dass er den Unfall an sich gar nicht mitbekommen hat, weil die Straßenführung so unübersichtlich war. Und ich habe sie mir inzwischen wirklich oft genug anhören müssen! Was soll er denn noch tun, damit du ihm glaubst?«

»Es geht nicht darum, ob ich ihm glaube. Es geht darum, dass er es mir nicht gesagt hat, dass er mich belogen hat. Die ganze Zeit. Über seine Motive, mir zu helfen und … über alles andere auch.« Ich schlucke. »Können wir bitte über etwas anderes reden?«

»Aber er –«

»Wusstest du eigentlich, dass ein Mensch in seinem Leben eine Badewanne voll Tränen weint?«

»Nein«, sagt Jana langsam und mustert mich. »In deinem Fall sind es ohnehin schon mindestens zwei Badewannen.«

Und tatsächlich brennen meine Augen bereits wieder. Hastig schreite ich schneller aus und wische mir verstohlen über das Gesicht.

Als wir um die Ecke biegen, bleibe ich wie angewurzelt stehen. Ein dunkelgrünes Jaguar Cabriolet parkt vor dem Café.

Die Wucht des Schocks lässt mich schwindlig werden und ich kralle mich an Janas Schulter fest. »Ich bin nicht da«, keuche ich.

»Aber –«

»Sag ihm, dass ich nicht da bin!«

Panisch flüchte ich nach links in die schmale Seitengasse und um die Ecke zum Hinterausgang des Cafés, wo die Mülltonnen stehen.

»Aber wo bist du dann?«, fragt Jana, die mir verwirrt gefolgt ist.

»Nach Alaska gezogen! In die Antarktis! Was weiß ich!« Meine Hände zittern, meine Beine zittern, ich bin nur noch ein Häuflein Elend. »Ich bin nicht da! Und komme auch nicht mehr zurück! Er soll bloß nie wieder hier auftauchen.«

»Das ist nicht dein Ernst!«, sagt Jana entgeistert. »Du musst dich mit ihm auseinandersetzen!«

»Nein!«

»Also bist du noch nicht über ihn hinweg!«

»Doch, bin ich!«, zische ich. »Ich will nur nicht mit ihm reden! Und wenn du nicht tust, was ich gesagt habe, bist du gefeuert, hast du verstanden? *Das* ist mein Ernst!«

Jana schüttelt fassungslos den Kopf, macht dann kehrt und geht nach vorne zum Haupteingang.

Ich bleibe zurück und rutsche an der Ziegelsteinmauer hinab, bis ich zwischen den Mülltonnen sitze. Und heule. Vor Sehnsucht, vor Schuldgefühlen, vor Wut – auf ihn, auf mich, dass ich mich so leicht habe hinters Licht führen lassen, auf mein dummes, dummes Herz, das ihm immer noch nachtrauert.

Mein Magen krampft sich zusammen, mir ist übel, meine Schluchzer lassen mich kaum zu Atem kommen.

Da öffnet sich plötzlich die Hintertür des Cafés. Ich fahre zusammen, mein Herz macht einen Satz und schwarze Punkte tanzen vor meinen Augen. Dann erkenne ich Jana. Ich atme tief durch. »Ist er noch da?«

Sie schüttelt den Kopf.

»Was hat er gesagt?«, frage ich gefrustet, denn es können kaum zehn Minuten vergangen sein.

»Nicht viel«, gibt sie zurück. »Er hat nur gefragt, ob du da seist. Ich sagte, nein, und dass ich nicht wüsste, wann du kommst.« Sie hält einen Moment inne und ergänzt dann hastig: »Weil du ja in Alaska bist.«

Sie sieht verlegen beiseite. Natürlich hat sie ihm das nicht gesagt, doch das ist mir im Moment auch egal. »Und dann?«

»Dann hat er gesagt, dass das sehr schade ist, dass er aber leider nicht auf dich warten kann, weil er einen Termin hat und fortmuss.«

Die Enttäuschung erdrückt mich förmlich. Ein großer, schwerer Fels in meinem Magen. So einfach, so schnell hat er sich also abwimmeln lassen. »Ein Termin. Von wegen. Dieser Feigling.«

»Ich will ja nichts sagen, aber du bist hier diejenige, die sich hinter Mülltonnen versteckt.«

»Darum geht's hier nicht. Er ist der Schuldige.« Ich habe Mühe, meine Tränen zurückzuhalten. Verdammt noch mal! Wie kann es nur sein, dass mich die Zeit mit diesem Mistkerl in ein heulendes Etwas verwandelt hat? Ich habe in all den Jahren mit Ralf nicht so viel geweint. Aber auch nicht so viel gelacht. Und nicht so tiefschürfende Gespräche geführt. Und nicht so umwerfenden Sex gehabt. Und mich nicht so verstanden gefühlt und … Ich schluchze. »Ich glaube ihm nicht, dass er einen Termin hat. Und selbst wenn er einen hätte, zeigt das ja wohl mehr als deutlich, wo auf der Rangliste seiner Prioritäten er mich einsortiert!«

Dann bemerke ich ihren sonderbaren Gesichtsausdruck.

»Aber du besitzt jetzt ein Grundstück.«

Mir fällt die Kinnlade herunter. »Ein *was?*«

»Steht jedenfalls hier drauf«, sagt sie mit hilflosem Schulterzucken und streckt mir etliche ordentlich gefaltete Blätter entgegen.

Mit gerunzelter Stirn überfliege ich eines nach dem anderen. Eine Menge amtlich aussehender Blätter in armenischem

Alphabet, mit Stempel und Unterschrift. Ich blättere weiter, stoße auf in englisch und deutsch abgefasste Texte. Offenbar die Übersetzungen. Alles mit notariellem Stempel, offiziellem Siegel, Unterschriften. Es handelt sich bei dem armenischen Text offenbar um Kaufurkunde und Schenkungsurkunde.

Fassungslos lasse ich die Papiere wieder sinken.

»Es fehlt nur noch deine Unterschrift beim Notar«, sagt Jana. »Und dann bist du stolze Besitzerin einer Granatapfel-Plantage in Armenien.«

»Bin ich nicht.«

»Nicht stolz?«

»Nicht die Besitzerin!«

»Na, aber doch.«

»Nein!« Ich schnaufe aufgebracht. »Der spinnt doch wohl! Was soll das sein? Ein Versuch, mich zu bestechen? Das kann er vergessen! Lieber hätte er mal zur Polizei gehen sollen! Wenn er ein Mann wäre, würde er das tun! Ich werde nämlich nicht so weit sinken, ihn anzuzeigen!«

»Hat er ja.«

»Was hat er?«

»Er hat sich selbst angezeigt.«

»Er hat was?!«

»Deshalb ist er vorhin auch nicht selbst gefahren, sondern hat sich fahren lassen. Seinen Führerschein ist er erst mal los, hat er erzählt, aber er hat es geschafft, den Richter davon zu überzeugen, dass er wirklich nichts von dem Unfall bemerkt hat, weil die Baustelle ihm komplett die Sicht versperrt hat. Es war wohl nicht der erste Unfall, der dort der Baustelle wegen passiert ist.«

»Das … das …« Ich versuche, mich zusammenzureißen. »Das ist mir doch egal! Trotzdem hat er mich angelogen. Und will sich jetzt mit diesem Wisch freikaufen.« Ich wedle erbost mit den Papieren vor Janas Nase herum. »Aber nicht mit mir!«

»Komischerweise hat er das auch gesagt.«

»Was gesagt?«, rufe ich aufgebracht und fühle mich vollkommen überfordert von dieser Entwicklung der Dinge. »Herrgott, hör doch endlich auf, in Rätseln zu sprechen!«

Jana seufzt und erläutert geduldig: »Er sagte, du sollst dir keine Gedanken wegen des Geldes machen, es war nicht viel und das soll auch kein Versuch sein, sich freizukaufen. Er ist vielmehr noch einmal zum Hof zurück, weil ihm Vartans Verhalten seltsam erschienen war. Er hat sich noch einmal gründlich umgesehen und dabei entdeckt, dass Vartan den Fusel, den er dort destilliert, mit geklauten Etiketten versieht und als hochwertigen Ararat-Weinbrand ins Ausland verkauft. Noel hat Vartan zur Rede gestellt. Der hat es mit der Angst zu tun bekommen und versucht Noel mit Geld zu bestechen, nicht zur Polizei zu gehen. Noel hat das abgelehnt und ihm stattdessen ins Gewissen zu reden versucht, dass er eine Tochter habe und ob ihn das denn tatsächlich vollkommen kalt lassen würde. Vartan hat da offenbar seine Chance gewittert und gesagt, er würde dir das Grundstück schenken, wenn Noel ihn nicht verpfeift. Tja, und auf dem Amt dann hat er wohl noch in letzter Minute versucht, möglichst viel aus dem Deal für sich herauszubekommen. Er hat gebettelt und gefleht und geweint, dass seine Tochter doch sicher nicht wolle, ihr Vater würde verhungern, und er würde dich doch so gerne kennenlernen, bis Noel ihm das Grundstück letztlich dann doch abgekauft hat. Vartan ist im Anschluss an die Transaktion über alle Berge – gibt es dort überhaupt Berge? – na, jedenfalls ist er mit dem Geld auf Nimmerwiedersehen verschwunden.«

Ich ringe nach Worten. Und nach meiner Fassung. Und nach einer Meinung. Ich weiß nicht, was ich dazu sagen soll. »Na und?«, rufe ich schließlich aufgebracht. »Er kann sich diese blöde Urkunde sonst wohin stecken, ich will sie nicht haben.« Ich drücke ihr die Papiere in die Hand und stürme an ihr vorbei ins Café.

»Aber … aber … was soll ich damit tun?«, tönt es hilflos hinter mir.

»Was weiß ich. Tapezier dein Wohnzimmer damit. Es ist mir egal!«

»Oder du schenkst das Grundstück mir.«

Ich halte inne, drehe mich um, erstaunt, dass ich nicht selbst auf die Idee gekommen bin.

»Ich verschenke es tatsächlich«, sage ich langsam.

Ihr Gesicht hellt sich auf.

»Aber nicht dir.«

Ihr Lächeln verfliegt. »Na schönen Dank auch«, sagt sie leicht beleidigt.

»Tut mir leid«, murmle ich geistesabwesend, während ich zu ihr zurückhaste, mir die Blätter schnappe, mich umdrehe und wieder losrenne.

»Aber wo willst du denn hin?«

»Etwas herausfinden. Und einen Termin beim Notar machen!«

***

»Na komm schon«, ruft Jana über die Schulter, hält ihre Tasche über ihren Kopf und eilt durch den strömenden Regen zu ihrem Wagen.

»Bin gleich da!« Ich schließe das Café ab, wobei mir fast der Stapel Briefe und Pakete aus den Armen rutscht.

Dann renne ich mit eingezogenem Kopf Jana hinterher. Sie hat schon die Beifahrertür von innen aufgedrückt, und ich klettere hastig ins Auto, schließe die Tür.

»Vielen Dank«, seufze ich. »Nichts gegen sportliche Betätigung, aber im Regen heimlaufen ist dann doch zu viel des Guten. Praktischer Zufall, dass du heute mit dem Auto gekommen bist.«

»Kein Zufall«, sagt sie kopfschüttelnd und startet den Motor. »Der Regen wurde ja nur seit einer Woche oder so angekündigt. Aber so, wie du momentan durch die Weltgeschichte läufst, würdest du vermutlich erst mitkriegen, dass es schneit, wenn du auf dem Eis ausgerutscht bist.«

Ich verzichte auf eine Entgegnung, denn sie hat wohl leider recht, und widme mich der Post.

»Und? Eine Antwort vom Notar dabei?«, fragt Jana, während sie über die Schulter zurückschaut und sich dann in den Verkehr einreiht.

Ich sehe die Briefe durch. »Nein … nein … nein … hm … leider noch nicht.«

Dann wende ich mich den Päckchen zu. »Für meine Mutter … das hier auch … hier was fürs Café. Ach, die Entwürfe für den neuen Schriftzug. Super. War eine sehr gute Idee von dir. Wie ja auch der ganze Rest.«

Sie wird rot, wehrt verlegen ab, doch ich schüttle den Kopf. »Das ist mein Ernst. Es ist unfassbar, wie du dich in die Umgestaltung des Cafés reingehängt hast. Vielen, vielen Dank dafür! Ohne dich wäre es den Bach runtergegangen bei all dem Chaos mit meiner Mutter und mir.«

»Ach was, Anton ist schließlich auch eine riesengroße Hilfe gewesen«, murmelt sie mit sonderbarem Glanz in den Augen und einem verklärten Lächeln, und ich freue mich, dass das, was sich zwischen den beiden angebahnt hat, ernster ist, als ich anfangs dachte. Ich freue mich unendlich für sie.

Und bin stolz darauf, dass der Stich, den mir ihr offensichtliches Liebesglück versetzt, nur noch sehr klein ist. Ja, ich denke, ich bin über die Sache mit Noel hinweg. Die letzten beiden Wochen hatte ich mit ängstlichem Bangen darauf gewartet, dass er sich noch einmal melden würde. Doch es kam nichts, gar nichts, nicht einmal ein winzig kleiner Anruf.

Und das war gut so. Das machte es mir einfacher.

Ich heule nur noch jeden zweiten Abend.

Ich atme tief durch und sehe die Päckchen durch. »Auch hier. Das meiste ist für meine Mutter. Dass die das einfach nicht auf die Reihe kriegen, die richtige Adresse zu benutzen und …« Ich verstumme.

»Was ist?«

Ich bin nicht in der Lage, zu antworten.

»Jetzt sag schon. Was hast du da?« Sie schielt kurz von der Straße weg und zu dem Luftpostversand auf meinem Schoß und das Auto macht einen Satz, als sie vor lauter Überraschung Gas und Bremse verwechselt. »Von Noel?«

Ich nicke und mein plötzlicher Schweißausbruch lässt mich vermuten, dass ich vielleicht doch noch nicht so ganz über die Sache hinweg bin.

»Jetzt mach es doch auf!«

Ich sehe mir selbst dabei zu, wie ich das Päckchen in den Händen drehe, schließlich das Papier langsam aufreiße. Türkisfarben blitzt es dazwischen hervor. Ich stutze.

Ein Foto?

Nein – nicht *ein* Foto, sondern das Foto vom Sewansee, das Noel geschossen hat, als wir oben beim Kloster saßen.

Und darunter ein weiteres Foto. Aber dieses Mal eine Nahaufnahme meines Gesichts, das verlegen in die Kamera lächelt, auf der Wange ein Kirschblütenblatt. Das Bild muss vor dem Haus von David und seiner Frau entstanden sein.

Die Erinnerung an diesen kurzen Moment voller Frieden überkommt mich mit Wucht. Unsanft schiebe ich das Päckchen zur Seite und etwas Eckiges, Schwarzes fällt mir entgegen. »Ein Diktiergerät?!« Ich will es schon einschalten, als ich feststelle, dass da noch etwas anderes in dem geöffneten Päckchen steckt. Ich schüttle es heraus und fahre zusammen.

»Was ist?«, fragt Jana alarmiert, doch ich kann es ihr nicht sagen. Ich kriege kaum noch Luft.

Vor mir liegen, an den zerrissenen Stellen fein säuberlich mit Tesafilm zusammengeflickt, die Seiten meines Manuskripts.

Obenauf eine Karte mit der Abbildung eines Granatapfels. Auf der Rückseite Noels Schrift.

Bring es zu Ende.

Nicht für mich.

Nicht für irgendjemanden.

Für dich.

»Was ist das?«, fragt Jana, die erneut zu mir herübergeschielt hat.

Ich kann nicht antworten, meine Kehle ist zugeschnürt.

Wie ferngesteuert greife ich nach dem Diktiergerät und schalte es ein.

Eine volltönende Stimme erklingt. Ich habe sie noch nie gehört, aber ich weiß sofort, wer da spricht.

Mit angehaltenem Atem lausche ich den Worten in dieser fremden Sprache, die mir inzwischen dennoch fast vertraut erscheint.

Dann wird die Stimme abgelöst durch die von Noel und mein Herz setzt für einen Schlag aus.

Ruhig, melodisch, mit samtigem Timbre dolmetscht er:

»… Ich kam zu spät. Es konnte sich nur um ein paar Tage gehandelt haben, doch ich war zu spät. Die Brauerei war aufgebaut, die Siedlung gerade geräumt worden, die Arbeiter nur wenige Stunden zuvor abgereist.

Ich wusste, ich musste ihr folgen, und wenn es bis ans Ende der Welt wäre, doch zuerst musste ich aus dem Land rauskommen. Und das war alles andere als einfach. Ich gab alles auf, riskierte mehr als einmal mein Leben. Ich schaffte es.

Und ich fand sie …«

Vom Finden und Verlieren

Der aufgeheizte Asphalt dampfte noch immer nach dem kurzen Schauer. So plötzlich, wie das Sommergewitter begonnen hatte, war es auch schon wieder vorbei gewesen, auch wenn Aren zwischendurch den Eindruck gehabt hatte, das Ende der Welt stünde bevor. Jetzt aber kam am Rand der bleigrauen Wolken die Sonne schon wieder zum Vorschein, ließ die Pfützen glitzern und leckte die Regentropfen von den Gräsern am Wegesrand.

Arens Herz schlug ihm bis zum Hals. Es war nicht schwer gewesen, die Brauerei zu finden. Deutlich schwieriger war es gewesen, Auskunft zu erhalten über den Verbleib dieses Mannes, der dort einmal gearbeitet hatte. So viele Hinweise, die sich als falsch herausgestellt hatten, so viele Spuren, die ins Leere gelaufen waren.

Doch jetzt war er seinem Ziel so nahe. Er wusste es. Er spürte es. Es konnte nicht anders sein. Hier würde er diesen Mann endlich finden, der ihm sagen konnte, wo Liana war. Endlich. Aren würde alles in Ordnung bringen. Alles würde gut werden. Es musste alles gut werden!

Angst und Aufregung, Vorfreude und Hoffnung kämpften in ihm um die Vorherrschaft, nahmen mit jedem Schritt zu.

Im nächsten Augenblick jedoch ließ ihn eine Stimme zusammenschrecken. Sie erklang hinter der Natursteinmauer, die ihn schon ein ganzes Wegstück begleitete.

Er streckte sich, doch die hinter der Mauer gepflanzte, mannshohe Hecke verwehrte ihm die Sicht, also schwang er sich auf die Steine, richtete sich langsam auf und spähte vorsichtig zwischen den obersten, lichteren Zweigen hindurch.

Und da sah er sie: Liana.

Ihr Anblick verschlug ihm den Atem.

Sie stand mit dem Rücken zu ihm, vor einem kleinen Haus mit frischgestrichenen grünen Fensterläden, am Fuße eines kleinen Hügels, auf dessen Kuppe ein stattliches Herrenhaus mit Säulen und bodentiefen Fenstern thronte.

Sie war etliche Meter entfernt, dennoch erkannte er sie sofort. Ihr rabenschwarzes, glattes Haar fiel ihr offen bis auf die Hüfte hinab und schimmerte in der Sonne. Ein orangerotgeblümtes Kleid umspielte ihre Kurven und sie hatte die Hände in die Hüften gestemmt und hielt den Kopf geneigt, als würde sie etwas prüfend mustern.

Für einen Moment musste er die Augen schließen. Jetzt, wo er es geschafft hatte, war es beinahe mehr, als er ertragen konnte. Ihm war, als würde er von innen verbrennen, so sehr sehnte er sich danach, ihr Gesicht zu sehen, ihre Stimme zu hören, sie zu berühren.

Er versuchte, ihren Namen zu rufen, doch seine Kehle war mit einem Mal staubtrocken, es kam nur ein mattes Krächzen heraus.

Er wandte sich um, sprang von der Mauer und lief daran entlang, suchte verzweifelt nach einem Eingang. Er stolperte, rappelte sich wieder auf, merkte, dass er seinen Hut verloren hatte, sah ihn weit hinten auf dem Weg liegen, ließ ihn dort, rannte weiter.

Nicht noch ein Mal würde er den Fehler machen, umzukehren! Er musste zu ihr. Es gab nichts Wichtigeres auf der Welt.

Endlich: ein Eingang.

Er beugte sich über das hüfthohe schmiedeeiserne Tor.

Und prallte zurück vor dem Anblick, der sich ihm bot: Liana stand immer noch an der gleichen Stelle. Doch sie war nicht allein. Ein rothaariger Mann war aus dem Haus getreten und hatte seine Arme um sie gelegt.

Aren wollte schreien, wollte sich auf ihn stürzen, ihn von ihr fortzerren, doch da lachte Liana, ein glockenhelles Lachen, und es klang Aren in den Ohren, wie das Sprudeln eines Baches einem Verdurstenden klingen musste.

Doch dieses Lachen galt nicht ihm, es galt dem rothaarigen Mann, nach dessen Hand Liana jetzt griff.

Sie zog ihn ein paar Schritte mit sich fort, spielerisch, dann jedoch blieb sie stehen, wandte sich um und Aren fühlte sein Herz splittern. Es zersprang in tausend kleine scharfkantige Scherben, die sein Innerstes aufrissen.

Eine riesige Kugel wölbte sich unter dem orangegeblümten Kleid.

Der Rothaarige fragte etwas und erneut lachte Liana auf, nickte, und im nächsten Moment ging der Mann vor ihr in die Hocke, lege seine Arme um ihre Mitte und sein Ohr an den runden Bauch.

Und Liana schloss die Augen, legte den Kopf in den Nacken und lächelte.

Sie war glücklich.

Sie war so glücklich, wie er, Aren, sie hatte machen wollen.

Sie hatte einen Mann, den sie liebte, und erwartete ein Kind von ihm. Sie hatte endlich das Glück, das sie verdiente. Sie hatte die Familie, die er ihr genommen hatte.

Dieser Mann tat ihr gut. Er bekämpfte all ihre Gespenster. Er richtete, was Aren gedankenlos zerstört hatte. Er hatte ihr gebrochenes Herz geheilt. Sie war glücklich.

Sie war glücklich.

Das war alles, woran er denken konnte.

Das war alles, was er sich für sie gewünscht hatte.

Er hatte kein Recht, ihr dieses Glück wieder zu nehmen.

Er wandte sich um, seine Beine wollten ihn plötzlich nicht mehr tragen. Kraftlos lehnte er sich an die Mauer, lauschte mit geschlossenen Augen ihrer Stimme, ihrem Lachen, und wünschte sich zu sterben. Jetzt und hier, mit diesem Lachen als dem letzten Geräusch, das er hören würde.

Kapitel 17

Frühjahr 2017

Jana und ich folgen dem Geräusch klappernden Geschirrs in die Küche, wo meine Mutter mit dem Rücken zu uns am Herd steht.

»Die Spaghetti sind gleich fertig«, sagt sie fröhlich und dreht sich um. »Oh, Jana, du bist auch da. Perfekt. Dann bleibt endlich mal nichts übrig. Sophie isst ja zurzeit wie eine Maus.«

Unbeholfen hantiert sie mit der linken Hand im Geschirrschrank herum, der eingegipste rechte Arm guckt wie ein Fremdkörper aus dem Shirt mit den weiten Ärmeln heraus.

»Allerdings musste ich auf eine Fertigsoße zurückgreifen«, fährt sie fort. »Gemüseschnippeln ist leider noch nicht drin.« Sie lacht, als hätte sie einen Witz gemacht, und deutet auf ihren eingegipsten Arm, und mit einiger Mühe bringe ich ein verkrampftes Lächeln zustande.

»Was ist?«, fragt sie sofort und sieht zwischen mir und Jana hin und her.

Die zuckt hilflos mit den Schultern.

»Sophie?«, wendet sich meine Mutter besorgt an mich.

Ich lasse mich auf einen der Küchenstühle fallen. Auf einmal habe ich das Gefühl, mich selbst festhalten zu müssen. In meinem Kopf rasen noch immer die Gedanken, so überfordert wie jetzt gerade habe ich mich in meinem ganzen Leben noch nie gefühlt.

Wie aus weiter Ferne höre ich die besorgten Nachfragen meiner Mutter und dann Jana, die ihr von Noels Paket erzählt, und langsam, sehr langsam kristallisiert sich aus dem Gedankenkarussell in meinem Kopf eine Idee heraus.

Ich stehe so plötzlich auf, dass Jana und meine Mutter erschrecken.

Ich trete zu meiner Mutter und nehme sie vorsichtig in den Arm.

»Was ist denn los, Señorita?«, fragt sie überrascht.

Ich drücke ihr einen Kuss auf das Haar und sage: »Ich liebe dich, Mama.«

Eine Mischung aus Verwirrung und Freude überzieht ihr Gesicht. »Ich dich auch, mein Schatz. Du weißt gar nicht, wie sehr. Du bist alles, was ich habe.«

Ich nehme ihre schmale Hand zwischen meine und drücke einen Kuss darauf. »Nein.«

»Was?«

»Ich bin nicht alles, was du hast. Du hast so viel mehr. Du hast Jana und Anton und deine Nachbarn und die Gäste in deinem Café und die Frauen aus deinen Vereinen und –«

»Was willst du damit sagen?«, fragt sie tonlos.

»Ich werde nicht mehr im Café arbeiten.«

Totenstille.

»Aber … aber …«

»Jana ist dafür ohnehin viel besser geeignet als ich. Sie hat Großartiges geleistet in den letzten Wochen, und sie quillt über vor Visionen und Ideen. Sie brennt für den Job! Du solltest sie als Partnerin aufnehmen, dann brauchst du vermutlich auch keinen Investor.«

Janas Augen werden groß, dann erstrahlt sie förmlich vor Freude und Stolz. Meine Mutter sieht überfordert zwischen ihr und mir hin und her.

»Sie wird dir eine viel größere Hilfe sein, als ich es je war«, bekräftige ich, atme tief durch und ergänze dann: »Ich werde bald eine längere Reise machen. Ich muss Lianas Tochter finden, ich muss diese Geschichte zu Ende bringen und –“

»Du lässt mich allein?«, unterbricht mich meine Mutter mit aufgerissenen Augen. „Schon wieder?«

Ihr Anblick zerreißt mir das Herz, doch ich muss diesen Schritt gehen, muss es endlich hinter mich bringen. »Unabhängig von dieser Geschichte – es wird Zeit, dass ich mein eigenes Leben lebe. Ich weiß nicht, wo es mich hinführt. Vielleicht ja sogar irgendwann einmal nach Australien oder Alaska oder Neuguinea. Ich habe auf jeden Fall Lust, die Welt zu entdecken.«

Meine Mutter wird kreidebleich. Ich nehme sie hastig in den Arm und beschließe, die Realität etwas besser zu dosieren.

»Das heißt nicht, *dass* ich gehe, Mama. Aber wenn ich gehen möchte, werde ich gehen. Und ich komme zurück. Ich werde immer zu dir zurückkommen. Und ich werde weiterhin deine Tochter sein und dich lieben und jederzeit für dich da sein, wenn du mich brauchst. Du wirst niemals allein sein, hörst du? Ich liebe dich. Du bist meine Mutter und wirst es für immer bleiben. Auf dem Papier und im Herzen.«

***

Die Sonne ist bereits untergegangen, nur noch ein schmaler rosa Streif ziert den Himmel am Horizont. Ich sitze hinter dem Haus auf der wackligen Holzbank und aus dem Diktiergerät neben mir dringen Noels Worte im Wechsel mit Arens rauer Stimme.

Die Holzbank hat meine Mutter in einer ihrer Phasen, in der sie meinte, zum Tischler geboren zu sein, zu schreinern versucht. Das Schnitzen zog sich gute zwei Stunden hin, bevor sie mit unzähligen Blasen an den Händen aufgab, zum Baumarkt fuhr, Latten besorgte und damit den Rest der Bank zusammengehämmert hat. Doch auf der linken Hälfte der Lehne prangt noch immer, in wundervoll geschwungenen Buchstaben, das Ergebnis der einstündigen Schnitzerei: mein Name und der Anfang von ihrem. Sacht streiche ich mit den Fingern über das glatt polierte Holz, es fühlt sich beinahe seidig an.

Seit meiner Eröffnung vor ein paar Tagen herrscht eine seltsam unangenehme Stimmung im Haus. Meine Mutter ist seltsam in sich gekehrt – nicht auf diese wütend-gekränkte Weise wie damals, sondern auf eine nachdenklich-bedrückte, die mir seltsamerweise sehr viel mehr Sorgen macht.

Ich seufze und konzentriere mich wieder auf Noels Stimme:

»… Doch die Sonne wanderte über den Himmel, der Abend kam und ich saß immer noch an derselben Stelle und war lebendig.

Hinter der Hecke war es schon lange still geworden. Liana und der Rothaarige waren schon vor Stunden ins Haus zurückgekehrt.

Ich sah in den wolkenlosen Himmel hinauf und fragte mich, wie es sich wohl anfühlen mochte, wenn das Wasser eines Flusses über einem zusammenschlug oder der Aufprall auf hartem Stein nach vielen Metern freien Falls einem den Atem nahm.

Dann betrachtete ich den Silberreif an meinem Handgelenk. Ich wollte ihn vor ihrer Tür zurücklassen, zusammen mit den Fotos unserer gemeinsamen Zeit, als stummen Abschiedsgruß.

Aber dann wurde mir klar, dass sie das sicher in Unruhe stürzen und ihr Glück trüben würde. Das konnte ich ihr nicht antun.

Außerdem brachte ich es nicht über mich, das Einzige, das ich noch von ihr besaß, loszulassen.

Als mir das klar wurde, wusste ich, dass ich leben musste.

Weil sie lebte.

Weil irgendwo tief in mir dieses winzig kleine Fünkchen Hoffnung glomm, dass es doch eine Zukunft für uns beide gab. Nicht jetzt, aber irgendwann.

Denn das, was wir hatten, war einmalig gewesen.

Wenn das Leben so etwas schuf, dann musste es doch einfach für die Ewigkeit sein, dann durfte es doch nicht einfach so zerbrechen.

Also lebte ich weiter, stürzte mich in mein Training, arbeitete so hart wie niemand sonst. Ich wurde der beste Messerwerfer. Ich wurde gefeiert. Ich bereiste die Welt.

Doch es bedeutete mir alles nichts ohne sie.

Der Applaus verklang, die Lichter der Scheinwerfer gingen aus.

Ich lernte andere Frauen kennen, doch keine berührte mein Herz und keine blieb bei mir. Sie spürten wohl, dass ich nichts mehr zu geben hatte.

Ob mit ihnen oder allein – nachts lag ich in meinem Bett und die Sehnsucht und das Wissen um das, was hätte sein können, zerrissen mich.

Ich hatte gedacht, mein Traum sei es, die Welt zu sehen. Dabei war es mein Traum, sie mit Liana zu sehen.

Allein bedeutete mir die Welt nichts mehr.

Jeder Tag war ein Kampf, jede Nacht eine Qual. Und über all dem, irgendwo am Rande, lauerte immer die Versuchung, es zu beenden. Das Einzige, was mich davon abhielt, war die Hoffnung, dass wir irgendwann wieder zueinanderfinden würden.«

»Sophie?«

Ich schrecke auf und drücke hastig auf ›Stop‹.

»Ja?« Beklommen sehe ich den schmalen Gartenweg entlang. Zwischen den Rhododendronbüschen taucht meine Mutter auf und setzt sich neben mich.

»Alles okay?«, frage ich.

Sie rührt sich nicht, sondern starrt nur in die Dämmerung hinaus, in der irgendwo ein Käuzchen ruft.

»Du hast recht.«

»Womit?«, frage ich vorsichtig.

»Mit allem«, sagt sie seufzend. »Vor allem aber damit, dass du immer meine Tochter, und ich immer deine Mutter bleiben werde.«

Ich lächle.

»Aber auch damit, dass ich nicht allein bin. Und weil das so ist und ich tatsächlich einige ziemlich interessante Freunde habe, unter anderen einige, die ein weitreichendes Netzwerk haben, musst du hier hin.« Sie holt ein gefaltetes Blatt Papier aus ihrer Tasche und reicht es mir.

Mit gerunzelter Stirn falte ich es auf und streiche es glatt. Eine Adresse steht darauf und ein Name. »Hohenstetter? Wer ist das? Und was ist das für eine Straße?«

»Lianas Tochter heißt Anahit Koben. Sie hat einen Oliver Hohenstetter geheiratet und das hier ist ihre gemeinsame Adresse.«

Ich sehe überrascht auf. »Ist das dein Ernst? Du hast für mich Nachforschungen betrieben?«

Sie zuckt verlegen die Achseln. »Geh. Erzähl ihr alles. Sie hat ein Recht darauf. Und du auch.«

Ein Lächeln breitet sich langsam in meinem Gesicht aus, dann schließe ich sie so überschwänglich in die Arme, dass sie einen kleinen Schmerzenslaut ausstößt.

Hastig lasse ich los, nur um sie im nächsten Moment erneut – aber vorsichtig – in die Arme zu nehmen. »Danke. Vielen Dank.«

Sie drückt mir einen sanften Kuss aufs Haar. »Keine Ursache, Señorita. Und davon abgesehen ist die Vorstellung, dass ich dir dabei helfen kann, eine Familie wieder zusammenzuführen, wunderschön.«

Von kleinem Glück und großen Tränen

Eines Tages trat er nach seiner Vorstellung aus dem Zelt und blickte in smaragdgrüne Augen.

Die Welt stand still …

Aren wagte nicht, sich zu rühren, und auch Liana blieb regungslos, ein Traumbild, eine Halluzination, eine bunt schillernde Seifenblase, die beim leisesten Atemhauch zerplatzen würde. Sie trug ein leuchtendrotes Kleid mit tiefem Ausschnitt und hohe Schuhe mit dünnem Absatz.

Dann flog ein scheues Lächeln über ihr Gesicht. »Hallo.«

Die Geräusche kamen zurück. Hinter ihm im Zelt tönten Applaus, Lachen, erstaunte Ausrufe. Um sie herrschte Hektik: Artisten, die sich dehnten, Elefanten, die nervös trompeteten, Koordinatoren mit ihren Plänen, die hin und herliefen und verkündeten, wie viele Minuten noch bis zum nächsten Auftritt blieben.

»Hallo«, antwortete er heiser und rang nach Worten. So viele Fragen, so viel, was er sagen wollte, doch er konnte nichts anderes tun, als sie anzustarren. Sie hatte sich verändert, war älter geworden. Kleine Fältchen hatten sich in ihren Augenwinkeln eingegraben und um den Mund gelegt. Sie war ihm vertraut und fremd zugleich. Die Neugierde fehlte, die Begeisterung, das Vertrauensvolle. Sie wirkte zurückhaltender, resignierter und doch war sie schlicht noch schöner als in seiner Vorstellung – eleganter, anmutiger, weiblicher, mit diesem Anflug von Stolz im hoch erhobenen Kopf, in ihrer kerzengeraden Gestalt.

»Anais … ich … sie … sie hat gelogen«, brachte er schließlich hervor. »Es ist nie etwas passiert zwischen uns. Das musst du mir glauben.«

Liana nickte langsam, mit schmerzerfülltem Gesicht. »Ich weiß«, sagte sie bedrückt. »Ich habe es von Mina erfahren. Das ist schon einige Jahre her.«

Ihm wurde für einen Augenblick schwarz vor Augen und er musste sich an der Zeltstange festhalten. Er fragte sich, was diese Nachricht für sie bedeutet hatte. Was sie *jetzt* bedeutete.

»Danach habe ich angefangen, dich zu suchen«, fuhr sie leise fort. »Ich hatte gehofft, du wärst deinem Traum treu geblieben. Ich hätte nicht gewusst, wo ich dich sonst hätte suchen sollen. Und ich hatte recht.«

Er schüttelte den Kopf. »Ohne dich ist von dem Traum nichts mehr übrig.«

»Ich habe deinen Auftritt gesehen«, sagte sie schließlich leise in das Schweigen hinein. »Du warst unglaublich.« Ihre Wangen röteten sich leicht.

»Danke«, brachte er hervor.

»Es ist die Wahrheit.«

»Nein. Ich meine: Danke, dass du gekommen bist.«

Sie sah unsicher zu Boden. »Es ist nicht der erste Auftritt von dir, den ich gesehen habe.«

»Wie … wie oft warst … du da?«, fragte er stockend.

Sie zuckte mit den Achseln, strich sich verlegen das lange Haar hinters Ohr. »Ich habe aufgehört, zu zählen. Ich habe dich in vielen Städten gesehen, habe mich schon oft zu dir auf den Weg gemacht. Verrückt, nicht wahr?«

Fassungslos starrte er sie an. »Aber … warum?«, brachte er schließlich hervor.

»Aus dem gleichen Grund, aus dem ich atmen muss«, sagte sie.

***

Langsam spazierten sie die Straße entlang, die von Kastanien und leuchtendrotem Ahorn gesäumt war, und ihre Füße rauschten durch buntes Laub. Mückenschwärme umtanzten die Bäume und am Ende der Allee versank die Sonne langsam hinter den Dächern. Der Sommer ging zu Ende, doch noch war die Luft mild.

»Bist du glücklich?«, fragte Aren.

Sie schwieg lange, den Blick auf den Horizont geheftet, dann sagte sie: »Glück hat viele Gesichter. Ich habe eine wundervolle Tochter. Ich habe ein Dach über dem Kopf. Ich habe einen Mann, der sich um uns sorgt.«

›Habe‹, nicht ›hatte‹.

Aren atmete tief durch. »Ich habe dich gesucht, damals, aber ich kam zu spät. Und dann sah ich dich mit ihm und du warst so glücklich. Ich wollte dir dieses Glück nicht schon wieder nehmen, nicht schon wieder alles zerstören.«

Sie blieb stehen, starrte ihn ungläubig an, dann wandte sie sich in einer heftigen Bewegung ab und rannte los.

Wie paralysiert starrte Aren ihr nach. »Liana«, rief er dann hilflos, folgte ihr und erschrak, als er sie eingeholt hatte: Tränen liefen ihr die Wangen hinunter.

»Nicht«, flehte Aren. »Es tut mir leid. Bitte.«

Sie blieb stehen, fuhr sich mit zittrigen Fingern über das Gesicht. »Ich … du … du bist …« Sie brach ab.

Er wusste nicht, was sie ihm sagen wollte, doch das spielte auch keine Rolle. Egal, was in der Vergangenheit geschehen war, nur das Jetzt zählte, nur dieser Augenblick. »Bitte. Bitte weine nicht.« Erschüttert fuhr er mit dem Finger über ihre Wangen, strich die Tränen fort, spürte, wie sie erschauerte, und fühlte die Antwort seines eigenen Körpers auf ihre Nähe. »Liebst du ihn?«, fragte er.

Sie presste die Faust vor den Mund, schluchzte stumm und nickte schließlich.

Aren atmete tief durch, diese unfassbare, alles überwältigende Enttäuschung war schier übermächtig, doch was hatte er erwartet? »Warum bist du dann hier?«

»Weil … weil ich nicht weiß, was morgen ist. Jederzeit kann ein Unglück geschehen. Ich hätte es nicht ertragen, wenn … wenn … ich musste dich einfach wiedersehen.« Immer noch weinte sie.

Langsam hob er die Hände, legte sie an ihr wundervolles Gesicht, konnte kaum fassen, dass dies kein Traum war, und beugte sich vor, bis seine Stirn ihre berührte. »Ich liebe dich«, flüsterte er, immer und immer wieder, bis ihre Schluchzer verklangen, bis sie langsam aufsah, bis ihrer beider Lippen sich fanden.

***

Draußen dämmerte schon der Morgen, doch Aren hatte noch immer nicht geschlafen. Bis auf wenige Pausen hatten sie die letzten drei Tage und Nächte im Bett verbracht. Sie hatten geredet, sogar gelacht, hatten darüber gesprochen, wie sie sich kennengelernt hatten und über alles davor und danach, nur nicht über die Zukunft. Stattdessen hatten sie sich mit der vollkommenen Hingabe, der absoluten Verzweiflung geliebt, die nur das Wissen um die kommende Trennung mit sich bringt.

Sie hatte nicht gesagt, wann sie ihn verlassen würde, und er hatte nicht gefragt, doch dass der Zeitpunkt rasend schnell näher rückte, war ihm klar. Also blieb er wach und beobachtete, wie sich in ruhigem Rhythmus tiefer Atemzüge ihre Brust hob und senkte. Er wollte keine einzige Minute mit ihr verpassen, keine Möglichkeit auslassen, ihren Duft einzuatmen, ihre Wärme zu spüren, sie zu betrachten. Eng umschlungen lagen sie da, ihr Kopf ruhte auf seiner nackten Brust, ihr schwarzes Haar umfloss ihre Schultern und Brüste. Das Laken hatte sich um ihr linkes Bein gewickelt. Der Rest von ihr lag frei und ihre Haut schimmerte samtig in der Morgensonne. Sanft fuhr er mit den Fingerspitzen die Linien ihres Körpers ab, die Kuhle ihrer Taille, die Wölbung ihrer Hüfte. Jeden Millimeter ihres Körpers versuchte er sich einzuprägen.

Plötzlich rührte Liana sich, schlug die smaragdgrünen Augen auf und lächelte ihn an.

Er drückte ihr einen zarten Kuss aufs Haar. »Habe ich dir eigentlich je erzählt, dass ich mich schon als Kind in deine Augen verliebt habe?«

»Hast du«, sagte sie. »Aber erzähl es noch einmal. Es klingt so schön.« Sie kuschelte sich noch enger an ihn.

»Schon beim ersten Mal, als ich dich sah, habe ich mich unsterblich in dich verliebt«, folgte er lächelnd ihrer Bitte. »Auch wenn ich das um nichts in der Welt vor irgendjemandem zugegeben hätte. Und jedes Mal, wenn ich dich wiedersah, war dein Anblick wie der Sonnenaufgang nach einer langen, kalten und sternenlosen Nacht.« Sanft fuhr er mit der Hand über die Rundung ihrer Pobacken und registrierte die Gänsehaut, die seinen Fingern folgte.

Sie stemmte sich auf die Ellbogen und blickte ihn an, doch das Lächeln, mit dem sie noch gestern Abend auf seine Berührungen reagiert hatte, blieb aus.

Noch bevor sie den Mund öffnete, wusste er, was kommen würde.

»Ich muss gehen.«

Es war unausweichlich gewesen, dennoch traf es ihn wie die Sturmflut das kenternde Schiff.

»Bleib bei mir«, sagte er und setzte sich auf. »Bitte. Lass uns den Fehler von damals nicht wiederholen.«

Liana schwieg.

Er griff unter das Bett und holte eine kleine hölzerne Truhe von der Größe eines Schmuckkästchens hervor.

»Was ist das?«

»Erinnerungen«, sagte er.

Sie schlug die Beine im Schneidersitz übereinander, das Haar fiel ihr wie ein dichter Vorhang über die Schultern.

Angespannt sah er zu, wie sie das Kästchen öffnete. Ihre Augen weiteten sich vor Überraschung, als sie auf das hauchdünne, glitzernde Tuch stieß, das sie als Teil ihres Kostüms um die Hüfte getragen hatte.

Wehmütig strich sie darüber und griff dann nach den Fotos. Aren und sie, herumalbernd, am Feuer, im Hintergrund gestreifte Zeltbahnen. Mit traurigem Lächeln sah sie die Bilder durch.

Dann legte sie sie wieder in die Truhe und schloss den Deckel.

»Ich kann nicht. Er hat mehr für mich getan, als du dir vorstellen kannst. Ohne ihn gäbe es mich schon lange nicht mehr.«

»Du willst bei ihm bleiben, weil du ihm dankbar bist?«

»Ich bin ihm dankbar. Und ich liebe ihn. Auf eine andere Art als dich. Er ist ein wundervoller Vater. Er liebt seine Tochter über alles. Und sie liebt ihn. Ich darf ihr das nicht nehmen. Oder ihm.«

»Ich würde sie gerne kennenlernen, deine Tochter.«

»Das geht nicht.« Sie presste die Lippen zu einem schmalen Strich zusammen.

»Das heißt … es gibt keine Zukunft für uns?«

»Ich weiß es nicht. Irgendwann vielleicht.«

Er nickte langsam. Dann öffnete er die Truhe erneut, nahm seinen Armreif ab und legte ihn zu den anderen Erinnerungen, verschloss die Truhe wieder und schob sie ihr hin. »Damit du mich nicht vergisst.«

»Ich könnte dich nie vergessen.«

»Ich werde auf dich warten.«

»Tu das nicht, bitte. Leb dein Leben.«

»Für mich gibt es kein Leben ohne dich. Ich werde auf dich warten.«

Kapitel 18

Sommer 2016

»Das erklärt Einiges«, murmelt Oliver. Er hatte die Ellbogen auf seinen Knien aufgestemmt, die Fingerspitzen aneinandergepresst und starrt das Diktiergerät an, als sei es hochexplosiv.

Anna nickt. »Das Verhältnis zwischen meinen Eltern war …« Sie sieht zu Oliver. Er drückt ihre Hand und sie seufzt. »Schwierig«, sagt sie dann. »Mal haben sie sich geliebt und mal gehasst. Die Leute haben meine Mutter nie wirklich akzeptiert. Sie war einsam. Ich schätze, dass sie unbewusst meinem Vater die Schuld daran gegeben hat. Wilhelm. Irgendwann fing er an zu trinken. Vielleicht hat er eingesehen, ihr nicht das bieten zu können, was er ihr versprochen oder was sie sich erhofft hatte. Vielleicht hat er aber auch begriffen, dass er ihr nie würde genügen können, weil jemand anderes diesen Platz in ihrem Herzen für immer besetzt hielt. Ich kann gar nicht sagen, ob zuerst er mit dem Trinken begonnen hat, oder sie damit, immer wieder für ein paar Tage zu verschwinden, doch wie gesagt, ihre Ehe war schwierig.«

»Und sie und Aren haben sich nie wiedergesehen?«, fragt Oliver.

Ich blicke zur Terrassentür. Es ist bereits Abend, der Himmel leuchtet orangerot und die Schatten der Bäume fallen lang auf den Rasen.

Auch Noel hat diese Frage an Aren gerichtet. »Aren hatte oft das Gefühl, dass sie da war, meinte, ihre Nähe zu spüren, glaubte, irgendwo hinter den blendenden Scheinwerfern grüne Augen wahrzunehmen und schwarze Haare. Vielleicht war sie es tatsächlich. Doch wenn, so verschwand sie immer, ohne sich ihm gezeigt zu haben. Und dann war es plötzlich vorbei mit ihm und dem Zirkus. Eine leichte Form von Parkinson, aber dennoch das Aus für seine Karriere. Er schrieb ihr einen langen Brief, sagte, er würde zurückgehen nach Armenien, zurück zum See, zu der Zauberbucht. Dort würde er das kleine Haus bauen, von dem sie damals gesprochen hatten, und dort auf sie warten. Doch es kam kein Antwortbrief zurück.«

Anna lässt sich enttäuscht in die Kissen sinken, eine Hand auf ihrem Bauch. Stille breitet sich im Wohnzimmer aus. Alle sind wir in Gedanken versunken.

»Ich kann mich an den Armreif erinnern«, sagt Anna schließlich leise. »Als Kind habe ich ihn gefunden. Und durch ein Missgeschick verloren. Die kleine Truhe aber ist noch da. Meine Mutter hat sie für mich zurückgelassen.«

Ich denke an das, was ich ihr sagen muss, suche nach den richtigen Worten und schiebe sie dann doch wieder nach hinten. Stattdessen öffne ich erneut meine Tasche, ziehe eine Urkunde des Notars hervor und reiche sie ihr. »Ich habe das Dokument von mir auf dich umschreiben lassen. Wie müssen nur noch bei einem Notar einen Termin machen und unterzeichnen.«

»Was ist das?«, fragt sie erstaunt und wischt sich die Finger am Malerkittel ab, obwohl keine Farbe daran klebt, ein Reflex vielleicht. Dann greift sie nach dem Papier. Oliver rückt seine Brille zurecht, späht über ihre Schulter. »Land?«, fragt er überrascht. »In Armenien?«

Verlegen räuspere ich mich. »Die Granatapfelplantage der Familie deiner Mutter. In sehr desolatem Zustand zwar, dafür aber auch für einen Spottpreis von …« Ich schlucke, will Vartans Namen gar nicht aussprechen. »… vom letzten Besitzer gekauft.« Ich stehe auf und laufe nervös durchs Zimmer, während Anna immer noch perplex das Papier anstarrt.

»Eine Granatapfelplantage«, murmelt sie ungläubig.

»Ich … ich dachte, na ja, wenn du möchtest … also, wie soll ich sagen …« Plötzlich komme ich mir total bescheuert vor. »Ich … dachte …« Ich kriege kaum einen Ton raus, muss mich mehrfach räuspern. »Als eine Art Wiedergutmachung … und … na ja … weil … diese Geschichte inzwischen irgendwie ein Teil von mir selbst geworden ist und … Ich dachte, vielleicht könnten wir gemeinsam etwas dort auf die Beine stellen und … oh weh, das hört sich alles total bescheuert an, nicht wahr?« Ich spüre, wie mir das Blut ins Gesicht schießt, und bleibe neben der Tür stehen, widme meine ganze Aufmerksamkeit der Stehlampe. Wie konnte ich nur so dumm sein und die Sache mit der Schenkung für eine gute Idee halten? Nach allem, was sie jetzt über meine leiblichen Eltern weiß, kann Anna mich doch nur hassen. Was sollte sie dazu bewegen, ausgerechnet mit mir zusammen etwas aus einem Stück Land am Ende der Welt machen zu wollen?

Plötzlich werde ich von hinten überschwänglich in die Arme geschlossen.

»Danke, aber das kann ich nicht annehmen«, sagt Anna.

Ich drehe mich um, lächle unter Tränen. »Bitte. Du musst. Es ist die einzige Möglichkeit für mich, mit dieser Sache abzuschließen.«

Sie schüttelt noch immer fassungslos den Kopf. »Lass uns darüber noch mal in Ruhe reden. Trotzdem danke ich dir von ganzem Herzen für deine Bereitschaft, das zu tun.« Sie drückt mich erneut, ich versinke in einer Wolke krausen Haares. Zaghaft erwidere ich die Umarmung, genieße diesen Moment des Glücks, versuche das, was ich ihr darüber hinaus noch sagen muss, hinauszuzögern.

Schließlich jedoch löse ich mich vorsichtig aus ihrer Umarmung und hole tief Luft: »Da gibt es noch etwas, das du wissen musst.«

Sie hebt erschrocken den Blick.

»Wir müssen etwas zu Ende bringen. Nein, du musst etwas zu Ende bringen.«

Sie beißt sich mit gerunzelter Stirn auf die Lippe.

»Es kam kein Antwortbrief zurück«, sage ich und suche nach den richtigen Worten. »Aber es kam eine Karte.«

»Von meiner Mutter?« Anna ist sichtlich schockiert.

Ich nicke. »Sie schrieb, sie habe Wilhelm verloren und habe lange nicht gewusst, ob das ihre Strafe dafür sei, dass sie ihn nicht geliebt hat, wie er es verdient hatte. Sie würde bis ans Ende ihres Lebens um ihn weinen, denn er sei in seinem Herzen ein guter Mann gewesen. Doch sie habe erkannt, dass ihr Leben eben noch nicht zu Ende sei, dass sie eine zweite Chance verdient habe. Sie würde bald aufbrechen zu Aren, sie müsse zuvor nur noch eine Sache klären.«

»Welche Sache?«, fragt Anna atemlos.

***

Ich halte neben der großen Magnolie, der Motor brummt ein letztes Mal, gibt dann Ruhe und ich schalte auch die Scheinwerfer aus, lasse mich im Autositz nach hinten sinken und schließe für einen Moment die Augen. Ich bin so erschöpft nach diesem Gespräch mit Anna und Oliver, so vollkommen ausgelaugt und erledigt, als hätte ich einen Marathon hinter mir. Und etwas Ähnliches war es wohl auch – ein Gefühlsmarathon.

Müde fahre ich mir übers Gesicht und raffe mich dann doch irgendwie dazu auf, die Autotür zu öffnen und aus dem Wagen zu klettern.

Der Himmel ist sternenklar, die Nacht warm.

Die Straßenlaterne ist fast völlig hinter den überhängenden Zweigen der Magnolie verschwunden und taucht deren Laub in buttriges Licht.

Ab und an schwirren kleine Fledermäuse weit oben über mich hinweg und um die nächste Laterne herum. Mein Blick versucht, ihnen zu folgen, doch sie sind zu schnell.

Wieder einmal habe ich keinen Parkplatz vor meiner neuen Wohnung gefunden, das Auto steht nun ganz am Anfang der Straße.

Außer meinen Schritten ist nichts zu hören. Die meisten Fenster sind dunkel. Ich gähne und wünsche mir nichts sehnlicher als mein Bett.

Dann setzt eine Zikade ein und sofort wandern meine Gedanken zu einer anderen Nacht, an einem anderen Ort. Ich seufze tief.

Erneut schwirrt eine Fledermaus vor mir durch die Nacht, und wieder folgt ihr mein Blick, bleibt dann aber am Laternenpfahl hängen, und heiß durchfährt mich der Schreck.

Eine Postkarte mit einem Granatapfel klebt am Laternenpfahl.

Plötzlich ist jegliche Müdigkeit wie weggeblasen.

Langsam trete ich näher. ›Wusstest du eigentlich …‹, ist mit Filzstift quer über das Bild geschrieben, und mein Herz macht einen Satz.

Mit angehaltenem Atem löse ich die Karte vorsichtig ab und drehe sie um.

›… dass diese winzigen Pünktchen auf deiner Iris wie Goldstaub aussehen?‹

Ich schlucke hart, sehe mich hastig um, doch alles ist leer.

Jedenfalls *menschen*leer, denn auf der gegenüberliegenden Straßenseite entdecke ich etwas, das meinen Atem sich schlagartig beschleunigen lässt: eine weitere Postkarte.

Ich laufe hinüber und pflücke die Karte mit zittrigen Fingern.

›Wusstest du eigentlich …‹, steht auch hier auf der Vorderseite. Ich wende die Karte. ›… dass deine Stimme immer einen kleinen Kiekser macht, wenn du vom Schreiben sprichst?‹

Ich drehe mich langsam um mich selbst. Ein Schauer überläuft mich. Auf beiden Seiten der Straße, an jedem Laternenpfahl kleben Postkarten. Ich renne los, sammle sie ein, und mein Herz schlägt mit jeder Karte schneller.

›Wusstest du eigentlich … dass deine Art zu gehen der schönste Tanz ist?‹

›Wusstest du eigentlich … dass ich an Konfetti denken muss, wenn du lachst?‹

Ungläubig laufe ich von einer Straßenseite zur anderen, sammle atemlos Postkarte um Postkarte ein.

›Wusstest du eigentlich … dass dein Duft wundervoller als selbst der von Granatapfelblüten ist?‹

›Wusstest du eigentlich … dass ich nicht genug davon bekommen kann, dich anzusehen?‹

Meine Hände zittern so sehr, dass ich beinahe die Postkarten fallenlasse.

›Wusstest du eigentlich … dass ich noch nie jemanden getroffen habe, in dessen Nähe ich das Gefühl hatte, nichts sonst zum Leben zu benötigen?‹

Ich suche nach der nächsten Postkarte, stelle verwundert fest, dass ich vor meiner Wohnung angekommen bin und bleibe stehen. Mein Herz hingegen legt einen Sprint ein, denn auf der obersten Treppenstufe, die Arme um seinen Oberkörper geschlungen, sitzt Noel.

Er ist eingenickt, seine Haare sind verwuschelt und er hat sich offenbar seit Tagen nicht rasiert. Seine langen Wimpern werfen im Licht der Straßenlaterne Schatten auf seine Wangen. Er trägt ein kurzärmeliges Shirt und scheint im Schlaf zu frösteln, denn die blonden Härchen auf seinen braun gebrannten Armen haben sich aufgerichtet. Die Straßenlaterne vor dem Gartentor wirft durch grünes Laub hindurch ein sonderbar geheimnisvolles Licht auf ihn, und wären nicht der Gesang der Zikaden und das Rascheln eines unsichtbaren Tierchens im Gebüsch gewesen, hätte ich mir einbilden können, ein wunderschönes Gemälde zu betrachten.

Behutsam trete ich auf ihn zu, doch als ich das untere Ende der Treppe erreicht habe, fährt er plötzlich zusammen und schlägt die Augen auf.

»Du bist da«, sagt er, noch leicht benommen.

»Sieht so aus«, entgegne ich, nicht sehr viel origineller. »Was tust du hier?«

»Warten, bis du aus der Antarktis zurück bist. Dahin bist du schließlich für vier Monate ausgewandert, hieß es heute Morgen.«

»Jana hat dir meine Adresse verraten?«

Er nickt. »Und ehrlich gesagt, kam in mir in den letzten Stunden langsam die Befürchtung auf, dass deine Freundin, was die Antarktis angeht, vielleicht doch nicht gelogen haben könnte.« Ein schiefes Lächeln zeichnet sich in seinem Gesicht ab. »Ich würde zwar gerne behaupten, dass ich es auch vier Monate auf diesen Stufen hier aushalten würde, aber ich fürchte, ich habe in letzter Zeit an Glaubwürdigkeit eingebüßt.«

»Da liegst du richtig«, sage ich und bemühe mich, streng zu klingen. Leider zittert meine Stimme und mein Herz schlägt so laut, dass ich fürchte, er könnte es hören. Hastig hebe ich den Stapel mit den Postkarten. »Ich schätze, die hier sind von dir.«

Er fährt sich verlegen über den Nacken. »Ich hab dich gewarnt: Ich bin ein grauenvoller Schriftsteller.«

Ich schüttle den Kopf und lächle schief. »Vermutlich bin ich da jetzt ein wenig voreingenommen, aber …«

»Aber?«

»… aber ich habe noch nie schönere Dinge über mich gelesen.« Ich spüre mein Gesicht glühen und bilde mir ein, dass auch er rot wird, doch das Licht ist schlecht und vielleicht habe ich mich auch getäuscht.

Plötzlich steht er auf und knetet nervös seine Finger. »Ich habe noch viel mehr dieser Postkarten gekauft, eine halbe Wagenladung, um genau zu sein. Sie sind alle noch leer, aber …«

Ich leide plötzlich unter Atemnot. »Aber?«, bringe ich gerade noch über die Lippen.

»Wenn du mir die Gelegenheit dazu gibst, fülle ich sie. Es … gibt noch so viel, was ich dir sagen möchte.«

»Danke«, flüstere ich. »Für deine Worte. Für deine Mühe. Und vor allem dafür, dass du Aren gefunden hast.«

Er fährt sich mit der Hand über sein stoppeliges Kinn. »Du hast doch selbst gesagt, es darf nicht sein, dass eine einzige falsche Entscheidung, ein einziger Fehler eine große Liebe zerstört. Ich musste es einfach versuchen, denn … wie soll ich es erklären? Alle Frauen, die ich bisher kennengelernt habe, waren wie der Wind. Sie kamen und gingen, ohne Spuren zu hinterlassen. Du bist der Sturm. Nach dir war nichts mehr wie früher.«

Ich kann nicht antworten, denn ich bin viel zu sehr damit beschäftigt, mein Herz wieder auf Kurs zu bringen. Hat er das mit der Liebe auf uns bezogen oder auf das Manuskript?

Schließlich schaffe ich es, mich einigermaßen zusammenzureißen, und entgegne vorsichtig: »Danke, dass du mir geholfen hast, die Geschichte zu einem Ende zu bringen.«

»Heißt das«, fragt er und kommt langsam auf mich zu, »… du könntest in Erwägung ziehen, mir zu verzeihen?« Nur eine Armlänge von mir entfernt bleibt er stehen.

Ich muss mich zurückhalten, nicht die Hand an seine Wange zu legen, und meinem Kopf wird klar, was mein Herz insgeheim bereits weiß: »Hab ich doch schon längst.«

Sein Gesicht leuchtet auf. »In Erwägung gezogen oder verziehen?«

Vertrauen gehört zur Liebe dazu, klingt mir Annas Stimme im Ohr. Und Vertrauen fängt mit Verzeihen an …

»Sowohl als auch.«

»Und …« Er räuspert sich, seine Stimme vibriert vor Anspannung, als er weiterspricht: »Du glaubst mir, was den Unfall angeht?«

»Ja«, sage ich mit fester Stimme. »Aber garantiert nicht, weil du mir das Grundstück geschenkt hast! Das habe ich übrigens weiterverschenkt. An Lianas Tochter.«

Er stutzt, dann nickt er und ein Lächeln breitet sich auf seinen Zügen aus. »Die Vorstellung gefällt mir.«

»Aber das Geld zahle ich dir bis auf den letzten Cent zurück.«

»Nein.«

»O doch.«

»Das werde ich verhindern!«

»Ach ja? Und wie?« Angriffslustig werfe ich den Kopf in den Nacken.

Er macht einen letzten Schritt auf mich zu, bis er unmittelbar vor mir steht und ich den Kopf in den Nacken legen muss, um seinem Blick standhalten zu können. Selbst im schummrigen Licht der Straßenlaterne ist das Blau seiner Augen klar zu erkennen.

Seine Nähe lässt die Härchen auf meinen Armen sich aufrichten. Ich spüre die Wärme, die von ihm ausgeht, seinen Duft nach Wald und Moos, fühle mich plötzlich ganz trunken und habe Mühe, aufrecht stehenzubleiben, denn nicht nur meine Hände, auch meine Beine zittern vor Erregung.

Wie von selbst bewegt sich meine Hand auf seine Wange zu, streicht über seine Bartstoppeln und die plötzliche Erinnerung an das Gefühl, das sie damals überall auf meinem Körper hinterlassen haben, lässt mich erschauern.

»Ich küsse dich einfach so lange, bis du es vergisst«, raunt er und dieser leicht verschmitzte Zug, den ich so sehr an ihm liebe, erscheint in seinen Mundwinkeln. »Was meinst du, ob das funktioniert?«

»Kommt auf einen Versuch an«, flüstere ich atemlos.

Behutsam, als hätte er Angst, mich zu verschrecken, hebt er die Hand und legt sie an meine Wange. Ich zögere nur einen Wimpernschlag lang, dann schmiege ich mich dagegen.

Langsam beugt er sich vor und ich schließe die Augen und tauche ein in die köstliche Wärme seiner weichen Lippen.

Und schlagartig ist alles wieder da: diese Spannung zwischen uns, dieser Sternschnuppenschauer in meinem Magen, dieses sehnsüchtige Ziehen in meinem Unterleib. Und jetzt erst wird mir klar, wie sehr ich Noel wirklich vermisst habe.

Unser Kuss wird heftiger, drängender, wir ziehen uns gegenseitig ganz dicht aneinander und die lustvolle Anspannung in meinem Inneren schwillt an.

»Hat es funktioniert?« Der heisere Klang seiner Stimme lässt sämtliche Synapsen meines Körpers für einen Augenblick einen Kurzschluss erleiden. Ich schlage die Augen auf und das Begehren in seinen Augen ist ein Spiegel meiner eigenen Gefühle.

»Ja – fürs Erste«, hauche ich atemlos und ziehe Noel an seiner Hand zur Tür.

»Moment«, sagt er und entwindet mir seine Hand. »Es gibt da noch etwas, das du wissen musst. Etwas, das ich dir noch nicht gesagt habe.«

Der Schreck fährt mir durch die Glieder. Noch etwas, das er mir verheimlich hat? Ich beiße mir auf die Lippe und drehe mich zögerlich um.

Noel greift nach hinten und zieht etwas aus seiner Hosentasche hervor. Eine weitere Postkarte. ›Wusstest du eigentlich …‹, steht auch hier auf dem Bild des Granatapfels.

Langsam wende ich die Karte.

›… dass ich dich liebe?‹

Erleichterung, Glück und unbändige Freude brausen durch meinen Körper.

»Ich hatte da so eine vage Ahnung«, flüstere ich.

»Ich hoffe, dass ich mehr draus machen kann als nur eine Ahnung«, erwidert er, zieht mich an sich und küsst mich.

Lang und zärtlich.

Kapitel 19

Herbst 2016

Steil fällt das felsige Gelände ab, von Büscheln hoch aufschießender Wildgräser übersät. Sie wiegen sich leicht in der Brise, die uns vom Sewansee her entgegenweht, und für die ich wirklich sehr dankbar bin. Obwohl der Himmel von Schleierwolken überzogen ist, ist es sehr warm und der anstrengende Abstieg lässt mir den Schweiß zwischen den Brüsten hinablaufen.

Besorgt sehe ich zu Anna mit ihrem Babybauch zurück, die hinter Noel und mir den steinigen, gewundenen Trampelpfad hinunterklettert, gestützt von Oliver.

Ich beschatte die Augen mit der Hand, versuche, das gegenüberliegende Ufer zu erkennen und vielleicht den Hügel mit dem Kloster, wo ich damals mit Noel war, doch die Luft ist diesig und in der Ferne verschwimmt alles in milchigem Blau.

Plötzlich deutet Noel nach vorn. »Da ist es. Hinter dieser Biegung kommt ein kleines Wäldchen. Gleich könnt ihr es sehen.«

Wir erreichen den steinigen Strand und folgen Noel die Wasserlinie entlang um die Handvoll Bäume herum, die er großzügig als ›Wäldchen‹ bezeichnet hat.

Der See liegt nicht so spiegelglatt da wie bei meinem letzten Besuch, vielmehr kräuselt sich das Wasser unter der stetigen Brise, funkelt und glitzert im Sonnenlicht und schwappt immer wieder leise gegen die Steine am Ufer.

Und obwohl Noel es mir oft genug beschrieben hat, bin ich dennoch überrascht, als ich es endlich vor mir sehe: Gute fünf Meter vom Wasser entfernt schmiegt sich, vor Wind und Wetter geschützt, ein kleines Holzhaus an die Felswand. Die Balken sind von der Sonne grausilbern gebleicht.

Jetzt hat auch Anna es erblickt. Die Nervosität steht ihr ins Gesicht geschrieben und sie umklammert die kleine, dunkle

Holztruhe, die sie schon den ganzen Weg über nicht aus der Hand gelassen hat. Es ist die eine, die Aren ihrer Mutter gegeben hat.

»Sollen wir einfach rübergehen und klopfen?«, fragt Oliver und sieht sich unbehaglich um.

»Lieber vorher auf uns aufmerksam machen«, sage ich eingedenk meiner Erfahrungen und zucke im nächsten Moment zusammen, als Noel meinen Vorschlag sehr prompt und laut in die Tat umsetzt und mit vor den Mund gelegten Händen in Richtung des Hauses ruft.

Prompt ertönt eine Antwort. Allerdings aus der falschen Richtung.

Ein kleines Boot taucht hinter der Biegung der Bucht auf. Mit dem Rücken zu uns sitzt ein Mann darin und steuert es mit langsamen, aber kräftigen Ruderschlägen aufs Ufer zu. Er sieht muskulös aus. Das schulterlange Haar trägt er zu einem Zopf gebunden und ein schlammbrauner Hut mit breiter Krempe spendet ihm Schatten.

»Ist er das?«, fragt Anna mit zittriger Stimme und tritt ein paar Schritte zurück.

Noel kneift die Augen gegen die Sonne zusammen und nickt schließlich. Anna und Oliver flüstern aufgeregt miteinander.

Der Mann hat jetzt das Ufer erreicht, springt mit nackten Füßen und hochgekrempelten Hosenbeinen über den Bootsrand ins flache Wasser und zieht das Boot auf den Strand. Noel eilt ihm entgegen, um ihm zu helfen.

Ich folge zögerlich.

Kaum hat Noel ihn erreicht, als der Mann ihn schon freundlich begrüßt und umarmt. Offenbar ist Noel ihm in guter Erinnerung geblieben.

Dann ist das Boot sicher auf dem Trockenen und der Mann dreht sich zu mir um.

Anna ist ihm wie aus dem Gesicht geschnitten. Seine Augen haben die gleiche Farbe dunklen Honigs, Anna hat auch die gleiche Augenpartie, denselben auffällig geschwungenen Mund, selbst die leicht nach links geneigte Kopfhaltung. Es ist, als wäre er ihr männliches Pendant. Unter den vielen grauen Strähnen schimmert sogar Annas Haarfarbe durch, doch während ihr Haar kraus ist, wellt sich seines lediglich.

Er ist groß und steht breitbeinig da, die Hände in den Hüften. Auf den ersten Blick weiß man, dass er auf eine Bühne gehört. Er hat diese Präsenz, dieses raumgreifende Charisma, das ohne große Worte auskommt, und ich kann problemlos nachvollziehen, dass Liana für ihn Heim und Familie verlassen hat.

»Hallo«, sage ich, als ich meine Fassung einigermaßen wiedergewonnen habe, und strecke ihm die Hand entgegen. »My name is Sophie.«

»Ah, Sophie«, sagt er, schiebt sich den Hut in den Nacken und schüttelt meine Hand. »Ich weiß alles.« Er zwinkert Noel verschwörerisch zu.

»Sie sprechen Deutsch?«, frage ich überrascht.

»Sì«, sagt er und seine Augen funkeln schelmisch. »Piccolo deutsch. Bisschen español. Un poco english. A little bit russki.« Er lacht herzlich und offenbart dabei strahlend weiße Zähnen in dem sonnengebräunten Gesicht. »Viel gelernt bei Zirkus. Nicht nur mit die Messer«, fügt er hinzu und rollt dabei das ›r‹, während er die Vokale auf charmante Art überdehnt. »Ist Muss bei Zirkus.« Wieder dieses strahlende Lächeln. »Kaffee?« Er deutet in einer einladenden Geste, die ihm in der Luft erstarrt.

Anna ist hinter Oliver hervorgetreten.

Das Lächeln auf Arens Gesicht bröckelt, weicht erst stirnrunzelnder Irritation und schließlich absoluter Verwirrung. Die Ähnlichkeit ist zu offenkundig.

»Das ist Anna«, sage ich leise. »Lianas Tochter. Und Ihre.«

Einen Augenblick lang bin ich mir nicht sicher, ob er mich überhaupt gehört hat, doch da schüttelt er ungläubig den Kopf und langsam zeichnet sich Verstehen in seinem Gesicht ab. Stolpernd geht er auf Anna zu und bleibt einen knappen Meter vor ihr stehen. Seine Hände zittern jetzt heftig.

Plötzlich tritt Anna auf ihn zu und umarmt ihn stumm.

Er steht wie erstarrt da, ehe auch er sie in seine Arme schließt, vorsichtig erst, dann wird er immer überschwänglicher und wiegt seine Tochter lachend hin und her. Die schmale, zierliche Anna versinkt vollkommen in seiner Umarmung. Noch immer schüttelt er ungläubig den Kopf und strahlt, während ihm gleichzeitig die Tränen über das ganze Gesicht laufen. »So schön … so wunderschön … so groß … und ein Baby du kriegst … Vater … ich bin Vater und Großvater gleichzeitig … Geht es gut? Du bist glücklich? Gesund?« Anna nickt, wieder und wieder, in einer Mischung aus Schluchzen und Lachen. Und dann sprudelt es plötzlich wie ein Wasserfall auf Armenisch aus ihm heraus. In seiner Aufgewühltheit scheint er nicht in der Lage, sich anders zu äußern als in seiner Muttersprache.

»Was hat er gesagt?«, frage ich Noel.

Der fährt sich mit der Zunge über die Lippen, sieht mich bedrückt an und erklärt dann stockend: »Er sagte, er … wüsste jetzt, warum Liana bei ihrem Anruf gesagt hätte, sie müsse erst mit ihrer Tochter sprechen und … deren Einverständnis einholen. Er sagte, er sei unfassbar glücklich, dass … dass es endlich so weit sei. Er … hat die Hoffnung nie aufgegeben. Er … hat Liana gesagt, er würde auf sie warten und das hat er getan. Er sagt, er hätte auch … bis an sein Lebensende auf sie gewartet, wenn es nötig gewesen wäre.«

»Bis an Ende von meinem Leben«, wiederholt Aren mit zittriger Stimme.

Anna hebt den Kopf, Betroffenheit zeichnet sich auf ihren Zügen ab. »Du hast … all die Jahre auf sie gewartet?«

Aren nickt mit traurigem Lächeln. »Lange. Lange. Viel zu lange. Aber ich wusste: Tag wird kommen. Jetzt gekommen. Endlich.« Suchend blickt er sich um, vibriert förmlich vor Aufregung. »Wo sie ist? Wo?«

Anna ist ganz weiß geworden. »Wir wissen es erst seit Kurzem«, flüstert sie. »Erst seit ich von … von allem erfahren habe, konnte ich … in der richtigen Richtung … nachforschen, aber jetzt … Der Frau des Kapitäns … Sie sagte …« Sie bricht ab, Tränen schimmern in ihren Augen.

Aren runzelt die Stirn, sein Blick fliegt zwischen unseren bedrückten Gesichtern hin und her, sucht erneut hektisch die

Umgebung ab, zunehmend verzweifelt, dann scheint er die Wahrheit zu erkennen. Er ballt die Hand zur Faust und presst sie sich vor den Mund, dennoch entringt sich seiner Kehle ein qualvoller Aufschrei. Und der große Mann, der Messerwerfer, sackt in sich zusammen und auf die Knie und weint wie ein Kind.

Von Hoffnung

»Sie verstehen das nicht!«, rief Liana verzweifelt und hätte beinahe angefangen zu weinen wie ein Kind. »Ich *muss* auf die andere Seite!«

»Das glaube ich Ihnen ja auch«, erwiderte die ältliche Frau im Kassenhäuschen. »Aber ich kann mich nur wiederholen: Das war die letzte Fähre für heute.« Sie deutete aus dem Kassenhäuschen hinaus auf den See, auf dem im Licht der untergehenden Sonne in der Ferne ein großes Schiff zu sehen war. »Sie müssen bis morgen warten.«

»Ich kann nicht bis morgen warten!« Lianas Stimme überschlug sich fast, doch die Frau vor ihr zuckte lediglich die Schultern und schloss die Sprechluke.

Fassungslos starrte Liana auf das Glas, drehte sich dann langsam um und ging mit steifen Bewegungen zur steinernen Brüstung. Sie hatte Schwierigkeiten, Luft zu holen, ihr Kopf dröhnte und nun drängten sich endgültig die Tränen in ihren Augen. Sie wischte sie weg und griff nach dem roten Seidenschal, den sie sich in der Mittagshitze einem Haarband gleich um das Haar gebunden hatte, um ihren schmerzenden Kopf vor der Sonne zu schützen. Nun war die Hitze einer starken Brise gewichen, die an Lianas Haaren und Kleidern zog und zerrte, Vorbote des sich nähernden Herbstes, und Liana zog sich den Schal vom Kopf. Ihre Augen suchten das gegenüberliegende Ufer ab, versuchten, eine Bucht auszumachen, Häuser, Lichter, irgendetwas. Doch das war vollkommen unmöglich, das gegenüberliegende Ufer verschwamm im lichten Blau der Berge.

Jemand rempelte sie an, sie fuhr erschrocken zusammen und das Tuch glitt ihr aus der Hand, sie griff erschrocken danach, doch es war zu spät. Ein Windstoß hatte es gepackt und trug es über den See. »Nein!«, flüsterte sie entsetzt, während das Tuch immer weiter hinausflog und von den Windstößen mal hierhin, mal dorthin getrieben wurde. »Nein!«, wiederholte sie lauter, ohne den Blick vom Tuch zu nehmen, dessen durchscheinendes Rot in den letzten Sonnenstrahlen aufleuchtete.

Und dann brach sich der Weinkrampf Bahn, der sich seit Wilhelms Tod in ihr aufgestaut hatte. Sie klammerte sich an die steinerne Brüstung des Kais, weinte und weinte, und konnte nicht einmal aufhören, als die Frau vom Kassenhäuschen plötzlich neben ihr stand, ihr die Hand auf die Schulter legte, und sie besorgt musterte.

»Was ist denn los, Liebes?«, fragte sie in mütterlichem Tonfall.

»Ich muss zu ihm«, stammelte sie von Schluchzern geschüttelt, hielt sich nur mit Mühe aufrecht. »Zu Aren. Das Haus … auf der anderen Seite … Er hat es gebaut … das hat er mir versprochen. Und Wilhelm … er ist gestorben … er war mein Mann … aber ich liebe Aren. Auch. Und meine Tochter. Es tut so weh, es tut so furchtbar weh, dass sie nicht mit mir reden wollte. Ich wollte es ihr erklären, alles, aber sie wollte nicht mit mir reden.«

»Kindchen«, sagte die Frau, obwohl sie kaum zwanzig Jahre älter als sie selbst sein konnte. »Ich verstehe kein Wort.«

»Meine Tochter … sie … ich … Ich habe ihr alles erklären wollen.« Ihre Brust brannte, ihr Kopf schmerzte und sie spürte, wie ihr die Tränen übers Gesicht liefen. »Alles, was vor einem halben Leben geschehen ist. Ich kann verstehen, dass sie um ihren Vater trauert. Ich kann auch verstehen, dass sie mir die Schuld an seinem Tod gibt, dass sie nicht mit mir reden will. Aber … aber sie wird doch darüber hinwegkommen, oder?«

»Ich denke schon«, gab die Frau verwirrt zurück.

»Irgendwann wird sie darüber hinwegkommen«, wiederholte Liana, immer noch weinend, als müsse sie es sich selbst bestätigen. »Irgendwann wird sie wieder mit mir reden. Und wenn es so weit ist, werde ich ihr alles erklären. Und dann wird alles gut werden. Es kann doch nicht anders sein, nicht wahr?« Bestätigung heischend griff sie nach dem Arm der Frau. »Nicht wahr?«, wiederholte sie und fuhr dann fort und Schluchzer zerrissen ihr die Worte. »Wozu sonst sollte eine Liebe wie die von Aren und mir auf dieser Welt existieren?«

»Sicher, sicher«, sagte die Frau und tätschelte Liana hilflos die Schulter. »Jetzt setz dich erst mal. Du siehst erschöpft aus.« Sie drückte Liana auf die an der Mauer stehende Bank.

Liana nickte, murmelte wie zu sich selbst. »Ich bin erschöpft. Unendlich erschöpft. Die Reise war so lang. Die Trauer ... Wilhelm ... Ich sorge mich um meine Tochter. Und dennoch ... dennoch freue ich mich so unendlich auf Aren. Ich ... ich habe das Gefühl, zerrissen zu werden von Ungeduld und ... Angst ... und Hoffnung ... Ich muss zu ihm.« An diesen Gedanken klammerte sie sich, als wäre er ihr Rettungsring. »Ich muss zu ihm. Ich kann nicht mehr warten. Ich habe schon zu lange gewartet. So viele Jahre. Ich muss zu ihm. Noch heute.«

»Na schön, also ... ich kann nicht behaupten, dass ich wirklich verstanden hätte, was passiert ist, aber ... wenn es wirklich so wichtig ist – und das scheint es ja zu sein – gäbe es vielleicht eine Möglichkeit.«

»Welche?!« Liana umklammerte ihre Tasche so fest, dass die Knöchel ihrer Finger weiß hervortraten.

»Mein Mann fährt jeden Abend mit unserem Kutter und den Schleppnetzen hinaus. Er kann dich mitnehmen. Es wird nicht besonders schnell vorangehen, das sage ich dir gleich. Der Kutter ist alt und muss außerdem langsam fahren, um die Fische nicht zu verscheuchen, aber –«

»Ja! Bitte! Das macht nichts! Bitte!«

Die Frau beugte sich über die Brüstung, sah sich suchend um. »Gut. Dann komm mal mit. Er müsste schon dabei sein, das Boot fertigzumachen.«

Auch wenn Liana sich kaum mehr aufrechthalten konnte, verlieh ihr diese Nachricht neue Kraft und sie eilte an der Seite der Frau die steinerne Treppe zum Anlegesteg hinunter.

Kurz darauf stand sie an der Reling des alten Kutters und der Wind zerrte an ihrem Haar. Immer wieder musste sie es sich aus dem Gesicht streichen.

Die Frau aus dem Kassiererhäuschen sprach immer noch mit ihrem Mann, dem die blaue Schiebermütze schief auf dem weißen Haar saß. Bedächtig nickte er, zog an seiner Pfeife und wandte sich Liana zu. »Du solltest dich unter Deck hinlegen und schlafen. Ich kann nur langsam fahren. Es wird ein paar Stunden dauern.«

Alles in Liana sträubte sich dagegen, ihre Position an der Reling zu verlassen, aus der irrationalen Angst heraus, der Kutter könnte sonst den Weg nicht finden, doch dann nickte sie. Sie war am Ende ihrer Kräfte, aber trotzdem so unruhig, dass sie wusste, sie würde nicht schlafen können. Sie zog die kleine Dose mit den Tabletten aus ihrer Tasche.

»Seekrank?«, fragte die Frau.

Liana schüttelte den Kopf. »Ein Beruhigungsmittel von meinem Arzt. Ich … meine Gedanken … sie geben keine Ruhe. Sie kreisen ununterbrochen. Ich … werde mich hinlegen und … von Aren träumen.« Und zum ersten Mal seit Liana im Leben der Frau des Kutterkapitäns aufgetaucht war, nahm diese ein Lächeln an ihr wahr. Ein Lächeln, das die smaragdgrünen Augen von Liana zum Strahlen brachte und ihren Zügen einen tiefen Frieden verlieh.

Als das Boot endlich ablegte, und die Frau ihrem Mann zum Abschied zuwinkte, lag Liana schon schlafend unter Deck. Und als das Wasser den leckgeschlagenen alten Kutter flutete, schlief sie friedlich.

Und sie träumte von Aren.

Mit schief gelegtem Kopf betrachte ich die halbfertig aquarellierte Skizze: die Gartenmauer, davor die Bank, im Hintergrund angedeutet die Granatapfelbäume. Meine Finger spielen mit den Fransen meiner Umhängetasche.

»Und?«, fragt Anna. Sie steht in ihrem Malerkittel neben mir im Schatten des Hauses. Vor uns auf dem Stativ ruht eine großformatige Leinwand. Heute haben sich zur Abwechslung grüne und rote Farbflecken in ihr Gesicht geschlichen. Das Kraushaar hat sie zu einem schiefen Dutt aufgetürmt.

»Perfekt«, gebe ich zufrieden zurück. »Es wird wundervoll zur Geltung kommen, links von der Theke. Und für die zweite Fensterseite kriegen wir ja noch eine Ansicht des Sees, nicht wahr?«

»Klar doch«, sagt Anna, runzelt dann aber die Stirn. »Wieso zweite Fensterseite? Das Café hat doch nur vorn Fenster.«

»Jana hat vor, zu vergrößern«, erkläre ich. »Der kleine Ramschladen nebenan steht doch seit einiger Zeit zum Verkauf. Noel hat meine Mutter überzeugt, ihn mit seiner Hilfe aufzukaufen, und Jana hat schon die Pläne für einen Durchbruch eingereicht. Wenn die genehmigt werden, wird es nebenan noch warme Küche geben, oder besser gesagt: Grüne Küche, Janas neueste Idee.«

»Du scheinst das alles sehr locker zu nehmen.«

Ich puste mir den wieder zu lang gewachsenen Pony aus der Stirn. »Sie macht das wirklich toll. Ich habe allergrößtes Vertrauen in sie. Und meine Mutter inzwischen zum Glück auch.«

»Das freut mich.« Anna legt den Pinsel weg und streckt sich. »Sie versteht sich ja inzwischen auch erstaunlich gut mit Noel.« Mit dem Kinn deutet sie in Richtung Scheune, wo sich die beiden lebhaft unterhalten.

»Kaum zu glauben, oder? Nach dem frostigen Start damals, als ich mit Noel vor ihrer Tür stand. Aber jetzt gibt sie auf seine Meinung fast noch mehr als auf meine.« Ich schüttle den Kopf und ergänze lachend: »Eigentlich müsste ich richtiggehend eifersüchtig sein.«

Auch Anna schmunzelt, dann kneift sie die Augen ein wenig zusammen und sagt: »Sieht aus, als ob sie nach den Umbaumaßnahmen des Cafés jetzt die Umbaumaßnahmen hier diskutieren.«

Und tatsächlich nehmen die beiden die Scheune von allen Seiten in Augenschein, deuten auf diese Ecke und auf jene und gestikulieren wild.

»Oh weh«, feixe ich. »Nicht, dass wir in unseren Plänen bald überstimmt werden.«

»Nix da«, ruft Anna mit gespielter Entrüstung aus. »Die Scheune wird unser Gästehaus, so wie wir zwei es beschlossen haben. Dieses Gut gehört schließlich uns beiden und *wir* bestimmen, was daraus gemacht wird!«

Und das stimmt tatsächlich, denn Anna hat nicht klein beigegeben und darauf bestanden, dass sie das Land nur annimmt, wenn die Hälfte bei mir verbleibt.

»Und zur Not«, ergänzt sie lächelnd, »haben wir immer noch Olivers Stimme für unsere Seite der Waagschale.«

»Wo ist er überhaupt?«, frage ich.

»Immer zur Stelle, wenn er gebraucht wird«, ertönt hinter uns eine tiefe Stimme und Oliver naht, einige vergilbte Bücher unter dem Arm.

»Wieder was für dein Antiquariat gefunden?«, frage ich.

»Es ist unfassbar, was in all den Städtchen rund um den See für ungehobene Schätze ruhen«, bestätigt er strahlend und seine Augen leuchten. »Eine englische Erstausgabe von Rilke! Und eine armenische Sonderausgabe botanischer Zeichnungen von Stoppel mit Widmung. Und eine …«

»Ist ja gut, wir glauben dir«, unterbricht ihn Anna lachend und haucht ihm einen zärtlichen Kuss auf die Wange.

Er drückt sie an sich und sieht sich dann suchend um. »Wo

ist meine Prinzessin?«

»Sie schläft im Kinderwagen. Aren fährt sie derweil spazieren. Hinter dem Gemüsegarten. Holst du sie? Die kleine Maus wird nämlich bald aufwachen und mächtig Hunger haben.«

»Mach ich«, sagt Oliver, ruft aber nach wenigen Metern über die Schulter zurück: »Übrigens macht Raquel dort hinten gerade den Erntehelfern die Hölle heiß. Ich hoffe, dass das okay ist.«

»Lass sie mal«, sagt Anna schmunzelnd. »Sie weiß schon, was sie tut. Sie scheint es sich zum Ziel gesetzt zu haben, die größte Ernte zu erzielen, die dieses Gut jemals hervorgebracht hat. Ich hoffe nur, dass Noel nicht übertrieben hat, was die Abnehmer angeht, die er organisiert hat.«

»Auf keinen Fall«, sage ich. »Und um die Baumaßnahmen zu bezahlen, wird es allemal reichen.« Ich halte hinter Oliver nach Raquel Ausschau, kann aber weder sie noch die Erntehelfer finden und wende mich wieder Anna zu. »Ich muss zugeben, ich hatte große Zweifel, ob es so eine gute Idee wäre, Raquel wieder zurückzuholen auf den Hof, aber du hast recht behalten. Es ist unfassbar, wie sehr sie sich in die Bewirtschaftung des Gutes reinhängt.« Tatsächlich wäre es ohne Raquel gar nicht denkbar gewesen, unsere Pläne zu verwirklichen, schließlich können weder Anna noch ich das ganze Jahr über hier vor Ort sein, und keine von uns kennt sich in der Landwirtschaft aus, geschweige denn mit einer Granatapfelplantage in solch desolatem Zustand.

Anna zuckt die Achseln. »Jeder hat eine zweite Chance verdient. Wer wüsste das besser als ich?«

Ich erinnere mich noch sehr gut daran, wie Raquel vor Dankbarkeit in Tränen ausgebrochen ist. Sie konnte gar nicht aufhören, zu beteuern, wie sehr sie alles bereue. Dennoch bin ich nach wie vor skeptisch, ob Aren damit zurechtkommen wird.

»Natürlich ist es für Aren immer noch schwer«, sagt Anna, als habe sie meine Gedanken gelesen, ein Kunststück, das ihr bei mir sehr oft gelingt. »Aber ich habe mich sehr lange mit ihm unterhalten und er hat mir schließlich zugestimmt, dass das Verzeihen der einzige Weg ist und gesagt, dass er es versuchen werde. Ohnehin hat er gesagt, dass er sein Häuschen auf der anderen Seite nicht aufgeben wird, weil er sich Liana dort viel näher fühlt als hier. Nur wenn wir zu Besuch sind, sagt er, will er es sich nicht nehmen lassen, hier zu wohnen, weil er keine Minute mit seiner Enkelin verpassen will.«

»Tja, dann bleibt nur noch zu hoffen, dass meine Begegnungsstätte für Künstler nicht ein völliger Schuss in den Ofen wird.«

»Mit Sicherheit nicht.« Sie breitet die Arme aus und intoniert mit übertriebener Theatralik: »Wo, wenn nicht hier, in der Abgeschiedenheit dieser absolut atemberaubenden Landschaft, kann man seine Kreativität besser beleben? Sieh mich an! Oder dich!«

»Und was sagen deine Schwiegereltern inzwischen zu der Idee?« Nach allem, was ich mitbekommen habe, ist das Verhältnis zwischen ihr und insbesondere Olivers Mutter etwas unterkühlt, doch Annas Aussage zufolge stellt das eine gewaltige Verbesserung der Verhältnisse dar, wie sie noch vor einiger Zeit geherrscht haben.

Jetzt lächelt Anna schief und nimmt die Arme wieder herunter. »Elisabeth hat fast der Schlag getroffen und sie hat mir im ersten Anflug schlicht verboten, an so etwas auch nur zu denken. Aber Oliver hat ihr gesagt, dass ihn ihre Meinung in diesem Punkt herzlich wenig interessieren würde. Ich hätte ihn dafür am liebsten vor ihren Augen geknutscht. Eine Stunde später hat sie sich dann zu meinem Erstaunen sogar entschuldigt. Zum ersten Mal überhaupt. Apropos, deine Kreativität. Wie sieht es denn bei dir aus?«

»Wusstest du eigentlich, dass –«

»He! Nicht ausweichen.« Sie deutet auf meine Umhängetasche und mustert mich erwartungsvoll. »Ist dort das drin, was ich denke, oder nicht?«

Ich gebe mich seufzend geschlagen, öffne die Tasche und ziehe den dicken Stapel Papier hervor. »Der Ausdruck der ersten Fassung«, sage ich. »Die digitale Version habe ich gerade an den Lektor geschickt.«

»Darf ich?«, fragt sie.

Verlegen händige ich ihr das Manuskript aus.

Sie wischt sich die Hände am Malerkittel ab, nimmt es dann so vorsichtig entgegen, als sei es aus Glas, geht zur Bank hinüber und setzt sich. Ich folge ihr nervös.

Sie schlägt die erste Seite auf und liest vor: »Unter Lianas Füßen rauschte und raschelte das Stroh. »Gut gemacht, Amri«, flüsterte sie sanft, während sie ihrer braunen Stute über die Blesse strich. Dann sammelte sie Hufkratzer und Bürste wieder ein und trug den Putzkasten zum Regal zurück. Plötzlich schlug im Hof Artak lautstark an.«

Anna hält inne, blättert durch das Manuskript bis zur letzten Seite und liest mit leiser Stimme:
»Nichts machte mehr Sinn. All die vergangenen Jahre, all die zukünftigen. Er konnte nicht mehr essen, nicht mehr schlafen. Reglos starrte er die Dachbalken des Häuschens an, das er für Liana gebaut hatte, und nur die Anwesenheit seiner Tochter hielt ihn davon ab, dem Drang nachzugeben, all dem hier und jetzt ein Ende zu setzen und ins Wasser zu gehen, in das gleiche Wasser, das ihm Liana endgültig genommen hatte. Wenigstens dort würden sie vereint sein.

Anna ahnte, wie es um ihn stand, und wich ihm nicht von der Seite. Sie flehte ihn an, dass er es ihr nicht antun dürfe, zum zweiten Mal den Vater zu verlieren. Außerdem bekäme sie ein Kind, sein Enkelkind. Es habe das Recht, ihn kennenzulernen.

Nur langsam drangen die Informationen zu ihm durch, wie durch dicken Nebel nahm er die Welt wahr.

Anna flehte ihn an, ihr zu versprechen, seine Enkeltochter im Arm zu halten, und schließlich gab er nach. Was spielten ein paar Tage, ein paar Wochen oder Monate jetzt noch für eine Rolle? Dann würde er ihr diesen Gefallen eben tun. Es wäre das Letzte, was er für sie würde tun können. Danach würde er alles beenden.

So schleppte er sich durch eine endlose Aneinanderreihung dunkler Tage und qualvoller Nächte.

Dann, eines Tages, stand sie plötzlich wieder vor ihm, seine Tochter, und sie streckte ihm ein kleines Bündel Mensch entgegen, ein nur wenige Monate altes Mädchen. Die Augen mit den dichten schwarzen Wimpern waren geschlossen, der kleine rosafarbene Mund stand offen und die winzigen Finger zuckten im Schlaf.

›Sie heißt Liana‹, sagte Anna. ›Nach ihrer Großmutter.‹

Nur zögerlich nahm er das kleine Mädchen entgegen, hielt es unbeholfen im Arm und war froh, seinen Teil der Abmachung damit erfüllt zu haben.

Dann schlug das Menschlein die Augen auf und mit einem Mal schoss eine Erkenntnis glühend heiß durch Aren hindurch: Seine Liana würde niemals ganz sterben. Ein Teil von ihr würde weiterleben in ihren Kindern und deren Kindern. Also musste auch er weiterleben.

Zaghaft lächelte er das Baby an.

Es musterte ihn mit leicht gekrauster Stirn.

Seine Augen waren smaragdgrün.«

Anna hält inne, atmet tief durch, Tränen schimmern in ihren Augen. »Danke«, flüstert sie und schließt mich plötzlich in eine überschwängliche Umarmung, die ich verlegen erwidere.

»Alles in Ordnung?«, ertönt Noels raue Stimme hinter mir. Anna löst sich vorsichtig von mir und vertieft sich wieder in das Manuskript.

»Mehr als das«, sage ich leise und stehe auf. »Wo hast du meine Mutter gelassen?«, wende ich mich an Noel.

»Beim Baby.«

Ich muss schmunzeln. »Die ganze Welt scheint sich um die Kleine zu drehen.«

»Meine nicht«, widerspricht Noel lächelnd und legt seine Hände um meine Taille. »Die dreht sich nämlich schon um dich.«

»Glaube ich nicht«, sage ich neckend und schlinge meine Arme um seinen Hals. »Die letzte Postkarte ist nämlich schon eine ganze Weile her.«

»Gut, dass du mich erinnerst«, sagt er und greift in seine Hosentasche. »Sonst hätte ich es am Ende noch vergessen.«

›Wusstest du eigentlich …‹, steht wie immer auf der Vorderseite und ich liebe dieses leise Kribbeln der Vorfreude auf die Rückseite.

Im nächsten Moment jedoch schlage ich mir die Hand vor den Mund.

›… dass ich dich heiraten möchte?‹

Ungläubig sehe ich auf.

Noels Ohren leuchten rot und er mustert mich nervös.

Ich bin immer noch nicht in der Lage, mich zu rühren.

»Das heißt … ich meine … also, wenn du willst …« Er schluckt, dann jedoch fährt er erschrocken zusammen. »Es tut mir leid … ich dachte … ich wollte … bitte, nicht weinen.«

Ich blinzle meine Tränen fort, stelle mich auf die Zehenspitzen, lege meine Hände an sein Gesicht und küsse ihn.

Ich spüre die Erleichterung, die durch seinen Körper geht.

»Ist das ein Ja?«, raunt er an meinen Lippen und nimmt mein Gesicht in seine Hände.

In einer Mischung aus Weinen und Lachen nicke ich. »Und was für ein Ja.«

Und dann küsse ich ihn erneut.

Auf eine Weise, die keinerlei Zweifel zulässt.

»Wir beide«, murmelt er an meinen Lippen.

»Wir beide«, bestätige ich. »Wir. Für immer.«

Über die Autorin

Emma Wagner ist eine 1982 in Niedersachsen geborene Autorin. Zum Studium der Germanistik und der Biologie verschlug es sie nach Heidelberg. Diese herrliche Stadt wurde ihrem Ruf in Emmas Falle mehr als gerecht, denn sie hat ihr Herz in Heidelberg verloren. Dort lebt sie dementsprechend immer noch – inzwischen glücklich verheiratet – mit ihrem Mann und ihren drei Kindern im Kindergarten- und Grundschulalter.

Eigentlich hatte sie nie vorgehabt, einen Roman zu schreiben. Seit dem Erfolg ihres Debütromans von 2013, „Liebe und andere Fettnäpfchen", der sogar noch 2015 Kindle Jahresbestseller geworden ist, kann sie nicht mehr damit aufhören. An Ideen dafür mangelt es ihr auch nicht, nur an Zeit. Schließlich hat sie eine fantastische Familie, die für sie das Wichtigste auf der Welt ist.

Dennoch hat sie inzwischen über 250.000 Romane verkauft. Jeder ihrer Titel wurde ein Bestseller, erreichte die Top 10 der Amazon Charts und hielt sich monatelang in den Top 100. So etwa „Du. Für immer", das über ein halbes Jahr lang in den Top 100 verblieb. „Eine Schildkröte macht noch keine Liebe" erreichte überdies Platz 5 des Lovelybooks Leserpreises 2016 hinter Nicholas Sparks.

Da der Spagat zwischen Autorendasein und Mutterschaft nur mit einer gehörigen Portion Humor zu meistern ist, sind ihre Spezialität Liebesromane mit Herz, Humor und Heidelberg, doch auch dem dramatischen Liebesroman wendet sie sich in letzter Zeit vermehrt zu.

Wer mehr über ihre Romane und die Autorin selbst erfahren möchte, ist herzlich dazu eingeladen, sie auf ihrer Homepage oder bei FB zu besuchen (www.emma-wagner.de und facebook.com/AutorinEmmaWagner) oder ihr auf Instagram (autorin.emma.wagner) zu folgen.

Liebe und andere Fettnäpfchen

Eine rasante Liebeskomödie vor dem Hintergrund des ganz normalen Wahnsinns von Studentenleben und Uni-Alltag gemischt mit dem Lokalkolorit von Heidelberg und einer Riesenportion Herz und Humor!

Studentin Lena geht nicht durchs Leben, sondern stolpert hindurch. So findet sie in Heidelberg zwar jedes Fettnäpfchen, aber leider nicht den Mann fürs Leben. Stattdessen läuft ihr ständig der unsympathische Polizist Adrian über den Weg. Doch wenigstens hat er einen gut aussehenden Freund, den charmanten Franzosen Pierre – Lenas Traummann. Ihn für sich zu gewinnen, ist nun ihr erklärtes Ziel, für dessen Erreichen ihre Freundinnen einen Schlachtplan entwickeln. Doch Lena wäre nicht Lena, wenn hierbei alles nach Plan verlaufen würde! Dass sie sich nebenher auch noch mit skurrilen Mitbewohnern herumschlagen muss und versehentlich zum Amor wider Willen mutiert, macht die Sache nicht gerade leichter. Als sie selbst aber eine Liebeserklärung von der falschen Seite erhält und zu allem Überfluss ihre ein Doppelleben führende Freundin sie um Hilfe bittet, ist das Chaos perfekt …

Lesermeinungen:

- „Daanke, Danke, Danke! Dieses Buch war die reinste Therapie nach einer bes*******en Woche. Habe selten so viel gelacht.“ (Knatzje)
- „Dieses Buch müsste echt verfilmt werden! Einfach toll!“ (Lisa)
- „Ich bin begeistert auf der ganzen Linie. (…) Ich würde 10 Sterne vergeben, wenn es sie geben würde.“ (Meggie)
- „Liebesgeschichten gehören eigentlich nicht zu meinen bevorzugten Lesegenres. Diese hier hat mich mal wieder davon überzeugt, dass es auch richtig gute Lovestorys gibt. :-) Ich gebe sehr gerne fünf Sterne!!!“ (Mona)

Das Handy in der Hummersuppe oder Ein harter Job für die Liebe

Ein neuer Chick-Lit-Roman mit viel Herz und mindestens ebenso viel Humor von Emma Wagner, der Autorin von „Liebe und andere Fettnäpfchen"

Was tut man, wenn der Freund auch nach sechs gemeinsamen Jahren nicht mit dem heiß ersehnten Heiratsantrag rausrückt? Man ertränkt sein iPhone in Hummercremesuppe – das ist zumindest die Vorgehensweise von Amelie. Aber da ihr Freund auch ihr Chef ist, hat das leider zur Folge, dass sie dringend nicht nur ein neues Heim sondern auch einen neuen Job benötigt. Und der hat es in sich! Die Marotten der Kollegen erscheinen alles andere als liebenswert, die beiden Chefs sind sich nie einig und das Firmenmaskottchen, Dogge Tristan, kotzt auch schon mal wichtigen Kunden vor die Füße. Doch auch in der Wohnung ihrer besten Freundin, bei der Amelie vorübergehend unterkommt, findet sie keine Ruhe, sondern muss sich nicht nur mit mehr als sonderbaren Nachbarn sondern auch einem Kampf-Kater herumschlagen. Wenigstens arbeitet in der neuen Firma auch Noah, ein echter Lichtblick, denn er ist hilfsbereit, humorvoll und gutaussehend. Nur sein zunehmend merkwürdigeres Verhalten gibt Amelie zu denken. Verbirgt er etwas?

Lesermeinungen:

- „Warnung! Lesen Sie dieses Buch nicht in der Öffentlichkeit – sie werden auffallen, denn immer wieder werden Lachattacken Sie heimsuchen." (Michael)
- „Ein absoluter Stimmungsaufheller (…) sowohl fürs Herz als auch für die Lachmuskeln" (Antonia)
- „Sehr lustig und kurzweilig" (newkid)
- „Kein typischer Frauenroman. Zum Glück! Sondern eine ganz eigene Mischung aus Romantik und Witz" (Moritz)

Die Liebe ist (k)ein Basketballspiel – Sonderedition: Jump ball & Overtime

Beide Teile der großen Liebesgeschichte um Milan und Marie in einem Band!

Marie hat genug von Männern.
Milan hingegen hat genug Frauen, die ihm nachlaufen.
Marie ist Journalistin. Und kann mit Sportlern absolut nichts anfangen!
Milan ist Basketballer. Und Marie überhaupt nicht sein Typ!
Dummerweise kennt Maries Chefin kein Erbarmen und so muss sich Marie wider Willen an Milans große Fersen heften.
Leider ist es dort schon ziemlich eng, denn Maries Kollegin Viktoria kann es kaum erwarten, mit Milan auf Tuchfühlung zu gehen.
Für Marie kein Problem, schließlich interessiert sie sich deutlich mehr für Programmkinos und Experimentelles Tanztheater. Jedenfalls zu Anfang …

Lesermeinungen:

- „Lustig, chaotisch, liebevoll, sexy, ironisch, ach einfach nur toll zu lesen. Einfach faszinierend.Und bestätigt wieder mal, dass gut geschriebener Chick-Lit genial ist! Und das ist halt Emma Wagner!Mich hat dieser Roman aus einer öden Stimmung in ein absolut gutes Gefühl gezogen. Emmas Worte nehmen einen mit auf eine Reise. Und das müssen Bücher schaffen, dann erst sind es gute Bücher. Und Emma hat mich mit auf diese Reise genommen, auf eine sehr lustige Reise und dafür ein dickes Danke!“ (Lesekunkie)
- „Definitiv kein 08/15-Chic-Lit-Frauenroman, sondern einer, der mit authentischen Charakteren, Witz, Charme und Tiefgründigkeit absolut überzeugen kann“
- „Tolle Geschichte mit dem richtigen Mix an Romantik, Humor und Drama“ (Sternchenstaub's Lesewelt)

Amor's Five: Himmelreich mit kleinen Fehlern

5 Freundinnen – 1 Mission
und die ganz große Liebe

Valentina hat einen tollen Job, eine Luxuswohnung und die begehrte Vintagetasche ihres Lieblingsdesigners. Einen Mann braucht sie so dringend wie ein Loch in ihren Louboutins – Karriere geht vor.
Der plötzliche Tod ihrer ehemals besten Freundin katapultiert sie zurück nach Himmelreich und damit direkt in ihre Vergangenheit. Dort stößt sie nicht nur auf einen Möchtegern-Hippie, einen Pfarrer in Liebesnöten und weitere äußerst eigenwillige Dorfbewohner, sondern auch auf das Rätsel um den Tod ihrer ehemals besten Freundin Nattie. Dieses aufzuklären setzen sich Valentina und ihre verbliebenen vier Freundinnen zum Ziel.
Es wäre allerdings viel einfacher, sich darauf zu konzentrieren, wenn es da nicht diesen unfreundlichen Bauern Jan gäbe, der ihr das Leben schwermacht. Oder ihren alten Schwarm Tom, der nach all den Jahren plötzlich sein Herz für Valentina entdeckt …

„Himmelreich mit kleinen Fehlern" ist der Auftakt zu einer fünfteiligen Romanreihe der Autorinnen Emma Wagner, Lana N.May, Jo Berger, Violet Truelove und Mia Leoni.

Lesermeinungen:

- „Ein absolut mitreißendes Buch mit ganz viel Liebe und einem Touch Krimi. Auch in diesem Buch kommt Emmas unverwechselbarer Humor mehr als genügend vor und macht einem die einzelnen Charaktere noch sympathischer! Aber nicht nur die Charaktere, sondern auch der Schauplatz „Himmelreich" macht Lust darauf, im nächsten Urlaub dort vorbei zu fahren und sich alles aus nächster Nähe anzusehen!" (Jenny)
- „Eine von Anfang bis Ende emotionale, spannenden aber auch zeitweise sehr traurige Story, die mich mitgerissen hat." (H.Petry)

Eine Schildkröte macht noch keine Liebe

Vincent nimmt das Leben leicht und versucht Arbeit und Ärger aus dem Weg zu gehen. Als jedoch die geheimnisvolle Lilly in sein Leben tritt, hat er plötzlich von beidem mehr als genug am Hals. Schnellstmöglich will er die junge Frau mit den smaragdgrünen Augen wieder loswerden, aber sie erweist sich als ebenso sonderbar wie hartnäckig.
Lillys Leben ist von Grund auf anders – in vielerlei Hinsicht.
Sie merkt recht bald, dass Vincent und sie nicht unterschiedlicher sein könnten und er sie mit seiner ganzen Art auf die Palme bringt. Doch man kann schließlich nicht besonders wählerisch sein, wenn man auf der Flucht ist. Und dann sieht der Kerl auch noch so unverschämt gut aus ...
Mit Gefühlen jedenfalls hat keiner von beiden gerechnet.
Auch nicht mit Vincents Bruder, der eigene Pläne verfolgt.
Aber kann ein einziges Wochenende alles verändern?
Und wo kommt eigentlich die Schildkröte her?

Ein romantisch-humorvoller Sommerroman für alle, die an die große Liebe, an das Schicksal und besondere Momente glauben.

Lesermeinungen:

- „Eine Geschichte voller Klang und Liebe, eine Welt voller Emotionen, die einen alles andere vergessen lässt. Wie ein Musikstück, das einen so vereinnahmt, dass nichts anderes mehr existiert. Einfach wie das Leben und vollkommen wie die Liebe." (Jil Aimée)
- „Dieser Roman ist eine perfekte Mischung aus Humor, Gefühl und Dramatik und wurde von Emma Wagner toll in Szene gesetzt." (C.P.)
- „Wieder so ein tolles Buch von Emma Wagner, das ich innerhalb weniger Stunden weg gelesen habe, ohne dabei überhaupt zu merken, wie schnell die Zeit vergangen ist." (wortgewaltigblog.wordpress.de)

Du. Für immer.

Wie viel kann wahre Liebe verzeihen?
Die Ehe der Künstlerin Anna mit dem zurückhaltenden Oliver steckt in der Krise. Seit Jahren bleibt ihr gemeinsamer Kinderwunsch unerfüllt und überdies ist Olivers wohlhabende Familie nach wie vor der Überzeugung, dass Anna nicht die richtige Partie für ihren Erben ist.
Der Tod ihrer ehemaligen Kunstlehrerin und Freundin Carol bringt Anna zurück an den Ort, an dem sie ihre Kindheit verbracht hat. Dort trifft sie auf ihre Jugendliebe Marc.
Marc mit den feurigen braunen Augen. Marc mit der großen Sehnsucht nach Abenteuern. Marc, mit dem Anna ein dunkles Geheimnis verbindet.
Anna muss sich ihrer Vergangenheit stellen. Hat sie damals die richtige Entscheidung getroffen? Für wen schlägt ihr Herz heute? Und was hat ihre Mutter ihr verschwiegen?

»Manchmal tun Menschen Dinge, die du vielleicht im ersten Moment nicht verstehst und für falsch hältst. Aber später wirst du begreifen, warum sie das getan haben.«

Eine berührende Geschichte von Vertrauen und Verrat, Freundschaft und Feindschaft, zerstörten Hoffnungen und neuen Träumen – und der ganz großen Liebe.

Lesermeinungen:

- „Mein Lese-Highlight 2016! Es gehört zu den besten Romanen, die ich jemals gelesen habe. Von Emma Wagner habe ich wirklich jedes Buch gelesen, denn ich liebe ihren Schreibstil sehr, und war immer total begeistert von ihren Werken. Dieses hier ist aber wirklich ihr Bestes!“ (Nina @Autoren-Fanpage Buchtipps und Rezis)
- „Ich habe geheult, gelacht und wirklich zeitweise mal laut aufgeschrien. (...) mein Highlight im November!“ (Lesebuch - Meine Bücher und ich)

9810593R00255

Printed in Germany
by Amazon Distribution
GmbH, Leipzig